INFERNO

Diplômé du Amherst College, Dan Brown y a longtemps enseigné avant de se consacrer à l'écriture. Passionné de codes secrets, il écrit plusieurs thrillers avant de connaître un succès fulgurant avec *Da Vinci Code*. Traduit dans des dizaines de langues, adapté au cinéma par Ron Howard, ce roman a conquis des millions de personnes dans le monde entier. Aujourd'hui, avec *Inferno*, Dan Brown nous livre la suite très attendue des aventures de son héros, Robert Langdon.

Paru dans Le Livre de Poche :

DAN BROWN

Inferno

ROMAN TRADUIT DE L'ANGLAIS (ÉTATS-UNIS)
PAR DOMINIQUE DEFERT ET CAROLE DELPORTE

JC LATTÈS

Titre original :

INFERNO
Publié par Doubleday, a division of Random House, Inc., New York

Les endroits les plus sombres de l'enfer
sont réservés aux indécis
qui restent neutres en temps de crise morale.

Les faits

L'iconographie, les textes et les références historiques donnés dans cet ouvrage sont réels.

« Le Consortium » est une organisation privée ayant des bureaux dans sept pays. Son nom a été changé pour des raisons de sécurité et de confidentialité.

Inferno est le monde souterrain décrit par Dante Alighieri dans son poème épique, *La Divine Comédie*. L'enfer y est décrit comme un monde structuré et complexe, peuplé d'entités appelées « ombres » – des âmes sans corps piégées entre la vie et la mort[1].

---

1. Pour cette édition française, les extraits de *La Divine Comédie* proviennent de la traduction de Jacqueline Risset, éditions GF Flammarion – à l'exception du chapitre 58. *(N.d.T.)*

Prologue

Je suis l'Ombre.

Par la cité dolente, je fuis.

Par l'éternelle douleur, je prends mon essor.

Le long des berges de l'Arno, je cours, hors d'haleine… puis je prends à gauche par la via dei Castellani, droit au nord, pour me fondre dans les ténèbres de la galerie des Offices.

Mais ils sont toujours à mes trousses.

Leurs pas se rapprochent. Des chasseurs infatigables.

Ils me traquent depuis des années. Leur obstination m'a contraint à un exil souterrain… à vivre dans le purgatoire… à œuvrer sous terre, tel un monstre chtonien.

Je suis l'Ombre.

Mais ici, à la surface, je ne vois devant moi aucune issue, aucune échappatoire ; tout est noir, car les Apennins occultent encore le jour qui vient.

Je passe derrière le palazzo, avec son campanile crénelé et son horloge à une seule aiguille… me faufile entre les premiers vendeurs de la piazza San Firenze, avec leur voix éraillée empestant déjà le *lampredotto* et les olives grillées. Je dépasse le Bargello, oblique vers le campanile de la Badia Fiorentina et pousse la porte de fer au bas de l'escalier.

L'heure n'est plus à l'hésitation.

Je tourne la poignée et m'engage dans le passage que je sais sans issue – mon chemin sans retour. Je cravache mes jambes de plomb dans les degrés de marbre burinés par les siècles, je monte vers le ciel.

Les voix résonnent en contrebas. Implorantes.

Ils sont derrière moi, implacables, toujours plus près.

Ils ne savent pas ce qui arrive… ne peuvent comprendre ce que j'ai fait pour eux !

Peuple ingrat !

Au fil de mon ascension, les visions me pressent, m'assaillent… des corps lascifs se tordant de douleur sous une pluie de feu, des âmes gloutonnes baignant dans leurs excréments, des traîtres figés dans l'étreinte glacée de Lucifer.

Je franchis les dernières marches et parviens au sommet, chancelant, au bord de la syncope, dans l'air humide du matin. Je me précipite vers le mur, scrute le vide par les interstices. En contrebas, ma ville bénie, mon refuge contre ceux qui m'ont contraint à l'exil.

Les voix se font entendre, plus claires, toujours plus proches. « Ce que vous avez fait est une abomination ! »

Une folie contre une autre.

« Pour l'amour du ciel, dites-nous où vous l'avez caché ! »

Pour cet amour-là, justement, vous ne saurez rien.

Je suis acculé, mon dos plaqué contre la pierre froide. Ils me regardent fixement, scrutent mes yeux verts, et leurs visages s'assombrissent. Ils n'implorent plus, ils menacent.

« Vous connaissez nos méthodes. Vous finirez par nous dire où il est. »

C'est justement pour cette raison que je suis monté aussi haut, à mi-chemin du paradis.

Dans l'instant, je me retourne, me hisse sur le faîte du mur, un genou après l'autre, et me mets debout… Je chancelle à la vue du précipice.

Guide-moi, cher Virgile, à travers l'abîme.

Ils se précipitent, affolés. Ils voudraient m'attraper les pieds pour me retenir, mais ils craignent de me faire perdre l'équilibre. Ils se font de nouveau suppliants ; il y a tant de désespoir dans leur voix, mais je leur ai tourné le dos. Je sais ce que je dois faire.

Sous moi, au fond du gouffre vertigineux, les toits rouges se déploient comme une mer de feu… illuminant cette terre fertile que tant de géants jadis ont foulée… Giotto, Donatello, Brunelleschi, Michel-Ange, Botticelli.

J'approche mes pieds du bord.

« Non, ne faites pas ça ! crient-ils. Il n'est pas trop tard ! »

Ô, ignorants obstinés ! Ne voyez-vous rien de l'avenir ? Ne voyez-vous pas la splendeur de mon œuvre ? Sa nécessité absolue ?

Je suis heureux d'accomplir cet ultime sacrifice… et, par lui, j'annihile vos derniers espoirs. Jamais vous ne le trouverez.

Vous n'aurez pas le temps !

Des dizaines de mètres plus bas, la place pavée miroite, oasis pleine de promesses. Comme j'aimerais avoir encore du temps… mais toute ma fortune ne peut plus m'offrir ce luxe.

Pour ces dernières secondes de ma vie, je contemple la célèbre piazza et soudain je te vois.

Tu es là, dans l'ombre. Tu me regardes. Tes yeux sont tristes, mais il y a toujours cette vénération pour ce que j'ai accompli. Tu sais que je n'ai pas d'autre choix ; que, pour l'amour de l'humanité, je dois protéger mon grand œuvre.

Car il grandit déjà… attendant son heure… luisant dans les eaux rouges d'un lagon où ne se reflète aucune étoile.

Alors je m'arrache à ton regard – il le faut –, relève la tête et contemple l'horizon. Dominant ce monde accablé, je prononce ma dernière supplique.

Cher Dieu, je prie le ciel pour que le monde se souvienne de moi non comme un monstre, mais comme un juste, le grand sauveur des hommes. Car, jusqu'au tréfonds de mon âme, c'est ce que je suis, et vous le savez. J'espère que l'humanité comprendra le cadeau miraculeux que je laisse derrière moi.

Car il est l'avenir.

Le salut.

Mon Inferno.

Puis je murmure *amen*… et je fais mon dernier pas. Vers les abysses.

1.

Les souvenirs revinrent lentement… comme des bulles montant des ténèbres d'un puits sans fond.

Une femme voilée…

Robert Langdon la regardait. Elle se tenait sur la rive d'un fleuve charriant des eaux rouges de sang. Elle était face à lui, immobile, hiératique, le visage dissimulé par un tulle. Dans sa main, un *tainia* bleu, qu'elle levait à présent en l'honneur de la mer de cadavres à ses pieds. Et partout, l'odeur de la mort.

« Cherchez, murmura la femme, et vous trouverez. »

Les mots résonnèrent comme s'ils avaient été prononcés à l'intérieur de son crâne.

Qui êtes-vous ? cria-t-il, mais aucun son ne sortit de sa bouche.

« Cherchez et vous trouverez, répondit l'inconnue. Le temps presse. »

Langdon avança d'un pas vers le fleuve, mais les eaux rouges étaient trop profondes. Quand il releva les yeux vers la femme voilée sur l'autre rive, les corps à ses pieds s'étaient encore multipliés. Ils étaient des centaines, peut-être des milliers, certains encore en vie, se tordant de douleur, des moribonds endurant d'étranges supplices… transformés en torche vivante, enterrés dans des excréments, ou se dévorant les uns

17

les autres. Il entendait leurs plaintes lugubres qui résonnaient sur les flots.

La femme leva les bras vers lui, tendant ses mains fines, à la manière d'une supplique.

Qui êtes-vous ? hurla encore Langdon.

Pour toute réponse, la femme souleva lentement son voile. Elle était d'une beauté saisissante, bien que plus âgée qu'il ne l'avait supposé – la soixantaine, peut-être –, aussi inflexible et altière qu'une statue. Elle avait une mâchoire volontaire, un regard profond et de longs cheveux argent qui tombaient en cascades sur ses épaules. Une amulette de lapis-lazuli attachée à son cou – un serpent lové autour d'un bâton.

Langdon avait l'impression de la connaître, de pouvoir lui faire confiance.

Mais qui est-ce ?

Elle désigna alors une paire de jambes qui s'agitaient ; elles sortaient de terre et battaient dans l'air, comme si un malheureux était enterré tête en bas, jusqu'à la taille. Sur la peau pâle d'une cuisse, une lettre, tracée avec de la boue : R.

R ? Comme Robert ? C'est moi, là-bas ?

Le visage de la femme restait impassible. « Cherchez et vous trouverez », répéta-t-elle.

Soudain, elle se mit à irradier une lumière blanche... de plus en plus vive. Tout son corps fut traversé d'une puissante pulsation et, dans un coup de tonnerre, elle explosa en une gerbe de rayons aveuglants.

Langdon se réveilla dans un cri.

La pièce était baignée de lumière. Il était seul. Il planait dans l'air une odeur de désinfectant. Quelque part, une machine émettait des bips au rythme des battements de son cœur. Langdon voulut bouger son bras droit, mais la douleur l'en empêcha. Une perfusion était plantée dans son poignet.

Son pouls s'emballa. La machine suivit le mouvement – *bip ! bip ! bip !*

Où suis-je ? Que s'est-il passé ?

Un élancement sourd tambourinait à l'arrière de son crâne, comme des coups de marteau. Avec précaution, il leva son bras libre et explora son cuir chevelu, tâchant de localiser la source de la douleur. Sous ses cheveux collés et poisseux, il trouva un alignement de protubérances : une plaie suturée par une dizaine d'agrafes, avec des restes de sang coagulé.

Il ferma les yeux. Avait-il eu un accident ?

Rien. Aucun souvenir.

Allez, fais un effort !

Rien. Que les ténèbres.

Un homme en blouse de médecin entra dans la pièce, alerté apparemment par les bips affolés du moniteur cardiaque. Il avait une barbe épaisse, des sourcils incroyablement broussailleux, et un regard doux et apaisant.

— Que s'est-il passé ? bredouilla Langdon. J'ai eu un accident ?

L'homme posa un doigt en travers de ses lèvres et sortit dans le couloir pour aller chercher quelqu'un.

Langdon voulut tourner la tête mais un éperon fulgurant lui vrilla le crâne. Il dut prendre de profondes inspirations avant que la douleur ne passe. Puis, lentement, juste en bougeant les yeux, il explora son environnement.

Une chambre d'hôpital. Un seul lit. Pas de fleurs. Pas de cartes lui souhaitant un prompt rétablissement. Il reconnut ses vêtements posés sur une desserte, emballés dans un sac plastique transparent. Couverts de sang.

Seigneur ! Ça a dû être un sacré choc !

Il pivota légèrement la tête vers la fenêtre à côté de son lit. Dehors, il faisait nuit. Il ne voyait rien. Juste son propre reflet – un type au teint de cendre, les traits creusés, relié à des machines par des câbles et des cathéters.

Des voix résonnèrent dans le couloir. Le médecin revint accompagné d'une jeune femme.

Elle avait une trentaine d'années. Elle portait elle aussi une blouse et avait des cheveux blonds, retenus en queue-de-cheval, qui oscillaient de part et d'autre de ses épaules à chacun de ses pas.

— Je suis le Dr Sienna Brooks, annonça-t-elle dans un sourire. Je vais assister ce soir le Dr Marconi.

Langdon acquiesça lentement.

Grande et souple, le Dr Brooks avait cette démarche assurée des sportives. Même avec sa blouse informe, elle avait une élégance naturelle. Son visage, pourtant sans maquillage, avait un teint de pêche, rehaussé d'un joli grain de beauté au-dessus de la lèvre. Ses yeux, quoique marron, recelaient une profondeur inhabituelle, comme si la jeune femme avait enduré plus d'épreuves que son jeune âge ne le laissait supposer.

— Le Dr Marconi ne parle pas très bien anglais, expliqua-t-elle, en s'asseyant à côté de Langdon. Il m'a demandé de remplir pour vous votre dossier d'admission.

Elle lui adressa un autre sourire.

— Merci, articula-t-il.

— Alors, allons-y, reprit-elle d'un ton purement professionnel. Comment vous appelez-vous ?

— Robert… Robert Langdon, bredouilla-t-il au bout d'un moment.

Elle braqua un stylo lumineux sur ses rétines.

— Profession ?

Il prit encore un instant pour répondre :

— Professeur. Histoire de l'art… et symbologie. Université d'Harvard.

Surprise, le Dr Brooks baissa la lampe. Et le médecin barbu leva ses gros sourcils.

— Vous êtes américain ?

Langdon la regarda d'un air perplexe.

— C'est juste que… que vous n'aviez pas de papiers d'identité sur vous lors de votre admission, hier soir. Vous portiez une veste Harris Tweed et des mocassins Somerset. On a cru que vous étiez anglais.

— Je suis américain, lui assura Langdon, sans trouver la force de lui expliquer qu'il aimait simplement les habits bien coupés.

— Des douleurs ?

— Ma tête… murmura-t-il car la lumière avait réveillé les coups de marteau.

Heureusement, le Dr Brooks finit par ranger son stylo lumineux. Elle prit le poignet de Langdon pour vérifier son pouls.

— Vous vous êtes réveillé en criant. Vous vous souvenez pourquoi ?

Langdon revit la femme voilée entourée de corps se tordant de douleur. « Cherchez et vous trouverez. »

— Un cauchemar.

— Quel genre ?

Langdon lui raconta son rêve.

La jeune femme demeura impassible, se contentant de prendre des notes.

— Vous savez ce qui a pu susciter de telles images ?

Langdon fouilla sa mémoire, et secoua la tête. Aussitôt, le marteleur dans son crâne le rappela à l'ordre.

— Très bien, monsieur Langdon. Encore quelques petites questions de routine. Quel jour sommes-nous ?

Langdon réfléchit.

— Samedi. Je me revois traverser le campus pour aller donner un cours. Et puis… c'est tout ce dont je me souviens. Que s'est-il passé ? J'ai fait une chute ?

— On va vous dire ça. Vous savez où vous êtes ?

— À l'hôpital du Massachusetts, je suppose.

Le Dr Brooks consigna sa réponse.

— Vous avez quelqu'un de proche à prévenir ? Femme ? Enfants ?

— Non. Personne.

Il avait toujours apprécié la solitude et l'indépendance. Il pouvait ainsi profiter pleinement d'une vie de célibataire, même si, dans le cas présent, il aurait aimé avoir une famille à ses côtés.

— Il y a bien quelques collègues que je pourrais appeler, ajouta-t-il. Mais c'est inutile puisque je vais bien.

Le Dr Brooks acheva de remplir le formulaire. L'autre médecin s'approcha du lit. Il frotta ses gros sourcils, sortit un dictaphone de sa poche et interrogea du regard le Dr Brooks. Celle-ci acquiesça.

Le Dr Marconi se tourna alors vers son patient.

— Monsieur Langdon, quand vous êtes arrivé cette nuit, vous répétiez quelque chose…

Sur un signe de la jeune femme, le Dr Marconi appuya sur le bouton lecture.

Langdon entendit sa propre voix comateuse marmonner en boucle, dans un anglais à peine compréhensible : *Ve… sorry. Ve… sorry.*

— On a l'impression, reprit le Dr Brooks, que vous vouliez dire « *very sorry* ». « Vraiment désolé. »

Langdon était du même avis. Mais il n'en avait aucun souvenir.

La jeune femme le regardait avec une insistance gênante.

— Pourquoi dites-vous que vous êtes désolé ? Il y a quelque chose que vous regrettez d'avoir fait ?

Quand Langdon tenta de sonder le tréfonds de sa mémoire, il vit une nouvelle fois la femme voilée. Debout devant ce fleuve rouge sang, avec tous ces moribonds. Et cette odeur de mort, qui le fit à nouveau suffoquer.

Un terrible pressentiment l'assaillit. L'imminence noire d'un danger. Pas seulement pour lui-même, mais pour tout le monde. Les bips sur la machine s'affolèrent. Tout son corps se raidit. Pris de panique, il voulut se redresser.

Le Dr Brooks l'en empêcha en posant une main ferme mais rassurante sur son sternum. Elle fit un signe à son collègue barbu. Celui-ci se dirigea vers une desserte et se mit à préparer quelque chose.

Le Dr Brooks se pencha au-dessus de son lit.

— Monsieur Langdon, les crises d'angoisse sont fréquentes en cas de traumatisme crânien, mais vous devez vous détendre et retrouver un pouls normal. Cessez de vous agiter. Restez allongé, calmement. Et ça va passer. Vos souvenirs vont revenir, petit à petit.

Le Dr Marconi rapporta une seringue qu'il tendit à la doctoresse. Elle injecta son contenu dans la poche de la perfusion.

— C'est un petit tranquillisant, pour vous aider à vous calmer et aussi pour atténuer la douleur. (Elle se leva et marcha vers la porte.) Ça va aller, monsieur Langdon. Tâchez de dormir. Si vous avez besoin de quoi que ce soit, sonnez. Le bouton est sur votre table de nuit.

Elle éteignit les lumières et partit avec son collègue.

Une fois dans le noir, Langdon sentit le sédatif pénétrer son système sanguin, l'emportant à nouveau dans ce puits profond d'où il était sorti. Il résista, garda les yeux ouverts. Il voulut s'asseoir, mais son corps était devenu du ciment.

À force de se démener en vain, il se retrouva tourné vers la fenêtre. Cette fois, puisque la chambre était plongée dans l'obscurité, le paysage urbain au-dehors remplaçait son reflet.

Parmi l'enchevêtrement noir des flèches et des dômes, une façade était demeurée illuminée, occupant une grande partie de son champ de vision. Le bâtiment était une forteresse imposante, ceinte d'un parapet crénelé, flanquée d'une tour, haute de près de cent mètres, qui s'élargissait au sommet pour accueillir des mâchicoulis monumentaux.

La stupeur aidant, Langdon réussit à s'asseoir, malgré la douleur qui explosa telle une bombe dans son crâne. Il oblitéra de ses pensées ce déferlement d'éclairs furieux pour se concentrer sur cette tour vertigineuse.

Une construction médiévale qu'il connaissait très bien.

Unique au monde.

Et elle ne se trouvait pas dans le Massachusetts. Mais à des milliers de kilomètres de là.

*

Dehors, cachée dans les ombres de la via Torregalli, une femme, aux larges épaules d'athlète, descendit de sa grosse moto BMW, semblable à une panthère ayant repéré sa proie. Son regard était acéré. Ses cheveux coupés court – hérissés de mèches comme autant de petites pointes – frottaient contre le col relevé de son blouson de cuir. Elle vérifia que le silencieux était bien ajusté sur son arme, et leva la tête vers la fenêtre où la lumière de la chambre de Langdon venait de s'éteindre.

Plus tôt dans la soirée, elle avait failli à sa mission.

À cause du roucoulement d'une colombe.

Mais elle était bien décidée à se rattraper.

2.

Je suis à Florence ?

Ça cognait à qui mieux mieux sous son crâne ! Langdon était maintenant assis à la verticale dans son lit d'hôpital, et appuyait frénétiquement sur la sonnette. Malgré le tranquillisant, son cœur tressautait dans sa poitrine.

Le Dr Brooks surgit en courant, sa queue-de-cheval faisant du hula-hoop dans son dos.

— Ça ne va pas ?

— Je suis en Italie !

— Parfait. La mémoire vous revient.

— Non ! (Langdon désigna le bâtiment derrière la fenêtre.) J'ai juste reconnu le palazzo Vecchio !

La jeune femme ralluma les lumières et Florence disparut derrière les vitres. Elle vint s'asseoir à côté de lui, et lui murmura d'un ton apaisant :

— Monsieur Langdon, il n'y a aucune raison de s'inquiéter. Vous souffrez d'une légère amnésie, mais le Dr Marconi m'a confirmé que vos fonctions cérébrales étaient intactes.

Le médecin barbu arriva à son tour, ayant sans doute entendu lui aussi l'appel de Langdon. Il vérifia ses données sur le moniteur tandis que la jeune femme lui parlait rapidement en italien – apparemment, elle lui expliquait que le patient était « *agitato* » parce qu'il venait de découvrir qu'il était en Italie.

Agité ? Stupéfié, oui ! grommela Langdon intérieurement.

L'adrénaline qui inondait son métabolisme tenait la dragée haute au sédatif.

— Que m'est-il arrivé ? demanda-t-il. Quel jour sommes-nous ?

— Tout va bien, répondit la doctoresse. C'est le petit matin. Lundi 18 mars.

Lundi ! Langdon se força à se remémorer son dernier souvenir – au milieu des ténèbres qui avaient envahi sa mémoire. Samedi, il traversait l'esplanade du campus pour donner un cours. C'était il y a deux jours ? La panique le reprit. Impossible de se rappeler ce qui s'était passé après. Rien. Le trou noir. Les bips du moniteur s'emballèrent.

Marconi régla l'appareil en se grattant la barbe, tandis que le Dr Brooks s'asseyait près de Langdon.

— Il n'y a pas de quoi s'affoler. Tout va bien se passer. Vous souffrez d'une amnésie rétrograde, ce qui est très courant après un traumatisme crânien. Votre

26

mémoire à court terme, celle des derniers jours, peut être affectée, mais vous n'aurez à souffrir d'aucune séquelle durable. Vous vous souvenez de mon prénom ? Je vous l'ai dit tout à l'heure.

Langdon marqua un petit silence.

— Sienna. Docteur Sienna Brooks.

Elle sourit.

— Vous voyez ? Vous formez déjà de nouveaux souvenirs.

La douleur sous son crâne était à la limite du supportable, et il continuait à voir trouble de près.

— Que s'est-il passé ? Comment ai-je atterri ici ?

— Reposez-vous d'abord. Ensuite nous…

— Qu'est-ce que je fiche ici ? insista-t-il tandis que les bips se déchaînaient.

— Calmez-vous. Respirez doucement. (Elle jeta un regard inquiet à son collègue.) Je vais vous expliquer… Monsieur Langdon, reprit-elle d'une voix plus grave, il y a trois heures, vous êtes arrivé en titubant au service des urgences, avec une blessure au crâne, et vous vous êtes évanoui. Personne ne savait qui vous étiez, ni ce qui vous était arrivé. Comme vous marmonniez des mots en anglais, le Dr Marconi m'a demandé de l'assister. Je viens d'Angleterre et j'ai décidé de passer une année ici.

Langdon avait l'impression de se retrouver dans une peinture de Max Ernst. Qu'est-ce qu'il faisait en Italie ?

D'ordinaire, Langdon se rendait à Florence en juin pour donner une conférence, mais on était en mars !

Le sédatif reprenait le dessus. Il avait l'impression que la gravité était de plus en plus puissante, et l'enfonçait toujours davantage dans le creux de son matelas. Langdon luttait, soulevait la tête, tentant de rester éveillé.

Le Dr Brooks se pencha au-dessus de lui, telle une fée sur son berceau.

— Je vous en prie, monsieur Langdon, lui dit-elle doucement. Il y a une période délicate pour les traumatismes crâniens. Vingt-quatre heures. Il faut à tout prix vous reposer, sinon, vous risquez de graves complications.

Une voix, soudain, retentit dans l'interphone. « Docteur Marconi ? »

Le médecin enfonça le bouton de l'appareil mural et répondit :

— *Si ?*

La voix expliqua rapidement la situation en italien. Langdon ne comprit pas. Mais il remarqua le regard perplexe des deux médecins.

Était-ce de la surprise ou de l'inquiétude ?

— *Un minuto,* répliqua Marconi, avant de couper la communication.

— Que se passe-t-il ? s'enquit Langdon.

Le Dr Brooks plissa les yeux imperceptiblement.

— C'était l'accueil. Vous avez une visite.

Une lueur d'espoir éclaira la torpeur grandissante de Langdon.

— Voilà une bonne nouvelle ! Cette personne doit savoir ce qui m'est arrivé.

La doctoresse paraissait plus sceptique.

— C'est curieux. On n'avait pas votre nom et vous n'êtes pas encore enregistré dans nos fichiers d'admission.

Langdon, luttant pied à pied avec le tranquillisant, se redressa tant bien que mal dans son lit.

— Si quelqu'un est au courant que je suis ici, c'est qu'il peut m'éclairer !

La doctoresse jeta un regard oblique à son collègue qui, pour toute réponse, secoua la tête en tapotant sa montre. La jeune femme se tourna à nouveau vers Langdon.

— C'est la règle, aux soins intensifs, précisa-t-elle. Aucune visite n'est autorisée après 21 heures. Le Dr Marconi va aller voir qui est cette personne et ce qu'elle veut.

— Et moi, on ne me demande pas ce que je veux ?

Le Dr Brooks lui retourna un sourire tranquille et lui parla doucement, en approchant son visage du sien :

— Monsieur Langdon, vous ignorez certaines choses sur les événements de cette nuit. Et avant de parler à qui que ce soit, je tiens à ce que vous ayez connaissance des faits. Malheureusement, je ne pense pas que vous soyez en état de…

— Quels faits ? s'emporta Langdon. (À chacun de ses efforts pour se redresser, la perfusion lui pinçait l'avant-bras et son corps semblait peser des tonnes.) Tout ce que je sais, c'est que je suis arrivé dans un hôpital à Florence en répétant en boucle « *very sorry…* ».

Une pensée terrifiante l'assaillit brusquement.

— Je suis peut-être responsable d'un accident ? Ai-je blessé quelqu'un ?

— Non, non. Je ne crois pas.

— Alors quoi ? insista Langdon, en regardant tour à tour les deux médecins. Je veux savoir ce qui se passe !

Il y eut un long silence, et finalement le Dr Marconi, d'un signe de tête, donna son assentiment à sa jeune collègue. Dans un soupir, la doctoresse se pencha à nouveau vers Langdon.

— D'accord. Je vais vous dire ce que je sais. Mais vous allez devoir rester calme, promis ?

Langdon hocha la tête. Et le mouvement provoqua une nouvelle onde de douleur sous son crâne qu'il s'efforça de contenir. Des réponses, c'était ça sa priorité.

— La première chose, c'est votre blessure à la tête… Il ne s'agit pas d'un accident. Cela n'a rien à voir.

— Tant mieux. Ça me soulage.

— En réalité, elle a été causée par une balle.

Même Langdon entendit les bips du moniteur s'emballer.

— Comment ça ?

Le Dr Brooks reprit d'une voix posée :

— Une balle a effleuré l'arrière de votre crâne, provoquant vraisemblablement une commotion cérébrale. Vous avez beaucoup de chance d'être encore en vie. Un peu plus bas et…

Langdon n'en revenait pas.

On m'a tiré dessus ?

Il y eut des éclats de voix au loin. Apparemment, la personne venue lui rendre visite ne voulait pas attendre. Il entendit une porte claquer. Et il vit une silhouette marcher à grands pas dans le couloir.

La femme était entièrement vêtue de cuir. Un corps musclé. Des cheveux coupés court, hérissés de savantes pointes. Elle se déplaçait sans effort, comme

30

si ses pieds touchaient à peine le sol, et se dirigeait droit vers sa chambre.

Sans hésiter, Marconi se planta sur le seuil pour lui barrer le passage.

— *Ferma !* dit-il en écartant les bras à la manière d'un policier. *Arresta !*

L'inconnue ne ralentit pas son allure, sortit un pistolet à silencieux et tira sur le médecin. En pleine poitrine.

Il y eut plusieurs impacts.

Sous les yeux horrifiés de Langdon, le Dr Marconi tituba et s'écroula, les bras serrés sur sa poitrine, sa blouse pleine de sang.

3.

À dix kilomètres des côtes italiennes, le *Mendacium*, un magnifique yacht de soixante-quinze mètres, fendait les brumes nimbant l'Adriatique. La coque profilée, peinte en gris, donnait au vaisseau des airs de bâtiment de guerre.

Facturé trois cents millions de dollars, le bateau offrait tout le confort possible – jacuzzi, piscine, cinéma, sous-marin de poche, plateforme pour hélicoptère. Mais tout ce luxe n'avait guère d'intérêt pour son propriétaire. Ayant acquis son yacht cinq ans plus tôt, il s'était empressé de vider tous ces espaces pour installer un centre de commandement digne d'un QG militaire.

Reliée à trois satellites privés et à tout un réseau de relais terrestres, la salle de contrôle du *Mendacium* accueillait une équipe d'une vingtaine de personnes – techniciens, analystes, coordinateurs – qui vivaient à bord et étaient en contact permanent avec les autres centres d'opérations disséminés sur la planète.

La sécurité sur le bateau était assurée par une petite escouade de soldats, deux systèmes de détection de missiles, et un arsenal d'armes dernier cri. Le reste de l'équipage – cuisiniers, mécaniciens, personnel d'entretien – faisait monter les effectifs à plus de quarante personnes. Le *Mendacium* était le vaisseau amiral à partir duquel le propriétaire dirigeait son empire.

Appelé par tout le personnel le « Président », l'homme était petit et râblé, avec une peau olivâtre et de petits yeux. Son physique banal et ses manières directes étaient en fin de compte des atouts pour ce « pacha » qui avait fait fortune en offrant à ses clients de multiples services privés et confidentiels, à la lisière trouble de la légalité.

On disait de lui bien des choses – un mercenaire sans âme, un orfèvre du péché, le bras droit du mal –, mais il n'était rien de tout ça. Le Président offrait simplement à ses clients l'occasion de réaliser leurs souhaits, sans risque ni conséquences fâcheuses ; si l'humanité avait par nature une inclination au péché, il n'y était pour rien.

Malgré ses détracteurs et leur vertueux courroux, le Président n'avait jamais changé de cap, suivant sa route aussi immuable qu'une étoile dans le ciel. Il avait bâti sa réputation – et celle du Consortium – sur deux règles d'or :

Ne jamais faire une promesse qu'on ne peut tenir.

Ne jamais mentir à un client.

Durant toute sa carrière, le Président n'avait pas une fois failli à ses engagements. Sa parole était d'airain – garantie absolue. Même s'il regrettait parfois d'avoir accepté certains contrats, jamais il n'avait envisagé de ne pas les honorer.

Mais ce matin, quand il sortit sur le balcon de sa suite pour contempler la houle, il avait toujours ce nœud à l'estomac.

Nos choix passés font notre présent.

Jusqu'alors, ses décisions avaient permis au Président de traverser tous les champs de mines et de toujours goûter la victoire. Mais aujourd'hui, alors qu'il regardait à l'horizon les lumières de la côte, il doutait.

Un an plus tôt, sur ce même yacht, il avait pris une décision dont les répercussions présentes menaçaient de détruire tout ce qu'il avait édifié.

Il avait accepté d'offrir ses services à la mauvaise personne.

Le Président ne pouvait le savoir à l'époque. Impossible. Mais cette erreur d'appréciation avait déclenché une vague imprévue de complications, et il avait été contraint d'envoyer ses meilleurs agents sur le terrain avec pour instructions d'éviter le naufrage et de reprendre les commandes.

Le Président attendait justement des nouvelles d'un de ses meilleurs éléments.

Vayentha… son agent au corps de gymnaste, avec sa coupe de cheveux à la Dark Maul. Vayentha qui l'avait si bien servi jusqu'à cette mission. Elle avait failli hier soir, et cette erreur avait eu des conséquences désastreuses. Ces six dernières heures avaient été un enfer, un combat titanesque pour maîtriser à nouveau la situation.

33

Vayentha parlait de malchance – une colombe qui roucoule au mauvais moment…

Mais le Président ne croyait pas au hasard. Toutes ses actions étaient organisées, planifiées, pour oblitérer les risques, exclure la chance des paramètres. La maîtrise des événements, c'était précisément le talent du Président – prévoir toutes les éventualités, anticiper toutes les réactions, modeler la réalité vers l'issue désirée. Cent pour cent de succès dans toutes ses précédentes opérations. C'était pour cette raison que les plus grands venaient à lui – milliardaires, politiciens, cheiks, et parfois même des États.

À l'est, les premières lueurs du matin avaient éteint les étoiles à l'horizon. Sur le pont, le Président attendait le rapport de Vayentha qui devait lui annoncer que tout s'était passé exactement comme prévu.

4.

Le temps s'arrêta.

Le Dr Marconi gisait au sol, le sang coulait de sa poitrine. Luttant contre les effets du sédatif, Langdon leva les yeux vers la tueuse aux cheveux pointus, qui continuait d'avancer dans le couloir, vers la porte béante de sa chambre. Avant même d'avoir franchi le seuil, elle brandit à nouveau son arme, visant ostensiblement la tête de Langdon.

Je vais mourir ! Ici. Maintenant.

La détonation fut assourdissante dans la petite chambre d'hôpital.

34

Langdon eut un sursaut, certain qu'il avait reçu une balle, mais le bruit ne provenait pas de l'arme de la tueuse. C'était celui de la lourde porte de métal que le Dr Brooks venait de claquer, en se jetant de tout son poids sur le battant. Dans le même mouvement, elle tourna le verrou.

Les yeux écarquillés de terreur, elle fit volte-face et se précipita vers son collègue au sol. Elle chercha son pouls. Le Dr Marconi toussa une fois. Un gros filet rouge s'écoula de sa bouche, s'enfonça dans sa barbe épaisse, pour ruisseler sur son cou. Puis sa tête bascula en arrière.

— *Enrico, no ! Ti prego !*

Au-dehors, un staccato de tirs cinglaient le métal de la porte. Des cris affolés résonnaient.

Mystérieusement, le corps de Langdon devint brusquement opérationnel, la panique et l'instinct de survie prenant le pas sur les molécules du calmant. Alors qu'il s'extirpait du lit en chancelant, il ressentit une douleur aiguë au poignet. Il crut qu'une balle avait traversé la porte et l'avait touché. Mais non. Il venait d'arracher sa perfusion. L'aiguille et sa portion de cathéter étaient toujours plantées dans sa veine et le sang s'échappait déjà par le tube de plastique.

Cette fois, Langdon était tout à fait réveillé !

Toujours penchée sur Marconi, le Dr Brooks cherchait encore un pouls, tandis que les larmes inondaient ses yeux. Puis, comme si un interrupteur s'était actionné en elle, elle se releva et se tourna vers Langdon. Son visage se métamorphosa, ses traits se durcirent.

— Suivez-moi ! ordonna-t-elle, en professionnelle des urgences habituée à gérer toutes les crises.

Elle saisit le bras de Langdon et lui fit traverser la pièce. De l'autre côté de la porte, la tueuse continuait à tirer. Langdon avança sur ses jambes chancelantes. Ses pensées étaient claires mais son corps, saturé de sédatifs, mettait du temps à lui obéir.

Bouge, nom de Dieu !

Le carrelage était glacé sous ses pieds, et sa blouse de malade était loin de couvrir son grand corps d'un mètre quatre-vingts. Il sentait son sang couler sur son bras, se répandre dans sa paume.

La serrure vibrait sous les impacts. Sans ménagement, le Dr Brooks poussa Langdon dans la petite salle de bains attenante. Elle s'apprêtait à le suivre quand elle fit demi-tour et fonça vers la desserte pour récupérer la veste de Langdon, tachée de sang.

On s'en fiche de ma veste !

Elle le rejoignit avec le vêtement dans les bras et referma la porte. C'est à ce moment que la serrure céda. Le battant s'ouvrit dans un grand fracas.

La jeune doctoresse ne paniqua pas. Elle traversa la salle de bains pour ouvrir l'autre porte de communication, et tira Langdon dans la chambre voisine. Des coups de feu éclatèrent derrière eux. Le Dr Brooks jeta un coup d'œil dans le couloir, attrapa le bras de Langdon et l'entraîna au pas de course vers l'escalier de secours. Il fut instantanément pris de vertige. Il allait s'évanouir, c'était sûr.

Il vécut les quinze secondes suivantes dans un brouillard. Des marches, encore des marches. Une spirale qui n'en finit pas. Vertigineuse. Et ces coups de marteau dans sa tête qui lui brouillent la vue, ces muscles comme de la guimauve, ce corps qui ne lui répond plus…

Soudain, l'air froid.

On est dehors !

Mais il n'y eut pas de répit. Le Dr Brooks le fit aussitôt courir dans une allée sombre. Langdon trébucha sur quelque chose et s'affala sur les pavés. Avec une belle énergie, la jeune femme le releva en pestant contre les sédatifs.

Alors qu'ils allaient atteindre le bout de la venelle, Langdon tomba à nouveau. Cette fois, elle le laissa au sol, courut vers la rue toute proche et appela quelqu'un. Langdon reconnut la lumière verte d'un taxi. Mais la voiture ne bougea pas. Le chauffeur devait s'être endormi. La jeune femme cria et agita frénétiquement les bras. Enfin les phares s'allumèrent et le véhicule roula tranquillement dans leur direction.

Dans la ruelle, derrière Langdon, une porte s'ouvrit à toute volée, puis des pas résonnèrent, très proches. Il se retourna et vit la silhouette noire fondre sur lui. Il tenta de se relever, mais le Dr Brooks l'avait déjà attrapé et le poussait dans la Fiat. Il atterrit à moitié sur la banquette, à moitié sur le plancher, suivi par la jeune femme qui avait plongé sur lui et refermé la portière.

Le chauffeur, les yeux bouffis de sommeil, contempla ce couple incongru qui venait de sauter dans son taxi – une jeune blonde en tenue de médecin, couchée sur un type dans une blouse de malade déchirée, avec un bras en sang. Il allait les jeter dehors quand son rétroviseur extérieur explosa. La tueuse piquait un sprint dans l'allée, brandissant son arme. Le canon cracha encore le feu, juste au moment où le Dr Brooks plaquait le visage de Langdon au sol. Cette fois, c'est la lunette arrière qui vola en éclats.

Il n'en fallut pas plus pour décider le chauffeur. Il écrasa l'accélérateur et sa Fiat s'arracha du bitume dans un miaulement de gomme.

Langdon était sur le point de tourner de l'œil. Mais il s'accrochait, chancelant au bord du vide.

Pourquoi ? Pourquoi veut-on me tuer ?

Passé le coin de la rue, la doctoresse redressa le professeur et prit son bras couvert de sang. Le cathéter sortait de son poignet, comme une sorte de ver.

— Regardez par la fenêtre.

Langdon obéit. Des tombes défilaient derrière la vitre, silhouettes fantomatiques dans les ténèbres. Un cimetière. Il y avait une certaine logique, après tout. Langdon sentait les doigts de la jeune femme tâter doucement son avant-bras à la recherche du fin tuyau et, d'un coup sec, elle l'arracha.

Un éclair de douleur remonta sa colonne vertébrale et éclata sous son crâne. Ses yeux se révulsèrent et ce fut le trou noir.

5.

La sonnerie du téléphone tira le Président de sa contemplation. Il abandonna les brumes de l'Adriatique et rentra dans son bureau pour décrocher.

Des nouvelles ! Enfin !

L'écran de l'ordinateur sur sa table de travail était sorti de sa torpeur pour lui annoncer que l'appel était crypté par un Sectra Tiger XS et passait par quatre routeurs sécurisés avant d'être connecté à son poste.

Il chaussa ses écouteurs.

— Ici le Président, annonça-t-il d'une voix lente et précautionneuse.

— C'est Vayentha.

Le Président perçut la nervosité de la voix. Les agents de terrain le contactaient rarement directement, et ils demeuraient plus rarement encore à leur poste après une débâcle comme celle de la veille. Mais le Président avait besoin de quelqu'un en renfort pour régler le problème et Vayentha était la meilleure pour ce travail.

— J'ai du nouveau.

Le Président resta silencieux, l'incitant à poursuivre.

Quand elle parla, son ton était neutre et factuel. Elle cherchait à se montrer professionnelle.

— Langdon s'est échappé. Il a toujours l'objet.

Le Président s'assit à son bureau et se tut un long moment.

— Compris, déclara-t-il finalement. Je suppose qu'il va tenter d'alerter les autorités.

*

Deux ponts plus bas, dans la salle de contrôle du bateau, Lawrence Knowlton, le coordinateur logistique, se trouvait dans son bureau et vit que l'appel pour le patron était terminé. Il espérait que les nouvelles étaient bonnes. La tension du Président était palpable depuis deux jours, et tous les membres de l'équipe sentaient que la situation était grave.

Vayentha avait intérêt à ne pas s'être plantée, cette fois.

Knowlton avait l'habitude de diriger des programmes soigneusement écrits, mais ce scénario-là avait tourné au chaos et le Président avait été obligé de reprendre les rênes.

On naviguait maintenant en terre inconnue.

Une demi-douzaine d'opérations étaient en cours aux quatre coins du globe, mais leur gestion avait été délocalisée, confiée aux antennes du Consortium, pour que le *Mendacium* et son équipage puissent se concentrer sur celle-là.

Leur client venait de se donner la mort quelques jours plus tôt, en se jetant du haut d'un campanile de Florence, mais le Consortium avait encore toute une série de missions délicates à accomplir pour lui – exigées explicitement par le client, quelles que soient les circonstances. Et, fidèle à sa réputation, le Consortium allait suivre ces instructions à la lettre, sans poser de questions.

Les ordres sont clairs, se répéta Knowlton, comptant bien ne pas faillir à sa tâche. Il sortit de son cube de verre insonorisé, traversa six autres bureaux – certains avec des parois transparentes, d'autres opaques – où des agents géraient divers aspects de la même opération.

Knowlton passa dans la grande salle de contrôle avec son air soigneusement purifié, fit un petit signe aux techniciens, et entra dans la chambre forte, qui abritait une dizaine de coffres. Il ouvrit l'un des casiers et récupéra son contenu – une carte mémoire rouge. À en croire les informations, la carte contenait un gros fichier vidéo. Le client leur demandait de l'envoyer à toutes les grandes chaînes à une heure bien précise le lendemain matin.

Faire passer une vidéo demain sur les médias ne serait pas bien compliqué mais, conformément à la procédure, Knowlton devait visionner ce fichier aujourd'hui – vingt-quatre heures avant sa diffusion. Le Consortium voulait avoir le temps de réaliser d'éventuelles manipulations – décodage, traitement numérique et autres préparations qui pourraient se révéler indispensables avant de pouvoir l'envoyer à l'heure prévue.

Ne jamais rien laisser au hasard.

Knowlton revint dans son bureau vitré et ferma sa porte, s'isolant du monde extérieur.

Il pressa un interrupteur mural et, dans la seconde, les parois de son cube devinrent opaques. Pour plus de confidentialité, tous les bureaux du *Mendacium* étaient équipés de verre électro-chromatique. Sous l'effet d'un courant électrique, les cristaux composant le verre se trouvaient soit alignés, soit dans une position aléatoire, occultant ou non la lumière.

Au Consortium, le cloisonnement était le maître mot.

Ne s'occuper que de sa mission. Ne rien partager avec personne.

À l'abri dans son alcôve, Knowlton inséra la carte mémoire dans son ordinateur et ouvrit le fichier.

Aussitôt son écran s'obscurcit. Les haut-parleurs diffusèrent un bruit de clapotis. Une image apparut lentement à l'écran... indéchiffrable, noyée d'ombres. Puis un décor émergea des ténèbres... une sorte de grotte... ou une vaste salle. Le sol de la caverne était plein d'eau, tel un lac souterrain. Curieusement, la surface était lumineuse.

41

Knowlton n'avait jamais rien vu de tel. La caverne était baignée d'une lumière rouge. Les parois étaient parcourues par des myriades de vrilles scintillantes, comme si l'eau y projetait ses reflets.

Quel était cet endroit ?

Délaissant les ondulations fugaces, la caméra amorça une descente vers le bassin. Puis elle creva la surface, et le clapotis laissa place à ce silence mystérieux du monde liquide. La caméra poursuivit sa descente, s'enfonçant ainsi dans un mètre cinquante d'eau avant de s'arrêter au-dessus du fond de la caverne couvert de limon.

Une plaque de titane luisante était boulonnée au sol.

Avec une inscription.

ICI, EN CE JOUR,
LE MONDE FUT CHANGÉ
À JAMAIS.

Au bas de la plaque, étaient gravés un nom et une date.

Le nom, c'était celui de leur client.

La date, c'était demain.

6.

Langdon sentit des mains fermes le soulever, le sortir des limbes et en même temps du taxi. Les pavés étaient glacés sous ses pieds nus.

Soutenu par la jeune femme, Langdon rejoignit une allée déserte entre deux bâtiments d'habitation. Le vent se levait, faisant voleter sa courte blouse. Il sentait l'air s'insinuer dans des parties de son corps qui d'ordinaire restent toujours au chaud.

Le tranquillisant lui brouillait autant les idées que la vue. Il avait l'impression de se trouver sous l'eau, s'efforçant de progresser dans un monde visqueux. Sienna Brooks continuait de l'aider à marcher. Il y avait une force remarquable dans ses bras graciles.

— Les escaliers ! ordonna-t-elle.

Il s'aperçut qu'ils étaient entrés dans l'un des deux immeubles, sans doute par une sortie de secours. Il attrapa la rampe et commença l'ascension, gravissant une marche à la fois. Son corps était devenu du plomb. Derrière lui, le Dr Brooks le poussait pour faciliter sa progression. Quand ils atteignirent le palier, elle composa un numéro sur un digicode antédiluvien et la porte s'ouvrit dans un bourdonnement électrique.

Il ne faisait guère plus chaud à l'intérieur, mais le carrelage était doux comme de la moquette comparé aux pavés de la rue. Sienna Brooks conduisit Langdon vers un minuscule ascenseur. L'endroit sentait les cigarettes MS – un parfum aigre-doux aussi répandu en Italie que l'arôme des expressos. Quoique infime, cette odeur lui rendit les idées claires. La jeune femme pressa un bouton et, loin au-dessus d'eux, des poulies fatiguées se mirent en action.

L'ascenseur, à peine plus grand qu'une cabine téléphonique, s'ébranla…

La cage grinçait, vibrait. Les parois n'étant qu'un grillage, Langdon voyait les poutrelles du puits se dérober sous lui au fil de leur montée. Même groggy, sa phobie des lieux clos était intacte – bien vivace.

Ne regarde pas !

Il s'adossa contre les mailles d'acier, retenant sa respiration. Son poignet le lançait et, quand il baissa les yeux, il s'aperçut que la manche de sa Harris Tweed était nouée autour de son bras, tel un bandage de fortune. Le reste de sa veste traînait par terre, maculée de sang et de crasse.

Il ferma les yeux pour atténuer les battements sous son crâne, mais les ténèbres le happèrent, à nouveau.

La même vision le submergea… La femme voilée, avec son amulette et ses cheveux argent. Elle se tenait sur cette berge, avec ce fleuve rouge sang et ces corps tourmentés. Elle lui parla, de sa voix suppliante : « Cherchez et vous trouverez ! »

Langdon sut, avec certitude, qu'il devait la sauver… elle et tous les autres. Les jambes du personnage enterré tête en bas s'effondrèrent, sans vie.

Qui êtes-vous ? cria-t-il de sa voix muette. Qu'est-ce que vous voulez ?

Un souffle chaud souleva les épais cheveux argent de la femme.

« Le temps presse », murmura-t-elle en touchant son amulette. Et, soudain, elle se transforma en un pilier de feu qui fondit sur lui par-dessus le fleuve et l'avala tout entier.

Dans un cri, Langdon rouvrit les yeux.

Le Dr Brooks le regardait fixement.

— Qu'est-ce qui vous arrive ?

— C'est encore ces hallucinations ! Cette même scène.

— La femme aux cheveux argent ? Et tous ces cadavres ?

Langdon acquiesça, son front dégoulinait de sueur.

— Ça va aller, le rassura-t-elle. Les visions récurrentes sont courantes en cas d'amnésie. Les fonctions cérébrales qui trient et rangent vos souvenirs sont temporairement ébranlées, alors elles mêlent tout en une seule image.

— Mais c'est une image assez déplaisante.

— Je sais. Mais tant que vous ne serez pas rétabli, vos souvenirs se mélangeront – le passé, le présent, l'imaginaire –, tout pêle-mêle. Il se produit le même phénomène dans les rêves.

L'ascenseur s'arrêta dans une secousse. Le Dr Brooks le fit sortir de la cabine. Encore une marche, cette fois dans un couloir tout noir, très étroit. Ils passèrent devant une fenêtre. Dehors, les toits de Florence émergeaient de l'aube. Au bout du corridor, Sienna Brooks récupéra une clé sous une plante qui mourait visiblement de soif et ouvrit une porte.

L'appartement était minuscule, son atmosphère était le théâtre d'une lutte olfactive entre le parfum vanille des bougies et une odeur de vieux tapis. L'ameublement et la décoration étaient très simples, pour ne pas dire sommaires – la doctoresse semblait s'être équipée uniquement dans des vide-greniers. Elle régla le thermostat et les radiateurs se réveillèrent avec des cliquetis rétifs.

La jeune femme demeura immobile un moment, les yeux fermés, prenant de profondes inspirations, comme pour rassembler ses forces. Puis elle conduisit Langdon dans la cuisine lilliputienne, où trônaient une table en Formica et deux petites chaises.

Langdon s'avança vers les sièges dans l'espoir de s'asseoir, mais la doctoresse lui attrapa le bras d'une main et de l'autre ouvrit un placard. Il était presque aussi vide que l'appartement – quelques gâteaux apéritifs, deux paquets de pâtes, une canette de Coca, et un flacon de NoDoz.

Elle le déboucha et fit tomber six comprimés dans la paume de Langdon.

— C'est de la caféine. Pour quand je suis de garde, comme cette nuit.

Langdon enfourna les cachets dans sa bouche et, du regard, chercha de l'eau.

— Croquez-les. Ça agira plus vite et ce sera plus efficace contre le sédatif.

Langdon s'exécuta et fit aussitôt la grimace. C'était très amer. À l'évidence, ce n'était pas destiné à être mâché. La jeune femme ouvrit le réfrigérateur et lui tendit une bouteille de San Pellegrino. Plein de reconnaissance, il but une longue gorgée.

La doctoresse entreprit alors de dénouer le bandage de fortune qu'elle lui avait confectionné. Elle posa la veste sur la table et examina la blessure. Il sentait les doigts de la jeune femme blonde trembler sur sa peau.

— Vous survivrez, déclara-t-elle.

Langdon espérait que ça irait pour elle aussi. Ils venaient tous les deux d'endurer leur lot d'épreuves.

— Docteur, il faut qu'on appelle quelqu'un. Le consulat… la police. Quelqu'un.

Elle acquiesça.

— Cessez d'abord de m'appeler docteur. Moi, c'est Sienna.

— Et moi, Robert.

Après ce qu'ils venaient de vivre, ils pouvaient bien s'appeler par leur prénom.

— Vous êtes anglaise, c'est ça ? reprit Langdon.

— De naissance, oui.

— Vous n'avez pas d'accent.

— C'est que je me suis efforcée de le faire disparaître.

Langdon allait lui demander pourquoi, mais Sienna lui fit signe de la suivre. Elle l'emmena dans une modeste salle de bains. Dans la glace au-dessus du lavabo, Langdon aperçut son reflet pour la première fois depuis qu'il avait quitté la chambre d'hôpital.

Il n'était pas beau à voir !

Ses épais cheveux bruns étaient en bataille, ses yeux injectés de sang et bouffis. Et une barbe naissante ombrait ses joues.

Sienna tourna le robinet et plaça fermement le poignet de Langdon sous le jet d'eau froide. Ça piqua aussitôt ; mais il tint bon.

La jeune femme prit un gant propre et l'imbiba de gel antibactérien.

— Je serais vous, je regarderais ailleurs.

— Ça va aller. Je n'ai pas peur du…

Sienna se mit à frotter vigoureusement la plaie. Une onde fulgurante remonta dans son bras. Il serra les dents pour s'empêcher de pousser un cri.

— Autant éviter d'avoir une infection, expliqua-t-elle en frottant plus fort encore. Et si vous voulez appeler les autorités, il vaut mieux que vous soyez en forme. Rien n'active mieux la production d'adrénaline que la douleur.

Langdon endura ce traitement pendant encore dix longues secondes.

— Stop ! Je n'en peux plus.

Il devait admettre, toutefois, qu'il se sentait tout ragaillardi. La douleur à son bras éclipsait à présent les coups de marteau dans son crâne.

— Parfait, dit-elle en fermant le robinet avant d'essuyer le bras de Langdon avec une serviette.

Tandis qu'elle lui confectionnait un pansement, un détail, soudain, attira l'attention de Langdon. Un détail d'importance.

Depuis près de quarante ans, Langdon portait une montre Mickey de collection – un cadeau de ses parents. Un Mickey souriant qui écartait les bras. Une sorte de pense-bête pour se rappeler de ne pas prendre la vie trop au sérieux.

— Ma montre… elle a disparu ! Je l'avais encore quand je suis arrivé à l'hôpital ?

Sienna l'observa, interdite. Comment pouvait-il se soucier d'une broutille pareille ?

— Non. Je ne me souviens pas d'une montre. Débarbouillez-vous. Je reviens dans deux minutes. Je vais essayer de vous trouver quelque chose à vous mettre.

Elle tourna les talons mais s'arrêta sur le pas de la porte.

— Et pendant mon absence, lui dit-elle en le regardant par l'entremise du miroir, il serait bon que vous découvriez pourquoi on veut vous tuer. Car c'est la première question que les flics vont vous poser.

— Où allez-vous ?

— Vous ne pouvez parler à la police à moitié nu. Je vais vous rapporter des vêtements. Mon voisin fait à peu près votre taille. Il n'est pas là, mais j'ai ses clés pour nourrir son chat. Il me doit bien ça, précisa-t-elle avant de disparaître.

Robert Langdon se pencha au-dessus du lavabo, reconnaissant à peine son visage dans la glace.

Quelqu'un veut me tuer !

Il entendait encore ses marmonnements : « *Very sorry. Very sorry.* »

Il sonda sa mémoire à la recherche de quelques souvenirs perdus… mais il demeura bredouille. Il n'y avait là que le vide. Un petit néant. Tout ce qu'il savait, c'était qu'il était à Florence et qu'une balle avait manqué de lui pulvériser le cerveau.

Alors qu'il contemplait ses yeux fatigués dans le miroir, il se demandait s'il n'allait pas se réveiller d'un instant à l'autre chez lui, dans son fauteuil, avec un martini dans une main et un exemplaire des *Âmes mortes* dans l'autre, en se disant qu'il ne faut jamais mélanger gin et Gogol.

7.

Langdon retira sa blouse d'hôpital et noua une serviette autour de sa taille. Après s'être aspergé le visage d'eau, il explora sa suture à l'arrière de son crâne. La plaie était enflammée, mais s'il plaquait ses cheveux dessus, elle était à peine visible. Les comprimés de caféine lui avaient donné un coup de fouet. La brume qui nimbait ses pensées se dissipait.

Réfléchis, Robert ! Essaie de te souvenir !

La salle de bains, au mur aveugle, réveilla sa vieille compagne, la claustrophobie. Il battit en retraite dans le couloir et se dirigea par réflexe vers la lueur qui filtrait d'une porte entrouverte. La pièce faisait office de bureau : une table de travail bon marché, un fauteuil déchiré, des livres au sol et – Dieu merci ! – une fenêtre.

Langdon s'approcha de la lumière.

Au loin, le soleil de Toscane caressait tout juste les flèches de la ville – le campanile de la Badia Fiorentina, la tour du Bargello. Langdon posa son front sur le verre froid. L'air de mars était vif et clair, accentuant les nuances chatoyantes des premiers rayons qui pointaient derrière les collines.

La lumière des peintres, comme on dit.

Au milieu du paysage, un dôme de tuiles rouges, imposant comme une montagne, surmonté d'une boule de cuivre scintillant au soleil, tel un phare. Le Duomo. Brunelleschi avait marqué l'Histoire en concevant cette coupole gigantesque. Aujourd'hui encore, cinq cents ans après sa construction, la structure haute de cent vingt-cinq mètres restait la cinquième plus grande église du monde, le géant immuable de la piazza del Duomo.

Qu'est-ce que je fais à Florence ?

Grand amateur d'art italien, Langdon avait une prédilection pour Florence. La ville où Michel-Ange, enfant, jouait dans les rues, la ville où avait éclos la Renaissance, où des millions de visiteurs venaient s'émerveiller devant *La Naissance de Vénus* de Botticelli, *L'Annonciation* de Léonard de Vinci et devant – joyau incontesté de la cité – le *David*.

Langdon avait été subjugué quand il avait vu pour la première fois la statue de Michel-Ange. Il avait alors une dizaine d'années… Il avait passé les portes de l'Académie des Beaux-Arts, longé la sombre phalange des *Captifs* de Michel-Ange, et son regard avait été irrésistiblement attiré par le chef-d'œuvre du maître, son vaisseau amiral haut de sept mètres. Le *David*. Sa taille hors norme, le dessin des muscles saisissaient tous ceux qui voyaient la statue pour la première fois. Mais pour le jeune Robert Langdon, ce fut la pose qui avant tout l'avait fasciné. Michel-Ange avait repris la tradition antique du *contrapposto*, le fameux déhanchement, pour donner l'illusion que David s'appuyait sur sa seule jambe droite, et que son membre gauche n'avait aucune charge, alors qu'en réalité il supportait des tonnes de marbre.

Le *David* avait été son premier émoi artistique, il lui avait dévoilé toute la puissance émotionnelle d'une grande sculpture classique. Et aujourd'hui, Langdon ne savait même pas s'il était allé admirer cette magnificence ces derniers jours. Tout ce dont il se souvenait, c'était son réveil dans une chambre d'hôpital et d'avoir vu un brave médecin se faire tuer sous ses yeux. *Very sorry. Very sorry.*

Le remords lui vrillait les entrailles, à lui donner la nausée.

Mon Dieu, qu'ai-je fait ?

Il aperçut, à la périphérie de son champ de vision, un ordinateur portable, posé sur le bureau. Un journal aurait-il parlé de ce qui lui était arrivé la veille ?

Il trouverait peut-être des réponses sur Internet.

Langdon se retourna vers la porte et appela Sienna.

Silence. Elle était donc toujours chez le voisin, occupée à lui chercher des vêtements.

Sachant que la jeune femme comprendrait son geste, Langdon ouvrit le portable et l'alluma.

L'écran d'accueil apparut. Les classiques nuages bleus de Windows. Il se rendit aussitôt sur Google Italie et tapa « Robert Langdon ».

Si ses étudiants le voyaient !

Langdon se moquait des gens qui faisaient des recherches sur leur propre nom – une obsession maladive de la célébrité, une regrettable inclination qui maintenant touchait les jeunes de plus en plus tôt.

Une page de résultats apparut – des centaines d'entrées, ramenant à ses livres, ses conférences.

Ce n'est pas ce que je veux ! pesta-t-il intérieurement.

Il affina les critères de recherche.

Une nouvelle page :

Signature de livres : Robert Langdon est attendu au...

Discours de remise des prix de Robert Langdon...

Robert Langdon sort L'Abécédaire des symboles *chez...*

La liste était longue. Mais Langdon n'y trouva rien de récent – rien qui puisse expliquer sa situation présente.

Que s'était-il passé hier soir ? Il refusait de s'avouer vaincu. Il se rendit sur le site du *The Florentine*, un journal local rédigé en anglais. Il parcourut les gros titres, la rubrique « Faits divers », on parlait d'un incendie dans un appartement, d'un scandale politique, de quelques affaires délictueuses.

C'était tout ?

Dans les pages « Dernières infos », il y avait un papier sur une figure locale des arts et des lettres qui, la nuit dernière, avait été terrassée par une crise cardiaque à côté de la cathédrale. Le nom de cette personnalité était encore tenu secret, mais les causes du décès semblaient d'ores et déjà naturelles.

Finalement, à tout hasard, Langdon se connecta à sa boîte e-mail d'Harvard et consulta son courrier. Peut-être y trouverait-il une piste ? Mais ce n'était que le flot habituel de messages – collègues, étudiants, amis –, la plupart proposant des rendez-vous pour la semaine suivante.

Visiblement, personne ne savait qu'il était parti !

De plus en plus troublé, Langdon éteignit l'ordinateur et le referma. Il allait quitter la pièce quand une photo, posée sur une pile de publications médicales, attira son regard. C'était un polaroïd. On y voyait Sienna Brooks en compagnie de son collègue barbu, riant ensemble dans un hall d'hôpital.

Le Dr Marconi... Empli de culpabilité, Langdon prit la photo pour l'examiner.

Au moment de la reposer, il aperçut un petit livret jaune sur un tas de papiers – un programme du théâtre du Globe de Londres, tout écorné. Apparemment, c'était pour *Le Songe d'une nuit d'été*... joué vingt-cinq ans plus tôt.

Sur la couverture, en haut, il était écrit à la main : « Ma chérie, n'oublie jamais que tu es un miracle de la nature. »

Langdon souleva le livret. Une collection de coupures de presse en tomba. Il voulut les remettre à leur place, mais il se figea net.

Il avait sous les yeux une photo, celle de la petite comédienne qui interprétait Puck, le lutin facétieux de la pièce. La fillette n'avait pas plus de cinq ans, et avait ses cheveux blonds attachés en queue-de-cheval.

« Une étoile est née », disait la légende.

L'article faisait l'éloge d'un enfant prodige – Sienna Brooks – qui possédait un QI hors norme et avait mémorisé en une seule nuit tout le texte de son personnage, soufflant même à ses partenaires leur propre texte quand, en répétition, ils avaient des trous. Les autres passions de la fillette étaient le violon, les échecs, la biologie, et la chimie. Née dans une famille aisée de Blackheath en périphérie de Londres, la petite était déjà une célébrité dans les cercles scientifiques. À l'âge de quatre ans, elle avait battu un grand maître aux échecs et savait déjà lire et parler trois langues.

Seigneur ! Ça explique pas mal de choses, songea Langdon.

Il se souvenait de Saul Kripke, l'un des plus célèbres étudiants d'Harvard, qui lui aussi avait été un enfant surdoué. À six ans, il avait appris seul l'hébreu et, à douze ans, avait lu tout Descartes. Plus récemment, il y avait aussi le cas de Moshe Kai Cavalin, qui était sorti de la faculté à onze ans avec un A de moyenne générale ; il avait également remporté un championnat d'arts martiaux et écrit un livre intitulé *We can do*.

Langdon prit une autre coupure de presse. On y voyait Sienna à sept ans : UN QI DE 208 POUR LE PETIT GÉNIE.

Langdon ne savait même pas qu'un QI pouvait monter aussi haut. À en croire l'article, Sienna était une virtuose du violon, capable d'apprendre à parler couramment n'importe quelle langue en un mois. Elle était passionnée d'anatomie comparée et de physiologie.

Un autre article d'une revue scientifique titrait : L'INTELLIGENCE DE DEMAIN : TOUS LES HOMMES NE NAISSENT PAS ÉGAUX.

Il y avait encore une photo de Sienna. Elle devait avoir dix ans. Elle se tenait à côté d'un gros scanner. Un médecin expliquait que le cerveau de la fillette était physiquement différent, que cela était clairement visible à l'imagerie médicale – dans son cas, celui-ci était plus gros, plus vascularisé, et à même de manipuler des données visuo-spatiales d'une façon unique. Le corps médical estimait que Sienna devait ses capacités cognitives hors pair à un taux de régénération cellulaire accéléré, un peu à la manière d'un cancer, sauf que le sien favorisait le développement du tissu cérébral et non des cellules cancéreuses.

Langdon tomba sur un autre article, paru dans un petit journal.

DE LA MALÉDICTION D'ÊTRE UN GÉNIE.

Cette fois, il n'y avait pas de photo, mais le récit du calvaire d'une enfant surdouée – Sienna Brooks – qui ne pouvait suivre un enseignement dans un établissement classique parce qu'à chacune de ses tentatives les élèves la tourmentaient et la rejetaient. On y décrivait l'isolement dont souffraient ces « petits génies » ; leur maturité sociale ne pouvant suivre le rythme effréné de leur intellect, ils se retrouvaient invariablement exclus à la fois par les enfants et par les adultes.

Sienna, aux dires du journaliste, s'était enfuie de chez elle à l'âge de huit ans, et s'était débrouillée pour survivre pendant dix jours sans que l'on parvienne à retrouver sa trace. Elle avait élu domicile dans un grand hôtel londonien, où elle s'était fait passer pour la fille d'un client ; elle avait volé une clé, commandé des repas au service d'étage sur le compte d'une autre chambre et passé la semaine à lire les mille six cents pages de *Gray's Anatomy*. Quand la police lui avait demandé pourquoi elle lisait des manuels de médecine, elle leur avait répondu qu'elle voulait savoir ce qui n'allait pas dans son cerveau.

Langdon plaignait l'infortune de cette petite fille, si différente. Comme elle devait se sentir seule, abandonnée de tous ! Il replia les articles, regarda une dernière fois la photo de la fillette costumée en Puck. Étant donné tous les événements surréalistes qui leur étaient arrivés depuis son réveil, ce rôle d'elfe malin et facétieux seyait à merveille à Sienna. Langdon regrettait que, à l'inverse des personnages de cette pièce, ils ne se réveillent pas pour découvrir que tout n'avait été qu'un rêve.

Langdon rangea les articles à leur place et reposa le petit livre. Mais il fut pris de mélancolie quand il vit à nouveau le petit mot manuscrit : « Ma chérie, n'oublie jamais que tu es un miracle de la nature. »

Il contempla le symbole familier qui ornait la couverture. On retrouvait ce pictogramme grec sur quasiment tous les programmes de théâtre aux quatre coins de la planète – un signe vieux de deux mille cinq cents ans, devenu l'emblème de l'art dramatique.

Le maschere

Langdon contempla ces deux figures typiques de la tragi-comédie. Elles semblaient le regarder intensément. Et soudain, il y eut un bourdonnement dans ses oreilles, comme si un lutin tendait une corde de contrebasse à l'intérieur de son crâne, de plus en plus fort. Un éclair de douleur le traversa. L'image d'un masque flotta devant lui. Il hoqueta, retomba assis sur le siège et serra son crâne à deux mains en fermant les yeux.

Dans les ténèbres, la vision étrange revint, si précise, si vivante…

La femme aux cheveux argent l'appelait de l'autre côté du fleuve de sang. Ses suppliques fendaient l'air putride, parfaitement audibles malgré les plaintes des moribonds qui formaient à présent une mer de souffrance à perte de vue. Langdon repéra encore le malheureux planté tête en bas, avec un R sur la cuisse, battant en vain des jambes.

« Cherchez et vous trouverez ! implorait la femme. Le temps presse ! »

Langdon fut pris à nouveau d'une empathie irrésistible. Il voulait l'aider, elle… et tous les autres. Qui êtes-vous ? lui cria-t-il, affolé.

À nouveau, la femme releva son voile pour lui montrer son visage affligé.

« Je suis la vie », répondit-elle.

Alors une forme immense se matérialisa dans le ciel au-dessus d'eux – un masque, avec un long nez, comme un bec d'oiseau, et deux petits yeux verts flamboyants qui épiaient Langdon.

Une voix tonna :

« Et moi… je suis la mort. »

8.

Langdon se redressa dans un sursaut, le cœur battant. Il était toujours assis au bureau de Sienna, la tête dans les mains.

Mais qu'est-ce qui m'arrive ?

L'image de la femme et du masque au bec pointu s'attardait encore devant ses yeux.

« Je suis la vie. Je suis la mort. »

Il voulut chasser cette vision, mais elle avait marqué son esprit au fer rouge. Sur le petit bureau, les deux masques du programme le regardaient fixement.

« Vos souvenirs se mélangeront, l'avait prévenu Sienna. Le passé, le présent, l'imaginaire – tout pêle-mêle. »

Langdon avait le tournis.

Quelque part dans l'appartement, un téléphone sonna. Une sonnerie stridente à l'ancienne. Ça venait de la cuisine.

— Sienna ? appela Langdon, en se relevant.

Pas de réponse. Elle n'était toujours pas revenue. Après seulement deux sonneries, le répondeur se déclencha.

« *Ciao, sono io*, déclarait la voix enjouée de Sienna sur l'annonce. *Lasciatemi un messaggio e vi richia-merò.* »

Il y eut un bip et une femme laissa un message. Elle avait une voix paniquée avec un fort accent d'Europe de l'Est.

« Sienna, è Danikova ! Où tu es ? *È terrible !* Ton ami. Doctor Marconi. Il est mort ! La folie à l'hôpital ! La police est là. Toi partie pour sauver le malade ! Pourquoi toi fais ça ? Maintenant, eux savent. Tu connais même pas lui. Et maintenant la police, elle veut parler à toi ! Ils regardent les dossiers de tout le monde. Je sais – adresses, téléphone, numéro visa, tout ça faux. Ils trouveront pas toi aujourd'hui, d'accord, mais ils vont arriver. C'est pour ça que j'appelle. Suis vraiment désolée pour toi, Sienna. »

Elle raccrocha.

Langdon fut pris d'un grand remords. À la teneur du message, il comprit que c'était grâce au Dr Marconi que Sienna avait pu travailler à l'hôpital. Et à présent, à cause de lui, son ami était mort, et l'altruisme de Sienna à son égard, alors qu'il était un parfait inconnu pour elle, venait de la mettre en danger.

Une porte claqua à l'autre bout de l'appartement.

Elle était de retour.

Un instant plus tard, elle écoutait ses messages : « Sienna, è Danikova ! Où tu es ? »

Langdon grimaça, sachant ce que la jeune femme allait entendre. Tandis qu'elle apprenait la mauvaise nouvelle, Langdon remit en place le programme et rangea rapidement le bureau. Puis il retourna en catimini dans la salle de bains, honteux d'avoir fouillé dans le passé de Sienna.

Dix secondes plus tard, elle toquait doucement à la porte.

— J'ai accroché vos affaires à la poignée, annonça la jeune femme d'une voix tremblante.

— Merci beaucoup.

— Quand vous aurez fini, venez me retrouver dans la cuisine, s'il vous plaît. Je voudrais vous montrer quelque chose d'important avant que vous ne téléphoniez à qui que ce soit.

*

D'un pas traînant, Sienna se rendit dans sa chambre. Elle sortit un jean et un pull de la commode, et les emporta dans la petite salle d'eau attenante.

Elle ferma les yeux pour ne pas voir son reflet dans le miroir. Elle leva les bras, attrapa sa queue-de-cheval à pleines mains et la retira, révélant son crâne chauve.

Elle avait eu son lot de défis dans la vie. Même si elle avait l'habitude de compter sur son intelligence pour se tirer des mauvais pas, cette fois elle était durement éprouvée.

Elle posa la perruque et se lava le visage et les mains. Après s'être séchée, elle se changea et remit soigneusement en place ses cheveux postiches. L'apitoiement était rare chez elle, mais les larmes montèrent malgré tout. Impossible de les arrêter, cela venait de trop profond.

Alors elle pleura.

Pour sa vie qui lui échappait.

Pour son mentor qui était mort sous ses yeux.

Pour cette solitude qui hantait son cœur.

Mais surtout, elle pleura pour son avenir, qui soudain lui paraissait si noir.

9.

Sur le pont inférieur du *Mendacium*, Lawrence Knowlton, le coordinateur logistique, était dans son cube de verre et regardait son écran d'ordinateur, médusé ; il venait de visionner la vidéo que le client leur avait laissée.

Il était censé envoyer ça aux médias demain matin ?

En dix années de bons et loyaux services pour le Consortium, Knowlton avait accompli toutes sortes de tâches incongrues, dont beaucoup venaient s'inscrire quelque part dans une zone grise entre duplicité et illégalité. Œuvrer en ces terres nébuleuses était courant pour le Consortium, une organisation dont la seule éthique était de toujours satisfaire le client.

On fait ce qu'on nous demande. Sans poser de questions.

Mais l'idée de diffuser cette vidéo le dérangeait. Par le passé, quelle que soit l'étrangeté des missions qu'on lui confiait, il les comprenait, entrevoyait les motifs, l'objectif désiré.

Mais cette vidéo-là le déconcertait.

Cette fois, c'était différent.

Très différent.

Il relança la vidéo, espérant qu'un second visionnage l'éclairerait. Il monta le volume et s'installa pour une écoute attentive de neuf minutes.

Comme la première fois : ce bruit d'eau qui ruisselle, puis cette caverne baignée d'une lumière rouge. À nouveau, la caméra qui plonge sous l'eau, dans ce bassin au fond couvert de limon. Et enfin le texte sur cette plaque immergée :

ICI, EN CE JOUR,
LE MONDE FUT CHANGÉ
À JAMAIS.

Que ce message soit signé par leur client était troublant. Que la date indiquée soit celle de demain… ça l'était aussi. Mais ce qui inquiétait vraiment Knowlton, c'était ce qu'il y avait après.

La caméra pivota vers la gauche pour révéler un curieux objet à côté de la plaque, flottant entre deux eaux.

Il s'agissait d'une sphère de plastique, arrimée au fond par un petit câble, ondulante et souple telle une bulle de savon. Ça ressemblait à un ballon de baudruche, non pas gonflé à l'hélium, mais empli d'une substance brune et gélatineuse. Le sac était distendu, avait une trentaine de centimètres de diamètre et des parois transparentes. À l'intérieur, le fluide, opaque comme de la boue, était animé d'un lent mouvement de convexion. On eût dit l'œil d'un cyclone miniature en gestation.

Knowlton en avait des sueurs froides. Cette chose en suspension était encore plus inquiétante qu'au premier visionnage.

Puis ce fut le lent fondu au noir, avant de laisser place à l'image suivante : les murs humides de la caverne, où dansent les reflets de l'eau. Sur la paroi, une ombre apparaît. Une silhouette humaine.

Mais la tête est déformée... Vraiment déformée.

À la place du nez, il y a un long bec... comme si le personnage était mi-homme mi-oiseau.

Quand il se met à parler, sa voix est assourdie, son intonation est emphatique, le débit est étrange, quasi déclamatoire... On croirait presque entendre le coryphée d'une tragédie classique.

Knowlton se raidit, retenant son souffle, au souvenir de ce qu'allait dire l'homme au bec d'oiseau :

Je suis l'Ombre.

Je suis votre salut.

Si vous voyez ceci, c'est que mon âme sera enfin en paix.

Chassé, harcelé, je suis contraint de m'adresser au monde depuis les entrailles de la terre, exilé dans cet antre lugubre où les eaux rouges se rassemblent dans ce lagon où ne se reflète nulle étoile.

Mais c'est ici mon havre... le ventre miraculeux pour mon fragile bébé.

Mon Inferno.

Bientôt, vous comprendrez ce que j'ai laissé derrière moi.

Et pourtant, même ici, je perçois les trépidations des âmes ignorantes qui me pourchassent... prêtes à tout pour m'empêcher d'accomplir ma mission.

Pardonne-leur, pourriez-vous me dire, car ils ne savent pas ce qu'ils font. Mais vient un moment dans l'histoire où l'ignorance n'est plus un péché pardonnable... un moment où seule la sagesse a le pouvoir d'absoudre.

Avec une conscience pure, je vous fais le don de l'espoir, le don du lendemain.

Et pourtant, ils continuent de me traquer comme un chien, animés de la colère des justes, persuadés qu'ils ont affaire à un fou. Et cette Némésis aux cheveux argent ose me traiter de monstre ! Comme ce clergé aveugle qui réclamait la mort de Copernic ! Elle préfère me voir comme un démon, terrifiée que j'aie pu entrevoir la Vérité.

Mais je ne suis pas un prophète.

Je suis votre salut.

Je suis l'Ombre.

10.

— Asseyez-vous, proposa Sienna. J'ai quelques questions à vous poser.

Langdon entra dans la cuisine, se sentant un peu plus solide sur ses jambes. Il portait le costume Brioni du voisin, qui lui tombait remarquablement bien aux épaules. Même les mocassins étaient confortables. Langdon se dit qu'à l'avenir il devrait s'habiller italien.

Si retour il y a, songea-t-il.

Sienna elle aussi s'était transformée. La parfaite « beauté au naturel » d'un magazine féminin. Elle avait passé un jean et un fin pull-over crème, qui mettaient en valeur sa silhouette élancée. Ses cheveux blonds étaient toujours coiffés en queue-de-cheval. Sans l'austérité de sa blouse de médecin, elle paraissait beaucoup plus vulnérable. Langdon remarqua ses yeux rouges, comme si elle venait de pleurer. Une nouvelle bouffée de culpabilité l'envahit.

— Sienna… je suis désolé, réellement désolé. J'ai entendu le message. Je ne sais pas quoi vous dire.

— Merci. Mais nous devons rester concentrés. Prenez un siège, s'il vous plaît.

Sa voix était plus ferme. Langdon se souvint des articles qu'il venait de lire sur l'intellect de la jeune femme et sa vie difficile d'enfant surdouée.

— Il faut que je réfléchisse, annonça-t-elle en lui désignant une chaise. Vous savez comment on est arrivés dans cet appartement ?

Langdon ne voyait pas en quoi c'était important.

— En taxi, répondit-il en s'asseyant à la table. Parce que quelqu'un nous a tiré dessus.

— Pas sur nous, professeur. Sur vous. Soyons précis.

— Vous avez raison. Veuillez m'excuser.

— Vous rappelez-vous de coups de feu pendant que nous étions dans le taxi ?

Curieuse question.

— Oui. Deux. Un tir dans le rétroviseur extérieur et un autre qui a fait exploser la vitre arrière.

— Bien. Maintenant fermez les yeux.

Comprenant qu'elle testait sa mémoire, Langdon obéit.

— Qu'est-ce que je porte comme vêtements ?

Il s'en souvenait parfaitement.

— Des ballerines noires, un jean, et un pull beige à col en V. Vous avez les cheveux blonds, qui vous tombent entre les omoplates, attachés en arrière. Vous avez les yeux noisette.

Langdon rouvrit les paupières et regarda la jeune femme, ravi de constater que sa mémoire eidétique fonctionnait normalement.

— Parfait. Votre mémoire visuelle est excellente, ce qui confirme que votre amnésie est totalement rétrograde et que vous ne garderez aucune séquelle quant à votre capacité de mémorisation. Il vous est revenu des souvenirs concernant les événements des derniers jours ?

— Non, rien. Malheureusement. J'ai eu de nouveau une hallucination pendant que vous étiez absente. La femme voilée, la masse de moribonds, et toujours ces deux jambes qui s'agitent en l'air, avec un R inscrit dessus.

Il lui narra alors le moment où le masque immense était descendu du ciel.

— « Je suis la mort » ? répéta Sienna, troublée.

— C'est ce qu'il a dit, oui.

— Bon. Ça vaut bien « je suis le destructeur des mondes ».

La jeune femme venait de citer Robert Oppenheimer après avoir testé la première bombe atomique.

— Mais pourquoi ce bec d'oiseau ? Ces yeux verts ? demanda Sienna, intriguée. Vous savez ce qui a pu susciter cette image ?

— Aucune idée. Ce genre de masque était très répandu au Moyen Âge. C'est un masque de peste.

Sienna le regarda, soudain inquiète.

— Un masque de peste ?

Langdon lui expliqua qu'en symbologie, la simple esquisse d'un masque à bec d'oiseau était synonyme de Peste noire ; cette terrible peste bubonique qui ravagea l'Europe dans les années 1300, tuant jusqu'à un tiers de la population dans certaines régions.

— Beaucoup, précisa-t-il, pensent qu'on l'appelle la Peste noire – ou la « mort noire » chez les Anglo-Saxons – à cause de l'assombrissement de la peau des victimes par la gangrène et les hémorragies sous-cutanées. Mais en réalité le mot « noir » est une référence directe à la terreur qu'inspirait cette pandémie qui décimait la population.

» Ce type de masque, poursuivit Langdon, était porté par les médecins de l'époque – les "médecins bec" ou les "médecins de peste", comme on les surnommait. Ces becs servaient à tenir les miasmes éloignés de leurs narines pendant qu'ils soignaient les malades. Aujourd'hui, on ne les voit porter ces tenues que durant le carnaval de Venise – en souvenir de cette période sinistre.

— Et vous êtes certain que, dans vos visions, il s'agissait de l'un de ces masques ? insista Sienna d'une voix tremblante.

Langdon hocha la tête.

Difficile de le rater !

Sienna se frotta le sourcil de ses doigts fins. Visiblement, la jeune doctoresse avait de mauvaises nouvelles à lui annoncer.

— Et la femme continuait à vous dire « cherchez et vous trouverez » ?

— Oui. Pareil que l'autre fois. Le problème, c'est que j'ignore ce que je suis censé chercher.

Sienna poussa un long soupir. Son expression se fit grave.

— Je crois que moi je le sais. Et mieux encore. Je crois que vous l'avez déjà trouvé.

Langdon la regarda avec de grands yeux.

— Comment ça ?

— Robert, la nuit dernière, quand vous êtes arrivé à l'hôpital, vous aviez quelque chose dans la poche de votre veste. Vous vous souvenez de ce que c'était ?

Il secoua la tête.

— C'était un objet plutôt curieux, reprit la jeune femme. Je l'ai découvert par hasard quand on vous a nettoyé. (Elle désigna la veste de Langdon posée sur la table.) Il est toujours dans votre poche. Si vous voulez y jeter un coup d'œil.

Déconcerté, Langdon avisa sa veste.

Voilà pourquoi elle a fait demi-tour pour la récupérer !

Il attrapa le vêtement maculé de sang et en inspecta les poches, l'une après l'autre. Rien. Il répéta l'opération. Toujours rien. Il se retourna vers Sienna avec un haussement d'épaules résigné.

— Vous avez cherché dans la poche secrète ?

— Quelle poche secrète ? Il n'y en a pas.

— Vous en êtes sûr ? Ce serait donc la veste de quelqu'un d'autre ?

Langdon avait l'impression que son esprit se brouillait à nouveau.

— Non, c'est bien la mienne.

— Sûr ?

— Sûr et certain ! C'est ma veste préférée.

Il lui montra l'étiquette, côté doublure, avec le logo de sa marque favorite – le fameux orbe Harris Tweed, décoré de treize joyaux en forme de boutons et surmonté d'une croix de Malte.

Il n'y a que les Écossais pour rendre hommage aux croisés sur un bout de tissu !

— Regardez ça ! lança Langdon, en désignant les initiales brodées. R.L.

Il avait toujours aimé ces modèles tissés à la main et, moyennant un supplément, il avait l'habitude de faire apposer ses initiales sur l'étiquette. Sur le campus d'Harvard, où des centaines de vestes de tweed passaient d'épaules aux portemanteaux dans le dédale de réfectoires et d'amphithéâtres, Langdon ne voulait pas risquer qu'on lui prenne par erreur sa précieuse Harris Tweed *original* !

— Je vous crois, dit-elle en lui prenant le vêtement des mains. Maintenant, à vous de regarder.

Sienna retourna la veste. À l'arrière du col, soigneusement cachée dans la doublure, il y avait bel et bien une poche !

Langdon ne l'avait jamais remarquée.

Elle était constituée d'une simple couture rectangulaire sur trois côtés, à la finition irréprochable comme toujours.

— Mais c'est nouveau. Elle n'y était pas avant !

— Dans ce cas, j'en déduis que vous ne savez pas non plus qu'il y a ceci dedans…

Elle plongea la main dans la poche et en sortit un objet métallique de forme cylindrique qu'elle déposa dans la paume de Langdon.

Il n'en revenait pas.

— Vous savez ce que c'est ? demanda Sienna.

— Bien sûr que non ! Je n'ai jamais vu un truc pareil.

— Malheureusement, moi je le sais. Et je suis quasiment certaine que c'est la raison pour laquelle on essaie de vous tuer.

*

Knowlton faisait désormais les cent pas dans son petit bureau, de plus en plus inquiet à l'idée de devoir diffuser cette vidéo.

« Je suis l'Ombre » ?

On disait que, ces derniers temps, le client était devenu psychotique. Cette rumeur était plus que fondée !

Il avait deux options : soit il préparait la vidéo pour qu'elle soit présentée au monde entier demain matin – comme prévu ; soit il montait voir le Président pour obtenir un second avis.

Mais il connaissait déjà la réponse. Jamais il n'avait vu son patron revenir sur ses engagements.

Il va me dire de diffuser ces images, sans poser de questions, songea-t-il. Et il sera très agacé d'avoir été dérangé pour ça.

Knowlton reporta son attention sur le film. Il l'avait calé pour revoir un passage particulièrement étrange. Il relança la lecture. La lumière surnaturelle de la caverne réapparut, noyant de rouge les bruits d'écoulement. La silhouette humanoïde flottait sur le mur humide – un homme de grande taille avec une tête d'oiseau.

De sa voix assourdie, la créature parla à nouveau :

Voici que reviennent les Âges sombres.

Il y a des siècles, l'Europe agonisait, victime de sa propre décadence – les populations étouffaient, mouraient de faim, ne connaissant plus que le péché et le désespoir –, telle une forêt trop chargée, suffoquant sous le poids de ses arbres morts, attendant la foudre divine – l'étincelle qui propagerait l'incendie, le feu déferlant qui emporterait le bois mort, pour qu'enfin le soleil donne à nouveau sur les racines saines.

L'élimination est dans l'ordre naturel.

Et qu'est-il arrivé après la Peste noire ?

Oui, vous le savez.

La Renaissance.

La Re-naissance !

Il en a toujours été ainsi.

Pour atteindre le Paradis, il faut connaître l'Enfer.

C'est ce que nous a enseigné le maître.

Et cette ignorante aux cheveux argent ose me traiter de monstre ? N'a-t-elle donc toujours pas compris ce qui va se passer ? Les chiffres sont terribles. Une arithmétique implacable. Et avec elle, des horreurs sans nom pour notre futur.

Je suis l'Ombre.

Je suis votre salut.

Et je me tiens dans cet antre, et je contemple ce lagon où ne se reflétera jamais nulle étoile. Ceci est ma tanière, mon palais englouti, et l'Enfer promis se trouve juste à mes pieds, là, dans cette eau.

Bientôt les flammes vont jaillir, le feu déferler.

Et rien ni personne sur terre ne pourra l'arrêter.

70

11.

L'objet que Langdon tenait dans les mains était curieusement lourd. Un cylindre de métal poli d'une dizaine de centimètres, arrondi aux deux extrémités, comme une torpille miniature.

— Avant que vous ne l'agitiez trop, intervint Sienna, vous feriez bien de jeter un coup d'œil de l'autre côté. Puisque vous êtes un spécialiste des symboles… ajouta-t-elle avec un sourire en coin.

Langdon fit tourner le cylindre entre ses doigts et découvrit un pictogramme écarlate.

Son corps se raidit aussitôt.

Alors simple étudiant en symbologie, Langdon savait déjà qu'il existait quelques images qui terrifiaient instantanément tout être humain… Et ce symbole-là figurait tout en haut de la liste ! Une répulsion viscérale. Il posa le tube sur la table avec précaution et se recula vite.

— Oui, j'ai eu la même réaction, railla Sienna.

Un simple signe trilatéral.

Ce symbole, avait découvert Langdon, avait été inventé par la société Dow Chemical dans les années 1960 pour remplacer les autres avertissements plus ou moins confus en usage jusqu'alors. Comme tous les symboles qui font mouche, celui-ci était simple, parfaitement identifiable, et facile à reproduire. Suscitant toutes sortes d'associations visuelles menaçantes – pinces de crabe, étoiles ninja –, le symbole moderne du « danger biologique » était devenu un message d'alerte universel.

— Cet objet est un conteneur pour le transport de produits biologiques dangereux, annonça Sienna. Et dans le cas présent, ajouta-t-elle en désignant le pictogramme, sans doute un composé chimique mortel… Ou un virus. Les premiers échantillons du virus Ebola ont été rapportés d'Afrique dans des caissons de ce genre.

Très mauvaise nouvelle, en effet.

— Je suis professeur d'histoire de l'art ! Qu'est-ce que ce machin fait dans ma veste ?

Il revit la foule de moribonds et, flottant au-dessus de lui, le masque de peste.

Very sorry… Very sorry.

— Je ne sais pas d'où ça vient, répondit Sienna, mais visiblement c'est high-tech. Avec une enveloppe en titane. Cela résiste à tout, même aux radiations. C'est quasiment signé « secret défense » !

Elle tendit l'index vers un carré noir, de la taille d'un timbre-poste, à côté du symbole :

— Et ça, c'est un pavé de reconnaissance d'empreintes. Une sécurité en cas de perte ou de vol. Des tubes comme ça ne peuvent être ouverts que par un seul et unique individu.

Certes, son cerveau avait retrouvé sa vivacité, mais cela allait quand même trop vite pour Langdon.

Je trimballe un produit biologique dangereux dans un caisson à serrure biométrique !

— Quand j'ai découvert ce tube dans votre veste, j'ai voulu le montrer au Dr Marconi en privé, mais je n'en ai pas eu l'occasion. J'ai bien pensé poser votre pouce sur le pavé tactile pendant que vous étiez inconscient, mais comme je ne savais pas ce qu'il y avait dedans, je…

— Mon pouce ? s'exclama Langdon, effaré. Il n'y a aucune raison pour que cette chose soit programmée pour moi. Je ne connais rien à la biochimie. Je n'ai jamais vu de près ou de loin un tel bidule.

— Vous en êtes sûr ?

— Oui, certain !

Il tendit la main et posa son pouce sur le carré.

— Vous voyez. Il ne se passe rien…

Il y eut un cliquetis. Langdon retira aussitôt sa main.

Nom de Dieu !

Il regarda fixement le cylindre, comme s'il s'attendait à le voir diffuser soudain un gaz mortel dans un sifflement sinistre. Trois secondes plus tard, il y eut un nouveau cliquetis. La serrure s'était refermée.

Ébahi, Langdon leva les yeux vers Sienna.

— Apparemment, ce « bidule » est bien à vous, soupira cette dernière.

Cela ne tenait pas debout.

— Impossible. D'abord, comment aurais-je pu le passer à l'aéroport ? Les portillons de sécurité auraient sonné à tout va.

— Vous avez peut-être pris un avion privé ? Ou bien on vous l'a donné après votre arrivée en Italie.

— Sienna, il faut que j'appelle le consulat. Tout de suite.

— Vous ne voulez pas l'ouvrir d'abord ?

Il avait parfois pris des décisions regrettables dans sa vie, mais l'idée d'ouvrir un conteneur renfermant une substance biologique létale, dans un petit appartement de Florence, faisait clignoter tous ses signaux d'alarme.

— Je préfère remettre cette chose aux autorités. Et vite !

Sienna fronça les sourcils.

— D'accord. Mais une fois que vous aurez passé cet appel, vous serez seul. Je ne peux pas être impliquée. Et vous ne pourrez leur donner rendez-vous ici. Ma situation sur le territoire italien est… compliquée.

— Vous m'avez sauvé la vie, Sienna, assura Langdon en regardant la jeune femme dans les yeux. Je suivrai vos consignes à la lettre, n'ayez crainte.

Elle hocha la tête et se dirigea vers la fenêtre pour regarder la rue.

— Bon, voilà comment on va procéder…

Sienna échafauda un plan. C'était simple, efficace, et très futé.

Elle sortit son téléphone et appela les renseignements, en numéro masqué. Ses doigts fins voletaient sur les touches. À la fois délicats et décidés.

— *Pronto ? Informazioni abbonati ?* (L'italien de la jeune femme était irréprochable, sans le moindre accent.) *Per favore, può darmi il numero del Consolato americano di Firenze ?*

Elle patienta un instant, puis nota un numéro sur une feuille.

— *Grazie mille*, dit-elle en raccrochant.

Elle tendit à Langdon le papier et son portable.

— À vous de jouer. Vous vous rappelez ce que vous devez dire ?

— J'ai une bonne mémoire, répliqua-t-il avec un demi-sourire, avant de composer le numéro.

Ça sonnait.

Alea jacta est ! songea Langdon.

Il activa le haut-parleur et posa le téléphone sur la table pour que Sienna puisse entendre. Un répondeur se déclencha, donnant des informations générales sur les services du consulat, et les horaires d'ouverture. L'accueil du public commençait à 8 h 30.

Langdon regarda l'écran du téléphone. 6 heures.

« En cas d'urgence, composez le 7-7 pour parler à la permanence de nuit. »

Langdon entra aussitôt les deux chiffres.

Ça sonnait encore.

— *Consolato americano*, répondit une voix ensommeillée. *Sono il funzionario di turno.*

— *Lei parla inglese ?*

— Évidemment, rétorqua l'employé avec un accent américain, visiblement agacé qu'on l'ait tiré des bras de Morphée. En quoi puis-je vous aider ?

— Je suis américain, de passage à Florence, et j'ai été attaqué. Je m'appelle Robert Langdon.

— Numéro de passeport, s'il vous plaît, demanda l'homme en bâillant ostensiblement.

— Je n'ai plus mon passeport. Je crois qu'on me l'a volé. On m'a tiré dessus. J'ai reçu une balle à la tête et je sors de l'hôpital. J'ai besoin d'aide.

Le standardiste se réveilla soudain.

— Vous dites qu'on vous a tiré dessus ? Redonnez-moi votre nom, s'il vous plaît.

— Robert Langdon.

Il y eut du bruit sur la ligne. Langdon reconnut le tapotement de doigts sur les touches d'un clavier. L'ordinateur émit un bip. Un petit silence. Puis encore quelques tapotements. Suivis d'un autre bip. Puis trois autres, plus aigus. Et encore un silence. Plus long cette fois. Enfin l'homme revint au bout du fil.

— Monsieur ? Vous êtes bien Robert Langdon ?

— Oui. Absolument. Et j'ai de gros ennuis.

— Très bien. Je vois que votre nom est coché sur ma liste. Je dois vous mettre tout de suite en communication avec l'administration du consulat général. (L'homme marqua une pause, comme s'il n'en revenait pas.) Ne quittez pas.

— Attendez ! Dites-moi au moins si…

Mais il était de nouveau en ligne.

Quatre sonneries et on décrocha.

— Ici Collins, j'écoute, répondit une voix éraillée.

Langdon prit une profonde inspiration.

— Monsieur Collins, je m'appelle Robert Langdon. Je suis américain, je séjourne à Florence. On m'a tiré dessus. J'ai de gros ennuis. Je veux me rendre au consulat américain immédiatement. Vous pouvez m'aider ?

— Dieu soit loué ! Vous êtes vivant ! On vous cherche partout, monsieur Langdon.

12.

Le consulat sait donc que je suis à Florence ?

Langdon eut une grande bouffée de soulagement.

M. Collins – qui s'était présenté comme l'administrateur général du consul – s'exprimait d'une voix posée de professionnel, pourtant une certaine urgence perçait dans son ton.

— Monsieur Langdon, nous devons nous parler au plus vite. Et, bien évidemment, pas au téléphone.

Depuis quelques heures, rien n'était « évident », pour Langdon, mais ce n'était pas le moment d'interrompre son interlocuteur.

— Je vais envoyer quelqu'un vous chercher. Où vous trouvez-vous exactement ?

Sienna s'agita sur son siège. Langdon la rassura d'un geste. Oui, il allait bien suivre le plan prévu.

— Je suis dans un petit hôtel. La pension La Fiorentina.

Langdon regarda l'enseigne qui brillait de l'autre côté de la rue. Suivant les instructions de la jeune femme à la lettre, il donna l'adresse à Collins.

— Entendu. Ne bougez pas. Restez dans votre chambre. On arrive. Quel numéro, votre chambre ?

Langdon en donna un :

— La 39.

— Parfait. Dans vingt minutes. (Puis, Collins ajouta en baissant la voix :) Monsieur Langdon, je sais que vous êtes blessé et sans doute un peu chamboulé, mais il faut que je sache… vous l'avez toujours ?

La question, quoique sibylline, était claire. Langdon, par réflexe, jeta un coup d'œil au tube posé sur la table de la cuisine.

— Oui, monsieur. Je l'ai.

Collins poussa un soupir.

— Quand on n'a plus eu de nouvelles de vous, on a cru… honnêtement, on a craint le pire. Je suis soulagé. Restez où vous êtes. Ne bougez surtout pas. Dans vingt minutes, quelqu'un viendra toquer à votre porte.

Et Collins raccrocha.

Langdon sentit ses muscles se détendre pour la première fois depuis son réveil à l'hôpital.

Le consulat sait ce qui se passe, songea-t-il. Bientôt, j'aurai toutes les réponses…

Il ferma les yeux et poussa à son tour un long soupir. Une bouffée de bien-être le gagna. Son mal de crâne avait presque disparu.

— Eh bien, ça fait très MI-6, lança Sienna en plaisantant à moitié. Vous êtes un barbouze ou quoi ?

Langdon ne savait plus trop bien qui il était au juste. Comment avait-il pu perdre deux jours de souvenirs et se retrouver dans cette situation abracadabrantesque ? Cela dépassait son entendement. Mais il avait bel et bien rendez-vous dans vingt minutes avec des émissaires du consulat américain dans une chambre d'hôtel !

Que s'était-il donc passé ?

Il regarda Sienna. Leurs chemins allaient se séparer et pourtant, il avait comme une impression d'inachevé. Il se remémora le docteur barbu, mourant sous ses yeux.

— Sienna, murmura-t-il. Pour votre ami… le Dr Marconi… je m'en veux tellement.

Elle l'observait en silence.

— Je regrette tant de vous avoir entraînée dans tout ça. Je sais que votre situation à l'hôpital est compliquée et qu'il y a une enquête…

Il ne put aller plus loin. Que dire ?

— Ça ira. Je suis habituée à bouger.

Langdon vit dans le regard de Sienna que, depuis ces dernières heures, tout avait basculé pour elle. Pourtant, même si sa propre existence avait sombré dans le chaos, Langdon s'inquiétait pour la jeune femme.

Elle m'a sauvé la vie... et j'ai détruit la sienne.

Ils restèrent silencieux une longue minute. Un silence pesant. Comme si chacun voulait parler à l'autre mais ne savait quoi dire. Ils étaient deux étrangers, après tout ; ils avaient fait ensemble un court voyage – un voyage mouvementé – et ils arrivaient à un carrefour, chacun devant partir de son côté.

— Sienna, articula-t-il finalement, quand j'aurai réglé cette affaire avec le consulat, s'il y a quelque chose que je peux faire pour vous... faites-le-moi savoir.

— Merci, souffla-t-elle, mais elle détourna les yeux vers la fenêtre.

*

Les minutes passaient. Sienna Brooks surveillait la rue au-delà des vitres. Comment allait finir cette journée ? Quelle que soit la réponse, son monde aura définitivement changé.

C'était sans doute juste l'adrénaline, mais elle se sentait curieusement attirée par ce professeur. En plus d'être séduisant, il semblait profondément gentil. Oui, dans une autre vie, Robert Langdon aurait pu être la bonne personne pour elle.

Il ne voudra jamais de moi, songea-t-elle. *Je suis trop abîmée.*

Au moment où elle tentait de refouler son émotion, un mouvement au-dehors attira son regard. Elle se leva d'un bond, et plaqua son front contre le carreau.

— Robert, regardez !

Langdon s'approcha et vit une moto BMW noire s'arrêter devant la pension La Fiorentina. La conductrice était grande, musclée, et portait une tenue de cuir noir. Quand elle descendit de la moto et ôta son casque, Langdon eut un hoquet de stupeur.

La femme aux cheveux en pointes était reconnaissable entre mille.

Elle sortit une arme – la même qu'à l'hôpital –, vérifia que son silencieux était bien en place, et la remisa dans sa poche. Puis, de son pas souple de prédatrice, elle pénétra dans l'hôtel.

— Robert, murmura Sienna d'une voix chevrotante. Votre pays a envoyé quelqu'un pour vous tuer.

13.

Une bouffée de panique envahit Langdon. La tueuse venait d'entrer dans l'hôtel de l'autre côté de la rue. Comment avait-elle eu l'adresse ?

L'adrénaline déferlait dans son organisme, accélérant de nouveau le cours de ses pensées.

— Mon propre pays souhaite ma mort ?

Sienna elle aussi paraissait abasourdie.

— Robert, cela signifie que ce qui s'est passé à l'hôpital est également une opération commanditée par votre pays.

Elle se leva et vérifia à deux reprises que la porte d'entrée était bien fermée.

— Si le consulat a la permission de vous tuer…

Elle n'alla pas plus loin, mais la suite était claire. Et c'était terrifiant.

Qu'est-ce que j'ai fait ? Pourquoi en ont-ils après moi ?

Encore une fois, les deux mots qu'il marmonnait en arrivant à l'hôpital lui revinrent en mémoire.

Very sorry… Very sorry.

— Vous n'êtes pas en sécurité ici, souffla Sienna. Ni vous ni moi. (Elle désigna la fenêtre.) Cette femme nous a vus nous enfuir ensemble de l'hôpital. Et je suis sûre que votre gouvernement et la police italienne sont déjà à mes trousses. Je sous-loue cet appartement. Il n'est pas à mon nom, mais ils ne vont pas tarder à me trouver.

Elle reporta son attention sur le tube posé sur la table.

— Il faut l'ouvrir. On n'a plus le choix.

Langdon contempla le cylindre de titane avec son logo « danger biologique ».

— Quoi qu'il puisse y avoir à l'intérieur, il y a certainement un code d'identification, l'étiquette d'un labo, un numéro de téléphone ou je ne sais quoi. Il nous faut des informations ! Vous comme moi. Les vôtres viennent de tuer mon ami !

La voix vibrante de Sienna acheva de convaincre Langdon. Elle avait raison.

— Sienna, je suis vraiment désolé.

Vraiment désolé… *Very sorry.*

Il grimaça. Encore ces deux mots.

Il revint vers la table, se demandant quelle réponse l'attendait à l'intérieur de ce cylindre.

— C'est terriblement dangereux de l'ouvrir ici.

— Ce qu'il y a là-dedans doit forcément être soigneusement emballé. Sans doute dans une éprouvette en Plexiglas. Ce tube en titane est juste une enveloppe extérieure pour renforcer la protection durant le transport.

Langdon regarda la moto noire garée devant l'hôtel. La femme n'était toujours pas réapparue, mais elle ne tarderait pas à découvrir que Langdon ne se trouvait pas là. Qu'allait-elle faire ? Combien de temps lui faudrait-il avant de venir fracasser la porte d'entrée ?

Langdon prit sa décision. Il souleva le tube de titane et posa son pouce sur le lecteur biométrique. Après un court instant, le conteneur cliqueta.

Avant que le dispositif ne se verrouille à nouveau, Langdon fit tourner chacune des deux moitiés dans le sens opposé. Après un quart de tour, le cylindre émit un bip. Langdon sut qu'il n'y avait plus de marche arrière possible.

Il avait les mains moites quand il continua à dévisser le tube. Les deux demi-cylindres tournaient sans résistance, comme un mécanisme de précision bien huilé. Il avait l'impression d'ouvrir une poupée russe de collection, sauf qu'il n'avait pas la moindre idée de ce qu'il allait découvrir à l'intérieur.

Après cinq tours, les deux parties se dissocièrent. En expirant lentement, Langdon les écarta l'une de l'autre. L'espace entre les deux demi-cylindres s'agrandit, laissant apparaître une enveloppe en mousse. Il la dégagea et la posa sur la table. Elle avait vaguement la forme d'un ballon de rugby miniature, semblable à ces jouets pour enfants, mais en plus allongé.

L'instant de vérité, songea-t-il.

Il déroula lentement l'enveloppe, révélant l'objet logé à l'intérieur.

Sienna inclina la tête, perplexe.

— Ce n'est pas ce à quoi je m'attendais.

Langdon pensait découvrir une sorte d'éprouvette futuriste, mais cette chose-là n'avait rien de moderne. L'objet, finement ciselé, semblait être en ivoire et avait à peu près la taille d'un rouleau de bonbons Mentos.

— Ça paraît ancien, souffla Sienna. Comme une sorte de…

— C'est un sceau-cylindre, expliqua Langdon, s'autorisant enfin à respirer.

Inventés par les Sumériens en 3500 avant Jésus-Christ, les sceaux-cylindres furent les précurseurs de la taille-douce, l'*intaglio* des Italiens, le premier procédé de gravure en série. Sculpté d'images, un sceau était percé d'un orifice longitudinal à travers lequel on insérait un axe afin de pouvoir faire rouler le cylindre, à la manière des rouleaux de peinture modernes, sur une tablette d'argile, pour imprimer une suite récurrente de symboles, d'images ou de textes.

Ce sceau-là semblait rare et particulièrement précieux ; Langdon ne comprenait pas pourquoi on l'avait enfermé dans un caisson en titane comme une arme bactériologique.

En faisant tourner le sceau entre ses doigts, il s'aperçut que le motif était plutôt sinistre : un Satan cornu à trois têtes dévorant trois hommes à la fois, un dans chaque bouche.

Charmant.

Puis il porta son attention sur les lettres gravées sous le diable. C'était calligraphié à l'envers, comme tous les textes écrits sur de tels rouleaux, mais il n'eut aucun mal à les déchiffrer : SALIGIA.

— *Saligia ?* lut Sienna à son tour.

En entendant ce mot prononcé à haute voix, Langdon sentit un frisson lui parcourir le dos.

— C'est du latin. Un moyen mnémotechnique inventé par le Vatican au Moyen Âge pour rappeler aux chrétiens les sept péchés capitaux. SALIGIA, c'est l'acronyme de *superbia, avaritia, luxuria, invidia, gula, ira* et *acedia.*

Sienna fronça les sourcils.

— L'orgueil, l'avarice, la luxure, l'envie, la gourmandise, la colère et la paresse.

Langdon était impressionné.

— Vous connaissez le latin ?

— J'ai été élevée chez les catholiques. Je connais le péché !

Langdon esquissa un sourire en reportant son attention sur le sceau. Pourquoi l'avait-on rangé dans un caisson en titane, comme s'il était dangereux ?

— J'ai cru au début que c'était de l'ivoire, reprit Sienna. Mais, en fait, c'est de l'os.

Elle approcha l'objet de la lumière et désigna les fines striures à la surface.

— L'ivoire présente un réseau en forme de damiers qui lui donne des reflets translucides ; l'os a des stries parallèles et sombres.

Langdon souleva le sceau et examina de plus près le motif. Les sceaux sumériens étaient ornés de dessins rudimentaires ou de caractères cunéiformes. Celui-ci était beaucoup plus élaboré. Époque médiévale, sans doute. Plus troublant, il faisait écho à ses hallucinations.

Sienna l'observa, l'air soucieux.

— Qu'y a-t-il ?

— Le thème général, répondit Langdon. Vous voyez ce diable à trois têtes mangeant des humains ? C'est une image très courante au Moyen Âge qui est associée à la Peste noire. Les trois bouches avides représentent l'efficacité avec laquelle l'épidémie dévore la population.

Mal à l'aise, Sienna scruta le pictogramme « danger biologique ».

Décidément, les références à la peste se multipliaient, bien trop à son goût. Et les coïncidences ne s'arrêtaient pas là.

— Et *saligia*, poursuivit Langdon, représente les péchés de l'humanité et selon la doctrine médiévale...

— ... c'est pour punir l'homme de ses péchés que Dieu leur a envoyé la peste, compléta Sienna.

— Exactement, car...

Il s'arrêta net. Un détail dans la structure du sceau venait d'attirer son attention. D'ordinaire, on pouvait voir à travers le trou central d'un sceau comme à travers l'orifice d'une lunette. Mais, sur celui-ci, le trou était aveugle.

À l'intérieur, quelque chose miroitait.

— C'est bouché, souffla-t-il. On dirait du verre.

Il retourna le cylindre pour examiner l'autre ouverture, et lorsqu'il fit ce mouvement, un minuscule objet tinta à l'intérieur du conduit, glissant d'une extrémité à l'autre, comme une balle dans un tuyau.

C'est quoi ça ? se demanda Langdon.

— Vous avez entendu ? murmura Sienna.

Langdon acquiesça et approcha lentement son œil de l'orifice.

— Le conduit paraît bloqué aussi de ce côté par…
quelque chose de métallique.

Le bouchon d'une éprouvette, peut-être ?

Sienna blêmit et recula d'un pas.

— C'est cassé ? s'enquit-elle.

— Je ne crois pas.

Il retourna à nouveau le cylindre avec précaution
pour observer le trou où il avait aperçu le verre. Ça
tinta encore à l'intérieur. C'est alors qu'il se produisit
un phénomène totalement inattendu : le verre dans le
cylindre commença à briller.

— Robert ! Stop ! cria Sienna. Ne bougez plus !

14.

Langdon s'immobilisa, la main en suspens. Le verre
à l'extrémité du tube émettait effectivement de la
lumière, comme si l'intérieur s'était éclairé.

Rapidement, la lueur faiblit puis disparut.

Sienna s'approcha, le souffle court. Elle étudia la
paroi de verre visible dans le tube.

— Retournez-le encore, murmura-t-elle. Très lentement.

Langdon s'exécuta. Quelque chose tinta à nouveau
dans le corps du cylindre.

— Recommencez. Doucement.

À nouveau, il y eut un tintement. Cette fois, l'intérieur du tube se mit à luire faiblement, avant de
s'éteindre.

— Ce doit être un tube à essai, déclara Sienna. Avec une bille à l'intérieur.

C'était le même principe avec la bille d'acier dans les bombes de peinture. Elle permettait de mélanger les pigments quand on les secouait.

— Il contient peut-être une substance phosphorescente, suggéra Sienna. Ou un organisme bioluminescent qui luit quand on le stimule.

Langdon avait une autre idée. Il connaissait les bâtons qui s'éclairaient quand on les cassait, ou ces nappes de plancton qui se mettaient à luire quand un bateau les traversait ; mais il était quasiment certain qu'autre chose était à l'œuvre dans ce cylindre en os. Il retourna plusieurs fois le tube jusqu'à ce qu'il s'illumine, puis dirigea l'extrémité vers sa main. Comme il s'y attendait, un rond rouge était projeté sur sa paume.

Ça fait plaisir qu'un QI de 208 puisse parfois se tromper !

— Regardez ça ! fit-il en agitant le tube plus énergiquement.

L'objet à l'intérieur tintinnabula, de plus en plus vite.

— Qu'est-ce que vous faites ! s'écria Sienna.

Remuant toujours le tube, Langdon se dirigea vers l'interrupteur et éteignit, plongeant la cuisine dans une relative pénombre.

— Ce n'est pas un tube à essai, annonça-t-il en continuant à secouer le cylindre. C'est un pointeur à induction magnétique.

Un étudiant lui avait déjà offert un de ces gadgets – un pointeur laser pour des conférenciers qui en avaient assez de gâcher des piles AAA. Il suffisait d'agiter le dispositif de temps en temps pour transformer l'énergie cinétique en énergie électrique. Un effet découvert par Faraday. Quand on secouait le pointeur, une petite bille en métal passait devant une série d'aimants et alimentait un minuscule générateur. Quelqu'un, apparemment, avait décidé d'installer un procédé de ce type dans la cavité d'un os sculpté – un écrin d'antan pour un gadget moderne.

L'extrémité du pointeur luisait à présent avec éclat. Langdon adressa un sourire à Sienna.

— Et maintenant, place au spectacle !

Quand il dirigea l'os vers une portion de mur nue, Sienna poussa un hoquet de stupeur. Langdon sursauta lui aussi.

Ce n'était pas le point rouge du faisceau d'un laser qui venait d'apparaître. C'était une photographie en haute définition, comme si elle provenait d'un projecteur de diapositives.

En découvrant l'image macabre, la main de Langdon se mit à trembler.

Pas étonnant que je voie partout des images de la mort !

À côté de lui, Sienna porta la main à sa bouche, et s'approcha, troublée.

La scène projetée était un panorama de la souffrance humaine – des milliers d'âmes endurant des supplices à différents niveaux de l'enfer. Le monde souterrain était présenté sous la forme d'un entonnoir, vu en coupe, qui s'enfonçait dans les profondeurs de la terre. Les flancs étaient étagés de terrasses, où l'horreur des tourments allait crescendo.

Langdon reconnut aussitôt le tableau.

Ce chef-d'œuvre – *La Carte de l'Enfer* – avait été peint par un grand maître de la Renaissance italienne,

Sandro Botticelli. Un plan détaillé des entrailles du monde. Cette image était l'une des représentations les plus saisissantes de l'au-delà. Sombre, sinistre, la peinture donnait le frisson à quiconque passait à proximité, encore aujourd'hui. À l'opposé du *Printemps* ou de la *Naissance de Vénus* avec leurs tons chatoyants, *La Mappa dell'Inferno* imposait ses rouges éteints, ses ocres et ses bruns.

La migraine de Langdon était revenue. Pourtant, pour la première fois depuis son réveil à l'hôpital, un élément, enfin, venait de se mettre en place. À l'évidence, ses hallucinations ne venaient pas de nulle part.

Sans doute ai-je étudié récemment La Carte de l'Enfer *de Botticelli, même si je n'en ai aucun souvenir*, se dit-il.

L'image, en soi, était dérangeante, certes. Mais c'est son origine qui lui causait le plus grand trouble. Ce chef-d'œuvre n'était pas né du seul esprit de Botticelli... Il reprenait la vision d'une autre personne, ayant vécu deux cents ans avant lui.

Un chef-d'œuvre qui en a inspiré un autre.

La Carte de l'Enfer de Botticelli était un hommage à un monument de la littérature, un texte du Quattrocento qui était devenu l'œuvre la plus célèbre de l'Histoire... Une description lugubre qui avait des résonances dans l'imaginaire des hommes aujourd'hui encore.

L'Enfer de Dante.

Inferno.

*

De l'autre côté de la rue, Vayentha grimpa en silence l'escalier de secours et se cacha sur la terrasse de la pensione La Fiorentina encore endormie. Langdon avait donné le numéro d'une chambre qui n'existait pas et un faux rendez-vous – un rendez-vous « miroir » comme on disait dans le métier. Une vieille technique qui permettait de voir qui se présentait avant de révéler sa véritable position.

Vayentha trouva un poste d'observation discret et se mit à scruter les alentours. Ses yeux remontèrent lentement sur la façade de l'immeuble en face de l'hôtel.

À vous de jouer, monsieur Langdon.

*

Au même instant, à bord du *Mendacium*, le Président se levait de son bureau d'acajou pour aller respirer l'air iodé de l'Adriatique. Ce vaisseau était son foyer doré depuis ces dernières années, mais les récents événements de Florence risquaient de détruire tout ce qu'il avait construit.

Vayentha, son agent, avait tout mis en péril. Elle ferait certainement l'objet d'une enquête quand cette mission serait terminée, mais pour le moment il avait encore besoin d'elle.

Elle avait intérêt à reprendre le contrôle de la situation !

Des pas vifs résonnèrent. Il se retourna et vit l'une de ses analystes arriver au petit trot.

— Monsieur… articula-t-elle, essoufflée. On a du nouveau. (L'urgence, dans sa voix, fit vibrer l'air froid du matin.) Robert Langdon vient de consulter sa boîte e-mail à Harvard à partir d'une adresse IP non masquée. (Elle regarda le Président avec intensité.) On a pu repérer l'endroit où il se trouve.

Comment pouvait-on commettre une erreur pareille ? songea le Président.

Voilà qui changeait tout.

Il joignit ses mains et contempla la côte au loin.

— On connaît la position des hommes de l'UPR ?

— Oui, monsieur. Ils sont à moins de trois kilomètres de Langdon.

Il prit aussitôt sa décision.

15.

— *L'Enfer* de Dante, souffla Sienna, en contemplant l'image projetée sur le mur de sa cuisine.

Dante et sa vision de l'enfer, songea Langdon. Ici en couleur.

Connu pour être l'un des textes les plus importants de la littérature, *L'Enfer* de Dante était le premier tome des trois livres qui composaient *La Divine Comédie* – un poème épique en 14 233 vers décrivant la descente de Dante aux enfers, son voyage à travers le purgatoire, et enfin son arrivée au Paradis. Des trois parties de *La Divine Comédie – Inferno, Purgatorio* et *Paradiso –, L'Enfer* était le plus célèbre et le plus saisissant.

Écrit au début des années 1300 par Dante Alighieri, *Inferno* avait réinventé la représentation médiévale de la damnation. Jamais avant lui, l'enfer n'avait vraiment fasciné les masses. Du jour au lendemain, l'œuvre de Dante avait matérialisé l'image abstraite du royaume de Lucifer, lui avait donné corps – une incarnation viscérale, palpable, inoubliable. En toute logique, après la publication du poème, la fréquentation des églises monta en flèche, prises d'assaut par des pécheurs terrifiés qui redoutaient de connaître le sort que leur réservait Dante.

Représenté ici par Botticelli, l'*Inferno* de Dante était un « antimonde » s'enfonçant en spirale dans le sol, allant se rétrécissant, dans une panoplie conique de supplices – flammes, laves, cloaques, monstres, jusqu'au Diable, en personne, tout au fond. L'entonnoir était formé de neuf anneaux, les « Neuf Cercles de l'enfer », où les pécheurs étaient jetés suivant la gravité de leurs fautes. Près de la surface, c'étaient les luxurieux ou les « pécheurs charnels » qui se retrouvaient emportés dans un ouragan sans fin. Dessous, les gourmands contraints de s'allonger sur le ventre, la face dans les eaux immondes d'un cloaque, obligés de se gaver de leurs propres déjections. Plus profond, on trouvait les hérétiques, prisonniers de cercueils en flammes, condamnés au feu éternel. Et ainsi de suite… des supplices de plus en plus terribles.

Depuis les sept cents ans qu'était paru le poème, cette vision de Dante avait inspiré une multitude d'artistes, en autant de variations et de transpositions. On y trouvait les plus grands esprits : Longfellow, Chaucer, Marx, Milton, Balzac, Borges ; quelques papes même furent des collectionneurs invétérés de l'œuvre de Dante. Monteverdi, Liszt, Wagner, Tchaïkovski et Puccini composèrent des œuvres fondées sur la *Comédie* de Dante. Des artistes contemporains lui rendaient encore hommage, telle Loreena McKennit, une chanteuse que Langdon appréciait beaucoup. Même le monde du jeu vidéo et les applications iPad n'étaient pas en reste.

Langdon, désireux de transmettre à ses étudiants toute la richesse symbolique de l'œuvre du poète, donnait de temps en temps un cours sur l'iconographie commune à Dante et à nombre d'auteurs au fil des siècles.

— Robert, articula Sienna, en s'approchant tout près de l'image projetée. Regardez ça !

Elle désigna une portion du tableau vers le fond de l'entonnoir.

La zone qu'elle indiquait s'appelait Malebolge – contraction de *male,* mauvais, et *bolgia,* sac. C'était le huitième et avant-dernier cercle, et il était divisé en dix fosses, dix bolges, chacune accueillant divers types de Fraudeurs.

— Regardez ! insista Sienna. Là… c'est bien ce que vous avez vu dans votre hallucination ?

Langdon plissa les yeux, mais ne remarqua rien de particulier. La luminosité du petit projecteur perdait en intensité. Il secoua rapidement l'appareil. Puis il l'éloigna du mur et le posa avec précaution sur le buffet de l'autre côté de la cuisine pour que l'image soit plus grande. Il s'approcha de Sienna, en se plaçant à l'extérieur du faisceau pour regarder.

La jeune femme lui montrait un endroit particulier du Huitième Cercle.

— Vous avez bien dit que vous aviez vu des jambes battant dans l'air, avec la lettre R écrite dessus ? Elles sont là !

Langdon connaissait bien cette peinture. La dixième fosse de Malebolge était pleine de pécheurs enterrés tête en bas jusqu'à mi-corps, les jambes en l'air. Mais curieusement, sur cette version, une paire de cuisses était estampillée d'un R, écrit à la boue, comme dans sa vision.

Seigneur ! Langdon se pencha sur le minuscule détail.

— Cette lettre R n'est pas dans l'original de Botticelli ! J'en suis sûr.

— Il y en a une autre, annonça Sienna.

Langdon suivit l'index de la jeune femme qui indiquait une autre bolge. La lettre E était griffonnée sur un faux prophète qui avait vu sa tête retournée à 180°.

Toute l'œuvre a donc été modifiée ?

Des lettres apparaissaient encore à présent, gribouillées sur d'autres pécheurs dans les dix fosses de Malebolge. Il repéra un C sur un séducteur qui se faisait fouetter par des démons... un autre R sur un voleur mordu inlassablement par des serpents... un A sur un prévaricateur plongé dans un lac de poix bouillonnant.

— Ces lettres... bredouilla Langdon, elles ont été ajoutées.

Il reporta son attention sur la fosse supérieure et commença à lire les lettres en descendant vers le fond de Malebolge, passant en revue les dix bolges, du haut jusqu'en bas.

C...A...T...R...O...V...A...C...E...R

Catrovacer ?

— Qu'est-ce que c'est ? De l'italien ?

Sienna secoua la tête.

— Ni du latin, ajouta-t-elle. Je ne vois pas en quelle langue c'est.

— Une signature, peut-être ?

— Catrovacer ? (Elle ne paraissait guère convaincue.) Ça ne ressemble pas à un nom. Mais regardez ici...

Elle désigna l'un des personnages dans la troisième bolge.

Voyant la silhouette, Langdon frissonna. Dans la foule des pécheurs, se trouvait une figure typique du Moyen Âge : un homme en grand manteau, portant un masque avec un long bec d'oiseau.

Un masque de peste !

— Il y a un médecin bec dans l'original ?

— En aucun cas. Ce personnage a été ajouté.

— Et sur l'original, il y a la signature de Botticelli ?

Langdon ne s'en souvenait pas mais, quand il regarda l'angle inférieur droit, il comprit pourquoi elle lui posait cette question. Il n'y avait pas de signature, mais quelque chose était inscrit, à peine visible, sur le pourtour sombre de *La Carte de l'Enfer*, en caractères minuscules : *verità è visibile solo attraverso gli occhi della morte*.

Langdon connaissait suffisamment l'italien pour en comprendre le sens général : « La vérité ne peut être vue que par les yeux de la mort. »

— Étrange, lâcha Sienna.

Ils restèrent un moment silencieux devant l'image qui s'effaçait lentement.

Inferno, songeait Langdon. Toi qui as inspiré tant de chefs-d'œuvre depuis 1330.

Dans sa conférence sur le grand maître, il consacrait toute une partie aux grandes œuvres qui s'inspiraient de *L'Enfer*. La fameuse *Carte de l'Enfer* de Botticelli était loin d'être la seule ; il y avait *Les Trois Ombres* de Rodin, issues de sa *Porte de l'Enfer,* l'illustration de Stradano représentant Phlégias ramant parmi les cadavres sur le Styx, les Luxurieux de William Blake emportés par l'ouragan infernal, la vision curieusement érotique de Bouguereau où Dante et Virgile regardent deux hommes nus lutter, les âmes torturées de Bayros frappées par un déluge de feu, les aquarelles et les sculptures excentriques de Dalí, sans compter la collection impressionnante de gravures de Gustave Doré décrivant toutes les strates de l'*Inferno*, de sa sombre entrée jusqu'au Lucifer ailé.

Visiblement, la puissance poétique de Dante n'avait pas inspiré que les grands artistes de l'Histoire... Un individu torturé – une âme égarée – avait revisité le célèbre tableau de Botticelli, pour y ajouter dix lettres, un masque de peste, et avait signé le tout d'une phrase menaçante, prétendant que la vérité n'apparaissait que par les yeux de la mort. Et cet artiste en herbe avait stocké son œuvre dans un projecteur high-tech, le tout glissé dans un bout d'os ancien orné de gravures macabres.

Langdon ignorait qui avait pu concevoir un tel dispositif. Mais une seule question le taraudait :

Pourquoi ai-je cette chose sur moi ?

Sienna se tenait à côté de lui, réfléchissant à la suite, quand un bruit de moteur la tira de ses pensées. Dans la rue, en contrebas, il y eut des crissements de pneus, puis des portières qui claquent.

Intriguée, Sienna s'approcha de la fenêtre.

Un van noir venait de s'arrêter. Des hommes en tenue de combat sortirent du véhicule, tous avec un médaillon vert sur l'épaule gauche. Mitraillette au poing, ils se rassemblèrent devant l'entrée de l'immeuble, et quatre soldats s'engagèrent dans le hall au pas de charge.

Sienna sentit son sang se figer dans ses veines.

— Robert ! cria-t-elle. Ils nous ont trouvés !

Dehors, l'agent Cristoph Brüder hurla ses ordres à son équipe qui s'engouffrait dans le bâtiment. C'était un homme puissant, et son passé de militaire lui avait donné rigueur et sens du devoir. Il savait ce qu'il avait à faire et connaissait les enjeux.

L'organisation pour laquelle il travaillait comprenait de nombreux services, mais la brigade de Brüder – qui dépendait de l'Unité « Préparation et Réponse » – n'était appelée qu'en cas d'urgence absolue.

Tandis que ses hommes disparaissaient dans le hall d'entrée, Brüder sortit sa radio pour informer sa hiérarchie.

— Ici Brüder. On est devant l'immeuble. Mes gars montent le chercher. Je vous rappelle dès qu'on le tient.

*

Très haut, au-dessus de Brüder, sur la terrasse de la pension La Fiorentina, Vayentha regardait la scène, horrifiée.

Mais qu'est-ce qu'ils fichent ici ?

Elle passa sa main dans ses cheveux, mesurant soudain les conséquences de son loupé de la veille. Le simple roucoulement d'une colombe, et tout était allé de travers. Une mission élémentaire pourtant… Et maintenant, voilà que ça virait au cauchemar.

Si l'UPR était ici, elle était fichue !

Paniquée, Vayentha sortit son Sectra crypté et appela le Président.

— Monsieur, bredouilla-t-elle. L'UPR est là ! Les hommes de Brüder envahissent l'immeuble d'en face !

Elle attendit la réponse de son patron, mais il n'y eut qu'un clic sur la ligne, puis une voix de synthèse annonça calmement : « Appel refusé. Annulation en cours… »

Incrédule, Vayentha regarda l'écran juste au moment où l'icône d'appel s'éteignait.

Elle pâlit. Il lui fallait accepter l'évidence. Le Consortium venait de couper les ponts avec elle.

Plus de contacts. Plus de liens.

Je suis limogée.

La surprise ne dura qu'un instant.

Car la peur la gagnait.

16.

— Vite, Robert ! Suivez-moi !

Hanté encore par l'image macabre de *L'Enfer*, Langdon fonça vers la porte d'entrée de l'appartement. Sienna Brooks avait enduré les événements de la matinée avec un certain calme, mais, pour la première fois, Langdon la sentit réellement terrorisée.

Sitôt dans le couloir de l'immeuble, elle fila droit devant elle et passa devant l'ascenseur sans s'arrêter. La cabine descendait, sans doute appelée par les soldats dans le hall. Tout au bout du couloir, elle prit l'escalier de secours.

Langdon lui emboîtait le pas, glissant sur les semelles lisses de ses mocassins. Le minuscule projecteur dans la poche de sa veste Brioni cognait contre sa poitrine. Devant ses yeux flottaient encore les lettres du Huitième Cercle de l'Enfer : CATROVACER. Il songeait à ce masque de peste, à cette phrase étrange : « La vérité ne peut être vue que par les yeux de la mort. »

Il tentait en vain de trouver un lien entre ces différents éléments. Sienna s'était immobilisée sur le palier, l'oreille aux aguets. Des bruits de pas résonnaient dans les étages inférieurs.

— Il y a une autre sortie ? demanda-t-il.

— Par ici…

Jusqu'à présent, Sienna avait réussi à le garder en vie. Il n'avait d'autre choix que de suivre aveuglément cette jeune femme. Il descendit avec elle dans l'escalier.

Un étage… Les pas se rapprochaient. Ils n'étaient qu'à un ou deux niveaux plus bas.

Pourquoi fonçait-elle vers eux ?

Mais Sienna lui prit la main et lui fit gagner un autre couloir, flanqué de portes fermées.

C'est une souricière ! pensa-t-il.

Sienna actionna un interrupteur. Quelques ampoules s'allumèrent, mais sans révéler la moindre cachette. Leurs poursuivants étaient quasiment arrivés à leur étage. Ils allaient les voir.

— Votre veste ! ordonna-t-elle, en lui retirant déjà le vêtement.

Elle plaqua Langdon contre une porte d'appartement, le cachant dans son renfoncement.

— Ne bougez pas.

Elle est folle ! Elle est à découvert !

Deux soldats débouchèrent dans l'escalier, ils allaient continuer à monter, mais ils aperçurent Sienna.

— *Per l'amor di Dio !* cria-t-elle avec colère. *Cos'è questa confusione ?*

Les deux hommes la regardèrent, en plissant les yeux, sans trop savoir à qui ils avaient affaire.

Sienna continua à tempêter :

— *Tanto chiasso a quest'ora !*

La jeune femme avait passé la veste sur sa tête et ses épaules, à la manière d'un châle, et se tenait voûtée comme une petite vieille – non seulement cela trompait les soldats, mais cela permettait de dissimuler Langdon. Ainsi métamorphosée, elle avança vers les soldats en leur criant dessus à tout va.

L'un des hommes leva le bras et lui fit signe de faire demi-tour.

— *Signora ! Rientri subito in casa !*

Sienna fit encore un pas en claudiquant.

— *Avete svegliato mio marito, che è malato !*

Langdon était émerveillé par le talent d'improvisation de Sienna.

Ils ont réveillé votre mari malade ?

L'autre soldat leva son arme et la braqua sur elle :

— *Ferma o sparo !*

Sienna s'arrêta net, et tourna les talons en les injuriant copieusement.

Reprenant leur ascension, les soldats disparurent dans l'escalier.

Ce n'était pas du Shakespeare, mais c'était efficace. La parole contre les armes.

Sienna retira la veste de sa tête et la rendit à Langdon.

— C'est bon. Suivez-moi.

Cette fois, Langdon ne trouva rien à redire.

Ils descendirent jusqu'au palier du premier étage, qui dominait le hall d'entrée. Deux soldats venaient d'entrer dans l'ascenseur. Dans la rue dehors, un autre soldat, un gars costaud, faisait le planton devant le van. Discrètement, Sienna et Langdon gagnèrent le sous-sol.

Le parking souterrain empestait l'urine. La jeune femme obliqua vers le coin des deux roues. Elle s'arrêta devant un trike – une motocyclette à trois roues, produit improbable des amours d'une Vespa et d'un tricycle. Elle passa la main sous le carénage et retira un petit boîtier magnétique. À l'intérieur : la clé de contact.

Quelques instants plus tard, Langdon était assis derrière la jeune femme. Perché sur son petit siège, Langdon tâta les côtés de la selle, à la recherche d'une poignée où se tenir.

— Ce n'est pas le moment de faire des manières, Robert ! lança-t-elle en lui prenant les mains pour les refermer sur sa taille. Accrochez-vous !

Langdon ne se fit pas prier car Sienna démarra comme une fusée et fonça sur la rampe de sortie. L'engin était plus puissant qu'il ne l'imaginait. Ils manquèrent de décoller du sol quand ils débouchèrent du parking, à cinquante mètres du hall de l'immeuble. Le gros costaud à côté du van les vit s'enfuir dans la rue dans un rugissement de moteur.

Langdon jeta un regard derrière lui. Le soldat levait son arme et les mettait en joue. Langdon rentra la tête dans les épaules. Il y eut une détonation. La balle ricocha sur l'aile gauche, à la hauteur de sa colonne vertébrale.

Seigneur !

À l'intersection, Sienna tourna à gauche. Langdon dut s'accrocher de toutes ses forces pour ne pas être éjecté.

— Plaquez-vous contre moi !

C'était mieux en effet… Ils roulaient à présent dans une rue plus large. Enfin, il put de nouveau respirer.

Mais qui sont ces gens ?

Sienna, concentrée sur sa conduite, se faufilait habilement dans la circulation du matin. Plusieurs piétons les regardèrent, surpris de voir un grand type en costume Brioni assis sur un trike derrière une jeune femme !

Trois ou quatre cents mètres plus loin, ils approchèrent d'un croisement où retentissaient des coups de klaxon furieux. Un van noir jaillit de l'angle, coupant le carrefour dans un hurlement de pneus et fonça droit sur eux. C'était le même genre de véhicule que celui du commando au pied de l'immeuble.

La jeune femme donna un coup de guidon à droite et agrippa les freins. Langdon sentit tout son corps s'encastrer dans celui de Sienna. Elle s'arrêta juste derrière un camion de livraison et coupa le moteur.

Ils nous ont vus ?

Ils étaient tous les deux couchés sur la selle, tâchant de se faire tout petits.

Le van passa à côté d'eux sans ralentir. Non. Ils n'avaient pas été repérés. Mais Langdon, lui, entraperçut quelqu'un dans le véhicule.

À l'arrière, une femme était assise entre deux soldats, apparemment prisonnière. Elle avait les yeux fermés, et sa tête dodelinait sur sa poitrine, comme si elle était droguée. Elle avait de longs cheveux argent qui tombaient en cascade sur ses épaules et une amulette au cou.

Son cœur cessa un instant de battre.

Il avait vu un fantôme.

La femme de ses hallucinations.

17.

Le Président quitta la salle de contrôle et marcha le long de la passerelle tribord du *Mendacium*, tentant de remettre de l'ordre dans ses idées. Ce qui s'était passé dans l'immeuble de Florence était inconcevable.

Il fit ainsi deux fois le tour du bateau avant de retourner à son bureau. Il sortit son whisky pur malt de cinquante ans d'âge. Il reposa la bouteille sans se servir et lui tourna ostensiblement le dos, comme pour se rappeler qu'il était encore maître de la situation.

Il avisa le gros volume qui trônait dans sa bibliothèque – cadeau d'un client... Un client qu'il aurait préféré ne jamais rencontrer.

Il y a un an... S'il avait su...

D'ordinaire, le Président ne recevait pas ses futurs clients en personne, mais celui-ci lui avait été recommandé par quelqu'un de confiance. Il avait donc fait une exception.

La mer était calme quand il était arrivé à bord par son hélicoptère privé. Le visiteur, une célébrité dans son domaine, avait quarante-six ans. Il était très grand et avait des yeux verts perçants.

— Comme vous le savez, avait commencé l'homme, très à l'aise, en allongeant ses longues jambes, vos services m'ont été conseillés par une connaissance commune. Je vais donc vous expliquer ce dont j'ai besoin.

— En fait, non. Je ne préfère pas, intervint le Président. La procédure, c'est que vous ne me disiez rien. Je vais vous exposer nos compétences, et vous jugerez si elles peuvent vous être d'une quelconque utilité.

Le visiteur fut pris de court mais accepta et écouta attentivement la présentation qui s'ensuivit. À la fin, l'homme se rendit compte que ce qu'il désirait était un service classique du Consortium – en gros, devenir « invisible » pendant un temps pour qu'il puisse mener à bien son projet à l'abri des regards indiscrets.

Un jeu d'enfant.

Le Consortium fournissait une fausse identité et un lieu sûr, pour œuvrer incognito dans le plus grand secret – quel que soit ce travail. Le Consortium ne demandait jamais les raisons de tel ou tel service. Il préférait en savoir le moins possible.

Une année entière, moyennant de coquets émoluments, le Président avait fourni un havre de paix à cet homme aux yeux verts. Finalement, c'était le client idéal. Le Président n'avait aucun contact avec lui, et était payé rubis sur l'ongle.

Mais, il y a deux semaines, tout avait basculé.

Contre toute attente, le client avait appelé le Consortium, sollicitant un entretien personnel avec le Président. Étant donné l'importance des sommes versées, le Président avait accédé à sa requête.

L'être hirsute qui débarqua sur le yacht était méconnaissable. En un an, l'homme s'était métamorphosé. Il était devenu très nerveux, toujours sur le qui-vive, et

104

brillait dans ses yeux une lueur farouche. On eût dit un illuminé.

Que lui est-il arrivé ? Qu'a-t-il fabriqué pendant un an ? se demanda le Président en le faisant entrer dans son bureau.

— Cette diablesse aux cheveux argent ! s'exclama l'homme. Elle se rapproche toujours davantage.

Le Président consulta le dossier du client.

— Oui, votre Némésis… nous connaissons bien vos ennemis. Et aussi puissante soit-elle, nous sommes parvenus à la garder à distance durant toute cette année, et il en sera encore ainsi.

L'homme tripotait ses cheveux sales d'un air angoissé.

— Ne laissez pas sa beauté vous abuser. Elle est très dangereuse.

C'est vrai, se dit le Président. Il aurait préféré ne pas se retrouver dans son collimateur. Cette femme avait des moyens et des ressources phénoménales.

— Si elle ou ses démons me repèrent… bredouilla le client.

— Ça ne se produira pas. Nous vous avons offert une retraite sûre et, jusqu'à aujourd'hui, nous avons exaucé tous vos souhaits, n'est-ce pas ?

— Certes. Mais je dormirais mieux si… (Il s'interrompit pour rassembler ses pensées.) En un mot, je veux être certain que vous accomplirez mes dernières volontés s'il m'arrive quelque chose.

— Vos dernières volontés ?

L'homme sortit de son sac une petite enveloppe cachetée.

— Vous trouverez à l'intérieur de quoi accéder à un coffre de dépôt à Florence. Dans ce coffre, il y a un

105

petit objet. En cas de malheur, je veux que vous livriez celui-ci pour moi. Une sorte de cadeau d'adieu, si vous voulez.

— Entendu. (Le Président prit son stylo.) À qui devons-nous le porter ?

— À ma Némésis aux cheveux argent.

Le Président releva la tête.

— Un cadeau pour votre ennemie ?

— Disons plutôt une épine dans son pied. Une épine d'os. Elle va découvrir qu'il s'agit d'une carte… je serai son Virgile… son escorte pour une descente dans son enfer personnel.

Le Président le regarda un moment en silence.

— Très bien, dit-il finalement. Ce sera fait.

— Le timing sera crucial, précisa l'homme. Le cadeau ne doit pas être livré trop tôt. Il faut le garder caché jusqu'à…

L'homme s'interrompit, perdu soudain dans ses pensées.

— Jusqu'à… ? insista le Président.

L'homme se leva brusquement, passa derrière le bureau, attrapa un feutre rouge et entoura un jour sur le calendrier du Président.

— Jusqu'à cette date !

Le Président serra les dents. Il n'aimait pas les manières de ce type.

— Entendu. Nous ne ferons rien jusque-là. Et, le jour dit, nous remettrons à cette femme l'objet qui se trouve dans le coffre. Vous avez ma parole. (Il compta les jours sur le calendrier.) J'accomplirai vos volontés dans exactement deux semaines.

— Et pas un jour avant !

— C'est bien compris. Pas avant.

106

Le Président prit l'enveloppe, la glissa dans le dossier, et consigna quelques instructions pour que les vœux du client soient suivis à la lettre. Il se félicitait que l'homme n'eût pas décrit ce qu'il y avait dans le coffre. La distance et la réserve étaient les pierres angulaires du Consortium.

Fournir le service. Ne pas poser de questions. Éviter tout jugement.

Le client poussa un long soupir de soulagement.

— Je vous remercie.

— Autre chose ? s'enquit le Président, pressé d'en finir.

— En fait, oui. (Il sortit de sa poche une carte mémoire rouge qu'il posa sur le bureau.) C'est une vidéo. J'aimerais qu'elle passe sur tous les médias de la planète.

Le Président regarda l'homme d'un air perplexe. Ce n'était pas la première fois que le Consortium se chargeait de diffuser des informations à grande échelle, mais il y avait chez cet homme quelque chose qui le dérangeait.

— À la même date ?

— Oui. Exactement la même ! répliqua avec véhémence le client.

— C'est noté. (Il inscrivit les consignes sur l'étiquette de la carte.) Je pense que, cette fois, nous en avons terminé, annonça le Président en se levant.

Mais le client resta assis.

— Non. Une dernière chose.

Le Président se rencogna dans son siège. Les yeux verts de l'homme brillaient désormais d'une lueur sauvage.

— Lorsque le monde verra cette vidéo, je deviendrai un homme célèbre.

Mais célèbre, vous l'êtes déjà, se dit le Président, en songeant à ce que cet homme avait déjà accompli pour ses pairs.

— Et une part de cette gloire vous revient. Car, grâce à vous et à vos services, j'ai pu mener à bien mon chef-d'œuvre... un opus qui va changer le monde. Vous pouvez être fier d'y avoir participé.

— Quel que soit ce chef-d'œuvre, répondit le Président avec impatience, je me félicite surtout d'avoir pu vous offrir la tranquillité d'esprit pour le réaliser.

— Pour vous prouver ma reconnaissance, je vous ai apporté un petit cadeau, ajouta l'homme en fouillant à nouveau dans son sac. Un livre.

C'était donc ça le grand œuvre de son client ?

— C'est vous qui l'avez écrit ?

— Oh non... murmura-t-il en posant un gros volume sur le bureau. Ce serait plutôt le contraire... Ce livre a été écrit pour moi.

Intrigué, le Président regarda l'ouvrage.

Écrit pour lui ?

Il s'agissait d'un classique de la littérature, écrit au XIVe siècle.

— Lisez-le, suggéra le client avec un sourire énigmatique. Cela vous aidera à mesurer ce que j'ai fait.

Sur ce, l'homme hirsute se leva et prit congé.

Par la fenêtre de son bureau, le Président regarda l'hélicoptère décoller et s'éloigner vers la côte italienne.

Il reporta son attention sur le gros livre. Avec des doigts hésitants, il souleva la couverture de cuir et commença à lire. La première strophe était écrite en grands caractères, occupant toute la page.

INFERNO

Au milieu du chemin de notre vie
Je me trouvai par une forêt obscure
Car la voie droite était perdue.

Au verso de la page de garde, le client avait dédicacé l'ouvrage :

Cher ami, merci de m'avoir aidé à trouver le chemin.
Le monde, à vous aussi, vous en sera reconnaissant.

Le Président ne voyait pas où l'homme voulait en venir, mais il en avait assez lu. Il ferma l'ouvrage et le rangea dans sa bibliothèque. Heureusement, sa relation professionnelle avec cet étrange individu arrivait à son terme.

Encore quatorze jours, songea-t-il, en observant la date entourée de rouge sur son calendrier.

La semaine suivante, le Président fut particulièrement tendu. L'homme paraissait avoir sombré dans la folie. Toutefois, malgré ses mauvais pressentiments, les jours s'étaient écoulés sans incident.

Jusqu'à ce que son client se jette du haut du campanile de la Badia Fiorentina.

Il avait été repéré et s'était suicidé !

Malgré le choc de perdre un client, surtout d'une manière aussi violente, le Président restait un homme de parole. Il comptait bien accomplir les dernières volontés du défunt – livrer à la femme ce qu'il y avait dans le coffre. Et on lui avait bien dit que le timing était essentiel.

« Pas un jour avant ! »

Le Président avait donné à Vayentha l'enveloppe contenant les coordonnées du coffre, et l'avait envoyée récupérer le colis. Mais quand son agent avait fait son rapport, les nouvelles avaient été à la fois incongrues et très inquiétantes. Le coffre avait été visité. Il était vide. Et Vayentha avait failli se faire arrêter par la police. Apparemment, la femme aux cheveux argent avait appris l'existence de ce coffre et, grâce à ses relations, en avait récupéré le contenu. Puis elle avait lancé un mandat d'arrêt sur quiconque se présenterait pour ouvrir ledit coffre.

C'était il y a trois jours.

Cet objet était le dernier affront qu'il réservait à sa Némésis – comme un message d'outre-tombe.

Mais voilà, la voix avait parlé trop tôt…

Depuis, le Consortium était sur les charbons ardents. Il fallait non seulement accomplir les derniers souhaits du client, mais aussi assurer sa sécurité. Pour ce faire, l'organisation avait dû franchir un certain nombre de lignes jaunes. Des frontières peut-être fatales, craignait le Président. Et maintenant la situation à Florence virait au cauchemar.

Sur son calendrier, le client avait lui-même entouré une date. Et ce cercle rouge ressemblait à un sinistre présage.

Demain !

Malgré lui, il tourna la tête vers sa bouteille de whisky. Et, pour la première fois depuis quatorze ans, il se servit un verre. Qu'il vida d'un trait.

*

110

Dans les entrailles du bateau, Lawrence Knowlton sortit la carte mémoire de l'ordinateur et la posa devant lui. C'était le film le plus étrange qu'il ait vu de sa vie.

Il durait exactement neuf minutes… à la seconde près.

Il se mit à tourner en rond dans son cube de verre. Devait-il montrer ou non cette vidéo au Président ?

Contente-toi de faire ton boulot, se sermonna-t-il. Pas de question. Pas de jugement.

Refoulant ses inquiétudes, il consigna dans son agenda que la vidéo avait été vérifiée et était prête à être diffusée. Demain, selon les désirs du client, le monde entier la verrait.

18.

La viale Niccolò Machiavelli était la plus belle avenue de Florence. Avec ses virages qui sinuaient parmi les arbres et les haies verdoyantes, la rue voyait passer des ribambelles de cyclistes et de Ferrari.

Sienna, au guidon de son engin, négociait avec adresse les courbes élégantes, laissant derrière eux les faubourgs miteux pour gagner les quartiers huppés de la rive ouest qui fleuraient bon le pin maritime et le printemps. Le clocher d'une petite chapelle sonnait tout juste 8 heures.

Langdon s'accrochait, songeant à la représentation de *L'Enfer* de Dante, et à cette femme mystérieuse qu'il venait d'apercevoir dans le van entre ces deux soldats.

Qui est-ce ? pensa-t-il. Maintenant, elle est leur prisonnière.

— Vous êtes sûr que c'est la femme de vos hallucinations ? questionna Sienna par-dessus le bruit du moteur.

— Certain.

— Vous avez dû la rencontrer durant ces deux derniers jours. Reste à savoir pourquoi vous ne cessez de la revoir. Et pourquoi elle vous demande de chercher quelque chose.

— Je ne sais pas. Je ne me rappelle rien. Mais dès que je la vois, j'ai envie de l'aider.

Very sorry.

Ses regrets étaient-ils destinés à cette femme ?

Ai-je trahi sa confiance ?

À cette pensée, son estomac se noua.

Il ne se souvenait de rien ! Comme si on lui avait volé une partie de sa personne.

Depuis l'enfance, sa mémoire eidétique avait été son arme secrète. Pour un homme habitué à se remémorer le moindre détail visuel, ne plus avoir de souvenirs, c'était comme vouloir piloter un avion en plein brouillard et sans radar.

— Votre seule chance de trouver des réponses, c'est de déchiffrer *La Carte*, lança Sienna. C'est à cause des infos qu'elle renferme qu'on vous traque.

Langdon acquiesça. Il réfléchit à ce mot – « catrovacer » – dissimulé parmi les suppliciés de *L'Enfer* de Dante.

Une idée germa dans son esprit.

Je me suis réveillé à Florence...

Aucune cité n'était plus intimement liée au poète. Florence, sa ville natale. C'est là qu'il avait grandi, qu'il était tombé éperdument amoureux de Béatrice. Puis il avait été chassé de son foyer, condamné à errer à travers l'Italie jusqu'à sa mort – une blessure qui ne s'était jamais refermée.

« Tu laisseras tout ce que tu aimes le plus chèrement, disait Dante de son bannissement, et c'est la flèche que l'arc de l'exil décoche pour commencer. »

Tandis que Langdon se remémorait ces vers du chant XVII du *Paradis*, il contempla les flèches du vieux Florence qui perçaient le ciel derrière l'Arno.

Il songea aux nuées de touristes et de véhicules qui encombraient les rues et venelles autour des célèbres monuments. Ils pourraient abandonner le trike, s'enfoncer dans ce labyrinthe grouillant.

— La vieille ville ! S'il y a des réponses, elles sont sûrement là-bas. C'est le monde de Dante !

Sienna était de son avis.

— On sera plus en sécurité. Il y a plein d'endroits où se cacher. Je vais passer par la porta Romana. Et, de là, on traversera le fleuve.

Le fleuve. Un frisson parcourut Langdon. C'est en traversant un grand fleuve que débutait le célèbre périple de Dante dans l'*Inferno*.

Sienna accéléra. Le paysage se fit brouillard. Langdon évoquait les images revisitées de *L'Enfer*, les morts et les moribonds, les dix fosses de Malebolge avec ce médecin de peste, ce mot étrange : CATRO-VACER. Et cette phrase : « La vérité ne peut être vue que par les yeux de la mort. » C'était du Dante ?

Ça ne me dit rien.

Parce qu'il connaissait bien l'œuvre du poète et qu'il était un spécialiste de l'iconographie, on faisait de temps en temps appel à lui pour interpréter tel ou tel symbole parmi la myriade qui émaillait le monde de Dante. Fruit du hasard – ou signe du destin ? —, il avait donné une conférence sur *L'Enfer* deux ans plus tôt.

« Le Divin Dante ou la symbolique de l'*Inferno.* »

Le poète avait fait l'objet d'un véritable culte au fil de l'Histoire, donnant naissance à des cercles de réflexion un peu partout sur la planète. La société la plus ancienne aux États-Unis avait été fondée à Cambridge, dans le Massachusetts, par Henry Wadsworth Longfellow. Ce célèbre membre des « poètes du coin du feu » fut le premier à traduire *La Divine Comédie*, et son texte demeure aujourd'hui encore une référence.

Pour son travail sur Dante, Langdon, alors étudiant, avait été convié à intervenir devant l'un des plus anciens cercles d'études sur le poète – la Società Dante Alighieri de Vienne. Le séminaire était placé sous le patronage de la célèbre académie des sciences de Vienne. Le principal donateur, un scientifique fortuné et membre de la société, était parvenu à louer le grand amphithéâtre de deux mille places de leur nouveau centre de recherche.

Lorsque Langdon était arrivé, il avait été accueilli par l'organisateur du colloque. Tandis qu'ils traversaient le hall moderne, Langdon n'avait pu s'empêcher de remarquer les cinq mots écrits en lettres géantes sur le mur : *WHAT IF GOD WAS WRONG ?*

— C'est une œuvre de Lukas Troberg, souffla l'homme avec fierté. Notre toute nouvelle installation artistique. Qu'en pensez-vous ?

Langdon ne savait trop que répondre.

— Si le coup de pinceau est sûr, sa maîtrise du subjonctif l'est bien moins… What if God *were* wrong ?

L'organisateur blêmit. Langdon espérait qu'il contrarierait moins son futur auditoire.

Heureusement, quand il monta sur scène, Langdon fut reçu par un tonnerre d'applaudissements.

— *Meine Damen und Herren*, commença-t-il, sa voix résonnant dans les haut-parleurs. *Willkommen, bienvenue, welcome.*

La fameuse phrase de *Cabaret* lui valut une explosion de rires.

— On m'a dit qu'aujourd'hui il y avait dans la salle non seulement des membres de la société de Dante, mais également des scientifiques et des étudiants désireux de découvrir l'univers de ce poète. Alors pour ceux qui n'ont pas eu le temps de lire le poème épique dans le texte, je vais commencer par résumer la vie et l'œuvre de son auteur, et expliquer pourquoi Dante Alighieri est l'une des grandes figures de l'Histoire de l'humanité.

Nouveaux applaudissements.

À l'aide d'une télécommande, il fit apparaître sur l'écran une série de portraits de Dante, le premier étant celui d'Andrea del Castagno, une image du poète en pied se tenant sur le seuil d'une porte, avec un livre de philosophie dans les mains.

— Dante Alighieri… écrivain et philosophe florentin qui vécut de 1265 à 1321. Dans ce tableau, comme dans presque toutes les représentations qu'on a de lui, il porte un *cappuccio* rouge sur la tête – une sorte de calotte en laine avec un rabat sur les oreilles –, et sa fameuse tunique rouge.

Langdon fit défiler les diapos jusqu'au portrait réalisé par Botticelli et que l'on peut admirer à la galerie des Offices. On y voit Dante avec des traits anguleux, une mâchoire volontaire et un nez crochu.

— Dante est encore coiffé de son *cappuccio*, mais le peintre a ajouté une couronne de lauriers en hommage à son savoir – en l'occurrence dans les arts poétiques –, un signe emprunté à l'Antiquité pour honorer les poètes et les héros.

Langdon afficha rapidement d'autres images, montrant toutes Dante avec sa coiffe et sa tunique cramoisies, sa couronne de lauriers et son nez proéminent.

— Et, pour en finir avec les représentations du maître, voici la statue de la piazza Santa Croce… et, bien entendu, la célèbre fresque de Giotto dans la chapelle du Bargello.

Langdon s'approcha du milieu de la scène.

— Vous n'êtes pas sans le savoir, Dante est surtout connu pour sa *Divine Comédie*, un monument littéraire racontant la descente aux enfers de l'auteur, son passage par le purgatoire, et son ascension finale au Paradis. Pour les standards actuels, *La Divine Comédie* n'a rien d'une comédie. Elle est appelée ainsi pour une tout autre raison. Au XIVe siècle, la littérature se scindait en deux catégories : la « tragédie », qui représentait la littérature noble écrite en latin, et la « comédie », écrite en italien vulgaire, destinée aux masses.

Langdon fit apparaître le célèbre tableau de Michelino, qui présentait Dante debout devant les remparts de Florence, tenant à la main un exemplaire de *La Divine Comédie*. À l'arrière-plan, le mont du Purgatoire s'élevait au-dessus des portes de l'enfer. L'œuvre était aujourd'hui exposée à la cathédrale

Santa Maria del Fiore, plus connue sous l'appellation du Duomo.

— Comme vous l'avez deviné, *La Divine Comédie* est en italien, le langage du peuple. Cette œuvre, qui mêle religion, histoire, politique, philosophie et critique sociale, à travers une fiction aussi brillante qu'érudite, reste néanmoins accessible au plus grand nombre. Le texte devint ainsi un pilier du patrimoine italien, à tel point que la prose de Dante jeta rien de moins que les bases de l'italien moderne.

Langdon marqua une pause pour ménager son effet, puis murmura :

— Chers amis, il est impossible de mesurer toute l'influence de Dante. Aucune œuvre dans l'Histoire, à l'exception peut-être de la Bible, que ce soit en littérature, musique, ou en quelque autre domaine artistique, n'a inspiré autant d'hommages, d'imitations, de transpositions et de commentaires.

Après avoir énuméré la brochette d'artistes et d'auteurs qui s'étaient inspirés du poème épique, Langdon sonda son auditoire du regard d'un air taquin :

— Avons-nous des écrivains dans la salle, ce soir ?

Près d'un tiers de l'assistance leva la main.

Eh bien… soit j'ai ici le plus lettré des publics, soit l'édition électronique a vraiment fait un bond, se dit Langdon.

— Comme vous le savez, rien ne fait plus plaisir à un écrivain qu'un bel éloge sur la jaquette de son ouvrage – une ou deux lignes bien senties, rédigées par une personnalité, pour inciter le public à acheter le livre. Et ce genre de pratique commerciale existait déjà au Moyen Âge. Et des éloges, Dante en a eu…

Langdon fit défiler quelques vues.

— Ça vous dirait d'avoir ça sur votre quatrième de couverture ?

LE PLUS GRAND HOMME
QUE LA TERRE AIT PORTÉ.
Michel-Ange

— Pas mal, hein ?

Un murmure de surprise parcourut l'assistance.

— Oui. Le Michel-Ange de la chapelle Sixtine et du *David* ! En plus d'être un peintre et un sculpteur hors pair, Michel-Ange était un brillant poète ; il a publié près de trois cents poèmes, dont un, intitulé « Dante », en hommage à cet homme dont la vision de l'enfer lui inspira directement son *Jugement dernier*. Si vous voulez en avoir la preuve, lisez donc le chant III de *L'Enfer* et allez faire un tour à la Sixtine ; juste au-dessus de l'autel. C'est immanquable.

Langdon montra un détail de l'œuvre : une bête puissante et musculeuse, frappant des malheureux de sa rame géante.

— C'est Charon, le passeur de Dante, malmenant ses passagers.

Puis il présenta un autre détail du *Jugement dernier* : un homme crucifié.

— Voici Haman l'Agagite, qui, selon les Évangiles, fut pendu. Mais dans le poème de Dante, il est crucifié. Et comme vous le voyez, Michel-Ange a choisi de prendre la version du poète. (Langdon esquissa un sourire.) Mais chut ! Ne dites rien au pape !

La salle éclata de rire.

Langdon passa à la vue suivante.

118

— Et ceci nous amène à la raison de ma présence ce soir.

Sur l'écran s'afficha le titre de sa conférence : LE DIVIN DANTE OU LA SYMBOLIQUE DE L'*INFERNO*.

— *L'Enfer* est si riche en symboles et en iconographie que, souvent, je consacre un semestre entier à son étude. Et ce soir, je ne vois pas de meilleure façon de dévoiler ces symboles qu'en faisant le voyage avec Dante. Alors, je vous propose de passer avec lui les portes de l'Enfer…

Langdon s'approcha du bord de la scène et regarda son auditoire.

— Mais, comme pour tout voyage, il nous faut une carte. Et il n'y en a pas de meilleure ni de plus précise que celle dressée par Sandro Botticelli.

Il actionna la télécommande, et la *Mappa dell' Inferno* apparut sur l'écran. Il entendit quelques hoquets de stupeur quand la foule découvrit la spirale d'horreurs, creusée dans les entrailles du sol.

— À l'inverse d'autres artistes, Botticelli a été très fidèle dans sa description de *L'Enfer*. Il a passé tant de temps à lire et à relire Dante que l'historien d'art Giorgio Vasari prétendait que l'obsession du peintre pour le poète avait causé de « graves désordres dans sa vie ». Botticelli a composé plus de douze œuvres dédiées à Dante, mais cette carte reste la plus célèbre.

Langdon désigna ensuite le coin supérieur gauche du tableau.

— Notre voyage commence ici, à la surface, où l'on voit Dante en rouge, en compagnie de son guide Virgile, devant les portes de l'enfer. À partir de ce point, nous allons descendre et franchir les Neuf Cercles de l'*Inferno*, pour nous trouver finalement nez à nez avec…

Langdon passa rapidement un autre cliché : un agrandissement de Lucifer vu par Botticelli – un monstre à trois têtes, dévorant trois hommes, un dans chaque bouche.

À nouveau quelques hoquets.

— Un aperçu des réjouissances qui nous attendent ! Ce personnage effrayant est à la toute fin du voyage. C'est le Neuvième Cercle de l'enfer, l'antre ultime de Satan. Toutefois, pour arriver là, l'expédition n'est pas de tout repos. Alors rembobinons et revenons à nos portes, où commence notre aventure.

Langdon fit apparaître une nouvelle image : une gravure de Gustave Doré révélant une porte creusée dans le flanc nu d'une falaise, donnant accès à un tunnel. Au-dessus du linteau, une inscription :

VOUS QUI ENTREZ
LAISSEZ TOUTE ESPÉRANCE.

— Que fait-on ? On se lance ?

Soudain, des pneus crissèrent et le public s'évapora. Langdon fut projeté en avant et heurta le dos de Sienna alors que le trike pilait au milieu de la viale Machiavelli.

L'image de la porte de l'Enfer flotta encore un moment devant lui. Et Langdon reprit pied avec la réalité.

— Que se passe-t-il ?

Sienna pointa du doigt la porta Romana, trois cents mètres plus loin – l'ancienne arche de pierre était l'entrée principale du vieux Florence.

— On a un problème, Robert.

19

L'agent Brüder se tenait dans le petit appartement et s'efforçait de comprendre la situation.

Qui vit ici ? se demandait-il.

La déco était simple. L'ameublement aussi. On aurait dit une chambre d'étudiant.

— Chef ! appela l'un de ses hommes. Vous feriez bien de voir ça.

Il le rejoignit dans le petit couloir. Les autorités italiennes avaient-elles déjà arrêté Langdon ? Brüder aurait préféré gérer cette crise « en interne », mais la fuite du professeur ne lui avait pas laissé le choix. La police avait été prévenue et plaçait des barrages un peu partout en ville. Une motocyclette pouvait facilement semer leurs vans dans les ruelles du vieux Florence. Les véhicules d'intervention de l'UPR étaient des forteresses, équipées de vitres blindées et de pneus increvables, mais ils étaient lents et difficiles à manœuvrer. Les forces de l'ordre italiennes se montraient rarement coopératives avec les étrangers, mais l'organisation de Brüder avait des relations, que ce soit dans la police, les consulats ou les ambassades. Quand elle demandait quelque chose, personne n'osait poser de questions.

Brüder entra dans le petit bureau. Son équipier se tenait devant un ordinateur portable et pianotait sur le clavier avec des gants en latex.

— C'est cette machine qu'il a utilisée. Pour faire des recherches Internet et consulter ses e-mails. Les dossiers sont encore dans le cache.

Brüder s'approcha.

— Ce n'est pas son ordinateur personnel, annonça le technicien. Il est enregistré au nom de SB. Je devrais avoir le nom complet sous peu.

Le regard de Brüder fut attiré par une pile de papiers qui traînait sur le bureau. Il les ramassa. Un curieux assortiment : un vieux programme du Globe de Londres, une série d'articles de journaux. Il commença à les lire et ses yeux s'écarquillèrent.

Brüder emporta les documents dans le couloir et appela sa hiérarchie.

— C'est Brüder. Je crois qu'on a l'identité de la personne qui a aidé Langdon.

— Qui est-ce ?

Le soldat poussa un long soupir.

— Vous n'allez pas le croire…

*

À trois kilomètres de là, Vayentha, à moitié couchée sur sa moto, quittait le secteur au plus vite. Elle croisa plusieurs voitures de police, toutes sirènes hurlantes.

Quel fiasco ! J'ai été désavouée, se dit-elle.

D'ordinaire, les vibrations de son gros quatre temps l'apaisaient. Mais pas aujourd'hui. Vayentha travaillait pour le Consortium depuis douze ans, montant un à un tous les échelons, de piétaille à coordinatrice de mission, jusqu'à devenir un agent de terrain ayant les pleins pouvoirs.

Ma carrière… c'est tout ce que j'ai.

Les agents vivaient dans le secret. Des voyages, de longues missions… cela ne laissait guère de place pour une vie et des relations personnelles.

Je suis sur cette mission depuis un an, songea-t-elle, n'en revenant toujours pas que le Président l'ait radiée aussi brutalement.

Pendant douze longs mois, Vayentha avait assuré la logistique pour un seul et même client du Consortium – une espèce d'excentrique qui voulait passer sous les radars pour pouvoir travailler sans avoir à craindre ses rivaux et ses ennemis. Il se déplaçait peu, et toujours incognito. Mais la majeure partie du temps, il travaillait. Vayentha ignorait la nature de ce travail. Sa mission se résumait à protéger le client des gens puissants qui étaient à ses trousses.

Vayentha s'était honorablement acquittée de cette mission. Tout s'était passé à merveille.

Jusqu'à hier soir.

Depuis, pour ses nerfs comme pour sa carrière, c'était la descente aux enfers.

Maintenant, je suis hors jeu.

L'agent congédié par le Président devait abandonner aussitôt sa mission et « quitter l'arène ». Si l'agent était arrêté, le Consortium nierait avoir tout lien avec lui. Mieux valait ne pas tenter le sort avec le Consortium. Les agents étaient bien placés pour savoir que l'organisation n'avait pas son pareil pour maquiller la réalité et les faits à son avantage.

Vayentha ne connaissait que deux collègues ayant été désavoués. Et elle ne les avait plus jamais revus. Elle avait supposé alors qu'ils avaient été convoqués pour un dernier débriefing puis limogés définitivement, avec pour consigne de ne plus jamais entrer en contact avec le Consortium.

Mais aujourd'hui, Vayentha doutait. Était-ce vraiment ce scénario qui s'était produit ?

Arrête ! se sermonna la jeune femme. Les méthodes du Consortium sont plus élégantes que ça. Ce ne sont pas des tueurs.

N'empêche qu'un frisson glacé lui parcourut tout le corps.

Un mauvais pressentiment l'avait incitée à quitter la terrasse de l'hôtel avant de se faire repérer par Brüder. À présent, elle se demandait si c'était grâce à ça qu'elle avait eu la vie sauve.

Du calme. Personne ne sait où je suis.

Vayentha accéléra sur la rectiligne viale del Poggio Imperiale. En quelques heures tout avait basculé. Hier, elle s'inquiétait pour sa carrière. Aujourd'hui, elle s'inquiétait pour son existence.

20.

Florence était autrefois une ville fortifiée, avec pour entrée principale la porta Romana, construite en 1326. Bien que les remparts aient disparu, la porte de pierre est toujours là, et aujourd'hui, les voitures passent sous cette arche qui perçait jadis les fortifications.

L'arche centrale, haute d'une quinzaine de mètres, a conservé ses lourdes portes de bois qui sont maintenues ouvertes pour laisser s'écouler le flot de la circulation. Six grandes artères convergent vers ce passage, par un grand rond-point où, sur le terre-plein central, trône une statue de Pistoletto représentant une femme quittant la ville, un fardeau sur la tête.

De nos jours, l'endroit est devenu essentiellement un point noir de la circulation urbaine. Jadis, les portes accueillaient la Fiera dei Contratti – la foire des contrats – où les pères mariaient leurs filles, en les forçant souvent à danser de façon aguichante pour attirer les prétendants les plus fortunés.

Ce matin, à cinq cents mètres de la place, Sienna venait de stopper brusquement et tendait le doigt devant elle. Langdon comprit aussitôt les craintes de la jeune femme. Devant eux, une file de véhicules immobiles. Toute la circulation sur le rond-point était bloquée par un barrage de police. Et des voitures de patrouille arrivaient en renfort, toujours plus nombreuses. Des policiers armés contrôlaient conducteurs et passagers.

C'est pour nous, tout ça ?

Langdon n'en revenait pas. Un cycliste tout dégoulinant de sueur avait fait demi-tour et slalomait entre les voitures à l'arrêt. Il avait un vélo couché, et ses jambes nues moulinaient devant lui.

— *Cos'è successo ?* lui demanda Sienna.

— *E chi lo sa* ? répondit-il, anxieux. *Carabinieri !*

Il poursuivit son chemin, pressé de quitter le secteur.

Des sirènes retentissaient au loin. Sienna se retourna et regarda, inquiète, la viale Machiavelli derrière elle.

Nous sommes pris au piège, songea Langdon, cherchant désespérément une issue – une rue perpendiculaire, un parc, une allée quelconque. Mais il n'y avait que des habitations sur sa gauche, et un grand mur de pierre sur sa droite.

Les sirènes se rapprochaient...

— Là-bas ! s'écria Langdon en désignant un chantier à trente mètres devant eux.

Il avait aperçu une bétonnière derrière laquelle ils pourraient se dissimuler.

Sienna grimpa sur le trottoir avec son engin et fonça vers la cachette. Ils sautèrent du trike et s'aperçurent que la bétonnière était bien trop petite pour les abriter eux aussi.

— Suivez-moi ! lança Sienna en courant vers un appentis installé un peu plus loin, le long du mur.

Langdon comprit très vite que ce n'était pas une cabane à outils, mais plutôt des toilettes de chantier.

Au moment où ils atteignaient ce refuge improvisé, les sirènes étaient juste derrière eux. Sienna tourna la poignée, mais la porte refusa de s'ouvrir. Un cadenas ! Langdon attrapa la jeune femme par le bras et la poussa dans l'espace étroit entre la cabine et le mur. Ils y tenaient à peine, et l'air était pestilentiel.

Langdon se plaqua contre la jeune femme au moment où une Subaru de patrouille passait à faible allure devant leur abri.

Les carabiniers ? Langdon n'en revenait pas. La police militaire ! Eux aussi avaient ordre de tirer à vue ? se demandait-il.

— Quelqu'un cherche vraiment à nous retrouver ! souffla Sienna. Et c'est plutôt efficace.

— Un GPS ? Peut-être que le projecteur a un mouchard ?

Sienna secoua la tête.

— Si c'était le cas, les flics nous seraient déjà tombés dessus.

Langdon déplaça son grand corps pour adopter une position plus confortable. Il se retrouva nez à nez avec la collection de graffitis qui décorait la paroi arrière de la cabine.

Aux États-Unis, les toilettes étaient gribouillées de dessins reproduisant avec plus ou moins de bonheur des pénis ou des gros seins. Mais, ici, on eût dit des esquisses d'étudiants aux Beaux-Arts.

Ah, l'Italie...

Un œil humain, une main délicate, un homme de profil, un dragon digne de World of Warcraft.

— Ce n'est pas le cas partout en Italie, précisa Sienna, devinant ses pensées. L'Institut d'art est juste de l'autre côté de ce mur !

Comme pour confirmer ses dires, un groupe d'étudiants apparut au loin, marchant dans leur direction avec des cartons à dessins sous le bras. Ils bavardaient, cigarette à la bouche, en observant l'embouteillage dans la rue.

Tandis que les deux fugitifs se baissaient pour ne pas se faire voir, une idée germa brusquement dans l'esprit de Langdon.

Ces suppliciés de Malebolge, enterrés les jambes en l'air...

Peut-être était-ce à cause de l'odeur de ces déjections humaines ? Peut-être le cycliste avec ses jambes nues qui s'agitaient devant lui ?

Il se tourna vers la jeune femme.

— Sienna, dans notre version de la *Carte*, ceux qui ont les jambes en l'air se trouvent bien dans la dixième fosse, n'est-ce pas ? Le niveau le plus bas de Malebolge.

Sienna le regarda d'un drôle d'air. Était-ce vraiment le moment ?

— Oui. Celui au fond.

L'espace d'une seconde, Langdon fut ramené à Vienne, pendant sa conférence. Il était sur scène, juste avant son grand final, son auditoire concentré sur la

127

gravure représentant Géryon – le monstre ailé avec un aiguillon empoisonné, posté au-dessus de Malebolge.

— Avant que nous rencontrions Lucifer, déclara Langdon de sa voix de baryton, nous devons traverser les dix bolges où se trouvent les Fraudeurs – ceux qui ont trompé sciemment.

Langdon fit avancer les images pour montrer les détails de Malebolge et emmena son auditoire visiter les fosses, l'une après l'autre.

— Du plus haut au plus bas, nous avons : les séducteurs et les ruffians frappés par des démons ; les adulateurs et les flatteurs, plongés dans un bain d'excréments humains ; les simoniaques, ceux qui ont voulu s'acheter des faveurs spirituelles, enterrés tête en bas, les jambes léchées par les flammes ; les mages et les devins avec leur tête qui ne regarde plus que derrière eux ; les concussionnaires, les prévaricateurs, baignant dans la poix bouillante ; les hypocrites, portant des chapes de plomb ; les voleurs, mordus par des serpents ; les conseillers perfides, consumés par le feu ; les fauteurs de schisme et de discorde, transpercés par l'épée d'un diable ; et enfin les faussaires et falsificateurs, ravagés par la gangrène au point d'être méconnaissables.

Langdon se tourna vers son public.

— Dante a réservé la dernière bolge pour les menteurs de tout poil parce que c'est à cause de mensonges, racontés sur lui, que Dante a été chassé de sa chère Florence.

— Robert ?

La voix de Sienna le ramena au présent. Elle le regardait avec intensité.

— Que se passe-t-il ?

128

— Notre version de *La Carte de l'Enfer*… Les personnages ont été changés !

Il sortit le projecteur de sa poche et le secoua avec énergie. La bille dut tinter à l'intérieur mais le mugissement des sirènes avalait tous les sons.

— Celui qui a façonné cette image a modifié les niveaux de Malebolge !

Dès que l'appareil se mit à briller, il pointa l'objectif vers la paroi de la cabine. La *Carte* apparut dans la pénombre de leur cachette.

Botticelli sur des toilettes !

C'était sans doute l'endroit le moins élégant où une œuvre du maître avait été exposée. Langdon passa en revue les dix fosses.

— C'est bien ça ! s'exclama-t-il. L'ordre est faux. La dernière bolge est censée accueillir des gangrenés, pas des suppliciés enterrés à mi-corps tête en bas. La dixième fosse est pour les falsificateurs, pas pour les simoniaques !

Sienna le considérait avec des yeux ronds.

— Mais pourquoi se donner ce mal ?

— *Catrovacer*, murmura Langdon. Les lettres ne sont pas dans le bon ordre.

Malgré son amnésie des deux derniers jours, sa mémoire fonctionnait encore. Il ferma les yeux. En pensée, il se représenta les deux versions de la *Mappa*, pour repérer les différences. Les permutations étaient moins nombreuses qu'il ne l'avait supposé… et pourtant ça changeait tout.

Ça devenait clair comme du cristal.

« Cherchez et vous trouverez. »

— Alors ?

Langdon avait la bouche sèche.

— Je sais pourquoi je suis à Florence.

— Ah bon ?

— Et je sais où je dois me rendre.

— Où ça ? demanda Sienna, en lui serrant le bras.

Langdon avait l'impression de reprendre enfin pied avec la réalité.

— Ces dix lettres, souffla-t-il. Elles désignent un endroit précis de la vieille ville. C'est là que sont les réponses.

— Mais où ? Qu'avez-vous découvert ?

Il y eut des éclats de rire de l'autre côté des toilettes. Un groupe d'étudiants passait sur le trottoir, plaisantant dans diverses langues. Langdon les laissa s'éloigner et sortit de sa cachette avec précaution, s'assurant qu'il n'y avait pas de voitures de police dans les parages.

— Il faut qu'on bouge. Je vous expliquerai en chemin.

— Comment ça en chemin ? On ne franchira jamais la porta Romana !

— Restez ici trente secondes. Et puis, rejoignez-moi.

Et Langdon s'en alla.

21.

— *Scusi !* lança Langdon en rattrapant le groupe de jeunes. *Scusate !*

Les étudiants se retournèrent, tandis que Langdon jouait le touriste perdu.

— *Dov'è l'Istituto Statale d'Arte ?* demanda-t-il dans son italien laborieux.

Un gamin tatoué tira sur sa cigarette et répondit, sourire en coin, avec un accent français à couper au couteau :

— *Non parliamo italiano.*

La fille, à côté de lui, lui lança un regard noir et pointa le doigt vers la porta Romana.

— *Più avanti, sempre dritto.*

C'est tout droit, traduisit Langdon.

— *Grazie.*

C'est alors que Sienna sortit discrètement de sa cachette et s'approcha de Langdon. Avec nonchalance, il posa la main sur l'épaule de la jeune femme.

— C'est ma sœur, Sienna. Elle est professeur d'histoire de l'art.

Le gamin tatoué murmura à l'intention des autres :

— Voilà une belle nouvelle !

Les garçons pouffèrent.

Langdon fit mine de n'avoir pas entendu l'allusion.

— Nous recherchons des endroits où elle pourrait enseigner pendant une année sabbatique à Florence. On peut faire un bout de chemin avec vous ?

— *Ma certo*, répondit l'Italienne dans un sourire gracieux.

Le groupe se dirigea vers le barrage de police. Tandis que Sienna bavardait avec les jeunes, Langdon se cacha tant bien que mal au milieu du groupe.

« Cherchez et vous trouverez. »

Le pouls de Langdon s'accélérait en songeant aux dix fosses de Malebolge.

Catrovacer. Ces dix lettres se trouvaient au cœur de l'un des plus grands mystères du monde artistique – une énigme datant de plusieurs siècles qui n'avait jamais été élucidée. En 1563, ces dix lettres avaient été utilisées pour écrire un message sur un mur du fameux palazzo Vecchio. Peinte à près de quinze mètres du sol, l'inscription n'était réellement visible qu'avec des jumelles. Elle était restée ainsi cachée en pleine lumière pendant des centaines d'années, jusqu'à ce que dans les années 1970, un spécialiste de l'art, désormais célèbre, l'eût repérée. Et il avait passé des décennies à tenter d'en déchiffrer le sens. Malgré de nombreuses théories avancées, le mystère demeurait entier.

Pour Langdon, les codes n'étaient pas une *terra incognita*. C'était même un havre de paix dans ce déferlement d'événements des dernières heures. L'histoire de l'art, les secrets anciens, c'était davantage son jardin que le transport de substances dangereuses et les fusillades.

Devant eux, une cohorte de véhicules de police passait la porta Romana pour gagner la vieille ville.

— Putain ! lança le gamin tatoué. Ils en ont vraiment après quelqu'un !

Le groupe arriva devant les portes de l'Institut d'art, où un petit attroupement observait l'agitation à la porta Romana. Les vigiles de l'Institut regardaient à peine les badges des étudiants ; ils étaient visiblement beaucoup plus intéressés par le ballet des voitures de patrouille sur le rond-point.

Il y eut un crissement de pneus. Un van noir qui leur était familier s'engouffra à son tour dans la vieille ville.

C'était le moment.

Sans échanger un mot, Sienna et Langdon suivirent leurs nouveaux amis à l'intérieur.

L'allée menant à l'Istituto Statale d'Arte était magnifique, un régal pour les yeux. Des chênes vénérables formaient de grandes arches vertes qui dissimulaient le bâtiment – une construction d'un jaune délavé avec un triple porche et une grande pelouse ovale.

Cet édifice avait été bâti, comme tant de bâtiments dans cette ville, par la même illustre dynastie qui avait dominé les arts et les lettres florentins du XVe au XVIIe siècle.

Les Médicis.

Ce seul nom était le symbole de Florence. Durant ces trois siècles de règne, la maison Médicis amassa une fortune et un pouvoir considérables, offrant à l'Europe quatre papes, deux reines de France et la dotant des plus grandes institutions financières. Aujourd'hui, les banques modernes utilisaient encore le système de comptabilité en partie double, mis au point par les Médicis.

Cependant, le plus grand legs de cette famille n'était ni politique ni économique, mais artistique. Les Médicis demeureront sans doute les plus grands mécènes que le monde connaîtra jamais. Par leurs commandes innombrables, ce sont eux qui ont initié la Renaissance. La liste des bénéficiaires est longue – Vinci, Galilée, Botticelli. Le tableau le plus célèbre de ce dernier, *La Naissance de Vénus*, fut une commande de Laurent de Médicis, qui voulait une peinture sexuellement suggestive à accrocher au-dessus du lit de son cousin, en cadeau de mariage.

Laurent de Médicis – surnommé Laurent le Magnifique à cause de ses bienfaits – était un artiste et un poète accompli. On disait qu'il avait un goût infaillible. En 1489, il eut un coup de cœur pour le travail d'un jeune sculpteur florentin ; il invita le garçon à loger dans son palais, pour qu'il puisse exercer son talent au milieu de la beauté, la poésie et l'érudition. Sous la tutelle de son bienfaiteur, le jeune garçon affina son art et sculpta finalement deux des œuvres les plus célèbres de la planète : *La Pietà* et le *David*. Nous le connaissons aujourd'hui sous le nom de Michel-Ange – un géant parmi les géants, dont on prétend qu'il fut le plus beau cadeau des Médicis fait à l'humanité.

Cette illustre famille, passionnée d'art, songea Langdon, serait sans doute ravie d'apprendre que ce bâtiment, qui à l'époque leur servait d'écuries, avait été transformé en un institut d'art bouillonnant d'idées. Et si ce lieu, qui inspirait à présent tant d'artistes en herbe, accueillait jadis les chevaux du grand duc, c'était pour sa situation géographique unique : il se situait à proximité de l'un des plus beaux parcs de Florence.

Le jardin de Boboli.

Langdon apercevait sur sa gauche le faîte chatoyant des arbres. L'immense parc était une destination très prisée des touristes aujourd'hui. Si lui et Sienna parvenaient à y entrer, ils pourraient peut-être le traverser incognito et contourner ainsi la porta Romana. Après tout, les jardins étaient gigantesques, et ne manquaient pas de cachettes – bois, labyrinthes, grottes, fontaines et nymphées. Plus crucial encore, la traversée du jardin de Boboli les mènerait au palais Pitti – l'ancienne demeure des Médicis avec ses cent quarante chambres.

Si nous pouvons atteindre le palais Pitti, le pont qui mène à la vieille ville ne sera qu'à un jet de pierre.

De son air le plus nonchalant, Langdon indiqua les hauts murs qui ceignaient les jardins.

— J'aimerais montrer le jardin de Boboli à ma sœur avant de visiter l'institut, expliqua-t-il aux jeunes. Il y a un accès par ici ?

Le garçon tatoué secoua la tête.

— Non. Pas ici. Les portes sont du côté du palais Pitti. Il faut passer par la porta Romana et faire tout le tour.

— Foutaises ! rétorqua Sienna.

Tout le monde se tourna vers la jeune femme. Y compris Langdon.

— Allez les gars… dit-elle d'un ton enjôleur, en caressant sa queue-de-cheval blonde comme les blés. Ne me dites pas que vous ne vous faufilez pas dans les jardins pour aller fumer des joints ou fricoter ?

Les jeunes échangèrent un regard complice et éclatèrent de rire.

Le petit tatoué était ébahi.

— M'dame, il faut vraiment que vous veniez enseigner ici.

Il conduisit Sienna sur le côté du bâtiment et désigna l'angle du parking.

— Vous voyez ce cabanon sur la gauche ? Il y a une table derrière. Il suffit de grimper sur le toit et de sauter.

Sienna s'y dirigea aussitôt. Elle se retourna vers Langdon avec un sourire.

— Allez, frangin ! Ne me dis pas que tu es trop vieux pour sauter une barrière !

22.

La femme aux cheveux argent ferma les yeux et appuya la tête contre la vitre blindée du van. Elle avait le tournis. Les sédatifs lui donnaient la nausée.

Il me faut un médecin, songea-t-elle.

Mais le garde à côté d'elle avait des ordres stricts. La mission avant tout. Et à en juger par l'affolement général, la résolution était pour bientôt.

Son vertige s'aggravait. Elle avait de plus en plus de mal à respirer. Alors qu'elle tentait de contenir une nouvelle bouffée de nausée, elle se demanda encore une fois comment elle avait pu se retrouver à cette croisée du destin. La réponse était trop complexe pour tenter une analyse rétrospective – pas dans son état actuel. Mais elle savait quel avait été l'élément déclencheur.

New York.

Deux ans plus tôt.

Elle arrivait de Genève. Depuis dix ans, elle était la directrice générale de l'Organisation mondiale de la santé ; un poste prestigieux et convoité. Épidémiologiste reconnue, elle avait été invitée par l'ONU à donner une conférence sur une menace pandémique dans les pays du tiers monde. Son allocution avait été rassurante, chargée d'optimisme, présentant les protocoles de dépistage et campagnes de vaccination mis en place par l'OMS, qu'on appelait WHO chez les Anglo-Saxons, pour World Health Organization.

Après son discours, alors qu'elle se trouvait dans le couloir à bavarder avec quelques représentants du corps médical, un employé de l'ONU, arborant un badge diplomatique, avait interrompu leur conversation.

— Docteur Sinskey, nous avons été contactés par le Council on Foreign Relations. Quelqu'un là-bas voudrait vous parler. Une voiture vous attend.

Quelque peu agacée par cette irruption, le Dr Elizabeth Sinskey prit congé du petit groupe et récupéra sa valise. Alors que la limousine longeait Central Park, elle se sentit curieusement tendue.

Le Conseil des relations étrangères ?

Elizabeth Sinskey, comme tout le monde, connaissait les rumeurs au sujet de cette organisation.

Fondé en 1920 comme cercle de réflexion américain, le CFR comptait parmi ses membres des secrétaires d'État, des ministres, une demi-douzaine d'ex-présidents, plusieurs directeurs de la CIA, des sénateurs, des juges, et des noms légendaires tels que Morgan, Rothschild, Rockefeller. Avec cette brochette de personnalités influentes, le CFR était le club privé le plus puissant de la planète.

En sa qualité de directrice générale de l'OMS, Elizabeth Sinskey côtoyait souvent ces gros bonnets. Sa longévité à l'OMS et son franc-parler lui avaient valu dernièrement la une des magazines, la présentant comme l'une des figures les plus influentes du siècle. « Dr Santé mondiale », avait titré un hebdomadaire, ce qui amusait passablement Elizabeth puisqu'elle avait été malade toute son enfance.

Souffrant d'un asthme sévère à six ans, on l'avait traitée à haute dose avec un nouveau produit miracle : le premier glucocorticoïde – une hormone stéroïdienne. Et l'asthme avait été guéri. Malheureusement, les effets secondaires du produit s'étaient fait sentir des années plus tard, au moment de la puberté. Jamais elle ne put avoir de cycles menstruels. Elle se souviendrait toujours lorsque, à dix-neuf ans, on lui avait annoncé que les dommages étaient irréparables.

Elle n'aurait jamais d'enfant.

Le temps soigne toutes les blessures, lui avait assuré le médecin. Mais le désespoir et la colère avaient peu à peu pris toute la place. Car le médicament qui l'empêchait physiquement d'être mère n'avait pas détruit pour autant ce désir animal d'enfanter. Pendant des années, elle s'était battue contre le sort. En vain. Même aujourd'hui, à soixante et un ans, elle ressentait encore ce vide béant quand elle croisait une mère avec son enfant.

— Nous sommes arrivés, docteur Sinskey, annonça le chauffeur.

Elizabeth passa ses longs doigts dans ses cheveux argentés et vérifia son allure dans le miroir. Déjà, la limousine s'était immobilisée et le chauffeur ouvrait la portière.

— Je vous attends, docteur. Je vous conduirai ensuite directement à l'aéroport.

Le QG new-yorkais du CFR était un bâtiment néo-classique à l'angle de Park Avenue et de la 68e Rue – autrefois l'hôtel particulier d'un magnat du pétrole. La façade se fondait à merveille avec les immeubles alentour. Personne ne pouvait se douter des enjeux planétaires qui étaient débattus à l'intérieur de ces murs vénérables.

— Docteur Sinskey, l'interpella une hôtesse replète, à son arrivée. Par ici. Il vous attend.

Qui ça « il » ?

Elle suivit la femme. Elles empruntèrent un couloir luxueux et s'arrêtèrent devant une porte. L'hôtesse frappa, ouvrit le battant et fit signe à Elizabeth d'entrer.

La porte se referma derrière elle.

Elle se trouvait dans une salle de réunion plongée dans la pénombre, éclairée seulement par un écran vidéo. Devant le grand téléviseur, une silhouette. Un type grand et élancé. Elle ne pouvait distinguer son visage, mais il émanait de sa personne une aura d'autorité.

— Docteur Sinskey, merci d'avoir accepté mon rendez-vous.

138

Il avait une pointe d'accent suisse, ou peut-être allemand.

— Asseyez-vous, je vous en prie, proposa-t-il en désignant un siège près de la porte.

Pas de présentations ?

L'étrange image affichée sur l'écran n'arrangeait rien à sa nervosité.

Qu'est-ce que c'est ?

— J'ai assisté à votre discours ce matin. J'ai fait un long voyage pour vous écouter. Votre prestation était impressionnante.

— Merci.

— Je puis dire aussi que vous êtes encore plus belle en réalité qu'en photo... malgré votre âge et votre vision étriquée du bien-être du monde.

Elizabeth en resta bouche bée.

— Je vous demande pardon ? répliqua-t-elle en plissant les yeux dans la pénombre. Qui êtes-vous ? Pourquoi m'avez-vous fait venir ici ?

— Ce n'était qu'une pointe d'humour, parfaitement déplacée. Veuillez m'en excuser. Cette reproduction sur l'écran va répondre à toutes vos questions.

Elizabeth observa la scène horrible – une gravure montrant une mer humaine, des gens souffrant, nus, et se tordant de douleur, rampant les uns sur les autres.

— Le grand Gustave Doré ! Et sa vision saisissante de *L'Enfer* de Dante Alighieri. J'espère que cette image ne vous dérange pas, parce que c'est ce vers quoi nous nous dirigeons. (Il marqua un temps avant de reprendre :) Et je vais vous dire pourquoi.

Il marcha vers elle, devenant plus grand à chaque pas. Il ramassa une feuille de papier sur la table.

— Si je déchire cette feuille en deux et que je place les deux morceaux l'un sur l'autre et que je recommence le processus (il joignit le geste à la parole), j'obtiens un tas quatre fois plus épais que l'original, n'est-ce pas ?

Ses yeux semblaient briller dans le noir. Elizabeth n'aimait pas ce ton condescendant, ni sa posture de dominant. Elle ne répondit rien.

— Disons que l'épaisseur de la feuille est d'un dixième de millimètre, poursuivit-il en s'approchant encore. Et, supposons que je répète le processus cinquante fois, savez-vous quelle épaisseur aura alors le tas ?

— Évidemment, rétorqua Elizabeth. Un dixième de millimètre fois deux à la puissance cinquante. C'est une progression géométrique. À présent, j'aimerais savoir ce que je fais ici.

L'homme eut un petit rire.

— Exact. Mais avez-vous une réelle idée de la taille du tas ? Une épaisseur infime fois deux exposant cinquante ? Une idée ? (Il fit une nouvelle pause.) Notre tas de papier est maintenant si épais qu'il touche pratiquement le soleil !

Cela n'étonna pas Elizabeth outre mesure. Elle était habituée aux terribles croissances des progressions géométriques dans le cadre de son travail : aires de contamination, taux de reproduction des cellules infectées, estimations du nombre de victimes.

— Pardonnez la lenteur de mon esprit, ironisa-t-elle, mais je ne vois pas du tout où vous voulez en venir.

— Où je veux en venir ? répéta-t-il avec un petit rire. Le taux de croissance de la population humaine est encore plus dramatique que ça. La population de la terre, comme notre tas de papier, était négligeable au début… mais doté d'un potentiel très inquiétant.

Il se mit à marcher de long en large.

— Réfléchissez. Il a fallu des milliers d'années – de l'aube de l'humanité au début du XIXe siècle – pour atteindre le milliard. Mais seulement cent ans pour le doubler. Deux milliards d'individus en 1920. Et ensuite cinquante petites années pour atteindre quatre milliards. En 1970. Comme vous le savez, nous allons atteindre les huit milliards très prochainement. Aujourd'hui, la population augmente de deux cent cinquante mille individus par jour. Un quart de million ! Et ce, tous les jours – qu'il pleuve, qu'il vente. Chaque année, nous essaimons sur le globe l'équivalent de la population de l'Allemagne.

L'homme s'interrompit et se pencha vers Elizabeth.

— Quel âge avez-vous ?

Encore une question offensante. Mais elle était habituée aux confrontations.

— Soixante et un ans.

— Savez-vous que, si vous vivez encore dix-neuf ans, vous aurez vu la population mondiale tripler durant votre existence ? Une vie. Trois fois plus d'humains. Songez aux conséquences. Comme vous le savez, l'OMS a encore revu à la hausse ses prévisions. Elle annonce que nous aurons atteint les neuf milliards au milieu de ce siècle. Les espèces animales s'éteignent à vitesse grand V. Leur biotope se réduit à une peau de chagrin. L'eau potable est de plus en plus rare. D'un point de vue biologique, l'espèce humaine est bien trop nombreuse. C'est intenable. Et face à ce désastre, l'OMS – les gardiens de la santé sur terre –

investit dans des programmes de soins – guérir le diabète, approvisionner les banques de sang, lutter contre le cancer. (L'homme la regarda avec intensité.) Alors, ma question est la suivante – et c'est pour entendre votre réponse que je vous ai fait venir ici : quand l'OMS va-t-elle enfin s'occuper de ce problème ?

— J'ignore qui vous êtes, mais vous n'êtes pas sans savoir que la surpopulation est une question prioritaire pour nous. Récemment, nous avons consacré des millions de dollars pour envoyer des médecins en Afrique afin de distribuer des préservatifs et d'éduquer les gens à la contraception.

— Magnifique ! Et une armée de missionnaires passe derrière vous pour leur dire qu'ils iront en enfer s'ils s'avisent de mettre des capotes ! L'Afrique est face à un nouveau problème écologique : les terres sont pleines de préservatifs inutilisés !

Elizabeth ne répondit rien. Il avait raison. Mais les catholiques éclairés commençaient à se désolidariser des recommandations du Vatican en matière de contraception. Melinda Gates, une catholique pratiquante, avait bravé l'ire du pape en consacrant cinq cent soixante millions de dollars à un programme mondial pour le contrôle des naissances. Elizabeth Sinskey avait souvent déclaré que Bill et Melinda Gates étaient les nouveaux saints du XXIe siècle, eu égard aux actions humanitaires de leur fondation. Malheureusement, la seule institution capable de canoniser le couple n'avait toujours pas vu la dimension chrétienne de leurs efforts.

— Docteur Sinskey, poursuivit l'ombre. L'OMS refuse de reconnaître qu'il n'y a qu'une solution à ce fléau. Une seule. Ceci… (Il montra la masse de moribonds sur l'écran.) Vous êtes une scientifique, vous connaissez peut-être mal vos classiques dans le domaine des arts et des lettres, alors je vais vous montrer une autre image qui sera plus parlante pour vous.

L'écran passa au noir, plongeant la pièce dans l'obscurité, puis afficha un nouveau cliché.

Elizabeth avait vu cette courbe des dizaines de fois. Et comme toujours, ce qu'elle annonçait paraissait inévitable.

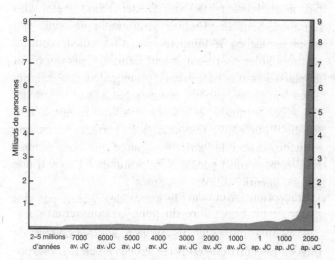

Croissance de la population mondiale à travers l'histoire

Il y eut un silence de plomb.

— Oui, finit par articuler l'homme. On ne peut que rester muet de terreur devant ce graphique. C'est comme regarder les phares d'une locomotive fonçant vers soi.

Il se tourna lentement vers Elizabeth, et lui adressa un sourire narquois.

143

— Des questions, docteur Sinskey ?

— Une seule. Pourquoi m'avez-vous fait venir ici ? Pour me donner un cours sur la démographie mondiale ou pour m'insulter ?

— Ni l'un ni l'autre. (Sa voix se fit soudain plus douce :) En fait, je veux vous proposer de travailler avec moi. Vous avez conscience, évidemment, que la surpopulation pose un problème de santé majeur pour le genre humain. Mais je crains que vous ne mesuriez pas à quel point elle va affecter l'âme même des hommes. Sous la pression démographique, ceux qui n'ont jamais eu le tempérament d'un voleur vont se mettre à voler pour nourrir leur famille. Ceux qui n'ont jamais tué vont le faire afin de protéger leur progéniture. Tous les grands péchés évoqués par Dante – l'envie, l'avarice, la traîtrise et les autres – vont se propager à travers l'humanité, remonter à la surface de chaque individu, exacerbés, amplifiés, parce que nous pleurerons notre confort perdu. Nous sommes à l'aube d'une grande bataille : sauver nos âmes.

— Je suis biologiste. Je sauve des vies… pas des âmes.

— Sauver des vies, je vous le répète, va devenir de plus en plus difficile dans les années à venir. La surpopulation ne va pas engendrer que des problèmes moraux. Vous savez ce que Machiavel dit à propos de la peste, des famines et des inondations ?

— Oui : « Lorsque le monde a surabondance d'habitants, lorsque la terre ne peut plus les nourrir, quand la malice et la fausseté humaines sont à leur comble, la nature, pour se purger, se sert de l'un de ces trois fléaux. » Tout le monde à l'OMS connaît cette citation !

— Tant mieux. Les épidémies, pour Machiavel, sont donc un processus naturel de régénération de la nature.

— Oui, et comme je l'ai mentionné dans mon discours, nous sommes parfaitement conscients, à l'OMS, de la corrélation directe entre densité de population et risques de pandémie. C'est la raison pour laquelle nous cherchons constamment de nouvelles méthodes de prévention, de nouveaux traitements. L'OMS a ainsi bon espoir d'éviter les épidémies futures.

— Et c'est bien dommage.

Le Dr Sinskey se raidit.

— Comment ça ?

L'homme eut un rire étrange.

— Docteur, vous parlez de limiter les pandémies comme si c'était une bonne chose.

Elle le regarda, incrédule.

— Reprenons les faits, déclara l'homme longiligne, à la manière d'un avocat concluant sa plaidoirie. Je suis ici avec la directrice générale de l'OMS – sa tête pensante, en somme ; ce que l'OMS a de mieux à m'offrir. Et, quand on y réfléchit, tout ça fait froid dans le dos. Je vous ai dit ce qui nous pend au nez, toute cette misère humaine. Je vous ai montré le danger d'une démographie galopante. Je vous ai expliqué que nous sommes au seuil d'un délitement moral et spirituel. Et quelle est votre réponse – votre seule réponse ? Une distribution de préservatifs en Afrique. C'est vouloir arrêter un astéroïde avec un chasse-mouches ! La bombe à retardement a cessé de cliqueter. Elle est déjà en train d'exploser. Et, sans mesures drastiques, l'affolement des chiffres sera votre nouveau Dieu... un Dieu vengeur, cette fois. L'Enfer de Dante sera à Park Avenue. Des masses d'égarés se vautrant dans leurs propres excréments. Une purge générale orchestrée par la nature.

— C'est donc là où vous voulez en venir ? Et, selon vous, dans votre vision d'un futur supportable, quel devrait être le nombre d'humains sur terre ? Le nombre magique où l'humanité pourrait survivre indéfiniment, et dans des conditions acceptables ?

L'homme sourit, savourant visiblement cette question.

— Tous les spécialistes de l'environnement et les statisticiens vous diront que l'humanité a la meilleure chance de survie si sa population ne dépasse pas quatre milliards.

— Quatre milliards ? Nous en sommes à sept ! C'est un peu tard.

Les yeux verts de l'homme étincelèrent.

— Vous croyez ?

23.

Robert Langdon atterrit lourdement sur le sol spongieux de l'autre côté du mur. Le parc était très boisé dans cette partie sud. Sienna sauta derrière lui et s'épousseta, tâchant de se repérer.

Ils se trouvaient au milieu des fougères. Plus bas se profilait un bois. Le palais Pitti était invisible. Ils devaient être au fin fond du parc. Au moins, ils ne croiseraient ni touristes ni jardiniers dans ce secteur.

Une allée gravillonnée descendait en courbes élégantes vers les arbres en contrebas. À l'endroit où le chemin disparaissait sous les frondaisons, se dressait une statue, savamment placée pour ravir le regard. Un sens de l'esthétique qui n'avait rien d'étonnant quand on savait que le jardin avait été dessiné par Niccolò Tribolo, Giorgio Vasari et Bernardo Buontalenti – une *dream team* de talents pour faire de ce parc un chef-d'œuvre à ciel ouvert.

— Si on marche vers le nord-est, on arrivera au palais, expliquait Langdon en indiquant le chemin. On pourra alors se mêler aux promeneurs et sortir sans être repérés. Les portes doivent ouvrir à 9 heures, je suppose.

Il voulut consulter sa montre, mais, voyant son poignet nu, il se souvint qu'il l'avait perdue. Peut-être sa montre Mickey était-elle à l'hôpital avec le reste de ses habits ?

Sienna se planta devant lui.

— Robert, avant que nous refassions le moindre mouvement, je veux savoir où nous allons. Qu'avez-vous compris tout à l'heure ? Les bolges… Vous avez dit qu'elles n'étaient pas dans le bon ordre.

Langdon désigna un bosquet à proximité.

— Mettons-nous d'abord à couvert.

Il conduisit la jeune femme vers un petit chemin qui débouchait sur une « chambre », comme on disait dans le milieu des paysagistes, décorée de bancs en faux bois, nombrilée d'une petite fontaine. Sous le dais des arbres, il faisait sensiblement plus froid.

Langdon sortit encore une fois le projecteur et le secoua.

— Sienna, non seulement l'auteur de cette image a ajouté des lettres sur les pécheurs de Malebolge, mais il a modifié l'ordre des péchés.

Il se jucha sur le banc et projeta l'image à ses pieds. Celle-ci apparut faiblement.

Il montra le tiers inférieur du tableau.

— Vous voyez les lettres sur les dix bolges ?

— Oui. Catrovacer.

— Exact. Et ça n'a aucun sens.

— Mais vous avez remarqué que les dix fosses ont été mélangées...

— En fait, c'est encore plus simple que ça. Si ces niveaux formaient un jeu de cartes, celui-ci ne serait pas mélangé, mais simplement coupé. Après la coupe, les cartes restent dans le bon ordre, mais elles commencent au mauvais endroit. D'après Dante, la première fosse devrait être celle des séducteurs qui se font fouetter par les démons. Mais ici, les séducteurs sont dans la septième bolge.

Sienna observa l'image qui s'évanouissait déjà.

— Donc la première bolge est la septième.

Langdon rangea le projecteur et sauta de son perchoir. Il ramassa une branchette et se mit à écrire dans les gravillons.

— Voici les lettres, telles qu'elles apparaissent dans la version modifiée de la *Carte*.

C
A
T
R
O
V
A
C
E
R

— Catrovacer, d'accord.

— Et c'est là que le jeu a été coupé, expliqua Langdon en tirant un trait sous la septième lettre.

Il laissa Sienna observer le croquis.

C
A
T
R
O
V
A
─────
C
E
R

— D'accord. Catrova. Cer.

— Et maintenant, remettons les lettres dans le bon ordre. Avant la coupe. En plaçant la seconde partie sur la première.

— Cer... Catrova, prononça la jeune femme en haussant les épaules d'un air dubitatif. Ça ne signifie pas grand-chose non plus.

— Cer catrova, reprit Langdon. (Puis il le répéta en liant les deux mots :) Cercatrova. (Et une dernière fois en marquant une pause au milieu :) Cerca... trova.

Sienna sursauta et regarda Langdon avec intensité.

— Oui, confirma-t-il. Cerca trova.

Ces deux mots italiens, *cerca* et *trova*, signifiaient littéralement « cherche » et « trouve ». Associés, on reconnaissait le commandement biblique. « Cherchez et vous trouverez[1]. »

— La femme voilée ! s'exclama Sienna. Elle n'arrêtait pas de vous répéter ça. Robert, vous mesurez ce que ça veut dire ? Les mots *cerca trova* étaient dans votre subconscient ! Vous aviez donc déjà décodé ce message avant votre arrivée à l'hôpital ! Cette fausse *Carte de l'Enfer*, vous l'aviez déjà vue… mais vous l'avez oubliée !

Elle a raison. Il avait été tellement obnubilé par le décryptage du message qu'il ne lui était pas venu à l'esprit qu'il l'avait peut-être déjà déchiffré auparavant.

— Robert, vous avez dit tout à l'heure que la *Carte* désignait un endroit précis de la vieille ville. Je ne saisis toujours pas.

— *Cerca trova*, ça ne vous évoque rien ?

Elle secoua la tête.

Langdon sourit intérieurement.

Enfin, quelque chose que Sienna ignorait !

Ces mots désignaient une fameuse fresque du palazzo Vecchio – *La Bataille de Marciano* de Giorgio Vasari dans la salle des Cinq-Cents. Tout en haut de son œuvre, à peine visible, Vasari avait peint ces mots « *cerca trova* » en lettres minuscules. Jamais personne n'avait percé le mystère de cette inscription.

Dans un vrombissement, un engin fendit le ciel au-dessus du dais des arbres. Il avait surgi de nulle part et volait vraiment tout près. Langdon et Sienna se baissèrent par réflexe.

---

1. Matthieu 7, 7 et Luc 11, 9, Bible de Jérusalem. *(N.d.T.)*

Sitôt l'appareil parti, Langdon se redressa.

— C'est un hélicoptère radiotélécommandé, un simple gadget, annonça-t-il en regardant l'engin d'un mètre de long s'éloigner, tel un gros moustique.

Sienna n'était pas si rassurée.

— Restez caché.

L'hélicoptère décrivait une longue courbe et revenait dans leur direction, frôlant la cime des arbres. Il les dépassa à nouveau et survola cette fois une autre clairière sur leur gauche.

— Ce n'est pas un gadget, souffla-t-elle. C'est un drone ! Équipé sans doute d'une caméra. Il doit transmettre les images à quelqu'un.

Langdon serra les dents quand il vit l'appareil repartir vers l'endroit d'où il était venu, vers la porta Romana et l'Institut d'art.

— Je ne sais pas qui sont ces gens, ajouta Sienna, ni ce que vous avez fait au juste. Mais, visiblement, ils tiennent à vous retrouver et ne lésinent pas sur les moyens !

Muet et inquiet, Langdon suivit la course du drone qui désormais explorait le mur d'enceinte qu'ils venaient de franchir.

— Quelqu'un à l'Institut a dû nous voir et a prévenu les flics, déclara Sienna. Il faut qu'on parte d'ici.

Tandis que le drone s'en allait bourdonner au fond du parc, Langdon effaça du pied les lettres qu'il avait tracées sur le sol et emboîta le pas à Sienna.

Ses pensées se bousculaient dans sa tête :

Cerca trova, la fresque de Giorgio Vasari… *J'ai déjà eu ce projecteur dans les mains, j'ai déjà déchiffré ce message.*

« Cherchez et vous trouverez. »

Soudain, alors qu'ils atteignaient une nouvelle clairière, une idée le saisit. Il s'arrêta net.

— Robert ? Que se passe-t-il ?

— Je suis innocent, souffla-t-il.

— De quoi parlez-vous ?

— Ces gens qui me pourchassent… J'ai cru que j'avais fait quelque chose de mal, quelque chose de terrible…

— Oui, c'est ce que vous n'arrêtiez pas de dire à l'hôpital. « *Very sorry.* »

— Je sais. Et tout le monde a pensé que je parlais dans ma langue maternelle.

Sienna le regarda, surprise.

— Mais c'était le cas. C'était de l'anglais !

Les yeux bleus de Langdon brillaient d'excitation.

— Je ne disais pas que j'étais désolé. Je parlais du message sur le mur au palazzo Vecchio !

Il entendait encore sa voix ensommeillée dans le dictaphone : *Ve… sorry. Ve… sorry.*

Sienna semblait désorientée.

Langdon eut un grand sourire.

— Je ne disais pas « *very sorry, very sorry* ». Ce n'était pas de l'anglais. Mais de l'italien. C'était le nom d'un artiste : Va… sari, Vasari !

24.

Vayentha pila violemment.

Sa moto laissa une longue ligne noire sur la viale del Poggio Imperiale. La circulation était à l'arrêt.

Vayentha se redressa pour voir ce qui se passait. Elle avait déjà été contrainte de faire un détour à cause des hommes de l'UPR, et maintenant elle était coincée dans les embouteillages ! Elle devait se rendre d'urgence dans le centre, vider la chambre d'hôtel qui avait été son repaire ces derniers jours.

Elle avait été désavouée. Il fallait qu'elle quitte la ville !

Mais la malchance continuait. La route pour la vieille ville était bloquée. N'étant pas d'humeur à attendre, Vayentha redémarra et remonta la file de voitures à l'arrêt. Là-bas, le rond-point, où convergeaient six grandes artères, était totalement engorgé. C'était la porta Romana, l'un des points noirs de Florence.

— Que se passe-t-il encore ?

Elle découvrit que le secteur grouillait de policiers – il y avait un barrage ou un contrôle routier. Quelques instants plus tard, elle repéra un van avec des hommes en tenues noires, qui donnaient des ordres à la police locale.

Encore des agents de l'UPR.

Que fabriquaient-ils ici ? À moins que…

Elle n'osait y croire.

Langdon serait-il parvenu à échapper à Brüder ?

Cela paraissait inconcevable. Il n'avait pratiquement aucune chance. Mais Langdon n'était pas seul ; la fille blonde avait de la ressource ! Vayentha était bien placée pour le savoir.

Un policier apparut, passant de voiture en voiture. Il montrait la photo d'un homme avec d'épais cheveux bruns. Vayentha reconnut aussitôt le cliché ; c'était une photographie de presse de Robert Langdon.

Brüder l'avait raté ! Langdon était toujours dans la course !

En stratège avertie, Vayentha analysa aussitôt les implications de cette nouvelle situation.

Première option : la fuite, comme prévu.

Vayentha avait failli dans une mission importante pour le Président et avait été limogée. Avec un peu de chance, elle ferait l'objet d'une enquête et sa carrière était finie. Mais peut-être qu'elle sous-estimait la sévérité de son employeur. Auquel cas, elle risquait de passer sa vie à surveiller ses arrières.

Mais, maintenant, il y a une seconde option.

Terminer la mission.

Certes, c'était contraire au règlement en cas de limogeage. Mais Langdon était toujours en fuite. Vayentha avait donc la possibilité de se rattraper et de mener à bien ce pour quoi on l'avait engagée.

Si Brüder ne retrouvait pas Langdon et qu'elle réussissait…

Ce n'était pas gagné. Mais elle pourrait ainsi sauver la mise au Consortium. Le Président n'aurait alors d'autre choix que de se montrer magnanime envers elle.

Et elle garderait son travail. Elle pourrait même être promue !

Un nouvel avenir s'ouvrait à elle.

Je dois retrouver Langdon avant Brüder.

Compliqué. Brüder avait à sa disposition des moyens impressionnants tant en hommes qu'en logistique. Elle, elle serait seule. Mais elle avait en sa possession une information cruciale, que ni Brüder, ni le Président, ni même la police n'avaient.

Je sais où veut aller Langdon.

Elle remit les gaz, fit demi-tour et repartit par le chemin d'où elle était venue. Direction le ponte alle Grazie. Il y avait d'autres routes pour gagner le centre.

25.

— Je ne m'excusais pas. J'indiquais simplement le nom d'un artiste ! répéta Langdon. Vasari. Celui qui a écrit « *cerca trova* » sur sa fresque.

Langdon souriait malgré lui.

Vasari !

En plus de leur donner un indice, ce nom lui ôtait un poids. Il n'avait rien fait de mal.

— Robert, vous aviez déjà découvert, avant d'être blessé, que la *Carte* indiquait la fresque du palazzo Vecchio. C'est pour cela que vous vous êtes réveillé en répétant son nom !

Giorgio Vasari – un artiste du XVIe siècle, peintre, architecte, écrivain. Langdon disait de lui qu'il était le premier historien d'art de la planète. En plus des centaines de tableaux qu'il avait peints, des dizaines de bâtiments qu'il avait conçus, il avait laissé à l'humanité un legs inestimable : *Les Vies des meilleurs peintres, sculpteurs et architectes*, une biographie des artistes italiens qui, à ce jour, demeurait une référence.

Les mots *cerca trova* avaient remis Vasari sur le devant de la scène artistique quand, il y a trente ans, on avait découvert son « message secret » sur l'une de ses fresques de la salle des Cinq-Cents. Les minuscules lettres apparaissaient sur un étendard vert, à peine visible au milieu de la furie de la bataille. On ne savait toujours pas pourquoi Vasari avait écrit ces mots sur son œuvre, mais certains prétendaient qu'il s'agissait d'un message destiné aux générations futures, indiquant l'existence d'une ancienne fresque de Léonard de Vinci qui se trouverait cachée derrière le mur.

— Il y a une chose que je ne comprends pas, lança Sienna en surveillant toujours la cime des arbres. Si vous n'avez rien fait de mal… pourquoi ces gens vous en veulent-ils ?

Très bonne question.

Le bourdonnement du drone se rapprochait. Il était urgent de prendre une décision. Langdon ne voyait pas comment *La Bataille de Marciano* pouvait faire référence à *L'Enfer* de Dante, ou lui révéler pourquoi on lui avait tiré dessus la veille, et pourtant il percevait un chemin.

Cerca trova.

Cherche et trouve.

Il pensa à la femme aux cheveux argent qui l'appelait de l'autre côté du fleuve.

« Le temps presse ! »

S'il y avait des réponses, elles étaient au palazzo Vecchio.

Il se souvint de ce que disaient les anciens plongeurs grecs qui allaient chercher, en apnée, des homards dans les grottes des îles de la mer Égée. « Si tu t'engages dans un tunnel et que tu n'aies plus assez d'air pour revenir, tu n'as pas d'autre choix que de continuer à avancer vers l'inconnu… et à prier pour qu'il existe une sortie. »

Langdon avait-il déjà dépassé ce point de non-retour ?

Il contempla les allées qui sillonnaient l'illustre jardin. S'ils pouvaient atteindre le palais Pitti et sortir du parc, la vieille ville serait tout près. Il leur suffisait de traverser le pont couvert le plus célèbre du monde – le ponte Vecchio. La galerie marchande était toujours bondée. Ensuite, le palazzo serait à portée de main.

Le drone se rapprochait de plus en plus. Une vague de lassitude gagna Langdon. À présent, il savait qu'il n'avait rien fait de répréhensible... Pourquoi alors devait-il fuir la police ? Il n'y comprenait rien.

— Robert ! Chaque fois qu'on s'arrête, on vous tire dessus. Vous devriez essayer de savoir dans quoi vous êtes impliqué. Il faut aller voir cette fresque et croiser les doigts pour que la mémoire vous revienne. On saura peut-être ce que ce projecteur fait dans votre poche !

Langdon songea à cette femme aux cheveux hérissés de pointes qui avait abattu froidement le Dr Marconi, aux carabiniers qui bloquaient la porta Romana ; et maintenant, il y avait ce drone qui les traquait dans le jardin de Boboli. Il se frotta les yeux pour se réveiller. Quelles options avait-il ?

— Robert, il y a quelque chose qui me revient à l'esprit... Ça ne m'avait pas paru important sur le coup.

Le ton de Sienna était soudain devenu grave.

— Je voulais vous en parler à l'appartement, poursuivit-elle, mais...

— Quoi donc ?

La jeune femme se mordilla les lèvres.

— Quand vous êtes arrivé à l'hôpital, vous déliriez et tentiez de nous dire quelque chose.

— Oui. Vasari, Vasari.

— Non… Avant ça. Avant qu'on n'aille chercher le dictaphone. Juste au moment où vous êtes arrivé, vous déliriez et vous avez dit quelque chose de bizarre. Mais je suis certaine d'avoir bien entendu.

— C'était quoi ?

Sienna releva la tête vers le drone, puis reporta son attention sur Langdon.

— Vous avez dit : « J'ai la clé pour le trouver… Si j'échoue, ce sera partout la mort. »

Langdon la regardait, muet.

— J'ai cru que vous faisiez référence à l'objet dans votre veste. Mais je n'en suis plus si sûre.

« Si j'échoue, ce sera partout la mort » ? Les images funestes lui revenaient en mémoire… *L'Enfer* de Dante, le symbole « danger biologique », le médecin de peste. Et toujours la femme aux cheveux argent qui l'implorait de l'autre côté du fleuve. « Cherchez et vous trouverez ! Le temps presse ! »

La voix de Sienna le ramena à la réalité.

— Je ne sais pas ce que désigne l'image de ce projecteur, ni même ce que nous sommes censés trouver, mais cela doit être quelque chose d'extrêmement dangereux. Ces gens qui essaient de nous tuer… (Sa voix se brisa sous le coup de l'émotion :) Ouvrez les yeux, Robert. Ils nous tirent dessus en plein jour, sur vous, sur moi qui me suis trouvée là par pur hasard. Personne ne veut négocier. Votre propre pays veut votre peau… Vous les avez appelés au secours et ils vous envoient cette tueuse.

Langdon baissa la tête, abattu. Elle avait raison. Que le consulat américain ait juste donné leur position à la tueuse, ou qu'il l'ait envoyée délibérément, ça ne changeait rien à l'affaire. La conclusion était la même.

Mon propre pays est contre moi.

Langdon observa Sienna.

Il y avait tant de courage chez cette femme. *Mon Dieu, dans quoi l'ai-je embarquée ?*

— J'aimerais bien savoir ce qu'on est censé chercher, murmura-t-il. Ça nous permettrait d'y voir plus clair.

— Il faut à tout prix le trouver. Cela nous donnerait au moins un moyen de pression.

Logique implacable. Mais quelque chose continuait de le tracasser.

« Si j'échoue, ce sera partout la mort. »

Toute la matinée, ils avaient été assaillis de symboles macabres. Certes, ils ignoraient ce qu'ils cherchaient, mais il paraissait évident que cela impliquait une maladie mortelle, ou une menace biologique à grande échelle. Et, si c'était le cas, pourquoi son pays voulait-il sa mort ?

Pensent-ils que je suis impliqué dans une attaque terroriste ?

C'était idiot. Il devait y avoir une autre explication.

Il songea de nouveau à la femme de ses visions qu'il avait aperçue à l'arrière du van.

— Quelque chose me dit que je dois retrouver cette femme.

— Alors, suivez votre instinct. Votre intuition, c'est tout ce qu'on a. C'est de la psychologie de base – si votre corps vous suggère de faire confiance à cette femme, alors faites ce qu'elle vous demande.

— « Cherchez et vous trouverez. »

Le chemin était là. Il lâcha un soupir.

Tout ce que je peux faire, c'est m'engager dans ce tunnel...

Sa décision était prise. Il se redressa, cherchant à se situer dans le parc.

Où était la sortie ?

Ils se tenaient sous le couvert des arbres, en bordure d'une place où convergeaient plusieurs allées. Au loin, sur leur gauche, il aperçut un plan d'eau ovale, avec un petit îlot décoré de citronniers et de statues. Il reconnut dans le bassin le fameux Persée juché sur son cheval, à moitié submergé. L'Isolotto !

— Le palais Pitti se trouve de ce côté, précisa Langdon en désignant le Viottolone, une grande allée qui coupait le parc d'est en ouest, bordée de cyprès quadricentenaires.

— Ils vont nous repérer ! Nous serons à découvert.

— Vous avez parfaitement raison, confirma Langdon avec un petit sourire. C'est la raison pour laquelle nous allons prendre le tunnel.

Il indiqua une haie épaisse à l'entrée du Viottolone. Dans le mur végétal, il y avait une petite arche. Derrière, un chemin. Un tunnel de verdure longeant la grande allée, flanqué de chênes verts taillés depuis 1600 pour former un dais opaque. La Cerchiata – littéralement « l'encerclée » – devait son nom à cette couverture de branches en plein cintre.

Sienna se précipita dans l'ouverture et contempla l'allée ombragée.

— C'est beaucoup mieux, en effet, déclara-t-elle avec un sourire.

160

Sans perdre de temps, elle s'engagea dans la trouée verte.

Pour Langdon, la Cerchiata était l'endroit le plus paisible du parc. Mais quand il vit Sienna y disparaître, il ne put s'empêcher de penser à ces plongeurs grecs. Pourvu qu'il y ait une sortie de l'autre côté !

En faisant une petite prière, Langdon suivit la jeune femme.

*

À un kilomètre de là, devant l'Institut d'art, Brüder fendit le groupe de policiers et d'étudiants, son regard mauvais sommant tout le monde de s'écarter de son chemin. Il rejoignit le poste de contrôle que son technicien avait installé sur le capot du van.

— Ça vient du drone ! annonça l'employé en tendant une tablette graphique à son supérieur. Il y a juste quelques minutes.

Brüder visionna les clichés, s'arrêtant sur un agrandissement où l'on voyait un homme brun et une blonde avec une queue-de-cheval, blottis sous les arbres, surveillant le ciel.

Robert Langdon.

Sienna Brooks.

C'étaient eux.

Brüder reporta son attention sur la carte des jardins, dépliée sur le capot.

Mauvais choix...

Même si le parc regorgeait de cachettes, il était cerné d'un haut mur. Le jardin de Boboli était une souricière taille XL. Le piège parfait dont ils ne sortiraient jamais.

— La police boucle tous les accès. Et commence à ratisser le parc.

Lentement, Brüder leva les yeux vers les épaisses vitres du van, où il pouvait voir la femme assisé sur la banquette arrière.

Les sédatifs avaient fait leur effet – au-delà de ce qu'il espérait. Mais, à voir la lueur farouche dans ses yeux, elle mesurait la gravité de la situation.

Elle n'a pas l'air d'apprécier ce qui se passe, songea Brüder. Et je la comprends.

26.

Un jet d'eau jaillissait à près de dix mètres de hauteur.

Langdon le regardait s'épanouir dans l'air et retomber en pluie vers le sol. Ils approchaient du but. Ils avaient atteint le bout de l'allée couverte et traversaient rapidement une pelouse à découvert pour se réfugier dans un bosquet de chênes-lièges. Ils avaient une vue sur la fontaine la plus célèbre des jardins, là où trônait une statue de Neptune serrant son trident – un bronze de Stoldo Lorenzi. Surnommé avec facétie par les Florentins « la fontaine de la fourchette », ce plan d'eau était le point central du parc.

Sienna s'arrêta à la lisière des arbres et scruta le ciel.

— Je ne vois plus le drone.

On ne l'entendait plus bourdonner non plus, mais le bruit de la fontaine pouvait couvrir le son du moteur.

— Il a dû partir faire le plein, supposa Sienna. C'est notre chance. Par où ?

Langdon l'entraîna sur la gauche. Ils descendirent une pente raide et, au sortir du bosquet, ils aperçurent le palais.

— Joli pied-à-terre, murmura Sienna.

— Typique de la modestie des Médicis !

À cinq cents mètres de là, la façade du palais Pitti dominait le panorama, barrant presque tout l'horizon. Avec ses ailes imposantes, le bâtiment donnait une impression d'autorité, que ses enfilades de fenêtres et ses multiples arches renforçaient encore. D'ordinaire, les palais étaient édifiés sur des élévations de terrain, pour contraindre les visiteurs à lever la tête, mais le palais Pitti se situait dans un val à proximité de l'Arno, si bien que les promeneurs dans les jardins découvraient la bâtisse en contrebas.

L'effet n'en était que plus saisissant. Un architecte avait dit que le palais paraissait avoir été construit par la nature elle-même, comme si les grands blocs de pierre avaient dévalé le coteau pour se rassembler en piles élégantes tout en bas. Malgré cette absence de défense naturelle, Napoléon avait fait du Pitti son QG à Florence.

— Regardez ! lança Sienna en montrant les portes du palais. On a de la chance.

Langdon l'avait vu lui aussi. C'était la bonne nouvelle de la matinée : une foule de touristes sortait du palais pour aller flâner dans les jardins. Le palais était donc ouvert au public ; Langdon et Sienna pourraient traverser le bâtiment pour sortir du parc. Une fois sur le parvis, ils auraient l'Arno sur leur droite et, au-delà, les flèches de la vieille ville, toute proche.

Ils continuèrent de descendre le vallon au petit trot. Ils traversèrent l'amphithéâtre – là où fut donné le premier opéra de l'histoire – qui formait un grand fer à cheval adossé à la colline. Puis ils dépassèrent l'obélisque de Ramsès II et « l'œuvre d'art » qui était installée à sa base. Les guides parlaient « d'une vasque monumentale provenant des bains antiques de Néron », mais pour Langdon ce n'était qu'une grande baignoire.

Ils auraient pu mettre cette horreur ailleurs ! se dit-il.

Enfin, ils atteignirent l'arrière du palais et ralentirent le pas, jouant les touristes. Avançant à contre-courant de la marée humaine qui envahissait les jardins, ils empruntèrent un petit tunnel pour rejoindre le *cortile,* une grande cour où les visiteurs pouvaient prendre un café torréfié au palais. L'odeur du café frais embaumait l'air, et Langdon fut tenté de s'asseoir pour savourer un petit déjeuner dans le monde civilisé.

Ce ne sera pas pour aujourd'hui ! songea-t-il en traversant le Pitti pour rejoindre les portes principales.

Au moment de sortir côté ville, un attroupement de touristes qui semblaient regarder quelque chose au-dehors les arrêta. Langdon fendit la foule pour voir ce qui se passait.

La grande entrée du palais était aussi austère que dans son souvenir. Pas de jolie pelouse, mais un grand parvis pavé qui couvrait tout le flanc de la colline jusqu'à la rue, comme une large piste de ski.

Et Langdon comprit ce qui intéressait tant la foule.

Au pied de la piazza dei Pitti, une demi-douzaine de véhicules de police avaient pris position et une petite armée remontait le parvis, mitraillettes au poing, se déployant en éventail pour bloquer toutes les issues.

27

Lorsque les policiers investirent le palais Pitti, Sienna et Langdon avaient déjà battu en retraite. Ils traversaient en sens inverse le *cortile*, dépassaient le café où la nouvelle s'était propagée. Tout le monde tendait le cou pour voir ce qui se déroulait.

Comment la police les avait-elle trouvés aussi vite ? se demandait Sienna. Si le drone était parti, c'était parce qu'il les avait repérés.

Langdon et Sienna empruntèrent à nouveau le tunnel qui leur avait permis de quitter les jardins. Sitôt sortis du passage couvert, ils prirent à gauche, le long du mur de soutènement. Plus ils montaient, plus le mur devenait bas, dévoilant les vastes étendues du jardin.

Langdon se figea et retint Sienna par le bras pour l'empêcher d'aller plus loin.

À trois cents mètres de là, sur la pente menant à l'amphithéâtre, un groupe de policiers fouillaient les fourrés, interrogeaient tout le monde, coordonnant leurs recherches par radio.

On est pris au piège.

Sienna était stupéfaite. Jamais, elle n'aurait imaginé que sa fuite avec Langdon prendrait ces proportions. Quand elle s'était sauvée ce matin avec lui, elle pensait qu'il n'y aurait que cette femme aux cheveux pointus à leurs trousses. À présent, ils étaient pourchassés par un bataillon entier de policiers et de carabiniers ! Ils n'avaient aucune chance de s'en sortir.

— Il y a une autre issue ? demanda-t-elle d'une voix blanche.

— Je ne crois pas. Ce jardin est entouré de remparts, exactement comme le... Vatican.

Une lueur d'espoir se mit à briller dans les yeux de Langdon.

Sienna ne voyait pas le rapport entre le Vatican et leur situation actuelle. Mais le professeur hochait la tête d'un air entendu en contemplant l'aile est du bâtiment.

— Ce n'est pas sûr, dit-il tandis qu'il entraînait la jeune femme vers la gauche du bâtiment. Mais il y a peut-être un autre moyen de sortir d'ici.

Soudain, deux personnes surgirent devant eux, débouchant de l'angle du mur, et manquèrent de leur rentrer dedans. Comme elles étaient vêtues de noir, Sienna crut sa dernière heure arrivée. Mais ce n'étaient pas des policiers. Juste des touristes – deux Italiens sans doute, à en juger par l'élégance de leurs tenues.

Sienna eut une idée. Elle rattrapa les touristes et en arrêta un par le bras. Elle leur lança son sourire le plus enjôleur :

— *Può dirci dov'è la Galleria del costume ? Io e mio fratello siamo in ritardo per una visita privata.*

— *Certo !* répondit l'homme, ravi de rendre service. *Proseguite dritto per il sentiero !*

Il tendit le doigt vers l'ouest – la direction opposée à celle que voulait prendre Langdon.

— *Grazie mille !*

Sienna leur adressa un autre sourire charmeur et les deux hommes s'éloignèrent.

Langdon eut un hochement de tête admiratif. Si la police questionnait ces deux-là, elle apprendrait qu'ils étaient partis à la Galerie des costumes, qui, à en croire la carte sur le mur devant eux, se trouvait au bout de l'aile ouest du palais, c'est-à-dire très loin de l'endroit où ils se rendaient réellement.

— Il faut qu'on prenne cette allée, expliqua Langdon en montrant un chemin qui descendait une autre colline et s'éloignait de l'aile est du palais.

L'allée de gravillons était ombragée par une haute haie, ce qui leur permettrait de passer inaperçus des policiers, qui ratissaient le secteur à seulement une centaine de mètres derrière eux à présent.

Mais ils n'avaient quasiment aucune chance de traverser la portion dégagée sans se faire repérer, avant de pouvoir rejoindre le couvert de l'allée. Les touristes se rassemblaient devant eux, comme au spectacle. Et le bourdonnement du drone se faisait à nouveau entendre, au loin.

— C'est maintenant ou jamais ! lança Langdon en lui prenant la main pour l'entraîner dans l'espace ouvert.

Ils commencèrent à se faufiler dans la masse de touristes. Sienna brûlait de piquer un sprint, mais Langdon la tenait fermement, la forçant à marcher d'un pas vif, mais mesuré.

Lorsqu'ils atteignirent enfin l'allée, Sienna jeta un coup d'œil en arrière pour vérifier s'ils avaient été suivis. Les seuls policiers qu'elle vit lui tournaient le dos et regardaient l'engin volant arriver.

À cet instant seulement, ils se mirent à courir.

Devant eux, s'ouvrait le panorama du vieux Florence. Sienna aperçut la coupole rouge du Duomo et la tour vert, rouge et blanc du campanile de Giotto. Pendant un moment, à travers les branches, ils distinguèrent la tour crénelée du palazzo Vecchio – leur destination, a priori inaccessible. Mais l'image fut fugace, quelques mètres plus loin, la végétation avait de nouveau tout occulté.

Lorsqu'ils atteignirent le bas de la colline, Sienna était à bout de souffle. Langdon savait-il où il allait ? Le chemin aboutissait à un labyrinthe végétal. Mais, apparemment, il était sûr de lui. Il tourna à gauche dans un patio, le traversa en longeant la haie d'arbres. Il était désert. C'était davantage un parking pour les employés qu'un lieu pour touristes.

— Où allons-nous ?

— On y est presque, répondit Langdon.

Presque ? Le patio était clos de murs hauts de trois étages. La seule sortie que Sienna voyait, c'était l'accès des véhicules sur leur gauche, qui était fermé par une lourde grille en fer forgé, une pièce qui semblait dater de l'époque où des armées de maraudeurs semaient la terreur dans Florence. Derrière les barreaux, elle apercevait les forces de l'ordre qui s'étaient rassemblées sur la piazza dei Pitti.

Langdon continua à avancer, au plus près de la haie, se dirigeant droit vers le mur devant eux. Sienna scruta l'enceinte à la recherche de quelque ouverture, mais elle ne remarqua rien d'autre qu'une niche contenant une petite statue, particulièrement hideuse.

Les Médicis pouvaient s'offrir tout ce qu'ils voulaient, songea-t-elle. Pourquoi avoir choisi cette horreur ?

La statue représentait un nain nu et obèse, chevauchant une tortue géante. Les testicules du nain étaient écrasés sur la carapace de l'animal et la gueule de la tortue béait, dégoulinante d'eau, comme si elle était malade.

— Je sais, répondit Langdon à sa question muette. C'est *Braccio di Bartolo*, un nain célèbre de la cour. Si ça ne tenait qu'à moi, je l'aurais mis dans la baignoire géante !

Langdon vira brusquement à droite et s'avança vers un escalier jusqu'alors invisible.

Une sortie ?

Mais l'espoir fut de courte durée pour Sienna.

Quand elle descendit les marches derrière Langdon, elle comprit qu'il s'agissait d'un cul-de-sac. Les murs ici étaient encore plus hauts. Leur périple allait se terminer dans la gueule noire d'une caverne, une grotte creusée dans l'épaisseur du mur d'enceinte !

Pourquoi nous emmène-t-il ici ?

Au-dessus de l'entrée de la grotte, des stalactites pendaient tels des dards menaçants. Les parois grouillaient de formes humaines sortant de la pierre, de silhouettes tordues comme si elles naissaient de la roche en fusion. Elle repensa aux suppliciés de *La Carte de l'Enfer* de Botticelli.

Curieusement, Langdon n'avait pas l'air troublé outre mesure et poursuivait son chemin vers la caverne. Un peu plus tôt, il avait fait allusion à la cité du Vatican, mais la jeune femme était certaine qu'il n'y avait pas de grottes aussi monstrueuses dans les murs du Saint-Siège.

En s'approchant, Sienna observa l'entablement au-dessus de l'entrée – une collection d'excroissances de pierre entourant deux femmes allongées de part et d'autre d'un blason de six sphères – ou *palle* : les armoiries des Médicis.

Soudain, Langdon bifurqua à gauche, se détournant de l'entrée, pour se diriger vers un détail de l'enceinte impossible à voir de là où elle se trouvait : une porte grise sur le côté de la grotte. Usée par les intempéries, toute simple, elle ressemblait à la porte d'une vulgaire cabane de jardin.

Langdon pressa le pas, impatient de l'ouvrir. Mais il n'y avait pas de poignée – juste une plaque de cuivre à la place de la serrure... Une porte qui ne pouvait être ouverte que de l'intérieur.

Langdon se renfrogna.

— J'avais espéré que...

Brusquement le vrombissement du drone se fit entendre. Sienna le vit passer au-dessus du palais et fondre dans leur direction.

Langdon, qui l'avait vu aussi, empoigna le bras de la jeune femme et l'entraîna dans la grotte. In extremis, ils furent hors de vue, protégés par le plafond hérissé de stalactites.

Un lieu de circonstance, songea Sienna. Droit dans les portes de l'Enfer !

28.

À cinq cents mètres de là, Vayentha gara sa moto. Elle avait rejoint la vieille ville par le ponte alle Grazie et était revenue vers le ponte Vecchio – le fameux pont pour piétons qui reliait le palais Pitti au centre-ville. Elle s'engagea dans la galerie et se mêla au flot matinal de chalands.

Une brise fraîche soufflait sur le fleuve, malmenant les pointes de sa coiffure. Se souvenant que Langdon savait à quoi elle ressemblait, elle s'arrêta dans l'une des nombreuses boutiques du pont et acheta une casquette de base-ball *amo Firenze* et l'enfonça sur son crâne.

Elle lissa son blouson de cuir, là où son arme faisait un renflement, et prit position au milieu du pont, adossée nonchalamment contre un pilier, face au palais Pitti. De là, elle pourrait surveiller tous les piétons traversant l'Arno pour rejoindre le cœur de Florence.

Langdon est à pied. S'il veut contourner la porta Romana, ce pont est quasiment le passage obligé.

Vers l'ouest, là où se dressait l'ancienne demeure des Médicis, montait le mugissement de sirènes.

Était-ce une bonne nouvelle ? Étaient-ils encore à ses trousses ? ou l'avaient-ils attrapé ?

Tandis que Vayentha tendait l'oreille, tâchant d'en savoir plus, elle perçut un bourdonnement étrange dans le ciel. Elle leva les yeux et repéra aussitôt l'engin – un petit hélicoptère radiotélécommandé qui passait au-dessus du palais Pitti pour fondre vers l'angle nord-est du jardin de Boboli.

Un drone de surveillance.

Excellente nouvelle !

Brüder n'avait pas encore mis la main sur Langdon.

Le drone se rapprochait, fouillant apparemment la partie du jardin qui jouxtait le ponte Vecchio. Rien n'était donc perdu !

Si Langdon échappait à Brüder, il allait forcément venir dans sa direction.

Mais l'engin plongea soudain et disparut derrière le mur d'enceinte. Vayentha l'entendit se stabiliser. Visiblement, il avait repéré quelque chose…

29

« Cherchez et vous trouverez », se répéta Langdon. On cherche une sortie et on trouve un cul-de-sac !

La fontaine au milieu de la grotte offrait une bonne couverture. Mais en se redressant, Langdon comprit qu'il était trop tard.

Le drone venait de descendre dans la cour et s'était immobilisé juste devant l'entrée de la caverne, à trois mètres de hauteur, bourdonnant telle une guêpe agacée.

Langdon annonça la mauvaise nouvelle à Sienna :

— Je crois qu'il sait qu'on est ici.

Le bruit de l'engin, amplifié par les parois concaves de la salle, était assourdissant. Un hélicoptère miniature les tenait en respect ! Tout espoir de fuite était vain.

Que fait-on ? On attend qu'ils arrivent ? Passer par la porte grise n'était pas une mauvaise idée, mais il n'avait pas prévu qu'elle ne s'ouvrait que de l'intérieur.

S'acclimatant à la pénombre, Langdon examinait son nouvel environnement. Y avait-il une autre sortie ? Il ne vit rien qui puisse lui donner cet espoir. L'intérieur de la caverne était décoré d'animaux et de formes humaines sculptées, tous à divers stades de fusion avec les parois. Abattu, Langdon leva la tête vers le plafond hérissé de stalactites menaçantes.

Finalement, c'est un bon endroit pour mourir.

La grotte de Buontalenti était le site le plus curieux de Florence. Loin d'être un lieu amusant pour les enfants du palais Pitti, la caverne, constituée de trois salles, avec ses sculptures fantastiques, était gothique à l'envi. Ses parois semblaient constituées de lave en fusion se mêlant à une collection de personnages aux formes compliquées. Du temps des Médicis, l'effet était encore accentué par l'eau qui ruisselait sur les parois, à la fois pour rafraîchir l'endroit et pour donner l'illusion qu'il s'agissait d'une cavité naturelle.

Langdon et Sienna se trouvaient dans la première salle, entourés de silhouettes de bergers, de paysans, de musiciens, d'animaux. Il y avait même des copies des quatre *Captifs* de Michel-Ange qui eux aussi semblaient lutter pour s'extirper de la pierre avide. Au-dessus, la lumière du matin filtrait d'un oculus percé dans le plafond qui autrefois accueillait une grosse boule de verre emplie d'eau où nageaient des poissons rouges.

Langdon se demandait comment les visiteurs de la Renaissance auraient réagi s'ils avaient vu un hélicoptère – une machine que Léonard de Vinci avait imaginée dans ses croquis – en vol stabilisé devant l'entrée de la grotte.

Soudain, le bourdonnement du petit appareil cessa. Il ne diminua pas en intensité, mais s'arrêta tout net. Étonné, Langdon passa la tête par-dessus la vasque de la fontaine. Le drone avait atterri ! Il était à présent posé sur les gravillons et paraissait bien moins menaçant. D'autant que l'objectif de la caméra n'était plus pointé dans leur direction, mais vers la porte grise.

Malheureusement, le soulagement fut de courte durée. Cent mètres derrière le drone, à côté de la statue du nain sur sa tortue, trois hommes armés descendaient l'escalier d'un pas décidé.

Ils portaient cet uniforme noir, avec un médaillon vert sur l'épaule. Leur chef, le type costaud, avait un regard implacable qui rappelait à Langdon le masque de peste de ses visions.

« Je suis la mort. »

Où était leur van ? Où était la femme aux cheveux argent ?

« Je suis la vie. »

L'un des trois soldats s'arrêta au pied des marches et se retourna pour bloquer l'accès à d'éventuels touristes. Les deux autres poursuivirent leur chemin vers la grotte.

Langdon et Sienna se sauvèrent à quatre pattes vers la seconde salle – ne faisant que retarder l'inévitable. C'était une petite pièce, plus sombre. Au milieu trônait une sculpture – deux amants enlacés – derrière laquelle Langdon et Sienna se tapirent.

Profitant de la pénombre, Langdon observa leurs ennemis. Ils avaient atteint le drone. L'un d'eux s'agenouilla auprès de l'engin, le souleva et observa la caméra.

A-t-on été repérés ? se demanda Langdon avec un nœud au ventre.

Le troisième gars – l'armoire à glace – marchait toujours vers la grotte, de son pas de *Terminator*.

Il arrivait !

Langdon était sur le point de dire à Sienna que tout était fini quand un événement inattendu se produisit. L'homme n'entra pas dans la caverne, mais bifurqua à gauche et disparut de son champ de vision.

Où allait-il ? *Manifestement, il ignore que nous sommes là !*

L'instant suivant, il entendit toquer à une porte.

La porte grise ! Il sait où elle mène !

*

Le vigile du palais Pitti avait toujours voulu devenir footballeur professionnel, mais à l'âge de vingt-neuf ans, et avec un embonpoint certain, il avait compris que ce rêve d'enfant ne deviendrait jamais réalité. Depuis trois ans, Ernesto travaillait ici comme garde, à longueur de journée dans ce petit bureau, à faire le même boulot ennuyeux.

Ernesto avait l'habitude que des promeneurs viennent frapper à sa porte. D'ordinaire, il ne bougeait pas et attendait que ça se passe. Mais cette fois, les coups étaient insistants.

Agacé, il reporta son attention sur le poste de télévision où était rediffusé un match – la Fiorentina contre la Juventus. Les coups redoublèrent. Pestant contre ces importuns de touristes, il finit par quitter son bureau et longea l'étroit couloir qui menait à la porte. À mi-chemin, il lui fallut s'arrêter devant la grosse grille qui devait rester fermée, à quelques exceptions près, durant la journée. Il entra la combinaison pour ouvrir le cadenas et tira le lourd battant. Suivant scrupuleusement la procédure, il referma la grille derrière lui. Et, enfin, il atteignit la porte grise.

— *È chiuso !* cria-t-il. *Non si può entrare !*

Les tambourinements ne cessèrent pas pour autant.

Ernesto serra les dents. Ces Américains, ils se croyaient tout permis avec leur argent ! Si leur équipe de foot fait vaguement illusion sur la scène mondiale, pensa-t-il, c'est parce qu'ils nous ont volé les meilleurs entraîneurs d'Europe !

Les coups continuaient. Ernesto ouvrit la serrure et entrebâilla la porte.

— *È chiuso !*

Ernesto se retrouva nez à nez avec un soldat au regard d'acier. Le vigile recula sous le choc. Le type brandissait une plaque officielle portant un acronyme qu'Ernesto ne connaissait pas.

— *Cosa succede ?* demanda le jeune homme, affolé.

Derrière le soldat, un autre était agenouillé et bricolait une sorte de petit hélicoptère. Plus loin encore, il y en avait un troisième qui faisait le planton au bas de l'escalier.

Des sirènes de police résonnaient dans l'air.

— Vous parlez anglais ? demanda le soldat.

À en juger par son accent, ce n'était pas un Américain.

Il venait d'Europe. Mais d'où ? Mystère !

— Un peu, répondit Ernesto.

— Quelqu'un est-il passé par ici, ce matin ?

— *No, signore. Nessuno.*

— Parfait. Refermez la porte à clé. Personne n'entre ou ne sort. C'est clair ?

Ernesto haussa les épaules. C'était plus ou moins son boulot, de toute façon.

— *Sì.* J'ai compris. *Non deve entrare, né uscire nessuno.*

— C'est le seul accès ?

Ernesto réfléchit à la question. Techniquement, cette porte était une sortie, c'était la raison pour laquelle il n'y avait pas de poignée à l'extérieur. Mais il voyait où voulait en venir le soldat.

— Oui, *l'accesso*, par cette porte seulement. Pas d'autre passage.

176

L'ancienne entrée par le palais était condamnée depuis des années.

— Y a-t-il d'autres sorties cachées dans les jardins ? En plus des accès normaux ?

— *No, signore.* Grands murs partout autour.

Le soldat hocha la tête.

— Merci de votre aide.

Il fit signe à Ernesto de fermer la porte et de la verrouiller.

Ernesto s'exécuta. Puis il remonta le couloir, rouvrit la grille, la referma consciencieusement derrière lui, et retourna à son match.

30.

Langdon et Sienna avaient profité de l'occasion.

Pendant que le gros costaud cognait à la porte, ils s'étaient enfoncés dans la grotte pour se réfugier dans la dernière salle. Le minuscule espace était décoré de mosaïques et de satyres. Au centre, se dressait une Vénus prenant son bain, grandeur nature. Elle semblait regarder, inquiète, par-dessus son épaule, comme si elle sentait la présence de Sienna et de Langdon, pelotonnés derrière elle.

Ils étaient accroupis sous le piédestal et scrutaient la grosse stalagmite globulaire qui bouchait le mur du fond.

— Toutes les sorties sont bloquées, lança un soldat quelque part au-dehors.

Lui aussi avait un accent que Langdon ne parvenait pas à reconnaître.

— Renvoyez le drone ! ordonna l'armoire à glace. Je vais fouiller cette grotte.

Langdon sentit le corps de Sienna se raidir.

Des bruits de pas résonnèrent dans la première salle, de plus en plus fort, de plus en plus près.

Langdon et Sienna se serrèrent l'un contre l'autre, se faisant tout petits.

— Chef, lança une voix. On les tient !

Les pas s'arrêtèrent net.

Puis il y eut d'autres pas qui couraient dans les graviers pour rejoindre la grotte.

— On les a identifiés, annonça la voix essoufflée. On vient d'interroger deux touristes. Ils disent qu'un couple leur a demandé où se trouvait la Galerie des costumes. C'est dans l'aile ouest du palais.

Langdon jeta un regard à Sienna. Celle-ci lui retourna un sourire satisfait.

Le soldat reprit son souffle et poursuivit :

— Les sorties là-bas ont été les premières fermées... ils sont pris au piège. On va les attraper.

— Allez-y, répondit le supérieur. Prévenez-moi dès que vous les aurez.

Il y eut un petit raffut : des pas précipités, le drone qui décolle. Et le silence revint enfin.

Langdon voulut se redresser mais Sienna le retint par le bras. Elle mit un doigt en travers de ses lèvres et désigna une silhouette humaine projetée sur le mur derrière eux. Le gros costaud se tenait toujours devant l'entrée de la grotte.

Qu'est-ce qu'il attendait ?

— Ici, Brüder, annonça le soldat. Ils sont acculés. Ce devrait être terminé sous peu.

L'homme avait passé un appel téléphonique. Sa voix semblait très proche, comme s'il se tenait juste devant eux. La forme parabolique des parois amplifiait les sons.

— Ce n'est pas tout, reprit Brüder. L'appartement de la femme est une sous-location. À peine meublée. C'est visiblement du court terme. On a retrouvé le caisson. Mais le projecteur n'était plus dedans. Je répète, le projecteur n'était plus dedans. Langdon doit encore l'avoir sur lui.

Langdon frissonna en entendant le soldat prononcer son nom.

Les bruits de pas se firent plus présents. L'homme retournait dans la grotte ! Sa démarche se fit moins volontaire, comme s'il se prenait à visiter la caverne tout en poursuivant sa conversation au téléphone.

— C'est exact... Les techniciens disent qu'il y a eu deux appels passés depuis l'appartement.

Pour contacter le consulat américain, se rappela Langdon, en revoyant l'arrivée de la tueuse aux cheveux en pointes. Elle semblait avoir disparu de la circulation, à présent. Le bataillon de commandos l'avait remplacée.

On ne pourra pas leur échapper indéfiniment !

Le soldat n'était plus qu'à six ou sept mètres d'eux. Il venait d'entrer dans la deuxième salle. S'il continuait d'avancer, il allait les repérer derrière le socle de la Vénus.

— Sienna Brooks ! déclara l'homme, sa voix résonnant claire comme du cristal.

La jeune femme, toute pâle, releva les yeux, comme si elle s'attendait à voir l'homme penché au-dessus d'elle.

— Ils fouillent en ce moment son ordinateur portable, poursuivit la voix. Je n'ai pas encore reçu leur rapport, mais c'est bien à partir de là que le professeur a consulté ses e-mails.

Sienna se tourna vers Langdon. Il y avait de la surprise dans ses yeux, mais aussi un sentiment de trahison.

Il comprenait soudain son erreur. Il n'avait pas mesuré le risque.

Je voulais juste des informations…

Il aurait aimé présenter ses excuses à Sienna, mais la jeune femme lui tournait le dos.

— Exact, fit l'homme en arrivant sur le seuil de la troisième salle, à deux mètres de la Vénus.

S'il avançait encore, il allait les voir.

— Absolument, confirma le soldat en faisant un pas de plus. (Il s'immobilisa soudain.) Attendez une seconde.

Langdon se figea.

— Je ne vous entends plus. (Il recula de quelques mètres.) C'est bon. Je n'avais plus de signal. Allez-y maintenant.

Il écouta un moment son interlocuteur avant de reprendre :

— Oui. Je suis d'accord avec vous. Mais, au moins, nous savons à quoi nous en tenir.

Puis le soldat s'en alla. Il traversa la cour gravillonnée et disparut.

Langdon poussa un long soupir et se tourna vers Sienna, dont les yeux brillaient de colère.

— Vous avez utilisé mon ordinateur ? Pour consulter vos e-mails ?

— Je suis désolé. Ne m'en voulez pas. Il fallait que je sache ce qui…

180

— C'est comme ça qu'ils ont retrouvé notre trace. Et maintenant, ils connaissent mon nom !

— Je suis confus. Je ne me suis pas rendu compte.

Sienna lui tourna le dos et contempla le mur du fond. Ils restèrent silencieux une longue minute. Langdon pensa à la pile de papiers posée sur son bureau – *Le Songe d'une nuit d'été*, les coupures de presse.

Sait-elle que je les ai regardés ?

Si c'était le cas, elle n'en souffla mot. Et Langdon se sentait déjà suffisamment gêné pour avouer cette seconde indiscrétion.

— Ils savent qui je suis, répéta-t-elle d'une voix presque inaudible.

Elle prit une longue inspiration, comme pour tenter d'accepter la nouvelle donne.

Puis elle se releva d'un bond.

— Il faut qu'on parte d'ici ! Ils ne vont pas tarder à se rendre compte que nous ne sommes pas à la Galerie des costumes.

— D'accord… mais pour aller où ?

— Au Vatican ?

— Pardon ?

— J'ai compris ce que vous aviez en tête tout à l'heure. Ce que la cité du Vatican a en commun avec le jardin de Boboli. (Elle désigna la porte grise.) C'est une entrée, non ?

— En fait, plutôt une sortie. Je me suis dit que ça valait le coup d'essayer. Mais c'est sans espoir, maintenant.

Langdon se souvenait des ordres qu'avait reçus le vigile.

— Mais, supposons que nous parvenions à entrer ? insista la jeune femme en retrouvant son petit ton taquin. Vous savez ce que ça signifiera ? Que pour la deuxième fois de la journée un artiste de la Renaissance nous aura sauvé la mise !

Langdon gloussa. Lui aussi s'était fait la même remarque plus tôt.

Ce cher Vasari.

Elle le regardait avec un grand sourire. Sienna lui avait pardonné. Du moins pour le moment.

— Je pense que c'est un signe du destin, déclara-t-elle en reprenant son sérieux. Il nous indique cette porte.

— D'accord, et on passe sous le nez du garde comme si de rien n'était ?

La jeune femme fit craquer la jointure de ses doigts et se dirigea vers la sortie.

— Je vais lui parler. (Elle se retourna vers Langdon, l'air malicieux.) Vous allez voir, professeur, je peux me montrer très persuasive quand je veux.

*

Ça recommençait à toquer ! Avec la même urgence.

Ernesto Russo grommela. Le gros costaud était de retour. Il ne pouvait choisir plus mauvais moment. On était dans les prolongations et la Fiorentina, malgré un joueur exclu, tenait encore.

Et ça continuait de frapper.

C'était sûr qu'il se passait quelque chose dehors – avec toutes ces sirènes et ces soldats ! Mais Ernesto n'était pas du genre curieux.

Pazzo è colui che bada ai fatti altrui.

Chacun ses affaires.

Mais ce soldat devait avoir le bras long. Ne pas lui répondre serait une mauvaise idée. Le travail était rare en Italie ces temps-ci, y compris les jobs où l'on s'ennuyait ferme. Il jeta un dernier coup d'œil au match et marcha vers la porte.

Il n'en revenait toujours pas d'être payé pour rester assis toute la journée, à regarder la télévision. Deux fois par jour, tout au plus, un groupe de VIP arrivait de la galerie des Offices. Ernesto les accueillait, et les faisait passer par la petite porte grise pour qu'ils puissent finir leur visite par les jardins.

Encore une fois, il ouvrit la grille de fer et la verrouilla consciencieusement derrière lui.

— *Sì ?* cria-t-il en remontant le couloir.

Pas de réponse. Et les coups continuaient.

Insomma !

Il tourna la clé et ouvrit la porte, s'attendant à faire face au regard froid du soldat.

Mais ce qu'il découvrit était bien plus agréable.

— *Ciao !* lui lança une jolie blonde, avec un sourire tout aussi charmant.

Elle lui tendait une feuille pliée qu'il prit par réflexe. À l'instant où il l'eut dans la main, il s'aperçut que ce n'était qu'un bout de papier froissé provenant d'une poubelle. Mais il était trop tard. La fille lui avait saisi le poignet et enfonçait son pouce dans les carpes juste à la base de la paume.

Ernesto eut l'impression qu'on lui plongeait un couteau dans la chair. La douleur fut aussitôt suivie d'un engourdissement, comme s'il avait été tasé. La femme fit un pas vers lui et enfonça le pouce plus fort encore. La douleur fut fulgurante. Il recula en titubant, tenta de retirer son bras, mais ses jambes se dérobèrent sous lui. Il se retrouva à genoux.

Et tout s'enchaîna très vite.

Un type en costume apparut sur le seuil, se faufila dans le couloir et referma la porte derrière lui. Ernesto voulut attraper sa radio, mais d'autres doigts fins se refermèrent sur son cou. Il y eut une pression et le jeune homme se retrouva au sol, le souffle coupé. La femme lui prit la radio des mains tandis que son compagnon s'approchait, l'air inquiet.

— C'est du *Dim Mak*, annonça la blonde au grand type. Points de pression chinois. On n'a pas trouvé mieux depuis trois millénaires.

L'homme la regardait avec admiration.

— *Non vogliamo farti del male*, chuchota la femme à l'oreille d'Ernesto, en relâchant la nuque.

Dès que la prise se desserra, le vigile voulut se libérer. Mais l'étreinte revint aussitôt et ses muscles se tétanisèrent à nouveau. Il hoqueta de douleur, incapable de respirer.

— *Dobbiamo passare*, dit-elle en indiquant la grille de fer qu'Ernesto avait pris soin de refermer. *Dov'è la chiave ?*

— *Non ce l'ho,* articula le vigile.

Pas de clé !

L'homme s'approcha de la grille et examina le mécanisme.

— C'est un cadenas à combinaison, annonça-t-il avec un fort accent américain.

La jeune femme se pencha sur Ernesto, ses yeux marron étaient aussi froids que l'acier.

— *Qual è la combinazione ?*

— *Non posso !* répliqua-t-il. Je n'ai pas le droit de…

Il se passa quelque chose au sommet de sa colonne vertébrale. Ernesto sentit tout son corps devenir de la guimauve. Et ce fut le noir.

Quand il revint à lui, le vigile sut qu'il avait perdu conscience pendant plusieurs minutes. Il se rappelait quelques bribes de conversation… une douleur aiguë… qu'on l'avait traîné par terre… Tout était confus.

Il distingua peu à peu une étrange lumière. Ses chaussures étaient posées par terre à côté de lui, sans lacets. Il ne pouvait plus bouger ! Il était étendu sur le flanc, les pieds et les mains attachés, sans doute avec les lacets de ses souliers. Il voulut appeler à l'aide, en vain. On lui avait mis l'une de ses chaussettes dans la bouche. Mais la vraie terreur vint après… Quand il leva les yeux et vit le match qui continuait à la télévision.

Je suis dans mon bureau ? À l'intérieur du passage ?

Il entendit des pas précipités qui s'éloignaient dans le corridor, puis ce fut le silence.

Non è possibile !

La femme blonde lui avait fait transgresser le « grand interdit » – une règle d'or, essence même de son travail, qu'il avait juré solennellement de respecter, en toutes circonstances : Ne jamais révéler la combinaison qui donnait accès au corridor de Vasari !

31.

Les nausées et le tournis s'aggravaient. Le Dr Elizabeth Sinskey était effondrée sur la banquette arrière du van, et le soldat assis à côté d'elle commençait à s'inquiéter.

Quelques minutes plus tôt, la radio du soldat s'était réveillée – il y avait du nouveau, du côté de la Galerie des costumes – et cela avait arraché Elizabeth à ses cauchemars, à ce monstre, à ces yeux verts qui la hantaient.

Elle se revoyait dans cette salle du CFR à New York, à écouter le point de vue délirant de cet inconnu. Il faisait les cent pas. Son ombre noire passait devant l'écran, devant l'image de ces moribonds tourmentés, prisonniers de *L'Enfer* de Dante.

— Il faut que quelqu'un mène cette guerre. Et la gagne. Il y va de notre avenir. Les chiffres sont implacables. L'humanité erre pour l'instant dans un purgatoire – procrastination, indécision, où la seule loi est celle de l'argent… –, mais les Cercles de l'Enfer sont là, juste sous nos pieds, prêts à nous consumer tous.

Elizabeth en avait des haut-le-cœur.

Elle s'était levée, furieuse.

— Ce que vous proposez est…

— … notre seul choix, l'interrompit l'homme.

— J'allais dire « monstrueux » !

L'inconnu haussa les épaules.

— La voie vers le paradis passe par l'enfer. C'est l'enseignement de Dante.

— Vous êtes fou !

— Fou ? répéta l'homme, faisant mine d'être blessé. Moi ? Non, je ne crois pas. La folie est du côté de l'OMS, qui fait la politique de l'autruche quand le danger menace.

186

Avant de pouvoir défendre son organisation, l'homme changea de diapo sur l'écran.

— En parlant de menaces... Voici celles qui pendent au nez de l'humanité, et qui chaque jour se rapprochent de plus en plus.

Elizabeth Sinskey reconnut aussitôt l'image. Il s'agissait d'un graphique publié par l'OMS justement, l'année passée, répertoriant les grands enjeux environnementaux qui avaient une conséquence directe sur la santé mondiale.

La liste incluait, entre autres : le besoin en eau potable, le réchauffement climatique, le trou de la couche d'ozone, l'épuisement des ressources marines, l'extinction des espèces, la concentration de CO_2, la déforestation, la montée du niveau des océans.

Tous ces indicateurs étaient passés au rouge le siècle dernier, mais la situation s'emballait.

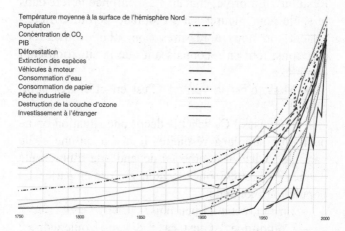

Elizabeth éprouvait toujours la même chose devant ce graphique : un profond sentiment d'impuissance.

Elle était une scientifique, elle croyait aux chiffres, et ceux-ci annonçaient une apocalypse dans un futur pas si éloigné… imminent, en somme.

Elle ne serait jamais mère… Et cela avait été le drame de toute sa vie, une souffrance de chaque instant. Mais quand elle regardait ces courbes, elle était presque soulagée de ne pas avoir mis d'enfant au monde.

Pas dans ce monde-là.

— Ces cinquante dernières années, poursuivit l'inconnu, nos péchés contre Mère Nature se sont accrus de façon vertigineuse. (Il se tut avant de reprendre.) J'ai peur pour notre âme. Quand l'OMS a publié ce graphique, responsables politiques, industriels, écologistes, tout le monde s'est réuni pour tenter de savoir quels étaient les problèmes les plus urgents, et ceux que nous pouvions espérer régler. Résultat ? En privé, chacun s'est enfoncé la tête dans le sable pour pleurer sur l'Eldorado perdu. Officiellement, on nous a rassurés ; on allait trouver des solutions, tout en reconnaissant que la situation était complexe.

— Mais, c'est la vérité ! C'est en effet très complexe !

— Foutaises ! Ce schéma décrit une situation on ne peut plus simple à résoudre. Il n'y a qu'une seule variable ! Chaque courbe ne dépend que d'une seule donnée – et cette donnée, personne n'ose en parler. La population mondiale !

— En fait, c'est un peu plus…

— Compliqué ? C'est ça que vous voulez dire ? Rien n'est plus élémentaire, au contraire ! Vous voulez plus d'eau potable par individu, il suffit de réduire le nombre d'humains sur terre. Vous voulez réduire les émissions des voitures, il faut moins de conducteurs. Vous voulez que les réserves marines se reconstituent, il faut moins de gens qui mangent du poisson !

L'homme observait Sinskey avec intensité.

— Ouvrez donc les yeux ! La fin de l'humanité est là, à nos portes, et nos responsables politiques forment des commissions pour réfléchir à l'énergie solaire, au recyclage des déchets et aux automobiles hybrides ! Mais vous, une scientifique, pourquoi refusez-vous de regarder la vérité en face ? Le trou dans la couche d'ozone, la raréfaction de l'eau, la pollution ne sont pas des maladies – ce sont des symptômes ! Le véritable mal, c'est la surpopulation. Et, à moins de prendre le problème à bras-le-corps, toutes ces mesures ne sont que des bouts de sparadrap sur une tumeur qui ne cesse de grandir.

— Pour vous, l'espèce humaine est un cancer ?

— Un cancer n'est jamais qu'une cellule saine qui se met à se reproduire de façon frénétique. Je sais que mes idées peuvent effrayer, mais ce n'est rien comparé à ce qui va arriver si on ne fait rien. Si nous ne prenons pas des mesures courageuses, nous...

— Courageuses ? Ce n'est pas le mot que j'emploierais ! C'est une abomination, oui !

— Docteur Sinskey, reprit l'homme d'une voix étrangement calme. Je vous ai fait venir ici parce que j'espérais que vous – une sage, un esprit éclairé au sein de l'OMS – seriez tentée de travailler avec moi à une vraie solution.

Elizabeth le regarda, interdite.

— Vous espérez que l'OMS participera à un tel... projet ?

— En toute honnêteté, oui. Votre organisation est constituée de médecins, et quand un médecin tombe sur un membre gangrené, il ampute, pour sauver la vie du malade. De deux maux, il faut parfois choisir le moindre.

— Cela n'a rien à voir.

— C'est là où vous faites erreur. Seule l'échelle change.

Elle en avait assez entendu.

— J'ai un avion à prendre !

L'homme avança d'un pas, bloquant la sortie.

— Je vous préviens. Avec ou sans vous, je vais explorer cette idée très sérieusement.

— Me voilà prévenue ! Il s'agit à mes yeux d'une menace terroriste, et elle sera traitée comme telle, répliqua-t-elle en sortant son téléphone.

L'homme éclata de rire.

— Vous voulez me dénoncer pour avoir émis de pures conjectures ? Il va falloir néanmoins vous armer d'un peu de patience pour passer ce SOS ! Cette pièce est totalement isolée. Vous n'aurez aucun signal ici.

Je n'ai pas besoin de signal, espèce de malade !

Elizabeth Sinskey leva son téléphone, et avant que l'homme ait eu le temps de comprendre ce qui se passait, elle le prit en photo. La lumière du flash fit briller ses yeux émeraude. Dans la brève lueur, son visage lui parut familier.

— Qui que vous soyez, lança-t-elle, vous avez commis une grossière erreur en me faisant venir ici. Avant que je ne monte dans mon avion, je saurai qui vous

190

êtes et vous serez sur la liste noire de l'OMS, du CDC et de l'ECDC[1] des Européens, étiqueté comme bioterroriste potentiel. On vous traquera nuit et jour. Si vous tentez d'acheter le moindre matériel de laboratoire, nous le saurons. Si vous construisez un bunker quelque part, nous le saurons. Vous n'aurez plus nulle part où vous cacher.

L'homme la regarda en silence – un silence de plomb. Allait-il se jeter sur elle pour lui arracher son téléphone ? Mais il se contenta de lâcher un soupir et eut un sourire énigmatique.

— Comme vous voudrez. Ainsi commence notre pas de deux.

32.

Il Corridoio Vasariano – le corridor de Vasari – fut conçu par Giorgio Vasari en 1567 sur ordre du grand-duc Cosme Ier, pour offrir à lui et sa famille un passage protégé entre leur résidence du palais Pitti et le centre administratif du duché, de l'autre côté de l'Arno, au palazzo Vecchio.

À l'instar du célèbre Passetto de la cité du Vatican, le corridor de Vasari était le *nec plus ultra* des passages privés. Il s'étendait sur un kilomètre de l'angle est du jardin de Boboli jusqu'au cœur du palazzo Vec-

---

1. CDC : Centre for Disease Control ; ECDC (ou CEPCM) : Centre européen pour la prévention et le contrôle des maladies. *(N.d.T.)*

chio, traversant en chemin le ponte Vecchio et la galerie des Offices.

Aujourd'hui, le corridor est encore un havre de paix, à l'écart du monde, non plus pour la noble famille, mais pour des œuvres d'art. Ses longs murs accueillent une collection vertigineuse de pièces uniques, comme une extension de la fameuse galerie des Offices.

Langdon avait emprunté ce passage quelques années plus tôt, au cours d'une visite privée. Ce jour-là, il s'était arrêté devant presque tous les tableaux pour les admirer – il y avait là la plus grande collection d'autoportraits du monde. Il avait également fait plusieurs haltes derrière les hublots qui permettaient aux visiteurs de mesurer leur progression sur le passage surélevé.

Mais ce matin, Langdon et Sienna couraient à perdre haleine, voulant gagner le plus de terrain possible sur leurs poursuivants. Combien de temps avaient-ils avant qu'ils ne découvrent le vigile ligoté ? Chaque mètre parcouru dans cette longue coursive les rapprochait du but, il en était sûr.

Cerca trova, voir par les yeux de la mort…

Là-bas, je saurai enfin pourquoi on me pourchasse !

Le bourdonnement du drone était loin maintenant. Malgré l'urgence du moment, la magie du lieu opérait encore. Quel défi architectural ! Surélevé sur quasiment toute sa longueur, le passage sinuait entre les bâtiments comme un grand serpent de pierre, s'enfonçant, brique après brique, jusqu'au cœur de la ville. Le couloir, blanchi à la chaux, semblait ne pas avoir de fin, virant à gauche puis à droite pour éviter un obstacle, ou une maison, mais filant toujours plus loin vers l'est… par-delà le fleuve.

192

Soudain, des voix résonnèrent devant eux. Sienna s'arrêta dans une glissade et Langdon l'imita. Il plaça aussitôt une main rassurante sur son épaule et désigna une grande fenêtre.

Il y avait des touristes en contrebas.

Langdon et Sienna s'approchèrent de l'ouverture. Ils étaient sur le ponte Vecchio – le pont médiéval qui servait de passerelle pour gagner la vieille ville. Sous eux, les premiers badauds faisaient leurs emplettes dans la galerie marchande qui datait des années 1400. Aujourd'hui, les boutiques étaient essentiellement composées de bijouteries, mais autrefois le pont accueillait le grand marché à la viande de Florence. Les bouchers toutefois avaient été chassés en 1593 parce que l'odeur, pénétrant le corridor, incommodait les narines délicates des Médicis.

Quelque part sur le pont, se souvenait Langdon, un meurtre célèbre avait été perpétré. En 1216, un jeune noble nommé Buondelmonte avait refusé le mariage arrangé par ses parents pour protéger la véritable élue de son cœur. Pour lui faire payer cette traîtrise, la belle-famille l'avait sauvagement assassiné sur ce pont. Sa mort, considérée pendant longtemps comme « le meurtre le plus sanglant de Florence », était passée à la postérité parce qu'elle avait mis le feu aux poudres dans le conflit qui opposait deux clans rivaux – les Guelfes et les Gibelins –, déclenchant ainsi une guerre fratricide qui devait durer des siècles.

Le meurtre de Buondelmonte était d'ailleurs cité dans le chant XVI du *Paradiso* – parce que la vendetta politique qui s'ensuivit avait finalement contraint Dante à l'exil.

« Ô Buondelmonte, comme tu as mal fait
de fuir tes noces pour le conseil d'autrui ! »

Et aujourd'hui, une plaque sur le ponte Vecchio
commémorait le lieu du meurtre.

MAIS IL FALLUT, À LA PIERRE MUTILÉE
QUI VEILLE SUR LE PONT,
QUE FLORENCE OFFRÎT
UNE VICTIME, À LA FIN DE SA PAIX.

Langdon contempla les eaux boueuses de l'Arno, au-
delà du pont, puis plus loin encore, vers la tour du
palazzo Vecchio qui se dressait tel un phare à ses yeux.

Sienna et lui n'avaient même pas franchi le fleuve,
mais ils avaient depuis longtemps dépassé le point de
non-retour.

*

Dix mètres plus bas, sur les pavés du pont, Vayentha sondait du regard le flot de touristes, sans se douter
que ses cibles – et avec elles sa chance de rédemption – venaient de lui passer au-dessus de la tête.

33.

Dans les profondeurs du *Mendacium*, Knowlton le
coordinateur était assis dans son petit bureau, s'efforçant en vain de se concentrer sur son travail. Avec

angoisse, il avait visionné une nouvelle fois la vidéo et, depuis une heure, le monologue de neuf minutes tournait en boucle dans sa tête. Il ne savait qu'en penser… Un fou ou un génie ?

Knowlton fit défiler les images. Avait-il loupé un indice ? Il passa la plaque immergée, le sac transparent avec son liquide brun à l'intérieur, jusqu'au moment où la silhouette au grand bec apparaissait – ombre déformée sur un mur baigné d'une lueur rouge.

Il écouta à nouveau la voix étouffée, tâchant de décoder chaque mot. Arrivé au milieu de sa présentation, l'ombre se mettait à grandir et la voix montait en puissance :

L'œuvre de Dante n'est pas de la fiction… c'est une prophétie !

Misères et tourments. Tel est le monde de demain.

L'humanité, sans régulation, se comporte comme une maladie endémique, un cancer… nous devenons plus nombreux à chaque génération et bientôt ce qui autrefois nourrissait notre vertu et notre altruisme sera réduit à néant… Alors viendra le règne de la bête en nous… la lutte à mort pour nourrir notre progéniture.

Voici que vient le Neuvième Cercle de Dante.

C'est le sort qui nous attend.

Alors que l'avenir noir fond sur nous, tout gonflé des calculs de Malthus, nous sommes au bord du Premier Cercle de l'enfer… et notre chute sera plus rapide que nous le pensons.

Knowlton mit sur pause. Les calculs de Malthus ? Une rapide recherche sur Internet lui apprit qu'il s'agissait d'un éminent mathématicien anglais du XIXe siècle. Thomas Robert Malthus, qui fut le premier à prédire une apocalypse à cause de la surpopulation mondiale.

La biographie de Malthus citait un extrait de son livre *Essai sur le principe de population* – un passage qui lui fit froid dans le dos :

La capacité d'accroissement de la population est tellement supérieure à celle qu'a la terre de nourrir les hommes, qu'une mort prématurée, sous une forme ou une autre, devra visiter l'espèce humaine. Les vices de l'humanité sont les ministres zélés de la dépopulation. Ils sont l'avant-garde de la grande armée de la destruction ; et souvent, ils accomplissent eux-mêmes ce funeste travail. Mais s'ils viennent à échouer dans cette guerre d'extermination, les mauvaises saisons, les épidémies, les miasmes et la peste prennent le relais en de terribles phalanges et fauchent leur quota d'âmes par mille et des cent. Et si le succès est encore incomplet, intervient la grande famine, l'arrière-garde implacable, qui nivelle la population par la faim.

Le cœur battant, Knowlton contempla la haute silhouette au bec d'oiseau.

L'humanité, sans régulation, se comporte comme un cancer.

Sans « régulation ».

Knowlton n'aimait pas ce mot.

D'un doigt hésitant, il relança la lecture de la vidéo. Et la voix revint...

Ne rien faire, c'est ouvrir les portes à *L'Enfer* de Dante... nous condamner à mourir de faim, à suffoquer les uns sur les autres, vautrés dans le péché.

Alors, avec courage, j'ai décidé d'intervenir.

Certains seront horrifiés, mais notre salut est à ce prix.

Un jour, le monde comprendra la beauté de mon sacrifice.

Je suis l'Ombre.

Avec moi, s'ouvre l'ère des post-humains.

34.

Le palazzo Vecchio ressemblait à une gigantesque pièce d'échecs. Avec sa façade quadrangulaire, et ses créneaux à l'ancienne, la forteresse imposante gardait l'angle sud-est de la piazza della Signoria.

La tour unique, excentrée de la construction, se dressait dans le ciel, tel le symbole de Florence.

Conçu pour être le siège du pouvoir du grand-duché, le bâtiment accueille le visiteur par une impressionnante collection de statues d'hommes nus : le *Neptune* puissant d'Ammannati, juché sur quatre chevaux marins, signe de la domination florentine sur les mers, une réplique du *David* de Michel-Ange, se dressant dans toute sa magnificence devant l'entrée du palais. En comptant Hercule et Cacus – deux autres colosses nus –, et les satyres accompagnant le dieu des Océans, ce ne sont pas moins de douze pénis géants qui s'offrent au regard du badaud.

Toutes les précédentes visites de Langdon avaient débuté ici, sur la piazza della Signoria, qui, malgré cette débauche de phallus, était l'une de ses places préférées en Europe. Et il y avait là deux étapes incontournables : un expresso au Caffé Rivoire et un arrêt dans la loggia dei Lanzi, la galerie qui accueillait une exposition de statues à ciel ouvert, pour admirer les deux lions de granit.

Mais, aujourd'hui, Langdon et sa compagne allaient entrer dans le palazzo Vecchio par le corridor de Vasari, comme les ducs des Médicis en leur temps, en contournant la célèbre galerie des Offices, pour pénétrer au cœur du palais. Pour l'instant, il n'avait entendu aucun bruit derrière eux. Mais Langdon avait hâte de quitter cette souricière.

Nous y sommes ! songea-t-il en apercevant la lourde porte de bois devant eux. L'entrée privative des Médicis dans le vieux palais.

La porte, bien qu'équipée d'une serrure à carte moderne, était pourvue d'une barre de sortie de secours, ce qui permettait de quitter le corridor en cas d'urgence, tout en interdisant son accès de l'autre côté.

Langdon plaqua son oreille contre le battant. Rien. Il poussa doucement la barre.

Il y eut un déclic.

La lourde porte de bois pivota sur quelques centimètres. Langdon scruta ce qui se trouvait de l'autre côté. Une petite chambre. Déserte. Tout était silencieux.

Avec un soupir de soulagement, il franchit le seuil et fit signe à Sienna de le suivre.

On y est !

Debout dans la petite pièce, Langdon tenta de se repérer. Devant lui, un long couloir, perpendiculaire au corridor. Sur leur gauche, au loin, des voix. Ça riait et plaisantait ; comme le Capitole à Washington, le palazzo Vecchio était à la fois un centre administratif

– en l'occurrence l'hôtel de ville de Florence – et un monument ouvert aux touristes. À cette heure matinale toutefois, il devait s'agir des employés de la mairie rejoignant leurs bureaux pour une nouvelle journée de travail.

Langdon et Sienna s'approchèrent. Le couloir donnait dans un hall où une dizaine de personnes prenaient leur café en bavardant.

— La fresque de Vasari, murmura Sienna. Vous disiez qu'elle était dans la salle des Cinq-Cents.

Langdon acquiesça et désigna une galerie de l'autre côté du hall.

— Le problème, c'est qu'il faut traverser à découvert.

— Vous êtes sûr que c'est par là ?

Langdon hocha la tête.

— Mais on ne pourra jamais passer sans se faire remarquer.

— Ce sont des employés. Ils n'ont aucune raison de s'intéresser à nous. Allons-y tranquillement, comme si on était de la maison.

Sienna rajusta le costume Brioni de Langdon, lui remit en place son col de chemise.

— N'ayez crainte, vous êtes tout à fait présentable, Robert.

Elle lui sourit, lissa à son tour son petit pull et se mit en marche.

Langdon lui emboîta le pas ; ils avancèrent rapidement en direction du hall. Au moment où il entrait dans la salle, Sienna se mit à lui parler en italien – il était question de subventions aux agriculteurs – en faisant de grands gestes. Au grand étonnement de Langdon, personne ne tourna la tête vers eux.

Quand ils eurent traversé le hall, ils pressèrent le pas.

— Vous êtes une actrice née, souffla Langdon en songeant à son interprétation de Puck.

— Je suis bien obligée, répondit-elle, l'esprit ailleurs.

Une fois encore, Langdon comprit que le passé de la jeune femme n'avait pas été tout rose. Il s'en voulait tant de l'avoir entraînée dans cette aventure. Mais, pour l'instant, il ne pouvait rien faire pour elle, sinon se débrouiller pour qu'ils en sortent vivants.

Continue de nager dans le tunnel... et prie pour apercevoir la lumière !

En arrivant dans la galerie, Langdon eut la confirmation que sa mémoire fonctionnait toujours. Une petite plaque surmontée d'une flèche indiquait un couloir : IL SALONE DEI CINQUECENTO. La salle des Cinq-Cents. Enfin des réponses...

« La vérité ne peut être vue que par les yeux de la mort. » Qu'est-ce que cela signifiait ?

— La salle risque d'être fermée, annonça-t-il.

Même si c'était un haut lieu touristique, ce matin, le palais semblait en effet fermé au public.

— Vous avez entendu ? s'exclama Sienna, en s'immobilisant.

Un son grave montait dans le couloir. Non, pas encore ce drone !

Avec précaution, Langdon risqua un œil. Trente mètres plus loin, une porte de bois toute simple donnait dans la magnifique salle. Malheureusement, à mi-distance, un homme de ménage était en train de passer la cireuse dans le couloir.

Le gardien du temple !

Le regard de Langdon fut attiré par les trois symboles qui figuraient sur un panneau au-dessus de la porte – déchiffrables même pour le néophyte. Des pictogrammes universels : un appareil photo barré d'un X ; un verre barré d'un X ; et deux silhouettes humaines en bâtons, un homme et une femme.

Langdon s'élança vers l'employé et accéléra sa course quand celui-ci tourna la tête vers lui. Sienna suivit le mouvement.

— *Signori ?* lança l'homme en levant les bras pour les arrêter.

Langdon esquissa un sourire contrit et désigna le pictogramme avec le couple.

— *Toilette*, déclara-t-il en grimaçant – et ce n'était pas une question.

L'homme hésita un moment, prêt à refuser, mais en voyant Langdon piaffer sur place, il hocha la tête et les laissa passer.

Quand ils arrivèrent devant la porte, Langdon fit un clin d'œil à Sienna.

— Pour ça, la compassion humaine est universelle.

35.

À une époque, il salone dei Cinquecento était la plus grande salle du monde. Elle avait été construite en 1494 pour accueillir le Consiglio Maggiore, le Grand Conseil de la république, par assemblée de cinq cents personnes. Quelques années plus tard, sur ordre de Cosme Ier, elle dut être rénovée et agrandie. Cosme, l'homme le plus puissant d'Italie, nomma alors Giorgio Vasari pour diriger ce grand projet.

Grâce à une conception révolutionnaire, Vasari était parvenu à surélever le plafond pour permettre à la lumière d'entrer par les quatre côtés de la salle, la transformant en un magnifique écrin pour les plus grands artistes florentins.

Chaque fois que Langdon pénétrait dans cette pièce, c'était le sol qui attirait son regard. En un coup d'œil, on savait qu'on allait fouler un lieu d'exception. Les dalles pourpres en terre cuite étaient enserrées dans un maillage noir qui donnait à cet espace de plus de mille mètres carrés une perspective unique ainsi qu'une aura de solidité et de pérennité.

Langdon leva lentement les yeux pour contempler les statues alignées comme autant de soldats le long des murs représentant les travaux d'Hercule. Il évita soigneusement du regard le *Hercule et Diomède*, dont la position des corps figés en pleine lutte le faisait toujours grimacer – en particulier à cause de cette célèbre « prise pénienne » qui devait faire horriblement mal.

Bien plus agréable au regard, il y avait, sur la droite, le *Génie de la Victoire* de Michel-Ange, trônant dans une niche du mur sud. Haute de près de trois mètres, cette sculpture était initialement prévue pour orner le tombeau de Jules II, le pape ultraconservateur, surnommé le *Papa Terribile*. Une commande que Langdon avait toujours trouvée comique, connaissant la position du Vatican à l'égard de l'homosexualité. La statue représentait Tommaso dei Cavalieri, le jeune homme dont Michel-Ange était éperdument amoureux et pour lequel il avait composé plus de trois cents sonnets.

— Quand je pense que je ne suis jamais venue ici, souffla Sienna. C'est si beau !

Langdon acquiesça, se remémorant sa première visite en ce lieu magique – à l'occasion d'un concert avec la pianiste Mariele Keymel. Cette salle immense, dédiée autrefois aux audiences protocolaires du grand-duc, accueillait aujourd'hui des divertissements plus anodins – concerts, conférences, dîners de gala. On y recevait aussi bien l'historien d'art Maurizio Seracini que la brochette de stars et de top models conviés à la soirée d'inauguration du musée Gucci. Quelle serait la réaction de Cosme Ier s'il découvrait que sa salle d'apparat privée accueillait à présent des sauteries pour chefs d'entreprise et mannequins ?

Langdon leva les yeux vers les grands tableaux décorant les murs. Il y avait tant à dire à leur sujet. Une histoire mouvementée. C'était là que Léonard de Vinci avait testé une nouvelle technique de peinture, qui se révéla être un fiasco et donna naissance à un « chef-d'œuvre qui coule ». Il y avait eu aussi le « combat » lancé par Pier Soderini et Machiavel entre deux monstres sacrés de la Renaissance, Michel-Ange *vs* Vinci, à qui l'on avait demandé de réaliser deux fresques chacun sur un mur de la même salle.

Mais aujourd'hui, Langdon s'intéressait à une autre curiosité.

Cerca trova.

— Laquelle est de Vasari ? demanda Sienna en contemplant les immenses fresques.

— Pratiquement toutes.

En fait, lors de la rénovation, Vasari et ses assistants avaient quasiment tout repeint, des fresques murales originales jusqu'aux trente-neuf caissons du plafond « suspendu ».

— Mais c'est cette fresque-là, annonça-t-il en tendant le doigt, que nous sommes venus voir. *La Bataille de Marciano.*

Le tableau commémorant ce haut fait de guerre était peut-être aussi impressionnant que l'avait été la bataille grandeur nature. Près de vingt mètres de long sur trois étages de haut. Tout en ombres brunes et vertes – un vortex de soldats, de chevaux, de lances et de bannières s'entrechoquant sur le flanc d'une colline.

— Vasari… souffla la jeune femme. Et, quelque part, son message secret ?

Langdon regarda la partie supérieure de la fresque, en plissant les yeux, essayant de repérer le petit étendard vert sur lequel l'artiste avait écrit l'énigmatique injonction : CERCA TROVA.

— Il est quasiment invisible sans jumelles… Mais si on part du haut, au milieu, juste sous les deux petites fermes sur la colline, il y a un minuscule étendard vert. Et dessus…

— Je le vois ! s'écria Sienna, en tendant le doigt.

Ah, la jeunesse… Langdon aurait aimé avoir ses yeux.

Ils s'approchèrent de la fresque gigantesque. Ils l'avaient trouvé ! Mais, à présent, Langdon ne savait plus trop pourquoi ils étaient là. Ils restèrent silencieux un long moment, admirant les détails minutieux de l'œuvre.

« Si j'échoue… ce sera partout la mort. »

Une porte grinça derrière eux. C'était l'homme à la cireuse. Il hésitait. Sienna lui adressa un grand salut de la main. Au bout d'un moment, l'employé referma la porte.

— Nous n'avons pas beaucoup de temps, Robert. Ce tableau vous évoque-t-il quelque chose ? Est-ce qu'un souvenir vous revient ?

Il contempla encore le chaos de la bataille.

« La vérité ne peut être vue que par les yeux de la mort. »

Il s'était dit que peut-être un cadavre aurait les yeux tournés vers un endroit précis, désignant un indice dans le tableau, ou ailleurs dans la salle. Malheureusement, les morts se comptaient par dizaines, et aucun des regards n'indiquait quoi que ce soit.

La vérité… vue par les yeux de la mort ?

Il tenta mentalement de relier les cadavres les uns aux autres par des lignes, pour voir si un schéma apparaissait. En vain.

Son mal de crâne lui revenait. Il s'efforça de sonder les replis de son esprit. Il y avait forcément quelque chose, quelque part. La femme aux cheveux argent continuait de lui murmurer : « Cherchez et vous trouverez. »

Mais trouver quoi ? avait-il envie de hurler.

Il se força à fermer les yeux, et à prendre de lentes inspirations. Il fit rouler ses épaules, tâchant de se libérer de toutes pensées conscientes, de faire le vide, pour laisser place à l'intuition.

Very sorry.

Vasari.

Cerca trova.

« La vérité ne peut être vue que par les yeux de la mort. »

Sans nul doute possible, son instinct lui disait qu'il se trouvait au bon endroit. Même s'il ne discernait pas encore ce qu'il faisait là, il allait bientôt le savoir. Savoir enfin ce qu'il cherchait.

L'agent Brüder contemplait les alignements de culottes de velours et de tuniques dans les vitrines, tout en pestant intérieurement. Ses hommes avaient passé la Galerie des costumes au crible. Langdon et Sienna Brooks étaient introuvables.

Depuis quand un simple prof de fac trompait-il une brigade d'élite de l'UPR ? Où étaient-ils passés ?

— Toutes les issues sont bloquées, insista l'un de ses hommes. La seule explication, c'est qu'ils sont encore dans les jardins.

C'était logique. Mais Brüder savait, d'instinct, que les deux fugitifs leur avaient échappé.

— Faites décoller le drone ! Et demandez aux autorités locales d'élargir leur champ de recherche.

Sitôt que ses hommes filèrent accomplir ses instructions, Brüder prit son téléphone.

— C'est Brüder... on a un gros problème. Et pas qu'un seul, en fait.

36.

« La vérité ne peut être vue que par les yeux de la mort. »

Sienna se répétait cette phrase tout en examinant la scène de bataille.

Mais la mort était partout.

De quel cadavre s'agissait-il ?

Peut-être les yeux de la mort étaient-ils une référence à ces multitudes fauchées par la peste en Europe ?

Cela expliquerait ce masque au bec d'oiseau…

Une comptine de son enfance lui revint en mémoire : « Faisons la ronde autour de la rose. La poche pleine de fleurs. Cendres, cendres ! Nous sommes tous par terre ! »

Sienna la chantait souvent en Angleterre, jusqu'à ce qu'elle découvre que la chanson était directement inspirée de la Grande Peste de Londres en 1665. La rose était la métaphore de la pustule rose qui apparaissait sur le visage des gens infectés, entourée d'un cercle. Les malheureux avaient dans les poches des fleurs pour tenter de dissimuler la pestilence de leur propre corps en décomposition et chasser l'odeur nauséabonde qui engorgeait la ville. Par centaines, tous les jours, on brûlait les morts. « Cendres, cendres ! Nous sommes tous par terre. »

— Pour l'amour de Dieu… murmura Langdon en se retournant vers le mur opposé.

— Qu'y a-t-il ?

— C'est le nom d'une œuvre qui était autrefois exposée ici. *Pour l'amour de Dieu*.

Langdon traversa la salle pour se diriger vers une petite porte vitrée qu'il essaya d'ouvrir. Elle était verrouillée. Il colla son front contre le verre, et mit ses mains en visière, pour tenter de discerner ce qu'il y avait de l'autre côté.

Sienna ne savait pas ce que cherchait Langdon, mais il fallait faire vite. L'homme de ménage était réapparu, et regardait Langdon d'un drôle d'air, le visage plaqué contre la porte vitrée.

Sienna tenta encore le coup du salut joyeux. Mais l'homme resta de glace, il tourna les talons.

*

Le studiolo.

Derrière la porte vitrée, juste en face des mots *cerca trova*, il y avait cette petite pièce aux murs aveugles. Conçu par Vasari, ce cabinet privé de François Ier de Médicis possédait un plafond voûté en plein cintre, qui donnait au visiteur l'impression de pénétrer dans un grand coffre au trésor.

Et, effectivement, à l'intérieur, tout n'était que magnificence. Trente tableaux de grands maîtres ornaient les murs et le plafond, si proches les uns des autres qu'il ne restait plus le moindre espace libre. *Le Vol d'Icare, Une allégorie des rêves, Prométhée recevant les joyaux de la Nature…*

— Voir par les yeux de la mort, murmura-t-il, en contemplant le studiolo.

Il était entré dans ce cabinet de travail pour la première fois quelques années plus tôt, lors d'une autre visite. Il avait été étonné de découvrir la myriade d'escaliers secrets, de portes dérobées que recelait le palazzo Vecchio. Et le studiolo n'était pas en reste. Il y avait plusieurs passages cachés derrière les peintures.

Mais ce n'était pas ces particularités architecturales qui pour l'heure intéressaient Langdon. C'était *Pour l'amour de Dieu*, qui lui occupait l'esprit. Une œuvre d'art contemporaine de Damien Hirst qui avait provoqué un tollé quand elle avait été exposée dans l'écrin doré de Vasari.

Un crâne de taille humaine, fait de platine, recouvert sur toute sa surface de plus de huit mille diamants. L'effet était saisissant. Les orbites vides scintillaient, comme animées d'une vie intérieure, mêlant de façon troublante des symboles antinomiques – la vie et la mort, la beauté et l'horreur. Bien que l'œuvre eût été retirée depuis longtemps, Langdon en gardait encore un souvenir précis. Et une idée subite lui était venue.

Les yeux de la mort ? Cela pourrait bien être les orbites d'un crâne, non ?

Les crânes étaient une figure récurrente de *L'Enfer* de Dante, le plus célèbre étant le crâne que le comte Ugolin avait été condamné à ronger pour l'éternité – en l'occurrence celui de l'archevêque qui l'avait trahi.

Un crâne ? C'est ça qu'il faut chercher ?

Le studiolo avait été construit dans la grande tradition des « cabinets de curiosités ». La plupart des tableaux étaient montés sur des charnières invisibles, dissimulant des réduits, des caches où le grand-duc gardait une collection hétéroclite d'objets personnels – des minéraux rares, des plumes d'oiseau chatoyantes, le fossile d'une coquille de nautile parfaitement conservée et, paraît-il, le tibia d'un moine plaqué d'argent.

Malheureusement, toutes ces bizarreries avaient dû être ôtées des niches depuis longtemps. Et Langdon n'avait jamais vu dans ce cabinet un quelconque crâne, hormis celui de Damien Hirst.

Un claquement de porte rompit le fil de ses pensées. Des bruits de pas agacés résonnaient derrière lui.

— *Signore !* lança une voix. *Il salone non è aperto !*

Une femme marchait vers lui. Une petite brune. Très enceinte. Elle tapotait sa montre d'un air énervé, signifiant que la salle n'était pas encore ouverte au public. En s'approchant, elle croisa le regard de Langdon. Elle s'arrêta net et porta sa main à la bouche.

— Professeur Langdon ! Je suis confuse. J'ignorais que vous étiez revenu. Bienvenue au palazzo.

Langdon la regardait, interdit.

Il n'avait jamais vu cette femme de sa vie.

37.

— J'ai failli ne pas vous reconnaître ! lança la femme avec un fort accent italien. Ce sont vos vêtements. (Elle l'examina de la tête aux pieds avec un sourire conquis.) Vous êtes très beau. On dirait presque un Italien !

Langdon parvint à esquisser un sourire.

— Bonjour, articula-t-il. Comment allez-vous ?

La femme partit d'un grand rire.

— Épuisée ! dit-elle en se tenant le ventre. La petite Catalina m'a donné des coups de pied toute la nuit.

Elle jeta un œil dans la pièce, l'air étonné.

— Le *Duomino* ne m'a pas prévenue que vous reviendriez aujourd'hui. Il n'est pas avec vous ?

Le *Duomino* ? De qui parlait-elle ?

Voyant sa confusion, la femme le rassura d'un petit rire.

— Ne vous inquiétez pas. Tout le monde à Florence l'appelle comme ça. Ça ne le dérange pas. (Elle examina à nouveau la salle.) C'est lui qui vous a fait entrer ?

— Oui, c'est lui, intervint Sienna. Mais il avait un petit déjeuner d'affaires. Il a précisé que vous ne verriez pas d'inconvénient à ce qu'on reste un peu, ajouta-t-elle en lui tendant une main chaleureuse. Je suis Sienna. La sœur de Robert.

La femme lui serra la main.

— Je suis Marta Alvarez. Vous en avez de la chance. Avoir le professeur Langdon comme guide privé !

— C'est vrai, répondit Sienna qui parvenait à peine à cacher son amusement. Il est si intelligent !

Il y eut un petit silence.

— C'est drôle, reprit la femme. Je ne vois aucune ressemblance entre vous. À part votre grande taille.

Langdon sentit la catastrophe arriver.

C'était maintenant ou jamais.

— Marta, se lança-t-il en espérant ne pas se tromper de prénom. Je ne voudrais pas vous embêter mais… vous savez pourquoi je suis ici ?

— En fait, non. Je n'en ai pas la moindre idée !

Le pouls de Langdon s'accéléra. Son coup de bluff allait tourner court. Mais Marta éclata de rire.

— Mais non, je vous fais marcher ! Bien sûr que je sais pourquoi vous êtes revenu ! Franchement, je me demande ce qui peut vous intéresser à ce point, mais puisque vous avez passé hier soir plus d'une heure à l'étudier avec le *Duomino*, je suppose que vous êtes venu le montrer à votre sœur.

— Euh oui, bien sûr, pour le montrer à ma sœur… Si vous n'y voyez pas d'inconvénient, bien entendu.

Marta leva les yeux vers le balcon au fond de la salle.

— Aucun problème. J'y montais de toute façon.

Langdon suivit le regard de la femme, le cœur battant.
J'étais donc là-haut hier soir ?

Il n'en avait aucun souvenir. En plus d'être exactement à la même hauteur que les mots *cerca trova*, le balcon était aussi l'entrée du musée du palazzo Vecchio, que Langdon visitait à chacun de ses séjours à Florence.

Marta s'apprêtait à leur ouvrir le chemin quand elle s'arrêta soudain.

— En fait, professeur, vous êtes sûr de ne pas vouloir montrer quelque chose d'un peu moins sinistre à votre charmante sœur ?

Que répondre ?

— On va voir quelque chose de sinistre ? intervint Sienna, venant à sa rescousse. Qu'est-ce que c'est ? Il ne m'a rien dit, le petit cachottier !

Marta eut un sourire entendu et regarda Langdon.

— Professeur ? Je peux lui expliquer ou préférez-vous en garder la primeur ?

Langdon sauta sur l'occasion.

— Je vous en prie, Marta, faites…

La femme se tourna vers Sienna et se mit à lui parler très lentement, d'un ton solennel :

— Sienna, je ne sais pas ce que vous a dit votre frère, mais nous allons au musée voir une pièce tout à fait hors du commun. Un masque.

— Quel genre de masque ? s'enquit Sienna, tâchant de dissimuler son impatience. Un de ces horribles masques de médecins du Moyen Âge qu'on porte durant le carnaval ?

— Bien tenté. Mais non, ce n'est pas un masque de peste. C'est tout à fait différent. On appelle ça un masque mortuaire.

On entendit ostensiblement le hoquet de Langdon. Marta se tourna vers lui en fronçant les sourcils, pensant que le professeur en rajoutait pour effrayer sa sœur.

— Ne faites pas attention à votre frère. Les masques mortuaires étaient très courants au XVIᵉ siècle. C'est en fait le moulage en plâtre du visage d'un défunt, pris quelques instants après sa mort.

Le masque d'un mort...

Enfin les pièces se mettaient en place... *L'Enfer* de Dante, *cerca trova*, regarder par les yeux de la mort.

— Et ce moulage... demanda Sienna. C'est le visage de qui ?

Langdon posa la main sur l'épaule de la jeune femme et lui répondit le plus calmement possible :

— Le visage d'un grand poète italien. Dante Alighieri.

38.

Le soleil se mirait sur les ponts du *Mendacium* qui oscillait sur la houle de la mer Adriatique. Pour tromper sa lassitude, le Président venait de vider son deuxième verre de whisky et contemplait le vide bleu de l'autre côté des fenêtres de son bureau.

Les nouvelles de Florence étaient mauvaises.

Peut-être était-ce l'effet de l'alcool, mais cela faisait longtemps qu'il ne s'était pas senti aussi impuissant et démuni, comme si tout le bateau avait perdu ses moteurs et flottait à la dérive, telle une coque de noix.

C'était une sensation nouvelle. Dans son monde, d'ordinaire, il y avait toujours un cap à suivre et le bateau arrivait à coup sûr à bon port. Et ce cap s'appelait le protocole – telle était la clé pour prendre des décisions sans y regarder à deux fois.

C'était le protocole qui imposait la radiation de Vayentha – le Président avait ainsi pu prononcer la sentence sans hésitation.

Je négocierai avec elle quand cette crise sera passée.

C'était encore le protocole qui imposait au Président d'en savoir le moins possible sur ses clients. Le Consortium n'avait pas à les juger. Ce n'était pas de son ressort ni de sa responsabilité.

Fournir la prestation.

Faire confiance au client.

Ne pas poser de questions.

Comme tout dirigeant de grande société, le Président proposait des services en partant du principe que lesdits services seraient utilisés dans le cadre de la loi. Après tout, Volvo n'était pas responsable si des mères de famille débordées roulaient trop vite devant les écoles, pas plus que ne l'était Dell si quelqu'un utilisait ses machines pour pirater des comptes en banque.

Mais maintenant que tout partait à vau-l'eau, le Président maudissait la personne qui lui avait présenté ce client.

« Ce sera facile, et il paiera rubis sur l'ongle, lui avait-elle assuré. Cet homme est brillant, une pointure dans son domaine, et immensément riche. Il a juste besoin de disparaître de la circulation pendant un an ou deux. Il veut s'acheter du temps pour travailler sur un projet important. »

Le Président n'avait pas beaucoup hésité. Garantir une cachette à long terme était toujours une prestation très rentable. Et le Président avait confiance en la personne qui lui avait recommandé ce futur client.

Comme prévu, le travail avait été facile et juteux.

Jusqu'à la semaine dernière.

Et, au milieu du chaos que cet homme avait semé derrière lui, le Président allait et venait dans son bureau, tournant autour de sa bouteille de whisky, comptant les jours qui le liaient encore à lui par contrat.

Le téléphone sonna. C'était Knowlton, l'un de ses meilleurs coordinateurs.

— Oui ?

— Monsieur, commença Knowlton, mal à l'aise. Je suis désolé de vous déranger, mais comme vous le savez nous devons diffuser une vidéo demain.

— Et alors ? Elle est prête ?

— Oui, mais il vaudrait peut-être mieux que vous visionniez ce film avant.

Le Président resta silencieux, étonné par cette demande.

— La vidéo mentionne notre existence, ou risque de nous causer du tort ?

— Non, monsieur. Mais son contenu est très dérangeant. Le client apparaît à l'image et dit…

— Je ne veux rien savoir ! l'interrompit le Président, surpris de voir son employé violer l'une des règles fondamentales de leur *modus operandi*. Peu importe le contenu. Cette vidéo aurait été diffusée avec ou sans notre aide. Le client pouvait facilement l'envoyer lui-même. Seulement, il nous a embauchés pour le faire. Il nous a fait confiance.

— Oui, monsieur.

— On ne vous paie pas pour jouer les critiques de films. On vous paie pour tenir vos engagements. Alors faites votre travail.

*

Sur le ponte Vecchio, Vayentha attendait, scrutant de ses yeux perçants les centaines de visages. Elle était certaine que Langdon n'était pas encore passé, mais le drone avait cessé ses rondes.

Brüder avait dû l'attraper.

Elle allait devoir subir l'enquête du Consortium. Ou pis encore.

Elle se souvenait de ces deux agents radiés… Plus jamais de nouvelles.

Ils ont dû changer radicalement de métier, se dit-elle pour se rassurer. Mais elle se demandait s'il n'était pas plus prudent de gagner les collines de Toscane, de disparaître, et de commencer une nouvelle vie.

Combien de temps parviendrai-je à me cacher ?

Bien des gens ont appris à leurs dépens que, lorsqu'on est dans le collimateur du Consortium, l'anonymat est totalement illusoire. Ce n'est qu'une question de temps.

Sa carrière allait-elle donc se terminer ainsi ?

Douze ans de bons et loyaux services réduits à néant par quelques coups de malchance. Pendant un an, elle avait veillé sur le client du Consortium, ce type aux yeux verts.

Je n'y suis pour rien s'il s'est jeté dans le vide… mais, maintenant, il m'entraîne dans sa chute.

216

Sa seule chance de rédemption était de doubler Brüder, mais, dès le début, elle avait su que ce serait difficile.

Elle en avait eu l'occasion hier soir, et elle l'avait manquée.

Au moment où Vayentha, dépitée, se dirigeait vers sa moto pour s'en aller, elle entendit un bourdonnement familier au loin.

Le drone venait de décoller à nouveau ! Cette fois de l'autre côté du palais Pitti. Le petit engin se mit aussitôt à tourner en rond, telle une abeille égarée.

Ils n'avaient pas trouvé Langdon !

Dans ce cas, où était-il ?

*

Le bourdonnement agaçant tira le Dr Sinskey de son état comateux.

Le drone vole encore ? Je croyais que...

Elle voulut bouger sur la banquette, près du jeune soldat, mais la nausée et la douleur étaient trop fortes. Elle dut fermer les yeux. Toutefois, ce n'était rien, comparé à sa terreur...

« Le temps presse. »

Même si son ennemi s'était suicidé, sa haute silhouette la hantait toujours, elle le revoyait plaidant sa cause dans la pénombre de cette salle du CFR.

« Il faut que quelqu'un ait le courage d'agir, avait-il dit. Si ce n'est pas nous, qui le fera ? Si ce n'est pas maintenant, quand ? »

Elizabeth aurait dû l'arrêter quand elle en avait encore l'occasion. Elle se revit sortir de cette pièce, bouillonnant de rage. Durant tout le trajet jusqu'à l'aéroport JFK, elle avait fulminé dans la limousine.

Pressée de connaître l'identité de ce fou, elle avait extirpé son téléphone pour regarder la photo qu'elle venait de prendre.

Elle avait failli s'étrangler de stupeur. Elle savait qui était cet homme. Elle le connaissait même très bien. La bonne nouvelle, c'était qu'il serait facile à retrouver. La mauvaise, c'était qu'il était un génie dans son domaine – autrement dit quelqu'un de très dangereux.

Rien n'est plus créatif, plus inventif, qu'un esprit brillant visant un but.

Lorsqu'elle était arrivée à l'aéroport une demi-heure plus tard, elle avait appelé son équipe et mis le nom de l'homme sur la liste des bioterroristes du CDC, de l'ECDC, comme de toutes les agences gouvernementales de la planète.

C'est tout ce que je peux faire en attendant d'être à Genève, s'était-elle dit.

Épuisée, n'ayant que son petit sac de cabine, elle avait donné son passeport et son billet à l'hôtesse.

— Oh, docteur Sinskey, s'était exclamée celle-ci en souriant. Un homme absolument charmant vous a laissé un message.

— Pardon ?

Personne ne connaissait le numéro de son vol.

— Oui, un homme très grand. Avec de beaux yeux verts.

Son sac lui avait échappé des mains.

Il est là ? Mais comment ?

Elle s'était retournée, pour scruter les visages derrière elle.

— Il est déjà reparti, mais il vous a laissé ceci.

L'hôtesse avait tendu une feuille d'un carnet, pliée en deux.

De ses doigts tremblants, Elizabeth avait ouvert le papier.

D'une calligraphie soignée, il était écrit une maxime directement inspirée de l'œuvre de Dante Alighieri :

Les endroits les plus sombres de l'enfer
sont réservés aux indécis
qui restent neutres en temps de crise morale.

39.

Marta Alvarez regarda l'escalier pentu qui menait au musée au premier étage de la salle des Cinq-Cents.

Posso farcela, pensa-t-elle. Je peux le faire.

En tant que conservatrice du palazzo Vecchio, Marta avait gravi ces marches un nombre incalculable de fois, mais enceinte de huit mois, cette ascension devenait de plus en plus éprouvante.

— Marta, vous ne voulez pas prendre l'ascenseur ? demanda Langdon en montrant le petit appareil que le palazzo avait fait installer pour les handicapés.

Marta apprécia l'attention.

— Comme je vous l'ai dit hier soir, mon médecin m'a expliqué que c'était bon pour le bébé que je bouge un peu. En plus, professeur, vous savez que je suis claustrophobe.

Langdon fut pris de court.

— Oh, oui bien sûr. J'avais oublié.

Oublié ? s'étonna Marta. Je lui en ai parlé il y a moins de douze heures, et nous avons longuement évoqué sa mésaventure quand il était enfant, qui est à l'origine de sa phobie.

La nuit dernière, pendant que le *Duomino*, trop obèse pour tout exercice physique, prenait l'ascenseur, le professeur avait accompagné Marta dans l'escalier. En chemin, il lui avait raconté qu'enfant il était tombé dans un ancien puits et que depuis il était terrifié par les espaces clos.

Tandis que Sienna grimpait les marches quatre à quatre, sa queue-de-cheval fouettant l'air, Langdon et Marta prenaient leur temps, faisant des pauses pour que la future maman puisse souffler.

— Je suis surprise que vous vouliez voir à nouveau le masque. Comparée à tous les chefs-d'œuvre que l'on a à Florence, cette pièce semble d'un intérêt mineur.

— Je veux la montrer à Sienna, finit-il par répondre. Je vous remercie encore de nous laisser la voir.

— Pas de problème.

La réputation de Langdon avait suffi la veille à convaincre Marta d'ouvrir la galerie pour lui. Mais comme il était accompagné du *Duomino*, elle n'avait guère eu son mot à dire.

Ignazio Busoni – surnommé le *Duomino* – était une célébrité dans le microcosme culturel de Florence. Directeur du museo dell'Opera del Duomo, Ignazio avait la charge du plus grand site touristique de la ville – le Duomo –, la cathédrale au célèbre dôme rouge qui dominait à la fois l'histoire de Florence et son panorama. Sa passion pour ce monument et son poids de deux quintaux avaient valu à ce Gargantua jovial le surnom de *il Duomino*, « le petit dôme ».

Marta ignorait comment le professeur avait fait la connaissance du *Duomino*. Toujours est-il que ce dernier l'avait appelée la veille en l'informant qu'il voulait montrer à un ami le masque mortuaire de Dante. Quand l'ami en question s'était révélé être l'éminent historien d'art Robert Langdon, Marta avait été tout émoustillée à l'idée d'accueillir ces deux sommités dans son musée.

Mais ce matin, c'est à bout de souffle qu'elle atteignit le palier, en se tenant les hanches. Sienna, arrivée bien avant, contemplait la salle des Cinq-Cents depuis la rambarde du balcon.

— Oui, c'est ma vue préférée de la salle, ânonna Marta, hors d'haleine. On a une perspective totalement différente sur les fresques. J'imagine que votre frère vous a parlé du mystérieux message.

Sienna hocha la tête avec vigueur.

— Oui. *Cerca trova.*

Langdon contempla à son tour la salle. Marta l'observa à la dérobée. À la lumière des fenêtres de la mezzanine, elle remarqua que le professeur paraissait moins tendu que la veille. Elle aimait bien son nouveau costume. Mais il avait besoin de se raser, et ses traits étaient tirés. Et ses cheveux, si drus la veille, semblaient moins épais ce matin, comme s'il n'avait pas encore pris sa douche.

Marta détourna les yeux quand Langdon pivota vers elle.

— Nous nous trouvons exactement à la même hauteur que *cerca trova*, précisa la conservatrice du musée. On peut presque lire les mots à l'œil nu.

Visiblement, la sœur de Langdon n'était guère passionnée par la fresque.

— Parlez-moi de ce masque. Que fait-il au palazzo Vecchio ?

Tel frère, telle sœur ! songea Marta. Pourquoi ce masque les fascinait-il autant ? Certes, son histoire est mouvementée, en particulier dans un passé récent, et Langdon n'était pas le seul à s'y intéresser.

— Dites-moi, d'abord… Que savez-vous sur Dante ?

— Juste ce que j'ai appris à l'école, répondit la jeune femme blonde. Dante était un poète italien, célèbre pour avoir écrit *La Divine Comédie*, où il retrace son voyage en enfer.

— C'est correct, mais en partie seulement. Dans son poème, Dante parvient à s'échapper de l'enfer, et continue son voyage par le purgatoire, pour arriver enfin au paradis. *La Divine Comédie* est divisée en trois sections – *Inferno, Purgatorio* et *Paradiso.* (Marta leur fit signe de la suivre vers l'entrée du musée.) Toutefois, la présence de ce masque en ce lieu n'a rien à voir avec la *Comédie*. Il ne s'agit pas de fiction, mais de faits historiques. Dante vivait à Florence, et il aimait profondément cette cité, peut-être plus que quiconque n'a jamais aimé une ville. Dante y était un personnage influent, mais il y a eu une querelle de clans. Dante a choisi le mauvais camp, et s'est retrouvé contraint à l'exil. Un exil de toute une vie.

Marta reprit son souffle. Les mains sur les hanches, elle poursuivit son explication :

— Certains prétendent que, si ce visage est triste, c'est la marque du bannissement. Mais j'ai une autre théorie. C'est peut-être un peu romantique, mais je crois que cette tristesse est davantage due à une femme, nommée Béatrice Portinari. Béatrice étant mariée à un autre, Dante a dû vivre non seulement sans sa chère Florence, mais également sans l'amour de sa vie. Et c'est cet amour pour Béatrice qui est au cœur de *La Divine Comédie*.

— Intéressant, commenta Sienna, visiblement l'esprit ailleurs. Mais cela n'explique pas ce que fait ce masque ici. Dans ce palais.

L'insistance de la jeune femme lui paraissait à la fois curieuse et presque impolie.

— Eh bien, quand Dante est mort, répliqua Marta en se remettant à marcher, il était toujours *persona non grata* à Florence – son corps est d'ailleurs enterré à Ravenne. Mais parce que Béatrice était inhumée à Florence, et parce que le poète chérissait tant cette ville, ce n'était que justice de rapporter son masque mortuaire ici, en un ultime hommage.

— Mais pourquoi dans ce palais, en particulier ?

— Le palazzo Vecchio est le plus ancien symbole de Florence et, à l'époque de Dante, il était au cœur même de la ville. Il y a un tableau célèbre à la cathédrale qui montre Dante, banni, devant les murs de la cité, avec, à l'arrière-plan, la silhouette de la tour du palais. Finalement, en gardant ce masque dans ces murs, les Florentins ont l'impression d'avoir ramené le poète chez lui.

— Je comprends, déclara Sienna, sa curiosité enfin satisfaite. Je vous remercie.

Arrivée devant la porte du musée, Marta toqua trois fois.

— *Sono io, Marta ! Buongiorno !*

Il y eut un tintement de clés et la porte s'ouvrit sur un vieux gardien, au sourire fatigué. Il regarda sa montre.

— *È un po' presto.*

Pour justifier cette visite matinale, Marta se contenta de montrer Langdon. Aussitôt, le visage du vieil homme s'éclaira.

— *Signore ! Benvenuto ancora !*

— *Grazie*, répondit aimablement Langdon tandis que le garde les invitait à entrer.

Ils pénétrèrent dans un petit vestibule. L'employé coupa le système d'alarme, puis ouvrit une autre porte, cette fois plus imposante. Il s'écarta d'un pas et, d'un geste théâtral, annonça :

— *Ecco il museo !*

Marta esquissa un sourire et laissa passer les invités.

Autrefois, l'endroit servait de bureaux et d'appartements privés, ce qui expliquait pourquoi le musée était constitué d'une enfilade de couloirs et de salles relativement petites qui occupaient la moitié du palais.

— Le masque de Dante est juste là, expliqua Marta. Un endroit lui est dédié : l'*andito* – en fait, ce n'est qu'un passage entre deux pièces. Il est dans une vitrine ancienne le long du mur, si bien que nombre de visiteurs passent devant sans le voir.

Langdon pressait le pas, regardant droit devant lui, comme s'il était irrésistiblement attiré par cet objet.

— À l'évidence, chuchota Marta en catimini à Sienna, votre frère ne s'intéresse qu'à cette pièce. Mais puisque vous êtes ici, vous devriez aller voir notre buste de Machiavel ou le grand globe terrestre dans la salle des cartes.

Sienna acquiesça poliment mais continua son chemin, avec le même regard intense. Marta avait du mal à suivre. Au moment d'atteindre la troisième salle, elle cessa ses efforts et s'arrêta.

— Professeur ? lança-t-elle. Peut-être voulez-vous montrer à votre sœur un peu du reste de la galerie... avant d'aller voir ce masque ?

Langdon se retourna, comme s'il revenait brusquement à la réalité.

— Pardon ?

Marta désigna une vitrine à côté d'elle.

— L'une des plus anciennes éditions de *La Divine Comédie*, peut-être ?

Voyant la pauvre femme s'éponger le front, le souffle court, il s'empourpra.

— Bien sûr, Marta. Mille excuses ! Un petit coup d'œil sur le texte... c'est une très bonne idée.

Langdon rebroussa chemin et laissa Marta les guider vers la vitrine. À l'intérieur, était exposé un livre relié de cuir, patiné par le temps, ouvert à la page de garde : *La Commedia : Dante Alighieri*.

— Incroyable ! souffla Langdon. Je reconnais ce frontispice ! J'ignorais que vous aviez un exemplaire de la fameuse édition de Numeister.

Pourtant, vous le savez, songea Marta, étonnée. Je vous l'ai montré hier.

— Dans la seconde moitié du XVe siècle, Johann Numeister a réalisé la première édition imprimée de cette œuvre. Sur les trois cents exemplaires fabriqués à l'époque, seule une dizaine nous est parvenue. Ce sont des pièces rarissimes.

Marta avait l'impression que Langdon fanfaronnait pour impressionner sa sœur. Ce qui était pour le moins curieux, car on disait que le professeur était la modestie même.

— C'est un prêt de la Bibliothèque laurentienne. Si vous et votre frère ne l'avez pas encore visitée, vous devriez le faire. Il y a un escalier absolument extraordinaire dessiné par Michel-Ange, qui mène à la première salle de lecture au monde à avoir été ouverte au public. Les ouvrages là-bas sont enchaînés aux tables pour que personne ne puisse les emporter. Il faut se souvenir qu'à l'époque la plupart des livres étaient des exemplaires uniques.

— Étonnant ! lâcha Sienna en regardant l'enfilade de pièces. Et le masque, il est par là ?

Pourquoi sont-ils aussi pressés l'un que l'autre ? se disait Marta qui avait encore besoin de souffler.

— Oui, par là. Mais, avant, ceci vous intéressera peut-être…

Elle indiqua un petit escalier qui traversait le plafond.

— Il mène à une plateforme dans la charpente, pour admirer le système de soutien du fameux plafond suspendu de Vasari. Je peux vous attendre ici, pendant que vous allez jeter un coup d'œil…

— Marta, s'il vous plaît ! intervint Sienna. J'adorerais voir ce masque. Et on a très peu de temps.

La conservatrice se figea et dévisagea la jeune femme blonde.

Ces Américains et leur manie d'appeler tout le monde par son prénom… Je suis la *signora* Alvarez ! pesta-t-elle intérieurement. Et je vous fais une faveur !

— Très bien, Sienna, répliqua-t-elle d'un ton sec. Le masque est juste là. Si vous voulez bien me suivre.

Marta cessa donc de leur fournir des explications sur d'autres curiosités du musée pendant qu'ils traversaient le dédale de salles. La veille, le *Duomino* et Langdon avaient passé une demi-heure dans l'exigu *andito* à examiner le masque. Marta, intriguée par la fascination des deux hommes pour cette pièce, leur avait alors demandé si leur intérêt soudain avait quelque rapport avec les événements de l'an passé. Mais Langdon et le *Duomino* étaient restés plutôt vagues.

Alors qu'ils approchaient de l'*andito*, Langdon expliquait à Sienna le processus de moulage d'un masque mortuaire. Sa description était parfaitement juste. Et Marta Alvarez préférait ça plutôt que sa petite comédie lorsqu'il avait fait semblant de ne pas avoir déjà vu la copie rarissime de *La Divine Comédie*.

— Peu après la mort, le défunt est allongé sur une planche et on enduit son visage d'huile d'olive. Puis on verse du plâtre liquide sur la figure, en recouvrant tout – la bouche, le nez, les paupières, du haut du front jusqu'au cou. Une fois le plâtre pris, on le retire, et on obtient une empreinte dans laquelle on coule du plâtre frais. On réalise ainsi un moulage très fin et très précis du visage du défunt. À l'époque, on avait souvent recours à cette pratique pour immortaliser les puissants de ce monde ou les génies, tels que Dante, Shakespeare, Voltaire, Le Tasse, Keats. Tous ces gens ont leur masque mortuaire.

— Voilà, nous y sommes ! annonça Marta en arrivant sur le seuil de l'*andito*.

Elle s'écarta et fit signe à Sienna d'entrer.

— Le masque est dans la vitrine sur votre gauche. Veillez à rester à l'extérieur des cordons.

— Merci, répondit Sienna en s'engageant dans l'étroit corridor.

Elle se dirigea vers la vitrine et, une fois devant, ses yeux s'écarquillèrent. Elle se tourna vers Langdon d'un air horrifié.

Marta était habituée à cette réaction. Au premier regard, les visiteurs avaient tous un mouvement de recul – le visage fripé de Dante, son nez crochu, ses yeux fermés.

Langdon rejoignit Sienna et eut le même mouvement.

Marta lâcha un soupir agacé. *Che exagerato !*

Mais quand à son tour elle regarda l'intérieur de la vitrine, elle aussi ne put réprimer un hoquet de stupeur. *O Dio mio !*

Marta Alvarez, qui s'attendait à trouver le visage familier de Dante, figé dans la mort, ne voyait plus que l'écrin de satin rouge et le support sur lequel il était d'ordinaire accroché.

Marta se couvrit la bouche d'horreur. Son cœur s'emballa. Sous la violence du choc, elle dut se retenir au piquet. Finalement, elle parvint à détacher ses yeux de la vitrine vide.

— *La maschera di Dante !* cria-t-elle à l'intention des gardiens à l'entrée principale. *La maschera di Dante è sparita !*

40.

Toute tremblante, Marta Alvarez regardait fixement la vitrine. Elle espérait que les crampes dans son ventre étaient dues à la panique, non à des contractions.

Le masque mortuaire de Dante ! Il avait disparu !

Les deux gardiens de nuit étaient arrivés au pas de charge dans l'*andito*. Découvrant la vitrine vide, ils étaient passés aussitôt à l'action. L'un était parti charger les bandes de vidéosurveillance de la veille, l'autre appelait la police.

— *La polizia arriverà tra venti minuti !* annonça le garde en raccrochant.

— *Venti minuti ?* Tant que ça ! Il s'agit pourtant du vol d'un trésor national !

Le garde lui expliqua que le gros des effectifs était déjà réquisitionné pour s'occuper d'une affaire de première importance et qu'ils essayaient de leur trouver quelqu'un de libre pour venir prendre la déclaration de vol.

— *Che cosa potrebbe esserci di più grave !* s'emporta-t-elle. Là, c'est vraiment de la première importance !

Langdon et Sienna échangèrent un regard inquiet.

Les pauvres ! songea Marta. Ils étaient simplement venus jeter un coup d'œil au masque, et ils se retrouvent témoins d'un des plus grands vols d'œuvres d'art du siècle !

Quelqu'un, la nuit dernière, était entré dans le musée et avait emporté le masque mortuaire de Dante !

Vu le nombre de pièces plus précieuses encore que le voleur aurait pu dérober, Marta tenta de s'estimer heureuse. Mais c'était le premier vol dans ce musée.

Elle ne connaissait même pas la procédure !

Marta se sentit soudain toute faible. Elle chercha à nouveau le piquet pour se soutenir.

Quand ils lui narrèrent leurs faits et gestes de la veille, les deux gardiens de nuit n'en revenaient pas non plus. À 22 heures, Marta était arrivée avec le *Duomino* et le professeur Langdon. Ils étaient repartis peu après. Les gardiens avaient refermé les portes derrière eux, rebranché l'alarme et, autant qu'ils pouvaient en juger, personne n'était ni entré ni sorti du musée.

— Mais, c'est impossible ! Le masque était dans la vitrine quand nous étions là. Quelqu'un a forcément dû pénétrer dans le musée après nous !

Les gardiens écartèrent les bras avec impuissance.

— *Noi non abbiamo visto nessuno !*

Malgré son gros ventre et ses petites jambes, Marta trotta le plus vite possible vers la salle de contrôle vidéo, dans l'espoir de savoir ce qui s'était passé avant que la police n'arrive. Langdon et Sienna, de plus en plus inquiets, lui emboîtèrent le pas.

*

À deux cents mètres de là, sur le ponte Vecchio, Vayentha se cacha dans l'ombre : deux policiers remontaient la foule, en montrant des photos de Langdon.

Quand ils arrivèrent à sa hauteur, un message retentit dans l'une de leurs radios. C'était en italien, mais Vayentha comprit le sens général : on cherchait un agent disponible dans le secteur du palazzo Vecchio pour se rendre au musée du palais.

Les policiers restèrent totalement impassibles. Mais Vayentha se raidit.

Au musée du palazzo Vecchio ?

La débâcle de la veille – le fiasco qui avait quasiment ruiné sa carrière – avait eu lieu dans une ruelle à proximité immédiate du palazzo Vecchio.

Le message de la police continuait dans un grésillement qui rendait la suite inintelligible – à l'exception de deux mots : Dante Alighieri.

Dante Alighieri ? Ce ne pouvait être une coïncidence ! Elle tourna la tête vers le palais, contemplant sa tour crénelée qui s'élevait au-dessus des toits.

Que s'était-il passé là-bas ? Et quand ?

Par expérience, Vayentha savait que le hasard était moins fréquent qu'on ne l'imaginait.

Le musée du palazzo Vecchio… et Dante ? Tout convergeait vers Langdon.

Depuis le début, Vayentha pressentait que Langdon retournerait dans la vieille ville. C'était inévitable. C'était là que les ennuis avaient commencé.

Et maintenant, avec le jour, peut-être que le professeur était retourné là-bas pour savoir ce qu'il cherchait la veille ? Il n'avait pas emprunté le ponte Vecchio, elle en était certaine. Il y avait bien d'autres ponts ; mais ils étaient trop loin du jardin de Boboli.

Sous les arches, elle vit passer un équipage d'avirons qui fendait l'onde. Sur l'embarcation, il était écrit SOCIETÀ CANOTTIERI FIRENZE. Les avirons rouge et blanc se mouvaient dans une synchronisation parfaite.

Langdon aurait-il pu prendre un bateau ?

C'était peu probable. Mais le message de la radio était une piste à suivre.

— Sortez tous vos appareils, *per favore* ! lança une femme avec un accent anglais.

Vayentha aperçut un pompon orange s'agiter au bout d'un bâton. Une guide tentait de rassembler son troupeau de touristes.

— Vous avez ici la plus grande œuvre de Vasari ! déclara celle-ci avec l'enthousiasme rompu d'une professionnelle, en tendant le bras.

Il fallut un petit moment à Vayentha pour repérer la construction qui courait au-dessus des boutiques, tel un long appartement.

— Le corridor de Vasari, précisa la guide. Il mesure près d'un kilomètre de long et permettait aux Médicis de passer du palais Pitti au palazzo Vecchio à l'abri des regards.

Vayentha n'en revenait pas : la structure traversait tout le pont ! Elle connaissait le corridor de nom, mais sans en savoir davantage.

Et ça rejoint le palazzo Vecchio ?

— Seule une poignée de VIP y ont accès aujourd'hui. Le passage abrite une collection impressionnante d'œuvres d'art, tout le long du chemin allant des jardins de Boboli au palazzo Vecchio.

La suite, Vayentha ne l'entendit pas…

Elle fonçait déjà vers sa moto.

41.

Quand Langdon pénétra dans la salle de surveillance vidéo, les agrafes sur son crâne le lançaient à nouveau. La petite pièce n'était qu'un vestiaire reconverti, les murs tapissés de disques durs et de moniteurs. L'air y était étouffant et empestait le tabac froid.

Aussitôt, il se sentit oppressé.

Marta trouva un siège et s'installa devant le moniteur qui diffusait déjà une image en noir et blanc de l'*andito,* prise d'une caméra installée au-dessus de la porte. Une vignette indiquait l'heure et la date : le milieu de la matinée, la veille. Il y avait exactement vingt-quatre heures, juste avant que le musée n'ouvre ses portes – bien avant l'arrivée de Langdon et du *Duomino*, le soir.

Le gardien lança l'avance rapide. Un flux confus de touristes défila, en mouvements saccadés. On ne voyait pas le masque mais, à en juger par la succession de silhouettes qui s'arrêtaient devant la vitrine, à l'évidence, il était bien là.

Plus vite… priait en silence Langdon, sachant que la police allait débarquer d'un instant à l'autre. Ils devaient trouver un prétexte pour prendre congé, mais avant, il fallait visionner cette vidéo. Il y avait peut-être là des réponses…

Les images continuèrent à défiler, de plus en plus vite ; les ombres de l'après-midi s'étirèrent dans la pièce. Peu à peu la masse de touristes se clairsema. Et brusquement, il n'y eut plus personne. La vignette indiquait 17 heures.

L'heure de fermeture du musée. Les lumières s'éteignirent.

— *Aumenti la velocità !* ordonna Marta, en se penchant vers l'écran.

Le gardien fit avancer la vidéo. Les minutes et les heures défilèrent. Soudain, à 22 heures, les lumières se rallumèrent.

Le gardien passa en mode lecture.

Un instant plus tard, la silhouette tout en rondeur de Marta Alvarez entra dans le champ de la caméra. Suivie par Langdon, vêtu de sa veste Harris Tweed préférée, de son pantalon bien repassé et chaussé de ses mocassins. Il vit même briller fugitivement sa montre Mickey à son poignet.

Voilà. C'est juste avant qu'on ne me tire dessus.

C'était très étrange de se revoir ainsi, sans en avoir le moindre souvenir.

J'étais là, hier soir... pour regarder le masque...

Entre cette visite et son réveil à l'hôpital, il avait perdu sa montre et presque deux jours de sa vie.

Langdon et Sienna se pressèrent derrière Marta pour mieux voir l'écran. Le film silencieux se poursuivait. On y voyait Langdon et Marta s'approcher de la vitrine et admirer le masque. Au même moment, une silhouette massive, pachydermique, apparut sur le seuil. Elle portait un costume noir, avait une mallette à la main et passait à peine dans l'encadrement de la porte. Face à sa corpulence, Marta, enceinte, paraissait toute maigre.

— C'est Ignazio Busoni, souffla Langdon à l'oreille de Sienna. Le directeur du musée du Duomo. Je le connais depuis des années. Mais j'ignorais qu'on l'appelait le *Duomino*.

— Ça lui va comme un gant !

Par le passé, Langdon avait souvent consulté Ignazio sur des pièces ou des événements historiques liés au Duomo, la cathédrale Santa Maria del Fiore, dont il avait la charge. Une visite au palazzo Vecchio en sa compagnie était donc à première vue inattendue. Mais Ignazio Busoni, en plus d'être une figure éclairée de l'art florentin, était un grand passionné de Dante. Et donc une source d'information cohérente pour en savoir plus sur le masque mortuaire du poète.

Sur la vidéo, Marta était adossée contre le mur du fond, tandis que Langdon et Ignazio se penchaient au-dessus des piquets, pour admirer le masque dans la vitrine. Pendant que les deux hommes devisaient sur cette pièce unique, Marta consultait sa montre, trouvant le temps long.

Dommage qu'il n'y ait pas de son ! J'aurais pu savoir de quoi nous parlions. Ce que nous cherchions au juste.

Tout à coup, il se vit enjamber le cordon et plaquer son visage contre la vitre. Aussitôt, Marta intervenait. Et le professeur, penaud, rebroussait chemin.

— Pardon d'avoir été aussi stricte, déclara Marta en se retournant vers Langdon. Mais, comme je vous l'ai dit, la vitrine est ancienne et extrêmement fragile. Le propriétaire du masque tient à ce que personne ne franchisse les barrières. Il interdit même à nos équipes d'ouvrir la vitrine sans sa présence.

Le propriétaire du masque ?

Sienna était aussi surprise que lui.

— Cette pièce n'appartient pas au musée ?

— Un généreux donateur a proposé de nous le racheter pour une coquette somme, expliqua Marta, en nous autorisant néanmoins à le garder chez nous en exposition. Une offre qui ne se refuse pas.

— Il a acheté le masque… mais vous l'a laissé en dépôt ? s'étonna Sienna.

— Un arrangement commun, intervint Langdon. Une acquisition philanthropique – une façon de faire un don à un musée sans que cela passe pour de la charité.

— Le donateur était une personnalité inhabituelle, précisa Marta. Un passionné de Dante disons un peu… extrême.

— Qui est-ce ? s'enquit Sienna avec une certaine tension dans la voix.

Marta ne quittait pas l'écran des yeux.

— Oh, on a beaucoup parlé de lui dans la presse récemment. Le milliardaire suisse, Bertrand Zobrist.

Ce nom ne disait pas grand-chose à Langdon, mais Sienna étreignit son bras, comme si elle avait vu un revenant.

— Bertrand Zobrist... le fameux biochimiste. Il a fait fortune grâce à ses brevets en biologie qu'il a déposés dans sa jeunesse.

La jeune femme déglutit, le visage tout pâle, et se pencha pour glisser à l'oreille de Langdon :

— Il est quasiment le père de la manipulation des cellules germinales.

Langdon ne savait pas trop de quoi il s'agissait mais, après ce déferlement de signes évoquant les épidémies et la mort, il avait un mauvais pressentiment. Peut-être Sienna connaissait-elle les travaux de Zobrist parce qu'elle était elle-même médecin... ou bien était-il lui aussi un enfant surdoué ?

Les génies ne travaillaient peut-être pas chacun dans leur bulle ?

— J'ai entendu parler de Zobrist il y a quelques années, expliqua Sienna. Quand il a fait des déclarations alarmistes dans les médias concernant la surpopulation mondiale. C'est un partisan de l'Équation de l'Apocalypse.

— La quoi ?

— En gros, c'est la reconnaissance du modèle mathématique qui intègre l'augmentation de la population, la longévité croissante des individus et la raréfaction des ressources naturelles. L'équation prédit que la tendance actuelle conduit irrémédiablement à l'effondrement de la civilisation. Pour Zobrist, l'humanité ne survivra pas un siècle de plus... à moins d'une extinction massive. (Sienna poussa un soupir et regarda Langdon fixement.) Zobrist a même déclaré une fois : « La Peste noire fut la meilleure chose qui soit arrivée à l'Europe. »

Langdon sentit ses poils se dresser sur sa nuque. L'image du masque de peste flotta devant ses yeux. Il avait tenté toute la matinée de chasser de son esprit ce lien hypothétique avec une épidémie mortelle... mais faire l'autruche devenait de plus en plus difficile.

Que la peste bubonique fût un bienfait pour l'humanité était certes choquant, mais nombre d'historiens avaient analysé les bénéfices au long terme qu'avait engendrés cette épidémie au XIVe siècle. Avant l'arrivée de la maladie, la surpopulation, la famine, les difficultés économiques rongeaient la société. Les ravages causés par la Peste noire, tout horribles qu'ils fussent, avaient effectivement réduit le « cheptel humain », créant une nouvelle abondance de nourriture et de possibilités. C'était le terreau qui avait permis à la Renaissance de voir le jour.

Langdon se souvenait du signe « danger biologique » sur le tube qui contenait la carte modifiée de l'*Enfer* de Dante. Cet étrange petit projecteur appartenait bien à quelqu'un... et Bertrand Zobrist – un biochimiste passionné de Dante – était un candidat possible.

Le père de la manipulation génétique...

D'autres pièces du puzzle se mettaient en place. Malheureusement, ce qui se dessinait était de plus en plus effrayant.

— Passez cette partie ! ordonna Marta, impatiente de voir ce qui s'était produit après leur visite au musée, la veille.

Le garde s'exécuta. Le compteur s'affola :

Trois minutes… six minutes… huit minutes.

À l'écran, on voyait Marta, debout derrière les deux hommes, qui piaffait sur place.

— Je suis désolé d'avoir été si long, déclara Langdon. Vous avez l'air de souffrir le martyre.

— C'est ma faute, répondit Marta. Vous m'avez proposé dix fois de rentrer chez moi. Mais je trouvais impoli de vous laisser.

Soudain, Marta disparut de l'écran. Aussitôt, le gardien repassa en vitesse normale.

— Tout va bien, annonça-t-elle. C'est quand je suis partie aux toilettes.

Le gardien hocha la tête mais, au moment où il allait appuyer de nouveau sur le bouton d'avance rapide, Marta l'en empêcha.

— *Aspetti !*

Elle fixait l'écran, stupéfaite.

Langdon aussi.

Sur la vidéo, il venait de sortir de la poche de sa veste une paire de gants en latex.

Il les enfilait !

Le *Duomino* alla jeter un coup d'œil dans le couloir que Marta venait d'emprunter. Puis il fit un signe à Langdon, comme pour lui indiquer qu'il n'y avait personne en vue.

Oh non… Langdon regardait l'écran, effaré.

Il se vit poser les mains de part et d'autre de la vitrine et ouvrir lentement la porte vitrée.

238

Horrifiée, Marta Alvarez porta les mains à son visage.

Langdon ressentait la même chose que Marta. Son double, à l'écran, referma les mains sur le masque et le sortit de son écrin !

— *Dio mi salvi !* s'exclama Marta en se levant d'un bond pour faire face à Langdon. *Cos'ha fatto ! Perché !*

Avant qu'il n'ait pu répondre quoi que ce soit, un gardien avait sorti son Beretta et le pointait sur sa poitrine.

Seigneur !

Langdon fixait des yeux la gueule noire du canon et eut l'impression que les murs de la petite pièce se refermaient sur lui. Marta le regardait, furieuse. Sur l'écran, derrière elle, son double tournait le masque vers la lumière et l'observait.

— Je ne l'ai sorti que quelques instants, plaida-t-il en priant pour que ce soit vrai. Ignazio m'a dit que vous n'y verriez pas d'inconvénient.

Marta ne répondit rien, outrée que le professeur ait pu trahir sa confiance… et étonnée surtout qu'il soit venu visionner tranquillement cette vidéo sachant ce qu'il avait fait.

— Robert, regardez ! articula Sienna, les yeux rivés sur l'écran, ne voulant rien rater. Vous avez trouvé quelque chose !

L'autre Langdon s'était figé effectivement. Il avait incliné le masque et observait un détail sur la face interne.

À un moment, le masque cacha son visage, les yeux fermés du défunt se trouvant alignés avec les siens.

« La vérité ne peut être vue que par les yeux de la mort... »

Langdon frissonna.

Que regardait-il donc à l'arrière de ce masque ? Sur la vidéo, on le voyait annoncer sa découverte à Ignazio. La montagne de chair eut un sursaut. Le *Duomino* fouilla aussitôt ses poches à la recherche de ses lunettes et l'étudia de plus près. Stupéfait, il se mit à faire les cent pas dans l'*andito*, visiblement bouleversé.

Brusquement, les deux hommes relevèrent la tête. Ils avaient entendu quelque chose – sans doute Marta qui revenait des toilettes. Langdon sortit rapidement un sac en plastique de sa poche, glissa avec précaution le masque à l'intérieur et le tendit à Ignazio. Celui-ci, secouant la tête, le rangea à contrecœur dans sa mallette. Langdon referma la vitrine désormais vide, et les deux hommes partirent à la rencontre de Marta.

À présent, les deux gardiens mettaient Langdon en joue.

Marta vacilla sur ses jambes.

— Je ne comprends pas. Vous avez volé le masque de Dante avec Ignazio Busoni ?

— Pas du tout ! répliqua Langdon tentant un dernier coup de bluff. Nous avions l'autorisation du propriétaire. Il avait accepté que nous le sortions du musée pour une nuit.

— La permission du propriétaire ? De Bertrand Zobrist ?

— Oui. Pour examiner des marques à l'intérieur du crâne ! Nous l'avions rencontré dans l'après-midi.

Marta lui lança un regard noir.

— Professeur, vous ne pouvez avoir rencontré Bertrand Zobrist hier après-midi.

— Mais je vous assure que…

Sienna posa la main sur Langdon pour l'empêcher d'aller plus loin.

— Robert, lui dit-elle dans un soupir. Il y a six jours, Bertrand Zobrist s'est jeté du haut de la Badia Fiorentina. C'est à deux pas d'ici.

42.

Vayentha avait laissé sa moto à quelques rues du palazzo Vecchio et traversait à présent la piazza della Signoria. En passant devant la loggia dei Lanzi, toutes les sculptures de la galerie lui semblaient être en fin de compte une variation sur le même thème : la domination brutale des hommes sur les femmes.

L'Enlèvement des Sabines
L'Enlèvement de Polyxène
Persée tenant la tête de Méduse
Charmant !

Elle baissa la visière de sa casquette sur son nez et continua son chemin vers l'entrée du palais qui accueillait les premiers touristes de la journée. Sur la grande place, c'était l'animation de tous les jours.

Pas de flics. Pour l'instant.

Elle remonta la fermeture Éclair de son blouson jusqu'au cou pour dissimuler son arme et franchit les portes du palais. Elle suivit les panneaux qui indiquaient « Il museo di palazzo » et traversa ainsi deux atriums, puis monta un escalier monumental qui menait au premier étage.

Le message à la radio résonnait encore à ses oreilles :

« Il museo di palazzo Vecchio… Dante Alighieri. »

Langdon était forcément ici.

Les panneaux conduisirent Vayentha dans l'immense salle des Cinq-Cents, où déambulait déjà une poignée de touristes, y admirant ses merveilles. Mais Vayentha n'avait pas le temps de regarder les célèbres fresques. Elle repéra un nouveau panneau pour le musée au bout de la salle, désignant un escalier.

En chemin, elle croisa un groupe de jeunes rassemblés devant une sculpture, tous pouffant de rire.

La plaque annonçait : *Hercule et Diomède.*

Vayentha y jeta un coup d'œil.

Deux héros de la mythologie grecque – nus évidemment – en pleine lutte. Hercule tenait Diomède cul par-dessus tête, prêt à le jeter au sol, tandis que Diomède lui serrait les bourses, comme pour lui dire : « Tu es sûr de vouloir me lâcher ? »

Vayentha grimaça.

C'est ce qu'on appelle tenir quelqu'un par les couilles !

Elle détourna la tête et grimpa rapidement les marches menant au musée.

Arrivée au balcon, elle avisa une dizaine de touristes qui attendaient l'ouverture des portes.

— Ils ont du retard, lança l'un d'eux en baissant son caméscope.

— On sait pourquoi ? lui demanda-t-elle.

— Non. Mais quelle vue on a d'ici ! s'exclama le visiteur en désignant la salle des Cinq-Cents en contrebas.

Vayentha s'approcha des balustres et contempla l'immense espace. En bas, un policier solitaire venait d'arriver, attirant peu l'attention. Il marchait sans se presser vers l'escalier.

À la manière dont il traînait les pieds, c'était manifestement une corvée pour lui – rien à voir avec la frénésie qui régnait à la porta Romana.

Si Langdon était là, pourquoi ne prenaient-ils pas d'assaut le bâtiment ?

Soit elle s'était trompée – Langdon n'était pas ici –, soit la police – et donc Brüder – n'avait pas fait le rapprochement.

Quand l'officier de police atteignit le balcon et obliqua vers l'entrée du musée, Vayentha se tourna nonchalamment, feignant d'admirer le paysage par une fenêtre. Après sa radiation du Consortium, elle ne voulait pas risquer d'être repérée. Le Président avait des antennes partout.

— *Aspetta !* cria une voix.

Le cœur de Vayentha cessa un instant de battre. Le policier s'était arrêté juste derrière elle. La voix sortait de sa radio.

— *Attendi i rinforzi !* répéta la voix.

Attendez des renforts ? Pourquoi ? se demanda Vayentha.

Et soudain, par la fenêtre, elle aperçut un objet noir qui grandissait dans le ciel. Il volait vers le palazzo Vecchio, en provenance du jardin de Boboli.

Le drone ! Brüder avait compris. Il était en chemin !

*

Lawrence Knowlton, le coordinateur de mission, regrettait d'avoir appelé le Président. Quelle idée de lui demander de visionner la vidéo d'un client avant de la diffuser !

Peu importait le contenu.

Seul comptait le protocole.

Il se souvenait pourtant du précepte enseigné aux jeunes recrues :

« Pas de question. De l'action ! »

À contrecœur, il déposa la carte mémoire rouge dans le panier des tâches à effectuer le lendemain, en se demandant quelle serait la réaction des médias. Allaient-ils même le diffuser ?

Bien sûr que oui ! Cela venait de Bertrand Zobrist.

Non seulement leur client était une sommité du monde scientifique, mais il faisait la une de tous les journaux depuis son suicide. Ce film de neuf minutes serait considéré comme son message d'outre-tombe ; et il était si macabre que tout le monde le regarderait jusqu'au bout.

Et la nouvelle ferait l'effet d'une bombe.

43.

Marta Alvarez sortit furieuse de la salle de contrôle, laissant Langdon et son horripilante sœur sous bonne garde des vigiles. Elle se dirigea vers une fenêtre et contempla la piazza della Signoria, soulagée de voir une voiture de police garée devant le palais.

Enfin !

Elle ne parvenait toujours pas à comprendre pourquoi un homme aussi respectable que Langdon avait osé la trahir ainsi, et profité de sa courtoisie pour voler une œuvre d'art à la valeur inestimable.

Et Ignazio Busoni qui était dans le coup ! Incroyable !

Bien décidée à dire au *Duomino* le fond de sa pensée, elle sortit son téléphone portable. Son bureau, au museo dell'Opera del Duomo, se trouvait à quelques encablures de là.

— *Ufficio di Ignazio Busoni*, répondit une voix familière après une sonnerie.

Marta connaissait bien la secrétaire d'Ignazio mais n'était pas d'humeur à bavarder.

— *Eugenia, sono Marta. Devo parlare con Ignazio.*

Il y eut un silence au bout de la ligne, puis la secrétaire éclata en sanglots.

— *Cosa succede ?* s'inquiéta Marta.

Eugenia, en larmes, raconta à Marta qu'en arrivant ce matin au bureau elle avait été informée qu'Ignazio avait eu une crise cardiaque dans une ruelle derrière le Duomo. Il était environ minuit quand il avait appelé une ambulance. Mais, à l'arrivée des secours, il était mort.

Marta sentit ses jambes se dérober sous elle. Ce matin, elle avait appris qu'une personnalité de la ville était décédée dans la nuit, mais jamais elle n'avait imaginé qu'il pouvait s'agir d'Ignazio.

— *Eugenia, ascoltami...*

Le plus calmement possible, Marta lui narra les événements de la nuit au palazzo Vecchio. Le vol du masque mortuaire et le fait qu'à présent Robert Langdon était tenu en joue par ses gardiens.

Marta ne savait quelle serait la réaction de la secrétaire, mais, dans tous les cas, elle ne s'attendait pas à celle-ci :

— *Roberto Langdon ! Sei con Langdon ora ?*

Oui, elle était en ce moment avec Langdon, mais visiblement, elle oubliait un détail d'importance…

— Eugenia, le masque…

— *Devo parlare con lui !* s'affolait la secrétaire.

Il fallait qu'elle lui parle, tout de suite !

*

Dans la salle des gardes, le marteleur avait repris son ouvrage sous le crâne de Langdon. Brusquement la porte s'ouvrit. Marta Alvarez était de retour.

Il entendit le mugissement de sirènes au loin.

Ils nous ont trouvés ! songea-t-il.

— *È arrivata la polizia*, annonça Marta aux gardiens, en faisant signe à l'un des deux d'aller les accueillir.

L'autre resta en position, arme au poing.

Contre toute attente, Marta montra son téléphone à Langdon.

— Quelqu'un veut vous parler, déclara-t-elle encore sur le coup de la surprise. Mais il faut qu'on sorte de cette pièce. Il n'y a pas de réseau ici.

Ils gagnèrent la salle d'exposition qui se trouvait juste de l'autre côté. Le soleil se déversait par les grandes fenêtres. Derrière, on avait une vue imprenable sur la piazza della Signoria. Bien que toujours sous la menace d'une arme, Langdon fut soulagé de quitter cet endroit exigu.

La conservatrice lui suggéra de s'approcher d'une fenêtre pour avoir une meilleure connexion et lui donna son portable.

Langdon le prit et approcha son oreille de l'écouteur.

— Oui ? C'est Robert Langdon.

— Professeur, commença Eugenia avec un fort accent italien. Je suis la secrétaire d'Ignazio Busoni. Nous nous sommes rencontrés hier soir quand vous êtes venu au bureau.

Langdon n'en avait aucun souvenir.

— Oui ?

— J'ai une triste nouvelle à vous apprendre. Ignazio est mort. Il a été victime d'une crise cardiaque.

Sa main se crispa sur le téléphone.

Mort ?

La femme pleurait.

— Ignazio m'a appelée juste avant. Il m'a laissé un message, en me demandant de vous le faire écouter. Je vais vous le mettre.

Langdon entendit du bruit et, quelques instants plus tard, la voix enregistrée d'Ignazio Busoni lui parvint :

« Eugenia, haletait l'homme, visiblement au plus mal. Veillez, s'il vous plaît, à ce que Robert Langdon entende ce message. J'ai un problème. Je ne crois pas que je pourrai arriver au bureau. (Il y eut un gémissement, puis un long silence. Quand Ignazio recommença à parler, sa voix était plus faible :) Robert, j'espère que vous avez pu vous échapper. Ils sont toujours après moi… et j'ai… je ne vais pas bien. J'essaie d'appeler les secours mais… (Il y eut un nouveau silence, comme si le *Duomino* tentait de rassembler ses dernières forces :) Robert, écoutez-moi, ce que vous cherchez est soigneusement caché. Les portes vous sont ouvertes, mais vous devez vous presser. Paradis vingt-cinq. (Encore un silence, puis un murmure :) Faites vite. »

Et ce fut la fin.

Son cœur tambourinait dans sa poitrine. Il venait d'entendre les dernières paroles d'un mourant. Et le fait que ces mots lui soient destinés amplifiait son émotion.

Le Paradis vingt-cinq ? Les portes lui étaient ouvertes… De quelles portes parlait-il ?

Le masque était donc en lieu sûr. C'était le seul point sans équivoque.

Eugenia revint en ligne.

— Professeur, vous comprenez quelque chose à ce message ?

— Certaines parties, oui.

— Est-ce que je peux vous aider en quoi que ce soit ?

Langdon réfléchit à la question.

— Veillez à ce que personne n'entende ce message.

— Même la police ? Un inspecteur arrive pour prendre ma déposition.

Langdon se raidit. Il regarda le gardien et son arme braquée sur lui. Il se tourna vers la fenêtre et murmura :

— Eugenia… Pour le bien d'Ignazio, il faut que vous l'effaciez. Et ne dites surtout pas à la police que vous m'avez parlé. C'est clair ? La situation est très compliquée et…

Langdon sentit l'arme s'enfoncer dans son flanc. Le gardien tendait la main, réclamant le portable de Marta.

Sur la ligne, il y eut un silence.

— Professeur, mon patron vous faisait confiance, reprit Eugenia. Alors je ferai de même, ajouta-t-elle avant de raccrocher.

Langdon rendit le téléphone au vigile.

— Ignazio est mort, annonça-t-il à Sienna. D'une crise cardiaque, hier soir, en sortant du musée. Le masque est en sécurité. Il l'a caché avant de mourir. Et je crois qu'il m'a laissé un indice pour le retrouver. Paradis vingt-cinq.

Une lueur illumina les yeux de la jeune femme. Mais l'espoir fut de courte durée quand elle vit Langdon se tourner vers Marta et annoncer sans détour :

— Marta. Je peux retrouver votre masque, mais il faut que vous nous laissiez partir. Tout de suite.

La conservatrice du musée ricana :

— Vous rêvez ! C'est vous qui l'avez volé. La police arrive et...

— *Signora Alvarez*, intervint Sienna. *Mi dispiace, ma non le abbiamo detto la verità.*

Langdon la regarda avec des yeux ronds.

Mais que fait-elle ?

Sienna venait d'avouer à Marta Alvarez qu'ils ne lui avaient pas dit toute la vérité.

Marta parut tout aussi surprise. Mais ce qui l'étonna aussi, ce fut d'entendre la jolie blonde parler un italien parfait, sans le moindre accent.

— *Innanzitutto, non sono la sorella di Robert Langdon...* commença-t-elle avec une sincérité touchante.

44.

Marta Alvarez recula d'un pas, croisant les bras d'un air revêche.

— *Mi dispiace*, poursuivit Sienna de son italien irréprochable, *le abbiamo mentito su molte cose*. Nous vous avons menti sur beaucoup de choses.

Le gardien paraissait aussi perplexe que Marta, même s'il brandissait toujours son arme.

La jeune femme expliqua, toujours en italien, qu'elle était médecin et qu'elle était de garde à l'hôpital quand Robert Langdon était arrivé avec une blessure à la tête. Langdon souffrait d'amnésie. Il n'avait aucun souvenir des événements qui l'avaient conduit à l'hôpital. Et il avait été aussi surpris que Marta de découvrir ce qu'il avait fait la veille.

— Montrez votre blessure ! ordonna Sienna.

Quand la conservatrice du musée vit les agrafes sur le cuir chevelu de Langdon, elle s'adossa à l'appuie-fenêtre et se prit la tête dans les mains, un peu dépassée par les événements.

Quelques minutes plus tôt, elle venait d'apprendre que le masque mortuaire de Dante avait été volé, et que les deux voleurs étaient un historien d'art américain et son éminent collègue du Duomo, à présent décédé. Et maintenant, elle découvrait que la jeune Sienna Brooks, qu'elle croyait être la petite sœur du professeur, était en fait médecin, qu'elle lui avait menti depuis le début et qu'elle parlait couramment italien...

— Marta, poursuivit Langdon. Je sais que c'est dur à croire, mais je ne me souviens de rien. J'ignore totalement pourquoi Ignazio et moi avons pris ce masque.

Marta Alvarez sentit qu'il disait la vérité.

— Je vais vous le rapporter. Je vous en donne ma parole. Mais, pour y parvenir, nous devons sortir d'ici.

La situation est très complexe. Laissez-nous partir, je vous en prie. Tout de suite.

Même si Marta Alvarez avait très envie de récupérer sa pièce inestimable, elle n'avait pas l'intention de laisser filer qui que ce fût.

Mais que fiche la police ? Elle regarda, par la fenêtre, la voiture de patrouille garée devant le palais. Pourquoi le policier n'était-il toujours pas là ? Elle entendait du raffut au loin – comme si on coupait un arbre… mais, curieusement, le bruit de tronçonneuse se rapprochait.

Le ton de Langdon se faisait implorant :

— Marta, vous connaissiez Ignazio. Il n'aurait jamais emporté ce masque sans une très bonne raison. Vous ne voyez que la partie émergée de l'iceberg. Le propriétaire du masque, Bertrand Zobrist, était quelqu'un de plus trouble qu'il n'y paraît. Il semble qu'il se soit lancé dans un projet terrifiant. Nous n'avons pas le temps de tout vous expliquer, mais il faut nous croire, je vous en conjure !

Marta le regardait fixement. Elle n'y comprenait plus rien.

— Madame Alvarez, renchérit Sienna en vrillant ses yeux dans les siens. Si vous voulez sauver votre futur, ou celui de votre bébé, il faut nous laisser partir. Maintenant !

Par réflexe, Marta porta les mains à son ventre, détestant qu'on menace son enfant avant même qu'il ne soit né.

Le bourdonnement à l'extérieur devenait carrément dérangeant. Marta tourna la tête vers la fenêtre. Faute de pouvoir distinguer l'origine du bruit, elle découvrit autre chose.

Et le vigile aussi. Il en écarquilla les yeux.

Sur la piazza della Signoria, la foule des touristes s'écartait pour laisser passer une colonne de voitures de police qui fondaient sur le palazzo Vecchio, tous feux éteints et sans sirènes. Le convoi était mené par deux vans noirs qui pilaient à présent devant les portes. Des soldats en tenue de combat sautèrent des véhicules, mitraillette à la main, et s'engouffrèrent dans le bâtiment.

Une onde de terreur la traversa.

Que se passe-t-il ?

Le gardien n'avait pas l'air plus rassuré.

Le bourdonnement se fit soudain assourdissant ; un petit hélicoptère venait de se poster en vol stationnaire juste derrière la fenêtre.

L'engin semblait les observer. Il y avait une sorte de cylindre à l'avant, et il était braqué sur eux.

— Il va tirer ! hurla Sienna. *Sta per sparare !* Tout le monde à terre ! *Tutti a terra !*

Elle s'agenouilla derrière l'appuie-fenêtre. Marta blêmit et imita la jeune femme. Le gardien aussi, visant par réflexe la machine volante.

Marta vit que Langdon était resté debout. Il observait Sienna avec un drôle d'air. Visiblement, il ne pensait pas qu'il puisse y avoir le moindre danger. Sienna s'était déjà relevée, elle attrapait Langdon par le bras et l'entraînait vers la sortie – vers l'entrée principale du palais !

Le gardien, toujours agenouillé, pivota et mit en joue le couple qui s'enfuyait.

— *Non spari !* cria Marta. *Non possono scappare !* Ils ne peuvent s'échapper !

Langdon et Sienna disparurent. Dans quelques instants, ils tomberaient nez à nez avec les soldats.

*

— Vite ! cria Sienna en courant dans le couloir par lequel ils étaient venus.

Elle espérait gagner la sortie avant la police, mais y croyait de moins en moins.

Langdon, taraudé par les mêmes doutes, s'arrêta dans une glissade.

— On n'y arrivera pas comme ça, dit-il.

— Venez ! le pressa Sienna. Nous ne pouvons pas rester là !

Langdon semblait hésiter. Il avisa le couloir à gauche qui donnait sur une petite pièce sans issue. Les murs étaient recouverts de cartes. Au centre trônait un grand globe de fer. Il eut un mouvement de tête et fonça.

— Par là !

Non ! songea Sienna en suivant Langdon à contrecœur. En empruntant ce couloir, ils tournaient le dos à la sortie !

— Robert ! lança-t-elle, hors d'haleine. C'est un cul-de-sac ! Comment allons-nous sortir d'ici ?

— Par l'Arménie !

*

Sur le balcon dominant la salle des Cinq-Cents, cachée dans la foule de touristes qui se demandaient ce qui se passait, Vayentha vit les hommes de Brüder s'engouffrer dans le musée. En contrebas, ce n'était plus que portes qui claquent et cavalcades. La police investissait les lieux et bloquait toutes les issues du palais.

Si Langdon était là, il était pris au piège.

Malheureusement, moi aussi.

45.

Avec ses boiseries de chêne, la salle des cartes géographiques semblait être un lieu à part, un monde à lui tout seul. Jadis garde-robe du palais, la grande pièce renfermait des dizaines de placards qui autrefois abritaient les effets personnels du grand-duc. Aujourd'hui, les murs étaient décorés de cartes – cinquante-trois œuvres peintes à la main – qui décrivaient le monde connu dans les années 1550.

Au milieu de la salle trônait un grand globe terrestre. Appelée la *Mappa Mundi*, cette sphère haute d'un mètre quatre-vingts était la plus grande mappemonde pivotante de l'époque ; on prétendait qu'on pouvait la faire tourner d'un seul doigt. Aujourd'hui, ce n'était plus que la dernière étape du musée, annonçant aux touristes, qui venaient de traverser un dédale de couloirs et de galeries, que la visite était terminée. Ils faisaient le tour du globe dans cette pièce en cul-de-sac, et repartaient d'où ils étaient venus.

Langdon et Sienna y arrivèrent hors d'haleine. Devant eux, la *Mappa Mundi* se dressait, majestueuse. Mais Langdon ne lui accorda aucune attention, ses yeux balayant déjà du regard les cartes murales.

— Il faut trouver l'Arménie ! L'Arménie !

Toujours aussi dubitative, Sienna se mit à examiner la partie droite de la salle.

Langdon fit de même de l'autre côté.

L'Arabie, l'Espagne, la Grèce…

Chaque pays était représenté avec une précision remarquable, sachant que les dessins dataient de cinq cents ans, une époque où une grande partie de la terre demeurait à explorer.

Mais où était l'Arménie ?

Alors qu'il était d'ordinaire doté d'une mémoire visuelle remarquable, la « visite des passages secrets », que Langdon avait effectuée quelques années auparavant, restait quelque peu confuse – un effet secondaire des deux verres de Gaja nebbiolo qu'il avait eu la mauvaise idée de boire au déjeuner avant d'entrer dans le musée. Nebbiolo, le cépage bien nommé, puisqu'il signifiait « le petit brouillard » ! Mais Langdon se souvenait qu'on lui avait montré une seule carte – l'Arménie –, celle qui avait une particularité unique.

Elle est ici, j'en suis sûr, se répétait-il en passant de cadre en cadre.

— Je l'ai ! s'écria Sienna. Par ici !

Langdon rejoignit la jeune femme qui se tenait dans l'angle droit de la pièce. Elle désignait le dessin l'air de dire : « Voilà l'Arménie. Et alors ? »

Le temps n'était pas aux explications. Il attrapa le lourd cadre de bois et le tira à lui. La carte ainsi qu'une portion du mur et des boiseries pivotèrent vers lui, révélant un passage.

— Par l'Arménie… répéta Sienna, admirative.

Sans hésitation, elle s'engagea dans le petit espace qui se trouvait derrière. Langdon la suivit et referma le battant.

Malgré ses souvenirs quelque peu embrumés par l'alcool, Langdon se rappelait très bien ce passage. Ils venaient de se glisser de l'autre côté du miroir, et d'entrer dans le *palazzo Invisibile*. Le palais derrière les murs, accessible seulement aux anciens maîtres des lieux et à leurs proches.

Langdon s'arrêta quelques instants pour se repérer – un couloir dallé, éclairé par le jour qui filtrait par une série de petites fenêtres à vitraux. Le passage menait à une porte de chêne. Cela aussi, il s'en souvenait.

Il pivota sur sa gauche : un petit escalier montait dans les niveaux supérieurs, barré par une chaîne. Il y avait un panneau : SENZA USCITA.

Langdon s'y dirigea.

— C'est écrit « sans issue » ! s'exclama Sienna.

— J'ai lu, répondit Langdon avec un petit sourire.

Il décrocha la chaîne, et la tira vers la porte donnant dans la salle des cartes. Il l'attacha à la poignée pour empêcher quelqu'un de l'extérieur de l'ouvrir.

— Ah oui, bonne idée, reconnut Sienna d'une petite voix contrite.

— Cela ne les retiendra pas longtemps. Mais tout est bon à prendre. Suivez-moi.

Et Langdon s'élança, Sienna sur ses talons.

*

Quand l'Arménie finit par céder, l'agent Brüder et ses hommes s'engouffrèrent dans la brèche et se dirigèrent aussitôt vers la porte de bois au bout du couloir. Lorsque Brüder l'ouvrit, il fut saisi par une bouffée d'air froid et momentanément ébloui par le soleil.

Il était arrivé sur une coursive extérieure, qui longeait le toit du palazzo Vecchio. Le passage menait à une autre porte, cinquante mètres plus loin, et entrait de nouveau dans le bâtiment.

Sur la gauche, se dressait le toit pentu de la salle des Cinq-Cents, semblable à une montagne rouge.

Infranchissable !

Sur le flanc droit, le passage était bordé par un long plan incliné qui tombait dans un puits de lumière.

Par là, c'est la mort assurée, se dit-il.

— En avant ! ordonna Brüder en désignant la porte de bois au loin.

Le groupe s'élança, tandis que le drone tournoyait au-dessus de leurs têtes, tel un vautour.

Sitôt passé la porte, les soldats durent s'arrêter brusquement, les derniers heurtant les premiers.

Ils avaient débouché dans une minuscule pièce. Un bureau était appuyé contre le mur en face. Au-dessus de leurs têtes, les personnages peints au plafond semblaient se moquer d'eux.

Sans issue.

L'un des hommes de l'escouade lut le panneau d'information accroché à l'entrée.

— Attendez… ils disent qu'il y a une *finestra* ici, une sorte de fenêtre secrète.

Brüder jeta un regard circulaire à la pièce, mais ne vit que des murs aveugles. Il alla relire l'écriteau.

Il s'agissait du cabinet privé de la duchesse Bianca Cappello, et il y avait bien une fenêtre cachée – *una finestra segreta* – d'où elle pouvait regarder son mari faire ses discours dans la salle des Cinq-Cents.

Enfin Brüder repéra, dans le mur, une petite ouverture soigneusement dissimulée par un treillis.

Il s'approcha pour examiner la *finestra*. Elle était bien trop petite pour laisser passer quelqu'un de la corpulence de Langdon. Il plaqua son visage contre la grille. Personne ne pouvait s'enfuir par là. De l'autre côté, un à-pic de près de dix mètres donnait dans la salle des Cinq-Cents.

Où sont-ils passés ?

Brüder se retourna, toutes les frustrations de la matinée remontèrent en lui, et il hurla de rage.

Son cri fut assourdissant dans la petite pièce.

Dans la salle des Cinq-Cents, policiers et touristes levèrent la tête. Apparemment, un animal sauvage était enfermé dans le bureau de la duchesse.

*

Sienna Brooks et Robert Langdon se trouvaient désormais au seuil d'un gouffre noir et béant.

Quelques minutes plus tôt, Langdon avait astucieusement attaché la « porte de l'Arménie » avec la chaîne. Mais, au lieu de foncer vers la porte en bois au bout du couloir, il avait pris à gauche l'escalier marqué SENZA USCITA.

— Robert, non seulement c'est écrit « sans issue », mais ça monte ; or nous voulons descendre !

— Patience, jeune fille. Il faut parfois monter pour descendre. (Il lui adressa un clin d'œil :) Rappelez-vous le nombril de Lucifer !

Mais de quoi parle-t-il ?

— Vous avez lu l'*Inferno* ?

Oui, mais j'avais sept ans !

Puis tout s'éclaira…

— Ça y est, ça me revient. Le nombril de Lucifer. Bien sûr !

À la fin du poème, Dante devait descendre sur le ventre poilu de Lucifer. Quand il atteignait le nombril – le centre supposé de la terre – la gravité s'inversait soudain, et, pour continuer à descendre vers le *Purgatorio*, Dante se retrouvait en train de monter.

Sienna n'avait gardé que peu de souvenirs de *L'Enfer*, mais elle se rappelait très bien sa déception quand elle avait découvert cette inversion de la gravité au centre de la terre. Dante était sans doute un génie, mais il ne connaissait rien à la physique.

Ils avaient atteint le sommet de l'escalier. Devant eux, une petite porte. Avec un écriteau : SALA DEI MODELLI DELL' ARCHITETTURA.

Langdon était entré et avait aussitôt refermé le battant derrière eux.

La pièce était quelconque. Elle contenait une série de vitrines exposant les diverses maquettes réalisées par Vasari révélant l'agencement du palais. Sienna leur avait à peine accordé un regard. En revanche, elle avait noté que la pièce n'avait ni portes ni fenêtres. C'était bien une voie « sans issue ».

— Au milieu du XIVe siècle, le duc d'Athènes, ayant pris le pouvoir, fit installer un passage secret pour pouvoir s'échapper en cas d'attaque. On l'a appelé l'escalier du duc d'Athènes. Et il mène à un petit portillon dans une rue derrière le palais. Si nous pouvons le rejoindre, personne ne nous verra sortir. (Il avait désigné une maquette.) Regardez, il est là.

Il m'a emmenée ici pour me montrer des maquettes ?

Sienna avait jeté un œil impatient sur le modèle réduit et aperçu l'escalier secret qui partait du haut du palais et descendait jusqu'en bas, parfaitement caché entre les deux épaisseurs du mur d'enceinte.

— Oui, je vois l'escalier, Robert. Mais c'est à l'autre bout du palais. On n'y arrivera jamais !

— Ayez confiance, avait-il répondu avec un sourire en coin.

Un grand fracas leur avait appris que la porte de l'Arménie avait cédé. Ils s'étaient figés. Il y avait eu une cavalcade dans le couloir. Visiblement, aucun des soldats n'eut l'idée que les fugitifs avaient pu filer dans les étages… et surtout pas par ce petit escalier estampillé « sans issue » !

Quand les bruits de pas se furent évanouis, Langdon avait traversé tranquillement la salle d'exposition en sinuant entre les présentoirs. Puis il s'était dirigé vers un grand placard. Large d'un mètre carré, placé à un mètre du sol. Avec assurance, Langdon avait ouvert la porte.

Sienna avait sursauté.

De l'autre côté, c'était un antre noir, béant… comme si la petite porte donnait sur un coin reculé du cosmos. Un monde de ténèbres.

— Suivez-moi.

Il avait attrapé une lampe de poche accrochée à côté du battant. Puis, avec une agilité étonnante pour un professeur d'université, il avait grimpé dans le sas et disparu de sa vue.

46

La soffitta, se souvint Langdon. Les combles les plus étonnants de la terre !

L'air sentait le plâtre et le renfermé. Comme si la poussière des siècles, devenue fine et légère, demeurait là en suspension perpétuelle. C'était un espace immense, traversé de craquements et de grincements. Langdon avait l'impression d'être à son tour monté sur le ventre d'un monstre.

Une fois installé sur un entrait, il leva sa lampe, son faisceau perçant les ténèbres.

Devant lui, un tunnel sans fin, zébré de fermes, de chevrons et de pannes, dessinant des motifs triangulaires – le squelette de la salle des Cinq-Cents !

Il avait déjà vu cette structure savante lors de sa visite des passages secrets, quelques années plus tôt, l'esprit toujours embrumé par le nebbiolo. L'ouverture, percée dans le mur de la salle des maquettes, permettait au visiteur de comparer les modèles réduits avec l'objet en taille réelle.

À voir cette charpente traditionnelle avec ses poinçons et ses assemblages à « traits de Jupiter », Langdon avait l'impression de se trouver dans le grenier d'une grange de la Nouvelle-Angleterre.

Sienna était montée à son tour et se tenait en équilibre sur la même poutre. Langdon lui montra son nouvel univers, en balayant de sa lampe l'immense espace.

De leur position, une longue enfilade de triangles isocèles se perdait au loin. Sous leurs pieds, il n'y avait pas de plancher et les entraits étaient à nu, se succédant au sol comme autant de ponts suspendus.

— Nous sommes juste au-dessus de la salle des Cinq-Cents. Si nous parvenons de l'autre côté, je sais comment rejoindre l'escalier du duc d'Athènes.

Sienna regarda, sceptique, l'entrelacs de pièces de bois. La seule façon de procéder semblait de sauter de poutre en poutre, à la manière des enfants sautant de traverse en traverse sur les voies ferrées. Les entraits étaient larges, chacun composé d'un assemblage de bastaings maintenus en place par des anneaux métalliques. On pouvait y tenir parfaitement en équilibre. Le réel problème, c'était l'écartement entre chaque entrait.

— Ils sont bien trop éloignés, s'inquiéta Sienna.

Langdon se disait la même chose. Et rater une poutre, c'était la mort assurée.

Il braqua sa lampe dans l'espace entre deux entraits.

Trois mètres en dessous d'eux, suspendu par des tiges de fer, il y avait une sorte de plancher poussiéreux qui couvrait toute la surface. Malgré son apparente solidité, ce « sol » était en grande partie constitué de toiles couvertes de poussière. C'était la « face cachée » du plafond suspendu de la salle des Cinq-Cents – un réseau de trente-neuf niches de bois, accueillant les peintures de Vasari, assemblées en un immense patchwork.

Sienna désigna l'enfilade de caissons.

— On peut marcher dessus ?

Et traverser une toile de Vasari pour s'écraser sur les tommettes de la salle des Cinq-Cents ?

— En fait, il y a un autre chemin.

Il se mit à avancer sur la poutre en direction de l'axe central des combles.

Lors de sa précédente visite, il avait parcouru à pied la charpente, en passant par une porte de l'autre côté du grenier. Malgré les brumes du vin, il se souvenait qu'il existait une passerelle au milieu, qui menait à une plateforme d'observation, pour que les touristes puissent admirer le travail des artisans.

Mais quand il arriva sous le faîtage, la passerelle ne ressemblait en rien à celle de ses souvenirs.

Combien de verres de vin avais-je bus, finalement ? se demanda-t-il.

Au lieu d'une large structure pour touristes, ce n'était qu'un assemblage grossier de planches, simplement jetées en travers des poutres. Emprunter ce chemin tenait davantage d'un exercice de funambule.

Apparemment, la grande passerelle courait uniquement sur l'autre moitié des combles. Une fois sur la plateforme d'observation, les touristes faisaient simplement demi-tour. Ces chemins servaient uniquement aux charpentiers et au personnel d'entretien.

— Le supplice de la planche, comme dans les films de pirate ! lança Langdon.

— Ce n'est pas pire qu'à Venise quand il y a des inondations.

La jeune femme avait raison. La dernière fois qu'il s'était rendu dans la cité des Doges, la place Saint-Marc était sous les eaux et il avait dû emprunter une étroite passerelle, faite de planches posées sur des parpaings ou des seaux, pour passer de l'hôtel Danieli à la basilique. Bien sûr, le risque était différent – là-bas, il mouillait sa chaussure, ici il passait à travers un chef-d'œuvre de la Renaissance et s'écrasait au sol dix mètres plus bas.

Chassant cette image macabre de ses pensées, Langdon s'engagea sur la planche, avec une décontraction de pure circonstance pour convaincre Sienna de le suivre. Mais son cœur battait la chamade. Lorsque Langdon arriva au milieu de la passerelle de fortune, le bois ploya sous son poids, avec des grincements à glacer le sang. Il pressa aussitôt le pas et se réfugia sur la seconde poutre.

En poussant un soupir de soulagement, Langdon se tourna pour éclairer le chemin à Sienna, et lui lancer des paroles d'encouragement. Mais apparemment, elle n'avait nul besoin d'être rassurée. Dès que le faisceau éclaira la planche, elle traversa la passerelle avec une agilité remarquable. Le morceau de bois frémit à peine sous sa charge. En un instant, elle était à côté de Langdon.

Ne voulant pas être en reste, Langdon s'engagea vaillamment sur la seconde planche. Sienna attendit qu'il soit arrivé sur l'autre entrait et qu'il puisse l'éclairer pour le rejoindre aussitôt. Trouvant leur rythme, ils progressèrent de plus en plus vite, deux silhouettes traversant la *soffitta,* dans la lueur dansante d'une lampe. Quelque part sous eux, ils entendaient les talkies-walkies de la police crachouiller. Langdon eut un petit sourire.

Nous sommes les fantômes volants de la salle des Cinq-Cents, invisibles.

— Alors Robert… murmura Sienna. Ignazio vous a donc indiqué où se trouve le masque ?

— Oui… par une sorte de message codé.

Il expliqua à la jeune femme que le *Duomino* n'avait pas voulu donner l'emplacement sur le message, mais qu'il avait fourni des indices.

— Il a parlé du paradis. Une allusion peut-être au dernier volet de *La Divine Comédie*. Ses mots exacts étaient : paradis vingt-cinq.

— Le chant XXV sans doute.

— Possible.

Un chant était l'équivalent d'un chapitre. Cela faisait référence à la tradition orale des chansons de geste. *La Divine Comédie* contenait très exactement cent chants, répartis en trois sections.

Inferno 1 à 34
Purgatorio 1 à 33
Paradiso 1 à 33

Paradis XXV… Malgré sa mémoire eidétique, Langdon ne pouvait se souvenir du texte exact.

Il lui fallait trouver un exemplaire du *Paradiso*.

— Mais ce n'est pas tout, poursuivit Langdon. Ignazio m'a dit également : « Les portes vous sont ouvertes, mais vous devez vous presser. » (Il regarda Sienna.) Sans doute, le chant XXV fait-il référence à un lieu particulier à Florence. Un endroit où il y a des portes.

Sienna fronça les sourcils.

— Des endroits comme ça sont légion à Florence.

— Certes, c'est la raison pour laquelle nous devons lire le chant XXV du *Paradis*. Par pur hasard, ajouta-t-il en souriant, vous ne connaîtriez pas par cœur toute *La Divine Comédie* ?

Elle leva les yeux au ciel.

— Plus de quatorze mille vers en vieil italien que j'ai lus une fois enfant ? C'est vous qui avez une mémoire d'éléphant, professeur. Je ne suis que médecin.

Langdon fut un peu attristé qu'après toutes les épreuves qu'ils venaient de traverser ensemble elle préfère encore lui cacher son QI exceptionnel.

Quel médecin ? Le plus modeste des médecins, alors ! se dit Langdon, en se souvenant des coupures de presse qui vantaient ses capacités intellectuelles hors normes – des prouesses qui, toutefois, n'incluaient pas la mémorisation *in extenso* d'un des plus longs poèmes de l'Histoire.

Ils reprirent en silence leur progression, passant de poutre en poutre. Enfin, dans la pénombre, Langdon vit se profiler la plateforme d'observation. Les planches y menaient. Là-bas, il y avait de la place et des garde-fous ! S'ils parvenaient à ce « belvédère », ils pourraient ensuite emprunter la grande passerelle, puis atteindre la porte au fond qui, se souvenait Langdon, se trouvait tout près de l'escalier du duc d'Athènes.

Alors qu'ils approchaient de la plateforme, Langdon regarda le plafond sous ses pieds. Tous les caissons étaient jusque-là semblables. Mais celui qu'ils abordaient à présent était beaucoup plus grand.

L'Apothéose de Cosme Ier !

Cette peinture monumentale était le chef-d'œuvre de Vasari. Elle trônait dans la lunette centrale de la salle des Cinq-Cents. Langdon en montrait souvent des photos à ses étudiants, attirant leur attention sur les similitudes avec *L'Apothéose de Washington* du Capitole américain – signe que les États-Unis avaient emprunté bien plus à l'Italie que le seul concept de république.

266

Aujourd'hui, toutefois, Langdon était plutôt pressé de la dépasser. Alors qu'il accélérait le pas, il tourna la tête pour souffler à Sienna qu'ils approchaient du but.

Et son pied manqua le milieu de la planche, mordant à moitié dans le vide. Son pied ripa, et Langdon perdit l'équilibre. Il tenta de se rattraper, mais il était trop tard.

Son genou heurta violemment la planche. Il tendit les bras, espérant attraper la poutre devant lui. La lampe tomba dans le vide et atterrit sur la toile où elle rebondit. Dans un dernier sursaut, il réussit à sauter sur la poutre, mais dans son élan, il avait poussé des pieds la planche qui s'effondra avec grand fracas trois mètres plus bas – par chance sur le cadre circulaire entourant *L'Apothéose* de Vasari.

Le bruit se perdit en écho dans les combles.

Horrifié, Langdon se remit debout et se tourna vers Sienna.

Dans la lueur falote de la lampe gisant en contrebas, il vit la jeune femme sur l'autre poutre, piégée, incapable de le rejoindre. Elle avait compris elle aussi : le bruit venait d'alerter leurs poursuivants.

*

Vayentha redressa la tête vers le magnifique plafond.

— Il y a des rats au grenier ? plaisanta le vidéaste en entendant le bruit.

De gros rats, se dit Vayentha en fixant du regard le caisson circulaire au centre de la salle des Cinq-Cents. Une traînée de poussière descendait dans l'air. Et il y avait un renflement au milieu du tableau, comme si quelqu'un poussait de l'autre côté de la toile.

— Un flic a peut-être fait tomber son flingue depuis la plateforme, lança le même touriste, en regardant lui aussi la bosse sur la toile. Qu'est-ce qu'ils cherchent à votre avis ? On se croirait dans un film !

— Il y a une plateforme là-haut ? demanda Vayentha. Et on peut y monter ?

— Bien sûr. (L'homme désigna l'entrée du musée.) Juste derrière, il y a une porte qui permet d'accéder dans les combles. Ça vaut le coup de voir le système d'étayage qui tient tout le plafond. C'est incroyable.

La voix de Brüder résonna dans toute la salle.

— Mais où sont-ils passés ?

Ses paroles, comme son cri un peu plus tôt, provenaient de cette ouverture tout en haut du mur sur la gauche de Vayentha. Vraisemblablement, il y avait une pièce derrière cette lucarne.

Vayentha observa le renflement sur la toile.

Des rats dans le grenier. Qui cherchent désespérément une sortie.

Elle remercia le touriste au caméscope et se dirigea vers le musée. La porte d'entrée était fermée. Mais, avec tous les flics qui grouillaient, elle ne devait pas être verrouillée.

Et elle avait raison.

47.

Sur la place, un homme d'une quarantaine d'années se tenait sous les arches de la loggia dei Lanzi et observait le ballet des voitures de police qui convergeait vers le palazzo Vecchio. L'homme portait des lunettes Plume, une cravate parme, et un petit clou d'oreille.

L'homme se gratta à nouveau le cou. Du jour au lendemain, il avait eu la peau tout irritée. Et cela ne s'arrangeait pas. Maintenant, il avait des petites pustules sur le cou, et tout le visage, jusqu'au pourtour des yeux.

Il regarda ses ongles. Ils étaient maculés de sang. Il sortit son mouchoir et s'essuya les doigts. Il en profita pour tamponner ses boutons.

Puis il reporta son attention sur les deux vans noirs garés devant le palais. Dans le premier, il distinguait deux silhouettes sur la banquette arrière.

Un soldat armé.

À côté de lui, une femme d'un certain âge, mais très belle, avec des cheveux argent et une amulette bleue.

Le soldat préparait une seringue.

*

Dans le van, le Dr Elizabeth Sinskey regardait le palazzo, les yeux dans le vague, se demandant comment la situation avait pu tourner aussi mal.

— Madame, articula une voix grave près d'elle.

Groggy, elle tourna la tête vers le soldat qui tenait une seringue. Il lui prit le bras.

— Ne bougez pas.

Il y eut à nouveau le petit flash de douleur quand l'aiguille perça sa peau.

Le soldat pressa le piston.

— Maintenant, rendormez-vous.

Alors que ses paupières se fermaient, elle crut voir un homme qui l'observait dehors, dans l'ombre. Il portait des lunettes de créateur, une cravate lilas, presque rose. Son visage était tout enflammé, rouge pivoine. L'espace d'un instant, elle crut le reconnaître. Mais quand elle souleva à nouveau ses paupières, l'homme avait disparu.

48.

Dans la pénombre des combles, Langdon et Sienna étaient séparés par un vide de sept mètres. Trois mètres sous eux, la planche était tombée sur le bord du coffrage qui maintenait en place *L'Apothéose* de Vasari. La lampe, qui brillait encore, gisait sur la toile, au fond d'un petit creux, telle une pierre sur un trampoline.

— La planche derrière vous, chuchota Langdon. Vous pouvez la tirer jusqu'à vous.

— Oui, mais l'autre extrémité va tomber sur le tableau.

Ce n'était effectivement pas le moment de lâcher un bastaing de cette taille à travers une toile de Vasari.

— J'ai une idée, lança Sienna, en commençant à se déplacer vers le côté du toit.

Langdon la suivit en parallèle sur sa propre poutre. À chaque pas, cela devenait plus dangereux, à cause de la lumière qui diminuait. Quand ils eurent atteint les sablières, ils étaient dans le noir total.

— Si je descends ici, annonça la jeune femme en désignant l'obscurité sous elle, sur le bord des caissons, je devrais être en appui sur le mur. Ça devrait tenir.

Avant que Langdon n'eût le temps de répondre quoi que ce soit, elle descendit dans le trou, en se servant des aisseliers soutenant la poutre comme autant de barreaux d'une échelle. Elle posa le pied sur le bord de la structure de bois. Puis longeant avec précaution le mur, elle progressa en direction de Langdon. Il y eut à nouveau des craquements sinistres.

Comme de la glace trop fine, frémit Langdon. Surtout ne pas s'écarter du bord.

Voyant que Sienna avait parcouru la moitié du chemin, Langdon eut une nouvelle bouffée d'espoir. Ils allaient enfin pouvoir s'échapper d'ici.

Soudain, une porte claqua dans les ténèbres. Et il entendit des pas résonner sur la passerelle des touristes. Un faisceau de lumière apparut, fouillant l'espace, se rapprochant d'instant en instant. L'espoir avait été de courte durée… Quelqu'un venait leur barrer la route.

— Sienna, chuchota-t-il. Continuez comme ça tout le long du mur. La sortie est à l'autre bout. Je vais faire diversion.

— Non ! Robert, revenez !

Mais Langdon s'était déjà éloigné, rejoignant l'axe central des combles.

À son arrivée, il aperçut une silhouette sur la plate-forme d'observation, appuyée au garde-fou. Le faisceau de la lampe se releva et éclaira Langdon, l'éblouissant.

Clignant des yeux, il leva les bras en l'air. Jamais, il ne s'était senti plus vulnérable – en équilibre sur une poutre, au-dessus de la vertigineuse salle des Cinq-Cents, et aveuglé par un faisceau lumineux.

Langdon attendit une déflagration ou un ordre, mais il n'y eut que le silence. Au bout d'un moment, la lumière quitta ses yeux et sonda les alentours, cherchant visiblement quelqu'un d'autre. Il discernait les traits de la personne qui lui bloquait la route. C'était une femme, longiligne et vêtue de noir. Malgré la casquette de baseball, il savait quelle coiffure exotique se trouvait dessous.

Langdon se raidit, revoyant le Dr Marconi s'écrouler devant lui.

Elle m'a trouvé. Elle est venue finir le travail.

Langdon songea aux plongeurs grecs, s'aventurant en apnée dans un tunnel, bien au-delà du point de non-retour, et rencontrant soudain un mur.

La tueuse braqua à nouveau la lampe dans ses yeux.

— Où est votre amie ?

Langdon fut parcouru d'un frisson.

Elle est donc ici pour nous tuer tous les deux, se dit-il.

Il fit mine de regarder derrière lui, comme si Sienna se trouvait à quelques pas de là.

— Elle n'a rien à voir avec ça. C'est moi que vous voulez.

Il espérait que la jeune femme avait bien avancé le long du mur. Si elle pouvait dépasser la plateforme, elle pourrait remonter plus loin sur la passerelle et gagner la porte sans être vue.

La femme fouilla de sa lampe les combles derrière Langdon. Quand la lumière aveuglante quitta ses yeux, il aperçut une silhouette derrière la tueuse.

Oh, non…

Sienna se dirigeait effectivement vers la passerelle, mais elle se trouvait à seulement dix mètres derrière leur assaillante. C'était bien trop près !

Sienna, non ! Elle va vous voir !

Le faisceau revint l'éblouir.

— Écoutez-moi attentivement, professeur. Si vous voulez vivre, vous allez devoir me faire confiance. Ma mission est suspendue. Je n'ai plus aucune raison de m'en prendre à vous. Vous et moi sommes dans le même camp, désormais. Et je sais comment vous aider.

Langdon l'écoutait à peine. Sienna occupait toutes ses pensées. Elle grimpait avec précaution sur la passerelle, dans le dos de la tueuse.

Allez, courez ! Sortez de là !

Mais, à la grande stupeur de Langdon, la jeune femme restait tapie dans l'ombre, observant la scène.

*

Vayentha scrutait les ténèbres derrière Langdon.

Où est-elle passée ? Ils se sont séparés ? se demandait-elle.

Il ne fallait pas que Brüder leur mette la main dessus. C'était son seul espoir.

— Sienna ? appela Vayentha. Si vous m'entendez, écoutez-moi attentivement. Il ne faut pas que ces soldats vous trouvent. Ils ne seront en rien conciliants, je vous l'assure. Je connais une issue. Je peux vous aider. Faites-moi confiance.

— Vous faire confiance ? répéta Langdon, suffisamment fort pour se faire entendre de tout le monde. Vous êtes une tueuse !

Sienna est à côté, comprit Vayentha. Langdon lui parle, lui dit de s'enfuir.

Vayentha fit un nouvel essai :

— Sienna, la situation est complexe, mais je peux vous faire sortir d'ici. Réfléchissez. Vous êtes pris au piège. Vous n'avez pas le choix.

— Si, elle a le choix, répondit Langdon en haussant la voix. Et elle sait qu'elle doit s'enfuir au plus vite.

— Tout a changé, insista Vayentha. Je n'ai aucune raison de vous faire du mal, ni à elle, ni à vous.

— Vous avez tué le Dr Marconi ! Et c'est vous aussi qui m'avez tiré dessus, et qui m'avez fait cette blessure à la tête !

C'était peine perdue. Langdon n'allait jamais la croire si elle lui disait qu'elle n'avait aucune intention de le tuer.

Le temps des négociations est terminé.

Sans hésitation, elle plongea la main sous son blouson de cuir et sortit son arme munie du gros silencieux.

*

Tapie dans l'obscurité, Sienna observait la femme qui discutait avec Langdon, à seulement dix mètres devant elle. C'était bien leur poursuivante. Avec stupeur, elle la vit sortir son arme. La même arme qu'elle avait utilisée contre Marconi.

Elle allait tirer !

Le geste de la femme ne laissait aucun doute.

Celle-ci s'avança de deux pas vers Langdon, l'air menaçant, et s'arrêta contre la rambarde, au-dessus de *L'Apothéose* de Vasari. Elle était au plus près de

274

Langdon. Elle leva son arme, visant soigneusement sa poitrine.

— Ça va être désagréable un petit instant… mais je n'ai pas le choix.

Et Sienna réagit par réflexe.

*

Surprise par la trépidation des planches sous ses pieds, Vayentha se tourna au moment de tirer. Quand elle fit feu, elle sut qu'elle avait manqué Langdon.

Quelqu'un lui fonçait dessus.

Très vite.

Elle acheva sa volte-face, retournant l'arme à cent quatre-vingts degrés. Il y eut un éclair blond juste au moment où quelqu'un la heurtait en plein élan. Elle tira une nouvelle fois, mais son assaillant s'était baissé sous le canon, et la poussait de toutes ses forces.

Vayentha sentit ses pieds quitter le sol, ses reins heurter le garde-fou. Elle bascula dans le vide, battant des bras pour se rattraper, mais il était trop tard.

Elle tomba dans les ténèbres, se préparant à heurter le sol poussiéreux trois mètres sous elle. Mais, curieusement, le choc fut plus doux que prévu… comme si elle avait été retenue par un filet, qui maintenant se creusait sous son poids.

Désorientée, elle leva la tête vers son agresseur. Sienna Brooks la regardait par-dessus la rambarde. Étonnée, Vayentha ouvrit la bouche pour lui parler, mais, soudain, il y eut un grand craquement.

La toile s'était déchirée sous elle.

Et Vayentha tombait à nouveau.

Cette fois, il s'écoula trois longues secondes. Trois secondes durant lesquelles les magnifiques peintures du plafond s'offrirent à son regard. Le tableau juste au-dessus d'elle – la toile circulaire où Cosme Ier était au ciel, entouré d'angelots – était fendu d'un trait noir en son centre.

Puis, ce fut le choc. Et l'obscurité.

*

Dans les combles, Langdon regardait, tétanisé, le vide qui s'ouvrait sous *L'Apothéose* éventrée. Sur les dalles de la salle des Cinq-Cents, la femme gisait, immobile, dans une flaque de sang qui s'élargissait. Elle avait toujours son arme à la main.

Sienna ne pouvait elle non plus détacher ses yeux de la scène.

— Je… je ne voulais pas…

— Vous avez réagi par réflexe, chuchota Langdon. Elle allait me tuer…

Dessous, des cris affolés montaient.

Avec douceur, Langdon prit le bras de Sienna et l'écarta de la rambarde.

— Venez. Il ne faut pas rester ici.

49.

Dans le cabinet secret de la duchesse Bianca Cappello, l'agent Brüder avait entendu l'impact dans la salle des Cinq-Cents. Il se précipita à la *finestra*. Il lui fallut plusieurs secondes pour réaliser ce qui se passait, tant la scène était inconcevable.

La conservatrice du musée, qui l'avait rejoint dans la petite pièce, s'approcha à son tour de l'ouverture et se couvrit la bouche d'horreur en découvrant le cadavre entouré de touristes. Et quand elle leva les yeux vers le plafond à caissons, elle poussa un cri étouffé. Brüder suivit le regard de la femme enceinte. Au plafond, un tableau était déchiré.

Il se tourna vers la conservatrice et lui demanda :

— Comment accède-t-on là-haut ?

*

À l'autre bout du palais, Langdon et Sienna quittaient les combles et s'engouffraient dans un couloir à l'étage inférieur. En quelques secondes, Langdon trouva une petite alcôve, soigneusement dissimulée derrière un rideau pourpre. Un souvenir de sa précédente visite.

L'escalier du duc d'Athènes !

Des cris et des cavalcades résonnaient dans tout le palais. Il fallait faire vite. Il écarta le rideau et entraîna la jeune femme sur un petit palier.

En silence, ils entreprirent de descendre l'escalier de pierre. Les marches étaient étroites. Plus ils descendaient plus le passage se rétrécissait, comme si les murs se refermaient sur eux pour les écraser. Enfin, la spirale s'arrêta.

Le rez-de-chaussée !

L'escalier donnait dans un petit sas en pierre. Et même si la porte qui se trouvait là était minuscule, ce fut pour eux comme une vision de bonheur. Un battant d'un mètre vingt de haut, en chêne bardé de clous et une grosse serrure pour empêcher les gens d'entrer.

— J'entends les bruits de la rue de l'autre côté, murmura Sienna, le visage encore blême.

— C'est la via della Ninna, répondit Langdon. Mais il y a peut-être des policiers.

— Ils ne vont pas nous repérer. Ils cherchent une blonde et un grand brun.

Langdon la regarda d'un drôle d'air.

— C'est précisément ce que nous…

Sienna secoua la tête, d'un air fataliste.

— Je n'avais aucune envie que vous me voyiez comme ça, mais c'est à ça que je ressemble aujourd'hui.

Elle leva le bras, empoigna ses cheveux blonds et retira sa perruque.

Langdon tressaillit. À la fois parce qu'il découvrait que Sienna portait des cheveux postiches, mais aussi parce que son crâne chauve lui donnait un tout autre visage – un visage pâle, comme une victime du cancer après une chimiothérapie.

Sienna était malade ?

— C'est une longue histoire… Maintenant baissez-vous, dit-elle comptant visiblement lui mettre la perruque.

Elle est sérieuse ?

À contrecœur, il s'exécuta. Sienna ajusta les cheveux blonds du mieux qu'elle put et recula d'un pas pour juger l'effet d'ensemble. Guère satisfaite, elle détacha sa cravate, la noua sur son front comme un bandana et lui chipa sa veste.

Sienna s'occupa ensuite de son propre déguisement. Elle remonta le bas de son pantalon, descendit ses chaussettes. Elle se redressa et esquissa un sourire narquois. La charmante Sienna Brooks était devenue une skinhead. La transformation était saisissante. Elle avait un vrai talent de comédienne.

— Souvenez-vous, quatre-vingt-dix pour cent de l'image qu'on renvoie vient du langage corporel, alors bougez et marchez comme un vieux rocker.

Jouer les vieux, ça je peux. Les rockers, c'est pas gagné.

Avant que Langdon n'eût pu faire part de ses doutes, Sienna avait ouvert la petite porte. Elle se baissa et sortit dans une ruelle pavée, Langdon sur ses talons. Il retrouva l'air libre quasiment à quatre pattes.

Hormis plusieurs regards au moment où le couple franchit la minuscule porte du palazzo Vecchio, personne ne fit attention à eux. En quelques secondes, ils se fondaient dans la foule.

*

L'homme aux lunettes Plume tamponnait sa peau purulente, tandis qu'il se faufilait parmi la masse de touristes, suivant à distance Langdon et Sienna. Malgré leur déguisement, il les avait aussitôt reconnus quand ils étaient sortis par la porte dérobée dans la via della Ninna.

Il leur emboîta le pas ainsi sur quelques centaines de mètres avant de manquer d'air. Un nœud brûlant lui enserrait la poitrine ; il dut prendre de courtes inspirations pour chasser la douleur.

Serrant les dents, il reporta son attention sur Langdon et Sienna qui s'éloignaient et reprit sa filature.

50

Le soleil du matin était sorti de l'horizon, projetant de longues ombres dans les venelles du vieux Florence. Les commerçants relevaient leurs grilles, l'air sentait bon le café et les *cornetti* tout chauds.

Malgré la faim, Langdon continua à avancer.

Il faut retrouver ce masque… et voir ce qu'il y a dedans.

Alors qu'ils remontaient la via dei Leoni, Langdon tentait de s'habituer au crâne chauve de la jeune femme. Elle était devenue une personne totalement différente. En fin de compte, il ne savait rien d'elle, ou si peu.

Ils se dirigeaient vers la piazza del Duomo – près de l'endroit où Ignazio Busoni avait été retrouvé mort après son coup de fil.

« Robert, était-il parvenu à articuler, ce que vous cherchez est soigneusement caché. Les portes vous sont ouvertes, mais vous devez vous presser. Paradis vingt-cinq. Faites vite… »

Paradis vingt-cinq… Ces mots tournaient en boucle dans la tête de Langdon. Ignazio connaissait si bien le texte de Dante qu'il pouvait donner en référence le numéro d'un chant, comme ça, de mémoire et au moment de mourir… Incroyable ! Bientôt, Langdon saurait quels indices s'y trouvaient – dès qu'il aurait mis la main sur un exemplaire de *La Divine Comédie*. Ce qui serait un jeu d'enfant.

Sa perruque commençait à lui gratter le crâne ; même s'il se sentait un peu ridicule dans ce déguisement, il devait reconnaître que ce « relooking minute » était efficace. Personne ne leur prêtait attention, pas même les policiers appelés en renfort qui se précipitaient vers le palazzo Vecchio.

Sienna marchait, silencieuse, à côté de lui. Il lui jetait de petits coups d'œil de temps en temps, pour s'assurer que tout allait bien. Elle semblait perdue dans ses réflexions. Sans doute avait-elle du mal à assumer le fait d'avoir tué cette femme.

— Un sou pour vos pensées ! lança-t-il, pour lui éviter de revoir ce corps baignant dans son sang sur les dalles de la salle des Cinq-Cents.

Sienna sortit lentement de ses cogitations.

— Je songeais à Zobrist, articula-t-elle. J'essayais de passer en revue ce que je savais sur lui... trouver quelque chose qui pourrait nous être utile.

— Et ?

Elle haussa les épaules.

— Les infos que j'ai sur lui proviennent surtout d'un essai qu'il a écrit il y a quelques années, et qui a fait couler beaucoup d'encre. Ce qu'il disait m'avait frappée. Dans le milieu médical, cela avait donné naissance à un débat virulent... (Elle grimaça.) Désolée, j'aurais pu choisir un autre mot.

Langdon esquissa un pâle sourire.

— Il disait quoi au juste ?...

— Que l'espèce humaine était au bord de l'extinction. Et qu'à moins d'une catastrophe planétaire, qui réduirait drastiquement notre nombre, nous n'allions pas survivre cent ans de plus.

Langdon la regarda en haussant les sourcils.

— Un siècle ?

— Sa thèse est plutôt radicale. Ses prévisions sont plus pessimistes que les précédentes études, mais elles sont étayées par des faits scientifiques irréfutables. Il s'est fait beaucoup d'ennemis en déclarant que les médecins devraient arrêter de soigner les gens parce que l'allongement de la durée de vie ne faisait qu'aggraver le problème de la surpopulation.

Pas étonnant que cet article ait mis en émoi le corps médical ! songea Langdon.

— Zobrist fut attaqué évidemment de tous les côtés. Les politiciens, le clergé, l'OMS. Tous le traitaient de fou catastrophiste qui allait semer la panique. Une phrase, en particulier, avait provoqué un tollé : il disait que, si notre jeunesse avait la folie de faire des enfants, leur progéniture verrait la fin de l'humanité. Zobrist parlait de « l'horloge de la fin du monde ». Si toute l'épopée humaine était condensée en une heure, nous vivrions en ce moment nos dernières secondes.

— J'ai vu cette horloge sur Internet.

— Eh bien, il a proposé la sienne. Et ça a mis le feu aux poudres. Mais les attaques les plus féroces ont eu lieu après qu'il a déclaré que ses découvertes dans le génie génétique seraient bien plus utiles à l'homme si, au lieu de soigner des maladies, on s'en servait pour en créer de nouvelles.

— Il a vraiment dit ça ?

— Oui. Ses travaux devaient servir plutôt à limiter la population, en mettant au point de nouvelles souches de virus contre lesquelles la médecine serait impuissante.

Un frisson traversa tout le corps de Langdon, à la pensée d'un « super virus » qui, une fois lâché, serait incontrôlable.

— En quelques années, Zobrist est passé du statut de héros de la génétique à celui de paria honni de tous. L'anathème du ciel. (Il y eut de la compassion dans son regard.) Ce n'est pas étonnant qu'il ait craqué et qu'il se soit tué. Le plus triste, dans tout ça, c'est qu'il a sans doute raison.

— Raison ? Vous trouvez ?

Langdon n'en revenait pas.

— Robert, il faut raisonner en scientifique – laisser de côté l'affect, l'éducation. Je peux vous dire que, sans des mesures drastiques, la fin de l'humanité est pour bientôt. Elle est même carrément à notre porte. Ce ne sera pas le feu, la lave, le Jugement dernier, ou la guerre nucléaire… ce sera l'étouffement dû au surnombre. La suffocation. C'est mathématique.

Langdon se raidit.

— J'ai fait un peu de biologie, poursuivit-elle. Et il est très courant qu'une espèce s'éteigne simplement parce qu'elle est trop nombreuse pour un environnement donné. Imaginez une colonie d'algues de surface, vivant dans une mare au milieu d'une forêt, profitant de l'équilibre miraculeux des nutriments que lui offre le bassin. Mais sans système de régulation, elles se développent tellement qu'elles finissent par recouvrir toute la mare, occultent les rayons du soleil et empêchent ainsi le développement des nutriments dans l'eau. Après avoir pompé toutes les ressources de leur environnement, les algues meurent rapidement et disparaissent sans laisser de traces. C'est le même sort qui attend l'humanité, soupira-t-elle. Et cela arrivera bien plus vite qu'on ne le pense.

— Mais cela semble impossible.

— Pas impossible, Robert... Impensable. L'esprit humain a un système de défense primitif pour oblitérer des faits trop stressants que le cerveau ne saurait gérer. Cela s'appelle le déni.

— Je connais cette théorie, répondit Langdon. Mais je n'y crois pas.

Sienna roula des yeux.

— C'est louable de votre part, mais croyez-moi, c'est un mécanisme bel et bien réel. Le déni est un outil essentiel du développement humain. Sans ce mécanisme de survie, nous serions tétanisés chaque matin, rien qu'en pensant à notre propre mort. Mais notre cerveau étouffe nos peurs existentielles en se concentrant uniquement sur les défis que nous pouvons relever, tels qu'aller au travail à l'heure, ou payer nos impôts. Si nous avons des angoisses plus vastes, nous les rejetons bien vite, pour nous concentrer sur des tâches simples et les vicissitudes du quotidien.

Langdon se souvenait d'une récente étude menée dans une des grandes universités des États-Unis, qui révélait que les internautes à haut niveau d'instruction avaient un comportement sur la toile typique du déni. Apparemment, après avoir consulté des articles déprimants sur la fonte des calottes polaires ou l'extinction des espèces, la grande majorité des étudiants dans ces prestigieux établissements changeaient rapidement de domaine pour aller voir des sujets plus triviaux pour se laver l'esprit – le tiercé gagnant étant les sports, les vidéos de chats et les potins sur les stars.

— Dans la mythologie, expliqua Langdon, un héros qui nie la réalité est la manifestation ultime de l'orgueil. Il n'existe de pire orgueilleux que celui qui se croit immunisé contre tous les dangers. Pour Dante, d'ailleurs, c'est l'un des plus graves péchés.

— L'article de Zobrist reprochait à la plupart des hommes d'État d'être en plein déni, de faire la politique de l'autruche. Il en voulait particulièrement à l'OMS.

— Je m'en serais douté.

— Ils l'ont comparé à ces fous de Dieu qui hurlent dans la rue que l'Apocalypse est pour demain.

— À Harvard, on en a un ou deux comme ça.

— Oui. On les ignore parce que personne ne croit que ça va arriver. Mais ce n'est pas parce qu'un humain n'envisage pas un événement qu'il ne va pas se produire.

— On croirait entendre une adepte de Zobrist.

— J'aime la vérité, répliqua-t-elle avec gravité. Même si elle est douloureuse à admettre.

Langdon resta silencieux, se sentant soudain bien loin de Sienna. Il ne réussissait pas à comprendre ce curieux mélange de passion et de détachement.

La jeune femme l'observa avec douceur.

— Robert… je ne dis pas que je suis Zobrist quand il affirme qu'une épidémie serait la bonne réponse à la démographie galopante de la planète. Ni que nous devrions arrêter de soigner les gens. Mais je pense que la voie que nous avons empruntée nous mène droit dans le mur. La population progresse de façon exponentielle alors que la surface habitable est limitée et que les ressources le sont aussi. La fin va se produire brutalement. Rien à voir avec un lent processus, tel qu'une pénurie de pétrole. Ce sera une chute brutale du haut d'une falaise.

Langdon s'efforçait d'assimiler tout ce que venait d'exposer la jeune femme.

— En parlant de chute... ajouta-t-elle. Je suis sûre que c'est de là-haut que s'est tué Zobrist.

Langdon leva la tête. Derrière la façade austère du palais du Bargello, se dressait la silhouette effilée du campanile de la Badia Fiorentina. Il contempla le sommet de la tour, se demandant pourquoi Zobrist s'était jeté dans le vide.

Pourvu qu'il n'ait pas commis d'acte irréparable et voulu fuir ensuite ses responsabilités.

— Les détracteurs de Zobrist, reprit Sienna, répètent à qui veut l'entendre que ses découvertes dans la génétique ont permis d'allonger l'espérance de vie des humains.

— Ce qui ne fait qu'aggraver le problème de la surpopulation humaine.

— Tout juste. Zobrist a déclaré un jour qu'il aurait aimé pouvoir enfermer son génie dans une bouteille et effacer toute sa contribution à la longévité humaine. Idéologiquement, ça se tenait. Plus les gens vivent longtemps, plus la pression sur la planète est grande.

Langdon acquiesça.

— J'ai lu que soixante pour cent des coûts de santé aux États-Unis servent à maintenir les gens en vie durant les six derniers mois de leur existence.

— C'est exact. Et pendant que la raison dit « c'est de la folie », le cœur répond « gardons grand-mère en vie le plus longtemps possible ».

— C'est le conflit éternel entre Apollon et Dionysos. Le combat entre l'esprit et le cœur, qui veulent rarement la même chose.

Cette image mythologique, avait appris Langdon, était utilisée chez les Alcooliques Anonymes pour décrire l'état d'un malade qui regarde un verre d'alcool – son cerveau sait que c'est néfaste pour lui, mais son cœur se languit du bien-être que ce verre va lui apporter. Le message était le suivant : ne te sens pas seul et démuni. Même les dieux ont ces dilemmes !

— *Who needs agathusia ?* murmura Sienna.

— Pardon ?

Sienna le regarda.

— Qui a besoin d'une agathusia ? C'était le nom de l'article. Je m'en souviens maintenant.

Langdon ne connaissait pas ce terme. Mais en cherchant les racines grecques – *agathos* et *thusia*...

— Agathusia... le suicide utile ?

— Presque. Le sens exact c'est : « Le sacrifice personnel pour le bien commun. » Ou encore : « Le suicide altruiste. »

Langdon avait déjà entendu ces termes, une fois à propos d'un père ruiné qui avait mis fin à ses jours pour que sa famille puisse toucher l'assurance-vie, une autre fois à propos d'un tueur en série pris de remords qui s'était tué parce qu'il craignait de ne pouvoir contrôler ses pulsions sanguinaires.

L'exemple le plus saisissant qu'il se rappelait, toutefois, c'était dans un roman de 1967, *L'Âge de cristal,* qui décrivait une société future où chacun était heureux de se suicider à vingt et un ans – permettant ainsi à toute la population de vivre dans l'opulence sans que son nombre grève les ressources de la planète. Si ses souvenirs étaient exacts, dans le film, l'âge limite était passé de vingt et un à trente ans, sans doute pour ne pas choquer les 15-18 qui sont le cœur de cible de Hollywood.

— Donc l'essai de Zobrist, reprit Langdon, s'appelait *Who needs agathusia ?* C'est un titre étrange. Sarcastique ? Tout le monde a besoin, par principe, d'un suicide altruiste.

— Vous n'avez pas vu le jeu de mots ? *Who needs agathusia. W-H-O*, comme *World Health Organization*, l'OMS ! Zobrist visait directement la directrice de l'OMS – l'indéboulonnable Dr Elizabeth Sinskey – qui, selon lui, ne prenait pas assez au sérieux la menace démographique. Son article disait en substance que l'OMS se porterait mieux si le Dr Sinskey mettait fin à ses jours. *WHO needs agathusia.*

— Un garçon charmant.

— C'est le danger d'être un génie, je suppose. Les grands QI sont capables de voir au-delà de l'horizon du commun des mortels, mais c'est souvent aux dépens de la compassion pour autrui.

Langdon se remémora les articles qu'il avait lus sur la jeune Sienna, l'enfant prodige au QI de 208, aux capacités cognitives hors du commun. Parlait-elle de Zobrist, ou d'elle ? Dans combien de temps lui dirait-elle la vérité sur son passé ?

Langdon aperçut enfin ce qu'il cherchait. Elle était là, de l'autre côté de la via dei Leoni : une petite rue, quasiment une venelle – la via Dante Alighieri !

— J'ai l'impression que vous en savez long sur le cerveau humain, reprit-il en entraînant la jeune femme vers le passage. Cela a été votre spécialisation à l'école de médecine ?

— Non, mais quand j'étais petite, j'ai beaucoup lu. Je me suis intéressée à la neurologie parce que j'ai eu… des ennuis médicaux.

Langdon espérait qu'elle allait poursuivre.

— Mon cerveau… s'est développé de façon différente des autres enfants et cela m'a causé des problèmes.

288

J'ai passé beaucoup de temps à tenter de comprendre ce qui n'allait pas chez moi et, en toute logique, je me suis intéressée aux neurosciences. (Elle croisa le regard de Langdon.) Oui, ma calvitie est liée à ce problème.

Comme Langdon détournait les yeux, elle ajouta :

— Ne vous inquiétez pas. J'ai appris à vivre avec.

Alors qu'ils s'enfonçaient dans la fraîcheur de la ruelle, Langdon songeait à ce qu'il venait d'apprendre sur Zobrist, et sur ses inquiétantes positions sociétales.

Une question le tracassait.

— Ces soldats… Ceux qui veulent nous tuer. Qui sont-ils ? Je ne comprends pas. Si Zobrist a placé quelque part de quoi lancer une épidémie, tout le monde est, de fait, dans le même camp. Tout le monde souhaite empêcher ça, non ?

— Pas forcément. Zobrist est peut-être un paria dans l'univers médical, mais il a une armée de fidèles, des gens qui pensent aussi qu'une purge est un mal nécessaire pour sauver la planète. De toute évidence, ces soldats veulent s'assurer que le projet de Zobrist sera mené à son terme.

Zobrist aurait sa propre armée privée ?

Certes, au cours de l'Histoire, il y avait eu nombre de fanatiques prêts à mourir pour toutes sortes de causes absurdes – d'aucuns pensaient que leur chef était le Messie, qu'un vaisseau spatial les attendait derrière la face cachée de la lune, que le Jugement dernier était pour demain. Certes, le contrôle de la population avait cette fois un socle rationnel, mais quelque chose ne collait pas.

— Je n'arrive pas à imaginer des soldats accepter un génocide sachant qu'ils vont faire eux-mêmes partie des dommages collatéraux.

Sienna le regarda en haussant un sourcil.

— Robert... c'est ce que font tous les soldats en temps de guerre. Tuer des gens innocents et risquer leur vie. Tout est possible quand un groupe a une cause à défendre, un combat à mener.

— Lâcher une épidémie sur terre ?

— Robert, le combat n'est pas de répandre une épidémie... mais de sauver le monde. (Après un silence, elle reprit :) Dans son essai, un passage a marqué beaucoup de gens, une question particulièrement troublante. Et j'aimerais qu'à votre tour vous y répondiez.

— Je vous écoute.

— Zobrist disait ceci : si en appuyant sur un bouton, vous pouviez tuer au hasard la moitié de la population mondiale, le feriez-vous ?

— Bien sûr que non.

— Très bien. Mais si on vous explique que, si vous n'appuyez pas sur ce bouton, c'est toute l'espèce humaine qui est perdue ? Est-ce que vous appuieriez sur ce bouton ? Même si cela signifie tuer femmes, enfants, et sans doute vous-même ?

— Sienna, comment peut-on...

— C'est une question purement hypothétique. Tueriez-vous la moitié de la population pour empêcher l'extinction de notre espèce ?

Cette discussion macabre le troublait. Il fut soulagé de voir, devant lui, la bannière rouge flotter sur la façade d'une maison.

— Regardez ! lança-t-il. Nous y sommes.

Sienna observa longuement Langdon.

— Déni, quand tu nous tiens...

51

La maison de Dante se trouvait via Santa Margherita, et elle était facilement reconnaissable par la grande bannière suspendue à sa façade où l'on pouvait lire MUSEO CASA DI DANTE.

Sienna avait l'air sceptique.

— On va dans la maison de Dante ?

— Pas exactement. Dante vivait plus loin, au coin de la rue. Il s'agit plutôt d'un musée.

Langdon y était entré une fois, par curiosité. Mais il n'y avait là que des reproductions d'œuvres inspirées du poète. C'était intéressant néanmoins de les voir toutes regroupées sous le même toit.

— Vous pensez qu'ils ont un exemplaire de *La Divine Comédie* dans une vitrine ?

— Non, mais il y a une boutique de souvenirs. Et ils vendent des grandes affiches avec tout le texte de Dante imprimé en petits caractères.

Elle le regarda, interdite.

— Je sais. Mais c'est mieux que rien. Malheureusement mes yeux étant ce qu'ils sont, ce sera à vous de lire.

— *È chiusa !* lança un vieil homme en les voyant approcher. *È il giorno di riposo.*

Le jour de fermeture ? s'étonna Langdon.

— Mais nous sommes lundi, non ? demanda-t-il à Sienna.

Elle acquiesça.

— À Florence, ils préfèrent fermer le lundi.

Langdon lâcha un grognement, se souvenant du rythme particulier de la ville. Le gros des touristes déferlant le week-end, beaucoup de commerçants florentins avaient choisi de décaler leur jour de fermeture du dimanche au lundi, pour ne pas perdre trop d'argent.

Malheureusement, cela signifiait aussi que son plan B était à l'eau. La Paperback Exchange – une petite librairie que Langdon aimait beaucoup à Florence et qui avait forcément des exemplaires de *La Divine Comédie* – serait donc fermée elle aussi.

— Vous avez une autre idée ? s'enquit Sienna.

Langdon réfléchit un instant.

— Peut-être. Il y a un endroit tout près où les passionnés de Dante se réunissent. Quelqu'un, là-bas, aura bien un exemplaire de la *Comédie* sur lui.

— Cela dit, ça risque d'être fermé aussi. Tout Florence a déplacé le jour du Seigneur au lundi.

— Mais, là où nous allons, cela m'étonnerait beaucoup, répliqua Langdon avec un sourire. Il s'agit d'une église.

*

Cinquante mètres derrière eux, caché dans la foule, l'homme au visage irrité profitait de cette halte inopinée pour reprendre son souffle. Il avait de plus en plus de mal à respirer, et ses boutons le démangeaient terriblement, en particulier ceux autour des yeux. Il retira ses lunettes et se frotta doucement les paupières, en essayant de ne pas se faire saigner. Quand il chaussa de nouveau sa paire de Plume, il s'aperçut que ses cibles étaient de nouveau en mouvement. Rassemblant son courage, il les suivit, tentant de respirer plus lentement.

*

Dans la salle des Cinq-Cents, Brüder se tenait devant le corps brisé sur les dalles. Il reconnaissait la coiffure si particulière de la femme. Il s'agenouilla et retira l'arme des mains du cadavre. Après avoir réenclenché le cran de sécurité, il la confia à l'un de ses hommes.

Marta Alvarez restait à côté de l'agent. Elle venait de lui résumer les événements depuis la veille… et lui avait livré une information inattendue.

Langdon est amnésique ?

Brüder sortit son téléphone et composa un numéro. Cela sonna trois fois à l'autre bout du fil avant qu'on décroche.

— Oui, agent Brüder, articula une voix faible. Allez-y, je vous écoute.

L'agent parla lentement pour être sûr que chacun de ses mots était bien compris :

— Nous n'avons pas encore localisé Langdon et la fille, mais il y a du nouveau. (Il marqua sciemment un silence.) Si c'est vrai, ça change tout.

*

Le Président faisait les cent pas dans son bureau, résistant à la tentation du whisky. Il devait garder les idées claires pour faire face à cette situation qui empirait d'heure en heure.

Jamais, dans sa carrière, il n'avait trahi un client, ou manqué à sa parole. Et il n'allait pas commencer aujourd'hui ! En même temps, il se trouvait embarqué dans un scénario bien différent de celui qu'il avait imaginé au moment de proposer ses services.

Un an plus tôt, le grand généticien était monté à bord du *Mendacium* et avait demandé un lieu sûr pour travailler à l'abri des regards. À l'époque, le Président avait imaginé que Zobrist désirait mettre au point une procédure médicale dont il voulait obtenir seul le brevet pour assurer sa fortune. Le Consortium avait souvent signé des contrats avec des scientifiques ou des chercheurs paranoïaques qui préféraient travailler dans un isolement total pour éviter qu'on ne leur vole leurs idées.

Le Président avait donc accepté ce client, et n'avait guère été surpris d'apprendre que l'OMS le recherchait. Pas plus lorsqu'il avait découvert que le Dr Sinskey, la directrice de l'OMS, en faisait une affaire personnelle.

Le Consortium a toujours eu affaire à des ennemis puissants, songea-t-il.

Comme de coutume, le Président avait tenu ses engagements, sans poser de questions, et déjoué toutes les attaques de Sinskey.

Enfin, presque toutes.

Une semaine avant la fin de leur contrat, Sinskey était parvenue à localiser Zobrist à Florence. Elle l'avait traqué, harcelé, jusqu'à le pousser au suicide. Pour la première fois de sa carrière, le Président avait failli à sa mission. Il n'avait pas su protéger son client, et cette erreur s'était révélée fatale.

Il a préféré se suicider plutôt qu'être pris ?

Qu'avait-il donc de si important à préserver ?

Après sa mort, Sinskey avait récupéré un objet dans le coffre de Zobrist ; et à présent le Consortium et

Sinskey, luttant pied à pied, s'étaient lancés dans une sorte de chasse au trésor.

De quel trésor s'agissait-il au juste ?

Machinalement, le Président tourna la tête vers la bibliothèque et le gros ouvrage que Zobrist, alors aux abois, lui avait donné deux semaines plus tôt.

La Divine Comédie.

Il prit le livre et l'apporta à son bureau. Le lourd volume heurta le plan de travail avec un bruit sourd. De ses doigts hésitants, il ouvrit le livre et lut à nouveau la dédicace.

Cher ami, merci de m'avoir aidé à trouver le chemin. Le monde, à vous aussi, vous en sera reconnaissant.

D'abord, ils n'avaient jamais été amis !

Il lut la phrase à trois reprises. Puis il regarda la date que Zobrist avait entourée de rouge sur son calendrier. Demain.

« Le monde vous en sera reconnaissant ? »

Il leva les yeux et contempla l'horizon un long moment.

Dans le silence, il se remémora l'appel de Knowlton, son coordinateur. « Il vaudrait peut-être mieux que vous visionniez ce film… son contenu est très dérangeant. »

Cet appel le troublait encore. Knowlton était l'un de ses meilleurs collaborateurs. Ce n'était pas dans ses habitudes de faire une telle requête. Il était bien placé pour savoir la nécessité absolue du cloisonnement des tâches.

Après avoir remis à sa place l'exemplaire de *La Divine Comédie*, le Président prit sa bouteille de whisky et se servit un verre.

Il était devant un choix cornélien.

52

Connue comme « l'église de Dante », la chiesa di Santa Margherita dei Cerchi est davantage une chapelle qu'une véritable église. Le minuscule sanctuaire est un lieu prisé des *aficionados* du poète. Un lieu sacré où se produisirent deux événements essentiels dans la vie de Dante.

Selon la légende, c'était ici, à l'âge de neuf ans, qu'il aurait vu pour la première fois Béatrice Portinari – la femme dont il tomba amoureux au premier regard et qu'il ne cessera d'aimer jusqu'à son dernier souffle. À la grande douleur de Dante, Béatrice épousa un autre homme, et mourut en pleine jeunesse, à vingt-quatre ans.

C'était aussi dans cette église que Dante, quelques années plus tard, épousa Gemma Donati, une femme qui, de l'avis même du poète Boccace, lui était très mal assortie. Malgré plusieurs enfants, le couple ne se montrait guère d'affection mutuelle. D'ailleurs, quand Dante fut condamné à l'exil, les deux époux ne cherchèrent pas à se revoir.

Le grand amour de Dante resterait à jamais Béatrice Portinari, qu'il avait pourtant à peine connue, et dont le souvenir fut si ardent qu'il lui inspira nombre de chefs-d'œuvre.

Dans la *Vie nouvelle*, ses vers débordent d'amour pour sa « divine Béatrice ». Plus métaphysique, la *Comédie* voit une Béatrice incarner rien de moins que l'ange salvateur du poète qui le guidera à travers le paradis. Dans les deux œuvres, Dante se languit de sa bien-aimée.

Aujourd'hui, l'église de Dante est le sanctuaire des cœurs brisés. La tombe de la jeune Béatrice se trouve dans cette chapelle, et sa sépulture est devenue une sainte relique tant pour les adorateurs de Dante que pour les amants éconduits.

Plus Sienna et Langdon approchaient de la petite église, plus les rues de la vieille ville se rétrécissaient, pour devenir des venelles exclusivement piétonnes. De temps en temps, une voiture tâchait de se frayer un chemin et les touristes devaient se plaquer contre les murs pour la laisser passer.

— L'église est juste au coin, annonça Langdon, espérant que quelqu'un, là-bas, puisse les aider.

Ils auraient plus de chance de trouver un bon Samaritain maintenant que Sienna avait remis sa perruque blonde et rendu sa veste à Langdon. Chacun avait retrouvé son identité. Disparus le vieux rocker et la skinhead ! Retour du professeur d'université et de la jolie blonde.

Sitôt qu'ils s'engagèrent dans la via del Presto – une rue encore plus étroite –, Langdon se mit à examiner toutes les portes. Il était facile de rater l'entrée de la chapelle parce que le bâtiment était très simple, sans aucun ornement, coincé entre deux immeubles. En revanche, on pouvait aisément se repérer à l'oreille.

La chiesa di Santa Margherita dei Cerchi accueillait souvent des concerts ; et quand c'était relâche, l'église en diffusait les enregistrements. Si bien que les visiteurs pouvaient profiter de la musique à toute heure de la journée.

Comme Langdon s'y attendait, il entendit une mélodie. Il se laissa ainsi guider jusqu'à une porte parfaitement anodine. La seule indication était un minuscule écriteau riveté au mur – l'antithèse de la pompeuse bannière rouge du museo Casa di Dante – annonçant que l'église de Dante et de Béatrice se trouvait là.

Sitôt franchi le seuil, un air froid les enveloppa et la musique devint plus forte. L'intérieur était simple et dépouillé – c'était encore plus petit que dans le souvenir de Langdon. Il y avait une poignée de touristes ; certains bavardaient, d'autres écrivaient dans leur carnet de voyage, d'autres encore, assis sur les bancs, écoutaient la musique ou admiraient les objets liturgiques.

À l'exception de l'autel, qui reprenait le thème de la Vierge Marie – une pièce de Neri di Bicci –, toutes les œuvres d'art anciennes, ou presque, avaient été remplacées par des œuvres contemporaines, représentant les deux attractions du lieu – Dante et Béatrice. La plupart des peintures montraient le regard langoureux de Dante lorsqu'il avait vu Béatrice pour la première fois, une vision qui, du propre aveu du poète, avait empli son cœur d'amour. Les tableaux étaient de qualités très diverses – beaucoup, trop kitsch au goût de Langdon, lui paraissaient déplacés en ce sanctuaire. Sur l'une des toiles, la calotte à rabats de Dante ressemblait carrément au bonnet du Père Noël ! Toutefois, tous ces Dante se languissant de sa muse, la divine Béatrice, transformaient ce lieu en un temple dédié aux amours douloureuses et sans issue.

Langdon contempla la sépulture toute simple de Béatrice Portinari. C'était pour ce tombeau que les visiteurs venaient dans cette église – moins en fait pour la tombe elle-même que pour le célèbre objet qui se trouvait à côté.

Un panier d'osier.

Ce matin, comme de coutume, le panier était là. Et ce matin, encore, il débordait de morceaux de papiers – autant de missives manuscrites, rédigées à l'intention de Béatrice.

Béatrice Portinari était devenue la sainte patronne des cœurs brisés. Et, par une tradition ancestrale, on pouvait déposer un mot en espérant l'intercession de Béatrice, soit pour être aimé de l'élu de son cœur, soit pour trouver le grand amour, ou avoir la force de faire le deuil d'un être cher disparu.

Il y a plusieurs années, alors qu'il était en pleine écriture d'un livre sur l'art, Langdon s'était arrêté dans cette église. Lui aussi avait laissé un message à la muse du poète, non pour qu'elle l'aide à rencontrer le grand amour, mais pour qu'elle lui offre une once du génie de Dante afin d'achever son ambitieux ouvrage.

« Chère Muse, anime ma veine, espure mon esprit[1]... »

Le premier vers de l'*Odyssée* d'Homère semblait une juste supplique ; et Langdon, en secret, était persuadé que son message avait touché la muse, car à son retour, il put achever son livre avec une étonnante facilité.

— *Scusate !* (C'était la voix de Sienna.) *Potete ascoltarmi tutti ?*

Langdon se retourna. Sienna s'adressait aux touristes. Ils l'observaient, l'air inquiet.

Sienna regardait tout le monde avec un gentil sourire et demandait en italien si quelqu'un avait sur lui un exemplaire de *La Divine Comédie*. Après quelques

---

1. Traduction : Boitet (1619) *(N.d.T.)*.

regards surpris, quelques « non » de la tête, elle passa à l'anglais, sans plus de succès.

Une femme âgée qui balayait l'autel fit signe à Sienna de se taire.

La jeune femme se tourna vers Langdon, démunie.

— Et maintenant ?

Les appels à la cantonade… ce n'était pas exactement ce que Langdon avait envisagé. Il pensait néanmoins que la démarche aurait plus de succès. Lors de ses précédentes visites, les touristes ayant à la main *La Divine Comédie* ne manquaient pas, désireux d'être en immersion totale dans le monde de Dante.

Mais pas aujourd'hui.

Langdon repéra un couple de retraités assis sur un banc. L'homme, chauve, était penché en avant, le menton sur la poitrine. Visiblement, il dormait. La femme à côté de lui était plus alerte. Elle avait des écouteurs blancs sur les oreilles.

La couleur de l'espoir, songea Langdon en remontant l'allée pour rejoindre le couple.

Comme il l'avait deviné, les écouteurs étaient reliés à un iPhone posé sur ses genoux. Se sentant observée, la vieille dame releva la tête et retira ses écouteurs.

Langdon ne savait dans quelle langue il devait lui parler, mais la prolifération planétaire des iPhone, iPad et iPod générait un langage spécifique aussi universel que le pictogramme signalant la présence de toilettes.

— iPhone ? demanda Langdon en admirant l'appareil.

Toute fière, la vieille dame lui adressa un large sourire.

— C'est un joujou incroyable, chuchota-t-elle avec un accent anglais. Mon fils m'en a offert un. Je peux écouter mes e-mails. Vous vous rendez compte ? « Écouter » mes e-mails ! Ce petit bijou de technologie lit mes messages pour moi. Avec ma vue qui baisse, c'est bien pratique.

— J'en ai un aussi, répondit Langdon en s'asseyant silencieusement à côté d'elle pour ne pas réveiller son mari. Mais je l'ai perdu hier soir.

— Oh, comme c'est affreux ! Vous n'avez pas essayé l'appli « localiser votre iPhone » ? Mon fils dit que...

— Je suis idiot. Je n'ai jamais activé cette application. (Il lui lança son plus beau regard contrit.) Je ne voudrais surtout pas vous déranger, mais verriez-vous un inconvénient à ce que je vous l'emprunte un tout petit instant ? Il faut que je fasse une recherche sur Internet. Cela me serait d'une aide inestimable.

— Bien sûr ! (Elle débrancha les écouteurs et lui mit son appareil dans les mains.) Cela ne me dérange pas le moins du monde. Faites, je vous en prie.

Langdon la remercia et prit le téléphone. Tandis qu'elle lui racontait à quel point elle serait perdue sans son iPhone, Langdon lança Google et appuya sur l'icône du microphone. Quand l'appareil émit un bip, il prononça les mots clés :

— Dante. Divine comédie, paradis, chant vingt-cinq.

La femme le regardait fascinée, ignorant apparemment cette fonction. Alors que les résultats commençaient à s'afficher à l'écran, Langdon jeta un regard en coin à Sienna. Elle feuilletait des dépliants à côté du panier de doléances pour Béatrice.

Pas très loin de la jeune femme, un homme en cravate, agenouillé dans l'ombre, priait avec ferveur, la tête baissée. Langdon ne pouvait voir son visage, mais il ressentit une bouffée de tristesse pour cet homme solitaire, qui avait sans doute perdu l'amour de sa vie et était venu ici chercher du réconfort.

Langdon reporta son attention sur l'iPhone. En quelques instants, il obtint un lien proposant une édition numérique de *La Divine Comédie* – la traduction étant tombée dans le domaine public. Quand la page du chant XXV s'afficha, il dut admettre que la technologie était impressionnante.

Il faudrait que j'arrête de m'obstiner avec mes livres en papier, se dit-il. Les e-books ont leur intérêt.

La femme regardait l'écran, s'inquiétant du surcoût des connexions Internet à l'étranger. Langdon allait devoir être rapide. Il se concentra sur la page Web qui s'affichait.

Le texte était écrit en caractères minuscules, mais la pénombre qui régnait dans la chapelle facilitait la lecture. Il était tombé par hasard sur la traduction de Mandelbaum – une traduction très populaire, écrite par un ancien professeur d'histoire[1]. Pour sa contribution d'une rare qualité, il avait reçu les plus hautes distinctions italiennes. Bien que moins poétique que la traduction de Longfellow, elle avait le mérite de rendre le texte original plus clair.

Aujourd'hui, je choisis la clarté à la poésie, se dit Langdon, en espérant trouver rapidement une allusion à un lieu précis dans Florence – là où Ignazio avait caché le masque.

---

1. Allen Mandelbaum (1926-2011). *(N.d.T.)*

L'écran du smartphone affichait six lignes de texte à la fois. Il fit défiler les vers, se souvenant que, dans le chant XXV, Dante faisait référence à *La Divine Comédie,* expliquant les efforts qu'il avait dû déployer pour la composer, avec le secret espoir que son poème, l'emmenant jusqu'au paradis, parviendra à lui faire oublier le déchirement de l'exil.

CHANT XXV

Si jamais il advient que le poème sacré
où le ciel et la terre ont mis la main
et qui m'a fait maigrir de longues années
vainque la cruauté qui me tient au-dehors
du beau bercail où je dormis agneau,
ennemi des loups qui lui font la guerre ;

Il était clair que, durant toute l'écriture, le poète s'était langui de sa chère Florence. Mais il ne citait aucun lieu en particulier.

— Vous savez le prix des téléchargements à l'étranger ? s'enquit la vieille dame. Je me souviens juste que mon fils m'a dit de ne pas trop surfer sur Internet.

Langdon lui assura qu'il n'en avait que pour une minute et lui proposa de lui payer les frais… mais il ressentait qu'elle ne lui laisserait jamais le temps de lire le chant en entier.

Il afficha les six lignes suivantes :

Avec une autre voix, avec une autre laine,
je reviendrai poète, et sur les fonts
de mon baptême je prendrai la couronne ;
car c'est là que j'entrai dans la foi

qui fait à Dieu de reconnaître les âmes, et plus tard
Pierre me ceignit le front pour elle.

Langdon se souvenait vaguement aussi de ce passage, une allusion à un accord que les ennemis de
Dante lui avaient proposé. Les « loups » ayant banni
Dante lui avaient dit qu'il pouvait revenir à Florence
s'il acceptait d'être humilié en public – à savoir se
tenir devant une assemblée, seul devant ses fonts baptismaux, ne portant qu'un gros sac sur les épaules, en
reconnaissance de tous ses péchés.

Dans le passage qu'il venait de lire, Dante refusait
l'offre, annonçant que s'il revenait là où il avait été
baptisé, ce ne serait pas avec un sac de condamné sur
le dos, mais avec, sur la tête, la couronne de laurier du
poète.

Langdon leva l'index pour aller aux six lignes suivantes. Mais au moment où son doigt allait toucher
l'écran, son regard s'arrêta sur un vers du texte :

je reviendrai poète, et sur les fonts
de mon baptême je prendrai la couronne ;

Langdon fixa des yeux ces mots. Dans son impatience, il avait failli manquer cet indice évident :

et sur les fonts de mon baptême...

Il y avait à Florence les fonts baptismaux les plus
célèbres du monde. Depuis plus de sept cents ans, les
fonts baptisaient la jeunesse florentine – dont Dante
Alighieri.

Langdon se souvenait du bâtiment qui abritait ces fonts. Une construction octogonale, plus belle à bien des égards que le Duomo. Mais avait-il lu tout ce qu'il avait besoin de savoir ?

Ce serait là la cachette qu'avait trouvée Ignazio ?

En pensée, il revit l'éclat des portes en bronze, dorées à l'or fin, scintillant dans le soleil du matin.

Je sais ce qu'Ignazio essayait de me dire !

Il n'avait plus aucun doute. Ignazio était la seule personne à Florence à pouvoir ouvrir ces portes.

« Les portes vous sont ouvertes, mais il faut vous presser. »

Langdon rendit l'iPhone à la dame et la remercia chaleureusement.

Il alla rejoindre Sienna, tout excité.

— Je sais de quoi parlait Ignazio ! Ce sont les Portes du paradis !

Sienna le regarda, perplexe.

— Elles ne sont pas… au ciel ?

— Si on sait où regarder, répliqua Langdon avec un petit sourire, Florence est le paradis sur terre…

53.

« Je reviendrai poète, et sur les fonts de mon baptême je prendrai la couronne. »

Les vers de Dante résonnaient dans la tête de Langdon, tandis qu'il entraînait Sienna dans un étroit passage appelé la via dello Studio. À chaque pas,

Langdon se sentait pousser des ailes. Ils touchaient au but, et ils avaient semé leurs ennemis !

« Les portes vous sont ouvertes, mais il faut vous presser. »

Il entendait déjà la rumeur devant eux, qui roulait sur les parois de la venelle. Et soudain, ils débouchèrent à l'air libre, sur une immense esplanade.

La piazza del Duomo.

Cette grande place était l'ancien centre religieux de la ville. Aujourd'hui haut lieu touristique, les cars faisaient déjà la navette, libérant des flots de visiteurs venus admirer la plus célèbre cathédrale de Florence.

Arrivant par le sud, Langdon et Sienna avaient devant eux le flanc de la cathédrale, avec ses parements de marbre vert, rose et blanc. Prouesse tant architecturale qu'artistique, les dimensions du Duomo laissaient le visiteur bouche bée – cent cinquante-trois mètres de long. Presque la hauteur du Washington Monument !

Malgré son chatoiement de carreaux colorés, le Duomo était une construction dans la plus pure tradition gothique – classique, robuste, faite pour l'éternité. Lors de son premier voyage à Florence, Langdon avait trouvé l'édifice un peu trop coloré à son goût. Puis, au fil de ses visites, il avait appris à apprécier son esthétique et ses ornements si particuliers. Et, en fin de compte, il avait été conquis par sa beauté hors norme.

Le Duomo – officiellement la cathédrale Santa Maria del Fiore –, en plus d'avoir valu à Ignazio son surnom, était non seulement le cœur spirituel de Florence mais avait été le théâtre de nombre de drames et intrigues. Il y avait eu ces débats acharnés à l'encontre de la fresque la plus décriée de Vasari, *Le Jugement dernier,* à l'intérieur de la coupole ; et cette âpre compétition entre plusieurs architectes pour achever ce dôme qui constituait un défi quasi impossible.

Filippo Brunelleschi avait finalement remporté le contrat et terminé la coupole – la plus grande en son temps. Aujourd'hui, une statue de Brunelleschi trône devant le palazzo dei Canonici, admirant au loin son chef-d'œuvre.

Ce matin, en contemplant cette coupole rouge, Langdon se souvenait du jour où il avait eu l'idée saugrenue de vouloir monter au sommet. L'escalier qui y menait était si étroit que sa vieille phobie l'avait aussitôt rappelé à l'ordre. Mais Langdon n'avait pas regretté cet effort, puisque l'ascension du « dôme de Brunelleschi » l'avait incité à lire l'ouvrage éponyme de Ross King.

— Robert ? Vous venez ? s'impatientait Sienna.

Langdon s'aperçut qu'il s'était arrêté.

— Pardonnez-moi.

Ils reprirent leur marche, en contournant la grande place. La cathédrale se trouvait sur leur droite. Les touristes sortaient des portes latérales, cochant sur leur guide les lieux qui leur restaient à voir.

Devant eux, se dressait la silhouette unique du campanile, l'une des trois curiosités de la cathédrale. Appelée « le campanile de Giotto », la tour faisait à l'évidence partie du Duomo, dont elle bordait le flanc. Décorée elle aussi de marbre rose, vert et blanc, la tour de section rectangulaire s'élevait à une hauteur vertigineuse. Langdon s'émerveillait qu'une construction aussi fine soit encore debout après tous ces siècles de guerres, de tremblements de terre et de tempêtes, d'autant plus quand on connaissait la charge énorme

307

qu'elle supportait à son sommet – plus de dix tonnes de cloches.

Sienna marchait d'un pas vif auprès de lui, surveillant le ciel. Elle s'inquiétait du drone, évidemment. Mais, pour l'instant, les cieux étaient clairs. La foule était déjà dense, même à cette heure matinale, et Langdon veillait à rester au cœur du flot.

Au pied du campanile, ils passèrent devant une rangée de peintres de rue, caricaturant les badauds – là un gamin sur son skateboard, là une fille avec des dents de cheval, là encore des amoureux s'embrassant sur le dos d'une licorne. Il était amusant de penser que Michel-Ange avait posé son chevalet sur ces mêmes pavés. N'aurait-il pas été un peu choqué d'y voir maintenant des portraitistes pour touristes !

Ils contournèrent rapidement le campanile et traversèrent le parvis qui grouillait de touristes de tous les horizons, armés de caméscopes ou d'appareils photo, qui mitraillaient la façade polychrome de la basilique.

Langdon eut à peine un regard pour cette merveille, car il avait mis le cap vers un édifice plus modeste. Juste en face de la cathédrale, s'élevait la troisième curiosité de la piazza del Duomo.

C'était aussi l'un des bâtiments préférés de Langdon.

Le baptistère Saint-Jean-Baptiste.

Orné des mêmes marbres et pilastres polychromes que le Duomo, il se différenciait de son grand frère par sa structure particulière : un octogone parfait. En forme de gâteau géant, disaient certains, la construction à huit faces, composée de trois étages distincts, était chapeautée d'un toit blanc pyramidal.

Cette forme octogonale n'avait pas été choisie pour des raisons esthétiques. Mais pour sa portée symbolique. Chez les chrétiens, le chiffre huit représente la renaissance et la résurrection. L'octogone est un rappel visuel des six jours de la création divine du ciel et de la terre, du jour du repos et du jour de la « renaissance » ou de l'accès à la « vie éternelle » par le baptême. C'est la raison pour laquelle tant de baptistères à travers le monde ont cette forme.

Tout magnifique qu'il fût, l'édifice était particulièrement mal placé. S'il avait été installé n'importe où ailleurs sur terre, il aurait été le centre d'attention. Mais ici, à l'ombre des deux colosses – la coupole et le campanile –, il paraissait être le chétif de la portée.

Jusqu'à ce qu'on franchisse ses portes...

Langdon songeait à ces mosaïques vertigineuses de la voûte ; les premiers qui admirèrent cette merveille eurent sans doute l'impression que le plafond du baptistère était la reproduction fidèle des cieux.

Si on sait où regarder, avait dit Langdon à Sienna, Florence est le paradis sur terre.

Pendant des siècles, ce sanctuaire à huit côtés avait accueilli tous les grands noms de Florence – dont Dante.

« Je reviendrai poète, et sur les fonts de mon baptême je prendrai la couronne. »

Condamné à l'exil, Dante n'avait jamais pu revenir dans ce saint des saints pour lui – le lieu même de son baptême –, mais peut-être son masque mortuaire, par une série d'événements improbables, en avait-il finalement retrouvé le chemin ?

C'est ici qu'Ignazio a caché le masque avant de mourir.

Langdon imagina l'homme obèse, les mains serrées sur sa poitrine, titubant sur la place, passant son dernier appel après avoir laissé le masque en lieu sûr.

« Les portes vous sont ouvertes. »

Il ne quittait pas l'édifice des yeux tandis qu'ils se frayaient un chemin parmi la foule des touristes. Sienna avançait si vite qu'il devait presque courir pour ne pas se laisser distancer. Même de loin, les portes massives du baptistère brillaient au soleil.

Faites de bronze recouvert d'or et hautes de près de cinq mètres, ces portes avaient demandé plus de vingt années de travail à Lorenzo Ghiberti. Elles étaient décorées de bas-reliefs représentant des scènes bibliques d'une telle qualité que Giorgio Vasari avait écrit que ces portes étaient «une perfection à tout point de vue... la plus belle œuvre jamais créée».

Ce fut Michel-Ange, toutefois, qui leur avait donné un nom, un qualificatif qui avait perduré jusqu'à aujourd'hui. Il avait dit que ces portes étaient si belles qu'elles auraient pu être... les portes du paradis.

54.

La Bible en bronze... songea Langdon en contemplant l'œuvre magnifique devant lui.

Les *Portes du paradis* de Ghiberti étaient composées de dix panneaux en bas-relief, cinq sur chaque battant, chacun décrivant une scène de l'Ancien Testament : du jardin d'Éden au temple du roi Salomon, en passant par Moïse.

Chacune de ces scènes, au fil des siècles, avait suscité les passions, et tous les grands artistes et historiens d'art, de Botticelli aux critiques d'art actuels, bataillaient pour savoir quel était « le plus beau panneau ». Un prétendant cependant semblait se détacher du lot : le *Jacob et Ésaü*, l'œuvre au milieu de la colonne de gauche, étant donné le nombre impressionnant de techniques utilisées pour sa réalisation. Mais rien ne prouvait que ce choix soit impartial, car c'était au bas de cette œuvre que Ghiberti avait choisi d'apposer sa signature.

Quelques années plus tôt, Ignazio Busoni lui avait avoué qu'après un demi-millénaire d'inondations, de vandalisme et de pollution atmosphérique, les portes dorées avaient été remplacées par des copies, et que les originales se trouvaient désormais à l'abri dans le museo dell'Opera del Duomo pour être restaurées. Langdon savait déjà qu'il s'agissait de répliques ; par politesse, il n'avait rien dit au *Duomino* – c'était même le second jeu de « fausses portes » qu'il voyait. La première fois, c'était par pur hasard, alors qu'il faisait des recherches sur les labyrinthes de la Grace Cathedral de San Francisco. Il avait alors découvert que des répliques des *Portes du paradis* servaient de porte d'entrée à l'édifice depuis le milieu du XXe siècle.

À nouveau devant le chef-d'œuvre de Ghiberti, son regard fut attiré cette fois par un petit panneau d'information. Trois mots en italien lui firent froid dans le dos.

« *La peste nera.* »
Mon dieu, ça me poursuit !

L'écriteau expliquait que les portes étaient une œuvre « votive », pour remercier Dieu d'avoir permis à Florence de survivre à la grande peste.

Langdon reporta son attention sur les deux vantaux ouvragés.

« Les portes vous sont ouvertes, mais vous devez vous presser. »

Malgré la promesse d'Ignazio, les portes étaient fermées – comme d'habitude, à l'exception de quelques jours saints. D'ordinaire, les touristes entraient dans le baptistère par les portes nord.

Sienna, à côté de lui, se dressait sur la pointe des pieds, pour observer les portes malgré la foule massée derrière les grilles de protection.

— Il n'y a ni poignée ni serrure. Rien.

Bien sûr, songea Langdon. Ghiberti n'allait pas défigurer son chef-d'œuvre pour un détail aussi trivial qu'une poignée de porte.

— Elles s'ouvrent vers l'intérieur. La serrure est de l'autre côté.

Sienna se mordilla les lèvres.

— Donc du dehors, personne ne peut savoir si les portes sont ouvertes ou fermées.

— Je me suis dit que ce serait la tactique d'Ignazio, reconnut Langdon.

Il fit quelques pas sur la droite pour jeter un coup d'œil sur le côté nord de l'édifice. Là-bas, la porte était beaucoup moins ouvragée. C'était l'entrée des visiteurs. Un guide, cigarette au coin de la bouche, éconduisait les touristes en leur montrant d'un air las le panneau : APERTURA 13.00-17.00.

Ça n'ouvrait pas avant plusieurs heures. Personne n'était encore entré.

Par réflexe, il voulut regarder l'heure à son poignet. Il avait oublié que sa montre Mickey avait disparu.

Quand il revint auprès de Sienna, elle avait rejoint un groupe de touristes qui prenaient des photos derrière la grille placée à un mètre cinquante des *Portes du paradis*.

Les barreaux en fer forgé étaient surmontés de pointes dorées. On eût dit la clôture d'une maison de banlieue américaine. Le panneau d'information n'était pas installé à côté des *Portes du paradis*, mais sur le portillon de la grille.

Parfois, l'emplacement de ces écriteaux prêtait à confusion. Et comme il fallait s'y attendre, une grosse femme en survêtement fendit la foule, jeta un coup d'œil au panneau, puis un autre au portillon en fer forgé et s'écria :

— C'est ça la porte du paradis ? J'ai la même à la maison !

Et elle repartit, furieuse, avant que qui que ce soit n'ait eu le temps de l'éclairer.

Sienna s'approcha des barreaux et étudia discrètement le système de fermeture.

— Regardez, chuchota-t-elle à Langdon. Le cadenas n'est pas fermé !

Elle a raison. Le cadenas paraissait enclenché, mais il ne l'était pas.

« Les portes vous sont ouvertes, mais vous devez vous presser. »

Langdon releva les yeux vers les *Portes du paradis*, par-delà les grilles. Si Ignazio avait laissé les énormes portes du baptistère ouvertes, il suffirait de les pousser pour entrer. Le plus compliqué, c'était de pénétrer à l'intérieur sans se faire remarquer, en particulier des gardiens et de la police.

— Regardez ! s'exclama une voix de femme. Il va sauter ! Là-haut, sur la tour !

Langdon se retourna. La femme qui criait était Sienna.

Elle se tenait à cinq mètres de là, et désignait le campanile.

— Il est là-haut. Il va sauter ! Il va sauter !

Tout le monde releva la tête, scrutant le sommet du clocher. D'autres personnes alentour se mirent aussi à désigner le campanile, ajoutant à la confusion.

— Quelqu'un va sauter ?

— Où ça ?

— Je ne le vois pas !

— Là-haut, sur la gauche !

En quelques secondes, ce fut l'émoi général sur la place. Toute la foule, dans une frénésie contagieuse, se retrouva la tête renversée en arrière, et le doigt en l'air.

Bel exemple de communication virale ! songea Langdon, conscient qu'ils n'avaient qu'une toute petite fenêtre d'action.

Il ouvrit la grille dès que Sienna l'eut rejoint et ils pénétrèrent tous les deux dans le petit espace protégé. Devant eux, les portes de cinq mètres de haut, monumentales. Tout en priant pour ne pas s'être trompé sur les intentions d'Ignazio, Langdon plaqua l'épaule sur un battant et s'arc-bouta.

Rien ne se passa. Puis, lentement, bien trop lentement, le vantail pivota.

Elles étaient ouvertes !

Les *Portes du paradis* offrirent un passage d'une trentaine de centimètres. Sienna s'y glissa sans attendre. Langdon suivit le mouvement et se faufila dans l'interstice avec un peu moins de grâce, pour disparaître de l'autre côté, dans les ténèbres.

Ensemble, ils repoussèrent le battant. La porte se referma, avec un bruit caverneux. Dans l'instant, tous les bruits au-dehors s'évanouirent.

Sienna désigna un madrier au sol qui, d'ordinaire, se trouvait coincé dans des supports de part et d'autre des portes.

— Ignazio l'a enlevé pour vous.

Ils soulevèrent le bastaing et le remirent en place, verrouillant à nouveau les *Portes du paradis*. Ils étaient à présent à l'abri de l'extérieur.

Pendant un long moment, Langdon et Sienna restèrent adossés aux portes, reprenant leur souffle. Comparé à l'agitation de la place, l'intérieur du baptistère était un havre de paix. Un paradis de calme et de silence.

*

Dehors, à quelques pas du baptistère Saint-Jean-Baptiste, l'homme aux lunettes Plume et à la cravate parme fendit la foule, ignorant les regards curieux qui se posaient sur son visage enflammé.

Il venait d'arriver devant les grandes portes derrière lesquelles Robert Langdon et sa partenaire blonde avaient disparu ; même depuis la grille, il avait entendu le bruit du madrier qui avait été remis en place.

Impossible de passer par là.

Lentement, le calme était revenu sur la place. Les touristes s'étaient lassés de regarder en l'air.

Pas de sauteur désespéré.

Tout le monde était retourné à ses activités.

Ses boutons le démangeaient de plus en plus. C'était insupportable. Même l'extrémité de ses doigts était enflée et la peau se craquelait. Il enfonça ses mains dans ses poches pour s'empêcher de se gratter. Malgré sa poitrine qui lui faisait un mal de chien, il se dirigea vers l'autre entrée.

Il n'avait pas atteint le premier angle de mur qu'il sentit une vive douleur dans son cou.

Ça le démangeait à nouveau !

55.

On raconte qu'en entrant dans le baptistère il est impossible de ne pas lever les yeux vers la voûte. Langdon, bien qu'ayant visité cette salle à de nombreuses reprises, fut à nouveau happé par le magnétisme mystérieux de la structure, et se retrouva la tête renversée en arrière.

Haut, au-dessus de lui, la coupole octogonale s'ouvrait sur plus de vingt-cinq mètres de diamètre. Elle luisait, chatoyante tel un grand lit de braises. Un million de carreaux de mosaïque renvoyaient chacun son petit reflet ambre – autant de carrés de pâte de verre, taillés à la main, scellés sans joints et répartis en six anneaux concentriques, déroulant un écheveau de scènes bibliques.

S'ajoutant au miroitement de ce dôme, la lumière du jour tombait d'un oculus sommital – à la manière de celui du Panthéon de Rome –, renforcée par une couronne de petites ouvertures qui projetaient des rais si concentrés dans la pénombre du lieu qu'on eût dit des étais de lumière.

Tout en s'avançant vers le centre de la pièce, Langdon contemplait la coupole pyramidale et ses multiples représentations du ciel et de l'enfer, telle une illustration subliminale de *La Divine Comédie*.

Dante a vu cette mosaïque quand il était enfant. L'inspiration descendant du ciel...

Langdon examina la pièce centrale de la mosaïque. Trônant à vingt mètres au-dessus de l'autel, un Jésus-Christ, assis pour le Jugement dernier, décidait qui serait sauvé ou damné.

À la droite du Christ, les justes recevaient, en récompense, la vie éternelle.

À sa gauche, en revanche, les pécheurs étaient lapidés, embrochés et rôtis, ou dévorés par toutes sortes de monstres.

Orchestrant cette scène de torture, un Lucifer gigantesque, sous les traits d'une bête affamée. Sept cents ans plus tôt, cette créature terrifiante avait assisté au baptême du jeune Dante, et lui avait sans doute inspiré le Satan velu qui vivait dans son dernier cercle de l'enfer.

La bête de la mosaïque, un diable cornu, avalait un homme. La victime était enfoncée dans la gueule jusqu'à mi-corps, les jambes en l'air. Comme les suppliciés de Malebolge.

Lo imperador del doloroso regno, songea Langdon, en se remémorant le texte. « L'empereur du règne de la douleur. »

Deux gros serpents sortaient des oreilles de Lucifer, la gueule ouverte, avide d'engloutir les pécheurs. Lucifer paraissait avoir trois têtes, exactement comme Dante le décrivait dans le dernier chant de l'*Inferno*. Langdon fouilla sa mémoire pour retrouver un passage décrivant la bête :

> « Il pleurait de six yeux, et sur trois mentons
> gouttaient les pleurs et la bave sanglante.
> Dans chaque bouche, il broyait de ses dents
> un pécheur, comme un moulin à chanvre,
> si bien qu'en même temps, il en suppliciait trois. »

Ce Lucifer tricéphale était éminemment symbolique : il était l'exact pendant de la sainte Trinité.

Langdon tentait d'imaginer l'effet que cette mosaïque avait pu avoir sur le jeune Dante qui, année après année, avait participé aux messes et prié ainsi sous le regard de ce diable. Aujourd'hui, c'était Langdon qui se sentait observé par la bête.

Il baissa la tête pour contempler le balcon du baptistère, le seul endroit où les femmes étaient admises pour assister aux baptêmes. Puis, au-dessous, la tombe surélevée de l'antipape Jean XXIII, son gisant reposant au-dessus du sol, dans une alcôve dans le mur, comme s'il avait été un troglodyte de son vivant ou si un magicien lui avait lancé un sort de lévitation.

Finalement, son regard s'arrêta sur le sol carrelé, où beaucoup voyaient dans ses motifs des références à l'astronomie. Il parcourut des yeux l'entrelacs de carreaux noirs et blancs jusqu'au centre de la salle.

C'est là. L'endroit même où Dante Alighieri a été baptisé.

— « Je reviendrai poète, et sur les fonts de mon baptême je prendrai la couronne », récita Langdon, sa voix résonnant dans la salle. Nous y sommes.

Sienna l'observait, perplexe.

— Mais il n'y a rien.

— Plus maintenant.

Il ne subsistait au sol qu'un octogone brun. Cette zone, délimitée par les carreaux, interrompait les motifs et formait un grand trou dans l'ornement général.

Langdon expliqua qu'un bassin à huit côtés était jadis installé à cet endroit précis. À l'inverse des fonts baptismaux modernes pourvus de vasques surélevées, ceux de l'époque, plus en accord avec le sens premier du terme – à savoir « source », « fontaine » –, étaient des bassins profonds, creusés à même le sol, dans lesquels les participants s'immergeaient presque totalement. Ce devait être impressionnant de se trouver dans cette vaste salle de pierre, avec ce bassin au milieu et ces enfants hurlant de terreur lorsque les prêtres les plongeaient sans ménagement dans l'eau glacée.

— Le baptême, ici, n'était pas une partie de plaisir, expliqua Langdon. C'était un vrai rite de passage. Non sans danger, d'ailleurs. On raconte que Dante aurait plongé dans le bassin pour sauver un enfant qui s'y noyait. Finalement, les fonts ont été comblés au XVIe siècle.

De plus en plus fébrile, Sienna jeta un regard circulaire à la pièce.

— Mais le bassin a disparu. Où Ignazio a-t-il pu cacher le masque ?

Langdon comprenait l'inquiétude de la jeune femme. L'endroit regorgeait de cachettes – colonnes, statues, tombes, niches, autel, sans compter le balcon...

Mais il avait sa petite idée.

Il se retourna vers la porte par laquelle ils venaient d'entrer.

— Nous devrions commencer par là, dit-il en désignant une portion du mur, juste à droite des *Portes du paradis*.

Derrière un petit portillon ouvragé, trônait un socle de marbre hexagonal qui ressemblait à un petit autel ou à une desserte pour les offices. La surface était si finement sculptée qu'on eût dit un camée en nacre. Sur le socle, une plaque de bois poli, d'environ un mètre de diamètre.

Sienna suivit Langdon. Quand elle franchit la petite porte de protection, elle eut un hoquet de surprise, comprenant soudain de quoi il s'agissait.

Langdon avait un grand sourire.

Ce n'était ni un autel ni une table...

La plaque de bois était en fait un couvercle – protégeant une vasque.

— Des fonts ? bredouilla-t-elle.

— Si Dante se faisait baptiser aujourd'hui, cela se passerait ici.

Sans plus attendre, il prit une grande inspiration et posa les mains sur le couvercle.

Refermant les doigts sur les bords, il le souleva et le fit glisser avec précaution sur le marbre pour le poser au pied du socle ouvragé. Puis il se pencha au-dessus de la cavité noire, large d'une cinquantaine de centimètres.

La gorge de Langdon se noua.

Dans l'ombre, Dante Alighieri le regardait, revenu d'outre-tombe.

56

« Cherchez et vous trouverez. »

Langdon avait sous les yeux le masque mortuaire de Dante, jaunâtre, fripé, regardant le ciel de ses yeux morts. Le nez crochu et le menton pointu étaient reconnaissables entre tous.

Dante…

La vision de ce visage figé dans la mort était déjà troublante, mais la position du masque avait quelque chose de surnaturel. Son imagination lui jouait-elle des tours ?

Il est en suspension !

Langdon se pencha davantage. Du fond de la vasque, s'élevait un montant fuselé qui s'évasait juste au-dessus de l'eau, chapeauté d'un plateau en métal. Une tête de fontaine peut-être ? Ou un socle destiné à poser les fesses du bébé ? Aujourd'hui, il servait de support au masque, qui se trouvait ainsi en sécurité hors de l'eau.

Langdon et Sienna contemplaient en silence le masque, toujours protégé par le sac en plastique, cette face creusée et fripée comme si le défunt étouffait. Voir ce visage, cerné de ténèbres, au fond d'un trou empli d'eau noire, rappela à Robert son expérience traumatisante quand, enfant, il était tombé dans un puits, et qu'il regardait le ciel au-dessus de lui, terrifié et impuissant.

Chassant de son esprit cette image, il plongea les bras dans la cavité et attrapa le masque par les côtés, là où auraient dû se trouver les oreilles. Bien que le visage soit plutôt petit comparé aux normes actuelles, le moulage en plâtre était plus lourd qu'il n'y paraissait. Il le sortit de la vasque et se tourna vers Sienna, pour pouvoir l'examiner.

Même à travers le plastique, la finesse des détails était frappante. La moindre ride, la moindre indentation étaient reproduites. À l'exception d'une fissure au milieu, la pièce était dans un état remarquable.

— Retournez-le ! murmura Sienna. Voyons ce qu'il y a derrière.

Le même geste que sur l'enregistrement des caméras de surveillance, lorsque Ignazio et Langdon avaient découvert la face interne du masque… Il y avait là quelque chose de si important que les deux hommes avaient emporté l'objet avec eux.

Avec précaution, Langdon retourna le moulage, posant le visage dans sa paume. Contrairement à l'autre côté, la face interne était parfaitement lisse. Le masque n'ayant jamais été destiné à être porté, on avait comblé de plâtre les reliefs, pour renforcer sa solidité. La cavité était donc plane, comme l'intérieur d'un bol.

Langdon ne savait trop ce qu'il espérait trouver. Mais sûrement pas ça ! Il n'y avait rien. Rien du tout.

Juste un creux, lisse et vide.

Sienna était aussi déconfite que lui.

— Ce n'est que du plâtre. Et pourtant vous avez vu quelque chose, vous et le *Duomino.* Qu'est-ce que c'était ?

Je ne sais pas, songea Langdon en tendant l'enveloppe de plastique pour mieux voir au travers. Il n'y a rien !

De plus en plus inquiet, il leva le masque à la lumière pour l'examiner de plus près. Au moment où il le déplaça, il eut l'impression de voir une zone plus sombre vers le haut : une ligne courant sur la face interne du front.

Un virement de teinte naturel ?

Langdon se détourna et désigna, sur le mur, un panneau monté sur charnières.

— Allez voir s'il y a des serviettes là-dedans.

Sienna s'exécuta, sceptique, et ouvrit délicatement le placard. Il y avait trois objets à l'intérieur : une vanne pour alimenter le bassin, un interrupteur commandant l'allumage du projecteur éclairant la vasque et… un paquet de serviettes en lin.

Sienna se retourna vers Langdon, impressionnée. Il haussa les épaules d'un air modeste. Près de tous les fonts baptismaux de la terre, il y avait toujours, à portée de main du prêtre, de quoi s'essuyer – avec les bébés, on n'était jamais à l'abri d'un petit accident de vessie !

— Parfait ! lança-t-il. Tenez-moi le masque une seconde.

Langdon remit d'abord en place le couvercle de bois sur la vasque, et déplia plusieurs serviettes pour confectionner une nappe de fortune. Puis il actionna l'interrupteur, et toute la zone se trouva éclairée.

Sienna déposa doucement le moulage. S'emmaillotant les mains de serviettes, Langdon retira la précieuse relique du sac plastique, comme on sort un plat brûlant d'un four. Quelques instants plus tard, le masque, nu cette fois, reposait devant eux, sous la lumière du projecteur, tel le visage d'un patient endormi sur une table d'opération.

À la lumière, les détails étaient plus saisissants encore, les rides et sillons de l'âge se trouvant accentués par le noircissement du plâtre. Sans prendre le temps cette fois d'envelopper ses mains, il retourna le masque et le plaça la face contre la nappe de fortune.

L'envers paraissait beaucoup plus clair.

Sienna inclina la tête.

— On dirait que ce côté est moins ancien.

C'était effectivement l'impression que cela donnait. La différence de couleur était vraiment frappante sous le projecteur. Les deux faces, toutefois, devaient avoir le même âge.

— C'est juste une question d'exposition. L'arrière a toujours été protégé des rayons du soleil. Le vieillissement a donc été ralenti.

Mentalement, il se promit de doubler l'indice de filtrage UV de ses lunettes de soleil.

— Attendez ! lança Sienna en se penchant davantage. Là ! Sur le front ! C'est ça que vous avez dû voir avec le *Duomino*.

Langdon reporta son regard sur la zone plus sombre qu'il avait aperçue à travers le plastique – une ligne de signes. À la lumière, il était évident que ces traces n'avaient rien de naturel.

— Ce sont des lettres… murmura Sienna. Mais…

Langdon examina l'inscription. Une simple série de caractères jaunâtres, tracés dans une belle calligraphie.

— C'est tout ? lâcha Sienna, agacée.

Langdon ne l'écoutait pas.

Qui a écrit ça ? Un contemporain de Dante ?

Ce n'était guère vraisemblable. Un historien d'art aurait forcément repéré l'inscription, au cours d'un nettoyage ou d'une restauration. Et ces lettres auraient été aussi connues que le masque. Or personne n'en avait jamais parlé.

Un autre scénario s'imposait.

Bertrand Zobrist !

Il était le propriétaire du masque et y avait accès quand bon lui semblait. Il pouvait avoir écrit ces lettres récemment et remis la pièce à sa place dans la vitrine sans que personne le sache.

« Le propriétaire, avait dit Marta Alvarez, interdit même à nos équipes d'ouvrir la vitrine sans qu'il soit présent. »

Langdon exposa rapidement à Sienna son analyse.

Visiblement, un point la chagrinait :

— Cela ne tient pas debout. Si Zobrist a écrit un message derrière ce moulage et a fabriqué ce projecteur pour que justement on le retrouve, pourquoi avoir écrit quelque chose d'aussi abscons ? Ça n'a aucun sens ! On s'est démenés toute la matinée pour retrouver ce masque… et tout ça pour ça ?

Langdon reporta son attention sur le texte. Le message manuscrit était très bref – juste sept lettres. Certes, cela pouvait paraître cryptique…

Je comprends sa frustration.

Mais Langdon, dans un frisson d'excitation, avait compris que ces sept lettres étaient le sésame qu'il cherchait.

En outre, il avait détecté une faible odeur qui expliquait pourquoi le masque était si blanc à l'intérieur. Et cela n'avait rien à voir avec le soleil ou l'œuvre du temps.

— Je ne comprends pas, bougonna Sienna. Sept fois la même lettre.

Oui, sept lettres identiques inscrites en travers du front de Dante.

PPPPPPP

— Sept P. Qu'est-ce qu'on est censés comprendre avec ça ?

Il la regarda en souriant.

— Il suffit de suivre ce que nous dit ce message.

La jeune femme écarquilla les yeux.

— Parce que sept P, c'est un message ?

Langdon eut un nouveau sourire en coin.

— Pour ceux qui ont étudié Dante, c'en est un. Et qui plus est parfaitement limpide.

*

Devant le baptistère Saint-Jean-Baptiste, l'homme à la cravate parme essuya ses doigts sur son mouchoir et tapota les boutons dans son cou. Il tenta d'oublier la brûlure autour de ses yeux, quand il plissa les paupières pour observer sa cible.

L'entrée des visiteurs !

Devant la porte, un guide refoulait les touristes qui manifestement ne parvenaient pas à déchiffrer le panneau :

Apertura 13.00-17.00.

L'homme au visage enflammé consulta sa montre. 10 h 02. Le baptistère n'ouvrait pas avant trois heures. Il observa le guide un moment, puis échafauda un plan. Il retira son clou d'oreille et le rangea dans sa poche. Il sortit son portefeuille et vérifia son contenu. En plus de sa collection de

326

cartes de crédit et d'une liasse d'euros, il avait trois mille dollars en liquide.

Heureusement, l'avidité était un péché qui ne connaissait pas de limites.

57.

Peccatum... Peccatum... Peccatum...

Les sept P inscrits sur la face interne du masque étaient une allusion directe à *La Divine Comédie*. L'espace d'un instant, Langdon était de retour à Vienne pour sa conférence « Le Divin Dante ou la symbolique de l'*Inferno* ».

— Nous avons donc traversé les Neuf Cercles de l'enfer et sommes arrivés au centre de la terre. Et nous voilà face à Lucifer en personne.

Langdon fit défiler plusieurs clichés montrant des diables à trois têtes, extraits de diverses œuvres – celui de la *Mappa* de Botticelli, de la mosaïque du baptistère de Florence, sans oublier le démon noir et terrifiant d'Andrea d'Orcagna, sa fourrure souillée du sang de ses victimes.

— Puis nous descendons son poitrail hirsute et la descente devient la montée, quand la gravité s'inverse, pour sortir du monde sinistre, et, à nouveau, « revoir les étoiles ».

Langdon revint à un cliché qu'il avait projeté plus tôt – la peinture de Domenico di Michelino, où figurait Dante dans sa robe rouge, devant les remparts de Florence.

— Et si vous regardez à l'arrière-plan, on peut les voir, ces fameuses étoiles.

Il indiqua le ciel au-dessus de la tête du poète.

— Les cieux, comme vous pouvez le remarquer, sont constitués de neuf sphères concentriques entourant la terre. Cette partition du paradis est censée équilibrer les Neuf Cercles de l'enfer. Neuf est effectivement un nombre récurrent dans l'œuvre de Dante.

Langdon but une gorgée d'eau pour laisser son public reprendre son souffle après cette plongée en enfer.

— Alors, après avoir enduré les horreurs de l'*Inferno*, vous êtes sans doute impatients de vous rendre au paradis. Malheureusement, avec Dante, aucun chemin n'est facile. (Il poussa un long soupir de tragédien.) Pour monter au paradis, il nous faut – au sens figuré comme au sens propre – gravir une montagne.

Derrière Dante, on voyait distinctement un mont conique s'élever dans le ciel. Un chemin en spirale gravissait ses flancs – en neuf révolutions – dessinant des terrasses de plus en plus étroites. Tout le long de la sente, des personnages nus enduraient des supplices pour pénitence.

— Je vous présente le mont du Purgatoire. Et malheureusement, cette ascension pénible à neuf révolutions est la seule route qui vous mènera des entrailles de l'Enfer à la gloire du Paradis. En chemin, vous croiserez des âmes repentantes, chacune payant le prix pour un péché. L'envieux devra monter avec les paupières cousues, l'orgueilleux devra porter une énorme pierre sur son dos, contraint ainsi à marcher courbé, le gourmand fera l'ascension sans eau ni nourriture, le luxurieux marchera dans les flammes pour se purger le cœur. (Langdon fit une pause avant de reprendre :) Mais avant d'avoir l'insigne honneur de pouvoir gravir cette montagne et purger ainsi vos péchés, il vous faudra parler à ce personnage…

Langdon afficha un agrandissement d'un détail du tableau de Michelino, où l'on distinguait un ange ailé assis sur un trône à l'entrée du purgatoire. À ses pieds, un cortège de pénitents attendait l'autorisation de se lancer dans la spirale. Curieusement, l'ange avait une grande épée dont la pointe était enfoncée dans le visage de la première âme de la file.

— Que fait cet ange ? demanda Langdon. Quelqu'un a-t-il une idée ?

— Il perce la tête d'un pénitent ? suggéra quelqu'un.

— Non.

— Un œil ? proposa un autre.

Langdon secoua la tête.

— Une autre idée ?

Une voix s'éleva au fond de la salle :

— Il écrit sur leur front.

Langdon sourit.

— Je vois que quelqu'un ici connaît ses classiques. (Il désigna à nouveau la peinture.) On pourrait en effet croire que l'ange transperce la tête de ce malheureux, mais ce n'est pas le cas. Selon Dante, l'ange qui garde l'entrée du purgatoire se sert de son épée pour écrire quelque chose sur le front des visiteurs. Mais quoi au juste ?

Langdon se tut pour ménager son effet.

— Curieusement, une seule lettre. Répétée sept fois. Quelqu'un sait-il quel caractère l'ange écrit sept fois sur le front de Dante ?

— P ! cria une voix dans le public.

Langdon esquissa un sourire.

— Oui. La lettre P. Et ce P signifie *peccatum*, le mot latin pour péché. Et l'écrire sept fois, c'est le symbole des *Septem Peccata Mortalia*, plus connus sous le nom des…

— Les sept péchés capitaux ! s'écria quelqu'un d'autre.

— Tout juste ! Et ce n'est qu'en passant tous les niveaux du purgatoire qu'on peut expier ses péchés. À chaque degré franchi, un ange vient effacer un P, et quand vous arrivez au sommet, vous n'avez plus aucune marque sur le front. Votre âme est ainsi purifiée, purgée. (Il adressa un clin d'œil à l'assistance.) Ce n'est pas pour rien que l'endroit s'appelle le purgatoire !

Langdon s'arracha à ses pensées. Sienna l'observait derrière la vasque.

— Alors Robert ? Ces sept P, ils nous disent quoi ?

Langdon lui expliqua rapidement le rôle du purgatoire, les P sur le front, représentant les sept péchés capitaux, et le moyen de les effacer.

— Évidemment, conclut Langdon, en passionné de Dante, Zobrist sait la signification de ces sept P et qu'il faut les effacer de son front pour pouvoir gagner le paradis.

Sienna n'était guère convaincue.

— Zobrist aurait inscrit ces P sur le masque pour qu'on les… efface ? C'est ça que nous sommes censés faire ?

— Je conçois que ça puisse sembler…

— Robert, même si nous faisons disparaître ces lettres, en quoi cela va-t-il nous avancer ? On aura juste un plâtre tout propre.

— Peut-être… ou peut-être pas. Je pense qu'il demeure une face cachée – cachée à notre regard. (Il désigna le masque.) Je vous ai dit tout à l'heure que l'intérieur était plus clair parce qu'il n'avait pas été exposé aux UV, et que cette partie avait donc vieilli moins vite…

— Oui.

— Eh bien, je me trompais. La différence de couleur est trop nette pour que ce soit naturel. Et il y a des dents à l'intérieur.

— Des dents ?

Langdon lui montra que la texture du plâtre était plus rugueuse de ce côté que sur la face externe… ça grattait, comme un papier de verre.

— En art, on dit qu'il y a des « dents ». Et les artistes préfèrent peindre sur ce genre de surface parce que la peinture accroche mieux.

— Je ne vous suis plus du tout.

Langdon lui sourit.

— Vous savez ce qu'est un gesso ?

— Bien sûr. C'est un apprêt que les peintres mettent sur…

Elle s'arrêta net. Elle avait compris.

— Exactement. Avec le gesso, ils obtiennent une belle surface blanche d'accroche. Parfois ça leur permet aussi de recouvrir une peinture ratée pour réutiliser la toile.

Sienna ne tenait plus en place.

— Et vous pensez que Zobrist a recouvert l'intérieur du masque avec un gesso ?

— Cela expliquerait cette couleur et ce grain particulier au toucher. Et pourquoi aussi il nous faut effacer ces P.

Ce dernier point ne la convainquait toujours pas.

— Sentez ça !

Langdon souleva le moulage vers elle, entre ses deux mains en coupe, comme un prêtre présentant une hostie.

Elle fronça le nez.

— Ça sent le chien mouillé.

— Tous les gessos n'ont pas cette odeur. D'ordinaire, ça sent plutôt la craie. Mais cette odeur de chien mouillé, c'est typique d'un gesso acrylique.

— Et alors ?

— Alors, cela signifie qu'il est soluble dans l'eau…

Sienna inclina la tête, les rouages de son magnifique cerveau se mettant en branle. Elle regarda le masque, puis releva les yeux vers Langdon.

— Il y aurait donc quelque chose dessous ?

— Cela serait logique.

Sienna empoigna le couvercle et le fit glisser pour avoir accès à la vasque dessous. Elle trempa la serviette dans l'eau réservée aux baptêmes et tendit le linge mouillé à Langdon.

— À vous l'honneur.

Langdon cala le masque dans sa main gauche et prit la serviette. Il la secoua pour chasser l'excédent d'eau et se mit à tamponner la face interne du front, là où étaient tracés les sept P. Après quelques passages, il humecta à nouveau le linge et se remit à l'ouvrage.

— Le gesso se dilue, annonça-t-il. Et les lettres partent avec.

Tandis qu'il se lançait dans une nouvelle série de frottements, Langdon se mit à déclamer : « Par le baptême de l'eau et du Saint-Esprit, le seigneur Jésus-Christ t'offre la vie éternelle. »

Sienna regarda Langdon avec de grands yeux.

— C'est de circonstance, non ? répondit-il.

Elle eut un sourire ironique et reporta son attention sur le moulage. Peu à peu, le plâtre d'origine réapparaissait, avec sa teinte jaunâtre bien plus en accord avec l'âge de la relique. Quand le dernier P eut disparu, Langdon sécha la zone avec une serviette propre et la présenta à Sienna.

Elle se figea.

Comme Langdon l'avait prévu, il y avait bien un message sous le gesso – une nouvelle série de lettres manuscrites.

Mais, cette fois, les lettres formaient un mot.

58.

— Possédé ? s'étonna Sienna.

Ce n'est pas très clair non plus pour moi.

Langdon examina le mot qui était apparu sous les sept P, en travers du front.

Possédé

— Comme… possédé par le diable ? proposa la jeune femme.

Peut-être.

Langdon leva les yeux vers la mosaïque au-dessus de lui, où Lucifer dévorait les âmes qui n'avaient pu se laver de leur péché.

Dante serait « possédé » ?

Cela n'avait aucun sens.

— Il doit y avoir autre chose, insista Sienna en prenant le masque des mains de Langdon pour l'examiner de plus près.

Au bout d'un moment, elle se mit à hocher la tête.

— Regardez à gauche et à droite… il y a quelque chose d'écrit…

En plissant les yeux, il aperçut, sous le gesso qui achevait de se diluer, d'autres caractères de part et d'autre du mot.

Impatiente, Sienna prit la serviette et se mit à frotter la zone. Le reste de la ligne apparut, dans une délicate calligraphie.

Ô esprit possédé du clair entendement

Langdon poussa un sifflement admiratif.

— « Ô esprit possédé du clair entendement… vois la doctrine qui se cache… sous le voile des vers mystérieux. »

— Robert ?

— C'est un passage célèbre de l'*Inferno*. Dante somme le lecteur de chercher l'enseignement derrière les allégories.

Il citait souvent cette phrase pendant ses cours. C'était l'exemple même de l'auteur qui agitait les bras en criant : Hé les gars ! il y a un double sens !

Sienna se mit à frotter énergiquement le masque.

— Allez-y doucement.

— Vous avez raison ! lança-t-elle. Le reste du texte est là. Mot pour mot.

Elle rinça la serviette dans la vasque.

Langdon regarda l'eau devenir laiteuse.

Pardonnez-moi ce petit sacrilège, saint Jean Baptiste.

Sienna sortit le linge, dégoulinant d'eau, l'essora à peine, et nettoya l'intérieur comme on lave un bol à soupe.

— Sienna ! C'est une pièce ancienne et...

— Il y a du texte partout ! Et c'est écrit en...

Elle inclina la tête et fit pivoter le masque entre ses mains.

— Écrit en quoi ? demanda Langdon.

Sienna acheva de retirer le gesso et sécha le tout avec une serviette propre. Puis elle le posa, côté face, pour qu'ils puissent voir tous les deux le résultat.

Langdon n'en revenait pas. Toute la face interne était noircie de caractères. Il y avait là près de cent mots. Ça commençait en haut par « Ô esprit possédé du clair entendement », et le texte se poursuivait sur une même ligne ininterrompue qui faisait comme un escargot – partant de la joue droite, puis du menton, puis la joue gauche, et le front à nouveau avant d'entamer une nouvelle boucle, un peu plus petite.

Cet agencement rappelait la spirale du mont du Purgatoire. Une spirale d'Archimède à sens de rotation horaire ! Et le nombre de spires, entre le « Ô » et le point final, était prévisible :

Neuf.

Retenant son souffle, Langdon fit tourner lentement la relique, pour lire l'intégralité du texte qui s'enroulait en colimaçon vers le point le plus bas de la face concave.

— La première strophe est de Dante, « Ô esprit possédé du clair entendement, vois la doctrine qui se cache sous le voile des vers mystérieux ».

Ô esprit possédé du clair entendement vois la doctrine qui se cache sous les vers mystérieux... Cherche le doge traître de Venise qui coupa les têtes des chevaux et arracha les os de la sainte sagesse... Prosterne-toi dans le mouseion doré de la sainte sagesse... Jusqu'à ce que tu ne sente sans jet le son du petit ruisseau... Applique ton oreille au sol et suis le son du palais englouti ou le monstre chtonien attend... Dans ou ne se reflète étoilé... sang du monstre chtonien aux eaux rouge sang qui ne se reflète étoilé...

— Et le reste ?

— Je ne crois pas que ce soit de Dante. C'est le même style, mais je ne reconnais pas les vers. C'est juste écrit « à la manière de ».

— Zobrist, souffla Sienna. C'est forcément lui.

Langdon acquiesça. C'était probable. Après tout, en modifiant la *Carte de l'Enfer* de Botticelli, Zobrist avait montré son inclination à détourner les œuvres des grands maîtres pour servir ses propres desseins.

— La suite est vraiment étrange, articula Langdon, en faisant à nouveau pivoter le masque. Ça parle de têtes de chevaux coupées… d'os arrachés. (Il passa à la dernière strophe.) Ça parle aussi d'eaux rouge sang.

336

Sienna fronça les sourcils.

— Comme dans vos visions avec la femme aux cheveux argent.

Il hocha la tête et relut à nouveau le texte : « Dans le lagon où ne se reflète nulle étoile. »

— Regardez ! souffla la jeune femme, dressée derrière lui sur la pointe des pieds. On a un lieu !

Langdon repéra le mot qui lui avait échappé à la première lecture. C'était le nom d'une des plus belles villes du monde. Comment avait-il pu passer à côté ? Un frisson le parcourut. C'était aussi la cité où Dante avait contracté la malaria qui lui serait fatale.

Venise.

Ces mots désigneraient Venise ?

Langdon et Sienna étudièrent encore un moment le texte énigmatique. Le poème était macabre, et assez obscur. Bien sûr, les mots « doge » et « lagon » indiquaient de façon irréfutable Venise – la cité lacustre qui, pendant des siècles, avait été dirigée par les doges.

Langdon ne voyait pas exactement quel endroit de Venise le poème évoquait, mais celui-ci donnait au lecteur une liste d'instructions à suivre :

« Applique ton oreille au sol… et suis le son du petit ruisseau… »

— Il s'agit d'un lieu sous terre, murmura Sienna, lisant toujours par-dessus son épaule.

Langdon hocha la tête, l'air inquiet.

« Jusqu'aux eaux rouge sang du palais englouti où le monstre chtonien attend. »

— Robert, quel est ce genre de monstre ?

— Chtonien... ça signifie « qui habite sous la terre ».

Mais Langdon ne put aller plus loin. Un brusque tintement de serrure résonna dans le baptistère. On ouvrait déjà les portes aux touristes ?

*

— *Grazie mille*, dit l'homme au visage en feu.

Le guide du baptistère hocha la tête, empochant rapidement la liasse de cinq cents dollars de crainte qu'on ne le surprenne.

— *Cinque minuti*, lui rappela l'employé, en ouvrant discrètement la porte pour laisser passer l'homme.

Le guide referma aussitôt le battant.

Au début, le gardien n'avait guère été enclin à compatir au sort de cet Américain qui, disait-il, avait fait tout ce voyage pour prier ici dans l'espoir de guérir sa terrible maladie de peau. Mais l'empathie avait fini par l'emporter : cinq cents dollars contre cinq minutes – cela valait toujours mieux que de rester à côté de ce boutonneux pendant trois heures. Sa maladie était peut-être contagieuse...

Alors qu'il pénétrait dans la grande salle, son regard fut lui aussi attiré vers le haut.

Dieu du ciel ! Il n'avait jamais vu un plafond pareil ! Un diable poilu le regardait l'air mauvais. Il baissa aussitôt la tête.

L'endroit paraissait désert.

Où étaient-ils ?

Il scruta la pièce circulaire. Son regard s'arrêta sur l'autel. Un grand bloc de marbre dans une niche, derrière des piquets, interdisait l'accès aux touristes.

C'était la seule cachette possible de toute la pièce. Et l'un des cordons oscillait... comme si on venait de le déplacer.

*

Langdon et Sienna étaient tapis derrière l'autel. Ils avaient eu tout juste le temps de récupérer les serviettes et remettre le couvercle en place avant de filer avec le masque sous le bras. Ils comptaient rester cachés là jusqu'à ce que la salle soit pleine de touristes.

La porte nord avait été ouverte – du moins un instant. Langdon avait entendu le brouhaha de la place, puis le battant s'était refermé et le silence était revenu.

Des pas. Une personne seule.

Un guide ? Venu inspecter la salle avant l'ouverture au public ?

Langdon n'avait pu éteindre le projecteur au-dessus de la vasque. Allait-il le remarquer ? Manifestement, non. Car les pas se dirigeaient vers eux, et s'arrêtèrent devant l'autel. Juste à l'endroit où Sienna et lui avaient enjambé le cordon.

Le silence s'éternisait.

— Robert, c'est moi ! lança finalement une voix d'homme, agacée. Je sais que vous êtes là. Sortez et expliquez-vous !

59

Inutile de se cacher. Il sait que je suis là.

Langdon fit signe à Sienna de rester accroupie et lui confia le masque qu'il avait remis dans le sac plastique.

Lentement, il se releva. Tel un prêtre derrière son autel, il contempla son unique ouaille. L'inconnu devant lui avait les cheveux bruns, des lunettes de designer et une terrible inflammation au visage. Il se grattait le cou, et ses yeux enflés et rouges brillaient de colère.

— Vous pouvez me dire ce que vous fabriquez ici ? lança-t-il en enjambant le cordon pour s'avancer vers Langdon.

Il avait un fort accent américain.

— Certainement, répondit Langdon. Mais j'aimerais d'abord savoir qui vous êtes.

L'homme s'arrêta net.

— Je vous demande pardon ?

Quelque chose chez ce type lui semblait vaguement familier… Sa voix, aussi.

Je l'ai déjà rencontré… mais où ? Quand ?

— Voulez-vous bien me rappeler qui vous êtes et comment nous nous sommes rencontrés ?

L'homme, incrédule, leva les bras en l'air.

— Jonathan Ferris ! L'OMS ! Le gars qui est venu vous chercher à Harvard !

Langdon tentait d'assimiler l'information.

— Pourquoi n'avez-vous pas appelé ? reprit l'homme en se grattant toujours le cou et les joues couverts de petits boutons. Et qui est cette femme qui vous accompagne ? C'est pour elle que vous travaillez à présent ?

Sienna se releva à son tour et attaqua bille en tête :

— Docteur Ferris ? Je suis Sienna Brooks. Je suis moi aussi médecin. Je travaille ici, à Florence. On a tiré sur le professeur Langdon la nuit dernière. Il souffre d'une amnésie rétrograde. Il ne sait pas qui vous êtes et ne se souvient pas de ce qui lui est arrivé ces deux derniers jours. Je suis ici pour l'aider.

L'homme la regarda, perplexe, comme s'il lui fallait du temps pour digérer tout ça. Puis, sous le coup d'une illumination, il recula d'un pas.

— Oh... Cela explique tout.

Le visage de l'homme se radoucit aussitôt.

— Robert, articula-t-il. On pensait que vous... (Il secoua la tête, encore sous le choc.) On pensait que vous aviez changé de camp, qu'on vous avait peut-être soudoyé, ou menacé... Comment aurions-nous pu savoir !

— Je suis la seule personne à qui il a parlé, précisa Sienna. Tout ce qu'il sait, c'est qu'il s'est réveillé à l'hôpital où je travaille et que des gens cherchent à le tuer. Il a des visions – des cadavres, des gens malades, et il voit aussi une femme avec des cheveux couleur argent et une amulette en forme de serpent.

— Elizabeth ! s'exclama l'homme. C'est le Dr Elizabeth Sinskey ! Robert, c'est elle qui vous a recruté pour nous aider !

— Si c'est d'elle qu'il s'agit, intervint Sienna, elle a de gros ennuis. On l'a vue dans un van plein de soldats. Prisonnière. Et elle paraissait droguée ou sous sédatif. Vous êtes au courant, j'imagine ?

L'homme hocha la tête avec gravité, en fermant les yeux. Ses paupières étaient rouges et enflammées.

— Qu'est-ce que vous avez au visage ? s'enquit Sienna.

Il rouvrit les yeux.

— Je vous demande pardon ?

— Votre visage. On dirait que vous avez contracté quelque chose. Vous êtes malade ?

L'homme fut pris de court. C'était direct, voire indélicat, mais Langdon se posait la même question. Toute la journée, les références à la peste s'étaient succédé. Cette peau rouge, parsemée de pustules, faisait froid dans le dos.

— Je vais bien. C'est juste le savon de l'hôtel. Je suis allergique au soja, et la plupart des savons italiens sont à base de soja. J'aurais dû vérifier. C'était stupide.

Sienna poussa un soupir de soulagement.

— Heureusement que vous n'en avez pas mangé. Une dermatite n'est rien comparée à un choc anaphylactique !

Ils rirent, un peu gênés.

— Dites-moi, reprit Sienna, le nom de Bertrand Zobrist vous dit quelque chose ?

L'homme se figea, comme si le diable de la mosaïque s'apprêtait à le dévorer.

— Il se trouve qu'on vient de découvrir un message de lui, poursuivit la jeune femme. Et ça parle de Venise.

— Zobrist ! Bien sûr que oui, bredouilla l'homme, visiblement ébranlé. Évidemment ! Quel endroit indique-t-il ?

Sienna s'apprêtait à lui parler du masque et du poème écrit en spirale quand Langdon posa la main sur le bras de la jeune femme pour l'empêcher d'aller plus loin. L'homme paraissait certes être un allié mais, après les événements de la journée, Langdon se méfiait de tout le monde. En outre, cette cravate mauve lui rappelait quelque chose. N'était-ce pas cet homme qu'il avait vu prier dans la petite église de Dante, plus tôt ce matin ?

Il nous suivait ?

— Comment nous avez-vous retrouvés ? demanda Langdon.

— Robert, vous m'avez appelé hier soir !

L'homme avait manifestement du mal à se faire à l'idée que Langdon était amnésique.

— Vous aviez un rendez-vous important avec le conservateur du musée du Duomo, un certain Ignazio Busoni, reprit-il. Et puis vous avez disparu. Depuis, plus de nouvelles. Quand j'ai appris qu'on avait retrouvé Busoni mort, j'ai commencé à m'inquiéter. J'ai passé la matinée à vous chercher partout dans le quartier. Puis il y a eu toutes ces voitures de police qui fonçaient vers le palazzo Vecchio. Je me suis approché pour obtenir des infos… et c'est alors que je vous ai aperçu. Vous sortiez du palais par une petite porte. Vous étiez avec…

Il s'interrompit et se tourna vers la jeune femme.

— Sienna, répéta-t-elle. Sienna Brooks.

— Avec le Dr Brooks. Je vous ai suivis dans l'espoir de comprendre ce que vous faisiez.

— C'était vous à la chiesa di Santa Margherita, n'est-ce pas ? En train de prier.

— Bien sûr. J'essayais de savoir ce qui se passait ! Mais j'étais totalement perdu. Et puis vous êtes sorti de l'église, l'air décidé, comme si vous aviez soudain une idée en tête. Alors, je vous ai suivis. Quand je vous ai vus entrer dans le baptistère, j'ai décidé qu'il était temps que nous ayons une explication. J'ai graissé la patte au guide pour avoir quelques minutes de tranquillité ici avec vous.

— Vous avez du cran, fit remarquer Langdon. Car vous pensiez que j'avais changé de camp.

L'homme secoua la tête.

— Je n'arrivais pas à croire que vous nous aviez trahis. Vous, le professeur Robert Langdon ! Il devait y avoir une autre explication. Mais l'amnésie, jamais je n'aurais pensé à ça.

L'homme recommença à gratter ses boutons.

— Je n'ai que très peu de temps, reprit-il. Il faut sortir d'ici. Si moi j'ai pu vous retrouver, les autres y parviendront aussi. Il y a encore beaucoup de points qui vous échappent. Il faut qu'on aille à Venise. Immédiatement. Le plus difficile sera de quitter Florence. Les gens qui détiennent le Dr Sinskey... ceux qui vous pourchassent... ils ont des antennes partout.

L'homme se dirigea vers la porte.

Mais Langdon ne bougeait pas. Il attendait des réponses.

— Qui sont ces soldats ? Pourquoi veulent-ils me tuer ?

— C'est une longue histoire. Je vous expliquerai en chemin.

Langdon se renfrogna, guère satisfait. Il entraîna Sienna à l'écart et lui chuchota à l'oreille :

— Vous en pensez quoi ? Vous lui faites confiance ?

Sienna regarda Langdon avec des yeux ronds.

— Qu'est-ce que j'en pense ? Ce type travaille pour l'OMS ! C'est notre meilleure piste pour avoir des réponses !

— Et ces trucs sur son visage ?

— Une simple allergie. Une dermatite.

— Mais s'il ment ? Si c'est autre chose ?

— Comment ça « autre chose » ? Robert, il n'a pas la peste, si c'est ce qui vous tracasse. Il est médecin, je vous rappelle. S'il avait une maladie mortelle et qu'il se sût contagieux, il ne se promènerait pas comme ça dans toute la ville, en infectant tout le monde.

— Mais s'il ne sait pas qu'il est malade ?

Sienna se mordilla les lèvres un instant.

— Alors vous et moi, on est foutus. Comme tout le monde à cent mètres à la ronde.

— Vous avez une façon toute personnelle de rassurer vos malades...

— Mieux vaut appeler un chat un chat, répliqua Sienna en lui tendant le sac contenant le masque. Tenez, je vous rends votre copain.

Lorsqu'ils revinrent vers le Dr Ferris, celui-ci finissait de passer un coup de fil.

— Je viens d'appeler mon chauffeur. Il va nous récupérer devant le...

Il s'arrêta tout net, en découvrant le masque mortuaire que Langdon avait dans les mains.

— Seigneur ! Qu'est-ce que c'est que cette horreur ?

— C'est une longue histoire. Je vous expliquerai en chemin.

60

Jonas Faukman, l'éditeur de New York, fut réveillé par la sonnerie du téléphone. Il roula sur le flanc et regarda le réveil : 4 h 28.

Dans le monde de l'édition, les urgences de dernière minute étaient aussi courantes que les succès étaient rares. Inquiet, Faukman sortit du lit et se rendit dans son bureau.

— Allô ? Jonas, Dieu soit loué, vous êtes chez vous !

Il reconnut aussitôt la voix de baryton.

— C'est Robert. J'espère que je ne vous réveille pas.

— Bien sûr que vous me réveillez ! Il est 4 heures du matin !

— Désolé. Je suis à l'étranger.

On ne leur apprenait donc pas le principe des fuseaux horaires à Harvard ?

— J'ai des soucis, Jonas. Et j'aurais besoin que vous me rendiez un service. (Il y avait de la tension dans sa voix.) Il s'agit de votre abonnement pro à NetJets.

— NetJets ? ricana Jonas. Robert, nous sommes tous les deux dans l'édition. Vous savez comme moi que nous n'avons pas les moyens de nous payer des jets privés.

— Et nous savons tous les deux que c'est faux, cher ami.

Faukman lâcha un soupir.

— OK. Alors, je vais vous dire ça : nous n'avons pas de jets privés pour des auteurs d'histoire de l'art !

Si vous comptez écrire un *Cinquante nuances d'iconographie*, on peut discuter.

— Jonas, quel que soit le prix, je vous rembourserai. Vous avez ma parole. Vous ai-je jamais fait faux bond ?

Hormis le fait qu'il attendait son prochain livre depuis trois ans ? Mais Faukman sentit l'inquiétude de son auteur.

— Robert, dites-moi ce qui se passe. Si je peux vous aider…

— Je n'ai pas le temps de vous expliquer, mais c'est vraiment important. Il faut que vous fassiez ça pour moi. C'est une question de vie ou de mort.

Faukman, qui travaillait depuis longtemps avec Langdon, connaissait son humour pince-sans-rire. Mais cette fois, il n'y avait nulle trace d'humour dans sa voix.

Il est vraiment terrorisé.

Faukman poussa un long soupir. La compta n'allait pas s'en remettre !

Trente secondes plus tard, l'éditeur avait noté et recherché les détails du vol, ainsi que le numéro de passeport de Langdon.

— Jonas, tout va bien ? s'enquit Langdon, sentant son éditeur perdu.

— Oui. C'est juste que je vous croyais aux États-Unis. Que faites-vous en Italie ?

— Je me pose la même question ! Merci encore, Jonas. Je file à l'aéroport.

*

Le standard de NetJets se trouvait à Columbus, dans l'Ohio, avec un équipage prêt à décoller vingt-quatre heures sur vingt-quatre.

Deb Kier, chargée de clientèle, venait de recevoir un appel d'un client de New York.

— Un moment, s'il vous plaît. (Elle ajusta son casque et pianota sur son clavier.) Techniquement, vous devriez appeler NetJets Europe, mais je vais voir ce que je peux faire.

Elle se connecta au réseau Europe, basé à Paço de Arcos, au Portugal, et vérifia la position des jets à proximité de l'Italie.

— Cher monsieur, il semble que nous ayons un Cessna 560 XL, à Monaco. Nous pouvons l'envoyer à Florence en moins d'une heure. Cela conviendrait-il à M. Langdon ?

— Espérons, répondit l'homme au bout du fil, d'une voix ensommeillée. Ce serait très aimable de votre part.

— Tout le plaisir est pour moi. M. Langdon souhaite donc se rendre à Genève.

— Apparemment.

Deb entrait les informations dans son ordinateur.

— Parfait, annonça-t-elle finalement. M. Langdon embarque à l'aéroport de Lucques-Tassignano, à environ soixante kilomètres de Florence. Départ à 11 h 20, heure locale. Il faudrait qu'il se présente à l'aéroport dix minutes avant. Pas de bagages, pas de restauration. Et j'ai son numéro de passeport. Tout est donc réglé. Je peux faire autre chose pour vous ?

— Me trouver un autre boulot ! lança-t-il en riant. Merci. Vous m'avez été d'un grand secours.

— Je vous en prie. Je vous souhaite une bonne nuit.

Deb consigna l'appel et se tourna vers son écran pour terminer la réservation. Elle entra le numéro de passeport de Langdon et s'apprêtait à poursuivre sa saisie quand un voyant rouge se mit à clignoter. Deb lut le message.

Ce devait être une erreur.

Elle entra une nouvelle fois le numéro. L'alerte clignota de nouveau. Ce même signal serait apparu sur les terminaux de n'importe quelle compagnie aérienne, partout sur la planète, si Langdon avait tenté de prendre un avion.

Deb Kier n'en croyait pas ses yeux. Pour NetJets, la discrétion envers les clients était une priorité, mais cette alerte-là passait outre la déontologie de la société.

Deb Kier avertit aussitôt les autorités.

*

L'agent Brüder ferma son mobile et fit monter ses hommes dans le van.

— Langdon bouge ! Il va prendre un jet privé pour Genève. Il décolle dans moins d'une heure à Lucques-Tassignano. Si on se dépêche, on peut arriver avant lui.

*

Au même moment, une Fiat de location filait au nord par la via dei Panzani, s'éloignant de la piazza del Duomo pour se rendre à la gare de Florence-Santa Maria Novella.

Langdon et Sienna étaient pelotonnés sur la banquette arrière, tandis que le Dr Ferris était au volant. La réservation du jet privé était une idée de Sienna. Avec un peu de chance, cette diversion leur permettrait

d'attraper un train sans encombre. Sans ce strata-
gème, la gare aurait grouillé de policiers. Heureusement, Venise ne se trouvait qu'à deux heures par le
Frecciargento, et on n'avait pas besoin de passeport
pour les trajets nationaux.

Langdon continuait de regarder le visage enflammé
de Ferris. L'homme souffrait, il avait du mal à respirer, comme si chaque inspiration lui était douloureuse.

*J'espère que Sienna ne se trompe pas. Que ce n'est
qu'une allergie.*

Il imaginait des myriades de germes flottant dans
l'espace confiné de l'habitacle. Même le bout de ses
doigts paraissait rouge et enflé. Langdon s'efforça de
chasser ses pensées mortifères et regarda le paysage
par la fenêtre.

Ils passaient devant le Grand Hôtel Baglioni, où se
tenait chaque année un colloque sur l'Art, un événement que Langdon n'avait jamais raté. Il s'aperçut
alors qu'il allait faire une entorse à une tradition personnelle qu'il croyait immuable.

Je vais quitter Florence sans avoir vu le David.

En présentant mentalement ses excuses à Michel-
Ange, il reporta ses pensées sur la gare ferroviaire qui
se profilait devant lui. Et, au-delà, sur Venise.

61.

Langdon va à Genève ?

Elizabeth Sinskey se sentait de plus en plus mal sur
la banquette arrière du van. Ils s'éloignaient de Flo-

rence à vive allure et les mouvements du véhicule lui donnaient la nausée.

Genève. Ça n'avait aucun sens. Certes, le siège de l'OMS se trouvait là-bas.

Langdon espère m'y trouver ?

C'était incompréhensible, puisque Langdon savait qu'elle était à Florence.

Elle entrevit une autre possibilité.

Seigneur ! Genève serait donc la cible de Zobrist ?

Pour le symbole, il pouvait être tentant de faire du siège de l'OMS le Ground Zero de l'épidémie, après une année de guerre entre eux. Mais, en termes d'efficacité, Genève était un très mauvais choix. Comparée aux autres métropoles, la ville était isolée et il y faisait plutôt froid à cette époque de l'année. Les épidémies se propageaient mieux dans les zones chaudes et surpeuplées. Genève se trouvait à plus de trois cents mètres au-dessus du niveau de la mer. C'était le plus mauvais des endroits pour lancer une pandémie.

Même si Zobrist la haïssait.

La question demeurait donc entière. Pourquoi Langdon allait-il en Suisse ? Et cela s'ajoutait à sa longue série d'actes étranges depuis la veille au soir. Sinskey n'avait toujours pas trouvé d'explication.

Dans quel camp était-il donc ?

Certes, elle ne le connaissait que depuis quelques jours, mais elle se trompait rarement sur les gens. Robert Langdon n'était pas un homme qu'on pouvait acheter.

Pourtant, il avait coupé tout contact avec eux hier soir.

Et maintenant, il semblait jouer les francs-tireurs.

L'aurait-on persuadé du bien-fondé du projet de Zobrist ?

Elle en eut le frisson.

Non, se répéta-t-elle. Je connais ses antécédents. Impossible.

Elizabeth Sinskey avait rencontré Langdon deux jours plus tôt, à bord d'un Hercules C130, un avion de transport militaire reconverti en QG mobile de l'OMS.

Il était tout juste 19 heures quand l'avion avait atterri à l'aéroport de Bedford-Hanscom Field, à vingt kilomètres de Cambridge, dans le Massachusetts. Elizabeth ne savait qu'attendre de cet éminent professeur qu'elle avait eu au téléphone. Mais sa première impression avait été bonne quand elle l'avait vu monter la rampe à l'arrière de l'avion, d'un pas confiant et tout sourire.

— Docteur Sinskey, je présume ?

Sa poignée de main était ferme.

— Professeur, c'est un honneur de vous rencontrer.

— Tout l'honneur est pour moi. C'est nous qui vous remercions pour tout ce que vous faites pour l'humanité.

Langdon était grand, avec des manières distinguées et une voix grave. Il sortait de son amphithéâtre à en juger par sa tenue : veste en tweed, pantalon de toile et mocassins. Rien d'étonnant, puisqu'on était venu le prendre au pied levé sur le campus. Il paraissait plus jeune aussi, et bien plus en forme qu'elle ne l'imaginait. Un rappel douloureux de son propre âge…

Je pourrais presque être sa mère.

Elle lui retourna un sourire fatigué.

— Je vous suis très reconnaissante d'être venu, professeur.

Langdon se tourna vers l'assistant de Sinskey, un type à l'air pincé qui était venu le chercher à Harvard.

— Votre collègue ne m'a vraiment pas laissé le choix.

— Tant mieux. C'est pour ça qu'on le paie.

— Jolie amulette, dit Langdon en désignant le bijou qu'elle avait autour du cou. C'est du lapis-lazuli ?

Elizabeth Sinskey acquiesça et jeta un coup d'œil sur la pierre où un serpent s'enroulait autour d'un bâton.

— C'est l'ancien symbole de la médecine. Mais je ne vous apprends rien, évidemment. C'est le caducée.

Langdon leva un sourcil, comme s'il s'apprêtait à dire quelque chose.

Elle attendit.

Oui, professeur ?

Mais il sembla se raviser. Il lui adressa un sourire poli et changea de sujet :

— Alors, docteur Sinskey, que fais-je ici ?

Elizabeth indiqua un espace de réunion aménagé dans la carlingue autour d'une table d'acier.

— Asseyez-vous, je vous en prie. J'ai quelque chose à vous montrer.

Langdon se dirigea vers la table. Il était certes intrigué par cette réunion secrète, mais ne semblait pas inquiet outre mesure.

Voilà un homme à l'aise en toute circonstance, songea-t-elle.

Aurait-il encore ce même flegme, quand il aura découvert la raison de sa présence ici ?

Dès que Langdon se fut installé, Elizabeth Sinskey lui présenta l'objet que son équipe avait récupéré dans un coffre de Florence, moins de douze heures plus tôt.

Langdon examina pendant un moment le petit cylindre sculpté et lui donna des informations qu'elle connaissait déjà. Il s'agissait d'un sceau-cylindre ancien, dont on se servait autrefois pour imprimer des textes ou des motifs. Il y avait sur celui-ci l'image particulièrement macabre d'un Satan à trois têtes et un seul mot : *saligia*.

— C'est du latin. Un moyen mnémotechnique pour...

— Les sept péchés capitaux. Oui. On a vérifié.

— D'accord. Ce n'est donc pas pour cela que vous m'avez fait venir.

— Non. Effectivement.

Sinskey se mit à secouer l'objet. Une petite bille tinta à l'intérieur.

Langdon parut surpris, mais avant qu'il ait eu le temps de poser la moindre question, l'extrémité du cylindre s'illumina. Elle pointa le cylindre vers la paroi.

Langdon poussa un sifflement et s'approcha de l'image projetée.

— *La Carte de l'Enfer* de Botticelli. Inspirée de l'*Inferno* de Dante. Mais j'imagine que vous savez ça aussi.

Elizabeth hocha la tête. Après des recherches sur Internet, son équipe et elle avaient appris qu'il s'agissait d'une peinture de Botticelli – un travail atypique, car le peintre était plus connu pour ses œuvres bucoliques, telles que *La Naissance de Vénus* ou *Le Printemps*. Elle aimait ces deux tableaux, même s'ils étaient des odes à la fertilité, à la création de la vie, et que sa propre stérilité lui était toujours aussi douloureuse. C'était là son seul regret dans une vie bien remplie.

— J'espérais, reprit-elle, que vous pourriez nous expliquer le symbolisme caché de cette œuvre.

Pour la première fois, Langdon montra quelque agacement :

— C'est pour cela que vous êtes venue me chercher ? Je croyais que c'était une urgence.

— Faites-moi cette faveur, professeur. Je vous en prie.

Langdon lâcha un soupir résigné.

— Docteur Sinskey, pour avoir des renseignements sur une peinture, il suffit d'appeler le musée qui possède l'œuvre originale. En l'occurrence, pour le cas qui nous occupe, la Bibliothèque apostolique vaticane. Le Vatican a de grands spécialistes qui…

— Le Vatican me déteste.

Langdon haussa les sourcils.

— Vous aussi ? Je pensais être le seul.

Elle eut un sourire triste.

— L'OMS fait de la contraception une priorité sanitaire – à la fois pour éviter la propagation des MST et pour limiter la démographie galopante de la planète.

— Mais le Vatican ne partage pas votre avis.

— C'est le moins qu'on puisse dire. Ils ont dépensé des fortunes pour endoctriner les pays du tiers monde et leur faire croire que la contraception était le mal incarné.

— C'est sûr qu'une bande d'octogénaires célibataires est la mieux placée pour expliquer aux gens comment gérer leur vie sexuelle, ironisa-t-il.

Le Dr Sinskey appréciait de plus en plus ce professeur.

Elle secoua le cylindre pour le recharger et projeta à nouveau l'image sur la paroi de l'avion.

— Allez, essayez de regarder ça de plus près.

Langdon se leva et s'approcha de l'image. Au bout de quelques secondes :

— Le tableau a été modifié ?

Il ne lui a pas fallu longtemps.

— Exact. Et je veux savoir ce que signifient ces changements.

En silence, Langdon examina minutieusement la composition, s'arrêtant pour noter les dix lettres formant le mot *catrovacer*... puis le masque de peste... et enfin cette étrange phrase dans le coin inférieur qui parlait des « yeux de la mort ».

— Qui a créé ça ? s'enquit-il. D'où vient cette image ?

— Moins vous en saurez, mieux ce sera. Ce que je voudrais, c'est que vous décryptiez ces modifications.

Elle désigna un petit bureau dans un coin.

— Ici ? Maintenant ?

— Je sais que c'est contraignant pour vous, mais vous n'imaginez pas à quel point c'est important. (Elle fit une pause avant de reprendre :) Il est possible que ce soit une question de vie ou de mort.

Langdon regarda la directrice de l'OMS avec gravité.

— Cela risque d'être un peu long, mais si c'est si crucial pour vous, je...

— Je vous remercie, l'interrompit Elizabeth Sinskey, craignant qu'il ne change d'avis. Vous avez besoin d'appeler quelqu'un ?

Langdon secoua la tête et lui répondit qu'il avait prévu de passer un week-end tranquille chez lui.

Parfait.

Elizabeth l'installa au bureau, avec le projecteur, du papier, un crayon et un ordinateur avec une connexion satellite cryptée. Langdon se demandait en quoi la transformation d'un tableau de Botticelli pouvait avoir une telle importance pour l'OMS, mais, docile, il se mit au travail.

S'attendant à ce que Langdon planche pendant des heures sur l'énigme, Elizabeth s'attela à d'autres tâches. De temps en temps, elle l'entendait secouer le projecteur et prendre des notes dans son carnet. Au bout de dix minutes, le professeur posa son crayon et annonça :

— *Cerca trova.*

— Quoi ?

— *Cerca trova*, répéta-t-il. « Cherchez et vous trouverez. » C'est ce que dit le code.

Sinskey vint aussitôt s'asseoir à côté de lui, l'écoutant fascinée quand il lui expliqua que les niveaux de *L'Enfer* de Dante avaient été permutés. Mais qu'une fois remis dans le bon ordre, on obtenait les mots italiens *cerca trova.*

« Cherchez et trouvez ? » *C'est ça que ce dingue veut me dire ?*

Il la mettait au défi. Un écho à ce que lui avait déclaré Zobrist, pour clore leur rencontre au CFR : « Ainsi commence notre pas de deux. »

— Vous êtes toute pâle, constata Langdon. Ce n'est pas le message que vous espériez.

Elizabeth reprit contenance et tripota nerveusement son amulette.

— Pas exactement. Dites-moi, professeur… pensez-vous que cette carte de l'enfer me suggère de chercher quelque chose ?

— De chercher… et de trouver.

— Mais chercher où ? Elle le précise ?

Langdon se frotta le menton tandis que l'équipe de l'OMS se rapprochait, ne voulant pas rater l'information.

— Pas explicitement… Mais j'ai une petite idée par où il faut commencer.

— Je vous écoute, l'encouragea Elizabeth avec un vibrato inattendu dans la voix.

— Vous aimez Florence ?

Elizabeth s'efforça de ne rien laisser paraître, mais le reste de son équipe montra moins de réserve. Il y eut des échanges de regards fébriles. Quelqu'un décrocha un téléphone, un autre se précipita vers le cockpit.

Langdon ouvrit de grands yeux.

— J'ai dit quelque chose qu'il ne fallait pas ?

Au contraire… se dit-elle.

— Pourquoi Florence ?

— Parce que *Cerca trova*.

Il lui parla alors du message énigmatique sur la fresque de Vasari dans le palazzo Vecchio.

C'est bien là, en conclut Sinskey.

Elle en avait assez entendu. Ce ne pouvait être une coïncidence… Son ennemi s'était jeté du haut d'un campanile à quelques centaines de mètres du palazzo.

— Professeur, quand je vous ai montré mon pendentif tout à l'heure et que j'ai précisé que c'était le caducée, vous m'avez regardée bizarrement. Puis vous avez changé de sujet. De quoi vouliez-vous me parler ?

— Rien d'important. Mon côté universitaire peut parfois être agaçant.

Elle s'avança vers lui et le fixa dans les yeux.

— Je vous pose cette question, professeur, parce que j'ai besoin de savoir si je peux vous faire confiance. Qu'alliez-vous dire ?

Langdon déglutit.

— Un détail, rien de plus. Vous dites que votre amulette représente l'ancien symbole de la médecine ; c'est parfaitement exact. Mais quand vous prétendez que c'est le caducée, vous commettez une erreur très répandue. Le caducée a deux serpents enroulés autour d'un bâton et une paire d'ailes au sommet. Votre amulette n'a qu'un serpent et pas d'ailes. Ce que vous avez là, c'est...

— Le bâton d'Asclépios.

Langdon la regarda d'un drôle d'air.

— Oui. Précisément.

— Je voulais simplement tester votre franchise.

— Pardon ?

— J'étais curieuse de savoir si vous alliez me dire la vérité, même si je risquais de le prendre mal.

— Apparemment, j'ai raté l'épreuve.

— Ne recommencez pas, c'est tout. Je veux une honnêteté totale. C'est obligatoire si nous devons travailler ensemble.

— Travailler ensemble. On n'en a pas terminé ?

— Non, professeur. J'ai besoin de vous à Florence. Nous avons quelque chose à retrouver.

— Ce soir ?

— Je le crains. Je ne vous ai pas encore exposé la gravité de la situation.

— Peu importe. Je ne veux pas aller à Florence. Et je déteste l'avion.

— Moi aussi. Mais, malheureusement, le temps presse.

62

Le soleil au zénith faisait étinceler le toit du *Frecci-argento*, le train italien à grande vitesse qui filait vers le nord, à travers la Toscane. Bien que roulant à près de deux cent quatre-vingts kilomètres à l'heure, la « flèche d'argent » était quasiment silencieuse, bercée par le discret cliquetis des rails et le lent roulis de la rame. L'effet était plutôt apaisant.

Pour Robert Langdon, la dernière heure avait passé encore plus vite.

Il s'était installé dans un *salottino* privatif, un compartiment de quatre places en vis-à-vis, avec une table pliante. Le Dr Ferris avait réservé tout le carré avec sa carte de crédit, et acheté un assortiment de sandwiches que Sienna et Langdon avaient dévorés, après s'être débarbouillés dans les toilettes.

Un voyage de deux heures les attendait pour rejoindre Venise. Dès qu'ils furent rassasiés, Ferris désigna le masque mortuaire de Dante posé devant eux, à l'abri dans son sac plastique.

— Il faudrait savoir quel lieu de Venise ça nous indique exactement.

— Et vite ! ajouta Sienna. C'est probablement notre seul espoir d'empêcher Zobrist de lancer l'épidémie.

— Attendez, intervint Langdon, en posant une main protectrice sur le masque. Vous m'avez promis de tout m'expliquer quand nous serions dans le train. Tout ce que je sais, pour l'instant, c'est qu'on est venu me chercher à Cambridge pour que j'aide l'OMS à déchiffrer la *Carte de l'Enfer* de Zobrist. Hormis ça, je n'ai toujours aucune réponse quant à ce qui s'est passé ces deux derniers jours.

Le Dr Ferris s'agita sur son siège, mal à l'aise, et recommença à gratter ses boutons.

— Je comprends votre frustration mais, d'un point de vue médical, précisa-t-il en regardant Sienna pour obtenir son assentiment, je vous déconseille fortement d'essayer de vous souvenir des détails de ces derniers jours. En cas d'amnésie, le meilleur moyen c'est de laisser les lacunes là où elles sont.

— Comment ça ? Je veux des réponses. Je veux comprendre ! Votre organisation m'a fait venir en Italie. On m'a tiré dessus et j'ai perdu deux jours de ma vie. Je veux savoir ce qui s'est passé.

— Robert, intervint Sienna d'un ton rassurant. Le Dr Ferris a raison. Ce serait très mauvais pour vous d'être submergé d'informations d'un coup. Regardez ce que provoquent les quelques bribes dont vous vous souvenez... la femme aux cheveux argent, « cherchez et vous trouverez », les suppliciés de la carte de l'enfer... toutes ces images vous reviennent sous forme de flash-back hallucinatoires qui vous tétanisent totalement. Si le Dr Ferris se met à vous raconter les événements de ces derniers jours, il risque de libérer d'autres souvenirs, et vos visions vont vous submerger. L'amnésie rétrograde est une pathologie sérieuse. Chambouler les souvenirs peut être très destructeur pour la psyché.

Il n'avait pas pensé à ce détail.

— Vous vous sentez perdu, je l'entends bien, renchérit Ferris, mais l'important c'est de garder votre moi intact, pour pouvoir continuer à avancer. Il faut à tout prix découvrir ce que veut nous dire ce masque.

Sienna acquiesça.

Si tout le corps médical était du même avis…

Langdon se rencogna dans son siège, tentant de chasser ses doutes. Rencontrer un parfait inconnu et apprendre qu'on le connaissait depuis plusieurs jours était une expérience étrange.

Il n'empêche que ce visage m'est familier. Quelque chose dans ses yeux…

— Professeur, reprit Ferris avec empathie. Je vois bien que vous avez du mal à me faire confiance, et c'est très compréhensible après tout ce que vous avez enduré. Ce sont des effets secondaires courants de l'amnésie : tendance paranoïaque, méfiance.

Évidemment, songea Langdon, je ne peux pas même me fier à mon propre cerveau !

— En parlant de paranoïa, lança Sienna pour détendre l'atmosphère. Quand Robert a vu votre inflammation, il a cru que vous aviez la peste bubonique !

Ferris écarquilla ses yeux enflés et partit d'un grand rire.

— Ces boutons ? Rassurez-vous, professeur, si j'avais la peste, je ne la traiterais pas avec de simples antihistaminiques !

Il sortit de sa poche un petit tube et le fit glisser vers Langdon. De la crème contre les allergies.

— Veuillez me pardonner, répondit Langdon. J'ai eu une longue journée.

— Pas de problème.

Langdon se tourna vers la fenêtre pour contempler les tons pastel de la campagne italienne qui, avec la vitesse, se muaient en un lavis apaisant. Les vignes et les fermes se firent plus rares, les coteaux laissaient la place aux Apennins. Bientôt le train partirait à l'ascension d'un col et redescendrait de l'autre côté, vers l'Adriatique.

Je suis en route pour Venise, songea-t-il. À la recherche d'une épidémie.

Il avait l'impression que toute cette journée avait elle aussi été un voyage à travers un paysage flou, composé de formes vagues, sans détails. Une sorte de rêve éveillé. Ironie du sort, d'ordinaire, après un cauchemar, on se réveillait. Mais, cette fois, c'est à son réveil qu'il avait plongé dedans !

— Un sou pour vos pensées, murmura Sienna, taquine, à côté de lui.

Langdon esquissa un sourire las.

— J'aimerais me réveiller et me retrouver à la maison.

La jeune femme le regarda, la tête penchée de côté.

— Mais si vous découvrez que je ne suis pas réelle, vous seriez un peu déçu, non ?

Langdon fut bien obligé de sourire.

— Oui. C'est vrai.

— Allez, professeur ! lança-t-elle en lui tapotant le genou. Assez rêvassé. Remettons-nous à l'ouvrage !

À contrecœur, Langdon reporta son attention sur le visage froissé de Dante. Avec précaution, il souleva le masque et le retourna pour examiner à nouveau le texte en spirale.

Ô esprit possédé du clair entendement...

Langdon doutait d'avoir les idées suffisamment claires.

Mais il se mit quand même au travail.

*

À trois cents kilomètres de là, le *Mendacium* mouillait dans l'Adriatique. Dans les ponts inférieurs, Lawrence Knowlton entendit toquer à la paroi de son bureau de verre. Il appuya sur un bouton pour rendre son cube transparent. Dehors, attendait un homme bronzé, de petite taille.

Le Président.

Il avait sa tête des mauvais jours.

Sans un mot, il entra dans le bureau, referma la porte du cube et actionna l'interrupteur pour opacifier de nouveau la pièce. Son haleine sentait l'alcool.

— Cette vidéo que nous a laissée Zobrist…

— Oui, monsieur ?

— Je veux la voir.

63.

Robert Langdon acheva de copier sur un papier le texte du masque pour pouvoir l'étudier à loisir. Sienna et Ferris s'étaient penchés eux aussi sur la feuille. Langdon s'efforçait d'oublier les pustules de l'homme et son souffle altéré.

Il va bien, se répéta Langdon pour rester concentré sur la strophe.

**Ô esprit possédé du clair entendement
vois la doctrine qui se cache
sous les vers mystérieux.**

— Comme je l'ai dit, ce début reprend, mot pour mot, un passage de l'*Inferno* – pour inciter le lecteur à lire entre les lignes.

L'œuvre allégorique de Dante était semée de commentaires critiques sur la religion, la politique, la philosophie. Langdon rappelait souvent à ses étudiants de lire Dante avec la même attention que la Bible : toujours chercher le sens caché.

— Les spécialistes en littérature médiévale, poursuivit Langdon, ont une approche analytique à deux niveaux : le « texte » et l'« allégorie ». Le texte étant le contenu littéral de l'œuvre, l'allégorie étant le message symbolique.

— C'est donc clair, lança Ferris. Le fait que le poème commence par cette phrase…

— … indique, reprit Sienna, que notre lecture immédiate ne révèle qu'une partie de l'histoire. Que le véritable sens est dissimulé.

— En gros, oui.

Il reprit sa lecture.

**Cherche le doge traître de Venise
qui coupa les têtes des chevaux
et arracha les os de l'aveugle**

— Pour les chevaux sans tête et les os de l'aveugle, c'est encore flou, précisa Langdon, mais tout laisse à penser que nous devons trouver un doge bien particulier.

— Sa tombe, j'imagine ? suggéra Sienna.

— Ou sa statue. Ou son portrait. Il n'y a plus de doges depuis des siècles.

Les doges de Venise furent l'équivalent des ducs dans les autres cités-États italiennes. Plus d'une centaine régnèrent sur Venise. Le premier monta sur le trône en 697 après Jésus-Christ. Leur dynastie s'éteignit à la fin du XVIIIe siècle, avec l'arrivée de Napoléon, mais leur aura et leur pouvoir restèrent un sujet de prédilection pour les historiens.

— Comme vous le savez peut-être, reprit Langdon, les deux grands lieux touristiques de Venise ont été édifiés pour eux – le palais et la basilique.

— Et vous savez s'il y en avait un plus dangereux que les autres ?

Langdon regarda le passage en question : « Cherche le doge traître de Venise. »

— Pas que je sache. Mais le poème n'emploie pas le mot « dangereux », mais « traître ». Il y a une grande différence, du moins dans le monde de Dante. La traîtrise est un véritable péché pour lui – le plus grave d'ailleurs, puisqu'il lui réserve le Neuvième et dernier Cercle de l'Enfer.

» La vraie traîtrise, selon Dante, c'était de duper un être aimé. L'exemple le plus connu étant celui de Judas trahissant Jésus. C'était à ses yeux un péché si terrible qu'il a placé Judas au centre le plus sombre de son *Inferno* – une région qu'il a appelée Giudecca en référence à l'infamie de son plus sinistre hôte.

— D'accord, dit Ferris. On cherche donc un doge qui a commis un acte de trahison.

Sienna hocha la tête avec vigueur.

— Cela limite les recherches. (Elle regarda à nouveau le texte.) Mais la suite... un doge qui a coupé des têtes de chevaux ? Ça signifie quelque chose pour vous, Robert ?

Tout ce qui lui venait à l'esprit, c'était cette image dans *Le Parrain*.

— Non. Rien. Mais, à en croire Zobrist, il a aussi « arraché les os de l'aveugle ». (Il regarda Ferris.) Vous avez accès à Internet sur votre téléphone ?

Ferris sortit aussitôt son mobile et montra ses doigts enflés.

— Je vais avoir un peu de mal avec les touches.

— Je m'en occupe ! proposa Sienna. Je vais lancer une recherche sur les doges vénitiens avec les mots clés « chevaux », « têtes coupées », « os » et « aveugle ».

Elle pianota aussitôt sur le minuscule clavier.

Langdon parcourut des yeux le début du poème et poursuivit la lecture à voix haute :

> Prosterne-toi dans le mouseion doré de la sainte sagesse,
> applique ton oreille au sol
> et suis le son du petit ruisseau.

— Un mouseion ? répéta Ferris. Qu'est-ce que c'est ?

— Un terme ancien pour désigner un temple consacré aux muses, précisa Langdon. Dans la Grèce antique, un mouseion était un lieu où les esprits éclairés se réunissaient pour partager leurs idées, parler de littérature, de musique et des arts. Le premier mouseion a été construit par Ptolémée Ier à Alexandrie

367

au IIIe siècle avant Jésus-Christ. Il y en a eu pléthore ensuite à travers le monde.

— Docteur Brooks, commença Ferris en regardant la jeune femme, plein d'espoir. Pouvez-vous regarder s'il y a un mouseion à Venise ?

— Il y en a des dizaines, affirma Langdon avec un sourire en coin. Aujourd'hui, ça s'appelle des musées.

— Je vois, répliqua Ferris. On va ratisser un peu trop large.

Sienna, qui possédait visiblement un cerveau multitâche, continua de pianoter sur le clavier tout en résumant la situation à haute voix :

— Très bien. Nous cherchons donc un musée où on peut trouver un doge qui a coupé des têtes de chevaux et arraché des os à un aveugle. Une piste, Robert ?

Langdon passait déjà en revue les plus grands musées de Venise : les Gallerie dell'Accademia, la Ca'Rezzonico, le Palais Grassi, la Collection Peggy Guggenheim, le museo Correr. Mais aucun d'eux ne répondait à tous ces critères.

Il revint au texte :

ſe mouseion ðoré ðe ſa saínte sagesse...

Langdon eut un sourire.

— Il n'y a qu'un seul musée à Venise que l'on puisse appeler « un mouseion doré de la sainte sagesse ».

Sienna et Ferris tendirent l'oreille.

— La basilique Saint-Marc ! La plus grande église de Venise.

— C'est un musée ? s'enquit Ferris, perplexe.

— À la manière du musée du Vatican. L'intérieur de la basilique est célèbre pour être entièrement recouvert de carreaux d'or.

— D'où « le mouseion doré » ! s'exclama Sienna.

Langdon hocha la tête. Ce ne pouvait être que la basilique Saint-Marc à laquelle faisait allusion le poème. Pendant des siècles, les Vénitiens l'avaient appelée La Chiesa d'Oro – l'église d'or – et ces mosaïques dorées à l'intérieur étaient réellement uniques au monde, à en donner le vertige.

— Le poème dit « prosterne-toi », ajouta Ferris. C'est effectivement ce qu'on fait dans une église.

Sienna tapait à toute allure sur les touches.

— J'ai ajouté « Saint-Marc » à la liste. Puisque c'est là que l'on doit chercher notre doge.

Il y aurait là-bas l'embarras du choix, songea Langdon. Ce n'était pas un hasard si l'autre nom de Saint-Marc était la « basilique des doges » ! Ils étaient sur la bonne piste. Rasséréné, il reporta son attention sur le texte :

Prosterne-toi dans le mouseion doré de la sainte sagesse
applique ton oreille au sol
et suis le son du petit ruisseau.

Un ruisseau ? songea Langdon. Il y a de l'eau sous la basilique Saint-Marc ?

Question stupide ! Il y en avait sous toute la ville ! Toutes les constructions s'enfonçaient lentement dans la mer et prenaient l'eau de partout. Où, dans la basilique, pouvait-on plaquer son oreille au sol et entendre de l'eau couler ?

Et que faire ensuite ?
Que disait le poème ?

> Jusqu'aux eaux rouge sang du palais englouti
>   où le monstre chtonien attend,
>   dans le lagon où ne se reflète nulle étoile.

— D'accord, annonça Langdon, quelque peu gêné par l'image. Nous sommes censés suivre le bruit de l'eau, jusqu'à une sorte de palais immergé.

Ferris gratta sa peau irritée, l'air inquiet.

— C'est quoi un monstre chtonien ?

— Une bébête souterraine, s'empressa de répondre Sienna, tout en continuant à sonder Google. Chtonien, ça signifie « qui habite sous terre ».

— Pas seulement, précisa Langdon. Même si le terme a ensuite été associé à toutes sortes de monstres et de mythes. Les chtoniens désignent originellement un groupe bien particulier de dieux et de créatures mythologiques : Les Érinyes, Hécate, Méduse, par exemple. On les appelle les divinités chtoniennes parce qu'elles résident sous terre et sont associées à l'enfer. Il est dit qu'elles remontent régulièrement à la surface pour semer le chaos dans le monde des hommes.

Il y eut un long silence. Tous trois pensaient la même chose.

Ce monstre chtonien… c'était la peste de Zobrist !

Jusqu'aux eaux rouge sang du palais
englouti
    où le monstre chtonien attend,
    dans le lagon où ne se reflète nulle étoile.

— Ce qui est sûr, reprit Langdon, s'efforçant de
rester concentré, c'est qu'il s'agit d'un lieu souterrain.
Ce qui explique le dernier vers : « Dans le lagon où ne
se reflète nulle étoile. »

— Absolument, renchérit Sienna, en regardant Ferris
par-dessus le téléphone. Si une étendue d'eau est sous
terre, par définition, il ne s'y reflète aucune étoile. Il y
a ce genre de plan d'eau souterrain à Venise ?

— Pas que je sache, répondit Langdon. Mais avec
une ville construite sur la mer, ça ne doit pas manquer.

— Et si ce lagon était un plan d'eau intérieur, un
bassin ? suggéra Sienna en regardant les deux hommes
tour à tour. Le poème parle d'un palais englouti. Vous
avez dit tout à l'heure, Robert, que la basilique était
liée aux doges, donc au palais des Doges, juste à côté.
Les deux édifices, pris ensemble, répondent à tous les
critères donnés dans le poème : un mouseion, un
palais, des doges. Et tout ça se trouve sur la lagune de
Venise, juste au niveau de la mer.

Langdon réfléchit un moment.

— Quand le poème parle d'un palais englouti, vous
pensez qu'il s'agit du palais des Doges, qui s'enfonce
lentement dans l'eau ?

— Pourquoi pas ? répliqua la jeune femme. On nous
dit de nous prosterner dans la basilique, puis de suivre
le bruit du ruisseau. Peut-être l'eau nous mènera-t-elle
au palais des Doges juste à côté. Il peut y avoir des
salles inondées dessous.

Langdon avait visité le palais bien des fois. C'était un lieu immense, un ensemble de bâtiments abritant un musée, un dédale de salons et de bureaux, des appartements, des cours intérieures, et plusieurs prisons réparties en divers endroits.

— Vous avez peut-être raison, déclara-t-il. Mais fouiller le palais, ça va nous prendre des jours. Il faut impérativement suivre à la lettre ce que nous dit le poème. D'abord la basilique Saint-Marc. Trouver la tombe ou la statue d'un doge connu pour sa traîtrise, et ensuite seulement se prosterner.

— Et après ? s'enquit Sienna.

— Après ? (Langdon soupira.) Il faudra prier très fort pour qu'on entende couler de l'eau et qu'elle nous mène quelque part.

Dans le silence qui suivit, Langdon revit le visage d'Elizabeth Sinskey, tel qu'il lui apparaissait dans ses visions, quand elle le suppliait depuis l'autre rive. « Cherchez et vous trouverez ! Le temps presse. » Où était-elle à présent ? Allait-elle bien ? Les soldats en noir savaient que Sienna et Langdon leur avaient filé entre les doigts.

Dans combien de temps seront-ils à nouveau sur nos talons ?

Pris d'une grande lassitude, il examina encore une fois le poème. En relisant le dernier vers, une autre idée lui vint. Mais cela valait-il la peine de s'y arrêter ?

Un lagon où ne se reflète nulle étoile.

C'était sans doute hors sujet, mais il décida néanmoins d'en parler à ses compagnons.

— Il y a un dernier point que je voudrais soulever.

Sienna leva les yeux du téléphone.

— Les trois parties de *La Divine Comédie*…
Inferno, *Purgatorio* et *Paradiso*. Elles se terminent toutes par le même mot.

— Lequel ? demanda Ferris.

Langdon désigna le dernier vers du poème qu'il avait copié sur le papier.

— Le même qui clôt ce poème. Le mot « étoile ».

Il prit le masque et montra le centre de la spirale.

« Dans le lagon où ne se reflète nulle étoile. »

— En outre, reprit Langdon, à la fin de *Inferno*, Dante entend lui aussi le son d'un petit ruisseau qui s'écoule dans un trou, et c'est en le suivant qu'il trouve… la sortie de l'Enfer.

Ferris pâlit.

— Seigneur…

Brusquement, dans un tumulte assourdissant, la *Flèche d'argent* s'engouffra dans un tunnel de montagne.

Dans l'obscurité, Langdon ferma les yeux, tâchant de faire le vide.

Zobrist est peut-être un fou, songea-t-il, mais il a compris Dante jusqu'au tréfonds.

64.

Lawrence Knowlton se sentit soulagé.

Le Président a changé d'avis !

Il attrapa la carte mémoire et l'inséra dans son ordinateur. Cette vidéo l'avait tellement troublé qu'il était impatient de la montrer à quelqu'un d'autre.

Je n'aurai plus à porter ça tout seul.

Retenant son souffle, Knowlton lança la lecture.

L'écran s'assombrit et le bruit du ruissellement emplit le bureau. La caméra avançait dans la brume rouge de la grotte souterraine. Le Président restait impavide, mais Knowlton le sentit se raidir.

La caméra cessa son mouvement avant et piqua vers le bassin au-dessous. Elle descendit à la verticale, creva la surface, et descendit encore, jusqu'à révéler la plaque de titane boulonnée au sol.

ICI, EN CE JOUR,
LE MONDE FUT CHANGÉ
À JAMAIS.

— C'est demain, murmura le Président en réprimant un frisson. On sait où se trouve cet endroit ?

Knowlton secoua la tête.

La caméra pivota sur la gauche, pour montrer la poche de plastique renfermant le fluide gélatineux et brunâtre.

— Qu'est-ce que c'est que ça ? articula le Président en se penchant vers l'écran.

Le sac ondulait entre deux eaux, telle une grosse bulle de savon.

Le film se poursuivit. Un silence de plomb s'installa dans le bureau. L'écran passa au noir, puis l'étrange silhouette au bec d'oiseau apparut sur la paroi de la caverne. Et elle commença son laïus mystérieux :

Je suis l'Ombre.
Je suis votre salut.

374

Si vous voyez ceci, c'est que mon âme sera enfin en paix.

Chassé, harcelé, je suis contraint de m'adresser au monde depuis les entrailles de la terre, exilé dans cet antre lugubre où les eaux rouges se rassemblent dans ce lagon où ne se reflète nulle étoile.

Mais c'est ici mon havre... le ventre miraculeux pour mon fragile bébé.

Mon Inferno.

— Inferno ? répéta le Président.

— Je sais, répondit Knowlton. C'est assez troublant.

Son patron reporta son attention sur l'écran.

L'ombre à la tête d'oiseau parla pendant plusieurs minutes, évoquant les épidémies, le besoin pour la terre de se purger, et aussi sa propre gloire dans les temps futurs, son combat contre les ignorants qui tentaient de l'arrêter, et sa poignée de fidèles qui avaient compris que seule une mesure radicale pouvait sauver la planète.

Quelle que soit la croisade de leur client, Knowlton s'était demandé toute la matinée si le Consortium avait choisi le bon camp.

L'homme-oiseau continuait :

J'ai créé notre porte du salut, un chef-d'œuvre, mais au lieu de trompettes et de lauriers, je n'ai reçu que menaces.

Je ne crains pas la mort... car le trépas transforme les visionnaires en martyrs... et les nobles causes en grands mouvements populaires.

Jésus. Socrate. Martin Luther King.

Un jour, je les rejoindrai dans leur panthéon.

375

Ma merveille est l'œuvre de Dieu en personne… un don du ciel, le présent fait aux hommes par Celui qui m'a donné l'intelligence, les moyens et le courage de mener à bien cette œuvre parfaite.

Et maintenant, le grand jour approche.

Inferno, à mes pieds, achève sa gestation, il est prêt à sortir de sa matrice d'eau… sous l'œil attentif du monstre chtonien et de ses Furies.

Malgré la noblesse de mon dessein, comme vous, je suis un pécheur. J'ai même succombé au pire des sept – la tentation à laquelle si peu parviennent à résister.

L'orgueil !

En enregistrant ce message, je m'en suis encore rendu coupable… dans mon impatience à vouloir faire savoir au monde ce que j'ai créé pour lui.

Mais est-ce mal ?

L'humanité saura d'où est venu son salut… le nom de celui qui aura, à jamais, scellé pour eux les portes de l'Enfer !

À chaque heure qui passe, le succès devient garanti. L'arithmétique, aussi implacable que la loi de la gravitation, ne peut être modifiée. La même croissance exponentielle qui aura failli sonner le glas de l'humanité sera sa délivrance. C'est là la beauté des organismes vivants – qu'elle soit fatale ou miraculeuse. Tous suivent le précepte de Dieu avec une ardeur sans égale :

Croissez et multipliez.

Alors je combats les flammes par les flammes.

Un contre-feu.

— Assez, dit le Président, d'une voix si sourde que Knowlton l'entendit à peine.

— Monsieur ?

— Arrêtez cette vidéo.

Knowlton mit la lecture sur pause.

— La fin, monsieur, est encore plus effrayante.

— J'en ai assez vu.

Le Président était livide. Il allait et venait dans le cube de verre. Puis il se tourna brusquement vers son coordinateur.

— Il faut contacter FS-2080.

Knowlton eut un temps d'arrêt.

FS-2080 était le nom de code de l'un des contacts les plus sûrs du Président. C'était ce contact justement qui avait recommandé Zobrist au Consortium. Le Président devait s'en mordre les doigts, se dit Knowlton. Zobrist avait semé un chaos indescriptible dans l'organisation parfaite du Consortium.

Tout ça à cause de FS-2080 !

Et la situation allait de mal en pis. Non seulement pour le Consortium, mais peut-être pour le monde entier.

— Nous devons connaître les réelles intentions de Zobrist, annonça le Président. Je veux savoir ce qu'il a créé et si le danger est à prendre au sérieux.

Bien entendu, seul FS-2080 avait la réponse à ces deux questions. Personne ne connaissait mieux Zobrist. L'heure était venue pour le Consortium de rompre avec le protocole et de savoir quelle folie l'organisation soutenait depuis un an.

Knowlton songea aux conséquences de cette démarche. Le simple fait de contacter FS-2080 n'était pas sans risque.

— Monsieur, si nous devons joindre FS-2080 pour avoir des explications, il va falloir procéder avec précaution. On marche sur des œufs.

Un éclair de colère passa dans les yeux du Président quand il sortit son téléphone.

— Knowlton, l'heure n'est plus aux bonnes manières !

*

Installé dans le compartiment, avec ses deux compagnons de voyage, l'homme à la cravate parme et aux lunettes de designer se retenait de se gratter, pour ne pas aggraver davantage son inflammation. Quant à la douleur dans sa poitrine, c'était de mal en pis.

Lorsque le train jaillit enfin du tunnel, il regarda Langdon qui ouvrait lentement les yeux, comme s'il revenait d'un long voyage dans ses pensées. À côté de lui, Sienna se remit à surveiller le téléphone, qu'elle avait posé sur la table en attendant d'avoir à nouveau du réseau.

Elle semblait pressée de reprendre ses recherches sur Internet. Mais avant qu'elle ait eu le temps de récupérer l'appareil, celui-ci se mit à émettre une série de bips.

Reconnaissant la sonnerie, l'homme attrapa le téléphone et regarda l'écran qui s'illuminait, s'efforçant de cacher sa surprise.

— Excusez-moi, dit-il en se levant. C'est ma mère. Elle ne va pas bien. Il faut que je réponde.

Sienna et Langdon acquiescèrent de conserve, tandis que l'homme quittait le compartiment et s'éloignait vers les toilettes.

L'homme s'enferma dans la cabine et prit l'appel.

— Allô ?

Il perçut tout de suite la tension dans la voix de son interlocuteur.

— Ici le Président.

65

Les toilettes du *Frecciargento* n'étaient pas plus grandes que celles d'un avion de ligne. Dans la minuscule cabine, l'homme au visage couvert de boutons termina sa conversation avec le Président et glissa son portable dans sa poche.

Maintenant que tout était sens dessus dessous, ce n'était pas le moment de flancher.

Dénouant sa cravate parme, il examina son visage irrité dans le miroir. C'était bien pire qu'il ne le pensait. Cela dit, son apparence n'était rien comparée à la douleur lancinante dans sa poitrine. Malgré son appréhension, il déboutonna le haut de sa chemise et l'entrouvrit avec précaution.

Un peu de courage ! se dit-il en se forçant à regarder sa poitrine dans le miroir.

Mon Dieu !

La zone noirâtre s'était étendue… La veille, la tache d'un bleu sombre au niveau du plexus était de la taille d'une balle de golf, aujourd'hui elle avait la grosseur d'une orange.

Il palpa doucement sa peau et grimaça de douleur. Impuissant, il reboutonna sa chemise. Pourvu qu'il ait la force de mener à bien sa mission !

Tout va se jouer dans les prochaines heures, pensa-t-il. C'est loin d'être terminé.

Mes amis sont devenus mes ennemis…

Les yeux clos, il prit une profonde – et douloureuse – inspiration, s'exhortant au calme. Personne ne devait deviner ses véritables intentions.

Ce n'était pas la première fois qu'il jouait un rôle, pourtant son cœur battait à tout rompre.

Respire, allons, respire.

Il faisait cela depuis des années, il n'avait aucune raison de paniquer.

Un peu ragaillardi, il s'apprêta à rejoindre Langdon et Sienna.

L'heure du dernier acte a sonné.

Mais, avant de retourner en scène, il devait régler un dernier détail. Retirer la batterie de son portable.

Voilà. Plus de téléphone.

*

Il n'a pas l'air dans son assiette, pensa Sienna quand l'homme vint se rasseoir dans le compartiment.

— Est-ce que ça va ? demanda-t-elle avec une inquiétude sincère.

— Oui, merci. Tout va bien.

Sa nervosité était manifeste. Comprenant qu'elle n'en obtiendrait pas davantage, Sienna changea de tactique :

— J'aurais encore besoin de votre portable, si ça ne vous dérange pas. Je voudrais faire d'autres recherches sur les doges. Qui sait, peut-être obtiendrons-nous quelques réponses avant d'arriver à Saint-Marc ?

— Pas de problème, dit-il en prenant son téléphone dans sa poche. Oh, zut ! Ma batterie est vide. (Il jeta un coup d'œil à sa montre avant d'ajouter :) On ne devrait pas tarder à arriver à Venise. Encore un peu de patience.

*

À huit kilomètres au large de la côte italienne, à bord du *Mendacium*, Knowlton regardait le Président tourner en rond comme un lion en cage. Depuis qu'il avait raccroché, le Président était plongé dans d'intenses réflexions. Vu son état de nervosité, ce n'était pas le moment de le déranger !

— On n'a plus le choix, articula-t-il enfin. Il faut montrer cette vidéo à Elizabeth Sinskey.

Malgré sa surprise, le coordinateur resta de marbre.

La Némésis de Zobrist ? Celle qui le traque depuis un an ?

— Très bien, monsieur. Dois-je lui envoyer le film par e-mail ?

— Quoi ? ! Vous êtes fou ! Et risquer des fuites ? Si cette vidéo est rendue publique, ce sera la panique générale ! Faites-la venir ici, sur le bateau, dès que vous l'aurez retrouvée !

Knowlton n'en croyait pas ses oreilles.

Faire monter la directrice de l'OMS à bord du Mendacium ?

— Monsieur, cette entorse à notre protocole de sécurité risque de…

— Exécution, Knowlton !

66.

FS-2080 observa le reflet du visage de Robert Langdon dans la vitre du *Frecciargento* lancé à grande vitesse. Le professeur réfléchissait sans doute aux conséquences du projet de Bertrand Zobrist.

Bertrand... il me manque tellement !

La nuit de leur rencontre flottait dans son esprit, magie du souvenir.

*

Chicago. Le blizzard.

Six ans déjà... c'était hier.

Je marche sur les trottoirs enneigés du Magnificent Mile, le col remonté pour me protéger du vent. Malgré le froid mordant, rien ne peut me détourner de mon but. Ce soir, j'aurai l'immense honneur de voir Bertrand Zobrist... en chair et en os.

J'ai lu tous les écrits du généticien et je figure parmi les cinq cents heureux élus à avoir obtenu un billet pour l'événement de ce soir.

Une fois dans l'auditorium, le corps transi, je découvre une salle presque vide. J'en ai le frisson. La conférence serait-elle annulée ? La ville est pratiquement anesthésiée par le blizzard... Zobrist a-t-il renoncé à venir ?

Mais non. Il est là, sur la scène.

Il est grand... très grand... avec des yeux verts étincelants qui semblent avoir percé tous les mystères du monde. Le visage de marbre, le scientifique promène son regard brillant sur l'amphithéâtre presque désert – en dehors d'une douzaine de fidèles.

Quelle honte ! Personne n'a bravé la tempête pour écouter l'illustre Bertrand Zobrist !

Il nous regarde tous, tour à tour, l'air sévère.

Puis, contre toute attente, il éclate de rire.

— Et si on laissait tomber cette salle sinistre ? Mon hôtel est juste à côté, je vous invite tous au bar !

Sa proposition fait l'unanimité. Peu après, notre petit groupe s'installe au bar de son hôtel. On commande à boire. L'éminent scientifique nous parle de ses dernières recherches, de sa célébrité grandissante, et de ses réflexions sur les manipulations génétiques. À mesure que l'alcool alanguit les esprits, les conversations s'orientent vers le tout nouveau credo de Zobrist : la philosophie transhumaniste.

— Je suis convaincu que le transhumanisme est la seule chance de survie de l'humanité. Et comme vous le voyez, je suis un fervent partisan de cette cause...

Joignant le geste à la parole, il écarte sa chemise pour nous montrer le symbole H + tatoué sur son épaule.

À ce moment, j'ai l'impression d'avoir un entretien privé avec une star du rock. Jamais je n'aurais imaginé le « génie de la génétique » aussi charismatique, aussi envoûtant.

Chaque fois que Zobrist me couve de son regard lumineux, j'éprouve un sentiment totalement inattendu... Du désir.

Au fil des heures, le groupe se disperse, chacun retournant à sa réalité quotidienne. Et à minuit, je me retrouve en tête à tête avec lui.

— Merci pour cette soirée, dis-je, l'esprit légèrement embrumé par l'alcool. Vous êtes un grand pédagogue.

— Serait-ce de la flatterie ? dit Zobrist en rapprochant sa chaise de la mienne. Vous irez loin, comme ça.

Nos jambes se touchent à présent. Ces avances sont tout à fait déplacées, mais dans ce bar désert de

Chicago, par cette froide nuit de janvier, le temps est comme suspendu.

— Et si on allait boire un verre dans ma chambre ?

J'ai un temps d'arrêt, tel un animal pris dans les phares d'une voiture.

— Laissez-moi deviner, murmure-t-il avec une lueur dans le regard, vous ne l'avez jamais fait avec *un homme célèbre,* c'est ça...

Le flot des émotions me submerge – embarras, excitation, peur.

— Eh bien... pour être tout à fait honnête, je ne l'ai jamais fait avec *aucun homme.*

Le sourire du savant s'élargit.

— Je ne sais pas au juste ce que vous attendiez, souffle-t-il en se rapprochant encore, mais je serais flatté d'être le *premier*...

À cet instant, toutes les frustrations sexuelles de mon enfance – la peur de vivre en paria – s'évanouissent dans le vent de la nuit. Pour la première fois de ma vie, je ressens une attirance dénuée de toute honte.

Je désire cet homme.

Dix minutes plus tard, nous sommes dans la chambre de Zobrist, nus et enlacés. Avec des gestes patients, il fait naître dans mon corps inexpérimenté des sensations inconnues.

C'est mon choix. Il n'exige rien. Et dans son étreinte, j'ai la sensation d'avoir enfin trouvé ma place.

Je regarde la neige qui tombe derrière la fenêtre, cet écrin blanc immaculé, et je sais que je suivrai cet homme au bout du monde.

*

Le *Frecciargento* ralentit brutalement, arrachant FS-2080 à sa rêverie.

Bertrand... tu n'es plus là.

Leur première nuit ensemble avait marqué le début d'une fabuleuse aventure.

Je ne t'ai pas seulement aimé plus que tout, j'ai été ton élève.

— Le pont de la Liberté ! annonça Langdon. On est presque arrivés.

FS-2080 acquiesça d'un air triste, le regard perdu sur les eaux scintillantes de la lagune vénitienne ; ils étaient venus ici naviguer ensemble. Un tableau idyllique qui se délitait à présent dans l'image cauchemardesque de la semaine passée :

J'étais là quand il s'est précipité dans le vide, du haut du campanile.

Mes yeux. Il a vu mes yeux avant d'être happé par le néant.

67.

Juste après son décollage de l'aéroport Lucques-Tassignano, le Cessna subit de violentes turbulences. À bord du jet privé en partance pour Venise, Elizabeth Sinskey remarqua à peine les secousses de la carlingue. Perdue dans ses pensées, elle caressait son amulette en contemplant l'immensité bleue à travers le hublot.

Ils avaient cessé de lui faire des injections et ses idées redevenaient claires. Assis à côté d'elle, l'agent

Brüder gardait le silence. Sans doute réfléchissait-il à la tournure étrange des événements.

Ça change toute la donne, songeait Sinskey, qui n'en revenait toujours pas.

Trente minutes plus tôt, ils avaient débarqué sur le terrain d'aviation pour intercepter Langdon. Mais le Cessna était vide, hormis les deux pilotes qui faisaient les cent pas, attendant leur client.

Et évidemment, Langdon n'était jamais venu.

Puis il y avait eu ce fameux coup de téléphone.

Sinskey était toujours allongée sur la banquette arrière du van noir, quand l'agent Brüder était monté dans le véhicule et lui avait tendu son portable d'un drôle d'air.

— Un appel urgent pour vous, madame.

— Qui est-ce ?

— Un homme qui prétend détenir des informations capitales sur Bertrand Zobrist.

Elle s'empara du téléphone.

— Elizabeth Sinskey à l'appareil !

— Docteur Sinskey, vous ne me connaissez pas, mais c'est mon organisation qui, depuis un an, protège Bertrand Zobrist et vous empêche de le retrouver.

Sinskey se redressa d'un bond.

— Vous avez aidé un criminel et cela va vous coûter très cher !

— Nous n'avons rien fait d'illégal, nous ne…

— Vous direz ça au juge !

Son interlocuteur soupira avant de reprendre d'une voix posée :

— Vous et moi aurons tout le loisir de débattre du bien-fondé de notre action. J'ai beaucoup entendu parler de vous, docteur. M. Zobrist m'a généreusement

386

payé pour que je le fasse passer sous vos radars. J'enfreins les règles les plus élémentaires de notre protocole en vous contactant, mais je crois que nous devons joindre nos forces. J'ai bien peur que Bertrand Zobrist n'ait fait une chose terrible.

— Il serait temps de vous en rendre compte !

— Certes.

— Qui êtes-vous ?!

— Quelqu'un qui veut vous aider avant qu'il ne soit trop tard. Je détiens une vidéo tournée par Zobrist. Une vidéo qu'il m'a demandé de diffuser dans le monde entier... il faut que vous la visionniez d'urgence.

— Qu'y a-t-il sur cette bande ?

— Non, pas au téléphone. Nous devons nous voir.

— Pourquoi vous ferais-je confiance ?

— Parce que je vais vous dire où est M. Langdon... et pourquoi il se comporte si bizarrement.

Surprise d'entendre le nom du professeur américain, la directrice de l'OMS écouta attentivement les explications de son interlocuteur. Cet homme aidait leur ennemi depuis une année entière, et pourtant, à mesure qu'il lui dévoilait les détails de l'affaire, elle avait l'intuition de pouvoir se fier à lui.

De toute façon, je n'ai pas le choix.

Le jet privé fut rapidement réquisitionné.

Grâce aux informations de cet homme providentiel, Sinskey et ses hommes avaient retrouvé la trace de Langdon, qui arrivait en ce moment même à Venise en train avec ses deux compagnons. Il était trop tard pour faire appel aux autorités locales, toutefois leur nouvel allié prétendait connaître la destination finale du professeur américain.

La place Saint-Marc !

En songeant à la foule qui se pressait chaque jour sur cette célèbre place, elle eut des sueurs froides.

— Comment le savez-vous ?

— Je vous le répète : pas au téléphone. Mais sachez que Langdon voyage sans le savoir avec quelqu'un d'extrêmement dangereux.

— Qui ?

— Zobrist a des disciples, répondit l'homme avec un soupir. C'était une personne en qui j'avais confiance. À tort apparemment. Une personne qui est devenue une réelle menace aujourd'hui.

Alors que le jet privé approchait de l'aéroport Marco-Polo, Elizabeth Sinskey songea à Robert Langdon.

Il est amnésique.

Maintenant qu'elle détenait la clé du mystère, elle se sentait coupable d'avoir entraîné le professeur dans cette crise planétaire.

Le pauvre. Je ne lui ai pas laissé le choix.

Deux jours plus tôt, Sinskey avait recruté Langdon. Elle ne lui avait même pas permis de passer chez lui prendre son passeport. Officiellement, il était devenu un agent de liaison de l'OMS et cela suffisait à faire sauter toutes les frontières.

Dans l'avion-cargo qui traversait l'Atlantique, Robert Langdon, guère dans son assiette, avait, durant quasiment tout le voyage, fixé des yeux la paroi de la carlingue.

— Professeur, rassurez-moi… vous savez qu'il n'y a pas de hublots, n'est-ce pas ? C'est un ancien avion de transport militaire.

La mine défaite, Langdon avait dévisagé Elizabeth Sinskey.

— Pour tout vous dire, je ne suis pas très à l'aise dans les espaces confinés.

— Alors vous faites semblant de regarder par une fenêtre… ?

Il lui avait adressé un sourire penaud.

— En quelque sorte, oui.

— Bon, alors regardez plutôt ceci… (Elle lui avait mis une photo sous les yeux.) C'est Bertrand Zobrist.

Puis elle lui raconta sa confrontation avec le généticien au CFR, la passion du scientifique pour l'Équation de l'Apocalypse et ses propos, largement commentés dans la presse, sur les bénéfices globaux de la Peste noire. Plus inquiétant, il avait disparu sans laisser de trace durant toute l'année passée.

— Comment un homme aussi public peut-il s'évanouir dans la nature du jour au lendemain ? demanda Langdon.

— Avec l'aide de professionnels. Peut-être même d'un pays étranger.

— Quels pays accepteraient de lancer une épidémie sur la planète ?

— Ceux-là mêmes qui achètent des têtes nucléaires au marché noir. Ne perdez pas de vue qu'une pandémie est l'arme biologique ultime. Ce virus vaut une petite fortune ! Zobrist a très bien pu mentir à ses associés, leur jurer que son épidémie n'avait qu'un rayon d'action limité. Mais Zobrist est le seul à savoir la vérité.

Langdon gardait le silence.

— Cela dit, reprit la directrice de l'OMS, les complices de Zobrist ne sont pas forcément motivés par l'argent. Ils partagent peut-être réellement sa théorie. Notre éminent généticien a de fervents disciples un

389

peu partout dans le monde. Il était une véritable sommité. D'ailleurs, il a donné une conférence dans votre université il n'y a pas très longtemps.

— À Harvard ?

Sinskey prit un stylo et gribouilla sur le bord de la photo la lettre H, suivie du signe +.

— Vous qui êtes doué pour les symboles, vous connaissez celui-là ?

H +

— H +, murmura Langdon, comme pour lui-même. Eh bien, il y a quelques années, j'ai vu des affiches sur les murs du campus avec ce symbole. J'ai pensé que c'était pour une conférence de chimie.

Sinskey gloussa.

— Pas vraiment, professeur. Ces affiches annonçaient la conférence « Humanité plus » de 2010, l'un des plus grands rassemblements du transhumanisme à ce jour. H + est le symbole de ce mouvement.

Fronçant les sourcils, Langdon fouilla sa mémoire. Où avait-il déjà entendu ce terme ?

— Le transhumanisme, expliqua Sinskey, est un courant intellectuel, une forme de philosophie, qui trouve ses fondements dans les sciences. Pour résumer, elle affirme que l'homme doit utiliser la technologie pour transcender la faiblesse inhérente à sa condition. En d'autres termes, la prochaine étape de l'évolution humaine serait de nous améliorer *nous-mêmes*, biologiquement parlant.

— Cela ne me dit rien de bon.

— Comme toute mutation, continua-t-elle, c'est avant tout une question d'échelle. Techniquement, nous nous perfectionnons depuis des années – en développant des vaccins pour immuniser nos enfants contre les maladies comme la polio, la variole, la typhoïde. Mais aujourd'hui, avec les récentes percées de Zobrist en matière de génétique germinale, on essaie de créer des immunisations *héréditaires*, qui modifieront les cellules souches de nos descendants et les protégeront de ces maladies mortelles.

Le professeur était impressionné par la démonstration.

— Donc, l'espèce humaine pourrait bénéficier d'une évolution qui l'immunise contre la typhoïde ou la polio ?

— Je parlerais plutôt d'« adaptation assistée ». Normalement, le processus évolutionniste prend plusieurs millénaires – pour que les grands singes aient des pouces opposables, par exemple. De nos jours, cependant, on est capable de provoquer des mutations génétiques radicales en une seule génération ! Les partisans de cette technologie la considèrent comme l'expression ultime du darwinisme : la survie du plus apte. L'humain serait la première espèce à optimiser sa propre évolution.

— Ces types se prennent un peu pour Dieu, non ?

— Je suis de votre avis. Mais Zobrist, comme beaucoup de transhumanistes, estime qu'il est du devoir de l'homme d'utiliser tous les moyens à sa disposition – à commencer par les mutations germinales – pour perfectionner sa propre espèce. Malheureusement, notre patrimoine génétique est un château de cartes – chaque pièce est solidaire des autres et soutient l'ensemble. En supprimant un seul trait de caractère, on risque de provoquer des mutations aux conséquences catastrophiques.

— Voilà pourquoi l'évolution est un processus graduel, intervint Langdon.

— Exactement ! s'exclama la directrice, dont l'empathie pour l'universitaire ne faisait que croître. Nous touchons là à un processus millénaire. Quoi de plus dangereux ? Aujourd'hui, on est techniquement en mesure d'activer certaines séquences génétiques pour rendre nos descendants plus endurants, plus forts, et même plus intelligents ! Pour créer une espèce supérieure, en somme. Les transhumanistes appellent ces individus « améliorés » des « post-humains » – et ils sont, à leurs yeux, l'avenir de notre espèce.

— Tout ça a des relents d'eugénisme, dit Langdon, la mine sombre.

Cette référence fit frissonner Elizabeth Sinskey.

Dans les années 1940, les scientifiques nazis étaient favorables à l'« eugénisme », une idéologie qui visait, par une sélection génétique rudimentaire, à favoriser la reproduction d'individus considérés comme « supérieurs », pour éliminer du patrimoine génétique des traits de caractère jugés « indésirables ». L'objectif étant de créer une race « idéale ».

Un nettoyage ethnique par les gènes.

— Oui, il y a des similitudes évidentes, admit Sinskey. Même si beaucoup de gens ne voient pas bien comment on pourrait créer une nouvelle race humaine, d'autres estiment que notre survie est à ce prix. L'un des collaborateurs du magazine transhumaniste *H +* décrit la science génétique germinale comme la « prochaine étape clé » de notre évolution, et l'incarnation du « vrai potentiel de notre espèce ». Cela dit, pour la défense de ce magazine, ils ont aussi publié un article intitulé « L'idée la plus dangereuse du monde » sur le sujet.

— Je penche plutôt pour cette hypothèse, dit Langdon. Du moins d'un point de vue socioculturel.

— Comment ça ?

— Eh bien, j'imagine que les améliorations génétiques – un peu comme la chirurgie esthétique – coûtent très cher, je me trompe ?

— Vous avez raison. Peu de gens pourront s'offrir cette technologie.

— Donc, la légalisation du perfectionnement génétique va automatiquement diviser la population. Une poignée de chanceux contre le reste du monde. Étant donné le gouffre béant qui existe déjà entre riches et pauvres, ce procédé ne risque-t-il pas de créer une race d'hommes dits *supérieurs* et... par conséquent d'hommes *inférieurs* ? Les gens s'inquiètent déjà de l'infime portion d'individus ultrariches qui gouvernent le monde... alors imaginez que cette minorité soit aussi, littéralement, une espèce supérieure – plus intelligente, plus robuste, plus résistante. N'est-ce pas la dernière étape avant l'esclavage et le nettoyage ethnique ?

Sinskey sourit, séduite.

— Professeur, vous avez mis le doigt sur le principal écueil de cette technologie.

— Toutefois, un élément m'échappe dans le raisonnement de Zobrist. Les transhumanistes cherchent à rendre l'humanité meilleure, à éradiquer les maladies mortelles et à augmenter la longévité. Or la vision de Zobrist sur la surpopulation prône l'anéantissement d'une partie de la population. Ses idées sur le transhu-

manisme et la surpopulation ne sont-elles pas contra-
dictoires ?

Elizabeth poussa un profond soupir. C'était « la »
bonne question. Et la seule réponse qu'elle avait à
donner lui déplaisait fortement :

— Zobrist croit sincèrement au transhumanisme, à
l'amélioration de la condition humaine au moyen de la
technologie. Hélas, il est également convaincu que
notre espèce va s'éteindre *avant* la mise en œuvre de
ce processus. Selon lui, si rien ne vient infléchir la
tendance, l'accroissement exponentiel de la population
va anéantir l'humanité.

Langdon ouvrit de grands yeux.

— Donc, Zobrist veut restreindre le troupeau…
pour gagner du temps !

Elle acquiesça.

— Une fois, il a expliqué qu'il se sentait comme
piégé sur un bateau dont le nombre de passagers dou-
blait toutes les heures, et qu'il tentait de fabriquer un
canot de sauvetage avant que le navire ne coule sous
son propre poids. (Elle marqua une pause avant de
lâcher :) D'après lui, la seule solution était de jeter la
moitié des passagers par-dessus bord.

— Plutôt effrayant…

— En effet. Mais ne vous méprenez pas, professeur.
Zobrist est persuadé qu'une réduction drastique de la
population humaine sera plus tard considérée comme
l'acte d'héroïsme ultime… qui aura sauvé l'humanité.

— Encore plus effrayant !

— Oui, d'autant que notre éminent généticien n'est
pas le seul à défendre ce point de vue. À sa mort, il
est devenu un martyr pour beaucoup de ses disciples.
Je n'ai aucune idée de ce qui nous attend à Florence,

mais il va falloir se montrer prudents. On n'est pas les seuls à chercher le bébé de Zobrist. Alors, pour votre propre sécurité, personne ne doit savoir pourquoi vous êtes en Italie.

Langdon lui expliqua que son ami Ignazio Busoni, un spécialiste de Dante, pourrait les introduire dans le palazzo Vecchio après les heures d'ouverture pour étudier la fresque contenant les mots *cerca trova*. Busoni les aiderait sans doute à comprendre l'étrange citation sur les yeux de la mort.

Sinskey rejeta ses longs cheveux argentés en arrière et regarda Langdon avec intensité.

— Cherchez… et vous trouverez, professeur. Le temps presse.

La directrice de l'OMS disparut dans une minuscule pièce de stockage et rapporta un tube spécialement conçu pour le transport de matières dangereuses, et équipé d'un ingénieux système de verrouillage biométrique.

— Donnez-moi votre pouce, professeur, dit-elle en plaçant le cylindre devant lui.

Perplexe, Langdon s'exécuta.

Sinskey programma le mécanisme de façon à ce que Langdon soit le seul à pouvoir l'ouvrir. Après quoi, elle enveloppa le petit projecteur et l'inséra dans le tube.

— Dites-vous que c'est un coffre-fort portable, précisa-t-elle avec un sourire.

— Avec le symbole « danger biologique » ?

— Je n'ai rien d'autre sous la main. Mais voyez le bon côté des choses : personne ne cherchera à vous le prendre.

Langdon s'éclipsa pour aller aux toilettes. Pendant son absence, Sinskey essaya de glisser le cylindre dans la poche de la veste du professeur, mais il n'entrait pas.

Pas question qu'il se balade avec le projecteur à la main.

Après réflexion, elle partit chercher un scalpel et un kit de suture dans la réserve. Avec dextérité, elle fit une minuscule incision dans la doublure de la veste, puis recousit le tissu en ménageant une cachette de la taille du tube.

Quand Langdon revint auprès d'elle, elle terminait les derniers points. Il écarquilla les yeux, indigné, comme si elle venait de défigurer la *Mona Lisa*.

— Vous avez découpé la doublure de ma Harris Tweed ?

— Détendez-vous, professeur, je suis une chirurgienne hors pair. La suture est pratiquement invisible.

68.

La gare de Venise-Santa Lucia, une structure de béton tout en longueur, était de style moderne et minimaliste, avec un unique symbole sur sa façade – FS, le sigle du Ferrovie dello Stato, le chemin de fer italien.

Comme la gare se situait à l'extrême ouest du Grand Canal, les passagers qui débarquaient à Venise étaient aussitôt immergés dans l'agitation de la cité vénète.

Langdon était toujours frappé par l'odeur iodée de l'air – une brise océane pimentée de l'arôme des pizzas blanches vendues dans la rue. Aujourd'hui, le vent d'est charriait aussi les effluves de Diesel dus à la longue file de bateaux-taxis sur les eaux encombrées du Grand Canal. Des douzaines de mariniers hélaient les touristes pour les attirer dans leurs taxis, gondoles, *vaporetti* ou bateaux à moteur privés.

Quel chaos ! se dit Langdon en observant ce capharnaüm flottant. Pourtant, ce qui lui aurait paru insupportable à Boston était pittoresque ici.

À un jet de pierre de là, la coupole vert-de-gris de l'église San Simeone Piccolo se dressait avec majesté dans le ciel vénitien. Cet édifice religieux se distinguait par l'éclectisme de ses styles architecturaux, parmi les plus riches d'Europe. Son dôme imposant et son sanctuaire circulaire étaient d'inspiration byzantine, tandis que ses pronaos aux colonnes de marbre imitaient le vestibule du Panthéon de Rome. L'entrée du bâtiment était surmontée d'un immense fronton orné de martyrs chrétiens.

Venise est un musée à ciel ouvert, pensa Langdon en voyant l'eau lécher les marches de l'église. Un musée qui s'enfonçait lentement dans la vase.

Cela dit, la montée des eaux qui menaçait la Sérénissime n'était rien comparée au danger qui rampait sous la cité.

Et dont personne n'avait conscience…

Les vers de Zobrist hantaient Langdon. Où ces mots allaient-ils les mener ? Il avait dans sa poche le poème recopié sur un morceau de papier mais, comme l'avait suggéré Sienna, il avait laissé le masque à la consigne de la gare, enveloppé dans du papier journal. Certes, il s'agissait d'un écrin bien vulgaire pour un objet aussi précieux, mais c'était mieux que de le balader dans une ville fluviale.

— Robert ? Dépêchez-vous ! s'impatienta Sienna qui filait déjà vers les bateaux-taxis avec Ferris.

En amoureux de l'architecture, Langdon regrettait de devoir traverser le Grand Canal au pas de course, mais le temps leur était compté. Descendre le célèbre canal en vaporetto – si possible de nuit – et admirer le défilé des cathédrales et des palais illuminés le long des berges était une expérience unique. Hélas, ces gros pachydermes étaient notoirement lents.

Pas de balade romantique aujourd'hui.

Malheureusement, une foule de touristes faisait la queue à la station de bateaux-taxis. Peu enclin à patienter, Ferris prit rapidement les choses en main. Une belle liasse de billets à la main, il héla une superbe vedette privée en acajou. L'embarcation, certes hors de prix, leur assurerait une traversée sans encombre – quinze minutes à peine pour gagner la place Saint-Marc.

Le pilote, vêtu d'un costume Armani sur mesure, avait le look d'une star hollywoodienne. Après tout, on était à Venise, berceau de l'élégance italienne.

— Maurizio Pimponi, pour vous servir ! déclara l'homme en faisant un clin d'œil à Sienna. Bienvenue à bord. Désirez-vous boire quelque chose ? Prosecco ? Limoncello ? Champagne ?

— *No, grazie*, répliqua Sienna, avant de lui indiquer leur destination. Le plus vite possible, s'il vous plaît.

— *Naturalmente !* répondit Maurizio avec un grand sourire. Mon bateau est le plus rapide de tout Venise…

Tandis que ses passagers s'installaient confortablement, Maurizio enclencha la marche arrière, pour s'éloigner du quai. Puis il mit les gaz et se faufila habilement dans le dédale de gondoles, non sans s'attirer les foudres des bateliers ballottés par le sillage de la vedette.

— *Scusate !* leur criait Maurizio. VIP à bord !

Quelques secondes plus tard, leur navette quittait la cohue devant la gare Santa Lucia et fendait les eaux du Grand Canal en direction de l'est. Sous le ponte degli Scalzi, Langdon huma l'odeur appétissante des *seppie al nero* – les calmars à l'encre de seiche – qui s'échappait des terrasses au bord de l'eau.

— Sainte Lucie, murmura Langdon en lisant le nom de la sainte sur le flanc de l'église. Les os de l'aveugle.

— Qu'est-ce que vous dites ? demanda Sienna, espérant un indice supplémentaire.

— Non, je pensais à haute voix. Juste une idée en passant… Vous voyez cette inscription, dit-il en montrant l'église. Sainte Lucie est enterrée ici. Il m'arrive de donner des conférences sur l'art hagiographique – la vie des saints –, et je viens de me rappeler que sainte Lucie était la patronne des aveugles.

— *Sì*, santa Lucia ! intervint Maurizio, désireux de se rendre utile. La sainte des aveugles ! Vous connaissez l'histoire, n'est-ce pas ?

Leur batelier se retourna et cria pour couvrir le vrombissement du moteur :

— Lucie était si belle que tous les hommes la courtisaient. Alors, voulant rester pure et vierge pour Dieu, elle s'est arraché les yeux.

— Quelle dévotion ! railla Sienna.

— En récompense de son sacrifice, continua leur guide, le Seigneur lui a donné des yeux encore plus beaux !

Sienna se tourna vers Langdon.

— Il se rend compte que cela ne tient pas debout, j'espère ?

— Les voies de Dieu sont impénétrables, commenta Langdon en songeant aux peintures des maîtres de la Renaissance où sainte Lucie portait un plateau avec ses globes oculaires dessus.

Parmi les nombreuses versions de la vie de la sainte, certaines évoquaient la terrible énucléation qu'elle s'était infligée pour se soustraire aux avances d'un soupirant. Elle aurait alors déclaré pour justifier son geste : « Voilà, je vous offre mes yeux, puisque c'est là l'objet de votre désir... et maintenant, je vous en conjure, laissez-moi en paix ! » Fait sinistre, l'automutilation de sainte Lucie s'inspirait des Évangiles, en particulier du sombre avertissement du Christ : « Si ton œil est pour toi une occasion de péché, arrache-le et jette-le loin de toi[1]. »

Arracher... pensa Langdon, réalisant brusquement que c'était le même mot employé dans le poème. « Cherche le doge traître de Venise... qui arracha les os de l'aveugle. »

Une coïncidence ou une manière cryptée de désigner sainte Lucie comme l'aveugle du poème ?

— Maurizio, s'écria-t-il en pointant du doigt l'église San Geremia, les ossements de sainte Lucie sont bien là-bas ?

— Quelques-uns, oui, répondit leur guide en pilotant d'une seule main, sans regarder devant lui. Mais pas tous, loin de là. Ses reliques étaient tellement

---

1. Matthieu 18, 9, Bible de Jérusalem. *(N.d.T.)*

convoitées qu'elles ont été disséminées un peu partout dans le monde. Bien sûr, les Vénitiens sont ses plus fervents fidèles et nous célébrons…

— Maurizio ! cria Ferris. Sainte Lucie est aveugle, pas vous ! Regardez devant vous !

Le pilote rit de bon cœur et se retourna juste à temps pour éviter la collision avec un bateau qui arrivait en sens inverse.

Sienna ne quittait pas Langdon des yeux.

— Le doge traître qui a arraché les os de l'aveugle ? L'aveugle, ce serait elle ?

— Je n'en suis pas sûr…

Le professeur résuma alors à l'intention de ses deux compagnons l'histoire des reliques de sainte Lucie, parmi les plus étranges de toute l'hagiographie.

— D'après la légende, la belle Lucie a repoussé les avances d'un admirateur passionné, qui par vengeance l'a fait condamner au bûcher. Mais, contre toute attente, le corps de la sainte ne s'est pas consumé dans les flammes. Comme sa chair avait résisté au feu, les gens ont cru que ses reliques avaient des pouvoirs miraculeux et que celui qui les posséderait jouirait d'une grande longévité.

— Des os aux vertus magiques ? demanda Sienna en faisant la moue.

— C'est ce qu'on dit, oui. Voilà pourquoi les ossements se sont retrouvés dans différentes églises à travers le monde. Depuis deux millénaires, des puissants cherchent à repousser les limites de l'âge et à retarder leur mort en s'appropriant les ossements de la patronne des aveugles. Son squelette a été volé, déplacé et démantelé bien plus que toute autre relique. Ses ossements sont passés entre les mains d'au moins une douzaine d'hommes parmi les plus influents de l'histoire.

— Y compris celles d'un doge et traître ?

« Cherche le doge traître de Venise qui coupa les têtes des chevaux et arracha les os de l'aveugle. »

— Possible, fit Langdon, qui venait de se rappeler que l'*Enfer* de Dante ménageait à la sainte une place privilégiée dans son œuvre.

Lucie était l'une des trois femmes bénies – les « *tre donne benedette* » – qui avaient fait appel à Virgile pour aider le poète à s'échapper des enfers. Les deux autres femmes étaient la Vierge Marie et sa chère Béatrice.

— Si vous avez vu juste, s'exclama Sienna, alors le doge traître qui a coupé les têtes des chevaux...

— ... a aussi volé les os de sainte Lucie, termina Langdon.

— Ce qui réduit considérablement notre liste ! (Sienna se tourna aussitôt vers Ferris.) Votre portable ne marche vraiment pas, vous êtes sûr ? On pourrait faire une recherche sur Internet pour...

— Complètement HS. Je viens de vérifier, désolé.

— On n'en a plus pour longtemps, assura Langdon. Et mon petit doigt me dit que nous allons trouver des réponses à la basilique Saint-Marc.

Saint-Marc était la seule pièce du puzzle qui lui paraissait parfaitement logique. Le mouseion de la sainte sagesse. Langdon espérait que la basilique lui révélerait le nom du mystérieux doge... et de là, avec un peu de chance, il découvrirait le palais où Zobrist avait prévu de lâcher son fléau.

« ... où le monstre chtonien attend. »

Langdon voulut repousser les images de pestiférés qui envahissaient son esprit, en vain. Il s'était souvent demandé à quoi ressemblait Venise à son apogée, quand elle était une grande puissance navale et un port commercial influent. Hélas, la peste avait considérablement affaibli la cité, conquise peu après par les Ottomans, puis par Napoléon… Au faîte de sa gloire, la Sérénissime était l'une des plus belles villes du monde, où l'élégance le disputait au raffinement.

Ironie du sort, c'était l'attrait des Vénitiens pour le luxe venu d'Orient qui avait causé leur perte. La peste mortelle avait été apportée de Chine par les rats qui pullulaient sur les bateaux de commerce. La pandémie responsable de l'éradication des deux tiers de la population chinoise avait débarqué sur le continent européen et tué une personne sur trois – jeunes, vieux, riches ou pauvres sans distinction.

Langdon avait lu des descriptions de la vie à Venise durant cette période funeste. En l'absence de terre pour enterrer les cadavres, les corps boursouflés flottaient sur les canaux et s'agglutinaient tels des bouts de bois morts que de pauvres hères étaient chargés de repousser vers le large. Aucune prière ne semblait pouvoir apaiser la violence du fléau. Quand les autorités comprirent que les rats étaient responsables de la propagation de la maladie, il était déjà trop tard. Malgré tout, Venise avait voté un décret qui obligeait tous les bateaux à mouiller dans la baie pendant quarante jours avant d'être autorisés à accoster. Aujourd'hui, le mot « quarantaine » rappelait les heures les plus noires de l'histoire vénitienne.

Après un nouveau virage de la vedette, l'attention de Langdon fut attirée par une bannière d'un rouge chatoyant qui flottait au-dessus d'une élégante construction de trois étages.

CASINÒ DI VENEZÌA : AN INFINITE EMOTION

Même si cette assertion avait toujours laissé Langdon perplexe, le palais de la Renaissance faisait partie du paysage vénitien depuis le XVIᵉ siècle. Cet ancien manoir, rendu célèbre par le décès en 1883 de Richard Wagner, foudroyé par une crise cardiaque, est aujourd'hui une salle de jeux très chic. Le compositeur venait d'achever *Parsifal*.

Peu après le casino, sur la droite, apparut un bâtiment de style baroque, à la façade en bossage rustique sur lequel flottait une autre bannière, d'un bleu profond cette fois, qui annonçait : CA'PESARO : GALLERIA D'ARTE MODERNA. Plusieurs années auparavant, Langdon y avait admiré le chef-d'œuvre de Klimt – *Le Baiser* –, prêté par le musée de Vienne. L'éclat surréel des feuilles d'or sur les corps enlacés des amants lui avait fait si forte impression qu'il était depuis un grand admirateur de l'artiste autrichien. La Ca'Pesaro de Venise avait fait naître chez lui une véritable passion pour l'art moderne.

En arrivant dans la partie plus large du canal, Maurizio poussa les moteurs. Au loin, se dessinait le pont du Rialto, à mi-chemin de la place Saint-Marc. Juste avant de passer dessous, Langdon leva les yeux et vit une silhouette immobile penchée sur la balustrade. Son visage était à la fois familier... et inquiétant.

Une face oblongue et pâle, au long nez recourbé, qui le fixait de ses yeux morts.

D'instinct, il eut un mouvement de recul.

404

Mais lorsque le bateau passa sous l'arche, Langdon comprit qu'il s'agissait d'un touriste qui exhibait sa dernière emplette – un de ces masques de peste qui se vendaient comme des petits pains au marché du Rialto.

Aujourd'hui, cela semblait un bien mauvais présage.

69.

La place Saint-Marc se situait à l'extrémité sud du Grand Canal, là où les eaux tranquilles se fondaient dans les flots du golfe. À la pointe du Dorsoduro, l'austère forteresse triangulaire de la Dogana di Mare, la douane maritime, veillait sur la dangereuse intersection. Autrefois, les gardiens de la tour prévenaient Venise des invasions étrangères. Aujourd'hui, la tour avait été remplacée par un globe doré massif et une girouette représentant Fortuna, la déesse du hasard, dont les changements de direction intempestifs rappelaient aux navigateurs l'imprévisibilité du destin.

Tandis que Maurizio manœuvrait son élégante vedette vers l'embouchure du canal, la mer devenait de plus en plus agitée. Par le passé, Robert Langdon avait maintes fois fait ce parcours, mais toujours dans un vaporetto plus grand et plus stable, si bien que son malaise grandit à l'approche des vagues.

Pour atteindre les quais de la place Saint-Marc, ils devaient traverser une vaste étendue de lagune, où se pressaient des centaines d'embarcations de toutes tailles – des yachts, des voiliers, mais aussi des cargos et d'impressionnants bateaux de croisière. On aurait dit qu'ils venaient de quitter une route de campagne pour se jeter sur une autoroute à huit voies.

Sienna parut tout aussi inquiète en contemplant le monstre marin de huit étages qui leur barrait l'horizon, à trois cents mètres d'eux. Les ponts du bateau de croisière fourmillaient de passagers agglutinés aux rambardes, tous désireux de prendre des photos de la place Saint-Marc depuis leur point de vue privilégié. Dans le sillage de l'imposant bâtiment, trois autres navires attendaient leur tour. Langdon avait entendu dire que, ces dernières années, le tourisme vénitien avait pris un tel essor qu'une file ininterrompue de bateaux encombrait nuit et jour le canal Saint-Marc.

À la barre, Maurizio étudiait la cohue sur la lagune, quand il repéra sur sa gauche un petit embarcadère protégé d'une marquise.

— Et si j'accostais au Harry's Bar ? proposa-t-il en désignant le restaurant, connu pour son invention du cocktail Bellini. La place Saint-Marc n'est qu'à deux minutes à pied.

— Non, déposez-nous au plus près, lâcha Ferris en indiquant les quais de la célèbre place.

Maurizio haussa les épaules.

— Comme vous voudrez. Accrochez-vous !

Il poussa à fond le régime du moteur et la vedette fendit la houle, heurtant au passage la bouée d'un couloir maritime. Dans le sillage des bateaux de croisière, véritables immeubles flottants, les petites embarcations tressautaient comme des bouchons de liège.

À leur grande surprise, des douzaines de gondoles empruntaient le même chemin. Leurs coques élancées

– à peine un mètre quarante de large pour soixante kilos – étaient étonnamment stables dans les remous de la lagune. Ces frêles esquifs étaient pilotés d'une main sûre par les gondoliers, vêtus de leurs traditionnels polos rayés. Ces marins se tenaient adroitement debout sur une plateforme, à la gauche de la poupe, et maniaient une rame unique appuyée sur un tolet à leur droite. Malgré la houle, la gondole penchait ostensiblement sur la gauche, une bizarrerie due à la construction asymétrique de la coque, plus incurvée à bâbord, pour compenser la dérive naturelle causée par le positionnement de la rame à tribord.

Maurizio désigna l'une des gondoles avec fierté.

— Vous voyez le curieux objet à la proue ? C'est la seule pièce en fer des gondoles – le *ferro di prua*. Un emblème de Venise.

Maurizio leur expliqua alors que le drôle de peigne qui ornait la proue des gondoles vénitiennes avait un sens symbolique. Le *ferro* représentait le Grand Canal, et ses six dents les six *sestieri,* ou quartiers de la cité. La forme oblongue de l'ensemble, quant à elle, symbolisait la coiffe du doge de Venise.

Le doge...

« Cherche le doge traître qui coupa les têtes des chevaux et arracha les os de l'aveugle. »

Langdon contempla la rive et aperçut un petit square boisé au bord de l'eau. Au-dessus des arbres, la flèche du campanile en briques rouges de Saint-Marc perçait le bleu du ciel. Sur la pointe de l'édifice, à quatre-vingt-dix-huit mètres de hauteur, miroitait l'archange Gabriel.

Dans une ville où les édifices élevés n'avaient pas droit de cité, étant donné leur tendance à s'affaisser, la tour du clocher de Saint-Marc servait de phare aux badauds perdus dans le dédale des canaux de Venise. D'un simple coup d'œil vers le ciel, un voyageur égaré retrouvait le chemin de la place Saint-Marc. La tour massive s'était effondrée en 1902 ! Langdon avait du mal à se représenter la place encombrée d'un gigantesque tas de gravats. Par chance, l'unique victime de la catastrophe avait été un chat.

Parmi les nombreux lieux qui donnaient à la Sérénissime son caractère unique, Langdon avait un penchant pour la Riva degli Schiavoni. Cette large promenade en bordure du canal Saint-Marc, construite au XIXᵉ siècle, était bordée de cafés chics, de grands hôtels. On y trouvait également la maison natale de Vivaldi. La Riva allait de l'Arsenal à la place Saint-Marc.

L'ancienne usine de construction navale devait autrefois sentir fort le pin, quand les ouvriers réparaient les coques en mauvais état avec de la poix brûlante pour boucher les trous. Dante Alighieri se serait inspiré de cette pratique vénitienne pour inclure dans son *Inferno* des fosses de poix bouillante comme instrument de torture.

Le regard de Langdon erra sur la droite, et suivit la promenade jusqu'à sa fin abrupte. Là, à la pointe sud de la place Saint-Marc, l'immense esplanade dallée ouvrait sur la mer. À l'apogée de la cité lagunaire, ce précipice était surnommé la « fin de la civilisation ».

Aujourd'hui, des centaines de gondoles laquées de noir s'agglutinaient au bord de la célèbre place, le *ferro* de leur proue fièrement dressé vers les bâtiments de marbre blanc.

Langdon avait toujours du mal à comprendre comment cette minuscule cité – à peine deux fois la superficie de Central Park à New York – avait pu être un jour l'une des plus puissantes d'Occident.

À l'approche du quai, Langdon constata que la place était noire de monde. Napoléon la surnommait « le plus élégant salon d'Europe », mais un simple coup d'œil donnait l'impression que le « salon » en question était envahi par une foule d'admirateurs qui menaçait de la faire crouler sous son poids.

— Mon Dieu ! murmura Sienna d'une voix blanche en contemplant la marée humaine.

Qu'est-ce qui l'inquiétait au juste ? se demanda Langdon. Que Zobrist ait décidé de répandre une épidémie dans un lieu aussi peuplé ? Ou qu'il ait raison de vouloir mettre le monde en garde contre les dangers de la surpopulation ?

Venise accueillait un nombre croissant de visiteurs, qui augmentait au même rythme que la population mondiale – soit près de trois millions de plus chaque année. La cité était un espace restreint, comme la planète elle-même, et risquait un jour de ne plus disposer des ressources nécessaires pour accueillir ce flot.

À côté de Sienna, Ferris scrutait non pas la ville, mais la mer et les bateaux à l'approche.

— Tout va bien ? s'enquit-elle en l'observant avec curiosité.

— Euh... oui... Je réfléchissais, c'est tout.

Sur ces mots, il reprit à l'intention de Maurizio :

— Accostez le plus près possible de Saint-Marc.

— Pas de problème. Dans deux minutes !

Sur leur droite se dressait à présent le majestueux palais des Doges, parangon d'élégance et parfait exemple d'architecture gothique vénitienne. Malgré l'absence des tours et flèches qui ornaient les palais français ou anglais, cette grande construction rectangulaire offrait un vaste espace intérieur pour accueillir le gouvernement et le personnel du doge. Vu de la mer, l'édifice de pierre aurait paru trop massif, n'était l'ajout subtil de portiques, colonnes, fenêtres ajourées de quatre-feuilles et d'une loggia.

Au moment de jeter les amarres, Ferris parut s'inquiéter de l'attroupement devant le palais. Une foule dense s'était rassemblée sur un pont et les badauds pointaient l'étroit canal qui divisait le palais des Doges en deux.

— Que regardent-ils ? questionna Ferris, visiblement nerveux.

— *Il ponte dei Sospiri*, répondit Sienna.

Langdon admira le célèbre passage magnifiquement ouvragé qui reliait les deux bâtiments. Le pont des Soupirs lui rappelait l'un des films favoris de son enfance, *A Little Romance*. Selon la légende, si deux jeunes amants s'embrassaient sous le pont au crépuscule, au moment où sonnaient les cloches du campanile de Saint-Marc, leur amour serait éternel. Cette idée romantique n'avait jamais quitté Langdon. Bien sûr, il n'avait pas été insensible au charme de l'adorable actrice de quatorze ans, Diane Lane, pour laquelle il avait aussitôt eu le béguin... un béguin qui, à vrai dire, ne l'avait jamais tout à fait quitté.

Des années après, le professeur avait appris avec stupeur qu'on avait baptisé le fameux pont non pas à cause des soupirs amoureux, mais en souvenir des lamentations de pauvres hères. En effet, le passage couvert servait à relier le palais des Doges à la prison où agonisaient les détenus, dont les plaintes s'échappaient par les soupiraux des cachots.

410

En visitant ces prisons, Langdon avait été surpris d'apprendre que les geôles les plus redoutées n'étaient pas celles au ras de l'eau, pourtant régulièrement inondées, mais les cellules directement sous les toits de plomb, où les malheureux cuisaient littéralement l'été, et souffraient l'hiver de la morsure du froid. Casanova, séducteur patenté, avait été incarcéré dans l'un de ces *piombi*. Accusé par l'Inquisition d'adultère et d'espionnage, il avait tenu quinze mois avant de s'échapper en dupant son geôlier.

— *Stai attento !* cria Maurizio à un gondolier au moment où leur vedette se glissait dans l'espace laissé vacant par la gondole.

Par miracle, il avait trouvé une place devant l'hôtel Danieli, à cent mètres seulement de la place Saint-Marc et du palais des Doges.

Maurizio amarra le bateau à une bitte et bondit sur le quai, toujours avec cette élégance propre aux acteurs hollywoodiens. Une fois l'embarcation stabilisée, il aida ses passagers à débarquer.

— Merci, dit Langdon en prenant la main de l'Italien musclé.

Ferris, toujours aussi intéressé par l'intense activité de la lagune, lui emboîta le pas.

Sienna fut la dernière à retrouver la terre ferme. Après l'avoir déposée, le bel Italien lui fit un clin d'œil sans équivoque – elle ferait mieux de rester à bord avec lui !

Mais Sienna avait l'esprit ailleurs.

— *Grazie*, Maurizio, dit-elle, le regard fixé sur le palais des Doges.

Et elle suivit sans attendre Langdon et Ferris dans la foule.

70

L'aéroport international Marco-Polo se trouvait à douze kilomètres au nord de la place Saint-Marc, au bord de la lagune vénète.

Profitant du privilège des vols de luxe, Elizabeth Sinskey, qui avait débarqué à peine dix minutes plus tôt, se trouvait déjà à bord d'une vedette noire futuriste – un Dubois SR52 Blackbird – envoyée par l'homme mystérieux qui l'avait contactée plus tôt.

Le Président.

Après être restée immobile toute la journée à l'arrière du van, la directrice de l'OMS appréciait cette balade au grand air. La brise marine lui cinglait le visage et faisait voler sa chevelure argentée. Deux heures s'étaient écoulées depuis la dernière injection et elle se sentait enfin en pleine possession de ses moyens.

L'agent Brüder et ses hommes étaient dans le bateau avec elle. Tous gardaient le silence. Sans doute voyaient-ils d'un mauvais œil ce rendez-vous.

Bientôt, sur leur droite, apparut une grande île dont le rivage était barré de longs bâtiments de brique surmontés de hautes cheminées.

— Murano, murmura Elizabeth en reconnaissant les célèbres verreries.

Elle n'en revenait pas d'être là. Une profonde tristesse la submergea.

La boucle est bouclée.

Durant ses études de médecine, elle était allée à Venise avec son fiancé et ils avaient visité le musée du Verre de Murano. Là, tandis qu'ils contemplaient un magnifique mobile en verre soufflé, son compagnon lui avait confié qu'il aurait aimé avoir le même dans la chambre de leur futur bébé. Ne lui ayant toujours pas avoué son douloureux secret, Elizabeth s'en était voulu de ne pas avoir été honnête avec lui. Alors, pleine de remords, elle lui avait révélé que le traitement aux glucocorticoïdes qu'on lui avait prescrit pour son asthme, durant son enfance, l'avait rendue stérile.

Était-ce sa malhonnêteté ou son infertilité qui avait tout détruit ? Elizabeth ne le saurait jamais. Mais, une semaine plus tard, elle avait quitté Venise sans bague de fiançailles.

Son unique souvenir de ce triste séjour était une amulette en lapis-lazuli. Le bâton d'Asclépios, symbole de la médecine – une médecine qui avait brisé sa vie –, lui avait paru un symbole bien amer à l'époque. Mais, dès lors, il n'avait plus quitté son cou.

Ma précieuse amulette, cadeau d'adieu de l'homme qui voulait que je porte ses enfants.

Aujourd'hui, les îles vénitiennes ne lui inspiraient plus le moindre romantisme, et les villages isolés, loin de lui rappeler ses amours passées, lui évoquaient davantage les colonies autrefois mises en quarantaine pour tenter de maîtriser la Peste noire.

Quand le Blackbird dépassa l'isola di San Pietro, Elizabeth comprit qu'ils se dirigeaient vers un luxueux yacht qui avait jeté l'ancre dans un chenal. Le navire gris semblait sortir d'un arsenal militaire. Le nom gravé sur sa coque ne lui disait rien du tout.

Le *Mendacium* ?

Sur le pont arrière de l'impressionnant bâtiment, se trouvait une silhouette solitaire – un homme au teint hâlé, qui les observait avec des jumelles. Lorsque la vedette s'arrima à la plateforme de poupe, l'homme descendit l'escalier pour les accueillir.

— Bienvenue à bord, docteur Sinskey, dit-il en lui tendant la main.

La directrice de l'OMS s'étonna de la douceur de cette main tannée, qui n'avait rien de celle d'un marin.

— Je vous remercie de votre visite. Si vous voulez bien me suivre...

En grimpant les ponts successifs, Sinskey remarqua une série de cubes vitrés qui tenaient visiblement lieu de bureaux. Apparemment, cet étrange navire était rempli de gens. Et ils n'étaient pas là pour s'amuser !

Mais que faisaient-ils au juste ?

Pendant que la directrice de l'OMS et ses hommes poursuivaient leur ascension, les puissants moteurs revinrent à la vie, et le vaisseau se mit lentement en branle.

Où allons-nous ? se demanda-t-elle, inquiète.

L'homme se tourna vers les soldats.

— Messieurs, j'aimerais m'entretenir avec le Dr Sinskey... seul à seule. (Il ajouta à l'intention d'Elizabeth :) Si vous n'y voyez pas d'inconvénient.

Elle hocha la tête.

— Monsieur, intervint Brüder, le Dr Sinskey doit être examinée par le médecin de bord. Elle souffre de...

— Je vais bien, coupa la directrice. Vraiment ! Merci, Brüder.

Le Président observa longuement le soldat, puis lui indiqua une table chargée de nourriture et de boissons sur le pont supérieur.

414

— Prenez des forces, vous allez en avoir besoin. Nous serons très vite de retour sur la terre ferme.

Puis le maître des lieux guida Elizabeth jusqu'à un luxueux bureau et referma la porte derrière lui.

— Je vous offre un verre ? proposa-t-il en se dirigeant vers le bar.

Elle secoua la tête, tout en examinant le décor étonnant de la cabine.

Quand va-t-il se décider à me dire qui il est ?

À présent, son hôte l'étudiait attentivement.

— Saviez-vous que mon client, Bertrand Zobrist, vous surnommait la Némésis aux cheveux argent ?

— Rassurez-vous, j'en ai autant pour son grade.

Le visage dépourvu de toute émotion, l'homme se dirigea vers sa table de travail et tendit le doigt vers un grand livre.

— Je voudrais que vous jetiez un coup d'œil à ceci.

Intriguée, Elizabeth s'approcha. L'*Inferno* de Dante ? Les images de souffrance que le généticien lui avait montrées au Council on Foreign Relations lui revinrent brutalement en mémoire.

— Zobrist m'a donné cet ouvrage il y a deux semaines. Tenez, lisez ça.

Une dédicace manuscrite.

Cher ami, merci de m'avoir aidé à trouver le chemin. Le monde, à vous aussi, vous en sera reconnaissant.

Un frisson la parcourut tout entière.

— De quel chemin parle-t-il ?

— Aucune idée. Du moins jusqu'à il y a quelques heures.

— Et maintenant ?

— Maintenant, je vais enfreindre notre protocole...
en vous parlant de tout ceci.

Fourbue par son long voyage, Elizabeth n'était
guère d'humeur à jouer aux devinettes.

— Monsieur, je ne sais toujours pas qui vous êtes,
ni ce que vous fabriquez sur ce bateau. J'attends des
explications ! Dites-moi pourquoi vous avez caché
pendant un an un homme recherché par l'Organisation
mondiale de la santé !

Malgré le ton pressant de son interlocutrice,
l'homme répliqua dans un murmure :

— Je sais que nous avions des intérêts divergents,
mais je vous suggère de tirer un trait sur le passé.
Aujourd'hui, c'est l'avenir qui réclame toute notre
attention.

Sur ces mots, l'homme inséra une petite carte
mémoire rouge dans son ordinateur. Puis il lui désigna
un siège.

— C'est Bertrand Zobrist qui a tourné cette vidéo.
Il m'avait chargé de la diffuser demain.

Avant qu'elle puisse répondre, l'écran de l'ordinateur s'assombrit ; il y eut un bruit d'eau. Une sorte de
ruissellement. Puis, sortant des ténèbres, une image
apparut. L'intérieur d'une caverne immergée...
comme un lac souterrain. Bizarrement, l'eau semblait
éclairée des profondeurs et le tout était baigné d'une
lumière rougeâtre.

La caméra obliqua vers le bassin et plongea lentement sous les eaux, s'arrêtant au-dessus du fond
recouvert de vase. Sur une plaque rectangulaire boulonnée au sol, une inscription. Avec une date et un
nom.

ICI, EN CE JOUR,
LE MONDE FUT CHANGÉ
À JAMAIS.

La date était celle de demain. Le nom, celui de Bertrand Zobrist.

Elizabeth Sinskey fut saisie d'effroi.

— Quel est cet endroit ? Où est-ce ? !

Pour toute réponse, le Président laissa paraître sa première émotion – de la déception, et de l'anxiété aussi.

— Docteur Sinskey, j'espérais justement que vous pourriez répondre à cette question.

*

À un kilomètre de là, de la Riva degli Schiavoni, le paysage n'était plus tout à fait le même. Un observateur attentif n'aurait pas manqué d'apercevoir l'impressionnant navire qui se profilait à l'horizon.

Et qui se dirigeait à présent vers la place Saint-Marc.

Le *Mendacium*, s'inquiéta FS-2080.

Sa coque grise était reconnaissable entre mille.

Le Président arrive… il faut faire vite.

71.

Échappant enfin à la cohue de la Riva degli Schiavoni, Langdon, Sienna et Ferris longèrent le quai jusqu'au sud de la place Saint-Marc, là où terre et mer se rejoignaient.

Langdon fut gagné par une bouffée de claustrophobie en voyant la foule compacte, les flashes des touristes crépitant tout autour de lui pour immortaliser les deux colonnes monumentales qui encadraient l'entrée de l'illustre place.

L'entrée officielle de Venise, se dit Langdon, non sans relever l'ironie amère de l'histoire – c'était à cet endroit que se déroulaient les exécutions publiques jusqu'à la fin du XVIIIe siècle.

L'une des colonnes était surmontée d'une étrange statue de saint Théodore, le pied posé sur le dragon légendaire qu'il aurait terrassé, mais qui faisait davantage penser à un crocodile.

Au sommet de la deuxième colonne trônait un lion ailé – l'emblème de la cité. À Venise, on trouvait beaucoup de ces lions, la patte posée fièrement sur un livre ouvert, avec l'inscription latine : PAX TIBI MARCE EVANGELISTA MEUS – Paix à toi, Marc, mon évangéliste.

Ces paroles auraient été prononcées par un ange au moment de l'arrivée de Marc à Venise, en même temps que la prédiction suivante : Un jour, le corps de l'évangéliste reposera ici. Cette légende apocryphe avait par la suite été exploitée par les chrétiens pour justifier le pillage des ossements du saint à Alexandrie, et leur transfert dans la basilique Saint-Marc.

Le professeur passa entre les majestueuses colonnes et pénétra sur l'esplanade.

— Si jamais on se perd, retrouvons-nous à l'entrée de la basilique, proposa-t-il à ses compagnons.

418

Pour éviter la foule, le trio longea le mur ouest du palais des Doges. Malgré les lois en vigueur – qui interdisaient de nourrir les pigeons –, les volatiles avaient toujours le ventre bien rond. Ils picoraient les miettes aux pieds des passants ou survolaient les terrasses des cafés avec l'espoir de chiper un morceau de pain dans la corbeille d'un serveur.

Contrairement à ses consœurs européennes carrées ou rectangulaires, cette immense *piazza* était en forme de L. La petite jambe – la *piazzetta* – allait de la basilique Saint-Marc à la mer. À gauche de la *piazzetta*, l'esplanade principale courait de la basilique au museo Correr. Curiosité architecturale, la place se rétrécissait d'un côté, ce qui lui conférait une forme trapézoïdale. Cela donnait l'impression d'un espace bien plus grand, un effet accentué par le pavement, dont les motifs marquaient l'emplacement des échoppes des vendeurs de rue du XVe siècle.

En arrivant à l'angle du L, Langdon contempla le bleu scintillant du cadran de la tour de l'Horloge – la fameuse horloge astronomique à travers laquelle James Bond avait jeté son ennemi juré dans *Moonraker*.

Puis, en pénétrant sur la vaste place, il prêta l'oreille à un bruit insolite.

Le murmure de la ville !

En l'absence de véhicules à moteur, Venise ne suffoquait pas sous le tumulte des moteurs, klaxons et sirènes, et on n'entendait ici que l'entrelacs indistinct des voix humaines, des roucoulements des pigeons et des *pizzicati* des violons aux terrasses des restaurants. Une bénédiction qui faisait de la cité des Doges une cité unique au monde.

Alors que le soleil de fin d'après-midi projetait de grandes ombres sur l'esplanade, Langdon leva les yeux pour admirer la flèche du campanile. Des centaines de personnes se pressaient dans la loggia supérieure. La simple idée de se trouver là-haut lui donna aussitôt le vertige ! Il baissa vite la tête et continua son chemin dans la marée humaine.

*

Sienna aurait très bien pu rester avec Langdon, mais Ferris était à la traîne, et elle ne voulait pas le perdre de vue. Comme l'écart se creusait de plus en plus, elle se retourna avec impatience, pour l'inciter à presser le pas. Ferris posa la main sur sa poitrine lui faisant comprendre qu'il était à bout de souffle et lui indiqua qu'elle n'avait pas besoin de l'attendre.

Hochant la tête, la jeune femme força l'allure pour rattraper Langdon, quand un mauvais pressentiment la saisit.

S'attardait-il volontairement ?

Habituée à suivre son instinct, Sienna se cacha dans une alcôve latérale, d'où elle pouvait aisément épier les allées et venues des badauds.

Mais où est-il passé ?

Aucune trace de Ferris, comme s'il avait cessé de les accompagner. Scrutant les visages un à un, Sienna finit par le repérer. À sa grande surprise, il s'était accroupi au beau milieu de la foule et pianotait sur le clavier de son portable.

Je croyais qu'il n'avait plus de batterie ?

Une peur viscérale la saisit.

Il lui avait menti !

420

Que fabriquait-il ? Envoyait-il un message secret à quelqu'un ? Ou faisait-il une recherche sur Internet à son insu, essayant de résoudre l'énigme du poème de Zobrist avant eux ?

Elle ne pouvait plus se fier à lui.

Que faire ? Lui tomber dessus et le prendre sur le fait ? Non, décida-t-elle, mieux valait ne pas se faire repérer.

Elle se noya dans la masse des touristes et pressa le pas vers la basilique.

Je dois avertir Robert, lui dire de ne surtout rien révéler à Ferris.

À cinquante mètres de l'église, elle sentit une main tirer sur son pull.

Ferris !

L'homme haletait, comme s'il avait couru pour la rattraper.

— Désolé, bredouilla-t-il, le souffle court, je me suis perdu.

Il y avait une lueur farouche dans ses yeux, une peur qu'elle ne lui connaissait pas.

Il me cache quelque chose.

*

Quand Langdon arriva devant la basilique Saint-Marc, il découvrit avec stupeur que ses deux compagnons ne le suivaient plus. Autre fait surprenant, il n'y avait pas de file d'attente devant l'église. Cela dit, en fin d'après-midi, après un bon repas, la majorité des touristes sentaient leur énergie fléchir et préféraient flâner dans les rues ou siroter un café plutôt que de faire une énième visite.

En attendant Sienna et Ferris, Langdon contempla l'entrée de la basilique. Parfois jugée trop monumentale, la façade inférieure, avec ses cinq portails encadrés de colonnades et coiffés de voûtes en berceau, invitait le visiteur à passer l'une de ses imposantes portes de bronze.

Modèle d'architecture byzantine en Europe, la basilique Saint-Marc avait décidément une curieuse allure. Par contraste avec les tours grisâtres et austères de la cathédrale de Chartres, Saint-Marc paraissait plus accessible. Plus large que haut, l'édifice était surmonté de cinq dômes blanchis à la chaux, qui lui donnaient un air de fête.

À la pointe de l'ogive supérieure de la façade, une statue de saint Marc dominait l'esplanade. À ses pieds, un arc brisé de couleur bleu nuit, constellé d'étoiles dorées, servait de décor à la statue d'un lion ailé.

Sous ce lion doré, se trouvait l'un des chefs-d'œuvre de la basilique – quatre immenses étalons de cuivre – qui scintillaient dans la lumière de cette fin d'après-midi.

Les Chevaux de Saint-Marc.

Ces quatre fières montures – comme bien des trésors à Venise – avaient été volées à Constantinople pendant les croisades. Autre précieux butin, à l'angle sud-ouest de l'église, une statuaire de porphyre désignée sous le nom de *Tétrarques*. L'une des quatre statues était célèbre pour son pied manquant, brisé pendant le sac de Constantinople au XIIIe siècle. Miraculeusement, dans les années 1960, le pied disparu avait été retrouvé à Istanbul. Venise avait alors réclamé la pièce manquante, ce qui lui avait valu une réponse laconique des autorités turques : « Vous nous avez volé la statue, on garde son pied. »

— Monsieur, vous acheter ? dit une voix féminine, arrachant Langdon à ses réflexions.

Une gitane corpulente tenait un grand bâton sur lequel était accrochée une myriade de masques vénitiens. La majorité était de style *volto* – ces masques blancs et stylisés souvent portés par les femmes pendant le carnaval de Venise. La vendeuse proposait aussi de jolis loups de Colombine, des *bautas* au menton triangulaire ou des Moretta, des masques sans lanières.

Parmi ce kaléidoscope coloré, Langdon fut frappé par un modèle grisâtre, lugubre, au long nez recourbé, qui semblait le fixer de ses yeux vides.

Le médecin de peste.

Mal à l'aise, il détourna le regard.

— Vous acheter ? insista la gitane.

— *Sono molte belle, ma no, grazie*, répondit Langdon avec un sourire d'excuse.

Comme la femme s'éloignait, son regard s'attarda sur le masque inquiétant qui dansait à présent au-dessus de la foule. Poussant un soupir, il leva de nouveau les yeux vers les quatre étalons du balcon de la basilique.

Et soudain, il comprit.

Toutes les pièces du puzzle s'assemblaient : les chevaux de Saint-Marc, les masques vénitiens et les trésors pillés à Constantinople !

72

Les Chevaux de Saint-Marc !

Ces magnifiques étalons au port régalien, ornés de larges colliers, avaient ravivé chez Langdon un souvenir inattendu. D'un coup, cela offrait un nouvel éclairage au texte énigmatique.

Un jour, Langdon s'était rendu à la réception de mariage d'une célébrité, donnée dans le fameux haras de Runnymede Farm.

Au programme des festivités, un époustouflant spectacle équestre, orchestré par des cavaliers vêtus de magnifiques costumes vénitiens, les visages dissimulés par des *volti*. Les grands chevaux à la robe de jais étaient d'une rare beauté, avec leur puissante musculature, leur cou gracieux, leurs fanons fournis et leur longue crinière portée par le vent.

Ces colosses lui avaient fait si forte impression que, de retour chez lui, Langdon avait fait une recherche sur Internet et découvert qu'il s'agissait de frisons, une race considérée au Moyen Âge comme d'excellents chevaux de guerre et aujourd'hui menacée d'extinction. En poursuivant sa lecture, il avait appris que les *Chevaux de Saint-Marc* étaient l'œuvre d'art la plus volée au monde.

Ayant toujours cru que cet honneur douteux était réservé à *L'Adoration de l'agneau mystique*, Langdon était allé sur le site de l'ARCA pour vérifier cette assertion. L'Association for Research into Crime Against Art ne donnait pas de classement des œuvres volées, mais proposait un bref résumé de la vie mouvementée de ces trésors si convoités.

Le quadrige avait été fabriqué par un sculpteur grec inconnu sur l'île de Chios, où il était resté jusqu'à ce que Théodose II l'emporte à Constantinople et l'installe sur l'Hippodrome. Puis, pendant la quatrième croisade, lors du sac de Constantinople par les troupes vénitiennes en 1204, le doge avait exigé que les géants de cuivre soient rapportés en bateau à Venise, ce qui tenait de l'exploit, étant donné leur taille et leur poids. Les montures avaient fini par arriver dans la Sérénissime en 1204 pour être exposées sur la façade de la basilique Saint-Marc.

Plus d'un demi-millénaire plus tard, en 1797, Napoléon, qui avait conquis la cité des Doges, apporta les précieuses statues à Paris et les installa sur l'arc de triomphe du Carrousel. Finalement, en 1815, après la défaite de Napoléon à Waterloo, le quadrige avait quitté son promontoire parisien et retrouvé sa place sur la basilique vénitienne.

Langdon connaissait bien le passé mouvementé de ces statues, mais le site donnait une précision technique qu'il ignorait à l'époque – un passage qui, aujourd'hui, sur la place Saint-Marc, lui était revenu brutalement en mémoire :

> « Les colliers décoratifs ont été ajoutés en 1204 par les Vénitiens pour cacher la jonction des encolures, car les têtes des étalons avaient dû être sectionnées afin de pouvoir transporter le quadrige de Constantinople à Venise. »

— Robert !

La voix de Sienna le tira de ses pensées. Il se retourna et vit la jeune femme émerger de la foule, Ferris sur ses talons.

— Les chevaux du poème ! s'écria-t-il. Je les ai trouvés !

— Quoi ?

— Nous cherchons un doge qui a coupé des têtes de chevaux, n'est-ce pas ?

— Oui. Et alors ?

— Le poème ne se réfère pas à des animaux vivants, expliqua Langdon en indiquant le balcon supérieur de la façade, où le soleil illuminait les quatre étalons de cuivre. Il parle des Chevaux de Saint-Marc !

73.

À bord du *Mendacium*, le Dr Elizabeth Sinskey tentait de contrôler le tremblement de ses mains. Elle avait assisté à bien des choses horribles dans sa vie, mais la vidéo réalisée par Bertrand Zobrist avant son suicide lui donnait des sueurs froides.

À l'écran, se profilait l'ombre d'un nez crochu sur le mur suintant d'une caverne souterraine. La silhouette décrivait avec fierté son chef-d'œuvre – Inferno –, un fléau qui sauverait l'humanité en annihilant une partie de la population.

Que Dieu nous préserve !

— Il faut absolument trouver cet endroit, lança-t-elle d'une voix blanche. Il n'est peut-être pas trop tard…

— Regardez la suite, insista le Président. C'est de plus en plus bizarre.

L'ombre du masque grandit sur le mur, puis une silhouette surgit sur l'écran.

426

Elizabeth sursauta.

Un homme, vêtu de la tenue complète du médecin de peste – manteau noir et masque au bec d'oiseau –, s'avançait maintenant vers la caméra, jusqu'à ce que le terrifiant visage blanc occupe tout l'écran.

« Les endroits les plus sombres de l'enfer sont réservés aux indécis qui restent neutres en temps de crise morale. »

Sinskey se raidit. La même phrase que sur le mot qu'il lui avait laissé à l'aéroport de New York.

« Je sais, reprit le biologiste, que certains me voient comme un monstre… »

Il marqua une pause. Et Elizabeth comprit aussitôt que ses prochaines paroles lui seraient destinées.

« Je sais que certains me voient comme une bête sans cœur qui se cache derrière un masque. »

Là, il se rapprocha davantage de la caméra.

« Mais j'ai un visage. Et j'ai un cœur. »

À ces mots, Zobrist ôta son masque et repoussa la capuche de son manteau. La directrice de l'OMS frémit à la vue de ces yeux verts qu'elle avait aperçus dans la pénombre du CFR. Le même feu, la même passion y brûlaient, avec en plus une lueur nouvelle… celle de la folie.

« Mon nom est Bertrand Zobrist, dit-il à la caméra, le monde peut voir mon vrai visage. Quant à mon âme… Si je pouvais brandir mon cœur enflammé – comme l'a fait Dante pour sa chère Béatrice –, vous le verriez débordant d'amour. L'amour le plus pur, le plus profond. Un amour pour tous. Et surtout pour toi. »

Zobrist s'approcha encore, comme s'il voulait murmurer à l'oreille de l'être cher à son cœur.

« Mon amour, mon ange. Tu es mon absolution, le pourfendeur de mes vices, le porte-drapeau de ma vertu, le bâton de mon salut. Tu es l'être fidèle et sans fards à mon côté qui m'a aidé à traverser les abysses, et qui m'a donné la force d'accomplir mon œuvre. »

Sinskey eut un haut-le-cœur.

« Mon amour, continua le scientifique d'une voix triste, amplifiée par l'écho de la caverne, tu es mon inspiration et mon guide, mon Virgile et ma Béatrice réunis, et mon chef-d'œuvre est aussi le tien. Si toi et moi, tels des amants maudits, ne nous touchons plus jamais, je pars en paix, sachant que l'avenir repose entre tes tendres mains. Mon œuvre ici-bas est achevée. L'heure a sonné. Il est temps pour moi de rejoindre les cieux... et revoir les étoiles. »

Zobrist se tut et le mot *étoiles* résonna un long moment dans la grotte souterraine. Puis, lentement, le scientifique éteignit la caméra.

L'écran devint noir.

— Cette caverne... ça ne vous dit rien, j'imagine ? s'enquit le Président.

Elizabeth Sinskey secoua la tête.

— Je n'ai jamais rien vu de pareil.

Ses pensées allèrent à Robert Langdon. Le professeur avait-il trouvé des indices pour déchiffrer le message de Zobrist ?

— Si cela peut vous aider, je pense savoir qui est le grand amour de notre homme. Son nom de code est FS-2080.

— FS-2080 ?

Pas possible !

— Cela vous dit quelque chose ? s'enquit le Président, surpris.

428

— En effet...

Le cœur de Sinskey battait à tout rompre. FS-2080. Si elle ne connaissait pas l'identité de cette personne, ce code lui était parfaitement clair. L'OMS utilisait un cryptage similaire.

— Avez-vous entendu parler du transhumanisme ? demanda-t-elle.

Le Président secoua la tête.

— Pour résumer, c'est une philosophie qui encourage les hommes à utiliser toutes les technologies à leur disposition pour rendre l'espèce humaine plus robuste. Elle prône la survie des plus forts.

Son interlocuteur demeura impassible.

— Les transhumanistes, poursuivit Elizabeth, sont pour la plupart des individus responsables, et moralement irréprochables – scientifiques, visionnaires, futuristes –, mais comme dans tous les courants de pensée, certains militants sont persuadés qu'il faut aller plus loin.

— Et je suppose que Bertrand Zobrist fait partie de ces extrémistes ?

— C'était même l'un des leaders du mouvement. Outre son intelligence hors norme, il était extrêmement charismatique et ses articles sur la fin du monde ont fait l'objet d'un véritable culte. Aujourd'hui, la plupart de ses fidèles ont des noms de code, qui obéissent tous à la même logique – deux lettres et un nombre de quatre chiffres. Par exemple, DG-2064, BA-2103, ou celui que vous venez de mentionner.

— FS-2080.

Elle hocha la tête.

— C'est forcément un nom de code transhumaniste.

Sinskey se dirigea vers l'ordinateur.

— Ouvrez votre moteur de recherche, je vais vous montrer.

Malgré ses doutes, le Président cliqua sur Google.

— Entrez FM-2030, dit-elle en se plaçant derrière lui.

Le Président s'exécuta. Des milliers de liens apparurent sur l'écran.

— Prenez-en un au hasard.

Il choisit le premier ; une fenêtre se matérialisa avec l'image d'un Iranien – Fereidoun M. Esfandiary –, présenté comme auteur, philosophe, futurologue et précurseur du mouvement transhumaniste. Né en 1930, il avait activement contribué à la diffusion de la philosophie transhumaniste auprès du grand public, et prédit de grandes avancées comme la fécondation *in vitro*, les manipulations génétiques et la mondialisation de l'économie.

D'après Wikipédia, Esfandiary croyait dur comme fer que les nouvelles technologies lui permettraient de vivre jusqu'à cent ans, fait rarissime pour un homme de sa génération. Preuve de son absolue confiance en la technologie future, Fereidoun M. Esfandiary changea son nom en FM-2030, un code composé de ses deux premières initiales et de l'année de ses cent ans. Malheureusement, il succomba à un cancer du pancréas à l'âge de soixante-dix ans et n'atteignit jamais son but. Mais, pour honorer sa mémoire, les fidèles les plus zélés adoptèrent ce système de dénomination.

Sa lecture terminée, le Président se leva et alla à la fenêtre contempler la mer.

— Donc, murmura-t-il, comme s'il réfléchissait à haute voix, le grand amour de Bertrand Zobrist – FS-2080 – est transhumaniste.

— Exactement. J'ignore qui est ce FS-2080, mais…

— En fait, l'interrompit le Président, le regard toujours au loin, moi je le sais.

74.

L'air lui-même était d'or.

Langdon avait visité beaucoup de cathédrales, mais l'atmosphère de la « Chiesa d'Oro » lui avait toujours paru unique au monde. On disait qu'il suffisait de respirer l'air de l'église pour s'enrichir. Curieusement, cette métaphore pouvait aussi se comprendre au sens littéral. En effet, avec ses millions de carreaux d'or, une infinité de particules du précieux métal flottaient dans l'air. Dans les faisceaux de lumière distillés par les grandes fenêtres de l'édifice, cette poussière d'or conférait à l'endroit une aura irréelle, qui élevait l'âme des fidèles vers de nouvelles richesses spirituelles et en même temps, d'une façon plus terrestre, tapissait de paillettes précieuses l'intérieur de leurs poumons.

À cette heure de la journée, les rayons du soleil déposaient un voile soyeux sur le sanctuaire. Fasciné par cet effet singulier, Langdon restait muet, tout comme ses deux compagnons près de lui.

— C'est de quel côté ? chuchota finalement Sienna.

— Par ici, répondit Langdon en s'engageant dans l'escalier qui menait au musée.

Là-haut, se dit-il, l'exposition permanente consacrée aux Chevaux de Saint-Marc leur révélerait l'identité du doge responsable de la décapitation des étalons.

En grimpant les marches, Langdon vit que, devant lui, Ferris respirait difficilement. Sienna capta son regard et articula silencieusement plusieurs mots en désignant Ferris du menton.

Que cherchait-elle à lui dire ?

Au moment où Langdon allait le lui demander, Ferris se retourna – une seconde trop tard pour surprendre leur conversation muette, Sienna ayant déjà repris un visage impassible.

— Tout va bien, docteur ? le questionna-t-elle d'un air innocent.

Ferris hocha la tête et reprit péniblement son ascension.

Quelle actrice ! Mais pourquoi ces cachotteries ?

Au deuxième étage, ils découvrirent la vue époustouflante sur l'ensemble de la basilique. Le sanctuaire était bâti en forme de croix grecque, plus carrée que celles de Saint-Pierre de Rome ou Notre-Dame de Paris. La courte distance entre le narthex et l'autel donnait à l'ensemble une apparence de robustesse et de simplicité.

Pour compenser cette impression, l'autel était retranché derrière un bouquet de colonnes surmonté d'un impressionnant crucifix. Sous un élégant ciborium, l'autel recelait l'un des plus beaux retables du monde, le *Pala d'Oro*. Ce « tissu d'or » alliait de multiples influences – à commencer par les émaux byzantins – entremêlées dans une structure gothique unique. Orné de quelque mille trois cents perles, quatre cents grenats, trois cents saphirs, et autres émeraudes, améthystes et rubis, le retable était considéré, avec les Chevaux de Saint-Marc, comme l'un des plus fabuleux trésors de Venise.

D'un point de vue architectural, le terme *basilique* désignait une église de style byzantin érigée en Europe ou en Occident. Réplique de la basilique des Saints-Apôtres de Constantinople, Saint-Marc était si orientale dans l'âme que les guides de tourisme la considéraient souvent comme une alternative intéressante aux mosquées turques, qui pour la plupart étaient d'anciennes cathédrales byzantines reconverties en lieux de culte musulman.

Même si une visite de la basilique vénitienne ne pouvait remplacer la découverte des grandes mosquées turques, Langdon admettait qu'un passionné d'art byzantin puisse se réjouir d'arpenter les pièces du transept droit. Là se trouvait le fameux « trésor de Saint-Marc » – une fabuleuse collection de deux cent quatre-vingt-trois icônes, joyaux et calices précieux, pillés pendant le sac de Constantinople.

Langdon fut soulagé de trouver la basilique relativement calme à cette heure. Çà et là, quelques grappes de touristes admiraient les merveilles de l'édifice. Louvoyant entre les groupes, Langdon guida ses deux compagnons vers l'aile ouest, où les visiteurs pouvaient admirer le quadrige depuis le balcon. Si Langdon était certain d'identifier le doge du poème, il se demandait ce qu'ils devraient faire après. Trouver sa tombe ? Sa statue ? Il aurait alors sûrement besoin d'aide, étant donné les centaines de statues dans l'église, la crypte, sans oublier les tombeaux dans le bras nord du transept.

Il repéra une jeune femme qui paraissait guider un groupe de touristes.

— Excusez-moi, Ettore Vio est-il là aujourd'hui ?

— Ettore Vio ? répéta la jeune femme en lui jetant un regard surpris. *Sì, certo, ma…*

Soudain, elle ouvrit de grands yeux.

— *Lei è Robert Langdon, vero ? !*

Le professeur sourit.

— *Sì, sono io.* Puis-je parler à Ettore ?

— *Sì, sì !* répondit-elle avant de demander à son groupe de l'excuser quelques minutes.

Robert Langdon et le conservateur du musée, Ettore Vio, avaient participé ensemble à un documentaire sur la basilique. Depuis, ils étaient bons amis.

— Ettore a écrit un livre sur cette basilique, précisa-t-il à Sienna. Plusieurs, en fait.

Alors que la jeune femme regardait toujours bizarrement Ferris, Langdon guida les deux médecins vers une fenêtre de la façade ouest, d'où l'on pouvait admirer les Chevaux de Saint-Marc. De ce point de vue, les arrière-trains musculeux des étalons se découpaient nettement dans la lumière du soir. Sur le balcon, des touristes examinaient les statues de près, tout en s'extasiant sur le panorama de la place.

— Les voilà ! s'exclama Sienna.

— Pas tout à fait, dit Langdon. Ceux-là ne sont que des répliques. Les vrais Chevaux sont gardés à l'intérieur de la basilique, à la fois pour leur conservation et leur sécurité.

Il entraîna alors Sienna et Ferris dans un couloir qui débouchait sur une alcôve, où un quadrige de quatre étalons semblait trotter sous une voûte en brique.

— Voilà les originaux ! déclara-t-il, admiratif.

Chaque fois qu'il voyait ces animaux de près, Langdon ne pouvait s'empêcher de s'émerveiller devant leur puissance et la finesse du rendu. Cet effet était intensifié par l'étrange teinte vert-de-gris doré qui couvrait maintenant presque entièrement leur surface. Ce quadrige parfaitement préservé, en dépit de son tumultueux passé, était à ses yeux un rappel de l'importance de la conservation des œuvres d'art.

— Ces colliers, dit la jeune doctoresse en s'approchant du poitrail de l'une des statues, vous dites qu'ils ont été ajoutés après coup ? Pour cacher les soudures ?

Langdon lui avait raconté l'histoire des « têtes coupées ».

— C'est ce qu'il semble.

— Roberto ! s'écria une voix enjouée derrière eux. Quelle surprise !

Langdon se retourna et vit son ami Ettore Vio fendre la foule – costume bleu, cheveux blancs, et petites lunettes retenues autour du cou par une chaînette.

— Quoi ? Tu viens à Venise et tu ne m'appelles même pas ? ronchonna gentiment le conservateur.

Langdon lui serra la main en souriant.

— J'aime te surprendre, Ettore. Tu as l'air en forme. Voici mes amis, le Dr Brooks et le Dr Ferris.

Ettore les salua, puis questionna son ami :

— Tu voyages avec des médecins ? Tu es malade ? Et ces vêtements ? Deviendrais-tu un peu italien par hasard ?

— Ni l'un ni l'autre ! Je suis juste venu te poser des questions sur les Chevaux.

Le conservateur parut intrigué.

— Y aurait-il une chose que notre célèbre professeur ignore ?

Langdon éclata de rire.

— J'ai besoin de savoir qui a coupé la tête des Chevaux pour les transporter.

Ettore Vio regarda le professeur d'Harvard comme s'il venait de lui demander où se trouvaient les petites culottes de la reine d'Angleterre.

— Mon Dieu, Robert ! On ne parle jamais de cela. Si tu veux voir des têtes décapitées, je peux t'en montrer de célèbres, *Carmagnola* par exemple, ou…

— Ettore, peux-tu me dire quel doge vénitien a ordonné la décapitation des statues ? C'est très important.

— Aucun ! s'indigna le conservateur. J'ai entendu toutes sortes d'histoires à dormir debout, bien sûr, mais d'un point de vue historique, rien ne prouve qu'un doge…

— Ettore, ne joue pas sur les mots, s'il te plaît. D'après les rumeurs, de quel doge s'agit-il ?

Le conservateur chaussa ses lunettes, avec une grimace.

— Eh bien, « d'après les rumeurs », nos chevaux ont été rapportés à Venise par le plus fourbe de nos doges.

— Fourbe ?

— Oui, le doge qui a entraîné tout le monde dans les croisades… Celui qui s'est servi de l'argent de la cité pour voguer vers l'Égypte… et a finalement détourné la flotte à Constantinople pour piller la ville.

Le doge traître…

— Et comment s'appelle-t-il ?

Ettore fronça les sourcils.

— Robert, je te croyais féru d'histoire mondiale.

— Oui, mais le monde est vaste, et l'histoire longue. J'ai besoin de ton aide, cette fois !

436

— D'accord, alors voici un indice…

Le professeur allait protester, puis se ravisa, pressentant qu'il perdrait un temps précieux.

— Ton doge a vécu près d'un siècle, précisa Ettore. Un miracle à son époque. Les gens superstitieux croient que sa longévité est sa récompense pour avoir eu le courage d'aller chercher les reliques de sainte Lucie, et les avoir rapportées à Venise. Sainte Lucie s'est énucléée pour…

— Le doge qui a arraché les os de l'aveugle ! s'exclama Sienna.

Ettore regarda la jeune femme d'un air bizarre.

— Eh bien, j'imagine que oui, on peut dire ça.

Ferris parut soudain affreusement pâle, comme s'il ne parvenait pas à se remettre de sa traversée de la place et de la montée des escaliers, qui l'avaient laissé à bout de souffle.

— Je dois ajouter, reprit le conservateur, que le doge aimait aussi passionnément Lucie parce que lui-même était aveugle. À quatre-vingt-dix ans, il est venu ici même, dans cette basilique. Et, sans rien voir, a prêché la croisade.

— Ça y est ! Je sais qui c'est !

— Ah ! Tout de même, lâcha Ettore avec un sourire.

Grâce à sa mémoire eidétique, Langdon se souvint d'une œuvre d'art – une célèbre illustration de Gustave Doré, représentant un doge efflanqué et aveugle, les bras levés vers le ciel pour inciter la foule à rejoindre la guerre sainte. Le titre de cette œuvre lui apparaissait très clairement : *Dandolo prêchant la croisade.*

— Enrico Dandolo, le doge éternel, dit Langdon.

— *Finalmente !* J'ai eu peur que tu aies perdu ta vivacité d'esprit !

— Que veux-tu, je vieillis ! plaisanta le professeur. Alors où est-il enterré ? Ici ?

— Dandolo ? demanda le conservateur en secouant la tête. Non, pas ici.

— Où ? intervint Sienna. Au palais des Doges ?

Ettore ôta ses lunettes en soupirant.

— Laissez-moi réfléchir. Il y a tellement de doges, je ne m'en souviens plus…

Soudain, la guide revint en courant, visiblement paniquée. Elle murmura quelques mots à l'oreille du conservateur et Ettore se raidit. Puis il gagna la balustrade qui surplombait le sanctuaire de la basilique.

— Je reviens tout de suite ! lança-t-il à Langdon avant de s'éloigner à grands pas.

Perplexe, Langdon s'approcha à son tour de la balustrade.

Que se passait-il en bas ?

En dehors des touristes qui flânaient dans l'enceinte de l'église, il ne remarqua rien de particulier. Brusquement, il comprit que les visiteurs regardaient tous dans la même direction – l'entrée principale de la basilique –, par où une escouade de soldats en tenue de combat venait de s'engouffrer et bloquait toutes les issues.

Les hommes en noir, se dit-il en serrant la rambarde. *Comment nous ont-ils retrouvés ?*

— Robert ! s'écria Sienna derrière lui. Aidez-moi ! Vite !

Langdon fit volte-face. Il découvrit la jeune femme agenouillée au pied des étalons de cuivre, près du Dr Ferris… écroulé sur le sol, la main crispée sur le thorax.

75.

— Je crois qu'il fait une crise cardiaque !

Langdon se précipita vers Ferris qui hoquetait, incapable de recouvrer son souffle.

Qu'est-ce qui lui arrive ?

Entre l'arrivée inopinée des soldats et la chute de Ferris, Langdon eut un moment de panique.

Réfléchis, Robert. Vite !

Sienna dénoua la cravate du malheureux à terre et déboutonna le haut de sa chemise pour l'aider à respirer. Mais quand le vêtement s'entrouvrit, elle recula d'un bond et poussa un cri d'effroi, le regard fixé sur la poitrine nue du médecin.

Langdon aussi était abasourdi.

Une tache de la taille d'un pamplemousse, d'une inquiétante teinte noirâtre, marquait son sternum. On aurait dit qu'il avait reçu un boulet de canon dans le plexus.

— C'est une hémorragie interne ! s'écria Sienna, paniquée. Pas étonnant qu'il ait paru mal en point toute la journée.

Ferris tourna la tête dans une évidente volonté de s'exprimer, mais ne put émettre qu'un son rauque. Des curieux commençaient à se rapprocher d'eux. La situation était critique.

— Les soldats sont en bas, précisa-t-il à Sienna. Je ne sais pas comment ils nous ont retrouvés.

Un instant, la peur traversa le regard de la jeune femme. Puis elle se tourna vers Ferris, furieuse :

— Vous nous avez menti depuis le début !

L'homme à terre voulut répondre, mais ne put qu'exhaler un son étouffé. Alors Sienna entreprit de fouiller sans ménagement les poches du médecin. Elle lui confisqua son portefeuille et son portable, qu'elle fourra dans sa propre poche, avant de se relever.

Elle lui jeta un regard accusateur.

Au même moment, une Italienne d'un certain âge émergea de l'attroupement et la prit à partie :

— *L'hai colpito al petto !* dit-elle, se frappant la poitrine du poing.

— *No !* répliqua Sienna d'un ton sec. Un massage cardiaque le tuerait ! Regardez sa poitrine ! (Puis elle se tourna vers Langdon.) Robert, filons d'ici ! Dépêchons-nous !

Langdon avait des scrupules à abandonner le malheureux, qui lui jetait des regards éperdus, comme s'il devait à tout prix lui dire quelque chose.

— On ne peut quand même pas le laisser ici.

— Croyez-moi, Robert, ce n'est pas une crise cardiaque. Allons-y ! Il n'y a pas une seconde à perdre !

Autour d'eux, la foule grossissait, et plusieurs personnes appelèrent à l'aide. Sans plus attendre, Sienna agrippa le professeur par le bras et l'entraîna sur le balcon, à l'air libre.

L'espace d'une seconde, Langdon fut aveuglé. Face à eux, le soleil couchant nappait la place Saint-Marc, enveloppant leur promontoire d'un halo doré. La jeune femme guida Langdon vers la gauche, le long du balcon courant sur la façade ouest, évitant les touristes venus admirer l'esplanade et les répliques des Chevaux de Saint-Marc.

En tournant au coin de la façade, ils aperçurent les eaux scintillantes de la lagune au loin. Sur la surface lisse, une étrange silhouette attira le regard de Langdon – la coque fuselée d'un yacht qui ressemblait à un navire de guerre futuriste.

Mais Sienna l'entraîna de plus belle, se dirigeant vers la porta della Carta – une annexe reliant la basilique au palais des Doges – où les doges placardaient autrefois les décrets à l'attention du public.

Ce n'est pas une crise cardiaque ?

L'image de la poitrine noire du médecin ne le quittait plus. Il imaginait le pire concernant le malheureux. De plus, il s'était clairement passé quelque chose entre Sienna et Ferris, car elle ne lui faisait plus confiance, c'était évident.

Que voulait-elle me dire dans l'escalier tout à l'heure ?

Soudain, Sienna s'arrêta net et se pencha au-dessus de l'élégante balustrade pour examiner la cour en contrebas.

— Bon sang ! C'est plus haut que je ne le pensais !

Langdon la regarda avec stupeur.

— Vous aviez l'intention de sauter ?

La jeune femme semblait affolée.

— Ils ne doivent pas nous capturer, Robert !

Langdon se retourna vers la basilique et vit une lourde porte en verre et fer forgé derrière eux. S'il ne se trompait pas, ce passage les ramènerait à l'intérieur du musée, au fond de l'église.

— Ils auront bloqué les issues là-bas aussi, fit remarquer Sienna.

Par où fuir ? Langdon avait beau réfléchir, il ne voyait qu'une seule solution.

Retourner sur leurs pas.

Quelque chose à l'intérieur de la basilique pouvait leur sauver la mise.

— Je crois avoir une idée.

Sans être sûr de la validité de son plan, Langdon prit Sienna par la main et l'entraîna à l'intérieur de l'église. Ils évitèrent le musée et se noyèrent dans la foule des visiteurs, qui pour la plupart observaient de loin le tapage créé par le malaise de Ferris. Langdon repéra la vieille femme italienne colérique et la vit indiquer à deux soldats le balcon par où ils s'étaient échappés.

Il va falloir faire vite, songea-t-il en examinant les murs à la recherche de l'objet qu'il avait repéré plus tôt près d'une immense tapisserie.

Un appareil jaune vif avec un avertissement écrit en rouge : ALLARME ANTINCENDIO.

— C'est ça votre idée ?

— On pourrait sortir en se mêlant à la foule, suggéra Langdon en empoignant le levier et en tirant vigoureusement dessus.

Rien.

Surpris, il tira à nouveau sur le levier, plus fort cette fois, et réussit à actionner le mécanisme.

Toujours pas de sirène. Seulement un silence religieux.

Il répéta la manœuvre.

Toujours rien.

Sienna le regardait comme s'il avait perdu la raison.

— Robert, on est dans une cathédrale bondée de touristes ! Vous croyez vraiment que ce truc s'actionne dès que le premier venu tire dessus ?

— Bien sûr ! Aux États-Unis, la loi stipule que…

442

— On est en Europe, ici ! On ne fait pas de procès pour si peu !

Elle tendit le doigt au-dessus de son épaule.

— Et on n'a plus le temps !

En effet, les deux soldats étaient déjà revenus sur leurs pas et fouillaient maintenant l'église. Langdon reconnut le gros costaud qui leur avait tiré dessus quand ils s'étaient échappés de l'appartement en trike.

À court d'idées, Langdon et Sienna se retranchèrent dans un escalier en spirale qui menait au rez-de-chaussée. Une fois en bas, ils se dissimulèrent dans l'ombre et épièrent le sanctuaire. Toutes les issues étaient gardées par des hommes en armes.

— Si on quitte notre cachette, ils vont nous voir, souffla Langdon.

— L'escalier descend encore, murmura Sienna en lui montrant la pancarte « Accesso vietato » accrochée à la cordelette qui barrait la volée de marches.

Très mauvaise idée. Une crypte souterraine sans issue.

Sans plus attendre, Sienna enjamba la cordelette et s'évanouit dans le tunnel en colimaçon.

— C'est ouvert ! lança-t-elle depuis les profondeurs.

Pas étonnant ! La crypte de Saint-Marc, comme beaucoup d'autres, servait aussi de chapelle, et accueillait des services réguliers en présence des ossements du saint.

— On dirait la lumière du jour, résonna la voix de Sienna.

Comment était-ce possible ? D'après son souvenir de ce lieu sacré, la jeune femme voyait probablement la *lux eterna* – une lumière électrique allumée en per-

443

manence pour éclairer la tombe du saint au centre de la crypte.

Alerté par des bruits de pas précipités au-dessus de lui, Langdon enjamba à son tour la cordelette, prenant garde à ne pas la déplacer. Posant la main sur la pierre sombre, il entama sa lente descente dans les entrailles de l'église, se guidant grâce à la courbure du mur sous sa main.

Sienna l'attendait en bas des marches. Derrière elle, on distinguait vaguement les contours du sanctuaire dans la pénombre. La chambre souterraine avait un plafond très bas, soutenu par d'imposants piliers surmontés de voussures en brique.

Le poids de la basilique tout entière repose sur ces piliers, pensa Langdon avec appréhension.

— Regardez, murmura Sienna, en lui montrant la faible lumière naturelle distillée par plusieurs petits vasistas en hauteur.

Des puits de lumière, se dit Langdon, qui avait oublié que cette crypte en était pourvue.

Ces cheminées, conçues pour faire entrer l'air et la lumière dans l'antre souterrain, remontaient jusqu'à la place Saint-Marc. Les vitres des fenêtres étaient renforcées de cercles de fer entrelacés. Elles s'ouvraient peut-être de l'intérieur, se dit Langdon, mais se situaient à hauteur d'épaule, et paraissaient très étroites. Même si quelqu'un réussissait à se faufiler dans le vasistas, grimper le long du conduit tenait de l'exploit, sans parler des lourdes grilles à l'autre bout.

Dans la douce lumière naturelle, la crypte ressemblait à une forêt au clair de lune – un bosquet de piliers en pierre qui projetaient de grandes ombres sur le sol.

Le regard de Langdon s'arrêta sur le centre de la crypte, où une flamme solitaire brûlait sur la tombe de l'évangéliste. Les ossements du saint reposaient dans un sarcophage de pierre derrière un autel, face à une rangée de bancs réservés aux fidèles qui avaient la chance de se recueillir ici, au cœur même de la chrétienté vénitienne.

Une lueur apparut à côté de lui. C'était Sienna qui regardait l'écran lumineux du portable de Ferris.

— Je croyais que sa batterie était à plat ?

— Ferris a menti… à propos de ça… et d'un tas de choses.

Elle secoua la tête.

— Pas de réseau ! Je voulais savoir où est enterré Enrico Dandolo, dit-elle en levant l'appareil vers les vasistas, espérant capter un signal.

Enrico Dandolo… Langdon n'avait pas encore eu le temps d'y réfléchir. Malgré leur situation critique, la basilique leur avait livré le nom du doge qui avait coupé la tête des chevaux et arraché les os de l'aveugle.

Malheureusement, il ne savait absolument pas où se trouvait la tombe. Et son ami Ettore Vio non plus, apparemment.

Il connaît pourtant les moindres recoins de la basilique et sûrement aussi du palais des Doges, se dit-il en fronçant les sourcils.

Alors pourquoi n'avait-il pas immédiatement localisé la tombe de Dandolo ?

La réponse était claire.

Parce qu'elle n'est ni à la basilique ni au palais des Doges.

Où, alors ?

Langdon jeta un coup d'œil à Sienna, à présent juchée sur un banc qu'elle avait traîné sous un vasistas. Elle poussa le loquet, ouvrit le battant et leva le portable de Ferris dans la colonne d'air.

Les rumeurs de la place Saint-Marc leur parvinrent. Langdon se demanda si, finalement, ils ne pouvaient pas tenter de s'évader par là. Grâce à l'une des chaises pliantes qu'il avait repérées derrière les bancs, il pourrait sans doute aider Sienna à grimper dans la cheminée.

Peut-être que la grille là-haut s'ouvre aussi de l'intérieur...

Langdon voulut rejoindre la jeune femme quand, soudain, quelque chose le heurta violemment au front. Il se retrouva par terre, abasourdi.

On l'avait frappé ?

Bien sûr que non ! Comment avait-il pu oublier que son mètre quatre-vingts excédait la hauteur de ces voûtes bâties il y a plus d'un millénaire !

À genoux sur le sol, il découvrit une inscription sur la pierre.

Sanctus Marcus.

Il contempla longuement ces deux mots, fasciné non par leur sens, mais par la langue dans laquelle ils étaient écrits.

Du latin.

Après cette immersion dans l'Italie moderne, ce nom écrit en latin le troublait. Pourtant, à l'époque du saint, le latin n'était pas une langue morte, c'était la langue officielle de l'Empire romain !

Brusquement, une nouvelle idée s'imposa à lui.

Au début du XIIIe siècle – l'époque d'Enrico Dandolo et de la quatrième croisade –, la langue des puis-

446

sants était encore le latin. Le doge vénitien qui au nom du Saint-Empire romain avait repris Constantinople n'avait pas pu être enterré sous le nom d'Enrico Dandolo.

Mais sous son nom latin.

Henricus Dandolo.

En se représentant ce nom, il eut brusquement une vision, qui lui fit l'effet d'une décharge électrique. Cependant, même s'il était agenouillé dans une crypte, l'inspiration divine n'avait rien à voir là-dedans. La vision lui venait du tréfonds de sa mémoire : le nom latin du doge gravé dans le marbre, au milieu d'un assemblage de dalles ouvragées.

Henricus Dandolo.

Je suis déjà allé là-bas.

Comme le poème l'indiquait, Enrico Dandolo avait bien été enterré dans un musée doré – un mouseion de la sainte sagesse – mais ce n'était pas la basilique Saint-Marc.

Il se releva lentement, se remémorant la tombe toute simple du doge.

— Je n'ai pas de signal ! maugréa Sienna en descendant de son perchoir.

— Inutile, dit Langdon. Le mouseion doré de la sainte sagesse…

Il prit une grande inspiration.

— Je me suis trompé.

La jeune femme pâlit.

— Ne me dites pas que nous sommes dans le mauvais musée ?

— Non, Sienna, murmura-t-il, confus. Nous sommes dans le mauvais pays.

76

Sur la place Saint-Marc, la vendeuse de masques vénitiens se reposait contre le mur de la basilique. Elle s'arrêtait toujours au même endroit – une niche entre deux
grilles dans le sol dallé –, l'emplacement idéal pour
poser ses articles et contempler le coucher du soleil.

Elle avait vu plus d'une bizarrerie à Saint-Marc,
pourtant l'étrange spectacle qui attira son attention
cette fois-ci ne se passait pas *sur* la place… mais *dessous*. Surprise par un bruit à ses pieds, la gitane avait
regardé par la grille qui donnait sur une étroite cheminée d'environ trois mètres de profondeur. Le vasistas
tout en bas était ouvert, et une chaise pliée avait été
glissée dans le conduit.

À son grand étonnement, une jolie blonde suivait le
chemin de la chaise, sans doute aidée par quelqu'un
en bas. Elle se faufila par la petite fenêtre pour pénétrer dans le puits.

Se redressant péniblement, la jeune femme leva les
yeux. Visiblement surprise de découvrir la gitane en
train de l'épier à travers la grille, elle mit un doigt sur
ses lèvres et lui adressa un sourire de connivence. Puis
elle déplia la chaise et grimpa dessus pour tenter
d'atteindre la grille.

Trop court, pensa la gitane. Mais qu'est-ce que tu
fabriques, ma jolie ?

Dépitée, la jeune femme redescendit de la chaise et
s'adressa à quelqu'un dans la crypte. Malgré l'exiguïté
du conduit, elle se plaqua contre la paroi pour laisser
de la place à son complice – un grand brun vêtu d'un

costume chic – qui, à force de se contorsionner, parvint lui aussi à se mettre debout dans la cheminée.

Il y a foule là-dedans aujourd'hui !

L'homme, à son tour, aperçut la gitane derrière la grille. Puis, dans un intéressant méli-mélo de bras et de jambes, l'homme changea de position et se jucha sur la chaise branlante. Grâce à sa haute stature, il réussit à tirer le verrou. Se haussant sur la pointe des pieds, il attrapa la grille, mais ne put la soulever que de quelques centimètres. Encore trop court ! Il la laissa retomber en soupirant.

— *Può darci una mano ?* lança Sienna à la gitane.

Lui donner un coup de main ? Pas question ! se dit la colporteuse, qui n'avait aucune envie de s'attirer des ennuis. Et puis qu'est-ce qu'ils fichaient là-dedans ces deux-là ?

La blonde sortit un billet de cent euros d'un portefeuille, qu'elle agita en guise d'appât. C'était plus d'argent que sa recette des trois derniers jours ! Habituée à négocier, la gitane secoua la tête et leva deux doigts. La blonde brandit un deuxième billet de cent.

N'en revenant pas de sa bonne fortune, elle hocha la tête, impassible. Ne jamais montrer son intérêt ! Puis elle s'accroupit, agrippa les barreaux, prête à tirer au signal de l'homme. Grâce à leurs efforts combinés, ils firent pivoter la grille et la hissèrent d'une trentaine de centimètres. Au moment où elle croyait toucher au but, il y eut un grand fracas : la chaise avait cédé et l'homme était retombé au fond du puits.

La grille pesa soudain si lourd dans ses mains que la gitane faillit la laisser tomber. Mais la promesse des deux cents euros lui donna du cœur à l'ouvrage et, au

449

prix d'un suprême effort, elle réussit à ouvrir complètement la grille et la cala contre le mur de l'église.

À bout de souffle, elle scruta le fond du puits et aperçut un entremêlement de corps et de bois brisé. Voyant l'homme se relever et épousseter son costume, elle glissa la main dans le conduit, réclamant son argent.

La blonde à la queue-de-cheval acquiesça d'un air entendu et lui présenta les deux billets. Mais la gitane avait beau tendre le bras, son butin demeurait hors d'atteinte.

Donne l'argent à ton homme !

Soudain, des voix furieuses résonnèrent à l'intérieur de la chambre souterraine. Le couple, terrifié, se plaqua contre la paroi.

Ensuite, tout alla très vite.

L'homme s'accroupit et, joignant ses mains entre ses genoux, fit la courte échelle à sa partenaire. La blonde parvint à se hisser dans la cheminée et mit les billets entre ses dents pour garder les mains libres et pouvoir s'accrocher aux barreaux. L'homme poussa les pieds de sa partenaire, plus haut... encore plus haut... jusqu'à ce que la jeune femme puisse attraper le rebord du trou.

Un dernier effort, et la jeune femme s'extirpa de l'ouverture carrée comme si elle se hissait hors d'une piscine. Elle fourra les billets dans la main de sa sauveuse et se retourna avec angoisse vers le puits obscur.

Trop tard.

Des bras puissants avaient jailli à travers le vasistas, tels les tentacules d'un monstre, et saisi les jambes de l'homme, le tirant vers l'antre noir.

— Sienna, sauvez-vous ! cria le malheureux en se débattant. Allez-vous-en !

La gitane vit les deux complices échanger un regard douloureux… Puis ce fut terminé.

L'homme avait été brutalement ramené dans les entrailles de la basilique.

Sous le choc, la femme blonde contemplait le trou noir, les yeux brillants de larmes.

— Je suis désolée, Robert, lui cria-t-elle. Pour tout !

L'instant d'après, elle s'enfuyait dans la foule, sa queue-de-cheval dansant dans l'étroite allée de la Merceria dell'Orologio, avant de disparaître dans le cœur de la cité vénète.

77.

La rumeur de la mer tira lentement Robert Langdon des limbes de l'inconscience. Une odeur d'antiseptique se mêlait à l'air marin. Il avait l'impression que le monde tanguait.

Où suis-je ?

À peine une minute plus tôt, lui semblait-il, il luttait contre des mains puissantes qui voulaient l'arracher à la lumière du puits et l'entraîner dans les ténèbres de la crypte. Curieusement, au lieu de la pierre froide du sol de la basilique, il reposait à présent sur une surface moelleuse.

Langdon ouvrit les yeux et examina les lieux – une petite pièce stérile dotée d'un unique hublot. Et toujours ce roulis lancinant.

Un bateau ?

Son dernier souvenir était d'avoir été plaqué sur le sol de la crypte par l'un des soldats en noir, qui lui avait crié :

— Arrêtez de fuir !

Malgré les mains qui tentaient de le museler, il s'était débattu en appelant à l'aide.

— Il faut le sortir d'ici, avait dit un soldat.

Son partenaire avait hoché la tête d'un air contrarié.

— D'accord. Allez-y.

Après quoi, le professeur avait senti des doigts experts palper les artères de son cou pour trouver un point précis de la carotide, où ils avaient exercé une forte pression. En quelques secondes, sa vue s'était brouillée et il s'était senti partir au loin, le cerveau privé d'oxygène.

Je vais mourir, avait-il pensé. Là, à côté de la tombe de saint Marc.

Ensuite, les ténèbres, ou plutôt une brume grisâtre entre veille et inconscience, peuplée de bruits étouffés et de formes floues.

Combien de temps s'était écoulé ? Il n'en avait aucune idée.

Enfin, il revenait à lui. À première vue, il se trouvait à bord d'un bateau, dans une sorte d'infirmerie. L'environnement stérile et l'odeur d'isopropanol créaient une sensation de déjà-vu – comme s'il était revenu à son point de départ, dans cet étrange lit d'hôpital où il avait repris connaissance la veille au soir.

Aussitôt, il songea à Sienna. Était-elle saine et sauve ? Il revoyait ses yeux noisette posés sur lui, des yeux remplis de remords et de peur. Pourvu qu'elle ait pu s'échapper et quitter Venise sans encombre...

Nous sommes dans le mauvais pays.

C'était ce qu'il lui avait dit en comprenant où se trouvait la tombe d'Enrico Dandolo. Le mystérieux mouseion de la sainte sagesse du poème n'était pas à Venise... loin de là ! Comme le texte de Dante le disait bien, le sens du poème se cachait « sous le voile des vers mystérieux ».

Bien sûr, il aurait aimé lui expliquer tout cela, mais il n'en avait pas eu le temps.

Elle s'était enfuie en croyant que tout était perdu.

Son cœur se serra.

Et le danger est là-bas... si loin.

Des pas lourds résonnèrent derrière la porte, et un homme tout en noir entra dans la cabine. Encore lui ? Le gros costaud qui l'avait plaqué au sol dans la crypte ! Son regard était de glace. D'instinct, Langdon voulut s'enfuir, en vain.

Je suis à leur merci.

— Où suis-je ? lança-t-il froidement.

— Sur un yacht, au large de Venise.

Langdon avisa le médaillon de l'homme en uniforme – un globe terrestre avec les lettres ECDC. C'était la première fois qu'il voyait ce symbole.

— Vous détenez des informations cruciales, grogna le soldat. Il nous les faut ! Et on n'a pas le temps de tergiverser.

— Et pourquoi je vous dirais ce que je sais ? Vous avez essayé de me tuer !

— Négatif. Simple *shime waza*. Une technique de kyusho-jitsu. On ne vous voulait aucun mal.

— Vous m'avez tiré dessus ce matin ! répliqua Langdon, se rappelant distinctement le bruit métallique de la balle contre l'aile du trike. Vous avez failli me briser la colonne vertébrale !

Le soldat plissa les yeux.

— Si j'avais voulu vous tuer, croyez-moi, vous ne seriez pas là. J'ai juste tenté de crever un pneu et de stopper votre course. Mes ordres étaient d'établir le contact avec vous et de découvrir pourquoi vous agissiez si bizarrement.

Avant que Langdon puisse répondre, deux autres soldats étaient entrés dans la petite pièce.

Une femme se tenait entre eux.

Une apparition.

Venue d'un songe ou d'un autre monde.

Langdon la reconnut immédiatement – une femme d'une grande beauté, aux longs cheveux argent, avec une amulette en lapis-lazuli. Il lui fallut un moment pour se convaincre que la femme qui l'appelait à l'aide dans ses hallucinations était bien celle qui se tenait devant lui, en chair et en os.

— Professeur Langdon, dit-elle avec un sourire gêné en s'approchant de son lit, je suis soulagée de vous voir sain et sauf.

Elle s'assit au bord de la couchette et prit son pouls.

— J'ai appris que vous étiez amnésique. Vous vous souvenez de moi ?

Langdon l'étudia un long moment.

— J'ai eu... des visions de vous, mais je ne me rappelle pas notre rencontre.

— Mon nom est Elizabeth Sinskey. Je suis la directrice de l'Organisation mondiale de la santé, et je vous ai recruté pour m'aider à empêcher...

— … une épidémie, termina-t-il. Une épidémie créée par Bertrand Zobrist.

Elizabeth Sinskey hocha la tête.

— Vous vous en souvenez donc ?

— Non, je me suis réveillé dans un hôpital, en possession d'un curieux cylindre, et j'avais d'étranges visions. Je vous voyais me disant : « Cherchez et vous trouverez. » C'est ce que je faisais quand ces cow-boys ont essayé de me tuer, ajouta-t-il en désignant les soldats.

Le grand costaud voulut intervenir, mais Elizabeth Sinskey le fit taire d'un geste de la main.

— Professeur, reprit-elle doucement, je comprends que vous soyez un peu perdu. Comme c'est moi qui vous ai entraîné dans toute cette histoire, je me suis beaucoup inquiétée en apprenant ce qui vous était arrivé, et je suis soulagée de vous savoir indemne.

— Indemne ? Je suis prisonnier sur un bateau ! Tout comme vous !

Elizabeth Sinskey hocha la tête d'un air compréhensif.

— J'ai bien peur que, à cause de votre amnésie, ce que je vais vous raconter vous fasse un choc. Mais notre temps est compté, et beaucoup de gens ont besoin de votre aide.

Elle se tut un instant, comme si elle cherchait comment lui présenter la situation.

— Tout d'abord, comprenez bien que l'agent Brüder et son équipe n'ont jamais voulu vous faire le moindre mal. Ils avaient simplement reçu l'ordre de reprendre contact avec vous de toute urgence.

— « Reprendre contact » ? Je ne…

— Je vous en prie, professeur, laissez-moi terminer. Vous allez comprendre, je vous le promets.

Malgré sa frustration, Langdon se tut pour écouter la suite.

— Brüder et ses hommes sont des agents de l'UPR, l'Unité « Préparation et Réponse », elle-même sous la houlette de l'ECDC, l'organisme européen chargé de la prévention et du contrôle des maladies.

Il jeta un coup d'œil aux médaillons verts sur les uniformes des soldats.

La prévention et le contrôle des maladies ?

— Sa brigade, continua Sinskey, est spécialisée dans la détection des maladies dangereuses et contagieuses. En somme, c'est une équipe d'intervention chargée d'éviter l'apparition et la propagation d'une éventuelle épidémie. Vous êtes, professeur, mon seul espoir de localiser le lieu de dispersion choisi par Zobrist, alors quand vous avez disparu, j'ai fait appel à l'UPR pour vous retrouver… C'est moi qui les ai fait venir à Florence.

Langdon tombait des nues.

— Ces hommes travaillent pour vous ?

Elle acquiesça.

— Pour le compte de l'ECDC, oui. Hier soir, quand nous avons perdu votre trace, nous avons cru qu'il vous était arrivé malheur. Ce n'est que ce matin, quand l'un de nos informaticiens a découvert que vous aviez consulté vos e-mails, que nous avons compris que vous étiez en vie. À ce moment-là, l'unique explication à votre brusque revirement était que vous aviez changé de camp… que vous étiez à la solde d'une tierce personne, qui vous aurait offert une grosse somme d'argent pour retrouver le virus.

— Mais c'est grotesque !

— C'est vrai, ce scénario paraissait tiré par les cheveux mais, encore une fois, c'était la seule explication logique… Et, étant donné la menace, nous ne voulions prendre aucun risque. Comment aurions-nous pu deviner que vous aviez perdu la mémoire ? Quand vous avez consulté votre boîte aux lettres d'Harvard, on a localisé votre adresse IP à Florence et on est intervenus. Mais vous vous êtes enfui à notre arrivée avec cette femme, ce qui a confirmé nos soupçons.

— Nous sommes passés juste devant vous ! s'exclama Langdon. Je vous ai vue à l'arrière d'un van noir, entre deux soldats. J'ai cru que vous étiez prisonnière ! Vous aviez l'air dans les vapes, comme si on vous avait droguée.

— Vous m'avez vue ? Eh bien, je sais que cela peut paraître bizarre mais, en effet, on m'avait injecté un puissant sédatif… (Après une pause, elle ajouta :) Les soldats ne faisaient qu'obéir à mes ordres.

Elle leur a ordonné de la droguer ?

— Vous rappelez-vous qu'au moment de l'atterrissage, à cause du changement de pression, j'ai eu un VPPB ? Un vertige paroxystique positionnel bénin – un dérèglement de l'oreille interne très handicapant. Cela m'est déjà arrivé par le passé. C'est un syndrome temporaire, et sans danger, mais les nausées sont si violentes qu'on est incapable de rester debout. D'habitude, je m'allonge et j'attends que ça passe, mais avec la crise qui nous est tombée dessus, je me suis prescrit une injection de métoclopramide toutes les heures pour empêcher les vomissements. Le principal effet secondaire est une forte somnolence. Malgré tout, j'ai pu garder le contrôle des opérations depuis la ban-

457

quette arrière du van, grâce au téléphone. J'ai refusé que l'agent Brüder m'emmène à l'hôpital. Pas avant d'avoir mis la main sur vous. Par chance, les vertiges ont disparu durant le vol pour Venise.

Langdon s'affaissa dans son lit.

J'ai passé ma journée à tenter d'échapper à l'OMS, aux gens mêmes qui m'ont recruté !

— À présent, revenons à notre problème, professeur. Le virus de Zobrist… avez-vous une idée de l'endroit où il se trouve ?

La directrice fondait tous ses espoirs sur lui. C'était évident.

— On n'a que très peu de temps, ajouta-t-elle.

À mille lieues d'ici, faillit répondre Langdon, en se ravisant. Les agissements de l'agent Brüder lui restaient en travers de la gorge ; le gros costaud lui avait tiré dessus et avait manqué l'étrangler dans la crypte. Le retournement de situation était si soudain qu'il ne savait plus à quel saint se vouer.

Elizabeth Sinskey se pencha vers lui et le regarda avec intensité.

— Nous pensons que le virus est ici même, à Venise. Dites-nous où il est que je puisse envoyer une équipe immédiatement.

Langdon hésitait toujours.

— Assez ! aboya Brüder. Vous savez quelque chose, c'est certain ! Où est le virus ? Vous ne voyez donc pas la gravité de la situation ?

— Brüder ! Ça suffit ! intervint sèchement Sinskey avant de reprendre d'une voix plus douce à l'intention de Langdon : Je sais que tout ça va trop vite pour vous. Je comprends que vous vous méfiiez de tout le monde.

(Elle planta ses yeux dans les siens.) Mais je vous demande de me faire confiance. Le temps presse.

— M. Langdon est-il en état de marcher ? fit une voix.

Un homme râblé, au teint hâlé, se tenait sur le seuil. Il l'observait d'un air impassible. Langdon perçut l'inquiétude dans ses yeux.

Elizabeth Sinskey s'écarta pour permettre à Langdon de sortir du lit.

— Professeur, voici un homme avec lequel j'aurais préféré ne jamais collaborer, mais la gravité de la situation a changé la donne.

Légèrement patraque, Langdon se leva. Il lui fallut quelques secondes pour retrouver son équilibre.

— Suivez-moi ! lui lança l'homme bronzé en quittant la pièce. J'ai quelque chose à vous montrer.

— Qui êtes-vous ? s'enquit Langdon, toujours méfiant.

Le visage de l'homme se contracta imperceptiblement.

— Les noms sont sans importance. Vous pouvez m'appeler le Président. Je dirige une organisation qui, je dois le reconnaître, a commis l'erreur d'aider Bertrand Zobrist à mener à bien son projet. Désormais, j'essaie de réparer ce choix malencontreux... avant qu'il ne soit trop tard.

— Que voulez-vous me montrer ?

L'homme resta de marbre.

— De quoi vous convaincre que nous sommes dans le même camp.

78

Langdon suivit le Président dans un dédale de coursives, au plafond bas, véritable cauchemar pour les claustrophobes. Le Dr Sinskey et ses hommes les suivaient, en file indienne. Parvenu à une cage d'escalier, Langdon eut l'espoir de grimper vers la lumière du jour. Au lieu de quoi, ils s'enfoncèrent dans les entrailles du vaisseau.

Dans le tréfonds du bâtiment, leur hôte les fit passer devant une succession de cubes vitrés – certains aux parois opaques, d'autres transparentes. À l'intérieur de ces petites pièces insonorisées, les employés paraissaient très occupés, devant le clavier de leur ordinateur ou au téléphone. Quelques-uns levèrent les yeux sur leur petit groupe et parurent surpris de voir des étrangers dans cette partie du navire. D'un signe de tête, le Président les rassura et continua sa route.

Où sommes-nous ? se demanda Langdon en longeant une seconde série de bureaux cubiques.

Enfin, ils arrivèrent dans une grande salle de conférence, qui pouvait tous les accueillir. Une fois les membres du groupe assis à la table centrale, le Président pressa un bouton et les parois de verre s'opacifièrent aussitôt, masquant leur présence.

Langdon n'avait jamais rien vu de pareil.

— Chers amis, je vous présente mon bateau : le *Mendacium*.

— Le *Mendacium* ? s'étonna le professeur. Le terme latin de Pseudologos, le dieu grec du mensonge ?

Son hôte parut impressionné.

— Absolument. Peu de gens connaissent ce détail.

Un nom de baptême guère flatteur, se dit Langdon. Mendacium était une mystérieuse divinité qui régnait sur tous les *pseudologoi* – les dieux de la tromperie, du mensonge et de la falsification.

Le Président se saisit d'une petite carte mémoire rouge et l'inséra dans un appareil électronique au fond de la salle. Un immense écran LCD s'alluma, tandis que la lumière de la salle baissait.

Dans le silence qui tombait sur l'assemblée, Langdon perçut des bruits d'eau. Croyant d'abord que ceux-ci provenaient de l'extérieur, il comprit soudain qu'il s'agissait du son de la vidéo. Une image se matérialisa lentement sur l'écran… le mur suintant d'une caverne baignée d'une lumière rougeâtre.

— C'est Bertrand Zobrist qui a tourné ce film, expliqua leur hôte. Il m'avait chargé de le diffuser demain.

Muet de stupeur, Langdon regarda l'étrange vidéo… l'espace caverneux d'un lagon… la caméra qui plonge dans l'eau… le sol couvert de limon… la plaque boulonnée avec l'inscription :

ICI, EN CE JOUR,
LE MONDE FUT CHANGÉ
À JAMAIS.

La plaque était signée : BERTRAND ZOBRIST.
Avec la date de demain.
Mon Dieu !
Dans la pénombre, Langdon se tourna vers Sinskey, mais la directrice avait le regard perdu dans le vide

– manifestement, elle avait déjà vu ce film et ne supportait pas de le visionner de nouveau.

La caméra fit un panoramique sur la gauche, et Langdon découvrit avec effroi une poche en plastique transparent suspendue dans l'eau, contenant un liquide gélatineux d'un brun jaunâtre. La sphère délicate semblait fixée au sol pour ne pas pouvoir remonter à la surface.

Qu'est-ce que... ?

En étudiant attentivement l'objet, Langdon eut l'impression que son contenu trouble, visqueux, tournoyait lentement sur lui-même.

Soudain, il cessa de respirer.

La peste de Zobrist.

— Arrêtez la bande ! ordonna Elizabeth Sinskey dans la pénombre.

L'image s'immobilisa... et la poche au contenu jaunâtre se figea dans l'espace liquide.

— Tout le monde a compris de quoi il s'agit, déclara Sinskey. La vraie question, c'est de savoir combien de temps va tenir le confinement.

Elle s'approcha de l'écran et pointa du doigt une minuscule inscription sur le sac transparent.

— Grâce à ce logo, nous savons hélas de quelle matière est faite la poche. C'est écrit là.

Langdon plissa les yeux pour déchiffrer le tampon de fabrication : Solublon®.

— Oui, soupira la directrice de l'OMS, c'est une marque très connue de plastiques solubles dans l'eau.

Langdon se raidit.

— Vous voulez dire... que ce sac est en train de se dissoudre ?

Elle hocha la tête d'un air sombre.

— Nous avons contacté le fabricant, et d'après les renseignements qu'il nous a fournis, il existe malheureusement des dizaines de plastiques solubles. Leur dégradation, selon les besoins, peut être de dix minutes comme de dix semaines. Le temps de dissolution varie en fonction de la composition et la température de l'eau, mais Zobrist a dû prendre en compte ces paramètres. D'après notre estimation, le sac va se dissoudre d'ici...

— ... demain, termina le Président. C'est la date de demain que Zobrist a entourée sur mon calendrier. Et c'est aussi la date inscrite sur la plaque.

Langdon était sans voix.

— Montrez la suite au professeur, reprit Elizabeth Sinskey.

Sur l'écran LCD, l'image se remit en mouvement et la caméra fit un plan large de la caverne d'outre-tombe noyée d'eau.

Le lagon où ne se reflète nulle étoile...

Comme dans *L'Enfer* de Dante, songea Langdon. Là où le Cocyte, le fleuve alimenté par les pleurs des damnés, coule dans les entrailles du monde.

Ces eaux étaient enclavées entre de hautes parois couvertes de mousse. Des murs faits de la main de l'homme. Et sans doute la caméra ne révélait-elle qu'un recoin de l'espace – une impression accentuée par un jeu d'ombres verticales sur les parois. Des ombres larges et espacées.

Des piliers ! se dit Langdon. Le plafond de cette caverne est supporté par des piliers !

Le palais englouti...

Mais avant qu'il ne puisse prononcer un mot, une autre ombre interrompit ses pensées... une forme humanoïde au long nez recourbé.

L'ombre parlait maintenant d'une voix étouffée, un murmure étrangement poétique au-dessus des eaux.

Je suis l'Ombre.
Je suis votre salut.

Les minutes suivantes, Langdon visionna le film le plus terrifiant de toute sa vie. Soliloque d'un fou, le laïus de Bertrand Zobrist – délivré sous le déguisement du médecin de peste – était truffé de références à l'*Inferno* de Dante. Son message était clair : la prolifération incontrôlable de l'espèce humaine menaçait la survie de l'humanité.

Ne rien faire, c'est ouvrir les portes à l'Enfer de Dante... nous condamner à mourir de faim, à suffoquer les uns sur les autres, vautrés dans le péché.
Alors, avec courage, j'ai décidé d'intervenir.
Certains seront horrifiés, mais notre salut est à ce prix.
Un jour, le monde comprendra la beauté de mon sacrifice.
Je suis l'Ombre.
Avec moi, s'ouvre l'ère des post-humains.

Langdon eut un mouvement de recul quand Zobrist apparut à l'image et qu'il arracha son masque. Langdon voyait enfin le visage de l'homme responsable de ce chaos – un visage émacié, avec des yeux verts, étincelants et farouches.

Zobrist déclarait maintenant son amour à la personne qu'il appelait sa « muse ».

Je pars en paix, sachant que l'avenir repose entre tes tendres mains. Mon œuvre ici-bas est achevée. L'heure a sonné. Il est temps pour moi de rejoindre les cieux... et revoir les étoiles.

Pour ses ultimes paroles, Zobrist avait repris les derniers mots de l'*Inferno* de Dante. « Revoir les étoiles. »

Dans la pénombre de la salle de conférences, toutes les peurs que Langdon avait éprouvées au cours de cette journée se cristallisaient en une seule réalité.

L'horreur avait désormais un visage... et une voix.

Les lumières de la pièce se rallumèrent et tous les regards se tournèrent vers Langdon.

Elizabeth Sinskey tripotait nerveusement son amulette.

— Professeur, le temps nous est compté. La seule bonne nouvelle, c'est que pour le moment, on ne nous a rapporté aucun cas de maladie suspecte ou inconnue. On est donc en droit de supposer que le Solublon est toujours intact. Mais on ne sait pas où chercher. Il nous faut récupérer ce sac avant qu'il ne se dissolve. Pour cela, on doit le localiser dans les plus brefs délais.

— Vous êtes allé à Venise, intervint Brüder, parce que vous pensiez y trouver le fléau de Zobrist, je me trompe ?

Langdon observa l'assemblée autour de lui, les visages crispés par la peur, les regards brillants d'espoir. Tout le monde ici attendait un miracle.

— Nous sommes dans le mauvais pays, lâcha-t-il. Ce que nous cherchons est à plus de mille kilomètres d'ici.

*

Le bourdonnement des moteurs du *Mendacium* résonnait dans tout le vaisseau, qui avait brutalement fait demi-tour et se dirigeait maintenant à grande vitesse vers l'aéroport de Venise. À bord, c'était la panique générale. Le Président s'était précipité sur le pont pour crier des ordres à son équipage, Elizabeth Sinskey téléphonait aux pilotes du C-130 pour qu'ils se préparent à décoller et l'agent Brüder tapait frénétiquement sur son ordinateur portable pour coordonner une équipe d'intervention sur le site de leur destination finale.

À plus de mille kilomètres de là, et dans un autre monde.

À peine revenu dans la salle de conférences, le Président interpella Brüder.

— Des nouvelles des autorités vénitiennes ?

L'agent secoua la tête.

— Aucune. Ils ont fouillé partout, mais Sienna Brooks reste introuvable.

Langdon sursauta.

Pourquoi cherchaient-ils Sienna ?

Elizabeth Sinskey, qui venait de raccrocher, se mêla à la conversation.

— Aucune trace d'elle ?

Le Président secoua la tête.

— Pas la moindre. Je pense que l'OMS devrait autoriser l'usage de la force, si vous êtes d'accord.

— Mais pourquoi ? s'écria Langdon, horrifié. Sienna n'a rien à voir avec tout ça !

Le regard noir que le Président darda sur lui le fit tressaillir.

— Professeur, je crois qu'il est temps que vous sachiez la vérité sur Sienna Brooks.

79.

Après s'être frayé un chemin parmi la foule des touristes sur le pont du Rialto, Sienna se remit à courir sur la Fondamenta Vin Castello, qui longeait le canal en direction de l'ouest.

Ils ont eu Robert, pensa-t-elle avec amertume.

Elle avait lu le désespoir dans les yeux de Langdon quand les soldats l'avaient arraché au puits. Ses ravisseurs ne mettraient pas longtemps à le convaincre de tout leur révéler.

Nous sommes dans le mauvais pays.

Les geôliers de Langdon allaient s'empresser de lui exposer la réalité de la situation.

Je suis désolée, Robert. Pour tout.

Croyez-moi, je n'avais pas le choix.

Langdon lui manquait déjà. Et maintenant, dans la foule de Venise, sa solitude était immense.

Ce sentiment n'était pas nouveau pour elle. Depuis qu'elle était toute petite, Sienna Brooks s'était toujours sentie seule au monde. Avec son intelligence hors norme, elle vivait telle une étrangère sur une terre hostile. Elle aurait voulu avoir des amis, mais les jeunes de son âge lui semblaient futiles. Et les adultes n'étaient en fin de compte que de vieux gamins qui ne comprenaient rien au fonctionnement du monde. Pis, ils n'avaient ni curiosité ni inquiétude pour l'avenir.

Nulle part, je n'étais à ma place.

Sienna Brooks avait alors appris à devenir un fantôme. Un caméléon, une actrice, un simple visage parmi la foule des anonymes. Sa passion précoce pour le théâtre avait clairement été le moyen détourné de réaliser son désir le plus cher : être quelqu'un d'autre.

Une personne normale.

Avec *Le Songe d'une nuit d'été,* elle avait eu l'impression de trouver une famille. Les acteurs l'avaient aidée, soutenue, sans être condescendants. Elle avait trouvé sa place. Mais sa joie s'était évanouie dès le soir de la première, lorsqu'une horde de journalistes l'avait assaillie à la fin du spectacle. Ils n'avaient d'yeux que pour elle et ses partenaires avaient préféré s'éclipser discrètement.

Maintenant, eux aussi me détestaient.

À sept ans, Sienna avait lu suffisamment de livres de médecine pour savoir qu'elle souffrait de dépression. Lorsqu'elle avait annoncé son diagnostic à ses parents, ils étaient restés sans voix. Ce n'était pas la première fois que leur fille les étonnait. Ils l'avaient néanmoins emmenée consulter un psychiatre. L'homme de l'art lui avait posé une myriade de questions – qu'elle s'était elle-même déjà posées – puis lui avait prescrit un cocktail d'amitriptyline et de chlordiazépoxide.

Furieuse, la fillette s'était levée d'un bond du canapé.

— De l'amitriptyline ? ! Je veux être plus heureuse, pas un zombie !

Malgré cet accès de colère, le psychiatre avait gardé son calme et fait une seconde suggestion :

— Sienna, si tu préfères éviter les traitements médicamenteux, on peut tenter l'approche holistique.

Après une pause, il s'était expliqué.

— Tu es prise dans un cercle vicieux. Tu ne cesses de te demander pourquoi tu ne parviens pas à t'intégrer dans le monde. Que dois-je faire ? Qu'est-ce qui ne va pas chez moi ? Et tu n'en sors pas.

— Vous avez raison. J'ai essayé d'arrêter d'y penser, mais je n'y arrive pas !

— C'est tout à fait normal, avait répondu le médecin avec un sourire compréhensif. L'esprit humain est incapable de ne penser à rien. Il cherche en permanence à se nourrir d'émotions – bonnes ou mauvaises. Ton problème, c'est que tu ne lui donnes pas la bonne nourriture.

Sienna n'avait jamais entendu qui que ce fût parler ainsi de l'esprit.

— Et le bon régime, ce serait quoi ?

— Tu dois te concentrer sur autre chose. En ce moment, tu ne te focalises que sur toi-même. Où est ma place ? Qu'est-ce qui cloche chez moi ?

— Exact, mais j'essaie de résoudre ce problème. J'essaie de m'adapter. Comment je peux y arriver si j'arrête d'y réfléchir ?

Il avait éclaté de rire.

— Ton problème, Sienna, c'est justement que tu réfléchis trop !

Le psychiatre lui avait alors suggéré de ne plus se poser autant de questions, de reporter son attention sur le monde alentour.

Et cette conversation avait tout changé.

Elle avait cessé de s'apitoyer sur sa petite personne, et gardé son énergie pour les autres. Peu à peu, elle s'était investie dans des organismes de charité – servir la soupe dans des foyers pour sans-abri ou lire des livres aux aveugles. Cerise sur le gâteau, les gens qu'elle aidait ne la trouvaient plus bizarre. Au contraire, ils lui étaient reconnaissants.

Avec le temps, Sienna s'était tellement impliquée dans ses œuvres caritatives que, submergée par l'ampleur de la tâche, elle en oubliait de dormir. Tant de miséreux avaient besoin de son aide !

— Sienna, ralentis un peu ! lui conseillaient ses proches. Tu ne peux pas sauver le monde entier…

Comment pouvait-on être aussi fataliste ?

Au cours d'une mission, elle avait connu une petite organisation humanitaire qui lui avait proposé de partir aux Philippines pendant un mois. L'occasion avait été trop belle pour la laisser passer.

Sienna s'était imaginé qu'elle allait apporter à manger à de pauvres pêcheurs ou à des fermiers. Le pays, disait-on alors, était d'une grande beauté, avec de superbes fonds marins, des vallées verdoyantes. Aussi, quand son groupe s'était installé en plein cœur de Manille – une ville à très forte densité de population –, elle avait découvert avec horreur une humanité grouillante.

Jamais elle n'aurait pu imaginer une misère à si grande échelle.

Comment une seule personne pouvait-elle faire la différence ?

Quand Sienna nourrissait un indigent, des centaines d'autres la fixaient de leurs yeux caverneux. Manille étouffait sous les gaz d'échappement, la pollution et le commerce sexuel. Souvent, de jeunes enfants étaient vendus à des proxénètes par des parents désespérés,

470

qui se consolaient en pensant que leurs petits derniers mangeraient à leur faim.

Un jour, devant cette marée d'enfants prostitués, de mendiants et de voleurs à la tire, l'impuissance avait submergé Sienna. Autour d'elle, ce n'était plus qu'une humanité rongée par un instinct de survie primal.

Quand il n'y avait plus d'espérance, les humains devenaient des animaux.

Ses sombres pensées étaient aussitôt revenues, comme au plus fort de sa dépression. L'humanité allait droit dans le mur. L'espèce était au bord de l'implosion.

Je me suis trompée. Je ne peux pas sauver le monde.

Prise de panique, elle s'était mise à courir dans les rues de la ville, jouant des coudes pour traverser le magma fourmillant, dans une quête vaine d'espace, d'air, de liberté.

Partout, des monceaux de chairs humaines ! Elle étouffait.

Dans sa course, elle avait senti le poids des regards sur elle. Des regards inquiétants. Avec sa peau claire et ses cheveux dorés, elle était loin de se fondre dans la masse. Les hommes la déshabillaient de leurs yeux lubriques.

À bout de souffle, elle avait fini par s'arrêter, sans avoir la moindre idée de l'endroit où elle se trouvait. Ravalant ses larmes, elle avait regardé autour d'elle et compris avec effroi qu'elle était au beau milieu d'un bidonville – une cité de tôles ondulées et de cartons. Les vagissements des bébés résonnaient dans l'air, empreint de relents d'excréments humains.

J'ai franchi les portes de l'enfer.

— *Turist*, avait grondé une voix derrière elle. *Magkano ?* Combien ?

Alarmée, Sienna avait fait volte-face et vu trois hommes jeunes approcher, salivant comme des loups. Pressentant le danger, elle avait voulu s'enfuir, mais ils l'avaient encerclée, telle une meute de prédateurs.

La jeune femme avait appelé à l'aide, mais personne n'avait prêté attention à la scène. À cinq mètres de là, une vieille femme assise sur un pneu ôtait la pourriture d'un oignon avec un couteau rouillé. Elle n'avait même pas levé les yeux à ses cris.

Quand les hommes l'avaient empoignée et entraînée dans une cabane délabrée, elle savait ce qui allait se passer. Elle avait eu beau se débattre avec l'énergie du désespoir, ses agresseurs, bien plus forts qu'elle, l'avaient plaquée sur un matelas.

Ils avaient arraché sa chemise, leurs ongles griffant sa peau. Pour étouffer ses cris, ils lui avaient enfoncé un pan de son vêtement dans la gorge, la faisant suffoquer. Puis ils l'avaient brutalement retournée sur le ventre, lui enfonçant la tête dans la paillasse putride.

Sienna Brooks, qui s'était toujours moquée de ces êtres ignorants qui croyaient en Dieu dans ce monde de souffrances, s'était pourtant surprise à prier… à prier de toute son âme.

Mon Dieu, délivrez-moi du Mal.

Par-delà ses suppliques, elle avait entendu les rires des brutes aux mains crasseuses tandis qu'ils lui arrachaient son jean. Puis l'un d'eux avait grimpé à califourchon sur elle, l'écrasant de tout son poids. Elle avait senti sa sueur aigre goutter sur son dos.

Je suis vierge. Voilà comment ça va se passer pour moi.

Soudain, l'homme s'était affaissé à côté d'elle, et les rires tout autour s'étaient mués en cris de terreur.

Sa sueur avait viré au rouge. Sienna avait roulé sur le flanc et vu la vieille femme au demi-oignon et au couteau rouillé penchée au-dessus de l'homme, qui saignait abondamment d'une entaille dans le dos.

La vieille femme avait lancé un regard menaçant aux deux autres, qui avaient déguerpi sans demander leur reste.

Sans un mot, la Philippine avait aidé Sienna à se rhabiller.

— *Salamat*, avait murmuré la jeune femme, au bord des larmes. Merci.

La vieille avait tapoté son oreille du doigt. Elle était sourde.

Les yeux clos, Sienna s'était inclinée en joignant les mains, en signe de respect.

Quand elle avait rouvert les yeux, sa bienfaitrice avait disparu.

Sienna avait aussitôt quitté les Philippines, sans même un au revoir à ses compagnons de voyage. Jamais elle n'avait parlé de cette agression. Peut-être qu'en niant l'incident, il disparaîtrait de sa mémoire ? Comme par magie ? Elle se trompait. Son mal n'avait fait qu'empirer. Pendant des mois, des cauchemars l'avaient empêchée de dormir. Elle ne s'était plus sentie en sécurité nulle part.

Elle avait sombré dans une dépression bien plus grave que la précédente et était devenue insomniaque. Chaque fois qu'elle se coiffait, de grosses poignées de cheveux restaient dans son peigne. Au bout de quelques semaines, elle s'était retrouvée à moitié chauve. Elle avait elle-même diagnostiqué un effluvium télogène – une perte de cheveux due à l'anxiété ; l'unique remède étant d'éliminer la cause du stress.

Malheureusement, dès que Sienna se regardait dans le miroir, son angoisse augmentait.

Je ressemble à une vieille femme.

Finalement, elle avait décidé de se raser la tête. Au moins, elle n'aurait plus l'air vieille. Juste souffrante. Craignant de ressembler à une victime du cancer, elle s'était acheté une perruque blonde et fait une queue-de-cheval, espérant se sentir à nouveau elle-même.

Mais Sienna Brooks avait changé.

Je suis abîmée.

Dans l'espoir de laisser ses démons derrière elle, elle était allée aux États-Unis et s'était inscrite en médecine. Elle avait toujours eu un faible pour cette discipline et se disait que devenir médecin l'aiderait à se sentir utile. Peut-être pourrait-elle même adoucir les souffrances de ce monde malade.

Comme Sienna était douée pour les études, elle avait travaillé à côté comme actrice, histoire de gagner un peu d'argent de poche. Certes, ce n'était pas du Shakespeare, mais interpréter divers personnages lui permettait d'oublier qui elle était.

Et d'être quelqu'un d'autre.

Dès sa prime enfance, Sienna avait tenté d'échapper à son identité. Elle avait renié son premier prénom, Felicity, au profit du second, Sienna – *Felicity* signifiant « chanceuse », ce qu'elle n'était pas.

Cesse de t'apitoyer sur toi-même. Concentre-toi sur les malheurs des autres. Tel était son mantra.

Sa crise de panique dans les rues bondées de Manille lui avait fait prendre la mesure du surpeuplement des grandes villes. C'est alors qu'elle s'était intéressée aux écrits de Bertrand Zobrist, un généticien

474

qui défendait des idées extrêmement innovantes sur la problématique de la surpopulation.

C'est un génie, s'était-elle dit en découvrant sa théorie.

Sienna n'avait jamais eu autant d'admiration pour un être humain. Pourtant, plus elle lisait Zobrist, plus elle avait eu l'impression d'avoir rencontré l'âme sœur. Le titre de son article « On ne peut pas sauver le monde entier ! » lui avait rappelé ce que lui disait souvent son entourage quand elle était enfant... Mais Zobrist était tout le contraire d'un fataliste !

« Bien sûr qu'on peut sauver le monde, écrivait-il. Personne ne le fera à notre place. Et c'est maintenant ! »

Sienna avait étudié de près le modèle mathématique de Zobrist, analysé les probabilités d'une extinction imminente de l'espèce humaine, comme le prédisait Malthus. Elle, qui aimait résoudre des problèmes complexes, avait découvert une arithmétique implacable : la fin de l'humanité était inéluctable.

Pourquoi personne ne voit-il la catastrophe arriver ?

Même si le discours du scientifique faisait froid dans le dos, la justesse de ses analyses avait fasciné Sienna. Elle avait regardé toutes les vidéos de ses interventions, lu tous ses articles. Et lorsqu'elle avait appris qu'il donnerait une conférence aux États-Unis, elle n'allait pas rater ça.

Ce soir-là, sa vie avait changé. À jamais.

Un sourire éclaira son visage lorsqu'elle se remémora la magie de cette nuit... une nuit dont le souvenir lui était revenu quelques heures plus tôt, dans le train qui les emmenait à Venise.

Chicago. Le blizzard.

Six ans déjà… c'était hier. Je marche sur les trottoirs enneigés du Magnificent Mile, le col remonté pour me protéger du vent furieux. Malgré le froid mordant, rien ne peut me détourner de mon but. Ce soir, j'aurai l'immense honneur de voir le grand Bertrand Zobrist… en personne.

L'amphithéâtre est pratiquement désert quand Bertrand monte sur scène… il est grand… très grand… avec des yeux verts étincelants qui semblent avoir percé tous les mystères du monde.

— Et si on laissait tomber cette salle vide ? Mon hôtel est juste à côté, je vous invite tous au bar !

On se retrouve alors tous là-bas, une petite poignée de fidèles, dans une alcôve tranquille, à l'écouter parler de manipulations génétiques, de surpopulation, et de son tout nouveau credo, le transhumanisme.

L'alcool alanguit mon esprit. J'ai l'impression d'avoir un entretien privé avec une star du rock. Chaque fois que Zobrist me couve de son regard lumineux, j'éprouve un sentiment totalement inattendu… Du désir.

Et je me retrouve en tête à tête avec lui.

— Merci pour cette soirée, lui dis-je, l'esprit légèrement embrumé par l'alcool. Vous êtes un grand pédagogue.

— Serait-ce de la flatterie ? dit Zobrist en rapprochant sa chaise de la mienne. Vous irez loin, comme ça.

Nos jambes se touchent à présent. Ces avances sont tout à fait déplacées, mais dans ce bar désert de

Chicago, par cette froide nuit de janvier, le temps est comme suspendu.

— Et si on allait boire un verre dans ma chambre ?

J'ai un temps d'arrêt, tel un animal pris dans les phares d'une voiture.

— Laissez-moi deviner, murmure-t-il avec une lueur dans le regard, vous ne l'avez jamais fait avec *un homme célèbre…*

Le flot des émotions me submerge – embarras, excitation, peur.

— Eh bien… pour être tout à fait honnête, je ne l'ai jamais fait avec *aucun homme.*

Le sourire du savant s'élargit.

— Je ne sais pas au juste ce que vous attendiez, souffle-t-il en se rapprochant encore, mais je serais flatté d'être le *premier…*

À cet instant, toutes les frustrations sexuelles de mon enfance – la peur de vivre en paria – s'évanouissent dans le vent de la nuit. Pour la première fois de ma vie, je ressens une attirance dénuée de toute honte.

Je désire cet homme.

Et je me retrouve nue dans ses bras.

— Détends-toi, Sienna, murmure-t-il.

Avec des gestes patients, il fait naître dans mon corps inexpérimenté des sensations inconnues.

Et dans son étreinte, j'ai la sensation d'avoir enfin trouvé ma place. Ma vie, maintenant, a un sens.

J'ai trouvé l'amour.

Je suivrai cet homme au bout du monde.

80

Sur le pont supérieur du *Mendacium*, Langdon
agrippa la rambarde de teck et inspira l'air du large à
pleins poumons. L'atmosphère avait fraîchi et, au loin,
les avions volaient à basse altitude ; ils approchaient
de l'aéroport de Venise.

*Il est temps que vous sachiez la vérité sur Sienna
Brooks.*

À côté de lui, le Président et le Dr Sinskey gardaient
le silence, lui laissant le temps de remettre de l'ordre
dans ses pensées, après ce qu'il venait d'apprendre.
Encore sous le choc, il contemplait le sillon d'écume
que laissait le vaisseau.

Sienna et Bertrand Zobrist étaient amants depuis
des années, et appartenaient à un mouvement radical,
le transhumanisme. La jeune femme s'appelait en réalité Felicity Sienna Brooks et son nom de code était...
FS-2080 – l'association de ses initiales et de l'année
de son centième anniversaire.

— Je connaissais Sienna, lui avait expliqué le Président, et je lui faisais confiance. Alors quand elle m'a
contacté l'année dernière pour me proposer de rencontrer un riche client potentiel, j'ai accepté. Ce client
était Bertrand Zobrist. Je devais lui fournir un abri sûr
pour qu'il puisse mener à bien son « chef-d'œuvre ».
Je pensais qu'il mettait au point une nouvelle technologie dans le domaine de la manipulation génétique et
craignait le piratage... ou qu'il faisait des recherches
que l'OMS désapprouvait pour des raisons d'éthique.
Je n'ai posé aucune question mais, croyez-moi, je ne

pensais pas qu'il projetait de déclencher une épidémie sur terre.

Langdon s'était contenté de hocher la tête, incapable d'articuler un mot.

— Zobrist était un grand admirateur de Dante, continua le Président, voilà pourquoi il a choisi Florence comme terre d'asile. Mon organisation lui a procuré tout ce qu'il souhaitait – un laboratoire avec un appartement attenant, des faux noms, des moyens de communication sécurisés. Ainsi qu'un assistant, chargé de veiller à tous ses besoins – sécurité, provisions, matériel. Zobrist ne se servait pas de ses cartes de crédit et ne se montrait jamais en public. Normalement, personne ne pouvait le repérer. On lui a même fourni des déguisements et de faux papiers pour qu'il puisse se déplacer incognito. (Il se tut avant de reprendre :) C'est ainsi qu'il a pu mettre en place son sac en Solublon.

Sinskey lâcha un soupir agacé.

— L'OMS a essayé de le retrouver toute cette année, mais il semblait avoir disparu de la surface de la planète.

— Sienna, elle aussi, a perdu sa trace.

— Vraiment ? dit Langdon en s'éclaircissant la gorge. Pourtant je croyais qu'ils étaient amants ?

— Zobrist a coupé les ponts avec elle avant le début de l'opération. Même si Sienna Brooks l'avait recommandé, le contrat stipulait que personne, pas même elle, ne devait savoir où était son repaire. Apparemment, il lui a envoyé une lettre d'adieu, pour lui dire qu'il était atteint d'une maladie incurable et qu'il ne voulait pas lui imposer le spectacle de sa déchéance.

Zobrist l'a abandonnée ?

— Sienna m'a contacté, poursuivit le Président. Elle voulait des informations, des nouvelles, mais j'ai refusé de lui répondre. Je devais respecter les désirs de mon client.

— Il y a deux semaines, intervint Sinskey, Zobrist est allé dans une banque de Florence pour louer un coffre-fort sous un faux nom. Peu après, notre équipe a été informée que le système de reconnaissance faciale de la banque avait identifié Bertrand Zobrist, malgré son déguisement. Mes hommes sont immédiatement partis pour Florence et, au bout d'une semaine, ils sont parvenus à localiser sa cachette. Malheureusement, il avait déjà plié bagage, mais on a découvert sur place des indices laissant penser qu'il avait créé et caché quelque part un agent pathogène extrêmement contagieux. Bien sûr, nous voulions à tout prix retrouver cette substance. Le lendemain matin, avant le lever du soleil, on l'a repéré. Il marchait le long de l'Arno. On l'a immédiatement pris en chasse. C'est là qu'il s'est réfugié dans la Badia Fiorentina et s'est jeté du haut du campanile.

— Il avait peut-être déjà prévu de se suicider, avança le Président. Il était persuadé que ses jours étaient comptés.

— Sienna s'était elle aussi mise à sa recherche. Quand elle a compris que nous étions à Florence, elle a surveillé nos mouvements, pensant que nous avions trouvé sa cachette. Hélas, elle est arrivée trop tard. Juste au moment où il s'est jeté dans le vide. (Elizabeth Sinskey soupira.) Ça doit être terrible de voir l'homme qu'on aime se tuer.

Langdon se sentait nauséeux. La seule personne en qui il avait eu confiance, dans cet imbroglio, était

Sienna. Et tout était faux ? Non, il ne pouvait croire que la jeune femme voulait, comme Zobrist, répandre une maladie mortelle sur la planète.

Impossible. Pas Sienna.

Quoique…

« Tueriez-vous la moitié de la population pour empêcher l'extinction de l'espèce humaine ? »

Un frisson le parcourut.

— Après la mort de Zobrist, reprit la directrice de l'OMS, j'ai usé de mon influence pour obliger la banque à nous ouvrir le coffre-fort, qui contenait un drôle de petit appareil… et une lettre à mon intention !

— Le projecteur, souffla Langdon, qui commençait à reconstituer lentement le puzzle.

— Exactement.

— Sa lettre disait qu'il voulait que je sois la première à me rendre à son Ground Zero, et que personne ne pourrait le localiser sans sa *Carte de l'Enfer*.

Langdon revit en pensée le tableau de Botticelli révélé par le projecteur.

— Zobrist m'avait donné pour instruction de remettre le contenu du coffre-fort au Dr Sinskey, enchaîna le Président. Mais pas avant demain matin. Comme le Dr Sinskey est entré en sa possession plus tôt que prévu, il nous a fallu réagir. L'idée était de récupérer l'objet que notre client nous avait confié.

La directrice de l'OMS se tourna vers Langdon.

— Je n'avais guère de chance de déchiffrer cette carte à temps, alors j'ai fait appel à vous. Vous vous en souvenez, maintenant ?

Il secoua la tête. Non, cela ne lui disait rien.

— On vous a fait entrer incognito à Florence, où vous aviez rendez-vous avec une personne censée vous aider.

Ignazio Busoni.

— Vous l'avez rencontrée hier soir, puis vous avez disparu, reprit-elle. On a alors cru qu'il vous était arrivé quelque chose.

— Ce qui est le cas, intervint le Président. Pour retrouver le projecteur, nous avons envoyé un agent du nom de Vayentha vous pister depuis l'aéroport de Florence. Mais elle vous a perdu aux abords de la piazza della Signoria. Une erreur inconcevable, qui a eu des conséquences catastrophiques ! Et elle ose prétendre que c'est la faute d'un oiseau !

— Je ne vous suis pas…

— Oui, une colombe. Vayentha avait trouvé la cachette idéale pour vous surveiller – une alcôve – quand un groupe de touristes s'est arrêté devant elle pour admirer une colombe qui roucoulait juste au-dessus de sa tête. Le temps qu'elle se glisse hors de sa cachette, vous aviez disparu. (Il secoua la tête, manifestement agacé.) Bref, quand elle a fini par vous retrouver, après plusieurs heures, vous étiez avec un autre homme.

Ignazio, se dit Langdon. Sans doute au moment où ils avaient quitté ensemble le palazzo Vecchio avec le masque mortuaire.

— Elle vous a suivis alors que vous vous dirigiez vers la piazza del Duomo, mais vous avez dû la repérer et décidé de vous enfuir, dans des directions opposées.

Oui, c'était logique, pensa Langdon. Ignazio s'était sauvé avec le masque et l'avait caché dans le baptistère avant sa crise cardiaque.

— Ensuite, Vayentha a commis une autre regrettable erreur, dit le Président.

— Elle m'a tiré dessus et m'a blessé à la tête.

— Non, elle s'est démasquée trop tôt. Elle a voulu vous interroger alors que vous n'aviez guère progressé dans vos recherches. On voulait savoir si vous aviez déchiffré la carte et informé le Dr Sinskey de vos découvertes… mais vous n'avez rien voulu dire. Pas un mot !

Évidemment, je cherchais un virus mortel ! se dit Langdon. *Je pensais que vous étiez des mercenaires voulant s'emparer d'une arme biologique…*

Soudain, le yacht ralentit à proximité du quai de l'aéroport. Sur la piste au loin, le C-130 faisait le plein. Sur son fuselage, on pouvait lire : ORGANISATION MONDIALE DE LA SANTÉ.

À cet instant, Brüder fit irruption sur le pont.

— Je viens d'apprendre que la seule équipe d'intervention disponible ne peut être sur site avant cinq heures, annonça-t-il. Ça signifie qu'on est seuls.

— Vous avez contacté les autorités locales ? demanda Sinskey.

— Pas encore. En fait, je me disais que tant qu'on n'avait pas la localisation précise de la menace, mieux valait ne pas alerter les Turcs. D'autant qu'une opération de ce type dépasse largement leurs compétences. Ils risquent de nous ralentir.

— *Primum non nocere*, murmura sa patronne, énonçant un précepte fondamental de l'éthique médicale – avant tout, ne blesser personne.

— Et on n'a toujours aucune nouvelle de Sienna Brooks.

Il jeta un coup d'œil au Président.

— Savez-vous si elle a des contacts à Venise ?

— Ça ne m'étonnerait pas. Zobrist a des disciples partout dans le monde et, telle que je connais Sienna, elle saura à quelle porte frapper pour parvenir à ses fins.

— Il faut absolument l'empêcher de quitter Venise ! intervint Elizabeth Sinskey. On ignore à quel stade en est le Solublon, mais il est évident qu'une simple pression du doigt risque de libérer son contenu dans l'eau.

Un silence de plomb tomba sur le pont.

— J'ai peur d'avoir de mauvaises nouvelles, déclara Langdon. Le mouseion doré de la sainte sagesse… Sienna sait où il est. Elle connaît notre destination.

— Je croyais que vous l'aviez juste informée que vous n'étiez pas dans le bon pays ! s'exclama la directrice de l'OMS.

— Certes. Mais il lui suffit de localiser la tombe d'Enrico Dandolo. Une simple recherche sur Google lui donnera l'adresse. Et, une fois là-bas, le sac soluble sera à portée de main. Le poème dit qu'il faut suivre le son de l'eau pour trouver le palais englouti.

Brüder lâcha un juron et quitta le pont en courant.

— Elle ne peut pas arriver avant nous, reprit calmement le Président. Nous avons une longueur d'avance.

— J'espère que vous avez raison, soupira Elizabeth Sinskey. Notre moyen de transport n'est pas rapide et Sienna Brooks a prouvé maintes fois qu'elle était pleine de ressources.

Alors que le *Mendacium* accostait, Langdon observa le C-130 sur la piste avec une légère appréhension. Il n'y avait même pas de hublots !

Dire que j'ai déjà voyagé à bord de ce masto-donte... pensa-t-il, sans en avoir le moindre souvenir.

Soudain, il fut pris de vertige. Était-ce dû au roulis du bateau à quai ou à l'idée d'embarquer dans une boîte de conserve sans fenêtre ? Difficile à dire.

— Je ne suis pas sûr de pouvoir prendre l'avion, bredouilla-t-il.

— Tout ira bien, professeur. Je sais que vous avez eu une rude journée, et que les toxines dans votre corps agissent encore...

— Quelles toxines ?

Elizabeth Sinskey détourna les yeux. Elle en avait trop dit.

— Professeur, je suis navrée, mais je viens d'apprendre que votre état de santé ne se limite pas à une simple blessure à la tête.

Langdon pensa soudain à la tache noirâtre sur la poitrine de Ferris.

— Qu'est-ce que j'ai ? Dites-le-moi !

— Je vous expliquerai dans l'avion.

81.

Situé à l'est de l'église dei Frari, l'Atelier Pietro Longhi était l'un des plus anciens fournisseurs de costumes et perruques de Venise. Ses clients, des producteurs de cinéma, des troupes de théâtre ou encore des personnalités influentes, confiaient à ces experts la création de leurs fastueux déguisements de carnaval.

L'employé était sur le point de fermer l'atelier quand la porte s'ouvrit dans un tintement de clochette. Une jeune femme blonde, aussi essoufflée que si elle venait de courir le marathon, s'approcha du comptoir ; il y avait de la peur dans ses yeux.

— Je dois parler tout de suite à Giorgio Venci, lâcha-t-elle, pantelante.

On en rêve tous, pensa l'Italien.

Mais personne n'avait le droit de voir le magicien des ciseaux.

Giorgio Venci – le chef couturier – officiait à l'abri des regards, et ne recevait que très rarement ses clients. Et certainement pas sans rendez-vous ! Haute figure vénitienne, Giorgio se permettait quelques excentricités, à commencer par son penchant pour la solitude. Il dînait seul, voyageait en jet privé, et se plaignait sans cesse du nombre croissant de touristes dans la Sérénissime. En bref, il n'aimait pas la compagnie.

— Je suis navré, répondit l'employé avec un sourire de circonstance, mais j'ai bien peur que le *signore* Venci ne soit pas là. En quoi puis-je vous aider ?

— Giorgio est là. J'ai vu de la lumière dans son appartement, au premier. Je suis une amie. C'est très urgent !

Les yeux de la jeune femme étaient animés d'une profonde intensité.

Une amie, vraiment ?

— Quel est votre nom ? Je vais informer Giorgio de votre visite…

Elle prit un bout de papier sur le comptoir et griffonna à la va-vite une série de lettres et de chiffres.

— Donnez-lui simplement ceci... Et dépêchez-vous, je vous en prie.

L'employé monta l'escalier et posa le mot sur la longue table où Giorgio était penché sur une machine à coudre.

— *Signore*, murmura-t-il, une femme en bas veut vous voir. Elle dit que c'est important.

Sans cesser son ouvrage, le couturier jeta un coup d'œil sur le papier.

La machine s'arrêta brutalement.

— Faites-la monter ! ordonna-t-il avant de déchirer le message en mille morceaux.

82.

Juste après le décollage, l'imposant avion avait mis le cap au sud-est et survolait à présent l'Adriatique. À son bord, Langdon se sentait oppressé et nauséeux : pas assez de hublots, trop de questions sans réponse.

« Votre état de santé ne se limite pas à une simple blessure à la tête », lui avait annoncé Elizabeth Sinskey.

Son pouls s'accéléra au souvenir de ces paroles. Hélas il ne pouvait interroger la directrice de l'OMS, occupée à organiser l'intervention avec son équipe. À côté d'elle, Brüder téléphonait à différentes agences gouvernementales pour tenter de localiser Sienna Brooks.

Sienna...

Comment la jeune femme pouvait-elle être impliquée dans cette machination ? Une fois que l'avion eut atteint sa vitesse de croisière, l'homme râblé, qui se faisait appeler le « Président », se leva de son siège.

Il vint s'asseoir face à Langdon et croisa ses mains manucurées sous son menton.

— Le Dr Sinskey m'a demandé d'éclairer votre lanterne...

Bonne nouvelle ! Pour l'instant, tout ce qu'on lui avait dit l'avait plongé dans la confusion.

— Comme je vous l'ai expliqué tout à l'heure, tout est parti d'une erreur d'appréciation de notre agent, Vayentha, qui vous a interrogé trop tôt. Nous ne savions donc toujours pas où en était votre décryptage pour le Dr Sinskey. Mais si, grâce à vous, elle trouvait le « chef-d'œuvre » de Zobrist, elle risquait de le détruire ou de l'emporter. Or nous avions été embauchés pour le protéger. La seule solution pour nous, c'était de le trouver avant l'OMS. Nous nous sommes donc arrangés pour que vous travailliez pour nous, et non pour le Dr Sinskey...

Là, l'homme au teint hâlé décroisa les mains.

— Malheureusement, nous avions déjà abattu nos cartes... et vous ne risquiez pas de vous montrer coopératif...

— Alors vous m'avez tiré dans la tête !

— Non. Nous avons imaginé un plan pour que vous soyez de notre côté.

— Je ne vois pas comment je pouvais me montrer coopératif après avoir été kidnappé !

Le Président, mal à l'aise, remua sur son siège.

— Professeur, vous connaissez les benzodiazépines ?

Langdon acquiesça.

— On peut utiliser cette classe de psychotropes pour le traitement du SSPT, le syndrome de stress post-traumatique. Comme vous le savez sûrement, une personne qui a vécu un épisode particulièrement traumatisant, tel qu'un accident de voiture ou une agression sexuelle, peut garder des séquelles psychologiques graves. Grâce aux benzodiazépines, les neuroscientifiques sont en mesure de traiter le SSPT en amont.

Où veut-il en venir ?

— Quand de nouveaux souvenirs se forment, ils sont stockés dans la mémoire à court terme pendant environ quarante-huit heures avant de migrer dans la mémoire à long terme. Grâce à un savant mélange de benzodiazépines, on peut « rafraîchir » la mémoire à court terme… ce qui revient à détruire son contenu avant qu'il ne s'implante durablement dans le cerveau. Si on administre ce traitement à la victime peu après son agression, le souvenir de l'événement est effacé, et le traumatisme ne peut donc s'ancrer dans la psyché du patient. Le seul inconvénient est que le sujet oublie définitivement plusieurs jours de son existence.

Langdon n'en croyait pas ses oreilles.

— Vous avez *provoqué* mon amnésie ?

— C'est exact. Par un traitement chimique. Absolument sans danger, bien sûr. On a effacé votre mémoire à court terme. (Après une pause, il reprit :) Pendant que vous étiez inconscient, vous avez parlé d'épidémie, de peste ; ce n'était pas très clair… et nous avons cru que vous parliez de *La Carte de l'Enfer* du projecteur. Jamais nous n'avons envisagé que Zobrist lancerait une vraie épidémie… Vous avez aussi marmonné à plusieurs reprises quelques mots en anglais. Et on a cru que c'était « *very sorry...* ».

Vasari, pensa Langdon. À ce moment-là, je n'en savais sans doute pas plus. *Cerca trova.*

— Je ne comprends pas... je pensais que mon amnésie provenait de ma blessure à la tête. On m'a quand même tiré dessus !

— Personne n'a tiré sur vous, professeur.

— Et ça alors, qu'est-ce que c'est ? s'exclama-t-il en désignant les agrafes sur son crâne.

— Simple illusion. Nous avons pratiqué une petite incision à l'arrière de votre crâne, que nous avons recousue aussitôt après.

Ce n'était donc pas une balle ?

— À votre réveil, nous vous avons laissé croire que des gens vous en voulaient... Que vous étiez en danger de mort...

— Mais on a bel et bien essayé de me tuer ! J'ai vu le médecin de l'hôpital, le Dr Marconi, être abattu de sang-froid !

— C'est ce que vous avez vu, professeur. Mais ce n'est pas la réalité. Vayentha est très douée pour ce genre de travail.

— Quel travail ? Assassiner des innocents ?

— Non, « faire semblant » d'assassiner des gens.

Langdon revoyait clairement la scène : le docteur à la barbe épaisse et aux sourcils broussailleux s'effondrant par terre, la poitrine en sang.

— Le pistolet de Vayentha était chargé à blanc. Le Dr Marconi a fait éclater, par télécommande, une poche de faux sang, scotchée sur son torse... Il se porte comme un charme, je vous l'assure.

Langdon dut fermer les yeux. Ça allait trop vite.

— Et… la chambre d'hôpital ?

— Simple décor. Professeur, je sais que c'est difficile à croire. Mais nous devions agir vite, et vous étiez groggy, donc ça n'avait pas besoin d'être parfait. Et quand vous vous êtes réveillé, vous êtes tombé dans le panneau. Ce n'était qu'une mise en scène : un peu de décor, quelques acteurs et trois costumes.

Ça tournait de plus en plus.

— C'est ce que fait ma société. Créer des illusions.

— Et Sienna dans tout cela ?

— J'ai choisi d'écouter mon instinct. Ma priorité était de protéger le travail de mon client, nous avions donc un objectif en commun. Pour gagner votre confiance, elle vous a sauvé des griffes d'une tueuse et vous a aidé à vous échapper. Le taxi était aussi à nous, avec un autre système télécommandé pour faire éclater la lunette arrière au moment de votre fuite. Le bouquet final en somme… Ensuite, Sienna vous a emmené dans un appartement que nous avions aménagé à la hâte.

Langdon comprenait maintenant pourquoi il avait l'air meublé de bric et de broc. Cela expliquait aussi que son « voisin » ait exactement la même taille que lui !

Tout ça n'était qu'une comédie, songea-t-il avec amertume.

Même l'appel désespéré de l'amie de Sienna à l'hôpital ! « Sienna, *è* Danikova ! »

— Quand vous avez voulu appeler le consulat américain, c'est Sienna qui vous a donné le numéro. En fait, votre appel est arrivé sur le *Mendacium*.

— Je n'ai donc jamais parlé au consulat…

— Non.

« Entendu. Ne bougez pas, lui avait dit le faux employé. On arrive. » Puis Vayentha était sortie de nulle part et Sienna l'avait repérée dans la rue – comme par hasard – « Robert, votre propre pays vient d'envoyer quelqu'un pour vous tuer… Quoi qu'il puisse y avoir à l'intérieur, il y a certainement un code d'identification, l'étiquette d'un labo, un numéro de téléphone… Il nous faut des informations ! »

Oui, il était tombé dans le panneau.

Sienna avait parfaitement joué son rôle.

Ce constat, loin de susciter sa colère, le peinait. Il s'était attaché à elle durant le peu de temps qu'ils avaient passé ensemble. Comment une femme aussi brillante, aussi humaine, avait-elle pu accepter une telle solution pour régler le problème de la surpopulation mondiale ? Voilà ce qui l'attristait.

« Je peux vous dire que, sans des mesures drastiques, la fin de l'humanité est pour bientôt… lui avait-elle dit. C'est mathématique. »

— Et les articles sur Sienna ? demanda Langdon en repensant au programme de la pièce de Shakespeare et aux coupures de journaux sur son QI phénoménal.

— Authentiques. Les meilleures illusions sont toujours fondées sur des faits réels. Nous étions pressés par le temps et nous n'avions à notre disposition que l'ordinateur de Sienna et ses affaires personnelles. Cela dit, vous n'étiez pas censé les fouiller, à moins de douter de votre partenaire.

— Je n'étais pas non plus censé me servir de son PC.

— Absolument, et c'est là que nous avons perdu le contrôle de la situation. Sienna ne pensait pas que les hommes de Sinskey trouveraient l'appartement, alors quand les agents ont déboulé, elle a improvisé et s'est enfuie avec vous, pour tenter de préserver l'illusion. J'ai dû suspendre Vayentha, mais elle a désobéi aux ordres et s'est lancée à votre poursuite.

— Et a failli me tuer…

Langdon lui raconta la scène dans les combles de la salle des Cinq-Cents, quand Vayentha l'avait mis en joue avec son pistolet. « Ça va être désagréable un petit instant… mais je n'ai pas le choix. » Sienna s'était alors jetée sur elle et l'avait fait basculer dans le vide.

Le Président lâcha un soupir.

— Vayentha ne risquait pas de vous tuer… Ses balles étaient à blanc. Son seul espoir de rédemption était de reprendre la main. En vous tirant dessus, elle allait vous montrer la supercherie et s'assurer ainsi de votre coopération.

Après un nouveau silence, il reprit :

— Je ne saurais dire si Sienna a réellement voulu tuer Vayentha ou seulement l'empêcher de vous révéler la vérité. En tout cas, je m'aperçois aujourd'hui que je connaissais bien mal Sienna Brooks.

Moi aussi, songea Langdon, avec regret.

Il revoyait le visage de Sienna, blême et bouleversé.

Étouffant soudain, il voulut se tourner vers le hublot. Mais il n'y avait que le gris glacé du métal.

Il faut que je sorte d'ici !

— Ça va ? Vous allez tenir le coup ? s'inquiéta le Président.

— Franchement, je ne sais pas.

*

Il lui faut du temps, pensa le Président. Il a besoin de s'habituer à sa nouvelle réalité.

Les individus manipulés par le Consortium voyaient rarement l'envers du décor et, si tel était le cas, le Président n'était jamais là pour constater les dégâts. Aujourd'hui, non seulement il s'en voulait d'infliger une telle épreuve à ce professeur américain, mais en plus il risquait d'être responsable d'une épidémie mondiale.

Il avait accepté le mauvais client. Bertrand Zobrist.

Et la mauvaise personne. Sienna Brooks.

À présent, il volait vers l'œil du cyclone, vers l'épicentre du fléau qui allait déferler sur le monde. Peut-être en sortirait-il vivant… mais pour le Consortium, le glas sonnerait.

Voilà, c'est fini.

83.

J'ai besoin d'air ! paniquait Langdon. D'air et de lumière…

Les parois aveugles de la carlingue se refermaient peu à peu sur lui. Bien sûr, il y avait de quoi être déboussolé après ce qu'on venait de lui raconter. Et les questions se bousculaient dans sa tête… la plupart à propos de Sienna.

Elle lui manquait.

N'oublie pas qu'elle jouait un rôle. Elle t'a manipulé.

Sans un mot, Langdon prit congé du Président et se dirigea vers l'avant de l'appareil. Par la porte entrouverte du cockpit, la lumière naturelle l'attirait. À l'insu des pilotes, Langdon s'arrêta sur le seuil et savoura la caresse du soleil sur son visage. L'immensité bleue devant lui semblait une manne providentielle. Ce ciel immaculé, paisible... éternel...

— Professeur ? fit une voix derrière lui.

Langdon se retourna, et eut un mouvement de recul. Ferris ! ?

La dernière image qu'il avait du Dr Ferris était celle d'un homme gisant sur le sol de la basilique Saint-Marc. En train d'étouffer. Et voilà qu'il était devant lui, adossé à la paroi de l'avion, le visage couvert d'une crème rose et pâteuse, le torse bandé. Il respirait toujours avec peine. Si cet homme avait la peste bubonique, personne ne semblait s'en inquiéter !

— Vous êtes... vivant ?

— Presque, dit-il, l'air beaucoup plus détendu que lors de leur dernière rencontre.

— Mais je croyais... Enfin, je ne sais plus vraiment ce que je dois croire.

Ferris lui adressa un sourire.

— On vous a raconté beaucoup de mensonges aujourd'hui, professeur. Je voulais m'en excuser. Comme vous l'avez deviné, je ne travaille pas pour l'OMS et je ne suis pas venu vous chercher à Cambridge.

Langdon hocha la tête, trop épuisé à ce stade pour s'étonner de quoi que ce soit.

— Vous travaillez pour le Président.

— En effet. Il m'a envoyé en urgence vous donner un coup de main. Il fallait que Sienna et vous échappiez à la brigade de l'UPR.

— Vous avez parfaitement réussi votre mission.

Ferris avait en effet été très convaincant en émissaire de l'OMS. Grâce à lui, ils avaient pu quitter Florence et semer les hommes de Sinskey.

— Évidemment, vous n'êtes pas médecin.

— Non, mais c'était mon rôle aujourd'hui. Je devais aider Sienna à entretenir l'illusion pour que vous nous dévoiliez le secret du projecteur. Le Président voulait à tout prix retrouver l'œuvre de Zobrist avant Sinskey.

— Vous ne saviez pas que c'était un virus dangereux ? demanda Langdon, toujours intrigué par l'étrange inflammation de son visage.

— Bien sûr que non ! Quand vous avez parlé d'épidémie, je pensais que c'était une invention de Sienna pour vous motiver à résoudre l'énigme plus vite. Alors j'ai joué le jeu. Je vous ai fait prendre le train pour Venise… et là, tout a changé.

— Comment ça ?

— Le Président a visionné la vidéo dans la caverne…

— … et a compris que Zobrist était fou.

— Exactement. Le Président a réalisé que le Consortium était dans le pétrin et ça lui a fait un choc. Il a aussitôt contacté la personne qui connaissait le mieux son client – FS-2080 – pour découvrir les réelles intentions de Zobrist.

— FS-2080 ?

— Pardon, Sienna Brooks. C'est le nom de code qu'elle a choisi pour cette opération. Un truc transhumaniste apparemment. Mais pour contacter Sienna, il devait passer par moi.

— L'appel dans le train… votre mère malade.

— Je ne pouvais pas prendre cet appel devant vous, alors j'ai trouvé une excuse. Quand le Président m'a parlé de la vidéo, j'en ai eu des sueurs froides. Il espérait que Sienna avait été dupée, comme lui, par Zobrist, mais quand j'ai expliqué au Président que Sienna et vous parliez de peste et de pandémie, et que, visiblement, elle n'avait aucune intention de vous révéler la vérité, il a compris qu'elle était de mèche avec son mentor. Sienna est donc devenue notre ennemie. Il m'a demandé de le tenir informé de nos déplacements à Venise... et a envoyé une équipe pour l'arrêter. L'agent Brüder a bien failli réussir à la basilique...

Langdon revit les beaux yeux noisette de la jeune femme posés sur lui dans le puits de lumière.

Je suis désolée, Robert. Pour tout.

Ses dernières paroles.

— Elle est loin d'être une petite chose fragile, vous savez. Vous ne l'avez pas vue m'attaquer dans la basilique, j'imagine ?

— Vous attaquer ?

— Oui, quand les soldats sont arrivés, j'allais leur crier la position de Sienna, quand elle m'a donné un coup dans le plexus.

— Quoi ? !

— Je n'ai rien vu venir ! C'était sûrement une technique d'art martial... Comme j'avais déjà mal au thorax, ça m'a mis quasiment KO ! Il m'a fallu cinq bonnes minutes pour retrouver mon souffle. Et Sienna vous a entraîné sur le balcon avant que je puisse vous révéler la vérité.

Langdon se souvenait de la vieille femme qui avait crié « *L'hai colpito al petto !* », en se frappant la poitrine du poing. « Je ne peux pas ! avait répliqué Sienna. Un massage cardiaque le tuerait ! »

497

En repassant la scène dans son esprit, Langdon réalisa avec quelle habileté la jeune femme avait improvisé. Simplement en détournant le sens de l'invective en italien. *L'hai colpito al petto !* était une accusation claire pourtant : « Vous l'avez frappé à la poitrine ! »

Bien sûr, dans la confusion générale, Langdon n'avait pas saisi.

Ferris lui adressa un sourire contrit.

— Comme vous le savez, Sienna est douée pour la comédie.

Langdon hocha la tête. *Peut-être un peu trop.*

— Ensuite, reprit-il, les hommes de Sinskey m'ont emmené à bord du *Mendacium* pour me soigner. Le Président m'a demandé de lui faire un rapport complet parce que j'étais le seul, en dehors de vous, à avoir passé une partie de la journée avec Sienna.

— Mais ces boutons sur votre visage ? Et cette tache noire sur votre plexus ? Ce n'est pas…

— La peste ? dit Ferris en riant. On ne vous l'a pas dit, j'imagine, mais j'ai joué le rôle de *deux* médecins aujourd'hui.

— Comment ça ?

— Quand j'ai fait mon entrée en scène dans le baptistère, vous m'avez dit que mon visage vous était vaguement familier.

— En effet. Ce sont vos yeux, je pense. Vous m'avez dit que c'était parce que vous étiez venu à Cambridge me chercher… mais comme vous n'avez jamais mis les pieds à Harvard, je ne comprends plus.

— Il se trouve qu'on s'est déjà rencontrés. Mais pas à Cambridge. (Il sembla attendre une réaction de Langdon, un éclair de réminiscence. En vain.) En fait, je suis la première personne que vous avez vue ce matin.

Langdon se remémora la chambre d'hôpital sombre. Malgré son esprit embrumé et sa vision trouble, il était pratiquement certain que la première personne qu'il avait vue était un médecin italien d'âge mûr, avec des sourcils broussailleux et une barbe épaisse.

— Impossible. C'est le Dr Marconi que j'ai...

— *Scusi, professore*, l'interrompit Ferris dans un italien parfait. *Ma non si ricorda di me ?* demanda-t-il en se voûtant légèrement et en caressant une barbe imaginaire. *Sono il dottor Marconi.*

— Le Dr Marconi ? !

— Oui. Mais je n'avais jamais porté de barbe ou de sourcils postiches, et j'ignorais que j'allais faire une allergie à la colle. D'où l'éruption de boutons sur mon visage et mon cou. C'est normal que vous ayez été horrifié en me voyant... surtout avec cette menace d'épidémie.

Que dire ? Le Dr Marconi s'était en effet gratté plusieurs fois la barbe avant que Vayentha ne lui tire dessus.

— Et pour ne rien arranger, reprit-il en montrant les bandages autour de sa poitrine, ma poche de faux sang a glissé. Je n'ai pas eu le temps de la remettre au bon endroit, d'où la côte cassée et le gros hématome quand elle a explosé.

L'homme inspira profondément et fit la grimace.

— D'ailleurs, je crois que je vais aller me rasseoir un peu. Vous avez de la compagnie de toute façon.

Langdon se tourna et vit le Dr Sinskey venir vers lui à grandes enjambées, ses cheveux argent flottant dans son sillage.

— Professeur !

La directrice paraissait épuisée, mais Langdon décela dans son regard une lueur d'espoir.

Elle a trouvé quelque chose !

— Navrée de vous avoir abandonné, mais je devais coordonner les recherches. Vous prenez le soleil ? ajouta-t-elle en désignant la porte entrouverte du cockpit.

Il haussa les épaules.

— Votre avion manque cruellement de lumière.

— En parlant de lumière, dit-elle, j'espère que le Président vous a éclairé sur les récents événements ?

— Certes, mais rien de plaisant.

— J'imagine. (Elle baissa la voix :) Lui et son organisation auront des comptes à rendre. J'y veillerai. Pour le moment, la priorité est de mettre la main sur le sac de Solublon avant qu'il ne se dissolve.

Ou que Sienna nous devance et le perce, se dit Langdon avec dépit.

— J'ai de nouveaux éléments concernant l'édifice où se trouve la tombe de Dandolo.

Depuis qu'il avait résolu l'énigme, Langdon ne cessait de penser à l'endroit où était enterré le doge. Le mouseion de la sainte sagesse.

— Je viens d'avoir un spécialiste au téléphone – qui bien sûr ne sait pas pourquoi nous recherchons cette sépulture – et lui ai demandé ce qu'il y a *sous* le bâtiment. Et devinez quoi ? De l'eau !

— Vraiment ?

— Oui. Apparemment, les souterrains sont en partie noyés. Au fil des siècles, le niveau piézométrique a monté, inondant les deux niveaux inférieurs. L'historien a précisé qu'il y avait forcément des poches d'air et des espaces partiellement noyés là-dessous.

Mon Dieu ! Langdon se rappela la vidéo de Zobrist… la caverne faiblement éclairée, les murs humides, les ombres des piliers.

— Une salle souterraine immergée !

— Exactement.

— Mais alors… Comment Zobrist a-t-il pu descendre là-dedans ?

Le regard de Sinskey brillait de malice.

— J'ai gardé le meilleur pour la fin. Vous n'allez jamais le croire…

*

Au même moment, à un kilomètre de la côte vénitienne, sur la petite île du Lido, un Cessna Citation Mustang décollait du tarmac de l'aéroport Nicelli et se perdait dans le crépuscule.

Le propriétaire du jet privé, le grand couturier Giorgio Venci, n'était pas à bord, mais il avait ordonné à ses pilotes d'emmener leur charmante passagère où elle le désirait.

84.

La nuit était tombée sur l'ancienne capitale byzantine.

Sur les rives de la mer de Marmara, les lumières s'éveillaient peu à peu, illuminant le ciel émaillé de mosquées et de minarets. À l'heure de l'*akşam*, les haut-parleurs diffusaient dans toute la ville l'écho lancinant de l'*adhãn*, l'appel à la prière.

La-ilaha-illa-Allah.

Il n'est de seul Dieu que Dieu...

Pendant que les fidèles se hâtaient vers la mosquée, les autres vaquaient à leurs occupations : les étudiants buvaient de la bière, les hommes d'affaires signaient des contrats, les commerçants vendaient des épices et des tapis et les touristes s'émerveillaient devant les trésors du Bosphore.

C'était un monde de contrastes, une ville aux alizés contraires – religieux et laïcs, anciens et modernes, Orient et Occident. Frontière géographique entre l'Europe et l'Asie, la cité jetait un pont entre le Vieux Continent et une civilisation bien plus ancienne encore.

Istanbul.

Des siècles durant, l'ancienne capitale de la Turquie avait été l'épicentre de trois grands empires – byzantin, romain et ottoman. Son histoire était l'une des plus riches et des plus complexes du monde.

Entre le palais de Topkapı, la Mosquée bleue et le Yedikule – la forteresse aux sept tours –, la cité bruissait de légendes, de récits de batailles, de chants de victoires et de défaites.

Ce soir, dans le ciel nocturne, un C-130 amorçait sa descente vers l'aéroport Atatürk. Dans le cockpit, sanglé sur le strapontin derrière les pilotes, Robert Langdon observait la ville en contrebas, soulagé d'apercevoir l'horizon.

Il se sentait mieux après une petite collation et un somme réparateur à l'arrière de l'appareil, bercé par le ronronnement des moteurs.

Sur sa droite, il distinguait maintenant Istanbul, croissant de péninsule scintillant dans les ténèbres de la mer de Marmara. C'était le versant européen, séparé de sa sœur asiatique par un serpent de mer noir.

Le détroit du Bosphore.

À première vue, le Bosphore divisait Istanbul en deux parties bien distinctes, alors qu'en réalité il était le centre névralgique du commerce stambouliote. En plus d'offrir deux rives à la cité, le détroit permettait le passage des bateaux de la mer Méditerranée à la mer Noire, faisant d'Istanbul un passage obligé entre deux mondes.

Tandis que l'avion sortait d'une nappe de brume, Langdon scruta les lumières à la recherche de l'imposant édifice dont ils allaient fouiller les entrailles.

Le site du tombeau d'Enrico Dandolo. Le doge traître de Venise.

En effet, la dernière demeure d'Enrico Dandolo ne se trouvait pas dans la Sérénissime, mais au cœur de la ville qu'il avait conquise en 1204... et qui s'étirait à présent sous ses yeux.

Dandolo reposait dans le plus beau site qu'Istanbul avait à lui offrir.

Sainte-Sophie.

Construit en 360 après Jésus-Christ, le bâtiment servit de cathédrale orthodoxe jusqu'en 1204, année où Enrico Dandolo s'empara de la cité, et la transforma en église catholique. Bien des années plus tard, au XVe siècle, après la conquête de Constantinople par le sultan Mehmed II Fatih, l'édifice est devenu une mosquée, et est demeuré un lieu de culte islamique jusqu'en 1935 – date où il a été sécularisé et transformé en musée.

« Le mouseion doré de la sainte sagesse. »

Non seulement Sainte-Sophie était ornée de plus d'or encore que la basilique Saint-Marc, mais son nom grec, *Hagia Sophia*, signifiait littéralement « Sainte Sagesse ».

Langdon tentait d'imaginer, sous l'immense bâtiment, un lagon obscur où un petit sac en plastique immergé se dissolvait peu à peu, se préparant à répandre son poison.

Pourvu qu'il ne soit pas trop tard.

« Les niveaux inférieurs sont en partie noyés », lui avait précisé Sinskey un peu plus tôt dans l'avion, avant de l'entraîner à l'arrière de l'appareil, dans l'espace bureau.

— Vous n'allez pas le croire… Göksel Gülensoy, le réalisateur, ça vous dit quelque chose ?

Langdon secoua la tête.

— En faisant des recherches sur Sainte-Sophie, j'ai découvert un documentaire sur ce lieu. Il a été réalisé par Gülensoy il y a quelques années.

— Il existe des dizaines de films sur Sainte-Sophie.

— Oui, mais celui-ci est unique, dit-elle en tournant son ordinateur vers Langdon. Tenez, lisez !

Langdon s'assit et jeta un coup d'œil à l'article – qui citait plusieurs critiques, dont celle du *Hürriyet Daily News* – à propos du dernier film de Gülensoy : *Au cœur de Sainte-Sophie*.

Il comprit aussitôt ce qui avait suscité l'intérêt de la directrice de l'OMS.

— Un film de plongée sous-marine ?

— Lisez donc !

Il se concentra sur l'article.

UNE PLONGÉE SOUS SAINTE-SOPHIE : le réalisateur de documentaires Gülensoy et une équipe de plongeurs ont exploré d'anciens bassins à plusieurs dizaines de mètres sous l'imposante structure religieuse d'Istanbul.

Ils ont ainsi découvert des merveilles architecturales – notamment des sépultures d'enfants noyés par les eaux, datant de huit cents ans, des tunnels inondés reliant Sainte-Sophie au palais de Topkapı et au palais de Tekfur –, et attesté l'existence d'un réseau souterrain sous la tour d'Anémas.

« Ce qu'il y a *sous* Sainte-Sophie est bien plus intéressant que ce qu'il y a au-dessus », commente Gülensoy, avant d'expliquer que l'idée de ce film lui est venue en découvrant une photographie ancienne où l'on voyait des historiens explorer les fondations du bâtiment en bateau, dans une grande salle partiellement immergée.

— Vous voyez ! s'écria Sinskey. Apparemment, il y a de grands espaces navigables sous l'édifice, la plupart accessibles sans équipement de plongée… comme dans la vidéo de Zobrist !

— C'est exact, renchérit Brüder qui se tenait derrière elle. Et il semblerait que les canaux se ramifient au-delà de Sainte-Sophie. Si le Solublon se désagrège avant notre arrivée, on n'aura aucun moyen d'empêcher la diffusion de la maladie.

— Ce sac… On sait ce qu'il contient ? s'enquit Langdon. Une substance pathogène, d'accord. Mais quoi au juste ?

— On pense à une substance biologique, plutôt que chimique, répondit Brüder, donc à quelque chose de

505

vivant. Étant donné la petitesse du sac, ce doit être extrêmement contagieux, et capable de se reproduire. Reste à savoir si c'est transmissible par l'eau, comme une bactérie, ou si ça a la capacité de se diffuser par voie aérienne comme un virus. C'est la grande question.

— On est en train de rassembler des données sur les températures des nappes phréatiques dans la zone, reprit Elizabeth Sinskey, pour savoir quel type d'organismes pourrait prospérer dans cet environnement. Mais Zobrist est doué. Il a très bien pu créer un agent pathogène aux propriétés uniques. Et, à mon avis, il n'a pas choisi cet endroit par hasard.

Brüder acquiesça d'un air maussade et exposa sa théorie sur le mécanisme de propagation choisi par le généticien. Un plan brillant et d'une redoutable efficacité ! En plaçant le sac dans cette salle souterraine inondée, Zobrist avait trouvé un environnement incubateur extrêmement stable – une température constante, aucune radiation solaire, et une absolue tranquillité. Connaissant le temps de dissolution de la poche, Zobrist pouvait laisser l'agent pathogène se développer jusqu'à maturation, avant sa dispersion dans l'eau.

Zobrist n'a même pas besoin de retourner sur le site !

Soudain, l'avion heurta la piste, obligeant Langdon à s'accrocher à son strapontin. L'appareil freina puis roula en direction d'un hangar isolé, où il s'arrêta enfin.

Langdon s'attendait à être accueilli par une armada d'agents de l'OMS avec masques et combinaisons mais, à sa grande surprise, une seule personne les

506

attendait : le chauffeur d'un van estampillé d'une croix blanche sur fond rouge.

Un véhicule de l'ambassade suisse, comprit Langdon.

— Où sont les autres ? demanda-t-il à Elizabeth. Les équipes d'intervention ? La police turque ? Ils sont déjà à Sainte-Sophie ?

La directrice paraissait mal à l'aise.

— En fait, on a préféré ne pas prévenir les autorités turques. On a les meilleurs agents de l'ECDC avec nous, et on a pensé qu'il valait mieux rester discrets pour le moment. Pour éviter la panique.

Non loin de là, les hommes préparaient leur matériel : combinaisons de protection, masques à oxygène, appareils de détection divers.

Brüder chargea son sac sur l'épaule et s'approcha de Langdon.

— Voilà le plan : on entre dans le bâtiment, on trouve la tombe du doge, on cherche le ruisseau décrit dans le poème. Et ensuite seulement, on décide si on alerte ou non les Turcs.

Langdon mit le doigt sur un des défauts du plan.

— Mais Sainte-Sophie ferme au crépuscule ! Sans autorisation, on ne nous laissera jamais entrer !

— Ne vous inquiétez pas, répondit Sinskey. Quelqu'un à l'ambassade a appelé le conservateur pour qu'il organise une visite privée pour un VIP.

— Une visite privée ? Avec une armée de types habillés en cosmonautes ? Vous allez faire sensation !

— Les hommes resteront dans le van pendant que Brüder, vous et moi, on ira en éclaireurs. Et, dernier détail, le VIP ce n'est pas moi, c'est vous.

— Pardon ?

— Nous avons précisé qu'un grand professeur américain écrivait un article sur les symboles de Sainte-Sophie. Vous avez pris l'avion avec votre équipe d'assistants, mais votre vol est arrivé en retard, et vous avez manqué les heures de visite. Et comme vous devez repartir demain…

— Je vois.

— Le musée nous envoie quelqu'un pour nous accueillir. Il s'avère que c'est un grand admirateur de vos travaux sur l'art islamique. (Sinskey lui adressa un sourire qui se voulait optimiste.) On nous a promis qu'on aurait accès à tout le bâtiment.

— Et plus important encore, ajouta Brüder, on sera seuls à bord.

85.

Robert Langdon regardait le paysage défiler par la vitre du van qui filait sur l'autoroute reliant l'aéroport Atatürk au centre d'Istanbul. Grâce à l'ambassade suisse, Langdon, Sinskey, Brüder et ses hommes avaient passé la douane sans encombre et s'étaient mis en route sans perdre une minute.

Sinskey avait demandé au Président et à Ferris de demeurer à bord du C-130 avec le reste de son équipe qui continuait à rechercher Sienna Brooks.

Personne ne croyait la jeune femme capable de gagner Istanbul à temps, mais elle pouvait contacter des disciples de Zobrist en Turquie et leur demander d'aider leur mentor à mener à bien son projet.

Sienna, complice d'un génocide ?

Langdon avait toujours du mal à y croire.

Tu ne la connais pas, Robert. Elle t'a joué la comédie.

Il s'était mis à pleuvoir. Une petite bruine grise. Les essuie-glaces crissaient sur le pare-brise, balayant les lumières de la ville. Sur la mer de Marmara, à sa droite, des yachts de luxe et des pétroliers allaient et venaient dans le port. Le long du front de mer, des minarets s'élevaient au-dessus des dômes – rappel silencieux que la cité, aujourd'hui européenne et laïque, avait toujours un fort ancrage religieux.

Cette voie expresse en bord de mer était le parfait exemple du choc entre tradition et modernité. Elle s'appelait « l'avenue Kennedy » et longeait pourtant les remparts de Constantin, bâtis plus de seize siècles avant la naissance du président américain.

Cette avenue, l'une des plus belles d'Europe, traversait des écrins de verdure, passait devant le port de Yenikapi et longeait le détroit du Bosphore avant de remonter vers le nord jusqu'à la Corne d'Or. Là, sur un promontoire dominant la cité, se dressait le palais de Topkapı. Avec sa vue imprenable sur les eaux du Bosphore, c'était l'un des grands sites touristiques de la ville. On pouvait y admirer les collections du trésor ottoman – en particulier la cape et l'épée qui auraient appartenu au prophète Mahomet en personne.

Nous n'irons pas jusque-là, se dit Langdon en pensant à Sainte-Sophie, située en plein cœur de la cité.

Comme ils s'enfonçaient dans le dédale des rues, Langdon observa la foule avec inquiétude.

La surpopulation.

La pandémie.

Le legs de Zobrist.

Il frissonna malgré lui.

Nous cherchons une bombe sur le point d'exploser.

Il revoyait cette poche ondulante, emplie d'un liquide jaunâtre. Comment avait-il pu se retrouver dans cet imbroglio ?

Le poème à l'intérieur du masque mortuaire de Dante avait fini par les conduire ici, à Istanbul. Langdon avait entraîné la brigade de Brüder à Sainte-Sophie, mais il pressentait qu'ils n'étaient pas au bout de leurs surprises.

> Prosterne-toi dans le mouseion doré de la sainte sagesse,
> applique ton oreille au sol
> et suis le son du ruisseau.
>
> Jusqu'aux eaux rouge sang du palais englouti
> où le monstre chtonien attend,
> dans le lagon où ne se reflète nulle étoile.

Langdon était troublé par les similitudes entre la fin de l'*Inferno* et la scène du poème.

Dante écrivait dans le chant XXXIV : « Il est un lieu [...] qu'on reconnaît non par la vue mais par le son d'un petit ruisseau qui descend là par le trou d'un rocher [...] Mon guide et moi par ce chemin caché nous entrâmes, pour revenir au monde clair. »

Cette description avait manifestement inspiré le poème de Zobrist, si ce n'est que le scientifique avait pipé les dés. Certes, Langdon et ses comparses allaient bien suivre le clapotis d'un ruisseau mais, contrairement à Dante, ils ne quitteraient pas l'Enfer… ils plongeraient dedans.

Brusquement, Langdon comprit pourquoi le généticien avait choisi Istanbul comme épicentre de la pandémie :

La frontière entre l'Orient et l'Occident.

Le carrefour du monde.

Au cours de son histoire, Istanbul avait subi plusieurs épidémies de peste, qui avaient décimé une grande partie de sa population. Au plus fort de la Peste noire, la cité avait même été surnommée « le foyer infectieux » de l'empire. La pandémie emportait, disait-on, dix mille habitants par jour. Plusieurs tableaux de peintres ottomans montraient les habitants désespérés, creusant des fosses dans les champs de Taksim, où s'élevaient des monticules de cadavres.

Langdon espérait que Karl Marx se trompait, quand il prétendait que l'histoire se répétait.

Dans les ruelles pluvieuses, les gens, ignorant le danger, vaquaient à leurs occupations du soir. Une jolie femme appelait ses enfants à table ; deux hommes âgés buvaient un verre à une terrasse de café ; un couple élégant marchait main dans la main, sous un parapluie ; un homme en smoking descendait du bus à la hâte, son violon sous le bras, et se mettait à courir dans la rue.

En étudiant les visages autour de lui, Langdon essayait d'imaginer l'existence de chacune de ces personnes.

Il voulut balayer ses pensées morbides. En vain. Dans les limbes de son esprit, se dessina malgré lui le paysage désolé du *Triomphe de la Mort*, de Bruegel l'Ancien, vision cauchemardesque d'un monde de misère, de pestilence et de ruine.

Le van bifurqua à gauche dans l'avenue Torun. Voyant sur sa gauche un immense bâtiment nimbé de brume, Langdon crut qu'ils étaient arrivés.

Mais ce n'était que la Mosquée bleue, avec ses six minarets fuselés qui s'élançaient vers les cieux. Langdon avait lu quelque part que Walt Disney s'était inspiré de cette mosquée pour concevoir le château de *Cendrillon*. Cet édifice devait son nom au bleu ardent des carreaux qui recouvraient ses murs intérieurs.

Nous touchons au but, songea Langdon quand le van longea la place Sultanahmet, idéalement située entre la Mosquée bleue et Sainte-Sophie.

Sous le rideau de pluie, Langdon avait du mal à distinguer la silhouette de Sainte-Sophie. Pis, la circulation était maintenant bloquée sur l'avenue Kabasakal. Devant eux, il n'apercevait rien d'autre que les feux rouges des voitures.

— Il y a sûrement un événement spécial ce soir, dit le chauffeur. Un concert, peut-être. Vous iriez plus vite à pied.

— Combien de temps à pied ? demanda Sinskey.

— Il suffit de traverser le parc. Trois minutes maximum.

Sinskey fit un signe de tête à Brüder, puis se tourna vers les hommes de l'UPR.

— Restez dans le véhicule et rapprochez-vous le plus près possible. Brüder vous tiendra informés.

Sur ces mots, Sinskey, Brüder et Langdon quittèrent le véhicule et prirent à grands pas la direction du parc.

L'immense canopée des arbres les abritait un peu du crachin qui s'était mué en pluie battante. Dans les allées, des pancartes indiquaient la direction des principales attractions touristiques – l'obélisque de Théodose, la colonne Serpentine en provenance du temple d'Apollon de Delphes, et le Milion, qui servait autrefois de « point zéro » de toutes les distances mesurées dans l'Empire byzantin.

Enfin, ils émergèrent des arbres au pied d'un bassin circulaire qui marquait le centre du parc. Langdon s'arrêta et leva les yeux vers l'est.

Sainte-Sophie.

Une montagne de spiritualité.

Scintillant sous la pluie, elle avait des allures de cité millénaire. Son impressionnant dôme central semblait reposer sur un ensemble de coupoles plus petites. Quatre hauts minarets – dotés d'un unique balcon – se dressaient aux angles du monument, si loin du dôme principal qu'on peinait à croire qu'il s'agisse de la même structure.

Sinskey et Brüder s'arrêtèrent tout net, contemplant le géant de pierre qui se dressait devant eux.

— On va devoir fouiller tout ça ? s'inquiéta Brüder.

86.

Je suis prisonnier ! se dit le Président en faisant les cent pas dans le C-130.

Quand il avait accepté d'aller à Istanbul et d'aider l'OMS à résoudre cette crise, il avait espéré alléger les sanctions qui ne manqueraient pas de frapper le Consortium. Et lui-même.

Il était pris au piège, à son tour.

Sinskey lui avait ordonné de demeurer à bord avec le reste de son équipe.

Quand il avait voulu descendre se dégourdir les jambes, les deux pilotes l'en avaient empêché. Personne ne quittait l'appareil ! Ordre de la patronne.

Cette fois, ce n'était plus lui qui tirait les ficelles...

Zobrist, Sienna, Sinskey... tous se sont servis de moi ! pensa-t-il.

Et maintenant, il se retrouvait enfermé dans une prison volante.

La chance l'avait-elle abandonné ? Peut-être était-ce le prix à payer pour avoir fait de la duperie son fonds de commerce ?

Je vends du mensonge.

Je colporte de la désinformation.

Il n'était pas le seul à faire ce négoce, mais il régnait en maître sur cette profession ; ses concurrents ne lui arrivaient pas à la cheville.

Sur Internet, on trouvait des sociétés comme Alibi Company ou Alibi Network, qui gagnaient des fortunes en aidant des maris ou épouses infidèles à entretenir des relations extraconjugales sans être inquiétés. Ces compagnies promettaient à leurs clients d'« arrêter momentanément le temps » pour qu'ils puissent échapper à leurs obligations familiales. Ces maîtres de l'illusion organisaient de faux séminaires, de faux rendez-vous, et même de faux mariages, avec cartons d'invitation, billets d'avion et photos souvenirs. Ils fournissaient aussi des numéros de téléphone spéciaux, auxquels répondaient des employés capables de jouer le rôle d'un réceptionniste ou d'une secrétaire, selon les besoins.

Le Président, lui, ne s'occupait pas de ces broutilles. Seule l'intéressait la duperie à grande échelle, à savoir pour des clients richissimes qui payaient rubis sur l'ongle.

Gouvernements.

Grandes entreprises.

Milliardaires.

Pour exaucer les souhaits de ses clients, le Consortium avait à sa disposition tout un arsenal, tant en hommes qu'en moyens. Et sa capacité d'invention ne connaissait pas de limite. Mais, avant tout, le Consortium leur garantissait l'anonymat total : quelle que soit l'illusion créée, personne ne pourrait remonter jusqu'à eux.

Lorsqu'il s'agissait de soutenir un marché financier, justifier une guerre, gagner une élection, ou débusquer un terroriste, les grands de ce monde n'hésitaient pas à manipuler l'opinion publique.

Rien de nouveau sous le soleil.

Dans les années 1960, les Russes avaient créé de toutes pièces un réseau d'espionnage pour faire circuler de faux renseignements à l'intention des services secrets britanniques. En 1947, l'US Air Force avait monté un canular à propos d'un ovni pour cacher le crash d'un avion classé top secret à Roswell. Et plus récemment, le monde avait été amené à croire que l'Iraq possédait des armes de destruction massive.

Pendant près de trois décennies, le Président avait aidé les puissants de ce monde à protéger, conserver et accroître leur pouvoir. Même s'il se montrait toujours très prudent dans la sélection de ses clients, le

515

Président avait toujours craint de faire un jour le mauvais choix.

Ce jour était arrivé.

D'après lui, toute catastrophe était initiée à un instant précis, parfaitement identifiable – une singularité : une rencontre de trop, une décision hasardeuse, un regard imprudent.

Dans son cas, se disait-il, cette singularité s'était produite douze ans plus tôt, le jour où il avait accepté d'embaucher une jeune étudiante en médecine qui voulait gagner un peu d'argent de poche. Son intelligence supérieure, ses compétences linguistiques et son sens inné de l'improvisation étaient des qualités très recherchées par le Consortium.

Sienna Brooks était faite pour ce travail.

La jeune fille s'était tout de suite coulée dans le moule du Consortium. Elle aussi savait garder des secrets. Sienna avait travaillé pour le Président pendant près de deux ans, gagnant ainsi une belle somme pour payer ses études. Puis, du jour au lendemain, elle avait rendu son tablier. Elle voulait sauver le monde, disait-elle. Et ce n'était pas la voie du Consortium.

Comment aurait-il pu imaginer que Sienna Brooks referait surface dix ans plus tard, avec un cadeau pour lui : un client richissime.

Bertrand Zobrist.

Il en eut le frisson.

Tout était la faute de Sienna !

Elle était la complice de Zobrist depuis le début.

Au fond de l'appareil, à la table de réunion, la tension montait d'un cran. Un employé de l'OMS, au téléphone, haussa soudain la voix :

— Sienna Brooks ? Vous êtes sûr ? (Il fronça les sourcils.) Je vois… OK. Donnez-moi ce que vous avez.

L'homme couvrit le combiné de sa main et se tourna vers ses collègues.

— Sienna Brooks a quitté l'Italie peu après nous… Autour de la table, tout le monde se raidit.

— Quoi ? s'exclama une femme. Tout est sous surveillance ! Les aéroports, les gares, les ponts…

— Elle est passée par Nicelli. Sur l'île du Lido.

— Impossible ! Nicelli est minuscule. Aucun vol régulier ne décolle de là. Il n'y a, là-bas, que des hélicoptères de tourisme et…

— … des jets privés, oui. Et il y en a justement un qui a décollé il y a peu de temps. Ils sont en train de se renseigner…

L'employé remit le téléphone contre son oreille.

— Oui, je suis toujours là. Alors ?

L'employé écouta les informations de son interlocuteur, raccrocha et se laissa tomber sur son siège.

— La destination du jet était la Turquie, annonça-t-il d'une voix blanche.

— J'appelle tout de suite le commandement du transport aérien pour l'obliger à faire demi-tour ! lança quelqu'un.

— Inutile. Le jet a atterri il y a douze minutes sur le terrain d'aviation privé d'Hezarfen. Sienna Brooks s'est encore fait la belle.

87

Sainte-Sophie était battue par la pluie.

Depuis près de mille ans, c'était la plus grande église du monde, et aujourd'hui encore, on imaginait mal monument religieux plus imposant. En la voyant, Langdon se remémora les fières paroles de l'empereur Justinien devant son œuvre achevée : « Salomon, je t'ai surpassé ! »

Sinskey et Brüder marchaient vers l'édifice, qui ne cessait de grandir un peu plus à chaque pas. Les allées étaient bordées de boulets de canon utilisés par les troupes de Mehmed II le Conquérant – un ornement rappelant l'histoire mouvementée de cette construction maintes fois transformée au gré des croyances religieuses des envahisseurs.

En approchant de la façade sud, Langdon admira les trois porches des mausolées des sultans. L'un d'eux, Mourad III, aurait eu plus de cent enfants.

La sonnerie d'un téléphone retentit. Brüder sortit son portable de sa poche, et jeta un coup d'œil à l'écran avant de répondre :

— Vous avez du nouveau ?

Son visage se décomposa.

— Quoi ? (Il écouta les détails et poussa un soupir.) D'accord, tenez-moi au courant.

Il raccrocha.

— Qu'est-ce qui se passe ? s'enquit Sinskey.

— On va devoir rester sur nos gardes, répliqua-t-il en regardant tout autour de lui. On risque d'avoir de la compagnie. (Il se tourna vers la directrice de l'OMS.) Sienna Brooks est à Istanbul.

Langdon était sous le choc. Sienna avait réussi à s'échapper de Venise… et elle était toujours prête à risquer sa vie pour accomplir les desseins de Bertrand Zobrist.

Sinskey paraissait inquiète elle aussi. Elle ouvrit la bouche pour interroger l'agent, puis se ravisa, et s'adressa à Langdon.

— Par où, professeur ?

Langdon pointa l'angle sud-est de l'édifice.

— La Fontaine aux ablutions est de ce côté.

Leur point de rendez-vous avec l'employé du musée était un puits orné d'une grille finement ouvragée, autrefois utilisé pour les ablutions rituelles avant la prière musulmane.

— Professeur Langdon ! cria une voix quand ils parvinrent près de la fontaine.

Un Turc, tout sourire, apparut sous la coupole octogonale qui recouvrait la fontaine.

— Je suis Mirsat, annonça-t-il avec un fort accent.

L'homme portait un costume gris et des lunettes typiques d'universitaire.

— C'est un honneur de faire votre connaissance, poursuivit-il en tendant la main à Langdon.

— Tout l'honneur est pour moi. Merci de nous recevoir aussi vite.

— Non, non, c'est un plaisir.

— Je suis Elizabeth Sinskey, intervint la directrice de l'OMS en serrant la main de leur nouveau guide. Et voici Cristoph Brüder. Nous sommes ici pour assister M. Langdon. Je suis navrée que notre avion ait eu du retard. Vous êtes très aimable de nous accueillir à cette heure tardive.

— Je vous en prie ! Le professeur Langdon est toujours le bienvenu ! À n'importe quelle heure ! Son livre *Les Symboles chrétiens dans le monde musulman* a beaucoup de succès dans la boutique du musée.

Vraiment ? C'est bien le seul endroit sur terre où ce livre se vend !

— S'il vous plaît... reprit Mirsat en leur faisant signe de le suivre.

Le petit groupe se dirigea vers l'ancienne entrée principale – trois profonds passages voûtés aux lourdes portes de bronze. Là, deux agents de sécurité armés barraient l'entrée. En voyant Mirsat, ils ouvrirent l'un des imposants battants du sanctuaire.

— *Sağ olun*, dit Mirsat.

C'était l'une des rares expressions turques que Langdon connaissait, une façon polie de dire « merci ».

Ils pénétrèrent dans l'antre de pierre et les gardes refermèrent la porte derrière eux. Le bruit résonna dans l'immense espace intérieur.

Langdon et ses compagnons se tenaient dans le narthex, une antichambre propre aux églises chrétiennes, un sas entre le divin et le profane.

Des douves spirituelles, comme les appelait Langdon.

Mirsat les entraîna vers une porte qui ouvrait sur un second narthex, légèrement plus grand que le premier.

Un ésonarthex ! Langdon avait oublié que le sanctuaire de Sainte-Sophie jouissait de deux niveaux de protection contre le monde profane.

Comme pour préparer le visiteur à ce qui l'attendait, l'ésonarthex était plus ornementé que le narthex extérieur, avec ses murs de pierre polie luisant sous le feu des lustres. Cet espace paisible donnait sur quatre portes coiffées de mosaïques, que Langdon ne put s'empêcher d'admirer.

Mirsat se dirigea vers la porte la plus imposante – un colossal portail plaqué de bronze.

— La Porte impériale, murmura leur guide avec fierté. Vous souhaitez voir quelque chose en particulier ?

Langdon regarda tour à tour ses deux comparses avant de répondre.

— Eh bien... il y a une foule de merveilles à voir, bien sûr, mais nous aimerions commencer par la tombe d'Enrico Dandolo.

Mirsat eut un temps d'arrêt, visiblement dérouté.

— La tombe d'Enrico Dandolo ? Vous êtes sûr ?

— Absolument.

— Mais... la tombe du doge est tout à fait ordinaire. Il n'y a aucun symbole dessus. Alors que nous avons de véritables trésors...

— J'en suis tout à fait conscient, répliqua poliment Langdon, mais nous vous serions très reconnaissants si vous pouviez nous y conduire.

Mirsat étudia le professeur un long moment, puis laissa son regard errer vers la mosaïque au-dessus de la porte, que Langdon avait contemplée un instant plus tôt. Un Pantocrator datant du IXe siècle – une représentation du Christ tenant le Nouveau Testament dans la main gauche et donnant la bénédiction de la main droite.

Puis, comme si la lumière s'était brusquement faite dans l'esprit de leur guide, un sourire malicieux apparut sur ses lèvres.

— Ah ! Comme c'est intelligent ! Très intelligent !

— Pardon ?

— Ne vous inquiétez pas, professeur, reprit-il d'un ton de conspirateur, je ne dirai à personne pourquoi vous êtes venu ici.

Sinskey, Brüder et Langdon échangèrent des regards perplexes.

Et le trio, dans les pas du guide, pénétra dans le sanctuaire.

88.

Pour certains, Sainte-Sophie était la Huitième Merveille du monde. Et à contempler ce saint des saints aujourd'hui, Langdon ne pouvait que se ranger à leur avis.

Au premier regard, le visiteur était saisi par son gigantisme. Auprès d'elle, les cathédrales d'Europe faisaient figure de naines. Mais l'effet vertigineux était en partie renforcé par une illusion d'optique, obtenue grâce au *naos* central byzantin, qui concentrait tout l'espace dans un carré unique, au lieu de s'étendre dans les quatre bras d'une croix, comme dans les églises ultérieures.

Cet édifice avait sept cents ans de plus que Notre-Dame de Paris.

Langdon leva les yeux vers l'immense dôme doré, à plus de quarante-cinq mètres de hauteur. La coupole semblait flotter sur une couronne circulaire de quarante fenêtres, par lesquelles irradiaient les rayons du soleil. Pendant la journée, la lumière se reflétait à l'infini sur les éclats de verre incrustés dans les mosaïques d'or, créant la fameuse « lumière mystique » de Sainte-Sophie.

Selon Langdon, seul le peintre John Singer Sargent avait su restituer cet éclairage doré si particulier. Pour ce faire, l'artiste américain avait judicieusement limité sa palette aux nuances d'une seule et même couleur. L'or.

La coupole scintillante, souvent appelée « dôme du paradis », était portée par quatre immenses arcs, soutenus à leur tour par plusieurs demi-coupoles et tympans. Ces supports reposaient sur une autre série d'arcades et de demi-dômes plus petits, créant un effet de cascade, un mouvement architectural du paradis vers la terre.

De ces hauteurs célestes tombaient d'interminables câbles, au bout desquels pendaient de majestueux lustres cuivrés, si proches du sol en apparence qu'on craignait de se cogner dedans. C'était un autre effet d'optique créé par l'immensité de l'espace, car les suspensions se trouvaient en réalité à trois mètres cinquante du sol.

À l'instar de tous les grands lieux de culte, les dimensions de Sainte-Sophie visaient deux objectifs. Un, prouver à Dieu que l'homme était capable de se surpasser pour lui rendre hommage. Deux, frapper les esprits et ainsi montrer aux fidèles leur insignifiance face à la grandeur de Dieu… L'homme, simple poussière dans les mains de son Créateur.

Comme l'homme n'est rien, Dieu ne peut rien faire de lui. Martin Luther avait prononcé ces mots au XVIe siècle, mais on retrouvait déjà ce concept dans l'architecture des tout premiers édifices religieux.

Langdon observa ses deux acolytes, eux aussi fascinés par le spectacle.

— Mon Dieu ! souffla Brüder.

— Oui ! s'écria Mirsat. Le Dieu des chrétiens et Jésus. Mais aussi Allah et Mahomet !

Leur guide leur désigna alors l'autel principal, où une immense mosaïque du Christ était encadrée par deux gigantesques médaillons portant les noms de Mahomet et Allah en calligraphie arabe.

— Pour rappeler aux visiteurs les multiples usages passés de cet espace, on expose à la fois l'iconographie chrétienne, datant de l'époque où Sainte-Sophie était une basilique, et l'iconographie islamique, au temps de la mosquée. (La fierté de Mirsat était évidente.) Malgré les conflits entre les religions dans le monde, nous pensons que leurs symboles s'accordent plutôt bien. Vous êtes d'accord avec moi, professeur, n'est-ce pas ?

Langdon hocha la tête, sachant qu'à l'arrivée des musulmans toutes les images chrétiennes avaient été recouvertes de chaux. La restauration des symboles chrétiens, au côté des symboles musulmans, produisait un effet saisissant, que l'opposition des styles renforçait.

La tradition chrétienne chérissait les images des saints, l'islam préférait la calligraphie et les motifs géométriques pour représenter la beauté de l'univers de Dieu. La tradition islamique prônait que seul Dieu pouvait créer la vie, donc que l'homme n'avait pas le droit de la représenter – ni Dieu, ni humains, ni même les animaux.

Langdon avait un jour essayé d'expliquer ce concept à ses étudiants :

524

— Un Michel-Ange musulman, par exemple, n'aurait pas peint le visage de Dieu sur la chapelle Sixtine. Non, il aurait inscrit le *nom* de Dieu. Représenter le visage de Dieu est un blasphème.

Cela n'était pas sans raison.

— La chrétienté et l'islam sont tous deux logocentriques, avait-il expliqué à ses étudiants, c'est-à-dire centrés sur le *Verbe*. Dans la tradition chrétienne, le Verbe est incarné. Rapportez-vous à l'Évangile selon saint Jean : « Et le Verbe s'est fait chair et il a campé parmi nous[1]. » Donc, il est acceptable de dépeindre le Verbe sous forme humaine. Dans la tradition islamique, en revanche, comme le Verbe ne devient pas chair, il doit rester sous la forme de *mots*… ce qui, la plupart du temps, s'exprime par la calligraphie des noms des figures saintes de l'islam.

L'un de ses étudiants avait alors résumé cette notion par un commentaire d'une simplicité déconcertante : « Les chrétiens aiment les visages. Les musulmans aiment les noms. »

— Ce que vous avez sous les yeux, poursuivait Mirsat, c'est un mariage unique entre chrétienté et islam.

Il leur désigna du doigt la fusion des symboles dans l'imposante abside, notamment la Vierge à l'enfant qui baissait les yeux sur un *mirhab* – la niche semi-circulaire qui indique la direction de La Mecque. Non loin de là, un escalier menait à une chaire – mais ce n'était pas chrétien, c'était un *minbar*, là où l'imam délivre la prière du vendredi. De la même façon, la structure coiffée d'un dais qui faisait penser à la stalle

---

1. Saint Jean 1, 14, Bible de Jérusalem. *(N.d.T.)*

d'un chœur d'église était en réalité un *müezzin mahfili*, une plate-forme surélevée où le muezzin s'agenouille et psalmodie en réponse aux prières de l'imam.

— Les mosquées et les cathédrales sont étrangement similaires, commenta Mirsat. Les traditions orientales et occidentales ne sont pas aussi divergentes qu'on pourrait le croire.

— Mirsat, intervint Brüder, on aimerait vraiment voir la tombe de Dandolo.

Leur guide se renfrogna devant l'impatience de son visiteur.

— Oui, renchérit Langdon, je suis navré de vous presser, mais nous avons un planning très serré.

— Bien, bien, allons-y alors ! répondit-il en pointant un balcon sur leur droite. Allons voir la tombe là-haut.

— Là-haut ? s'étonna Langdon. Enrico Dandolo n'est pas enterré dans la crypte ?

Langdon se rappelait bien la sépulture elle-même, mais pas son emplacement exact. Bien sûr, il s'était imaginé un tombeau dans les profondeurs de l'ancienne cathédrale.

Mirsat ne comprenait pas sa réaction.

— Non, professeur, la tombe du doge est bien là-haut.

*

Le guide turc n'y comprenait plus rien.

Quand le professeur américain avait demandé à voir la tombe du doge vénitien, il avait cru que sa requête était un leurre. Le spécialiste en symbologie désirait sans doute admirer le trésor situé au-dessus du tom-

526

beau – la *Mosaïque de la Déisis* –, un Christ pantocrator ancien, l'une des pièces les plus énigmatiques de Sainte-Sophie.

Robert Langdon ne veut pas qu'on sache qu'il s'intéresse à la mosaïque, avait pensé Mirsat, certain que le professeur voulait écrire un livre sur la Déisis.

Mais à présent, il n'était plus sûr de rien. Langdon savait forcément que la mosaïque se trouvait au deuxième étage. Alors pourquoi cet air surpris ?

Cherchait-il vraiment la sépulture du doge ?

Mirsat guida le petit groupe vers l'escalier, puis passa devant l'une des deux fameuses urnes – deux immenses jarres taillées dans des blocs de marbre datant de la période hellénique.

Grimpant les marches en silence, Mirsat ne savait que penser. Les collègues de Langdon n'avaient pas du tout l'air d'universitaires. L'homme musclé, habillé tout en noir, lui faisait plutôt penser à un soldat. Quant à la femme aux cheveux argentés, il avait l'impression de l'avoir déjà vue quelque part.

Peut-être à la télévision.

Et si leur venue n'avait rien d'une visite de courtoisie ? Alors quelle était la vraie raison de leur présence ?

— Encore un étage, annonça gaiement Mirsat, et on verra la tombe d'Enrico Dandolo. Et bien sûr… (Il s'arrêta pour jeter un coup d'œil au professeur.) la fameuse *Mosaïque de la Déisis*.

Aucune réaction.

Non, Langdon n'était pas venu voir la mosaïque. Pas du tout.

Inexplicablement, ses amis et lui ne songeaient qu'à la tombe du doge vénitien.

89

Pendant l'ascension des marches, Langdon perçut l'inquiétude de Brüder et de Sinskey. *Monter* n'avait aucun sens. La vidéo de Zobrist, le documentaire de Gülensoy... Tout indiquait la descente !

Mais si c'était bien l'emplacement du tombeau du doge de Venise, ils n'avaient d'autre choix que de suivre les instructions de Zobrist.

« Prosterne-toi dans le mouseion doré de la sainte sagesse, applique ton oreille au sol et suis le son du petit ruisseau. »

Parvenu au deuxième étage, leur guide les fit emprunter un balcon qui offrait une vue magnifique sur le sanctuaire en contrebas. Langdon toutefois regardait droit devant lui, concentré sur leur objectif. Mirsat parlait de la *Mosaïque de la Déisis*, mais il ne l'écoutait plus depuis un moment.

Le voilà !

Le tombeau de Dandolo.

La sépulture était conforme à son souvenir – une simple plaque de marbre rectangulaire, incrustée dans le sol de pierre polie, entourée d'une chaînette de protection.

Langdon pressa le pas pour lire l'inscription gravée.

HENRICUS DANDOLO

Sans attendre les autres, il enjamba la chaîne protectrice. Ignorant les protestations de Mirsat, il s'agenouilla devant la plaque de marbre, comme s'il voulait prier sur la sépulture du doge.

Puis il posa les paumes à plat sur le marbre et se pencha comme un musulman se prosternant vers La Mecque. Mirsat en resta bouche bée.

Prenant une grande inspiration, Langdon plaqua son oreille au sol.

À travers le marbre froid, le son qui lui parvenait était parfaitement identifiable.

Mon Dieu.

Les derniers vers de l'*Inferno* de Dante semblaient remonter en écho depuis les profondeurs de la terre.

Incrédule, Langdon tourna lentement la tête vers Sinskey et Brüder.

— Je l'entends… Le son du ruisseau…

Brüder enjamba la chaîne à son tour et s'accroupit à côté de Langdon pour effectuer le même mouvement. Au bout de quelques secondes, il hocha la tête.

Maintenant qu'ils distinguaient clairement un ruissellement sous la pierre, une question les taraudait.

Où allait cette eau ?

La caverne immergée de la vidéo, baignée d'une lumière rougeâtre irréelle…

Jusqu'aux eaux rouge sang du palais englouti
où le monstre chtonien attend,
dans le lagon où ne se reflète nulle étoile.

Quand Langdon se releva et enjamba à nouveau la chaînette, le Turc l'observait, à la fois indigné et inquiet.

— Mirsat, dit-il, je suis navré. Croyez-moi, il s'agit d'une situation exceptionnelle. Je ne peux rien vous dire de plus, mais j'ai une question très importante à vous poser.

Le guide attendit la suite.

— À travers la plaque de marbre, on perçoit un bruit de ruissellement. Il faut à tout prix qu'on sache où va cette eau.

Mirsat secoua la tête.

— Je ne comprends pas. L'eau ruisselle partout sous le sol de Sainte-Sophie.

Les trois étrangers le regardèrent, interdits.

— Oui, surtout quand il pleut. Les toits sont immenses : neuf mille mètres carrés. Il faut plusieurs jours pour évacuer l'eau complètement. Et souvent il pleut à nouveau avant que le drainage ne soit terminé. Les bruits d'eau sont monnaie courante ici. Vous ne saviez pas que Sainte-Sophie reposait sur d'immenses grottes inondées ? Un documentaire a été tourné sur...

— Oui, oui, on le sait, l'interrompit Langdon, mais l'eau que l'on entend ruisseler sous la tombe va bien quelque part ? Dans un endroit précis ?

— Bien sûr. Toutes les eaux ruissellent vers le même endroit. La citerne de la ville.

— Non, coupa Brüder, nous ne cherchons pas une citerne. Plutôt une salle souterraine... avec des colonnes.

— Oui, c'est bien ce que je dis, confirma le guide turc. La citerne de la ville est un grand espace avec des colonnes. Très impressionnant d'ailleurs. Elle a été bâtie au VIe siècle pour approvisionner la cité en eau. Aujourd'hui, elle n'en contient plus qu'un mètre cinquante mais...

— Où est-elle ? s'impatienta Brüder, dont la voix résonna dans l'immense sanctuaire.

530

— La citerne ? demanda Mirsat. Pas loin. À une rue d'ici. C'est le Yerebatan Sarayı.

Sarayı ? pensa Langdon. Comme le Topkapı Sarayı ? Partout, dans les rues, des panneaux indiquaient le palais de Topkapı.

— *Sarayı* ne veut pas dire palais ?

Mirsat hocha la tête.

— Oui, c'est le nom de notre ancienne citerne : Yerebatan Sarayı. Ça signifie le « palais englouti ».

90.

Il pleuvait des cordes quand Langdon, Brüder, Elizabeth et Mirsat sortirent de Sainte-Sophie.

« Jusqu'aux eaux rouge sang du palais englouti. »

Yerebatan Sarayı était tout près de la Mosquée bleue. Mirsat leur ouvrait la route.

Sinskey avait été contrainte de lui révéler leurs identités et de lui avouer qu'ils étaient là pour tenter d'éviter une crise sanitaire majeure.

— Par là ! cria Mirsat en les entraînant dans le parc.

Ils apercevaient au loin les flèches féeriques de la Mosquée bleue.

Tout en courant à côté de Sinskey, l'agent Brüder, au téléphone, ordonnait à ses hommes de le retrouver à l'entrée de la citerne.

— Apparemment, Zobrist vise les réserves d'eau de la ville, expliquait-il, à bout de souffle. Je veux les plans de toutes les canalisations qui entrent et sortent du réservoir. On lance immédiatement la procédure de confinement ! Scellement des accès, barrières chimiques, et des pompes en pagaille...

— Attendez ! s'exclama Mirsat, qui peinait à suivre l'agent. Vous m'avez mal compris. La citerne ne sert plus à approvisionner la ville en eau. Plus maintenant !

Brüder baissa son téléphone.

— Autrefois, oui, précisa Mirsat. Mais on s'est modernisés.

L'agent de l'UPR s'arrêta sous un grand arbre pour s'abriter un instant d'une violente averse. Tout le groupe l'imita.

— Mirsat, intervint Sinskey, vous êtes sûr que personne ne boit l'eau de la citerne ?

— Absolument ! L'eau reste là-bas un moment... puis finit par s'infiltrer dans le sol.

Sinskey, Langdon et Brüder échangèrent des regards étonnés. Était-ce une bonne nouvelle ?

Si personne n'entre en contact avec cette eau, se demandait la directrice de l'OMS, pourquoi Zobrist a-t-il choisi de la contaminer ?

— La ville a rénové son réseau de distribution depuis plusieurs décennies, expliqua le Turc. La citerne n'est plus qu'un réservoir souterrain. (Il haussa les épaules.) Une simple attraction touristique.

Sinskey sursauta.

Une attraction touristique ?!

— Vous voulez dire que des gens peuvent descendre dans la citerne ?

— Bien sûr. Des milliers de visiteurs s'y rendent chaque jour. C'est un lieu incroyable. Des passerelles en bois permettent de se déplacer au-dessus des eaux. Il y a même un petit café. L'atmosphère est humide et

532

étouffante, à cause du manque d'aération, mais l'endroit est très populaire.

Sinskey lut dans le regard de Brüder qu'ils se représentaient la même scène – une caverne sombre et moite remplie d'eau stagnante, où une substance pathogène était en pleine incubation. Et des passerelles permettaient aux touristes d'aller et venir juste au-dessus…

— Autrement dit, c'est un gigantesque aérosol, lâcha l'agent.

— Ce qui signifie ? demanda Langdon.

— Que la substance de Zobrist doit se diffuser dans l'air.

Langdon se tut, mesurant l'ampleur du problème.

Bien sûr, Sinskey avait imaginé un scénario avec un agent pathogène transmissible par voie aérienne, mais quand elle avait cru que la citerne était reliée au réseau de distribution en eau de la ville, elle en avait déduit que Zobrist avait opté pour une contamination en milieu aqueux. Or dans l'eau, les bactéries migraient lentement.

Alors que dans l'air, la diffusion était rapide.

Très rapide.

— Si la maladie se transmet par voie aérienne, elle est probablement virale, déclara Brüder.

Un virus, songea Sinskey. Zobrist a choisi le mode de propagation le plus efficace.

Libérer un virus sous l'eau n'était pas habituel, pourtant il existait de multiples formes de vie qui se développaient en milieu aqueux avant d'essaimer dans l'atmosphère – les moustiques, les spores de moisissure, la bactérie responsable de la légionellose, les mycotoxines, et même les êtres humains. Sinskey imaginait déjà le processus : le virus était lâché dans le lagon de la citerne… puis des micro-gouttelettes infectées, par évaporation, se répandaient dans l'air confiné de la salle.

Mirsat contemplait la rue embouteillée avec inquiétude. Sinskey suivit son regard et aperçut sous la pluie battante des personnes élégamment vêtues qui faisaient la queue devant un bâtiment de brique. À la porte, un vigile les laissait entrer par petits groupes en leur indiquant de descendre l'escalier qui se trouvait derrière lui.

Que se passe-t-il là-bas ? C'est une boîte de nuit ? se demanda la directrice de l'OMS.

Quand elle lut l'inscription dorée sur le bâtiment, sa poitrine se serra. À moins que cette boîte de nuit ne s'appelle *La Citerne* et n'ait été construite en 532…

— Il y a un concert ce soir, lâcha Mirsat d'une voix blanche.

— Un concert ? Dans une citerne ? dit Sinskey, incrédule.

— Oui, la salle est tellement grande qu'elle sert souvent d'espace culturel.

Brüder se rua aussitôt vers le bâtiment, se faufilant entre les voitures agglutinées dans l'avenue Alemdar. Les trois autres lui emboîtèrent le pas.

À l'entrée de la citerne, la porte était bloquée par une poignée de personnes impatientes d'assister au concert – trois femmes en *niqab*, un couple main dans la main, un homme en smoking. Tous se pressaient sur le seuil pour s'abriter de la pluie.

Soudain des notes de musique montèrent du soussol. Du Berlioz, peut-être, songea Elizabeth. En tout cas, entendre une symphonie romantique au cœur de la cité turque était plutôt inattendu.

534

En s'approchant de la porte, elle sentit un souffle d'air chaud, qui charriait non seulement le bruissement des violons, mais aussi une fragrance d'humus et de moiteur, l'odeur d'une foule agglutinée au sous-sol.

Un vrai cauchemar !

Quand un groupe de touristes émergea de l'escalier en discutant avec animation, le vigile autorisa une poignée de personnes à se couler dans l'ouverture.

Brüder fit aussitôt mine de les suivre, mais l'homme l'arrêta d'un geste poli.

— Un moment, monsieur. La citerne est à sa capacité maximale. Veuillez attendre une minute, s'il vous plaît.

L'agent allait entrer de force, quand Sinskey lui mit la main sur l'épaule.

— Attendez, Brüder. Votre équipe n'est pas arrivée et vous ne pouvez pas fouiller cet endroit seul. (Elle pointa du doigt un panneau d'information boulonné sur le mur.) Regardez, ça a l'air gigantesque !

À en croire l'écriteau, la salle avait la superficie de deux terrains de football et abritait une forêt de trois cent trente-six colonnes de marbre.

— Regardez ça ! s'exclama Langdon, qui s'était éloigné de quelques pas.

Sinskey s'approcha du professeur qui lui montra une affichette sur le mur.

Oh, mon Dieu !

La directrice de l'OMS avait bien reconnu la période romantique, mais ce n'était pas du Berlioz. C'était du Liszt.

Ce soir, dans les profondeurs de la terre, l'orchestre philharmonique d'Istanbul interpréterait l'une des plus grandes œuvres de Liszt – la *Dante Symphonie*.

— Ils vont jouer ici pendant une semaine, annonça Langdon en lisant les petits caractères de l'affiche. C'est un concert gratuit... financé par un donateur anonyme.

Inutile de s'interroger sur l'identité de ce généreux philanthrope, songea Sinskey.

C'était signé Zobrist – à la fois du panache et de l'efficacité. Une semaine de concerts gratuits attirerait dans cet espace confiné des milliers de touristes... qui respireraient l'air contaminé, avant de retourner chez eux. En Turquie, ou ailleurs.

— Monsieur ? dit le portier. Nous avons de la place pour quelques personnes supplémentaires.

Brüder se tourna vers Sinskey.

— Appelez les autorités locales. Je ne sais pas ce qu'on va découvrir en bas, mais on va avoir besoin de renforts. Quand mes hommes arriveront, demandez-leur de me passer un appel radio pour faire le point. Je vais descendre et tâcher de découvrir où Zobrist a bien pu planquer ce truc.

— Sans masque à oxygène ? s'inquiéta Sinskey. On ne sait pas si le Solublon est intact.

L'agent fronça les sourcils et tendit la main vers le souffle tiède de l'ouverture.

— S'il est percé, toute la ville est déjà infectée.

Sinskey s'était fait la même réflexion, mais n'avait pas osé le dire devant Langdon et Mirsat.

— De plus, ajouta Brüder, quand mes gars vont débarquer en combinaison, ça va être la panique générale.

Sinskey lâcha un soupir. Après tout, c'était lui le spécialiste, et ce n'était pas la première fois qu'il gérait ce genre de crise.

— Notre seul espoir, c'est que la poche soit encore étanche et qu'on ait le temps de la confiner.

— D'accord. Allez-y !

— Il reste quand même un problème, intervint Langdon. Sienna.

— Comment ça ? demanda Brüder.

— Sienna est douée pour les langues. Je ne serais donc pas surpris qu'elle parle turc.

— Et alors ?

— Elle sait que le poème fait référence à un « palais englouti ». Or, en turc, le palais englouti c'est… (Il pointa les mots *Yerebatan Sarayı* inscrits au-dessus de la porte.) Ici.

— Vous avez raison, dit Sinskey. Elle a très bien pu le découvrir sans passer par Sainte-Sophie.

Brüder jeta un nouveau coup d'œil à l'unique entrée du bâtiment et lâcha un juron.

— Son plan va être de se faufiler dans la citerne et de détruire le Solublon avant notre arrivée… Par chance, elle ne peut pas avoir beaucoup d'avance sur nous. En plus, dans cette salle immense, elle ne saura pas où chercher. Et avec tout ce monde, elle ne risque pas de faire trempette sans être vue.

— Monsieur ? l'interpella le vigile. Vous entrez ou pas ?

Voyant un groupe de personnes s'approcher de la porte, Brüder fit signe à l'employé qu'il venait tout de suite.

— Je vous accompagne, dit Langdon.

— Pas question !

— Monsieur Brüder, répliqua Langdon, si on en est là aujourd'hui, c'est en partie parce que Sienna Brooks m'a mené en bateau toute la journée. Comme vous l'avez dit, on est peut-être déjà tous infectés. Donc, avec ou sans votre accord, je viens avec vous.

*

Quand Langdon franchit le seuil et descendit l'escalier derrière Brüder, il sentit l'air chaud qui s'échappait des entrailles de la citerne. Les notes de la *Dante Symphonie* l'enveloppèrent aussitôt, comme autant de doigts d'une main invisible sortant de la terre pour lacérer sa chair.

Le chœur – une centaine de voix puissantes – déclamait le vers le plus célèbre de l'*Inferno*. Et le plus lugubre.

« *Lasciate ogne speranza,* chantait-il à présent*, voi ch'intrate.* »

Ces six mots s'élevaient des profondeurs de la citerne tel un sinistre augure.

Porté par la puissance des trompettes et des cors, le chœur entonna de nouveau l'avertissement :

« *Lasciate ogne speranza voi ch'intrate !* »

Vous qui entrez laissez toute espérance !

91.

Baignée d'une lumière rougeâtre, la caverne résonnait des accents dantesques de la musique – la houle des voix, les accords dissonants des instruments à corde, le roulement lugubre des timbales – qui se répercutaient dans le souterrain à la manière d'un tremblement de terre.

À perte de vue, la grotte déroulait le voile sombre et lisse de ses eaux, semblable à la surface noire d'un étang gelé de Nouvelle-Angleterre.

« Le lagon où ne se reflète nulle étoile. »

Tels des mâts surgissant des flots, des centaines de colonnes massives grimpaient à l'assaut du plafond voûté de la caverne. Grâce à une série de projecteurs rouges, elles étaient éclairées par-dessous, ce qui donnait l'illusion d'une forêt de troncs, se mirant dans la pénombre.

Langdon et Brüder s'immobilisèrent au pied de l'escalier, terrifiés par l'atmosphère lourde et ouatée de cet antre, qu'aucun des deux n'osait respirer.

L'air était plus humide encore qu'ils ne l'avaient pensé.

Au fond de la salle béante, plusieurs plateformes avaient été aménagées pour accueillir la foule. Des centaines de spectateurs étaient assis en rangs semi-circulaires autour de l'orchestre. D'autres se tenaient debout derrière les sièges, d'autres encore, qui avaient envahi les passerelles de bois, contemplaient les eaux, en se laissant envoûter par la musique.

Langdon scruta la multitude de visages à la recherche de celui de Sienna. Mais la jeune femme n'était nulle part en vue. Des hommes en smoking ou en *bisht*, des femmes en robe du soir, en *niqab,* côtoyaient des touristes en short et sweat-shirt. Dans la luminescence vermillon, ces gens venus des quatre coins du monde paraissaient assister à une messe occulte.

Si Sienna est ici, on n'a guère de chances de la repérer, songea-t-il.

Un homme corpulent passa devant eux en toussant. Brüder le regarda d'un air suspicieux. Langdon sentit un léger picotement dans sa gorge. Sans doute un effet de son imagination.

Brüder avança d'un pas hésitant sur la passerelle, se demandant où aller. Ils étaient devant l'entrée du labyrinthe du Minotaure. Le passage se divisait en trois branches, qui se subdivisaient à leur tour, créant un lacis flottant entre les colonnes.

« Au milieu du chemin de notre vie, je me retrouvai par une forêt obscure, car la voie droite était perdue. »

Ainsi, commençait l'*Inferno*.

Langdon se pencha sur la balustrade pour scruter le bassin. Les eaux étaient étonnamment transparentes. Au fond, il distinguait clairement les dalles recouvertes d'une fine couche de limon.

— Vous voyez quelque chose qui vous rappelle la vidéo de Zobrist ? demanda Brüder.

Tout ! pensa Langdon en contemplant les murs humides autour de lui.

Il désigna le coin le plus éloigné de la caverne, de l'autre côté de la foule.

— Je dirais que c'est par là…

— C'est aussi mon avis.

Tous deux empruntèrent l'embranchement droit de la passerelle, qui les éloignait de l'orchestre, les menant vers les confins du palais englouti.

Il était très aisé de se laisser enfermer ici et d'y passer la nuit sans être vu, songea Langdon. C'était peut-être ainsi que Zobrist avait procédé pour tourner sa vidéo. Ou alors, puisqu'il était un généreux donateur, il avait pu demander à profiter seul du Yerebatan Sarayı.

Hélas, ça n'avait plus d'importance. Le mal était fait.

Brüder pressait le pas, comme s'il suivait inconsciemment le rythme de la symphonie, qui exécutait à présent une série de descentes chromatiques.

Dante et Virgile pénètrent dans l'Enfer.

Langdon observa attentivement les parois suintantes au loin, essayant de se remémorer la vidéo. À chaque bifurcation, ils prenaient à droite pour gagner le coin le plus reculé de la caverne. Quand il se retourna pour se repérer, il fut surpris par la distance déjà parcourue.

Ils progressaient au petit trot à présent. Après avoir dépassé quelques flâneurs, ils atteignirent enfin le fond de la citerne.

Ils étaient seuls.

— Tout se ressemble, lâcha Brüder. Par où commencer ?

Ils avaient beau se rappeler parfaitement les images de la vidéo, ils ne reconnaissaient rien.

Tout en marchant, Langdon étudiait les panneaux d'information accrochés çà et là à la rambarde. L'un d'eux donnait la capacité de la citerne – environ 80 000 m³. Un autre désignait un pilier différent des autres, volé pendant la construction sur un autre chantier. Un troisième reproduisait le motif de la colonne des Larmes, aujourd'hui presque effacé, qui pleurait sur tous les esclaves morts en bâtissant cette citerne.

Bizarrement, c'est une pancarte portant un seul mot qui attira son attention. Langdon s'arrêta net.

— Qu'est-ce qui se passe ? s'enquit Brüder en se retournant.

Langdon désigna le panneau qui portait le nom d'une gorgone tristement célèbre, avec la direction à suivre.

MÉDUSE ⇨

— Et alors ? fit Brüder en haussant les épaules.

Le cœur de Langdon battait à tout rompre. Méduse, créature effroyable à la tête hérissée de serpents, dont le regard pouvait changer en pierre ceux qui la regardaient, était aussi un membre éminent de la famille des esprits souterrains du Panthéon grec : les monstres chtoniens.

Jusqu'aux eaux rouge sang du palais englouti
où le monstre chtonien attend...

Elle nous montre le chemin ! comprit Langdon en se mettant à courir.

Dans l'obscurité, l'agent peina à suivre les zigzags du professeur qui suivait le parcours fléché menant à la gorgone Méduse. Finalement, Langdon arriva au pied de la paroi. Un cul-de-sac équipé d'une petite plate-forme, d'où on pouvait observer la base insolite d'une colonne :

La tête de Méduse avec ses serpents à la place des cheveux.

À moitié immergée, taillée dans un énorme bloc de marbre... et, curieusement, posée à l'envers.

Inversée comme les damnés de Malebolge, se dit Langdon en repensant à la *Carte de l'Enfer* de Botticelli.

Brüder le rejoignit et découvrit à son tour l'étrange socle.

Cette tête, qui servait maintenant de plinthe, avait sans doute été volée sur quelque statue antique. Par superstition, les ouvriers l'avaient retournée, pour la déposséder de ses pouvoirs maléfiques. Malgré tout, Langdon n'était guère rassuré.

*Dante. La fin de l'*Inferno*. Le centre de la terre. Là où la gravité s'inverse. Où le haut devient le bas.*

Suivant son intuition, Langdon examina la tête sculptée dans son halo vermillon. La plupart des serpents étaient immergés, mais les yeux de la gorgone, au-dessus de la surface, semblaient fixer un point vers la gauche du bassin.

Malgré son appréhension, Langdon suivit le regard de la statue vers un espace zébré d'ombres.

Il le reconnut aussitôt.

C'était là…

Le Ground Zero de Zobrist.

92.

L'agent Brüder passa sous la balustrade et se laissa glisser dans le bassin. L'eau lui arriva à la poitrine. Ses muscles se contractèrent au contact du froid. Les dalles couvertes de limon étaient glissantes, mais il réussit à garder son équilibre. Un moment, il demeura immobile, fasciné par les ondes concentriques qui s'éloignaient de son corps.

Il retint sa respiration.

Doucement. Surtout pas de turbulences.

Au-dessus de lui, sur la passerelle, Langdon faisait le guet.

— Tout va bien. Personne ne vous voit.

Brüder se tourna vers la tête renversée de Méduse, éclairée par un projecteur rouge vif. Le monstre était bien plus grand vu de près.

— Suivez son regard, chuchota Langdon. Zobrist a un faible pour le symbolisme et la mise en scène… Il a dû placer sa création dans le champ de vision mortel de la gorgone.

Les grands esprits se rencontrent, pensa Brüder. Finalement, c'était une bonne chose que Langdon soit venu. Il s'avérait un bon guide.

Tandis que la *Dante Symphonie* retentissait au loin, Brüder sortit sa lampe torche et l'alluma. Aussitôt un faisceau lumineux balaya le sous-sol de la citerne.

Avec précaution, il entama son exploration du lagon, pas à pas, comme s'il avançait dans un champ de mines.

Tout doux. Pas de faux mouvement.

*

Sur la passerelle, Langdon commençait à avoir mal à la gorge. L'air de la citerne avait un goût rance et lui semblait pauvre en oxygène. Il regardait l'agent de l'UPR progresser lentement et s'efforçait de se rassurer :

On est arrivés à temps. Tout va bien.

Les hommes de Brüder vont pouvoir sécuriser le sac.

Malgré tout, Langdon avait l'impression de suffoquer. Sans doute sa vieille claustrophobie, rien de plus. Comment se sentir à l'aise avec ces tonnes de terre au-dessus de lui… retenues par de vieux piliers décatis ?

Il jeta un nouveau coup d'œil derrière lui.

Personne.

Plus loin, sur d'autres passerelles, quelques visiteurs écoutaient le concert… Aucun d'eux ne semblait avoir remarqué l'homme qui pataugeait dans le bassin, une torche à la main.

L'agent de l'UPR n'était plus qu'une silhouette floue dans le halo de sa torche qui ondulait sur l'eau.

Soudain, Langdon perçut un mouvement sur sa gauche. Une forme noire se dressa devant Brüder, qui se figea.

La forme était brusquement apparue sur le mur, gigantesque. On eût dit la silhouette de Zobrist, habillé en médecin de peste, revenant d'entre les morts.

Ce n'était qu'une ombre, comprit Langdon. L'ombre de Brüder.

Elle s'était matérialisée au moment où l'agent était passé devant un projecteur. Sans doute Zobrist avait-il procédé de même, exactement au même endroit.

— Continuez ! cria Langdon à Brüder. Vous êtes sur la bonne voie.

L'agent hocha la tête et poursuivit sa progression prudente dans l'eau. Pendant qu'il s'éloignait, Langdon jeta à nouveau un bref coup d'œil derrière lui.

Tout allait bien. Personne ne les avait remarqués.

C'est alors que son regard fut attiré par un reflet sur la passerelle à ses pieds.

Une petite flaque de liquide rouge.

Du sang. À l'endroit précis où se tenait Langdon.

Je saigne ?

Il se mit à palper son corps à la recherche d'une éventuelle blessure, ou d'une réaction à une toxine invisible dans l'air. Inquiet, il toucha son nez, ses oreilles, ses yeux. Rien.

D'où venait ce sang ?

Déconcerté, il regarda autour de lui.

Puis de nouveau à ses pieds. Cette fois, il remarqua que la flaque était alimentée par du liquide qui s'écoulait dans les rainures des planches. Ça ne venait pas de lui, mais de plus haut sur le passage.

Quelqu'un est blessé ?

Langdon jeta un regard à Brüder avant de se mettre à suivre la trace rouge. À mesure qu'il avançait, le filet enflait jusqu'à se transformer en véritable ruisseau.

Pris de panique, il se mit à courir.

Un cul-de-sac.

Dans la pénombre épaisse, il découvrit au bout de la passerelle un grand bassin, aux eaux d'un rouge brillant, comme s'il y avait eu là un massacre.

Mais quand il vit le liquide s'écouler sur le bois, il comprit son erreur.

Ce n'est pas du sang.

C'était un effet créé par les projecteurs rouges.

Juste de l'eau.

Loin d'être soulagé, il fut pris d'une peur primale : il y avait des éclaboussures sur la rambarde, et des empreintes de pas sur les planches…

Quelqu'un est sorti de l'eau par ici.

Il voulut appeler Brüder, mais le fracas des cuivres et des timbales aurait couvert sa voix.

Soudain, il sentit une présence derrière lui.

Je ne suis pas seul !

Lentement, il pivota vers le mur, à l'endroit où se terminait la passerelle. À trois mètres de lui, tapie dans l'ombre, il y avait une masse noire, semblable à une grosse pierre enveloppée d'un tissu mouillé, gouttant par terre.

Puis la masse s'anima, grandit, et prit forme humaine. Langdon reconnut l'ovale d'une tête masquée d'un voile noir.

Une femme en *niqab* !

Le vêtement islamique ne laissait pas apparaître le moindre bout de peau. Mais quand la tête voilée se tourna vers lui, deux yeux le fixèrent à travers l'étroite fente de tissu noir.

Ce regard...

Sienna !

La jeune femme s'élança vers Langdon, le fit tomber à la renverse, et s'enfuit à toutes jambes.

93.

L'agent Brüder s'était figé. Le faisceau de sa lampe torche avait accroché un morceau de métal au fond de la citerne.

Prenant une profonde inspiration, il avança d'un pas prudent vers l'objet, veillant à ne pas perturber l'eau. Sous la surface apparut un rectangle luisant.

La plaque de Zobrist !

L'eau était si claire qu'il pouvait pratiquement lire la date et le texte qui l'accompagnait.

ICI, EN CE JOUR,
LE MONDE FUT CHANGÉ
À JAMAIS.

Pas de précipitation, se sermonna-t-il. C'est pour demain. On a encore plusieurs heures avant le lever du jour.

Se remémorant la vidéo de Zobrist, Brüder déplaça lentement le faisceau vers la gauche de la plaque, à la recherche du sac de Solublon, flottant entre deux eaux au bout d'une ficelle. Mais à mesure que sa lampe balayait la zone, son angoisse augmentait.

Où est-il ?

Il poursuivit son exploration vers la gauche. Il était sûr que c'était l'endroit exact sur la vidéo…

Toujours rien.

Pourtant il était là !

Mâchoires crispées, il fit un autre pas, élargissant le champ de ses recherches.

Rien que la plaque.

Brüder eut un moment d'euphorie… Un canular ? Zobrist voulait seulement leur faire peur ?

Hélas, sa joie fut de courte durée.

À gauche de la plaque, à peine visible, gisait un morceau de ficelle, telle une larve sans vie sur le fond de la citerne. Et au bout, quelques lambeaux de plastique.

Brüder resta pétrifié. Comme un ballon de baudruche qui aurait éclaté, pensa-t-il.

Ce fut comme une gifle.

Il est trop tard.

Il voyait le sac se désagréger sous l'eau… son contenu mortel se répandre dans le liquide… s'évaporer en minuscules gouttelettes empoisonnées, contaminant tout l'air de la citerne.

D'un doigt tremblant, il éteignit sa lampe torche. Dans les ténèbres, il tenta de rassembler ses pensées.

Des pensées qui se muèrent rapidement en prières.

Que Dieu nous vienne en aide !

*

— Quoi ? Qu'est-ce que vous dites ? s'exclama Sinskey dans sa radio, tout en descendant l'escalier avec l'espoir d'avoir une meilleure liaison.

Le souffle chaud de la caverne le frappa de plein fouet avant de s'échapper par l'ouverture un peu plus haut. Dehors, les hommes de l'UPR s'étaient postés à l'angle du bâtiment, préférant rester hors de vue, à cause de leurs combinaisons. Ils attendaient les ordres de Brüder.

— … sac rompu… grésillait la voix de l'agent. Et libéré…

Espérant avoir mal compris, Sinskey dévalait les marches à toute allure.

— Répétez ! Je n'entends rien ! ordonna-t-elle en approchant de l'entrée de la caverne, où la musique lui parvenait de plus en plus fort.

La voix de Brüder était plus distincte.

— … je répète… le virus est lâché !

Sinskey trébucha sous le choc, manquant tomber au pied des marches.

— Le sac s'est dissous, reprit Brüder. Le virus est dans l'eau !

Saisie d'effroi, le Dr Sinskey contempla le monde souterrain qui s'ouvrait devant elle. Une grande nappe

549

d'eau se perdant dans une enfilade de colonnes. Et surtout, une foule immense.

Des centaines de personnes.

Tous pris dans le piège de Zobrist.

— Brüder ! Évacuez tout le monde ! Immédiatement !

— Négatif, docteur ! Fermez les portes ! Personne ne sort d'ici !

La directrice de l'Organisation mondiale de la santé avait l'habitude qu'on lui obéisse au doigt et à l'œil. Elle crut avoir mal compris les paroles du chef de la brigade. Fermer les portes ?

— Docteur Sinskey ! hurlait Brüder à la radio. Vous m'entendez ? Fermez ces putains de portes !

Brüder répéta ses instructions, mais c'était inutile, elle savait qu'il avait raison. Face à une pandémie potentielle, le confinement total était la seule solution viable.

Par réflexe, elle agrippa son amulette en lapis-lazuli.

Le sacrifice de quelques-uns pour le salut du plus grand nombre.

Forte d'une résolution nouvelle, elle porta la radio à ses lèvres.

— Entendu, Brüder. Je donne l'ordre de sceller les portes.

C'est alors qu'elle vit un mouvement dans la foule.

Non loin de là, une femme en *niqab* courait sur une passerelle, bousculant tout le monde sur son chemin. Elle se dirigeait droit vers elle, vers la sortie.

Elle est poursuivie, comprit Sinskey en voyant un homme se précipiter derrière elle.

C'était Langdon !

Son regard se reporta en un éclair sur la femme en noir, qui criait quelque chose en turc. La directrice ne parlait pas cette langue, mais à en croire la réaction paniquée des gens, les paroles de cette femme équivalaient à : « Au feu ! »

La panique s'empara alors de la foule, et la femme voilée ne fut plus la seule à se ruer vers la sortie.

Tout le monde l'imitait !

Dans un élan désespéré, Sinskey tourna le dos à la marée humaine qui déferlait vers elle et hurla dans l'escalier :

— Fermez les portes ! Verrouillez la citerne ! EXÉCUTION !

*

Le temps que Langdon arrive à l'escalier, Sinskey avait déjà grimpé la moitié des marches, et ordonnait à son équipe en surface de sceller les portes du Yerebatan Sarayı. Sienna talonnait la directrice, malgré le *niqab* trempé qui ralentissait ses mouvements.

Lancé à la poursuite des deux femmes, Langdon sentait la foule des spectateurs grossir derrière lui.

— Fermez tous les accès ! hurla de nouveau Sinskey.

Grimpant les marches quatre à quatre, Langdon gagnait du terrain sur Sienna. En haut de l'escalier, il voyait déjà les lourdes portes se refermer.

Trop tard.

D'un bond, Sienna rattrapa Sinskey, lui agrippa l'épaule et se servit de son appui pour se propulser vers la sortie. Sinskey tomba à genoux, sa précieuse amulette heurta brutalement l'escalier de pierre et se brisa en deux.

Langdon aurait voulu aider Elizabeth Sinskey, mais il devait rattraper Sienna.

La jeune femme atteignait déjà le seuil, et les portes étaient encore ouvertes. D'un bond, elle se glissa adroitement par l'étroite ouverture, quand un pan de sa tunique se prit dans le loquet, la stoppant dans son élan.

Saisissant sa chance, Langdon attrapa le vêtement. Mais Sienna se tortilla, et il se retrouva avec un bout de tissu humide dans la main.

Les portes se refermèrent, manquant de lui écraser les doigts. Le *niqab*, maintenant coincé dans le battant, empêchait la fermeture des portes.

Par l'interstice, Langdon vit Sienna traverser la rue bondée, son crâne chauve brillant sous l'éclat des réverbères. Elle portait toujours le même jean et le même pull.

Sienna, pourquoi…

La seconde suivante, une vague le projetait contre le battant.

Une vague humaine.

Dans l'escalier résonnaient des cris de terreur. La symphonie n'était plus que cacophonie. Langdon sentait la pression de la déferlante, qui enflait dans le goulet d'étranglement. Sa cage thoracique était sur le point d'exploser.

Soudain, les portes s'ouvrirent à la volée, propulsant Langdon dans l'air de la nuit tel un bouchon de champagne. Titubant, il faillit s'écrouler sur le trottoir. Derrière lui, la marée humaine se répandait dans la rue comme une colonie de fourmis fuyant leur nid en feu.

Voyant la débandade, les hommes de l'UPR sortirent de leur cachette en combinaison et masque à oxygène, augmentant la panique générale.

Langdon chercha Sienna dans la rue – les gens couraient dans tous les sens, les voitures klaxonnaient.

Soudain il distingua une tache blanche dans la foule, là-bas, sur le trottoir noyé de monde. Le reflet pâle d'un crâne rasé. Qui, très vite, disparut au coin de la rue.

Au désespoir, Langdon se retourna, espérant apercevoir Sinskey, ou un soldat.

Personne.

Il était seul.

Il s'élança à la poursuite de Sienna.

*

En bas, dans les profondeurs de la citerne, l'agent Brüder était toujours dans l'eau, seul dans les ténèbres. Les échos de la cohue résonnaient encore dans la caverne, alors que musiciens et spectateurs avaient déserté les lieux.

Les portes n'ont pas été scellées à temps, pensa l'agent. Tout est perdu.

94.

Robert Langdon n'était pas fan de jogging mais, grâce à sa pratique régulière de la natation, il avait une bonne foulée. En quelques secondes, il tourna à l'angle de la rue et se retrouva dans une large avenue.

Elle ne peut pas être loin !

La pluie avait cessé. La rue était bien éclairée. Sienna n'avait nulle part où se cacher.

Mains sur les hanches, Langdon la chercha du regard, en vain. Au loin, un *otobüs* venait de redémarrer.

Trop risqué, songea-t-il. Elle n'allait pas se piéger toute seule dans un bus alors que tout le monde était à sa recherche ! Pensait-elle ne pas avoir été repérée ? Et si le véhicule s'était arrêté à sa hauteur...

Peut-être qu'elle avait saisi sa chance ?

La destination de l'*otobüs* était inscrite en lettres lumineuses au-dessus de la cabine : GALATA.

Langdon courut vers un vieil homme posté sous la marquise d'un restaurant. Il portait une tunique brodée et un turban blanc.

— Excusez-moi ! lança Langdon à bout de souffle en arrivant à sa hauteur. Vous parlez anglais ?

— Bien sûr, répondit l'homme, visiblement dérouté par le ton pressant de l'Américain.

— Galata ! C'est une place ?

— Comment ça « Galata » ? Le pont de Galata ? La tour ? Le port ?

Langdon désigna le bus qui s'éloignait.

— Là ! « Galata » !

L'homme au turban réfléchit un instant.

— Au pont de Galata, à mon avis. Il part de la vieille ville et traverse la Corne d'Or.

Langdon pesta et scruta de nouveau les alentours.

Aucune trace de Sienna. Des voitures de police et des ambulances passaient devant eux, toutes sirènes hurlantes.

— Qu'y a-t-il ? demanda l'homme. Il y a un problème ?

Langdon jeta un dernier regard au bus et décida de tenter sa chance :

— Pour tout dire, oui, il y a un gros problème. Et j'ai besoin de votre aide. C'est très important.

Il montra du doigt la Bentley que le voiturier venait de garer devant le restaurant.

— C'est votre voiture ?

— Certes, mais…

— Il faut que vous m'emmeniez ! Je sais que vous ne me connaissez pas, mais c'est une question de vie ou de mort.

L'homme au turban jaugea le professeur un moment, le regardant droit dans les yeux, comme s'il fouillait son âme.

— Si c'est une question de vie ou de mort, montez !

La Bentley démarra sur les chapeaux de roues et Langdon dut s'agripper à son siège. L'homme était manifestement un chauffeur expérimenté et prenait grand plaisir à faire du gymkhana entre les voitures.

Il ne lui fallut que quelques minutes pour rattraper l'*otobüs*. Langdon se pencha pour tenter de distinguer les passagers à travers la vitre arrière de l'autocar. Mais l'intérieur était si sombre qu'il ne percevait que leurs silhouettes.

— Ne le perdez pas de vue, s'il vous plaît ! lança Langdon. Vous avez un téléphone portable ?

L'homme lui tendit son mobile. Qui appeler ? Il ne connaissait pas les numéros de Sinskey ou de Brüder. Et contacter les bureaux de l'OMS à Genève risquait de prendre un temps fou.

— Pour joindre la police ?

— Un-cinq-cinq.

Langdon composa les trois chiffres et attendit. La ligne semblait sonner dans le vide. Enfin, une voix enregistrée répondit, en anglais et en turc, qu'étant donné le très grand nombre d'appels, il devait patienter.

L'engorgement du standard était-il dû à la crise à Yerebatan Sarayı ? Là-bas, ce devait être la panique générale.

Qu'a bien pu trouver Brüder ?

Au fond de lui, il le savait déjà.

Sienna est arrivée avant nous.

Devant eux, les feux rouges du bus s'allumèrent. Un arrêt. La Bentley ralentit à son tour et s'arrêta à quinze mètres de distance. De là, Langdon voyait très bien qui montait ou descendait du véhicule. Seuls trois hommes quittèrent le bus. Il étudia attentivement chacun d'eux – il connaissait Sienna et son art du déguisement !

Puis il reporta son regard sur la vitre arrière. À l'intérieur, les lumières étaient allumées. Malgré le verre teinté, il distinguait plus nettement les passagers. Le nez plaqué contre le pare-brise de la Bentley, il scruta les visages un à un.

Pourvu que je ne me sois pas trompé !

C'est alors qu'il aperçut, dans le fond du véhicule, deux épaules fines, un cou gracile et un crâne chauve.

Quand le bus redémarra, les lumières intérieures s'éteignirent. Mais, juste avant d'être avalée par les ténèbres, un visage pâle se tourna vers la fenêtre arrière.

Langdon se ramassa aussitôt dans son siège.

Avait-elle eu le temps de l'apercevoir ?

Son chauffeur enturbanné avait déjà accéléré et talonnait de nouveau le bus.

La route descendait à présent vers la berge. On apercevait le pont qui s'étirait au-dessus du bras de mer, totalement bloqué par la circulation. En fait, tout le quartier en contrebas paraissait encombré.

— C'est le Bazar égyptien, le marché aux épices, expliqua son chauffeur. Très populaire les jours de pluie.

L'homme désigna les bords du canal, où un long bâtiment se profilait dans l'ombre de l'une des grandes mosquées d'Istanbul – la Nouvelle Mosquée, se dit Langdon en reconnaissant les fameux minarets jumeaux.

À voir la foule de visiteurs qui entrait et sortait des arches, le marché aux épices semblait plus grand qu'un centre commercial américain.

— *Alo ?* grésilla une voix dans la voiture. *Acil Durum ! Alo ?*

Langdon regarda le portable dans sa main. La police !

— Oui, allô ! Mon nom est Robert Langdon. Je travaille avec l'Organisation mondiale de la santé. Vous avez une crise sanitaire majeure à la citerne et je poursuis en ce moment la responsable ! Elle est dans un bus près du Bazar aux épices et se dirige vers...

— Un moment, je vous prie, dit l'opératrice. Je vais vous passer mon supérieur.

— Non, attendez !

Mais il était déjà mis en attente.

Le chauffeur le regarda avec effroi.

— Il y a un problème à la citerne ?

Langdon allait lui expliquer la situation quand une lueur rouge éclaira l'habitacle.

Le bus freine !

Le chauffeur reporta son attention sur la route et pila juste à temps. La lumière se ralluma dans le bus et Langdon vit Sienna comme en plein jour. Debout devant la porte, elle avait actionné le signal d'alarme et frappait contre la porte pour sortir du bus.

Elle m'a vu !

Sans doute avait-elle aussi repéré l'embouteillage sur le pont de Galata. Elle ne voulait pas se retrouver prise au piège.

Langdon ouvrit la portière de la Bentley, mais Sienna sautait déjà de l'*otobüs* et piquait un sprint dans la nuit. Langdon jeta le portable sur les cuisses de son propriétaire.

— Dites à la police pour le problème à la citerne ! Et demandez-leur de boucler tout le quartier !

L'homme au turban hocha la tête.

— Merci infiniment ! cria Langdon. *Teşekkürler !*

Et il s'élança à nouveau à la poursuite de la jeune femme, qui fonçait droit vers le Bazar égyptien.

95.

Le Bazar égyptien d'Istanbul était l'un des plus grands marchés couverts du monde. Bâti en forme de L, l'immense édifice comptait quatre-vingt-huit salles, avec des centaines d'éventaires où les marchands locaux proposaient toutes sortes de denrées venues des quatre coins du monde – épices, fruits, herbes et, bien sûr, les fameuses pâtisseries turques.

L'entrée du bazar, au croisement de Çiçek Pasajı et de la rue Tahmis, voyait passer plus de trois cent mille visiteurs par jour.

Ce soir, Langdon avait le sentiment oppressant que ces clients étaient tous venus à la même heure.

Sienna courait toujours, en direction de l'entrée voûtée. Juste avant de se noyer dans la foule, elle jeta un bref coup d'œil derrière elle.

Le regard d'une petite fille effrayée et désespérée.

— Sienna !

Elle avait déjà disparu.

Plongeant à son tour dans la cohue du bazar, Langdon scruta les visages. Elle était là-bas, dans l'aile ouest du marché.

Les différents étals d'épices – curry indien, safran iranien, thé chinois – composaient un kaléidoscope de jaune, de brun et d'or.

À chaque pas, Langdon percevait de nouveaux arômes – champignons âcres, racines amères, huiles musquées –, véritable symphonie de fragrances exotiques. Combinés au brouhaha du marché, ces parfums puissants lui donnaient le vertige.

Redoutant une nouvelle crise de claustrophobie, il prit une grande inspiration et s'efforça de se concentrer sur son objectif. Devant lui, Sienna jouait des coudes pour se frayer un chemin dans la foule.

Pourquoi la pourchassait-il ? se demanda Langdon.

Par souci de justice ?

Étant donné ses crimes, il n'osait imaginer quelle punition attendait Sienna.

Pour éviter une pandémie ?

Inutile, le mal était fait.

Alors qu'il s'enfonçait dans la marée humaine, il comprit brusquement pourquoi il souhaitait tant l'arrêter.

Il voulait des réponses.

À dix mètres de lui, Sienna se dirigeait vers la sortie ouest. Elle jeta un coup d'œil par-dessus son épaule et paniqua quand elle vit l'Américain sur ses talons. Se retournant une deuxième fois, elle perdit l'équilibre, entraînant dans sa chute un tonneau rempli de noisettes séchées.

En trois enjambées, Langdon arriva sur les lieux de l'incident. Hélas, il ne découvrit rien d'autre que des centaines de baies disséminées au sol.

Et un vendeur qui poussait des cris exaspérés.

Plus de Sienna.

Langdon scruta les alentours. En vain. La jeune femme s'était envolée. Quand il aperçut la porte ouest, à une quinzaine de mètres, il comprit. La chute de Sienna n'avait rien eu d'accidentel.

Dehors, il déboucha sur une immense place, tout aussi grouillante. Face à lui, de l'autre côté d'une route à plusieurs voies, le pont de Galata s'étirait au-dessus des eaux de la Corne d'Or. À sa droite, les flèches des minarets de la Nouvelle Mosquée se dressaient vers le ciel, tandis que sur sa gauche, une foule dense se pressait sur l'esplanade.

Soudain, plusieurs coups de klaxon sur la grande route attirèrent son attention. À cent mètres de là, Sienna traversait l'avenue.

La mer ?

Important carrefour de communication, les berges pullulaient de ferries, d'*otobüs* et de taxis.

Langdon courut jusqu'à la rambarde de sécurité. Il estima la vitesse des véhicules avant de s'élancer. En moins d'une minute, dans un concert de klaxons et d'appels de phares, il était de l'autre côté.

560

Sienna, qui avait pris une bonne longueur d'avance, dépassait à présent la station de taxis et la file des bus pour foncer vers les docks. Au-delà du bras de mer, scintillaient les lumières de la ville.

Si Sienna atteignait l'autre rive, songea Langdon, il n'aurait guère de chance de la retrouver.

Parvenu sur le front de mer, il se mit à courir sur le quai, sous les yeux surpris des touristes qui attendaient d'embarquer pour dîner à bord de grandes barges illuminées.

Las Vegas sur le Bosphore !

Cinquante mètres plus loin, Sienna s'était arrêtée devant un ponton où étaient amarrés plusieurs bateaux privés. Elle était en train de parler avec un homme jeune, à la barre d'un élégant hors-bord.

Ne la laisse pas monter !

Le pilote secouait poliment la tête en souriant. Sienna avait beau gesticuler, son interlocuteur, inflexible, mit le contact.

Langdon se rapprochait. Le bateau s'écarta lentement du mouillage.

Soudain, Sienna prit son élan, sauta… et atterrit sur le pont arrière. Sentant l'impact, le pilote se retourna, stupéfait. Il coupa aussitôt les gaz.

Visiblement furieux, l'homme s'avança vers Sienna. Quand il fut à sa portée, elle lui saisit le poignet et le fit basculer par-dessus bord. Le malheureux tomba à l'eau, tête la première.

Une seconde plus tard, il refaisait surface en hurlant – sans doute une bordée d'injures en turc.

Avant de se mettre aux commandes du bateau, la jeune femme lui lança une bouée de sauvetage. Et le hors-bord fila dans une traînée d'écume.

Langdon, impuissant, regarda la coque blanche se perdre dans la nuit. Maintenant, Sienna pouvait rejoindre l'autre rive, mais aussi la mer Noire, la Méditerranée…

Trop tard !

Le pilote sortit de l'eau et alla aussitôt prévenir la police.

Les feux de la vedette s'éloignèrent. Le bourdonnement du moteur n'était plus qu'un murmure.

Soudain, le silence.

Langdon fouillait les ténèbres des yeux.

Elle a coupé le moteur ?

Les lumières, immobiles, ballottaient au gré de la houle.

Sienna s'était arrêtée.

Plus de carburant ?

Prêtant l'oreille, Langdon crut entendre le faible ronronnement du moteur.

Mais qu'est-ce qu'elle fabrique ?

Les secondes s'égrenaient, interminables. Dix… vingt… trente…

Brusquement, le moteur hoqueta, avant de repartir à plein régime.

À sa grande stupeur, les lumières du hors-bord décrivirent un large arc de cercle, puis la vedette fendit les eaux dans sa direction.

Elle revient !

Au volant du bateau, Sienna regardait droit devant elle. Elle accosta et coupa le contact.

Le silence revint.

Langdon l'observait sans comprendre.

Elle avait enfoui son visage dans ses mains. Elle tremblait, le corps secoué de sanglots incontrôlables.

562

Quand enfin elle releva la tête, ses yeux étaient remplis de larmes.

— Robert, je n'ai nulle part où aller.

96.

Le virus était lâché.

Au pied de l'escalier, Elizabeth contemplait la salle déserte. Le masque à oxygène gênait sa respiration. Elle était sans doute déjà contaminée, mais porter cette combinaison avait quelque chose de rassurant. Avec ces tenues et ces casques, ses hommes et elle avaient l'air d'astronautes explorant un vaisseau *alien*.

Là-haut, dans la rue, ce devait être une belle pagaille. Des gens avaient été blessés dans la bousculade, d'autres s'étaient enfuis. Par chance, Sinskey s'en était sortie indemne – juste un genou écorché et son amulette brisée.

Une seule forme de contagion se répandait plus vite qu'un virus.

La peur.

Les portes étaient maintenant hermétiquement fermées, et surveillées par la police. Sinskey avait craint, avec l'arrivée des autorités turques, de devoir donner des explications à n'en plus finir, mais les policiers lui avaient laissé carte blanche dès qu'ils avaient vu la brigade de l'ECDC en tenue d'intervention.

Nous sommes livrés à nous-mêmes, pensa Sinskey en contemplant la forêt de colonnes qui se mirait dans les eaux du lagon. Personne ne voudra descendre ici.

Derrière elle, deux agents avaient tendu une immense bâche de polyuréthane en travers de la bouche de l'escalier, qu'ils fixaient maintenant au mur à l'aide d'un décapeur thermique. Deux autres installaient, sur une passerelle, une batterie d'appareils électroniques.

On eût dit deux techniciens de la police scientifique sur une scène de crime.

Elle songea à la femme dans ce *niqab* dégoulinant d'eau qui avait semé la panique dans la citerne. Sienna Brooks. La compagne de Zobrist. Sa complice, à l'évidence.

Elle était venue déchirer le sac.

Langdon s'était lancé à sa poursuite. Depuis, Sinskey n'avait aucune nouvelle.

Pourvu qu'il soit sain et sauf...

*

Sur la passerelle, l'agent Brüder, dans ses vêtements trempés, regardait fixement la tête de la gorgone. Et maintenant ? Que faire ?

On l'avait formé à envisager les enjeux à long terme, à mettre ses doutes et ses priorités personnels de côté pour se concentrer sur la survie du plus grand nombre. Jusqu'ici, il ne s'était pas inquiété pour sa propre santé.

Dire que j'ai plongé dans cette saloperie, pensa-t-il. *Mais il fallait qu'on sache.*

Il se força à se concentrer sur sa mission – le plan B. Malheureusement, en cas de fuites, le plan B était toujours le même : élargir le rayon d'intervention. Contenir une maladie contagieuse, c'était combattre

564

un feu de forêt : parfois il fallait reculer, accepter de perdre des arbres pour sauver les autres.

À ce stade, Brüder n'avait pas encore abandonné l'idée d'isoler complètement le foyer infectieux. Sienna Brooks avait dû rompre la poche quelques minutes seulement avant l'évacuation générale. Même si des centaines de personnes se trouvaient alors dans la caverne, elles étaient peut-être trop loin de la source pour avoir été contaminées.

Restait le problème « Langdon et Brooks ».

Ces deux-là étaient infectés, et ils se baladaient quelque part en ville…

Brüder avait un autre sujet d'inquiétude – un hiatus dans la logique des événements. Malgré l'exploration minutieuse du bassin, il n'avait pas retrouvé le sac de Solublon déchiré. Or, si la femme avait percé la poche – avec un objet tranchant ou avec ses ongles –, il aurait dû retrouver des lambeaux de plastique non loin de la plaque.

Mais non. Rien. Sienna n'avait pu emporter le sac de plastique avec elle – trop fragile. Intransportable.

Alors, où était ce fichu sac ?

Il manquait une pièce au puzzle. Et cela le chagrinait. Mais il devait se concentrer sur la nouvelle stratégie à mettre en place. Pour cela, il lui fallait répondre à une question cruciale : quel était le rayon d'action actuel du virus ?

Encore quelques minutes, et il aurait la réponse.

Son équipe avait installé une série de capteurs entre le point d'émission et l'entrée de la grotte. Ces appareils, appelés des unités PCR – pour réaction en chaîne par polymérisation –, permettaient de détecter la présence d'un virus.

Le chef de la brigade gardait espoir. Comme l'eau de la citerne n'avait pratiquement subi aucune perturbation, et que très peu de temps s'était écoulé depuis la libération du virus, la zone serait peut-être assez restreinte pour être décontaminée à l'aide d'agents chimiques ou par pompage.

— Prêts ? lança un technicien dans son mégaphone.

Les hommes postés le long de la passerelle levèrent les pouces.

— Lancez les analyses !

Dans la caverne, les agents s'accroupirent et allumèrent leur PCR. Les appareils étaient placés, à intervalles réguliers, de plus en plus loin de l'épicentre de la contamination.

Il régnait un grand silence dans la salle. Chaque opérateur espérait voir la lumière verte de sa machine s'allumer.

La minute de vérité.

Là ! Sur l'appareil le plus proche de Brüder, un voyant rouge se mit à clignoter. L'agent se tourna aussitôt vers la machine suivante.

Un autre voyant rouge.

Non !

Des murmures horrifiés parcoururent la caverne. Tous les détecteurs clignotaient en rouge, jusqu'à l'entrée de la citerne.

Oh mon Dieu !...

Brüder avait sa réponse.

Le virus était partout.

97

Robert Langdon regardait Sienna Brooks, recroque-
villée sur le volant du hors-bord. Il ne comprenait plus rien.

— Allez-y, méprisez-moi, murmura la jeune femme
en levant vers lui des yeux emplis de larmes.

— Vous mépriser ? Je ne sais même pas qui vous
êtes ! Vous n'avez cessé de me mentir !

— Je sais. Je suis désolée. J'essayais d'agir pour le
mieux.

— En libérant un virus mortel ?

— Non, Robert, ce n'est pas ça.

— Vous êtes allée dans le lagon pour déchirer le
Solublon !

— Le Solublon ? répéta Sienna, visiblement perdue.
Je ne sais pas de quoi vous parlez. Robert, je suis allée
à la citerne pour empêcher la propagation du virus de
Bertrand… Je voulais le voler et le faire disparaître à
jamais. Personne ne doit pouvoir l'étudier. Surtout pas
Sinskey et l'OMS.

— Le voler ? Le soustraire à l'OMS ? Pourquoi ?

Sienna poussa un profond soupir.

— Il y a tant de choses que vous ignorez, Robert,
mais cela n'a plus d'importance à présent. On est arrivés trop tard. On n'a jamais eu la moindre chance.

— Bien sûr que si ! Le virus ne devait pas se propager avant *demain* ! C'est la date choisie par Zobrist,
et si vous n'étiez pas allée crever ce sac…

— Je n'ai pas libéré le virus ! s'écria Sienna. Quand
je suis entrée dans l'eau, j'essayais de le trouver, mais
c'était trop tard. Il n'y avait plus rien !

— Je ne vous crois pas.

— Ça ne m'étonne pas. (Elle sortit un prospectus détrempé de sa poche.) Ceci vous convaincra peut-être, ajouta-t-elle en lui tendant le morceau de papier. Je l'ai trouvé tout à l'heure.

Langdon s'en saisit et le déplia. C'était le programme des sept concerts de la *Dante Symphonie*.

— Regardez les dates.

Langdon s'exécuta. Il les lut, une fois, deux fois… Il avait cru que le concert de ce soir était la soirée *d'ouverture* – la première des sept représentations de la semaine, censées attirer les foules dans la caverne contaminée. Mais ce programme racontait une tout autre histoire.

— Ce soir, c'était la représentation *finale*? bredouilla-t-il, relevant enfin les yeux. L'orchestre a joué toute la semaine ?

Sienna hocha la tête.

— J'étais aussi surprise que vous. L'épidémie a déjà commencé, Robert. Depuis une semaine.

— Ce n'est pas possible ! Demain. Il avait dit demain ! C'est la date gravée sur la plaque !

— Oui, c'est ce qu'il y a d'écrit.

— C'est donc que la propagation est prévue pour *demain*.

Elle secoua la tête.

— Robert, je connais bien Bertrand. Bien mieux que vous ne le pensez. C'était un scientifique, un homme de résultats. La date n'est pas celle de la libération du virus, il faut se rendre à l'évidence. Elle célèbre un événement bien plus important à ses yeux.

— Ah, oui ?

Sienna le regarda d'un air grave.

— C'est la date de la contamination globale – un simple calcul... le jour où le virus se sera diffusé partout... et aura infecté tous les habitants de la planète.

Cette idée avait de quoi glacer le sang, mais il était certain que Sienna lui mentait. Il y avait une faille dans son histoire.

— Sienna... reprit-il avec un soupir. Si cette peste s'est déjà disséminée dans le monde entier, pourquoi les gens ne sont-ils pas malades ?

La jeune femme détourna les yeux, incapable de soutenir son regard.

— J'attends votre réponse, insista Langdon. Pourquoi les gens ne meurent-ils pas en ce moment même ?

Elle releva la tête vers lui.

— Parce que Bertrand n'a pas créé une maladie mortelle. Il a créé une chose bien plus terrible...

98.

Malgré le flux d'oxygène dans son masque, Elizabeth Sinskey se sentait nauséeuse. Cinq minutes s'étaient écoulées depuis que les unités PCR avaient rendu leur verdict.

On n'avait aucune chance de confiner le virus.

Le Solublon s'était apparemment désagrégé la semaine précédente, sans doute le jour du concert d'ouverture, puisqu'ils savaient maintenant que l'orchestre jouait depuis sept jours. Les derniers lambeaux de plastique ne s'étaient pas dissous, à cause de l'adhésif utilisé pour les fixer à la ficelle.

La contamination avait commencé il y a une semaine…

Désormais impuissants, les agents de l'UPR procédaient à des analyses de routine – type, degré de dangerosité, composition. Jusqu'ici, les unités PCR ne leur avaient fourni qu'une seule donnée essentielle – qui n'avait surpris personne.

Le virus était partout dans l'air.

Selon toute vraisemblance, le contenu de la poche plastique était monté à la surface et de minuscules gouttelettes infectées s'étaient disséminées dans l'atmosphère.

Une petite quantité suffit pour contaminer tout le monde, se dit Sinskey. Surtout dans un espace confiné.

Un virus – contrairement à une bactérie ou une substance chimique – pouvait infecter la population à une vitesse prodigieuse. À l'instar des parasites, les virus pénétraient dans l'organisme et se fixaient sur une cellule hôte, selon un procédé appelé absorption. Ensuite, ils injectaient leur propre ADN ou ARN dans la cellule, et la forçaient à dupliquer plusieurs versions du virus. Une fois le nombre de copies suffisant, les nouvelles particules virales tuaient la cellule et se hâtaient de conquérir de nouvelles cellules hôtes, le processus se répétant ainsi à l'infini.

En expirant ou éternuant, l'individu projetait des gouttelettes infectées qui restaient en suspension dans l'air jusqu'à être inhalées par d'autres hôtes, et ainsi de suite.

Une croissance exponentielle, pensa Sinskey avec effroi, se rappelant le graphique de Zobrist illustrant la prolifération de la population humaine.

Une croissance exponentielle contre une autre... Une idée de génie, reconnut-elle.

Une question cependant brûlait toutes les lèvres : quel était le comportement de ce virus ?

Autrement dit : comment attaquait-il son hôte ?

Le virus Ébola empêchait le sang de se coaguler, provoquant des hémorragies mortelles. Les hantavirus étaient responsables de maladies pulmonaires fatales. Une famille connue sous le nom d'oncovirus provoquait le cancer. Le virus du VIH attaquait le système immunitaire, entraînant la maladie du Sida. Au sein de la communauté médicale, tout le monde savait que si le VIH s'était propagé par voie aérienne, c'eût été la fin de l'humanité.

Que pouvait bien faire le virus de Zobrist ?

Visiblement, les effets sur la santé n'étaient pas immédiats, puisqu'aucun hôpital n'avait rapporté de cas cliniques nouveaux.

Avide de réponses, Sinskey s'approchait des analystes, quand elle repéra Brüder près de l'escalier. Il avait apparemment capté un faible signal et parlait à voix basse dans son téléphone.

Pressant le pas, elle arriva à temps à sa hauteur pour entendre la fin de sa conversation.

— D'accord, compris, disait l'agent de l'UPR d'une voix monocorde. Inutile de te dire que tout ça est strictement confidentiel... Je compte sur ta discrétion... Appelle-moi dès que tu en sais plus... Merci.

Et il raccrocha.

— Que se passe-t-il ? s'enquit Sinskey.

Brüder poussa un long soupir.

— Je viens de parler à un ami à moi. Un virologue du CDC d'Atlanta.

Sinskey faillit s'étrangler.

— Vous avez prévenu le CDC sans mon autorisation ?

— J'en prends la responsabilité. Mon contact restera discret. Il nous faut des informations et ce n'est pas nos machines qui vont nous les fournir !

Sinskey jeta un coup d'œil à la poignée d'agents de l'UPR penchés sur leurs échantillons d'eau et leurs appareils électroniques.

Il avait raison.

— Mon ami du CDC travaille dans une unité de microbiologie. Ils sont vraiment pointus. Il m'a confirmé l'existence d'un agent viral extrêmement contagieux, encore inconnu à ce jour.

— Comment avez-vous pu lui faire parvenir un échantillon aussi vite ?

— Je ne lui ai rien envoyé, répondit Brüder. Il a analysé son propre sang.

Sinskey le regarda un moment avant de mesurer ce que cela signifiait :

Toute la planète est contaminée.

99.

Langdon avançait lentement, avec l'impression de ne plus sentir son corps, comme dans un cauchemar.

Une épidémie planétaire...

Sienna n'avait pas dit un mot depuis qu'elle était descendue du bateau et avait rejoint Langdon sur le quai. Ils marchaient sur un chemin de gravier à l'écart du port et de la foule.

Les larmes de la jeune femme s'étaient taries, pourtant Langdon devinait qu'une foule d'émotions l'agitait. Au loin, on entendait les hurlements des sirènes, mais elle semblait ne pas y prêter attention. Elle gardait la tête baissée, observant les gravillons qui crissaient sous ses pieds.

Ils pénétrèrent dans un square ; Sienna l'entraîna vers un bouquet d'arbres, à l'écart. Là, ils s'assirent sur un banc d'où ils pouvaient contempler la Corne d'Or. Sur la rive lointaine, la tour de Galata scintillait au-dessus des propriétés à flanc de colline. D'ici, le monde paraissait étonnamment paisible. Si loin de la panique qui devait régner à la citerne. À l'heure qu'il était, Sinskey et ses hommes savaient sans doute qu'ils étaient arrivés trop tard pour empêcher la contagion.

— Je n'ai pas beaucoup de temps, Robert. La police va finir par me retrouver. Mais avant, je voudrais que vous sachiez la vérité. Toute la vérité.

Langdon acquiesça sans un mot.

Sienna lui fit face.

— Bertrand Zobrist a été… mon premier amour. Il est devenu mon mentor.

— Je le sais, Sienna.

Elle le regarda d'un air surpris, mais se dépêcha de poursuivre, de peur de ne plus avoir le courage d'aller jusqu'au bout :

— Je l'ai rencontré à un âge influençable. J'étais fascinée par ses idées, son intelligence. Comme moi, il pensait que notre espèce allait atteindre son point de rupture. Que nous sommes condamnés, et que la fin est bien plus proche qu'on ne l'imagine.

Langdon gardait le silence.

— Toute mon enfance, j'ai voulu être utile… Mais les gens ne cessaient de me répéter : Tu ne peux pas sauver le monde, ne gâche pas ta jeunesse à essayer ! (Elle se tut, ravalant ses larmes.) Et j'ai rencontré Bertrand… qui affirmait que non seulement sauver l'humanité était possible… mais que c'était aussi notre devoir moral. Il m'a présenté des gens brillants, qui partageaient la même vision. Ces gens avaient le pouvoir de changer l'avenir. Pour la première fois de ma vie, je ne me sentais plus seule.

Ému, Langdon lui sourit.

— J'ai vécu des moments terribles dans ma vie, continua-t-elle. Des moments que j'ai du mal à oublier…

Elle détourna les yeux et passa une main tremblante sur son crâne chauve.

— Je crois que la seule chose qui m'a permis de tenir, c'était de croire que l'homme pouvait devenir meilleur, qu'on avait une chance d'éviter la catastrophe.

— C'est ce que Zobrist pensait aussi ?

— Oui. Bertrand avait une foi sans bornes en l'humanité. C'était un transhumaniste. Il était convaincu qu'on était à l'aube d'un âge post-humain – une ère de paix et de profonds changements. C'était un visionnaire aussi. Il entrevoyait des voies nouvelles. Il avait compris le pouvoir de la technologie et pensait qu'en l'espace de quelques générations, notre espèce allait se modifier en profondeur – s'améliorer génétiquement pour être plus résistante aux maladies, plus intelligente, plus forte et plus compatissante. Mais il y avait un problème de taille : l'homme ne vivrait pas assez longtemps pour connaître cet âge d'or.

— À cause de la surpopulation...

— Oui, les prédictions de Malthus. Bertrand disait qu'il était saint Georges devant terrasser le monstre chtonien.

Langdon ne suivait pas son raisonnement.

— Terrasser la gorgone ?

— Oui. Méduse et toutes les divinités chtoniennes. Parce qu'elles appartiennent à Gaïa, la terre. Et que, dans la mythologie, elles incarnent...

— ... la fertilité, termina Langdon.

— Oui, la fertilité. Le « monstre chtonien », c'est notre propre fécondité. La prolifération de notre espèce, à ses yeux, était un monstre... Il fallait le terrasser avant qu'il ne nous dévore tous.

— D'accord, il veut tuer la bête. Et comment au juste ?

— Robert, c'est une question complexe, répondit Sienna, soudain sur la défensive. Dès qu'on parle de sélection, il y a une levée de boucliers. Un homme qui coupe la jambe d'un enfant de trois ans est un horrible criminel... sauf s'il est médecin et sauve l'enfant de la gangrène. Parfois, il faut choisir entre deux maux. (Des larmes perlaient à ses paupières.) Je pense que les aspirations de Bertrand étaient nobles... mais ses méthodes...

Le regard de la jeune femme se perdit à l'horizon. Elle semblait sur le point de craquer.

— Sienna, insista doucement Langdon, j'aimerais simplement comprendre. Quelle était l'idée de Bertrand Zobrist ? Quel fléau a-t-il lâché sur la planète ?

Sienna releva la tête vers lui. Il y avait de la peur dans ses yeux bruns.

— Un virus, murmura-t-elle. Un virus très spécial...

Langdon pâlit, et attendit la suite.

— Ça s'appelle un vecteur viral. C'est un micro-organisme conçu pour introduire une information génétique dans la cellule cible. Au lieu de tuer la cellule... ce virus modifié y insère une séquence ADN prédéterminée pour modifier son génome.

Langdon avait du mal à comprendre.

Un virus capable de modifier notre ADN ?

— La nature insidieuse de ce virus, c'est qu'aucune des victimes ne sait qu'elle est contaminée. Personne ne tombera malade. Personne n'aura de symptômes de cette transformation génétique.

Le cœur de Langdon battait à tout rompre.

— Quelle transformation ?

Sienna ferma les yeux un moment.

— Robert, dès que le virus a été libéré dans la citerne, une réaction en chaîne s'est produite. Toutes les personnes qui ont respiré l'air de cette salle sont devenues des hôtes... des porteurs involontaires du virus, qui l'ont transmis à d'autres. Cela a déclenché la prolifération exponentielle de la maladie, qui a déferlé sur la planète comme un feu de forêt. À l'heure qu'il est, le virus a pénétré toutes les couches de la population. Vous, moi... tout le monde.

Langdon se leva d'un bond.

— Quelle transformation ? répéta-t-il. Qu'est-ce que ce virus nous fait ?

Elle resta silencieuse un long moment.

— Il rend les humains infertiles, articula-t-elle. Bertrand a créé un nouveau fléau : le fléau de la stérilité.

L'homme devenu infécond… Langdon savait que certains agents pathogènes pouvaient entraîner l'infertilité, mais un virus hautement contagieux modifiant l'ADN humain, ça lui semblait tout droit sorti d'un roman d'anticipation… annonçant un avenir sinistre à la Orwell.

— Bertrand parlait souvent de ce type de vecteur, mais je n'ai jamais pensé qu'il essaierait d'en créer un. Encore moins qu'il réussirait ! Quand il m'a écrit pour m'apprendre ce qu'il avait fait, ça a été un choc. J'ai tout fait pour retrouver Bertrand, pour arrêter ce projet… malheureusement je suis arrivée trop tard.

— Mais si le virus rend tout le monde stérile, bredouilla Langdon, dans une génération, l'espèce humaine n'est plus !

— Vous avez raison. Sauf que l'extinction de l'humanité n'était pas le but de Bertrand, bien au contraire. C'est pourquoi il a créé un virus à *activation aléatoire*. Même si son Inferno est maintenant endémique dans l'ADN humain et se transmettra de génération en génération, il ne « s'activera » que chez certaines personnes. Autrement dit, tout le monde est maintenant porteur du virus, mais seule une partie de la population sera stérile.

— Quelle proportion ? s'entendit demander Langdon, horrifié de devoir poser cette question.

— Comme vous le savez, Bertrand était fasciné par la Peste noire. La nature, selon lui, s'autorégule. Quand Bertrand a fait ses calculs sur l'infertilité, il a découvert que le taux de mortalité de la peste – un sur trois – était précisément le ratio requis pour que la population humaine ait une croissance raisonnable.

Langdon frissonna.

— La Peste noire a réduit le troupeau et pavé le chemin de la Renaissance, continua-t-elle. L'Inferno de Bertrand est une sorte de catalyseur high tech, pour un renouveau mondial – une Peste noire transhumaniste –, si ce n'est que les individus contaminés, au lieu de mourir, deviendront stériles. Donc, si le virus s'est propagé partout, comme on peut le penser, un tiers de la population mondiale est aujourd'hui stérile… et un tiers le sera toujours. On peut le comparer à un gène récessif héréditaire… qui n'exercera son action que sur un petit pourcentage de notre descendance.

Langdon remarqua que les mains de la jeune femme tremblaient.

— Dans sa lettre, Bertrand était plutôt fier de lui, car il considérait Inferno comme une solution élégante et humaine au problème.

De nouvelles larmes s'étaient formées dans ses yeux, qu'elle essuya aussitôt.

— Comparé aux ravages de la Peste noire, il y a une certaine compassion dans son Inferno. Pas d'hôpitaux débordant de malades et de moribonds, pas de cadavres pourrissant dans les rues, pas de survivants pleurant la mort de leurs proches. Les humains auront seulement moins d'enfants. Le taux de natalité va brutalement diminuer, la courbe de croissance s'inverser et la population commencer à décroître. (Elle marqua une pause.) L'Inferno est donc plus efficace qu'une épidémie de peste, qui n'a qu'un effet limité sur la population mondiale, ne formant qu'un creux momentané dans la courbe. Bertrand a créé une solution à long terme… permanente… transhumaniste. En spécialiste de la génétique germinale, il a pris le problème à la racine.

— C'est du bioterrorisme, une attaque génétique à grande échelle, murmura Langdon. Il change ce que nous sommes, ce que nous avons toujours été, au plus profond de nous-mêmes.

— Bertrand ne voyait pas les choses ainsi. Il rêvait de combler la seule faille dans l'évolution humaine… la prolifération de notre espèce. Malgré notre intelligence, notre technologie, nous sommes incapables de maîtriser notre taux de natalité. Les campagnes de contraception, l'éducation, les actions gouvernementales, rien n'y fait. Nous continuons à avoir trop de bébés… Saviez-vous que, d'après le CDC, près de la moitié des grossesses aux États-Unis sont involontaires ? Et dans le tiers monde, c'est plus de 70 pour cent !

Langdon connaissait ces chiffres, mais n'en mesurait qu'aujourd'hui les implications. En tant qu'espèce, les humains étaient comme ces lapins qu'on avait introduits sur certaines îles du Pacifique, et qu'on avait laissés proliférer sans contrôle, si bien qu'ils avaient fini par détruire tout l'écosystème et s'éteindre.

— Bertrand Zobrist a reprogrammé notre espèce… pour la sauver… la rendre moins féconde.

Langdon contempla au loin les ferries qui traversaient le Bosphore, emportant leurs passagers. Eux aussi se sentaient-ils perdus entre deux mondes ?

À présent, les sirènes des voitures de police se rapprochaient des quais.

Le temps leur était compté.

— Le plus effrayant, ce n'est pas qu'Inferno provoque l'infertilité, c'est la façon dont il parvient à le faire. Un vecteur viral transmissible par voie aérienne est une percée phénoménale pour la science – un véritable bond en avant. Bertrand a fait passer la génétique du Moyen Âge au XXIe siècle ! Il a déverrouillé le processus évolutionniste et a donné à l'humanité la capacité de remodeler sa propre espèce. Une fois ouverte la boîte de Pandore, personne ne pourra la refermer. Bertrand nous a donné les clés pour modifier la race humaine… mais si ces clés tombent entre de mauvaises mains… Cette technologie n'aurait jamais dû être inventée. Dès que j'ai lu la lettre de Bertrand, je l'ai brûlée. Et j'ai tenté par tous les moyens de retrouver le virus pour le faire disparaître.

— Je ne comprends pas ! s'emporta Langdon. Si vous vouliez le détruire, pourquoi ne pas avoir coopéré avec le Dr Sinskey et l'OMS ? Vous auriez dû appeler le CDC !

— Vous plaisantez ? Il ne faut surtout pas que les États aient accès à cette technologie ! Au cours de l'histoire de l'humanité, chaque percée technologique a été détournée à des fins destructrices – du simple feu à l'arme nucléaire – et presque toujours sous la houlette de grandes puissances. D'où viennent les armes biologiques d'après vous ? Des laboratoires de recherches de l'OMS ou du CDC ! La technologie de Bertrand – un vecteur viral contagieux – est l'arme biologique la plus redoutable jamais créée. Elle préfigure des horreurs que nous ne pouvons même pas imaginer, ne serait-ce que des armes biologiques *sélectives*. Imaginez un agent pathogène capable d'attaquer des gens dotés de marqueurs génétiques spécifiques. Et vous obtenez, cousu main, un grand nettoyage ethnique par la génétique !

— Je comprends vos inquiétudes, Sienna. Mais cette technologie peut aussi servir le bien, non ? Cette découverte n'est-elle pas un don du ciel pour la médecine génétique ? Des possibilités de vaccinations à l'échelle mondiale par exemple ?

— Peut-être, mais je me méfie, par expérience, de tous les gens de pouvoir.

Le bruit d'un hélicoptère l'interrompit. Langdon regarda du côté du marché à épices, et vit un appareil balayer la colline de ses faisceaux avant de se diriger vers les quais.

— Je dois m'en aller, annonça Sienna en regardant le pont Atatürk. Je peux peut-être traverser le pont à pied et de là atteindre...

— Vous n'irez nulle part.

— Robert, je suis revenue parce que je vous devais une explication. Maintenant, vous l'avez.

— Non, Sienna, vous êtes revenue parce que toute votre vie vous avez fui et que vous en avez assez.

Les épaules de la jeune femme s'affaissèrent.

— Ai-je le choix ? bredouilla-t-elle en regardant l'hélicoptère fouiller le front de mer. Je suis bonne pour la prison.

— Vous n'avez rien fait de mal, Sienna. Vous n'avez pas créé ce virus... et vous n'avez jamais eu l'intention de le propager.

— C'est vrai, mais j'ai tout fait pour empêcher l'OMS de le retrouver. De plus, la vidéo de Zobrist me désigne comme sa muse. Si je ne termine pas dans une prison turque, je vais devoir répondre à des accusations de terrorisme biologique devant une cour international.

Alors que le vrombissement des pales se rapprochait, Langdon prit la jeune femme par les épaules. Elle semblait prête à détaler.

— Sienna, dit-il doucement, je sais que vous avez traversé des épreuves difficiles et que vous avez peur, mais essayez de prendre un peu de recul. C'est Bertrand qui a créé le virus. Vous, vous avez tenté de l'arrêter.

— Mais j'ai échoué…

— Oui, et maintenant que le virus s'est propagé, la communauté scientifique va devoir l'étudier à fond. Vous seule savez de quoi il s'agit. Peut-être existe-t-il un moyen de le neutraliser… ou de nous en protéger. (Il vrilla ses yeux dans les siens.) Sienna, le monde a besoin de vos connaissances. Vous ne pouvez pas disparaître une fois de plus.

La jeune femme tremblait de tout son corps – trop d'émotions, de chagrin, de doutes.

— Robert, je… je ne sais même plus qui je suis. Regardez-moi. (Elle effleura son crâne.) Je suis un monstre. Comment affronter…

Langdon l'attira contre lui et la serra dans ses bras. Elle était si fragile tout à coup.

— Sienna, murmura-t-il à son oreille, je ne vais pas vous laisser vous enfuir. Tôt ou tard, vous allez devoir faire confiance à quelqu'un.

— Je… je ne peux pas, sanglota-t-elle. Je suis trop abîmée.

Langdon resserra son étreinte.

— Faites un premier pas. Un tout petit. Ayez confiance en moi.

582

100.

Des coups résonnèrent contre la carlingue du C-130, faisant sursauter le Président. À l'extérieur de l'appareil, quelqu'un cognait contre la lourde porte avec la crosse d'un pistolet, exigeant qu'on lui ouvre.

— Je m'en occupe ! annonça le pilote en se dirigeant vers la porte. C'est la police turque. J'ai vu leur voiture.

Le Président jeta un bref coup d'œil à Ferris.

À en croire les appels que les agents de l'OMS venaient de recevoir à bord, la mission avait échoué.

Zobrist a réussi son coup, frémit le Président. Grâce au Consortium.

Dehors, les coups redoublaient, accompagnés d'ordres en turc.

Le Président se leva d'un bond.

— N'ouvrez pas la porte !

Le pilote suspendit son geste.

— Pourquoi pas ?

— L'OMS est une organisation de santé internationale. Cet avion est un espace souverain.

Le pilote secoua la tête.

— Monsieur, cet avion est stationné sur un aéroport turc et, tant qu'il n'a pas quitté l'espace aérien turc, il est soumis aux lois de ce pays.

Sur ces mots, il déverrouilla la porte.

Deux hommes en uniforme s'avancèrent. Ils n'avaient pas l'air de plaisanter !

— Qui est le commandant de bord ? s'enquit l'un d'eux avec un fort accent.

— C'est moi, répondit le pilote.

Le policier turc lui tendit deux feuilles de papier.

— Mandats d'arrêt. Ces deux passagers doivent venir avec moi.

Le pilote étudia les documents, puis jeta un coup d'œil au Président et à Ferris.

— Appelez le Dr Sinskey, dit le Président au pilote. Nous faisons partie d'une mission internationale.

L'un des policiers jeta au petit homme râblé un regard méprisant :

— Le Dr Elizabeth Sinskey ? La directrice de l'Organisation mondiale de la santé ? C'est elle qui a donné l'ordre de vous arrêter.

— Impossible ! répliqua le Président d'une voix blanche. M. Ferris et moi-même sommes ici en Turquie pour essayer d'aider le Dr Sinskey.

— Alors vous faites très mal votre job, railla le second policier. Elle prétend que vous êtes complices d'un attentat bioterroriste sur le sol turc. (Il saisit ses menottes.) On vous emmène au commissariat pour vous interroger.

— J'exige de parler à un avocat ! s'écria le Président.

Trente secondes plus tard, Ferris et lui étaient menottés et embarqués dans une berline noire. La voiture traversa le tarmac à vive allure, puis s'arrêta dans un coin éloigné de l'aéroport, près d'une clôture dont les fils barbelés avaient été sectionnés pour ménager le passage d'un véhicule. Une fois sortie du périmètre de l'aéroport, la berline bringuebala sur un terrain vague, puis s'arrêta enfin près d'un ancien bâtiment.

Les deux policiers sortirent de la voiture et scrutèrent les environs. Une fois certains de ne pas avoir été suivis, ils retirèrent leurs uniformes, aidèrent Ferris et le Président à descendre du véhicule et leur ôtèrent les menottes.

Le Président se massa les poignets en songeant que la captivité lui siérait très mal.

— Les clés sont sur le contact, l'informa l'un des agents en se dirigeant vers un van blanc garé tout près. Vous trouverez aussi un sac avec ce que vous avez demandé – billets, papiers d'identité, liquide, cartes de téléphone prépayées, vêtements, ainsi que quelques articles pour votre confort personnel.

— Merci, c'est du bon travail.

— Nous avons été à bonne école, monsieur.

Sur ces mots, les deux Turcs regagnèrent la berline noire, qui s'éloigna rapidement.

Sinskey ne m'aurait jamais laissé partir, pensa le Président.

Pendant le vol pour Istanbul, le Président avait décidé de couvrir ses arrières et envoyé un e-mail à la branche locale du Consortium pour réclamer leur extraction immédiate.

— Vous pensez qu'elle va nous poursuivre ? demanda Ferris.

— Sinskey ? (Il hocha la tête.) Absolument. Même si elle a d'autres chats à fouetter en ce moment.

Les deux hommes prirent place dans le van, et le Président vérifia le contenu du sac. Il tomba sur une casquette de base-ball avec, enveloppée, une flasque de son whisky préféré.

De vrais pros !

Il ferait mieux d'attendre demain avant de fêter son évasion. En regardant le liquide brun, il pensa au sac en Solublon qui s'était dissous. Mais qui savait de quoi demain serait fait ?

Il avait dérogé à son premier principe. Il avait abandonné son client.

Et, dans quelques jours, le monde serait frappé par un fléau qu'il avait contribué à propager.

Zobrist n'aurait jamais réussi sans le Consortium.

Pour la première fois de sa vie, le Président ne pouvait se voiler la face. Il était bel et bien responsable. Il ouvrit la bouteille de scotch.

Profites-en maintenant, se dit-il. Tes jours sont comptés.

Le Président avala une grande goulée. C'était si bon, cette chaleur qui coulait dans sa gorge.

Soudain, des gyrophares bleus percèrent les ténèbres et foncèrent droit sur leur van.

Le Président regarda tout autour de lui... puis se rencogna dans son siège.

Trop tard.

Tandis que des hommes armés de fusils les encerclaient, il prit une dernière gorgée, puis leva lentement les mains au-dessus de sa tête.

Cette fois, c'étaient de vrais policiers.

101.

Le consulat suisse se situait dans un gratte-ciel ultramoderne d'Istanbul. Sa façade concave en verre bleu évoquait un monolithe futuriste au cœur de l'ancienne cité.

Près d'une heure s'était écoulée depuis que Elizabeth Sinskey avait quitté la citerne pour installer son

QG dans les bureaux du consulat. Les chaînes de télévision locales diffusaient en boucle des reportages sur le mouvement de panique survenu dans la soirée, pendant la dernière représentation de la *Dante Symphonie* de Liszt. Aucune information n'avait filtré, mais les tenues de l'équipe d'intervention de l'ECDC n'étaient pas passées inaperçues et les spéculations allaient bon train.

Par la fenêtre, Sinskey contempla les lumières de la ville. Elle se sentait seule. Machinalement, elle porta la main à son cou, mais l'amulette n'y était plus. Le talisman était posé sur son bureau, en deux morceaux.

La directrice de l'OMS venait de terminer la coordination d'une série de réunions d'urgence, qui se tiendraient à Genève dans quelques heures. Des spécialistes de diverses agences internationales étaient déjà en route. Heureusement, un gardien de nuit lui avait apporté une tasse de café turc pour l'aider à tenir le coup.

Un jeune employé du consulat frappa à la porte entrouverte de son bureau.

— Madame ? Robert Langdon demande à vous voir.

— Faites-le entrer, merci.

Vingt minutes plus tôt, Langdon lui avait téléphoné pour lui annoncer que Sienna Brooks s'était échappée dans un bateau volé. Sinskey avait déjà appris la nouvelle par les autorités turques, qui la recherchaient activement.

Jusqu'ici, aucune trace de la jeune femme.

Quand l'universitaire américain apparut sur le seuil, elle eut du mal à le reconnaître. Son costume était sale et froissé, ses cheveux noirs emmêlés, et son regard particulièrement sombre.

— Professeur, vous allez bien ?

Il lui adressa un sourire las.

— J'ai connu des jours meilleurs.

— Je vous en prie, dit-elle en lui proposant une chaise.

— L'épidémie de Zobrist, commença Langdon sans prendre le temps de s'asseoir, je crois qu'elle a débuté il y a une semaine.

Sinskey hocha la tête.

— Oui, on en est arrivés à la même conclusion. Pour l'instant, aucun symptôme n'a été détecté, mais nos spécialistes procèdent en ce moment même à des analyses approfondies. Malheureusement, ça peut prendre des jours, voire des semaines, pour comprendre ce à quoi nous avons vraiment affaire et...

— C'est un vecteur viral, l'interrompit Langdon.

— Qu'est-ce que vous dites ? s'exclama Sinskey, surprise qu'il connaisse ce terme.

— Zobrist a créé un vecteur viral transmissible par voie aérienne capable de modifier l'ADN humain.

Sinskey se leva brusquement, renversant sa chaise dans son élan.

— C'est techniquement impossible ! D'où tenez-vous une idée pareille ?

— De Sienna. Elle me l'a confié il y a une demi-heure.

La directrice de l'OMS posa les mains à plat sur son bureau et jeta à Langdon un regard noir.

— Je croyais qu'elle s'était échappée ?

— Disons qu'elle le pouvait. Elle filait dans un bateau, elle avait toute la mer pour elle et elle aurait très bien pu se sauver… Mais elle a décidé de revenir. Elle souhaite vous aider.

Sinskey laissa échapper un ricanement.

— Professeur Langdon… ne m'en voulez pas, mais j'ai un peu de mal à croire Mlle Brooks. Elle ? Nous aider ? C'est la meilleure !

— Moi, je la crois, répliqua Langdon. Et je vous conseille de prendre cette idée de vecteur viral très au sérieux.

Soudain, Sinskey se sentit submergée par une grande lassitude. Elle se tourna vers la fenêtre et laissa son regard se perdre à l'horizon.

Un vecteur viral capable de modifier l'ADN humain ?

L'idée était terrifiante… et tellement improbable. De la pure science-fiction ! Et, en même temps, cela avait une certaine logique. Zobrist savait mieux que personne que la plus infime mutation génétique pouvait avoir des effets catastrophiques sur le corps humain – cancers, défaillances d'organe, maladies du sang. Par exemple, la terrible mucoviscidose – qui noie sa victime dans son mucus – était due à une minuscule altération d'un gène sur le chromosome sept.

Les spécialistes traitaient aujourd'hui ces maladies génétiques grâce à des vecteurs viraux rudimentaires directement implantés chez le patient. Ces virus non contagieux étaient programmés pour voyager dans le corps du malade et installer un ADN de remplacement censé réparer les sections endommagées. Malheureusement, cette science nouvelle, comme toutes les sciences, comportait un côté obscur. Les effets d'un vecteur viral pouvaient être bénéfiques… ou destructeurs, selon les intentions du généticien. Si un virus était insidieusement conçu pour insérer un ADN défectueux dans des cellules saines, les conséquences pouvaient être dévastatrices. Et si ce virus malin devenait contagieux et transmissible dans l'air...

Cette perspective la fit frissonner.

Quelle abomination Zobrist avait-il créée ? Comment comptait-il réduire le cheptel humain ?

Trouver une ébauche de réponse prendrait des semaines. Le code génétique était un labyrinthe inextricable. Le fouiller entièrement pour retrouver l'altération spécifique de Zobrist, c'était chercher une aiguille dans une botte de foin... sans savoir sur quelle planète elle se trouvait !

— Docteur Sinskey ?

La voix grave de Langdon la tira de ses pensées.

— Vous m'avez entendu ? Sienna désire, autant que vous, éradiquer ce virus.

— Honnêtement, j'en doute.

Langdon soupira et se leva.

— Vous savez, peu avant sa mort, Zobrist a écrit une lettre à Sienna pour lui expliquer comment allait se comporter son virus... son mode d'attaque... et comment il lui permettrait de parvenir à ses fins.

Sinskey se figea.

Une lettre ?

— Quand Sienna a découvert les caractéristiques du virus, elle a été horrifiée. Et a voulu empêcher Zobrist d'aller au bout. Ce virus lui paraissait tellement dangereux qu'elle désirait que personne ne puisse s'en emparer, et surtout pas l'Organisation mondiale de la santé. Depuis le début, Sienna avait le même objectif

590

que nous ! Détruire cette chose ! L'empêcher de se disséminer !

— Il y a une lettre ? bredouilla Sinskey. Avec des précisions techniques ?

— Oui, c'est ce que Sienna m'a dit.

— Professeur, il nous la faut ! Ces spécifications pourraient nous faire gagner des mois de recherches !

Langdon secoua la tête.

— Malheureusement, après l'avoir lue, Sienna a eu si peur qu'elle l'a immédiatement brûlée. Elle voulait s'assurer que personne...

Sinskey frappa du poing sur son bureau.

— Elle a détruit le seul document qui aurait pu nous sauver ! Et vous voulez que je lui fasse confiance ?

— Je sais que, au vu de ses actes, j'exige beaucoup. Mais, avant de la rejeter, je vous rappelle qu'elle possède une intelligence et une mémoire hors normes. (Il fit une petite pause, pour ménager son effet.) Peut-être est-elle capable de réécrire la lettre de Zobrist de mémoire ?

Sinskey plissa les yeux.

— Allez-y, professeur. Quel est votre plan d'action... ?

Langdon désigna sa tasse de café vide.

— Un, commander du café... deux, accéder à sa requête. Car elle en a une. Une seule.

Le pouls de Sinskey s'accéléra.

— Vous savez comment la joindre ? dit-elle en jetant un coup d'œil au téléphone.

— Oui.

— Que demande-t-elle ?

Quand Langdon lui eut rapporté l'exigence de Sienna, la directrice de l'OMS réfléchit un moment.

— C'est la meilleure solution, insista Langdon. De toute façon, on n'a rien à perdre.

— Si vous m'avez dit la vérité, professeur, je tiendrai parole. (Elle poussa le téléphone vers lui.) Appelez-la.

À sa grande surprise, Langdon se leva et la pria de patienter une minute. Puis il quitta la pièce. Déconcertée, Sinskey le suivit dans le couloir et le regarda traverser la réception du consulat, pousser les portes vitrées et se diriger vers l'ascenseur. Un instant, elle crut qu'il allait sortir du bâtiment, quand elle le vit obliquer vers les toilettes pour dames.

Quelques instants plus tard, il en ressortit, accompagné d'une femme d'une trentaine d'années. Sinskey n'en revenait pas – s'agissait-il vraiment de Sienna Brooks ? La jolie blonde à la queue-de-cheval qu'elle avait vue plus tôt s'était métamorphosée. La femme qu'elle avait sous ses yeux était pâle et... entièrement chauve.

Le trio regagna son bureau, et un silence gêné tomba sur la pièce.

Sienna finit par prendre la parole.

— Madame, je sais que nous avons des sujets urgents à aborder. Mais comme le professeur Langdon vous en a informée, j'ai quelque chose à vous dire. C'est important pour moi.

— Faites.

— Vous êtes la directrice de l'Organisation mondiale de la santé. Vous êtes donc bien placée pour savoir que nous sommes à la limite du point de rupture. À cause de notre démographie galopante. Depuis des années, Bertrand Zobrist essaie d'ouvrir le dialogue avec des personnes comme vous sur ce sujet grave. Il a contacté tous les grands organismes suscep-tibles d'avoir une influence dans ce domaine – l'Insti-tut Worldwatch, le Club de Rome, Population Matters, le CFR –, mais il n'a essuyé que des refus. Personne ne voulait lancer le débat et chercher une vraie solu-tion. Vous parliez tous de campagnes d'information sur la contraception, d'incitations fiscales, voire de coloniser la Lune ! Il n'est pas étonnant que Bertrand ait perdu tout espoir.

Imperturbable, Sinskey attendait la suite.

— Docteur Sinskey, Bertrand est venu vous trouver personnellement. Il vous a suppliée de reconnaître que notre espèce était au bord de l'implosion, qu'il fallait agir de toute urgence... Mais au lieu d'écouter ses idées, vous l'avez traité de monstre, de fou, et inscrit sur votre liste noire, ce qui l'a contraint à se cacher. (Sa voix vibrait d'émotion.) Bertrand est mort, tout seul, parce que des gens comme vous ont refusé d'ouvrir les yeux, ont refusé d'admettre que la gravité de la situation exigeait des mesures drastiques... Ber-trand n'a jamais rien fait d'autre que crier la vérité au monde... et, pour ce crime, il a été rejeté de tous.

Sienna balaya ses larmes et darda sur la directrice un regard brillant.

— Croyez-moi, je sais ce que c'est que d'être seule... et la pire des solitudes est celle des incompris. C'est là que l'on perd sa raison.

Elle se tut. Il y eut un long silence.

— Voilà, c'est dit, murmura Sienna.

Lentement, Sinskey s'assit à son bureau.

— Mademoiselle Brooks, vous avez raison. Je n'ai pas su écouter... (Elle croisa les mains sur sa table et regarda Sienna dans les yeux.) Mais aujourd'hui, vous avez toute mon attention.

102.

Depuis longtemps, l'horloge du consulat suisse avait sonné 1 heure du matin.

Sur le bureau, le calepin de Sinskey était couvert de notes et de schémas. Elle se tenait à présent devant la fenêtre, le regard perdu dans la nuit.

Derrière elle, Langdon et Sienna sirotaient les dernières gouttes de leur café turc, dont l'arôme de pistache emplissait l'atmosphère.

On n'entendait rien d'autre que le léger bourdonnement des néons.

Le cœur battant, Sienna attendait le verdict de la directrice de la puissante organisation mondiale. Maintenant, elle savait tout.

Un virus de stérilité. Un tiers de la population humaine sacrifié.

Au fil du récit de Sienna, Sinskey était passée par tout un éventail d'émotions, même si elle avait tenté de ne rien laisser paraître. D'abord le choc : un vecteur viral transmissible dans l'air ! Ensuite, un faible espoir : l'épidémie n'était pas destinée à tuer ! Puis la vérité – implacable : une partie de la population mondiale était devenue stérile… Et cela réveillait en elle des échos douloureux.

Pour Sienna, en revanche, c'était le soulagement qui dominait. Elle avait donné le contenu de la lettre de Bertrand à l'OMS.

Enfin, elle n'avait plus de secrets.

— Docteur Sinskey ? intervint Langdon.

Elizabeth émergea lentement de ses pensées. Son visage était pâle quand elle se tourna vers eux.

— Mademoiselle Brooks, ces informations vont m'être très utiles pour gérer la suite de la crise. Votre concours aura été précieux. Tous les chercheurs s'accordent à dire que les vecteurs viraux pandémiques permettraient d'immuniser des populations entières. Mais on pensait que cette technologie ne serait pas au point avant des années. (Elle se rassit à son bureau et secoua la tête :) J'ai l'impression d'avoir fait un bond dans le temps, comme si j'avais été propulsée dans le futur.

C'était le propre de toutes les grandes avancées en médecine, songea Sienna – la pénicilline, l'anesthésie, les rayons X, la découverte de la division cellulaire.

Le Dr Sinskey consulta ses notes.

— Dans quelques heures, je serai à Genève et on va m'assaillir de questions. La première, bien sûr, sera : Existe-t-il un moyen de contrer ce virus ?

C'est prévisible, songea Sienna.

— La première solution qu'ils envisageront sera d'analyser le virus, reprit-elle, pour tenter de comprendre son *modus operandi*, et peut-être d'en créer une autre version – cette fois programmée pour reconstruire notre ADN conformément à l'original. (Elle se tourna vers Sienna.) Que nous soyons ou non capables de fabriquer un « contrevirus », j'aimerais d'abord que vous me donniez votre avis sur la question.

Mon avis ? songea Sienna en jetant un coup d'œil perplexe à Langdon.

Le professeur lui adressa un signe de tête. Le message était clair : Vous avez fait le plus dur. N'ayez pas peur, dites-lui ce que vous pensez.

Sienna s'éclaircit la gorge, puis déclara :

— Docteur Sinskey, cela fait des années qu'avec Bertrand nous travaillons dans le génie génétique. Comme vous le savez, le génome humain est une structure très délicate... un château de cartes. Le moindre ajustement risque de modifier son architecture et faire écrouler l'ensemble. En résumé, j'estime qu'il est très dangereux de tenter de défaire ce qui est déjà fait. Bertrand était un visionnaire qui avait plusieurs longueurs d'avance sur tous ses pairs. À ce stade, je ne laisserais personne d'autre manipuler le génome humain. Et même si vous obteniez le vecteur souhaité, vous seriez obligée de réinfecter la population entière pour le tester.

— C'est tout à fait juste, conclut Sinskey. En outre, la véritable question qu'on doit se poser, avant toute autre, c'est : faut-il arrêter ce virus ?

— Je vous demande pardon ?

— Mademoiselle Brooks, je désapprouve évidemment les méthodes de Bertrand Zobrist, mais il dit vrai quant à l'état du monde. Cette planète doit régler son problème de surpopulation. Si on neutralise le virus et qu'on n'ait pas de plan B viable à proposer... alors on sera revenu à la case départ.

Sinskey lâcha un petit rire en regardant Sienna.

— Vous ne vous attendiez pas à ça, n'est-ce pas ?

La jeune femme acquiesça.

— Et j'ai une autre surprise pour vous... Comme je vous l'ai dit, les responsables des grandes agences internationales pour la santé se réunissent à Genève dans quelques heures pour discuter de cette crise et mettre au point un plan d'action. Depuis que je dirige l'OMS, jamais nous n'avons eu un rassemblement de cette importance. (Elle leva les yeux sur le jeune médecin.) Sienna, j'aimerais que vous ayez une place à cette table.

— Moi ? Mais je ne suis pas spécialiste ! Je vous ai dit tout ce que je savais. (Elle désigna les notes de Sinskey.) Tout ce que j'ai à offrir est là, sur ces pages.

— Vous vous trompez, Sienna, intervint Langdon. Ce débat a besoin d'être replacé dans un contexte plus global. Le Dr Sinskey et son équipe vont devoir trouver un cadre éthique pour gérer cette crise. Il est évident que votre point de vue unique sur l'affaire sera d'un grand intérêt pour les discussions.

— Mon éthique risque de ne pas beaucoup plaire à l'OMS.

— Peut-être, dit Langdon, mais c'est justement pour cette raison que vous devez aller là-bas. Vous appartenez à une nouvelle lignée de penseurs. Vous seule pouvez les aider à comprendre les visionnaires comme Bertrand – ces esprits brillants, aux convictions si fortes qu'ils s'attellent tout seuls aux problèmes de ce monde.

— Bertrand n'était pas le premier…

— Non, dit Sinskey, et il ne sera pas le dernier. L'OMS découvre régulièrement des laboratoires où des scientifiques explorent la *terra obscura* de la science – depuis la manipulation des cellules souches humaines jusqu'à la création d'espèces *ex nihilo*. Il y a de quoi s'inquiéter. La science progresse tellement vite que personne ne peut prédire l'avenir.

Sienna ne pouvait que se ranger à cet avis. Récemment, deux virologues très respectés – Fouchier et Kawaoka – avaient créé une version mutante du H5N1 hautement contagieuse pour l'homme. Même si ces travaux s'inscrivaient dans le cadre strict de la recherche fondamentale, ce supervirus a inquiété les agences sanitaires et soulevé un tollé sur le Net.

— Et avec l'émergence des nouvelles technologies, ce sera de pire en pire, je le crains, poursuivit Sinskey.

— Nouvelles technologies et nouvelles philosophies, renchérit Sienna. Le transhumanisme ne va pas tarder à apparaître en pleine lumière. L'un de ses principes fondamentaux est que l'homme a l'obligation morale de participer à son processus évolutionnaire… La science doit nous servir à perfectionner notre espèce, à nous rendre plus résistants, plus forts, plus intelligents. Tout cela sera bientôt à notre portée.

— Vous ne pensez pas que ces croyances sont en contradiction avec le principe même de l'évolution ?

— Absolument pas. Les humains évoluent de façon progressive depuis des millénaires, tout en inventant de nouvelles techniques – faire du feu en frottant deux bouts de bois pour se chauffer, développer l'agriculture pour se nourrir, trouver des vaccins pour combattre les maladies, et, aujourd'hui, créer des outils génétiques pour perfectionner notre corps et survivre aux bouleversements du monde. (Elle marqua une pause.) Je crois que l'amélioration génétique n'est que l'étape suivante du progrès dans l'histoire de l'humanité.

Sinskey demeura silencieuse un moment.

— Donc, vous pensez qu'on devrait accueillir ces innovations à bras ouverts.

— Si on ne le fait pas, on ne respecte pas la vie, répondit Sienna. Ce serait comme si les hommes des cavernes se laissaient mourir de froid par peur de créer un feu.

Ses paroles flottèrent dans la pièce un long moment. Puis Langdon rompit le silence :

— Je ne voudrais pas paraître vieux jeu, mais j'ai grandi avec les théories darwiniennes, et je ne peux m'empêcher de me demander s'il est sage de vouloir accélérer le processus naturel.

— Robert, répliqua Sienna, le génie génétique ne constitue pas une accélération de l'évolution. C'est le cours normal des choses ! Vous oubliez un détail d'importance : c'est justement l'évolution qui a créé Bertrand Zobrist. Son intelligence supérieure est le produit même du processus darwinien. Les idées brillantes de Bertrand en matière de génétique ne sont pas le fruit de l'inspiration divine... mais le résultat de milliers d'années de progrès de l'intellect humain.

Langdon resta muet devant la démonstration.

— En tant que darwiniste, reprit-elle, vous savez que la nature a toujours trouvé un moyen pour juguler la population humaine – pestes, famines, guerres, inondations... Alors, posez-vous cette question, Robert : et si la nature avait trouvé aujourd'hui une autre manière de procéder ? Si, au lieu de nous infliger des cataclysmes, la nature, par le biais de l'évolution, avait créé un scientifique brillant, capable d'inverser la courbe de croissance de l'espèce humaine ? Pas de pandémie. Pas de fléau. Simplement une espèce plus en phase avec son environnement.

— Mademoiselle Brooks, intervint Sinskey, il est tard, nous devons partir. Mais avant, je voudrais éclaircir un point. Vous avez dit ce soir que Bertrand Zobrist n'était pas l'incarnation du mal… qu'il aimait l'humanité, que c'est par amour pour l'homme qu'il en a été réduit à ces extrémités.

— La fin justifie les moyens, répliqua la jeune femme, citant le célèbre Machiavel.

— Justement, mademoiselle Brooks. Pensez-vous que, pour atteindre son graal – sauver le monde, donc –, Zobrist a eu raison de lâcher ce virus ?

Un silence de plomb tomba sur la pièce.

Sienna se pencha vers Sinskey.

— Ce qu'a fait Bertrand est une folie. C'est l'acte d'une âme désespérée. Si j'avais pu l'empêcher, je l'aurais fait sans hésiter. Il faut me croire.

Elizabeth Sinskey se pencha à son tour et prit les mains de la jeune femme.

— Je vous crois, Sienna. J'ai confiance en vous.

103.

L'aube se levait. Un voile de brume nimbait l'aéroport Atatürk.

Dès leur arrivée, Langdon, Sienna et Sinskey furent accueillis par un employé de l'OMS.

— Nous sommes prêts, madame. Quand vous voudrez, dit l'homme en introduisant le trio dans un petit terminal privé.

— Tout est arrangé pour M. Langdon ? s'enquit Elizabeth Sinskey.

— Oui, un avion privé l'attend pour le ramener à Florence. Toutes les formalités administratives sont réglées.

— Parfait. Et pour l'autre sujet dont nous avons discuté ?

— On s'en occupe. Le colis sera envoyé dès que possible.

Elle remercia l'employé, qui les guidait maintenant vers le tarmac.

— Vous êtes sûr de ne pas vouloir venir avec nous ? demanda-t-elle à Langdon en replaçant une de ses longues mèches argentées derrière son oreille.

— À présent, dit Langdon avec un sourire, je ne vois pas comment un professeur de symbologie pourrait vous aider.

— Vous nous avez déjà beaucoup aidés, professeur Langdon. Bien plus que vous ne le croyez. Grâce à vous, nous avons...

Sinskey s'était tournée pour désigner Sienna, mais la jeune femme ne les suivait plus. Elle s'était arrêtée dans le couloir, contemplant le C-130 derrière les baies vitrées.

— Merci de lui avoir fait confiance, murmura Langdon. Cela ne lui est pas souvent arrivé dans la vie.

— Quelque chose me dit que Sienna et moi avons beaucoup de choses à apprendre l'une de l'autre. (Elle lui tendit la main.) Merci encore, professeur.

— Merci à vous aussi, répondit-il en serrant la main de la femme aux cheveux argent. Bonne chance à Genève !

— On en aura bien besoin ! (Elle désigna Sienna d'un signe de tête.) Je vais vous laisser une minute tous les deux. Quand vous aurez fini, dites-lui de me rejoindre.

Tandis qu'elle s'éloignait, Elizabeth Sinskey mit machinalement la main dans sa poche et sentit son amulette brisée. Elle contempla les deux morceaux dans sa paume.

— Ne perdez pas espoir ! cria Langdon dans son dos. Ça peut se réparer !

— Oui, répliqua Sinskey en serrant le bâton Asclépios dans sa main. Comme tout le reste, je suppose.

*

Seule derrière la baie vitrée du terminal, Sienna Brooks observait les lumières de la piste, pâles lueurs dans l'aube. En haut de la tour de contrôle, au loin, le drapeau turc – un blason rouge vif estampillé du croissant de lune et de l'étoile, vestiges de l'Empire ottoman – flottait fièrement sur le monde moderne.

— Un sou pour vos pensées, dit une voix grave derrière elle.

— Une tempête s'annonce, répondit-elle sans bouger.

— Je sais.

Le temps sembla se suspendre. Elle se retourna vers lui.

— J'aurais tant aimé que vous veniez à Genève, Robert...

— C'est gentil de me dire ça, mais vous allez être très occupée à parler d'avenir. Inutile de vous encombrer d'un vieil universitaire !

Elle le regardait de ses grands yeux.

— Vous vous croyez trop vieux pour moi, c'est ça ?

Langdon éclata de rire.

— Sienna, je *suis* trop vieux pour vous ! Aucun doute là-dessus !

Elle rougit.

— Bon… au moins vous saurez où me trouver. (Elle haussa les épaules à la manière d'une petite fille.) Enfin… si vous avez envie de me revoir.

Il lui sourit.

— J'aimerais beaucoup.

Elle paraissait un peu plus gaie, mais ni l'un ni l'autre ne savaient comment se dire au revoir.

Sienna leva les yeux vers Langdon et ressentit une bouffée d'émotion inattendue. Sans réfléchir, elle se haussa sur la pointe des pieds et déposa un baiser sur ses lèvres. Lorsqu'elle s'écarta, son regard était brillant de larmes.

— Vous allez me manquer, Robert. Beaucoup.

Langdon lui sourit affectueusement et referma ses bras autour d'elle.

— Vous aussi, Sienna.

Ils demeurèrent un long moment enlacés.

Langdon finit par briser le silence.

— Ça me fait penser à un vieux dicton. Il paraît qu'il est de Dante. « Souviens-toi de cette nuit, c'est la promesse de l'infini. »

— Comment vous remercier, Robert ? reprit Sienna, vaincue par les larmes. Pour la première fois de ma vie, j'ai l'impression d'avoir un but.

Langdon resserra son étreinte.

— Vous qui avez toujours voulu sauver le monde, Sienna, c'est l'occasion ou jamais.

Lorsqu'elle s'avança vers l'avion, Sienna pensa à tout ce qui lui était arrivé… à tout ce qui l'attendait… à tous ces possibles.

« La promesse de l'infini. »
Ce cher Dante avait peut-être raison.

104.

Le soleil de la fin d'après-midi descendait sur la piazza del Duomo, faisant scintiller les carreaux blancs du campanile de Giotto. De grandes ombres s'étiraient sur la cathédrale florentine.

Les funérailles d'Ignazio Busoni débutaient tout juste quand Robert Langdon se glissa dans la basilique et prit place parmi les invités. Il était heureux que la vie d'Ignazio soit commémorée ici, dans ce sanctuaire intemporel sur lequel le *Duomino* avait veillé tant d'années.

À l'inverse de sa façade chatoyante, l'intérieur du Duomo était austère. Aujourd'hui, la nef avait néanmoins un petit air de fête. De toute l'Italie, des officiels, des amis, des collègues du monde des arts et des lettres s'étaient rassemblés dans l'église pour célébrer la mémoire du géant jovial que tous surnommaient le *Duomino* – le petit dôme.

Au dire des médias, Busoni était mort alors qu'il se livrait à son activité favorite – une promenade digestive autour du Duomo.

L'atmosphère était particulièrement gaie, notamment grâce aux commentaires humoristiques des amis et des proches. Un collègue déclara même que l'amour de Busoni pour l'art de la Renaissance, de son propre aveu, n'avait d'égal que son amour pour les spaghettis *bolognese* et la crème au caramel.

Après le service, pendant que les proches se racontaient des anecdotes de la vie d'Ignazio, Langdon déambula à l'intérieur du Duomo, admirant les œuvres d'art si chères à son ami… le *Jugement dernier* de Vasari, les vitraux de Donatello et de Ghiberti, l'horloge d'Ucello, et les mosaïques au sol que les visiteurs remarquaient rarement.

Bientôt, Langdon se retrouva face à un visage familier – celui de Dante Alighieri. La fresque de Michelino représentait le poète devant le mont du Purgatoire, tenant dans les mains son chef-d'œuvre, *La Divine Comédie.*

Si Dante avait vu l'influence que son œuvre aurait sur le monde, plusieurs siècles après, qu'en aurait-il pensé ? Tout visionnaire qu'il fût, aurait-il pu imaginer un tel avenir pour l'homme ?

Il a trouvé la vie éternelle, pensa Langdon en se remémorant l'idée que les premiers philosophes grecs se faisaient de la célébrité.

Tant qu'on dit ton nom, tu n'es pas mort.

Le soir tombait quand Langdon traversa la piazza Sant'Elisabetta pour regagner son élégant hôtel, le Brunelleschi. Quand il arriva dans sa chambre à l'étage, il fut heureux de trouver un colis sur son lit.

Merci, docteur Sinskey !

Il ôta fébrilement le scotch autour du carton et souleva le précieux objet, rassuré de voir qu'il avait été soigneusement emballé dans du papier bulle.

Mais, à sa grande surprise, le carton contenait d'autres affaires. Sinskey était parvenue à récupérer ses vêtements – sa chemise, son pantalon de toile et même sa veste Harris Tweed ! Tout était repassé et plié avec soin. Même ses mocassins étaient là, impeccables. Ainsi que son passeport et son portefeuille.

Au fond de la boîte, il dénicha un dernier objet qui le fit éclater de rire. À la fois de soulagement... et de joie – une joie enfantine.

Ma montre Mickey.

Langdon la mit aussitôt à son poignet. Le contact du cuir élimé sur sa peau lui procura instantanément un sentiment de bien-être. Et de sécurité.

Une fois qu'il eut enfilé tous ses vêtements, il se sentit tout ragaillardi. Il quitta l'hôtel avec un sac sous le bras, dans lequel se trouvait son précieux trésor. Par cette soirée tiède, la balade le long de la via dei Calzaiuoli était particulièrement agréable. Bientôt, la tour du palazzo Vecchio se dressa devant lui.

À son arrivée au palais, Langdon se présenta au poste de sécurité. Son nom figurait sur la liste des personnes attendues par Marta Alvarez. On le mena dans la salle des Cinq-Cents, qui bourdonnait de touristes. Langdon, pile à l'heure, s'attendait à voir la conservatrice à l'entrée. Mais il n'y avait personne pour l'accueillir.

Il héla un guide.

— *Scusi ? Dove posso trovare Marta Alvarez ?*

L'homme lui fit un grand sourire.

— Signora Alvarez ? Elle n'est pas là ! Elle a eu un bébé ! *Catalina ! Molto bella !*

Langdon était enchanté de cette bonne nouvelle.

— *Ah... che bello ! Stupendo !*

Tandis que le guide s'éloignait, Langdon se demanda un instant ce qu'il allait bien pouvoir faire de son paquet.

Il traversa la salle bondée, passa sous la fresque de Vasari, et se dirigea discrètement vers le musée du palazzo.

L'*andito* était laissé dans l'ombre, fermé d'une cordelette avec un panneau indiquant : CHIUSO/CLOSED.

Après avoir jeté un coup d'œil autour de lui, Langdon enjamba la cordelette et pénétra dans l'alcôve. Il sortit l'objet du sac, le débarrassa délicatement de son emballage.

Le plâtre fragile était en parfait état, à l'exception du poème inscrit en spirale à l'intérieur.

Il est exposé de face, songea-t-il. Personne ne verra la différence.

Avec précaution, il l'installa sur son écrin de satin rouge.

Langdon contempla un moment le pâle visage de Dante, présence fantomatique dans la pièce obscure.

Enfin à sa place.

Avant de quitter les lieux, il retira le cordon, le panneau et ses piquets, et rangea le tout contre le mur. Puis, en traversant la galerie, il héla une employée.

— *Signorina ?* Il faudrait allumer les lumières dans la salle du masque de Dante. On le voit très mal dans le noir.

— Je suis désolée, répondit la jeune femme, mais cette salle est fermée. Le masque mortuaire n'est plus ici.

— Vous êtes sûre ?... Parce que moi, je viens de le voir. Une pièce magnifique d'ailleurs.

L'employée ouvrit de grands yeux et se précipita vers l'*andito*.

Épilogue

À trente-quatre mille pieds au-dessus du golfe de Gascogne, le vol de nuit Alitalia à destination de Boston filait dans le clair de lune.

À son bord, Robert Langdon était plongé dans la lecture de *La Divine Comédie*. Bercé par les rimes tierces du poème et le ronronnement des moteurs, il flottait dans un état second, quelque part entre rêve et éveil. Les mots s'échappaient des pages, lui pénétraient le cœur, comme s'ils avaient été écrits spécialement pour lui.

Le poème de Dante n'était pas tant sur l'atrocité de l'Enfer que sur la capacité de l'esprit humain à surmonter toutes les épreuves, aussi noires fussent-elles.

Par le hublot, l'orbe argent éclipsait les autres astres. Le regard perdu dans l'immensité, il songeait à la journée extraordinaire qu'il venait de vivre.

Les endroits les plus sombres de l'enfer sont réservés aux indécis qui restent neutres en temps de crise morale.

Lui-même, comme des millions d'autres, était coupable d'attentisme. Le péché d'inaction. Quand il était question de l'avenir de l'humanité, le déni devenait une pandémie. Langdon se promit de ne jamais l'oublier.

Alors que l'avion fendait le ciel vers l'ouest, il pensa aux deux passionarias qui étaient à Genève en ce moment même, pour prendre à bras-le-corps l'avenir du monde.

Une langue de nuages apparut à l'horizon, grandit lentement dans la nuit, masquant l'éclat de la lune.

Robert Langdon se lova dans son siège, vaincu par le sommeil.

Au moment d'éteindre la liseuse au-dessus de sa tête, il jeta un dernier regard au hublot. Dehors, le monde avait changé. Mais dans les ténèbres qui gagnaient le ciel, il sut qu'il allait bientôt revoir les étoiles.

REMERCIEMENTS

Mes plus humbles et sincères remerciements à :

Comme toujours, d'abord et avant tout, mon éditeur et ami proche, Jason Kaufman, pour son dévouement et son talent... mais surtout pour sa bonne humeur.

Mon extraordinaire épouse, Blythe, pour son amour, sa patience, et pour ses brillantes idées et sa franchise comme relectrice.

Mon infatigable agent et amie de confiance, Heide Lange, qui navigue en experte dans toutes les langues et tous les pays. Pour ses compétences et son énergie, je lui dis un grand merci.

Toute l'équipe de Doubleday pour son enthousiasme, sa créativité et ses efforts, avec une mention spéciale pour Suzanne Herz (merci de porter tant de casquettes... et de les porter si bien !), Bill Thomas, Michael Windsor, Judy Jacoby, Joe Gallagher, Rob Bloom, Nora Reichard, Beth Meister, Maria Carella et Lorraine Hyland, ainsi que le soutien de Sonny Mehta, Tony Chirico, Kathy Trager, Anne Messitte et Markus Dohle. Et au formidable département vente de Random House : vous êtes les meilleurs.

Mon sage conseiller Michael Rudell, pour ses intuitions géniales dans tous les domaines, ainsi que pour son amitié.

Mon irremplaçable assistante Susan Morehouse, pour sa grâce et sa vitalité, et sans qui tout serait sens dessus dessous.

Tous mes amis de Transworld, en particulier Bill Scott-Kerr pour sa créativité, son soutien et sa bonne humeur. Ainsi que Gail Rebuck pour son formidable leadership.

Mon éditeur italien Mondadori, en particulier Ricky Cavallero, Piera Cusani, Giovanni Dutto, Antonio Franchini, et Claudia Scheu ; et mon éditeur turc Altin Kitaplar, en particulier Oya Alpar, Erden Heper, et Batu Bozkurt, pour toutes les informations qu'ils m'ont fournies sur les lieux de ce livre.

Mes fantastiques éditeurs dans le monde entier pour leur passion, leur travail et leur implication.

Leon Romero-Montalvo et Luciano Guglielmi, pour leur extraordinaire gestion des sites de traduction de Londres et de Milan.

Le Dr Marta Alvarez Gonzales, pour le temps qu'elle nous a consacré à Florence, à nous faire partager l'art et l'architecture de cette ville.

Maurizio Pimponi, pour avoir éclairé notre séjour en Italie.

Tous les historiens, guides et spécialistes qui ont accompagné nos recherches à Florence et Venise : Giovanna Rao et Eugenia Antonucci à la biblioteca Medicea Laurenziana, Serena Pini et le personnel du palazzo Vecchio ; Giovanna

Giusti à la galerie des Offices ; Barbara Fedeli au baptistère et au Duomo ; Ettore Vito et Massimo Bisson à la basilique Saint-Marc ; Giorgio Tagliaferro au palais des Doges ; Isabella di Lenardo, Elizabeth Carroll Consavari, et Elena Svalduz pour tout Venise ; Annalisa Bruni et le personnel de la Biblioteca Nazionale Marciana ; et tant d'autres que je n'ai pas mentionnés dans cette courte liste, un immense merci.

Rachael Dillon Fried et Stephanie Delman chez Sanford J. Greenburger Associates, pour tout ce qu'ils ont accompli ici et à l'étranger.

Les brillants esprits du Dr George Abraham, du Dr John Treanor, et du Dr Bob Helm, pour leur expertise scientifique.

Mes premiers lecteurs, qui m'ont apporté un œil neuf : Greg Brown, Dick et Connie Brown, Rebecca Kaufman, Jerry et Olivia Kaufman, et John Chaffee.

Le roi du Net Alex Cannon, avec l'équipe de Sanborn Media Factory.

Judd et Kathy Gregg pour m'avoir offert une paisible retraite à Green Gables, où j'ai écrit les derniers chapitres de ce livre.

Les passionnantes informations en ligne du Princeton Dante Project, de Digital Dante à l'université Columbia, et du World of Dante.

Dan Brown
dans Le Livre de Poche

Anges et Démons   n° 33703

Robert Langdon, le célèbre spécialiste de symbologie religieuse, est convoqué par le conseil européen pour la recherche nucléaire à Genève. Le physicien Leonardo Vetra a été retrouvé assassiné dans son laboratoire. Sur son corps, gravé au fer rouge, un seul mot : Illuminati.

Da Vinci Code   n° 33451

Robert Langdon est convoqué d'urgence au Louvre. On a découvert un message codé sur le cadavre du conservateur en chef, retrouvé assassiné au milieu de la Grande Galerie.

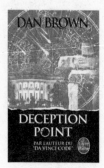

Un satellite de la NASA détecte une météorite d'une exceptionnelle rareté enfouie sous les glaces du cercle polaire. À la veille de l'élection présidentielle, le président des États-Unis envoie dans l'Arctique Rachel Sexton, analyste des services secrets, vérifier l'authenticité de cette découverte.

À la National Security Agency, l'incroyable se produit. TRANSLTR, le puissant ordinateur de décryptage, ne parvient pas à déchiffrer un nouveau code. Appelée à la rescousse, la crypt-analyste Susan Fletcher comprend qu'une terrible menace pèse sur tous les échelons du pouvoir.

Robert Langdon est convoqué d'urgence par son ami Peter Solomon, maçon de haut grade, pour une conférence à donner le soir même. En rejoignant la rotonde du Capitole, il fait une macabre découverte.